Stephan R. Meier

NOW

DU BESTIMMST, WER ÜBERLEBT.

Thriller

Der Verlag weist ausdrücklich darauf hin, dass im Text
enthaltene externe Links vom Verlag nur bis zum Zeitpunkt
der Buchveröffentlichung eingesehen werden konnten.
Auf spätere Veränderungen hat der Verlag keinerlei Einfluss.
Eine Haftung des Verlags ist daher ausgeschlossen.

Verlagsgruppe Random House FSC® N001967

PENGUIN und das Penguin Logo sind Markenzeichen
von Penguin Books Limited und werden
hier unter Lizenz benutzt.

1. Auflage, 2017
Copyright © 2017 Stephan R. Meier
Dieses Werk wurde vermittelt durch die Literarische Agentur Michael Gaeb.
Copyright © der deutschsprachigen Ausgabe 2017
by Penguin Verlag, München,
in der Verlagsgruppe Random House GmbH,
Neumarkter Str. 28, 81673 München
Umschlaggestaltung: any.way, Heidi Sorg
unter Verwendung eines Motivs von Shutterstock/Nerijus Juras
Redaktion: Angela Kuepper
Satz: Uhl + Massopust, Aalen
Druck und Bindung: CPI books GmbH, Leck
Printed in Germany
ISBN 978-3-328-10049-2
www.penguin-verlag.de

Dieses Buch ist auch als E-Book erhältlich.

Für Biggi

*Dieses Buch widmen wir gemeinsam unseren Töchtern
Isabella, Vanessa, Viola und Suri,
und allen anderen Kindern unserer Zeit,
die die bisher größte Wandlung der Geschichte
der Menschheit nur mit großer Klugheit und
dem richtigen Augenmaß bewältigen werden können:
die digitale Revolution.*

PROLOG

In der Wildnis, dreißig Jahre nach NOW

Grimmig umklammert er die alte Jagdbüchse, die ihm wie ein Relikt aus einer fernen Vergangenheit erscheint. Er atmet flach, konzentriert. Seit Stunden schon liegt er auf der Lauer, späht angestrengt über den rostigen Lauf der Waffe auf die Ebene vor ihm. Er kann sein Glück kaum fassen. Die beiden kapitalen Hasen grasen friedlich nebeneinander, keine dreißig Meter vor ihm im rot-goldenen Licht des Spätherbstes. Der Wind steht günstig, sie können ihn nicht riechen. Er verharrt starr, um ja kein Geräusch zu machen. Es sind dicke, fette Tiere. Ein Pärchen, wie er vermutet. Er peilt über den Lauf; aus seiner Perspektive sehen sie riesig aus.

Töten ist ihm zuwider. Aber er muss essen. Hunger und Not stumpfen ab. In seiner Lage kann er sich kein Mitleid mit den unschuldigen Kreaturen leisten.

Die Zeit verrinnt. Er wartet bewegungslos und beobachtet. Er darf keinen Fehler machen. Sein linker Arm, der den Lauf hält, ist ein einziger Krampf. Die rechte Hand umklammert den Kolben aus geschliffenem Holz, der Zeigefinger liegt schussbereit am Abzug. Zwei Schrotpatronen sind alles, was er noch hat. In einem günstigen Moment kann er beide Tiere mit einem einzigen Schuss erwischen.

Der Boden unter ihm wird immer kälter. Sein Nacken schmerzt, und sein Rücken wird auf Höhe der Lenden schon gefühllos. Er spürt, wie immer mehr Ameisen in seine Stiefel kriechen. Sie beißen ihn. Er versucht sie zu zerquetschen, indem er die Zehen aneinanderreibt.

Feiner Nebel steigt in der Ebene vor ihm auf. Der Wald hinter ihm wird immer dunkler, das Licht auf der Ebene mit jeder Minute rötlicher. Plötzlich hoppelt der eine Hase ein Stück weg vom anderen. Zu weit, um sie mit einer Patrone zu kriegen. Wie lange wird er noch warten können?

Vorsichtig, in Zeitlupe, löst er die Hand vom Abzug. Ein Schweißtropfen hat sich in seiner Augenbraue gesammelt. Er wischt ihn weg, gerade noch rechtzeitig, bevor die salzige Lösung sein Zielauge blind macht. Dann streicht er sich die zotteligen, viel zu lang gewordenen Haare aus der Stirn.

Jetzt folgt der zweite Hase dem anderen. Gemächlich hüpft er immer weiter nach rechts, macht einen Kreis, hält an und bewegt sich dann weiter. Mit einem Mal ist er ganz nahe beim anderen. Darauf hat er lange gewartet. Plötzlich streckt der große Hase den Rücken, sein Kopf kommt hoch, die Ohren stehen steil nach oben. Seine Nase zittert, und die feinen Haare flirren im dunstig-rötlichen Gegenlicht. Er wittert. Ihn?

Jetzt sind beide fast genau in einer Linie vor ihm. Endlich kann er es riskieren. Seine Hand kriecht in Zeitlupe wieder um den Kolben, schmiegt sich um das Holz, und sein Zeigefinger tastet nach dem Abzugshebel. Leicht drückt er gegen das kalte Metall, spürt den Widerstand der Feder. Er spannt alle Muskeln an. Dann atmet er aus. Wie ein Schraubstock hält er die Waffe in Position und zieht mit einem Ruck bis zum Anschlag durch. Er spürt den Hammer vorschnellen, spürt, wie er die Sprengkapsel trifft, und hört, wie sie explodiert. Ein scharfer Knall ertönt. Er sieht durch die Schmauchwolke hindurch über den Lauf hinweg, wie die beiden Tiere durch die Luft gewirbelt werden.

Er lässt das Gewehr sinken, stöhnt vor Erleichterung und Erschöpfung kurz auf, rollt sich zur Seite und kommt mit schmerzenden Gliedern auf die Beine. Wachsam blickt er sich um und verlässt dann den Schutz des Busches, unter dem er gelegen hat. Er sieht nicht aus wie ein Jäger, eher wie ein verwitterter Waldgeist. Seine Bekleidung ist improvisiert, schäbig, aus alten Fetzen zusammengestückelt. Eine dünne, eckige Gestalt, eins fünfundneunzig groß, früher eine kraftvolle, unbestechliche und selbstbewusste Erscheinung. Davon ist wenig geblieben. Die Konturen seines mächtigen Kinns sind unter dem Gestrüpp eines ungepflegten Barts verschwunden. Nur der Blick aus seinen eisblauen Augen über der scharfen Nase und dem schmalen Mund verrät etwas über seine wahre, bis vor Kurzem wohlbehütete Herkunft.

Er rafft den fleckigen Umhang, schiebt die Zweige beiseite und rennt mit steifen Beinen los, so schnell er kann. Ein Schwarm Vögel hat sich unter lautem Protest vom Waldrand erhoben und flattert wild umher. Zweimal sieht er sich um. Dann ist er bei den toten Hasen angekommen.

Er sichert das Gewehr, bückt sich und klaubt den ersten Feldhasen aus dem Präriegras. Er hat starre himmelblaue Augen. Sie sind rund und im Tod weit geöffnet. Er staunt, wie schwer der schlaffe, leblose Körper sich anfühlt. Ein wenig warmes Blut sickert durch das Fell auf seine Hand. Er muss den Bauch getroffen haben. Er ist hin- und hergerissen zwischen Stolz und schlechtem Gewissen.

Rasch vergewissert er sich, dass der zweite Hase ebenfalls tot ist. Es ist ein Weibchen, wie er vermutet hat. Er nimmt sie hoch und tastet den schlaffen Körper ab, fühlt instinktiv den weichen Unterbauch. Ihr von den Schrotkugeln gesprengter Kopf ist auf obszöne Weise nach hinten verdreht und berührt fast den Rücken. Er packt beide Hasen mit der Linken, schultert die Beute und klemmt sich das Gewehr wieder unter den rechten Arm. Sein Blick schweift über das weite Plateau, das sanft zum großen Fluss hin abfällt. Hier ist er nicht sicher. Mit eiligen Schritten läuft er über die schutzlose Ebene und verschwindet kurz darauf im sicheren Schatten der Bäume.

Hastig dringt er tiefer in den Wald ein, der nach nasser Erde, Pilzen und Harz riecht. So wie ein unberührter Wald riecht, der sich seit Jahrtausenden von selbst regeneriert. Der Indian Summer mit seinen warmen Tagen und den kühlen Nächten dringt nicht bis hierher.

Seine klobigen Stiefel aus dickem Pferdeleder hat er drei Monate lang in Pflanzenöl gelagert, bis sie geschmeidig wurden und ausreichend Schutz vor Nässe und Kälte boten. Die Sohlen hat er aus alten, weggeworfenen Winterreifen geschnitzt, die er mit Nägeln an dem dicken Leder befestigt hat. Selbst auf den glitschigen Stämmen umgestürzter Bäume bieten sie ausreichend Halt und hinterlassen nur flache Dellen auf dem weichen Boden aus Nadeln, Moos und Laub. Er hat lernen müssen, sich möglichst geräuschlos und ohne Spuren zu bewegen.

Als er meint, weit genug in den schützenden Wald eingedrungen zu sein, geht er am Fuße einer Kiefer in die Hocke und legt die beiden Hasen vor sich ins Moos. Sein Atem geht stoßweise, das Herz schlägt wie wild gegen die Rippen. Er muss sich beeilen!

Er lehnt die Flinte griffbereit gegen den Baumstamm und holt ein Stück Draht aus der Tasche seiner vielfach geflickten Hose. Frisches Blut glänzt auf der Wachsschicht seines tarnenden Umhangs. Unwillkürlich zieht er das metallische Aroma in seine Nasenflügel. Es ist ein intensiver Duft, der seinen Magen schlagartig erregt. Ein archaisches Gefühl, dem er sich einen Moment lang hingibt. Dann schreitet sein Verstand ein und warnt ihn. Hungrige Braunbären, deren Spuren er in der Gegend gesehen hat, würden das auch riechen, und zwar aus viel größerer Entfernung als er. Er kann nur hoffen, dass der laute Knall des Schusses sie eine Weile auf Distanz hält. Geschickt wickelt er den Draht um die Vorderläufe der beiden toten Tiere und bindet sie zusammen, sodass er sie wie eine Satteltasche über die Schulter werfen kann.

Langsam beruhigt sich sein Herzschlag und fällt wieder in einen normalen Rhythmus. Sein erhitzter Atem trifft auf die kühle Luft der aufziehenden Dämmerung und umhüllt seinen

Kopf wie eine Fahne aus Dampf. Er sichert aufmerksam seine Umgebung, späht in das dunkle Unterholz und lauscht angestrengt auf Geräusche. Aber da ist nichts. Das Pochen seines eigenen Pulses im linken Ohr, seiner schwachen Seite, wird langsam leiser. Es wird überlagert von dem hohen, hartnäckigen Pfeifen, das der Schuss ausgelöst hat.

Er hat Glück gehabt. Nur eine Patrone für zwei Hasen. Wäre er nicht schon so lange allein in der Wildnis, würde er jetzt lächeln. Aber da ist niemand, mit dem er seinen Triumph teilen könnte. Es sind mindestens drei Kilo Fleisch, zwei plüschweiche Felle und Zehrung für mehrere Tage. Aus den zarten splitternden Knochen kann er Angelhaken schnitzen. Er streicht anerkennend über den Lauf der Waffe.

Eine Weile wartet er noch, weil er sichergehen will, dass sein Schuss von niemandem bemerkt wurde. Vor zwei Tagen erst hat er die noch warme Asche eines Lagerfeuers gefunden. Es muss ein großer Clan gewesen sein. Sie hatten Tiere bei sich, er hat den Kot gesehen. Er würde lernen müssen, die Losung zu lesen. Aber von wem?

Er kommt aus der Hocke hoch und richtet sich auf. Noch einmal sichert er nach allen Seiten, orientiert sich kurz am Einfall des Lichts und sammelt seine Beute und die Flinte ein. Die Feldhasen haben ein fein gezeichnetes Herbstfell, braun und schwarz gemustert, durchsetzt mit den ersten weißen Flecken ihres bald gänzlich schneeigen Winterfells.

Jede Hast vermeidend, läuft er durch die mal mehr, mal weniger dicht stehenden Bäume, windet sich unter tief hängenden Ästen hindurch und überquert die hoch aufragenden Wurzelknoten der jahrhundertealten Bäume.

Seine Sinne funktionieren immer besser. Sein Gehör ist feiner, die Augen sehen schärfer, und sein ganzer Körper reagiert intensiv auf die neue Umgebung und die vielen Gefahren, die in ihr lauern. Es ist überlebenswichtig: Nicht nur die Bären, auch Wölfe und hungrige Wildschweine oder verwilderte Hunde riechen die toten Tiere auf seiner Schulter, riechen ihn, und vor allem hören sie ihn, lange bevor er sie hört. Wenn er sie sieht, wenn sie sich zeigen, ist es wahrscheinlich zu spät, um unbeschadet in seinen Verschlag zu kommen. Besonders jetzt im Herbst ist es gefährlicher als sonst, fresswütigen Wildtieren im Kampf um Winterspeck zu begegnen.

Er überquert die Lichtung nahe am Bach und kommt an der verfallenen Wassermühle vorbei, die Missionare der »Ville Marie« gebaut hatten. Er hat sie notdürftig repariert und kann dort wildes Getreide, Kastanien und Nüsse zu grobem Mehl verarbeiten. Er nimmt die morsche Holzbrücke neben dem Mahlstein ins Visier, hält kurz inne und blickt sich suchend um: kein wildes Tier in Sicht.

Kaum zehn Minuten später ist er an seinem Ziel angekommen, auf einer Anhöhe, nicht mehr als ein Buckel, wie eine Tonsur umgeben von dichtem Wald. Hier steht die kleine Kapelle, die er seit dem Ende seiner Flucht bewohnt. »Ange Gardien«, Schutzengel, hatten die Mönche sie einst getauft, das gefällt ihm. Über dem Seiteneingang, der zu einem Nebenraum der Kapelle führt, ist der in den Stein gehauene Name noch gut zu lesen. Früher musste dies die Sakristei gewesen sein, jetzt nutzt er den Raum für seine Vorräte und Gerätschaften.

Er öffnet die schwere Holztür, bückt sich unter den Steinbogen und hängt die beiden Hasen an stabile Haken unter der Decke. Mit einem einzigen Schnitt öffnet er die Kehle des Männchens und trennt dann den Kopf des Weibchens ganz ab. Das Blut lässt er in eine Eisenschüssel fließen.

Erst danach streift er den blutverschmierten Umhang ab, windet sich aus seiner Jacke, stellt die Stiefel zum Trocknen kopfüber auf ein Holzgestell und setzt sich auf die kleine Bank neben der Tür, um sich ein wenig auszuruhen. Er zieht die Füße nach oben, wickelt die Lumpen ab und untersucht die Bisswunden der Ameisen. Er schnippt die zerquetschten Körper weg und wickelt seine Füße wieder ein. Dann lehnt er sich zurück, schließt die Augen und wartet, dass das Pfeifen in seinem Ohr langsam schwächer wird.

Sein müder Blick wandert zu den leicht baumelnden Kadavern, er sieht, wie sich die Schüssel unter ihnen mit Blut gefüllt hat. Während der letzte Lebenssaft in Form von zähen Blutschlieren aus den toten Körpern tropft, kehren seine Kräfte zurück. Er lehnt sich nach hinten und schließt erneut die Augen. Etwa eine halbe Stunde dauert es, bis sich sein Körper einigermaßen erholt hat. Er ist noch keine vierzig Jahre alt, aber der Kampf ums nackte Überleben in der Wildnis fordert seinen Tribut. Auf brutalere Weise, als er es sich vorgestellt hat.

Die tiefer werdende Dämmerung schickt nur noch wenig Restlicht durch die schmalen Fenster. In der ehemaligen Sakristei ist es jetzt fast vollständig dunkel. Das metallische Aroma des Blutes verschmilzt mit den Ausdünstungen der modrigen, kalt schwitzenden Mauern.

Ihn fröstelt. Er weiß, er muss sich bewegen. Er schiebt die Ärmel seiner abgewetzten, nach Entbehrung stinkenden Wolljacke hoch bis zu den Ellenbogen. Dabei reibt er über die knotige, bei Kälte und Nässe schmerzende Narbe an seinem linken Unterarm, unter der sich der passive Transponder befindet. Dann steht er auf und nimmt die vollständig ausgebluteten Hasen von den Haken.

Die nahende Nacht mahnt ihn, keine Zeit zu verlieren. Das Häuten von Wild beherrscht er mittlerweile ganz gut, selbst im Dunkeln kommt er zurecht. Am Anfang, direkt nach seiner Flucht aus Eden, wäre er fast verhungert, bis er sich zwang, außer Wurzeln auch Ratten und Eichhörnchen zu essen. Die schönen Felle hängt er zum Trocknen auf und macht sich daran, beide Tiere auszunehmen. Nach zehn Minuten ist er fertig und säubert sich die Hände.

Er reibt sich wieder über die lästige Narbe, die ihn an sein früheres Leben erinnert. Ein im Knochen implantierter Chip – seine universale persönliche Schnittstelle zu NOW, genannt

USHAB – mit zehntausend Trillionen Rechenoperationen pro Sekunde hat ihn damals mit dem gesamten Wissen der Menschheit vernetzt. Jetzt sitzt anstelle des USHAB ein einfacher Passiv-Chip in seinem Arm, wie bei einem Haustier. Von einem Stümper eingesetzt, hat es Monate gedauert, bis sich die eitrige Wunde endlich geschlossen und sich eine hässliche Narbe darüber gebildet hat. Doch er hat sein Ziel erreicht: Er ist abgekoppelt, ausgeschaltet und für alle, die er in Eden zurückgelassen hat, für immer unerreichbar geworden. Er hat sich gerettet. Dafür musste er aus dem Paradies fliehen.

Er denkt an sein früheres Leben und wird hastiger in seinen Bewegungen. Er zwingt sich, die Gedanken an Eden zu verdrängen. Ein Leben, in dem alles einen Sinn hatte, wo es keine Gefahr gab und er sich allen Gelüsten hingeben konnte, die er sich nur vorstellen konnte. Umsorgt und umhegt, voller Geborgenheit, Wärme, Lust. Und dann das Jetzt, ein erbarmungsloser Kampf gegen Kälte und Hunger, gegen Krankheit und Tod.

Bisher ist er mit dem Leben davongekommen, aber die größte und schwierigste Aufgabe liegt noch vor ihm. Er fürchtet, dass ihm die Zeit davonrennt. Ihn schwindelt, als er daran denkt, was auf dem Spiel steht. Sein Atem wird fahrig. Das Messer, das er gerade säubert, gleitet ihm aus den zittrigen Händen. Er bückt sich, nimmt es und verliert es wieder. Wut steigt in ihm auf, gemischt mit nackter Angst. Er hat noch keine Ahnung, wie er es anstellen soll. Er versucht seine Gedanken zu ordnen, versucht zu fokussieren. Er schließt die Augen. Als Erstes und Wichtigstes muss er sie wiederfinden, ihr alles erklären. Und er muss sie schnell wiederfinden. Das ist ihm das Wichtigste. Dafür hat er alles riskiert. Wenn er ihr erst einmal alles erklärt hat und sie ihm hoffentlich glaubt, dann können sie gemeinsam nach seinem, nach ihrem Kind suchen. Dafür müssen sie zurück. In das Paradies, nach Eden, wo der Tod auf ihn lauert. Und dann muss er IHN stoppen. Unter allen Umständen. Selbst wenn dabei NOW, das Größte, was der Mensch je erfunden hat, vollkommen vernichtet wird.

Er blickt an sich herunter. Sein Körper ist magerer und härter geworden. Er sieht die vielfach geflickte Hose, darunter schauen Lumpen an seinen mit Schorf übersäten Füßen hervor. Um seinen Leib sieht er zusammengebundene Fetzen, und auf seinen Schultern riecht er den übel muffelnden, nur stümperhaft gegerbten Fellkragen, der ihn wenigstens etwas wärmt. Hoffnungslosigkeit greift nach ihm wie eine kalte Hand. Er ist noch zu jung, um zugrunde zu gehen.

Er schüttelt den Kopf. Ein Anfall naht.

Er tritt aus dem kleinen Nebenraum der Kapelle ins Freie, sucht die Weite und braucht Luft. Wie ein böser Traum bricht die ganze Hoffnungslosigkeit seines Elends aus seinem Unterbewusstsein hervor. Es würgt ihn, als ihm klar wird, wie es wirklich um ihn steht. Ihm wird kalt. Sein Magen verkrampft sich, und schwarze Punkte flirren vor seinen Augen. Er taumelt und hält sich an der groben Außenmauer fest. Er darf nicht ohnmächtig werden! Er muss die lähmende Angst vor dem, was kommt, niederringen!

Schweiß tritt auf seine Stirn. Er stößt sich von der Mauer ab und strebt weg von der Kapelle. Sein Gang ist unsicher, und ein Zittern ergreift seine Hände. Stolpernd erreicht er nach wenigen Schritten den Bach. Es hat ihn mehrere Tage gekostet, Steine anzuhäufen und mit Stöcken mühsam einen neuen Graben in den Waldboden zu bohren. Schließlich hat er es geschafft, das wilde Quellwasser so umzulenken, dass es in der Nähe seines Unterschlupfs als schmaler Wasserlauf vorbeifließt.

Er sinkt nach vorn auf die Knie, beugt sich von der kleinen Böschung hinab und hält die zitternden, in Gebetshaltung verschränkten Hände in das eiskalte Wasser.

Er hofft, dass es auch jetzt hilft, so wie es bisher immer geholfen hat. Die kalte, klare und fließende Frische beruhigt ihn. Nur hier gelingt es ihm, seine wütende Verzweiflung zu lindern.

Konzentriert starrt er auf seine geschundenen Hände, beobachtet, wie sich das Wasser um das Hindernis schlängeln muss, Strudel und Blasen formt und Wirbel bildet. Er spürt den Schmerz, spürt, wie die eisige Kälte des Quellwassers nach seinem Puls greift und in ihn eindringen will. Er muss sich konzentrieren, um nicht das innere Gleichgewicht zu verlieren, muss die Hände fest gegen den Druck der Strömung pressen. All seine Sinne, jede Faser seines Körpers, jede Zelle seines Organismus sind auf Überleben geschaltet. Er muss die Angst bezwingen. Er muss sich befreien. Er muss leben. Er will leben.

Ächzend stützt er sich auf die Knie, steht auf und geht mit noch unsicheren Schritten zurück in Richtung der Kapelle und reibt sich die schmerzenden Pulsadern wieder warm. Ich schaffe das, denkt er. Mich kriegst du nicht klein.

Plötzlich hört er das feine Summen der Motoren und das charakteristische Rauschen der riesigen Flügel, die durch die Luft schneiden. Er sieht sie noch nicht, aber sie werden jede Sekunde über den Baumkronen erscheinen. Ohne zu zögern wirft er sich auf den Boden, krabbelt ein paar Meter und presst seinen Körper gegen eine große Pappel, zieht den Kopf zwischen die Knie und umfasst die Knöchel. Dann lässt er sich in dieser zusammengerollten Haltung zur Seite fallen. So verharrt er regungslos und wartet. In dieser Stellung gleicht sein Infrarotbild dem eines schlafenden Tieres. Sein passiver Tierchip wird den Drohnen auch prompt die Kennung eines großen Hundes funken. Eines Hundes, den niemand vermisst.

Zunächst huscht ein Schatten an ihm vorbei. Spark schielt unter halb geschlossenen Lidern durch die Bäume und sieht die Eagle, eine gigantische Aufklärungsdrohne, heranrauschen. Er kennt jedes Detail ihres metallenen Baus. Ihre Flügel können eine Spannweite von bis zu zweihundert Metern erreichen. Sie kann wochenlang in der Luft bleiben. An Bord trägt sie zahlreiche Miniaturdrohnen, die sie zu näherer Aufklärung absetzen kann, wenn ihre Sensoren ein interessantes Objekt identifiziert haben. Eagles werden eingesetzt, um weite Gebiete zu kontrollieren und Lebewesen zu finden. Suchen sie schon gezielt nach *ihm?* Es wäre das Ende für ihn, es wäre das Ende für seine Liebe und sein Kind, und es wäre das Ende im Kampf um eine Welt, in der es sich zu leben lohnt, wenn sie ihn entdecken.

Er sieht mit zusammengekniffenen Augen den milchig-weißen Bauch der Drohne, in dem die GenLabs untergebracht sind, die im Flug Gewebeproben analysieren können. Er bleibt bewegungslos in seiner kauernden Haltung, auch nachdem die Drohne schon lange über ihn hinweggerauscht ist. Er wartet auf die zweite Drohne, die unweigerlich kommen muss. Sie sind immer paarweise unterwegs, halten einige Kilometer Distanz zueinander und durchkämmen die weiten, unwirtlichen Gebiete, die von versprengten LOWs bevölkert werden. Früher schaute er sich mit Bill die Luftaufnahmen bei einem Glas Wein an und lachte laut, wenn ein Wilder durchs Bild huschte. Jetzt ist er selbst einer geworden.

Gerade als er den Kopf heben will, vernimmt er erneut das typische Rauschen. Er duckt sich wieder. Sekunden später nähert sich der Schatten der zweiten Drohne. Sie überfliegt ihn etwas dichter als die erste und zieht ihre Bahn gemächlich weiter, bis auch sie hinter den Bäumen verschwunden ist. Er wartet reglos ab, bis er nur noch die vertrauten Geräusche des Waldes hört. Als er sicher ist, dass die Drohnen nicht umdrehen werden, stemmt er sich hoch und rennt zur Kapelle zurück.

Dort setzt er sich auf die Stufen. Sein Körper ist völlig entkräftet, aber sein Geist will nicht aufgeben. Er sieht in die Ferne. Er muss Kraft schöpfen. Er sucht die Quelle, die ihm den Mut und den Willen geben kann. Er kann es schaffen. Er muss es schaffen. Sein Blick schweift suchend in die Ferne. Da draußen, irgendwo da draußen muss sie sein.

1. KAPITEL

Eden, dreißig Jahre nach Einführung von NOW

Sparks Augen waren im Halbschlaf noch fest geschlossen, als das Echo eines Albtraums, der ihn seit Jahren regelmäßig heimsuchte, langsam im Nirgendwo verschwand. Er hatte einen leisen Ruck gespürt, als sein kapselartiger Lithos-Luftgleiter die mittlere Stratosphäre verließ, die Stummelflügel vergrößerte und die Nase auf die Pazifikküste ausrichtete. Schlaftrunken streckte er sich, zupfte die weiche Decke zurecht und überlegte, ob es wieder einmal der Traum gewesen war, der ihn geweckt hatte, oder nur die veränderte Flugposition.

Noch bevor er tiefer in sein Unbewusstes drang, sackte der Luftgleiter plötzlich durch. Spark riss die Augen auf, sein Herz pochte. Der Gleiter vibrierte heftig, fing sich dann aber wieder. Spark griff reflexartig nach den Lehnen des Sessels und klammerte sich fest. Er trug keinen Gurt. Und er war allein an Bord; es gab weder einen Piloten noch einen anderen Passagier.

Jetzt war er hellwach. Der Gleiter pendelte zunächst mit sanfter werdenden Bewegungen in eine ruhigere Fluglage und rauschte dann weiter, in flachem Winkel auf sein Ziel an der Pazifikküste zu.

Sparks Traum war schlagartig wie weggewischt. Er setzte sich auf, brachte die Lehne in eine aufrechte Position, schnallte sich erst einmal an und sah durch das bauchige Fenster hinaus, in den Himmel über ihm. Er betrachtete das kalte Schwarz des endlosen Weltraums, eine Farbe, die so tief war wie nichts auf der Welt, das er kannte. Dann blickte er zur Orientierung hinab auf die Erde und erkannte weit unter sich die Küste des ehemaligen Kaliforniens, wo jetzt das neue Eden lag, seine Heimat. Als sein Blick über das heitere Blau des Pazifiks wanderte, konnte er auf einmal die Erdkrümmung am Horizont deutlich sehen. Und dann, als der Gleiter sich zur Seite neigte, schillerte über der Erdkrümmung auf einmal die hauchdünne Atmosphärenschicht, ein unschuldiges Babyblau vor der tiefschwarzen Unendlichkeit des Weltalls. Spark betrachtete die Schicht aus Luft, die sich über die Erde spannte. Sie allein schützte den Planeten vor dem tödlichen interstellaren Raum. Diese Schicht erschien ihm im Vergleich zur Größe der Erde geradezu papierdünn, und doch machte sie das Leben auf dem Planeten überhaupt erst möglich.

»Die Natur kann man nicht betrügen«, hatte sein Vater immer gesagt, »alles, wirklich alles hat seine Grenzen.«

Spark hatte diesen Effekt während der vielen Flüge mit seinem Gleiter schon öfter wahrgenommen. Aber der Anblick dieser wie mit Händen zu greifenden Verletzlichkeit der Erde, die irgendwo mitten im tiefschwarzen, todbringenden und endlosen Nichts des Weltalls hing, war immer wieder überwältigend.

Noch leicht berauscht von dem Anblick, versuchte sein Verstand nachzuvollziehen, warum sein Gleiter eben reagiert hatte. Hier oben, in einer Reiseflughöhe von über dreißig Kilometern Höhe, war es mit minus vier Grad relativ warm. Sein vollautomatisches Fluggerät musste nach der Kurskorrektur plötzlich in kälter werdende Luftschichten darunter eingetaucht sein. Im Verlauf des weiteren Sinkflugs würde die Temperatur erst auf minus sechzig Grad absinken, bevor sie dann wieder anstieg, je näher sie der Erde kamen. Das war der inverse Temperaturverlauf, dachte er, möglich durch die vollständige Reparatur der Ozonlöcher. Zu Hause in Eden waren es angenehme achtundzwanzig Grad Celsius, wie er der Anzeige entnahm.

Die grüne Diode für »Soft Ride« leuchtete auf. Spark hoffte, dass es nun keine weiteren Turbulenzen mehr geben würde. Er blickte auf die leeren Sessel seines Gleiters.

Das nächste Mal, dachte er und schmunzelte zufrieden,

werde ich auf dieser Reise nicht alleine sein. Ich werde sie endgültig mitnehmen.

Es war still um ihn herum, Spark hörte nur das veränderte Rauschen, das von den vergrößerten Tragflächen stammte. Der Gedanke an sie stimmte ihn heiter und gleichzeitig ungeduldig. Noch zweiundzwanzig Minuten bis zur Landung in Eden, las Spark auf dem Monitor, legte den Kopf zurück in das weiche Kissen und schloss die Augen, gerade so, als wolle er die restliche Flugzeit wieder in einen Traum flüchten, diesmal in einen, in dem sie die Hauptrolle spielte. Er versuchte sich auf sie zu konzentrieren, dachte an ihre samtweiche olivfarbene Haut, die großen grünen Augen und ihre perfekte Silhouette. Aber die Frage nach dem Sinn seines lästigen Traums von vorhin, der ihn immer wieder heimsuchte, drängte sich in den Vordergrund.

Er hatte noch nie irgendjemandem davon erzählt. Der Traum mit allen Sequenzen, die ihn so oft mit ihren plastischen, präzisen Details überraschten, war immer exakt der gleiche. Glasklar stand er vor seinem geistigen Auge. Es war ein Traum, der zu der Zeit spielte, als er noch ein kleiner Junge war, gerade sechs Jahre alt geworden. Er begann immer schön, in fast euphorischer Stimmung. Inzwischen war er dreißig Jahre älter, auf der Höhe seiner Kraft, zum Hüter der neuen, idealen Welt erkoren, aber die Erlebnisse seines eigenen sechsjährigen Ichs spukten immer noch in seinem Kopf herum und störten seine Gelassenheit. Irgendwo, dachte Spark, hatte sein Leben wohl ein Loch, das er füllen musste.

Sie waren auf die Kirmes gegangen, er und sein Vater. Es war Sparks Geburtstag. Sein Gesicht war mit bunter Zuckerwatte verschmiert, sein Bauch mit Marshmallows vollgestopft. Er sah die vielen bunten Lichter, hörte den Lärm der Karussells, das Kreischen der Kinder. In seinem Traum wurde die weitere Umgebung schlagartig ausgeblendet. Er sah sich selbst mit offenem Mund vor einer riesigen Geisterbahn stehen. Er wollte hinein, unbedingt, zerrte und zappelte an der Hand seines Vaters.

»Ich bin doch jetzt groß«, sagte er und wusste, dass man sich gruseln würde, wenn man da mitfuhr.

Da kam ein dicker Mann, dessen Gesicht Spark nicht erkennen konnte, auf sie zu, redete mit seinem Vater, lachte und bedeutete ihnen, ihm zu folgen. Er deutete auf die Papierkrone, die Spark auf dem Kopf trug, wie Kinder das tun, wenn sie Geburtstag haben. Dann zeigte er auf ein Schild, auf dem zu lesen war, dass Geburtstagskinder eine Freifahrt bekämen. Spark war stolz, dass er schon lesen konnte. Er war wirklich schon groß. Als sie hineingingen, war er euphorisch und aufgeregt. Er erinnerte sich, wie fest er die Hand seines Vaters gedrückt hielt. Im nächsten Augenblick sah er sich vor dem Schlitten stehen, der mit Totenköpfen und allerlei gruseligem Getier verziert war. Er sah die Schienen, die zu einer Schwingtür führten, hinter der die bedrohliche Höhle auf die Fahrgäste wartete. Kurz löste er den Griff um die Hand seines Vaters, um einzusteigen. Da kam ein Ruck, und das Gefährt fuhr auf einmal los. Er wurde auf den Sitz geschleudert und sah, wie sein Vater auf dem schmalen Bahnsteig stand. Perplex sah er ihm hinterher, dann rief er ihm etwas aus vollem Halse zu, schob den Mann beiseite und rannte los, aber der Wagen war zu schnell. Spark war allein. Er klammerte sich an dem Sitz fest und fuhr auf die Schwingtür zu. Allein…

Die Tür flog auf, und der Horror begann. Geheul, Spinnweben und beleuchtete Skelette, Frankenstein-Monster und Bettlaken mit roten Augen. Er konnte sich nicht sattsehen. Er spürte keine Angst. Auch die Piraten ohne Kopf und die bleiche Frau, die aus dem Sarg hochschnellte, als er vorbeifuhr, erschreckten ihn nicht. Nicht in seinem Traum…

Was ihn erschreckte, war das Ende der Fahrt, als er durch den Schlitz in der Schwingtür das Licht draußen sehen konnte. Plötzlich lief alles in Zeitlupe. Er konnte schon die Stimme seines Vaters hören, der nach ihm rief, und sah die Schienen, die ihn zu ihm tragen würden. Gleich wäre er an der Tür angekommen, gleich wäre die Fahrt zu Ende, doch dann, kurz bevor er wieder in die Heiterkeit und das Glück seines Geburtstags zurückgelangen konnte, bog die Bahn knapp vor der Tür auf einmal scharf rechts ab, berührte sie fast, doch sie führte hinab, immer tiefer in die Dunkelheit… Der Schlitten neigte sich zur Seite und wurde schneller, immer schneller. Die Räder kreischten, Spark wurde heftig geschüttelt und hin und her geworfen, er klammerte sich verzweifelt an die metallenen Streben des Schlittens, und die Fahrt ging weiter ins Bodenlose, ins schwarze Nichts, weg von der Welt, weg vom Licht, in irgendeinen Abgrund, und plötzlich wusste er, er würde seinen Vater, seine Mutter, Basky, den Hund, und sein Zimmer nie mehr wiedersehen. Das war der Punkt, an dem Spark für gewöhnlich aufwachte.

Der Gleiter hob die Nase, um abzubremsen, und stellte seine Rotoren langsam von Vorwärtsflug auf vertikalen Hub um. In wenigen Minuten würde er auf dem vollautomatischen Landing Dock aufsetzen. Spark öffnete die Augen, sah aus dem Fenster und erkannte den vertrauten Landeplatz. Er war entspannt, aber genauso ratlos wie vorher, weil er das, was in den Stunden vor seinem Abflug passiert war, nicht als Rückkoppelung mit seinem Traum in Verbindung bringen konnte. Er spürte, wie die Rotoren heftig vibrierten, weil sie das Gewicht des Gleiters zur Landung senkrecht trugen und mit wohldosiertem Schub das zwanzig Meter lange Gerät mit seiner Passagierkapsel über dem Landeplatz in die Magnethalterungen absenken ließen. Die Flügel surrten unter ihre Verkleidung zurück, und Spark sah die aufgedampften Sonnenkollektoren im Gehäuse des Rumpfes verschwinden.

Er dachte an seinen Vater, den er an jenem Tag verloren hatte. Am Abend, nach dem Besuch auf der Kirmes, war der fürchterliche Unfall passiert. Er hatte seinen Vater über alles geliebt.

Unwillkürlich fasste er sich an die linke Schulter, wo sein Vater ihm ein Andenken hinterlassen hatte: ein mehrschichtiges intelligentes Tattoo, mit einer Tinte gezeichnet, die auf Licht und elektromagnetische Wellen reagierte. Nicht mehr als ein paar kryptische Zeichen waren zu sehen, deren Sinn sich Spark entzog. Sein Vater war sonderbar gewesen, zuweilen. Liebevoll, wie nur ein guter Vater es sein kann, aber sonderbar. Spark durfte die Tätowierung nie verändern, hatte sein Vater ihm eingeschärft. Es würde sie beide auf immer vereinen. »Es ist mein Erbe an dich«, hörte Spark seinen Vater sagen, »das Erbe, das ich dir mitgebe.« Immer wieder hatte sein Vater ihm das eingeschärft. Und dann das Schlaflied gesungen.

Spark faltete die Decke zusammen, griff seine Tasche und stieg aus. Sein Lithos stand schon bereit, um ihn nach Hause zu fahren. Sie nahmen die Straße vom Landeplatz aus Richtung Eden, und Spark machte es sich auf der Rückbank bequem.

Sein Blick schweifte über das sanfte Tal, das von grünen Hügeln umgeben und von einem breiten, klaren Trinkwasser-Fluss durchschnitten wurde. Edens Lage war so gewählt worden, dass es genug frisches Wasser gab und nie zu heiß oder zu kalt wurde. In diesen Breiten, hatte der Algorithmus errechnet, herrschten die idealen Lebensbedingungen für den Menschen mit seiner empfindlichen Biologie.

Eden wurde jeden Frühling von einem endlosen Meer von Wildblumen umschlossen, die Böden hatten sich erstaunlich schnell erholt. Die intakten, artenreichen Wälder um Eden herum würden viele Jahrhunderte lang Sauerstoff in ausreichender Menge produzieren. Die Hochtechnologie hatte es möglich gemacht, Schadstoffe auf null abzusenken. Eden war die erste Stadt der Welt, deren Erbauung und Betrieb keinen Schaden an der Natur verursachte. Und sie war mithilfe des Superalgorithmus NOW so perfekt auf die menschlichen Dimensionen zugeschnitten und von so effizienter Ästhetik erfüllt, dass es der lebenswerteste Ort war, den Menschen je erschaffen hatten. Eden hatte sechshunderttausend Einwohner und war damit die größte Stadt des schmalen Streifens auf dem Globus, der den NOW-Gebieten vorbehalten war.

Sparks Lithos schoss auf der leicht erhöhten Umgehungstrasse am eigentlichen Zentrum Edens mit seinen historischen Metropolen nachgebauten, romantischen Stadtinseln vorbei, durchschnitt am östlichen Stadtrand die Ansammlung der vertikal begrünten Cluster-Türme, an deren Fassadenüberhänge sich Bäume, Gemüsebeete und Obstplantagen bis in den Himmel streckten, und fuhr dann gemächlich bergauf durch den Villenvorort, auf dessen höchstem Punkt Sparks eigenes Domizil stand. Spark wohnte im besten Stadtteil von Eden, was ihm aufgrund seines hohen Rankings auch zustand.

Vielerorts hantierten Robotertrupps in den prächtigen Gärten und schufen in wenigen Tagen aus ausgedruckten Drei-D-Teilen neue Häuser. Der Lithos nahm die letzte Anhöhe und bog in die Straße, von der aus er auf sein Grundstück gelangte. Vor ihm im Tal führte die aufsteigende Feuchtigkeit einen Tanz im Licht der Morgensonne auf. Spark seufzte unwillkürlich. Es gab in Eden keine Zäune, keine hohen Mauern und nirgends Warnhinweise. Es gab keine Kriminalität, keine Angst und keinen Neid. Ein Paradies, wie nur ein Gott es sich vorstellen konnte.

Der Lithos fuhr weiter bergan und klinkte sich in die Magnetschiene seines Gartens ein. Sensoren übertrugen seine Ankunft auf die Systeme im Haus, das von einer kuppelartigen Hülle überspannt wurde, die auch Teile des üppigen, tropisch anmutenden Gartens bedeckte.

Das Licht der aufgehenden Sonne wurde von der Oberfläche des träge dahinströmenden Flusses unten im Tal in flachem Winkel bis hier oben in die Vorstädte mit ihren Gartenanlagen reflektiert. Dies war beim Bau der Stadt berücksichtigt worden, damit möglichst viel Sonnenenergie von den intelligenten Außenverkleidungen der Gebäude genutzt werden konnte.

Sparks Villa, die einen der Hügel dominierte, war so ausgerichtet, dass die ersten Strahlen die breite Seite des futuristischen Flachbaus unter der Kuppel trafen, dann im Laufe des Vormittags über die abgerundeten Kanten weiter wandern konnten und damit über den Tag gerechnet genug Strom erzeugten, um den ganzen Hügel zu versorgen. Die Villa war mit einer elektrochromen Folie beschichtet, die sich der Lichteinstrahlung anpasste.

Spark betrat seine Villa durch das Eingangsportal, das mit einem leisen Klack entsichert wurde, als er die vier Stufen emporschritt. Er warf seine Tasche auf den Empfangstisch links neben der Eingangstür und hörte die Stimme, mit der sein System ihn begrüßte:

»Willkommen zu Hause.«

Vier Tage war er nicht hier gewesen. Er wollte sich nach der langen Reise nach Zagoria, eines der entlegenen Ausbildungszentren, erst einmal frisch machen und umziehen.

Spark durchquerte die große, luftige Eingangshalle, sprang die geschwungene Treppe in den ersten Stock hinauf und überquerte die Galerie mit ihrem gläsernen Boden, die sich wie eine schwebende Brücke quer durch das Haus zog. Während er ins Bad ging, schaltete seine Villa die Außenhaut von abgedunkelt auf trüb und dann auf transparent. Auf seinem Weg konnte er die Details in seinem tropisch anmutenden Garten sehen, blieb kurz stehen und blickte zu der kunstreich verzierten Voliere im Garten hinter dem Haus. Er suchte das bunte Papageienpärchen, das dort wohnte. Sie saßen an ihrem Lieblingsplatz im obersten Stock der Freiluftpagode im Schatten zweier großer Palmen und schnäbelten unbekümmert.

Es war herrliches Wetter. Ein weiterer sorgenfreier Tag in Eden. So wie jeder Tag in Eden war, seit es die Stadt gab. Er spürte die tiefe Harmonie in seinem Inneren und seufzte wieder zufrieden. Dann blickte er auf den Timer und ging weiter in seinen Bädertrakt.

Rasch entkleidete er sich und warf seine Wäsche, die mit Sensoren bestückt war, in die dafür vorgesehene Klappe. Die Sensoren würden das hausinterne Transport- und Sortiersystem aktivieren, die Wäsche reinigen und über Förderbänder und mithilfe von Greifarmen wieder dem Ankleidezimmer zuführen.

Spark straffte die Schultern, spannte die Bauchmuskeln und musterte seinen durchtrainierten Körper im Spiegel. Er war zufrieden. Dann surrte eine Klappe im Spiegel zur Seite, und sein Zahnreinigungsapparat schob sich ihm entgegen. Fest biss er auf den Abdruck seiner Zähne. Sobald die Sensoren den Druck registrierten, lief der Timer. Die eigens für ihn angefertigten Zahnschalen schmiegten sich an seine Zähne und begannen mit einer sanften AirFlow-Reinigung. Der Timer blinkte, und eine Stimme ertönte aus der Glaswand vor ihm:

»Hi, Spark.«

Es war seine Assistentin, die auf den Namen Georgia hörte. Über hochempfindliche Mikrofone und ein komplexes System von Lautsprechern und dreidimensionalen Projektoren in allen Räumen konnte er mit dem System wie mit einer Person sprechen, die wirklich anwesend wäre. Die Projektoren konnten auf Wunsch ein Hologramm von ihr in den Raum werfen, sodass es wirkte, als habe das System einen Körper.

Spark hatte Georgia nach seinen eigenen Vorstellungen moduliert: Sie war eine humorvolle, stets höfliche Frau. Jeder in Eden konnte frei entscheiden, wie er seine Schnittstelle nutzte. Einmal konfiguriert, stellte sich der Algorithmus automatisch auf die Vorlieben, Launen und Bedürfnisse des jeweiligen Benutzers ein. NOW optimierte sich selbstständig und lernte alles über seinen Anwender, um ihm bestmöglich dienen zu können.

Georgia wusste, dass Spark zu Hause eher auf eine vertrauliche Anrede stand und nicht etwa mit einem förmlichen »Guten Morgen« begrüßt werden wollte. Das war Gästen vorbehalten.

»Hi, Spark«, wiederholte sie nun, da von ihm keine Antwort kam.

»MMMbbblrmmm!« Mehr bekam Spark mit dem leise vibrierenden Apparat in seinem Mund nicht heraus.

»Airflow empfiehlt ein Scaling in nächster Zeit. Airflow meint, dass sich etwas Zahnstein anzusetzen beginnt. Unten, innen.«

»MMMHHMM!«

»Sollen wir das jetzt gleich erledigen?«, fragte Georgia mit ihrer gutturalen Stimme, die ihm so gut gefiel.

Spark brummte zustimmend.

Das Summen in seinem Mund erstarb und schwoll dann zu einem hohen Sirren an. Spark merkte, dass sich die Zahnmulden in seinem Mund etwas gelockert hatten, der Scaler-Sonic-Strahl sich in hohem Tempo von Zahn zu Zahn vorarbeitete und den Zahnstein entfernte. Dabei beschädigte er nicht ein einziges Molekül vom Zahnschmelz. Das Ganze dauerte weniger als eine Minute.

Der Speichel, der als Reaktion auf die mechanische Reizung seiner Mundhöhle entstand, wurde durch einen der kleinen Schläuche, die Sparks Mund mit dem Spiegel verbanden, abgesaugt. Seine Assistentin projizierte indessen die neuesten Vorschläge für die Inneneinrichtung der Yacht, die er gerade bauen ließ, vor seine Augen, um ihn während der Prozedur abzulenken. Spark betrachtete die dreidimensionale Präsentation. Er bevorzugte ein minimalistisches, elegantes Design für die öffentlichen Bereiche, wie etwa den Decksalon und die Bars. Die Kabinen und das Kaminzimmer sollten mit ihrem maritimen Look vor allem gemütlich und behaglich wirken. Die Yacht würde einhundertzwanzig Meter lang werden, der Rumpf war bereits fertig und mit der neuesten Technik ausgerüstet. Die Bordwände ragten in einer glatten, ununterbrochenen Fläche von der Wasserlinie neun Meter in die Höhe, um ein Entern zu verhindern, wenn er in nicht gesicherten Gebieten der LOW-Gebiete unterwegs war. Stand man auf der Yacht, sah man nur Holz, Glas und Stahl. Das System begleitete die Projektion der Designvorschläge mit einem Klangteppich.

»So. Schon erledigt!«, schnurrte Georgia kurz darauf zufrieden, und die Bilder verschwanden.

Spark öffnete den Mund, und der AirFlow glitt hinaus. Die transparente, türkis schimmernde Kunststoffstruktur zog sich in die Wand vor ihm zurück, und die Klappe schloss sich. Spark spülte den Mund aus und fletschte die Zähne vor dem Spiegel. Er sah sein makelloses weißes Gebiss und fuhr mit der Zunge über den glatten Zahnschmelz.

Die Holzverkleidung der Waschtischumrandung unten öffnete sich und nahm das Glas Quellwasser wieder auf, das exakt auf Sparks Körpertemperatur an diesem Morgen vorgewärmt worden war. Eine Anzeige erschien auf dem Spiegel: »Bakterieller Befund: 100 %. Mundflora: Gesund. Entzündungswerte: N.V. PH: 7,36.« Eine grüne Anzeige leuchtete auf. Nachdem die Eye-Ball-Kennung registriert hatte, dass Spark die Anzeige gelesen hatte, erlosch sie.

»Ein bisschen Bewegung?«, fragte Georgia. »Nicht, dass du's bräuchtest, aber es wäre noch genug Zeit dafür«, fügte sie hinzu.

»Nein, jetzt nicht. Ich rasier mich erst mal.«

Spark begann mit einem altmodischen Rasierpinsel zu hantieren und schäumte Seife von einem faustgroßen Block auf. Dabei stieg ihm der Duft von der Blüte einer wild wachsenden sizilianischen Kapernart in die Nase. Seine Assistentin registrierte die Moleküle in der Luft und analysierte die Intensität. Er klappte sein geliebtes Barbiermesser auf, zog es über das Wetzleder und schabte sich mit sicherem Schwung den Schaum zusammen mit den kräftigen, bläulich schwarzen Bartstoppeln vom Gesicht. Spark hatte als kleiner Junge seinem Vater gern beim Rasieren zugeschaut und von ihm die Technik und Raffinessen dieser altmodischen Art der Rasur abgeschaut. Als ihm selbst der Bart zu wachsen begann, entschied er sich, es seinem Vater gleichzutun. Das Rasieren war zu einem Ritual geworden, das er liebte.

Spark wusch sich die Seifenreste vom Gesicht, griff nach

einem körperwarmen Wabenhandtuch aus Eukalyptusfasern, das an diesem Morgen mit etwas heilsamem Zimtöl verfeinert war, und trocknete seine Wangen ab. Zufrieden musterte er sein Antlitz. Aus dem Spiegel vor ihm tastete ein Niederfrequenz-Laser jede Pore seiner Haut ab, ohne dass er etwas davon mitbekam. Der Laser untersuchte die Hautstruktur, verdächtige Muttermale und Flecken und analysierte die Beschaffenheit der Nährsubstanzen in Sparks Haut. Ein UltraLightScanner tastete in einer Millisekunde seinen Augenhintergrund ab und suchte auf der Netzhaut nach geplatzten Äderchen und Veränderungen, die auf ein mögliches organisches Problem hinwiesen.

Eine weitere Klappe öffnete sich, und Spark entnahm die bereitgestellte Lotion aus Traubenkernextrakten, die das Hautanalyseprogramm heute empfahl, um sich nach dem Duschen einzucremen.

Dann trat er in den WashTower und ließ sich von den Düsen waschen. Seine Assistentin stellte inzwischen in einer Klappe die benötigten angewärmten Handtücher bereit. Dann kontrollierte sie die Wetter- und Temperaturdaten für den Tag, erfasste die anstehenden Termine und erstellte anhand der Sensoren in seiner Kleidung eine aktualisierte Inventur seines DressTowers.

Spark stand nach der Waschung splitternackt in seinem Bäderbereich und trocknete sich ab. Sorgfältig massierte er die Lotion in seine Haut ein. Während er die nährreiche Creme mit ihren vierhundert Bestandteilen verrieb, fragte er:

»Was haben wir heute vor, Georgia?«

»Wir werden die Dampfung der Metallfolie am Haus erneuern, es soll ein warmer Sommer werden, und wir wollen die Isolierung überprüfen. R218 erledigt das. Dann werden die neuen Solarpaneele darüber gedampft. Bis heute Abend ist alles fertig. Um elf Uhr fahren wir zu deinem Onkel Bill ins Archiv. Mittagessen. Dein Essen kannst du auf der Fahrt im Lithos aussuchen, wir haben jetzt das neueste Modell im Port, und ich hab schon geladen, was es heute gibt. Um fünfzehn Uhr sind wir – das wird dir gefallen – bei der Werft, Modelle besprechen. Danach fahren wir zum Einkaufen in den VerticalStore. Da gibt's neues Obst. Und heute Abend ist Festival. Du wirst Gäste in deiner Loge haben.«

»Okay. Schön. Ein neuer Lithos, hast du gesagt?«

»Ja, Eleanor hat ihn hergeschickt, meine Kollegin mit dem wehenden Mäntelchen.« Georgias Stimme klang abfällig.

»Und, wie ist er?«

»Sehr schick! Lange Schnauze, weiches Sofa, bequeme Kissen aus Eukalyptus, und du kannst stehend ein- und aussteigen, weil das Dach nach oben fährt.«

»Aha«, grummelte Spark, »bin ja mal gespannt.«

»Du siehst übrigens super aus«, ließ sich Georgia vernehmen. »Ich sag das nicht, weil ich muss!«, fügte sie schnell hinzu.

»Schwindlerin!«, erwiderte Spark mit einem Schmunzeln. »Ich zieh mich jetzt an.«

Spark verließ den Bäderbereich, überquerte die geschwungene Galerie und sah dabei nach oben durch das transparente Dach. Weiße Wolken zogen gemächlich über den kobaltblauen Himmel. Herrliches Wetter.

Er betrat, immer noch splitternackt, seinen DressTower, einen geräumigen, luxuriös ausgestatteten Ankleideraum, wie in einer Edel-Boutique.

»Lass mal sehen!«, befahl er und baute sich vor dem Panoramaspiegel auf.

»Ich komme!«, sagte Georgia und erschien Augenblicke später als lebensgroßes Hologramm im Raum neben Spark.

Spark musterte sie. Georgia hatte sich als Ankleiderin bei Hofe zurechtgemacht, gekleidet in ein Monstrum aus gelbem Tüll, dekoriert mit einem Maßband, das ihr um den Hals hing, einem Nadelkissen, das auf ihrem Handgelenk prangte, und einer Schneiderschere, die ihr an einer Kette um den Hals hing. Ihr Gesicht war bleich geschminkt und mit auffälligen Schönheitsmalen dekoriert.

»Hübsches Kleid!«, bemerkte er sarkastisch. »Aber lass den Quatsch weg!«

Georgia errötete und seufzte geziert: »Mon Dieu. Kein Sinn für Romantik, der Seigneur!« Binnen eines Bruchteils einer Sekunde hatte sich Georgia ihrer Verkleidung entledigt.

»So, jetzt seh ich wieder normal aus. Okay?«, schmollte sie.

»Braves Mädchen«, kommentierte Spark und ließ kurz den Blick über ihre Gestalt gleiten.

Georgia war jetzt in einen dunkelblauen, geradlinig geschnittenen Businessanzug gekleidet, der ihre Figur betonte, ohne zu sexy zu wirken. Ihre Haare waren von einer lockigen, barocken Turmfrisur zu einem kastanienbraunen Wasserfall geworden, der ihr ebenmäßiges Gesicht umspielte. Sie war eine attraktive Erscheinung.

»Was hast du ausgesucht?«, wollte Spark wissen.

Der Panoramaspiegel wurde durchsichtig, und dahinter erschienen sechs lebensgroße Projektionen Sparks in sechs verschiedenen Outfits.

»Das da«, sagte Spark und deutete auf ein sportlich-elegantes, bis hin zu den Schuhen stimmiges Ensemble rechts von ihm.

»Das nehm ich. Aber ohne Hut!«

»Liegt schon bereit, bis gleich«, gurrte Georgia, machte einen Kussmund, und ihr Hologramm verschwand. Spark hörte, wie die Roboter im Schrank die passenden Kleidungsstücke auf den stummen Diener beförderten.

»Ich hab übrigens drauf gewettet, dass du das nimmst«, ertönte ihre Stimme im Raum.

»Naseweis!«

Spark hörte ihr fröhliches Lachen. »Gotcha, Babe!«, hauchte sie zufrieden und ließ ihre Stimme jetzt dunkel klingen.

»Hauptsache, du hast Spaß!«, knurrte Spark.

»Das ist es doch, worum's geht, oder nicht?«

»Jaja, hast ja recht«, wiegelte Spark ab.

»Warum sollte irgendeine lebende Kreatur in Schmerz und

Leid existieren? Wo doch jeder nur Spaß und Freude am Leben haben sollte! Oder?« Spark registrierte, dass das Neckende in ihrem Tonfall verschwunden war. Sie klang auf einmal ganz ernst.

»Spaß und Freude haben und mit dem Material, das die Erde uns gibt, etwas anfangen«, ergänzte Spark ihren Gedanken. Eine Verkleidung des Schrankes glitt zur Seite, und eine Ankleidepuppe mit seinen auf Körpertemperatur angewärmten Kleidungsstücken wurde herausgeschoben. Spark zog sich Unterwäsche, Socken und die Hose an.

»Das ist doch auch Spaß!«, insistierte Georgia, immer noch aus dem Off.

»Früher nannte man das Arbeit. Man lernte etwas, ließ sich mit seinen Fähigkeiten auf Zeit mieten und bekam Geld dafür, sodass man sich kaufen konnte, was man brauchte.«

»Das hat die Menschen depressiv und krank gemacht, sie fühlten sich versklavt, das war kein Spaß! Früher jedenfalls«, bemerkte Georgia. Ihr großer Kopf erschien dicht vor Sparks Gesicht.

»Was weißt du denn schon über früher?«, hielt Spark dagegen und sah ihr in die Augen.

»Alles, mein Lieber. Alles!«, säuselte sie ihm ins Ohr. Spark musste schmunzeln, als er hörte, wie perfekt die Stimme verschiedene Stimmungen ausdrücken konnte.

»Auch jedes Geheimnis?«, fragte Spark leicht provozierend.

»Jedes Geheimnis«, antwortete Georgia ernst. Sie stand jetzt wieder in ihrer ganzen Gestalt vor ihm. »Und«, fügte sie nachdenklich hinzu, »auch alle Geheimnisse, die gar nicht mehr in euch Menschen hineinpassen. Die kenne ich auch. Alle. Und zwar seit meiner Geburt.« Sie schaute Spark so an, wie sie es immer dann tat, wenn ihre Programmierung über Ursachen und Wirkung von Emotionen der menschlichen Seele an Grenzen stieß: nachdenklich und abwartend. Es entstand eine Pause.

»So, Schluss jetzt, ich zieh mich an«, sagte Spark, der an diesem Morgen keine Lust auf Small Talk hatte.

»Man wird ja wohl noch...«, fügte Georgia keck hinzu.

Aber weiter kam sie nicht. Spark klickte sie mit einer Bewegung seines Unterarms weg, wo sein USHAB seit der Übernahme durch NOW tief im Knochen eingepflanzt war. Es war das universale Endgerät, über das jeder Benutzer NOW bediente. Es enthielt die Kennung, kommunizierte mit allen Sensoren und steuerte den permanenten medizinischen Check. Georgia wurde stumm und verschwand, was ihm im nächsten Augenblick fast wieder leidtat. Es war Teil des Systems, dass die Benutzer, wenn sie wollten, Gefühle für das System entwickelten.

Er klickte ihre Stimme mit der Gestensteuerung seines USHABs wieder an.

»Also gut, Georgia, du hast recht. Ich gebe mich geschlagen. Willst du mitkommen zum Anziehen? Wollen wir weiterreden?«

»Nein, mach nur. Das ist mir im Moment peinlich. Außerdem habe ich zu tun. Ich erstelle gerade das Upgrade der Puppet Master für die CryptoCurrency. Ich komm dann nachher mit in den Garten. Okay? Cheerio...«

»Aber du bist nicht beleidigt?«

»Wie sollte ich? Ich bin doch nur eine Maschine. Es ist alles gut. Ich liebe die Gespräche mit dir. Deine Knurrigkeit am Morgen ist aber manchmal schon ein bisschen seltsam. Aber ich liebe dich trotzdem. Klick mich nur ruhig weg, Liebster!«

»Miststück!«, entfuhr es Spark.

»Das habe ich gehört!«, lachte Georgia aus dem Off.

Spark kleidete sich an, ging bestens gelaunt hinab in die Wohnhalle und trat auf die weitläufige Terrasse. Er nahm etwas Vogelfutter in die Hand und schlenderte hinüber zum Pavillon, wo er von den kreischenden Papageien begrüßt wurde. Aus dem Augenwinkel sah er eine winzige Drohne, die in die Voliere flog, sich dem Klecks näherte, den einer der Papageien fallen gelassen hatte, und mit einer feinen Nadel eine Probe sog.

Zwei Captains – menschliche Diener ohne volle Zugangsberechtigung zu NOW – erhielten gerade ihre Anweisungen von der allgegenwärtigen Georgia. Spark war sehr anspruchsvoll, was seinen Garten anging. Sein Lieblingsbaum war die riesige, ausladende Zeder in der Mitte des nördlichen Teils des Gartens, ein Klon der berühmten Piemonteser Zeder, die anlässlich einer Savoyer Hochzeit im siebzehnten Jahrhundert gepflanzt worden war. Sie musste regelmäßig und sehr behutsam zugeschnitten werden. Ihr Umriss erinnerte ihn an eine perfekt getrimmte Bonsai-Zeder, allerdings war sie über dreißig Meter hoch. Zwei der unteren Äste wuchsen horizontal durch den Garten. Darüber türmte sich das Geäst in perfekten Symmetrien bis in den Himmel. Es sah unwirklich aus, wie eine künstliche, aber lebende Pyramide, die sich sanft im Wind wiegte, und Spark liebte den Kontrast, der ihr innewohnte. Der Baum war ein Kunstwerk, das Ergebnis einer Zusammenarbeit von Natur und Mensch.

Nachdem Spark die Papageien gefüttert und sich mit Georgia über seine weiteren Pläne unterhalten hatte, machte er sich auf den Weg in den TransTower. Georgia wartete bereits neben dem Lithos, der silbrig schimmernd in der Garage stand, das Dach bereits geöffnet und fertig zum Einsteigen. Sie hatte die Haare hochgesteckt, eine große Brille auf der Nase und ein elegantes Halstuch um den schlanken Hals drapiert. Sie wusste genau, dass er diese kleinen Verkleidungsspiele mochte.

»Sir«, intonierte sie geschäftsmäßig.

»Danke«, quittierte Spark mit einem Lächeln und nahm in dem duftenden Ledersessel Platz.

Die Magnetmotoren begannen zu surren, und der Lithos setzte sich lautlos in Bewegung, geleitet vom Dopplersystem aus Resonance Rails und winzigen Drohnen, die ihn eskortierten.

Der Wagen glitt nach einer halben Meile durch das Tor auf die Ausfahrt, klinkte sich in den Rail ein, verlängerte aus aerodynamischen Gründen mit zunehmender Geschwindigkeit seine Form um einen halben Meter und beschleunigte auf ein irrwitziges Tempo, mit dem er auf der Malleability Avenue zum Zentrum Edens strebte. Die blanken Häuserfassaden mit ihren lang gezogenen Screens an den Wänden schossen an Spark vorbei, die Bilder gestochen scharf, wie festgefroren.

Eden war die wichtigste Stadt der NOW-Zone, und in ihr lebten die Schlüsselfiguren des Systems. Obwohl Eden mit einer vollständig autonomen Liquid Democracy Structure konzipiert war, die das Leben vollautomatisch regelte, mussten hochrangige Impulse Giver und einige ausgewählte Entscheider physisch an einem Ort versammelt sein. Nicht-Impulse-Giver, die übrigen Bürger NOWs, egal welchen Rankings, konnten sich aussuchen, in welcher der traumhaften Destinationen sie leben wollten.

Die Fahrt ging vorbei an den Vororten, erreichte dann die Cluster-Zonen, wo die Häuser dichter standen, und verlangsamte sich schließlich zu einer gemächlichen Gleitfahrt, als der Lithos die Grenze des detailgetreuen Nachbaus von Notting Hill erreichte. Sie durchquerten die quirlige und heimelige Londoner Innenstadt, fuhren dann wenig später an den vollen Cafés von Trastevere vorbei, überquerten den Fluss über die Pont Neuf und erreichten auf der anderen Seite das Gebäude aus federleichtem Fiberglas, in dem das Archiv untergebracht war. Es war die wichtigste Einrichtung von NOW und das einzige Gebäude mit Sicherheitsvorrichtungen. Der Archivar und damit Chef des Hauses war Bill, Sparks Onkel.

Nachdem die Sensoren Spark erkannt hatten, öffnete sich das Gate zum Archiv.

Georgia erschien auf dem großen Monitor des Lithos. Sie hielt einen Spiegel vors Gesicht und überprüfte ihren Look. Kurz leckte sie sich über die Zähne, als müsste sie Reste von

Lippenstift beseitigen. Dann zupfte sie ihr Halstuch zurecht, hauchte ihre schwarze Brille an und polierte sie am Revers ihrer Kostümjacke, wobei sie einen ironisch-flirtenden Blick in Richtung Spark aus ihren dezent geschminkten Augen abfeuerte.

»Na, dann wollen wir mal«, sagte sie zu Spark. »Ich bin bereit.«

2. KAPITEL

Im Archiv, wenig später

»Herzlich willkommen, Spark«, sagte der ältere der beiden Captains, die schon seit Jahren für das Archiv zuständig waren. »Bill ist noch im Base58. Er bat uns, schon mal nach oben in sein Quartier zu gehen. Bei dem schönen Wetter werden wir auf der Terrasse essen, hat Bill angeordnet.«

»Wunderbar«, sagte Spark. Sein Blick schweifte durch die Halle. Sonnenlicht fiel auf den Boden und brachte den schiefergrauen Granit zum Leben. Die Täfelungen der hohen Wände waren aus weichem Whitewood-Holz gefertigt, das mit seiner weißlich gelben Grundfarbe und den braunen und grünen Kernen das Licht aufnahm und reflektierte. Die dahinter angebrachten Screens zeigten Panoramaaufnahmen der NOW-Welt.

Georgia räusperte sich. »Deine Bestellung?«

»Ich nehme Steak, Salat und Pommes frites«, sagte Spark. »Ganz einfach.«

»Medium rare, wie immer?«, vergewisserte sich der Captain.

»Genau. Übrigens, wenn Bill alleine ist, würde ich gern ins Base58 gehen. Ich kann ihn dann ja nach oben begleiten.«

Bill hatte das Base58 nach der Jahreszahl benannt, in der die US-Behörden als erste Regierung der Welt mit der Speicherung von digitalen Daten begonnen und damit eine neue Investitionsform für Firmen geschaffen und die digitale Revolution möglich gemacht hatten: 1958. Ein würdiger Name für einen derart geschichtsträchtigen Ort.

Es dauerte einen Moment, bis das Hologramm von Bills Assistenten erschien. Spark stellte sich vor, wie Bill den Befehl sorgfältig formulierte, ignorierend, dass die Kommunikation zwischen Menschen und NOW keine zeitliche Ausbreitung mehr brauchte.

»Hallo, Spark«, ertönte die blechern klingende Stimme des namenlosen Assistenten. »Bill erwartet dich. Es wird nicht lange dauern, bis er fertig ist, aber du kannst gern zu ihm gehen.« Das Hologramm verschwand wieder.

»Als hätte er einen Spazierstock verschluckt«, lästerte Georgia in Sparks Ohr. »Und unhöflich dazu.«

Spark nickte dem bereits verflüchtigten Hologramm zu und setzte sich in Bewegung.

Bill. Sie hatten sich lange nicht mehr gesehen und immer nur über Cloud kommuniziert. Spark dachte unwillkürlich an den Unfall seines Vaters zurück, er war ganz hier in der Nähe passiert. Bill war danach sein Vormund und Mentor geworden, und mehr noch, er hatte sich rührend um ihn gekümmert. Wie ein echter Vater. Er hatte seine Anteile an der Firma EUKARYON verwaltet, bis Spark achtzehn Jahre alt geworden war. So hatte es das Testament vorgesehen. Sparks Anteile, ursprünglich ein riesiges Vermögen, waren wie alle Geldwerte von NOW in Zugang umgewandelt worden: Spark hatte sein AAA-Ranking quasi ererbt und damit den umfassendsten Zugang zu den Wunderdingen der NOW-Welt erhalten. Welch ein unfassbares Privileg, dachte er häufig und so auch jetzt.

Die endlosen Algorithmenketten, die zum Meta-Algorithmus NOW geführt hatten, waren hier konzipiert und als Entwicklungsplattformen gespeichert worden. Das Archivgebäude war tatsächlich der Ort, an dem NOW programmiert worden war. Hier hatte sein Vater nächtelang vor den Bildschirmen gesessen und Hypothesen in Algorithmen gießen lassen. Spark erinnerte sich an die geröteten Augen seines Vaters am Frühstückstisch und dass er sich manchmal gefragt hatte, weswegen sein Vater so geweint hatte. Nun wusste er es: Sein Vater hatte hier, genau hier, eine der größten Erfindungen der Menschheit vorangetrieben, um dem ausweglos scheinenden Leid auf diesem Planeten ein Ende zu setzen.

Dort, wo das Archiv heute stand, hatte sich der Firmensitz der ehemaligen Firma EUKARYON befunden, die damals noch Bill und Sparks Vater gemeinsam gehört hatte. EUKARYON war die innovativste Speerspitze der damaligen Algorithmenintelligenz, weil sie nicht daran gebunden war, an dem Wettkampf um die wirtschaftlichen Monopole teilzunehmen, in dem sich die Internetplattformen und Hightech-Giganten zerfleischten. Nein, EUKARYON war schon früh von seinem erbittert gegen Ungerechtigkeit und Armut kämpfenden Vater konzipiert worden: als eine nichtkommerziell genutzte Sammelstelle von Know-how für die Software, die dem Elend auf der Erde ein Ende setzen und die Gesellschaft neu gestalten würde. Die glückliche Verbindung von Sparks Vater zu Bill, der als zynische Geheimdienstlegende mit seinen Nachrichtendiensten über heimlich installierte »Clipper Chips« bei allem, was im Silicon Valley entwickelt wurde, mitlesen konnte, schaffte einen geheimen Korridor, auf dem EUKARYON die bedrohlich angewachsene Macht der gigantischsten Firmen, die es in der Geschichte der Menschheit je gegeben hatte, neutralisieren konnte. EUKARYON schuf das Monopol für die neue Weltformel selbst, und zwar schneller als alle anderen. Die Tatsache, dass Bill durch sein Amt Einfluss auf die Präsidentin hatte, während Sparks Vater ihr Anwalt war, trug nicht unwesentlich dazu bei, dass das Modell der künstlichen Intelligenz von EUKARYON in einem Testlauf simuliert und für gut befunden wurde. Es war das Ende der Politik, das Aus für das Rechtssystem und die Stunde null für die Abschaffung des Geldes. Als begrenzter, streng geheimer Versuch und eigentlich unter Kontrolle des Staates, hatte sich der Algorithmus binnen Kurzem über alles gelegt. Nicht wie ein Virus, der aus einem Labor ausbricht, sondern wie eine neue Sonne, die über der Menschheit aufging.

Genau hier, wo sich heute das Archiv befand, war darüber

entschieden worden, wer überleben würde und in das neue Paradies mit einziehen durfte. Das Wertvollste, der Genpool der menschlichen Rasse, musste in seiner gesunden Vielfalt erhalten bleiben, und alle Chancen mussten gewahrt werden, damit er sich weiterentwickeln konnte. Auch die Kernfrage, wie der Mensch unter seinesgleichen leben sollte, wurde hier neu aufgegriffen, nachdem sich abzeichnete, dass alle vorigen Gesellschaftsmodelle und Sozioökonomien gescheitert waren.

NOW berechnete aber nicht nur die biodynamische Erfassung der Menschheit, sondern auch qualitative Zuordnungen: Schönheitsideale, Stimmungen, Hormone, Triebe und Bewertungen der Genealogie, all das fasste NOW zusammen und verknüpfte es zu einem neuen, universellen Gesamtbild des Menschen. Sprache und Literatur, Musik und Kunst, Physik und Chemie, Elektronik und Mechanik. Das gesamte Wissen der Menschheit, die Millionen Jahre dauernde Entwicklung, die Ausprägung der menschlichen DNA und deren Verteilung über die Erde. Die Mechanik der Entwicklung von gengesteuerten Schwächen und Stärken. Von den unzähligen Ausprägungen von Intelligenz und den unterschiedlichsten emotionalen Fähigkeiten. Vom Schnupfen bis hin zu Erbkrankheiten und Krebs. Von Langlebigkeit und Kindersterblichkeit. Von der biologischen und der kulturellen Evolution. Von der Gehirngröße und ihrer historischen Entwicklung. Alles wurde in NOW vereint und programmiert.

Die Wissenschaftler tauchten tief in sämtliche verfügbaren Daten und Aufzeichnungen ein, um zu lernen und nicht zuletzt um Schlüsse zu ziehen, mit welcher Wahrscheinlichkeit sich Ereignisse wiederholen. Am Ende ging es bei NOW um die Frage, wie für die Menschheit negative Ereignisse in der Zukunft vermieden werden könnten. Dazu musste NOW lernen, was warum in der Vergangenheit wie geschehen war, welche Scheidepunkte negative und positive Auswirkungen gehabt hatten und welche einzelnen Punkte miteinander in Zusammenhang standen. Ein gewaltiges vieldimensionales Gitter-Puzzle galaktischen Ausmaßes, verwoben und zusammengehalten durch die unbestechliche Logik der Mathematik mit ihren absurdesten Ausprägungen. NOW war der Weisheit letzter Schluss und damit die letzte Chance für die Menschheit.

NOW lernte auch von Schuld und Sühne. Von Konsequenzen und Ursachen. Von Leid und Unsicherheit. Von tiefer Verzweiflung und religiös bedingter Hoffnung. Von Belohnung und Bestrafung. Von Güte und Brutalität. Von Wahrheit und Lüge. Von Glück und Unglück. Und von der Liebe.

Eigentlich, dachte Spark, war NOW die Perfektion des Menschen, geschaffen durch den Menschen. NOW hatte alles, wusste alles, konnte alles. Ein Traum aller Philosophen, so undenkbar perfekt wie das, was die Menschen früher Gott nannten.

All dies ging Spark durch den Kopf, als er in den Aufzug trat und in Begleitung der beiden Captains hinab ins Base58 fuhr.

Im Aufzug, dessen transparente Innenverkleidung aus leitfähigem und flexiblem Graphen bestand, erschien während der Fahrt hinab ins Base58 der berühmte, historisch wichtige Slogan:

Im Glücke brennen die Lebenslust und Kraft.

NOW, die autopoetische künstliche Intelligenz, hatte das Gedicht eines tatarischen Rebellen kondensiert und daraus eine Maxime des Lebens geformt. NOWs »Mission Statement«, wie ein eifriger ehemaliger Vorstandsvorsitzender es genannt hatte. Es war der erste Beweis, dass NOW auch dichten konnte und damit menschliche, poetische Fähigkeiten bewiesen hatte.

Der Aufzug hielt sanft auf der untersten Ebene. Die Türen glitten zur Seite, und die beiden Captains ließen Spark den Vortritt.

In der zwanzig mal zwanzig Meter messenden Halle, die

die Base58 beherbergte, befand sich die einzige noch existierende manuelle Schnittstelle zu NOW. Eine Handvoll aus EUKARYON hervorgegangenen Datenwissenschaftlern und Algorithmikern feilte an den Eingaben aus neuen Fundstücken – Folianten, losen Blättern und Büchern, Gesetzestexten und historischen Aufzeichnungen, die hierhergeschafft worden waren. NOW komplettierte sich – wenn für nützlich befunden – mit neuen oder alten Details. Die Techniker kamen dabei nur bis zur niedrigsten Stufe der BlockChain-Architektur von NOW, sodass sie vorhandene Informationspakete zwar ergänzen, aber nichts vollständig Neues hochladen konnten. Einzig Bill besaß auf der Netzhaut seines Auges einen EnkryptionSafe-Key, mit dem er eine höhere Ebene erreichen und zum Beispiel eine grundlegend neue Box schaffen konnte. Dafür war er wie Spark mit einem AAA-Ranking ausgestattet, das Höchste, was NOW vergeben konnte.

Bill saß mit zwei Technikern an einem Schreibtisch und starrte abwechselnd auf den haardünnen Monitor vor ihm und ein vergilbtes Nachschlagewerk mit kompliziert wirkenden Diagrammen, das auf dem Tisch ausgebreitet lag.

Als Spark sich näherte, sah er, dass es sich um die Ingenieurszeichnungen der revolutionären Drehstabfederung der Studebaker-Packard-Corporation handelte. Das Siegel des Curtiss-Wright-Rüstungskonzerns auf dem vergilbten Papier verriet, dass es sich um Originalunterlagen aus dem Herzen der Entwicklungsabteilung handeln musste.

»Hallo, Bill«, sagte Spark, als er an den Tisch trat. »Was haben wir denn da?«, fragte er interessiert.

Bill sah zu Spark auf. »Willkommen. Ich brauch nicht mehr lange. Hast du schon Hunger?« Er schob den Folianten so auf dem Tisch zurecht, dass Spark die Zeichnung besser erkennen konnte.

»Das sind die Pläne für eine Drehstabfederung aus dem Packard-Nachlass. Mein Custom Eight, das grüne Monstrum, wie du es nennst, hat so eine. Bei mir ist auf dem letzten Festival vorne rechts eine Stange gebrochen. Der Reifen eiert seitdem. Wir haben das Teil nachgebaut, aber das Rad läuft nicht rund. Jetzt probieren wir, ob NOW ein besseres Teil entwickeln kann. Vielleicht übernehmen wir ja die Grundidee für das Lithos-System. Die Konstruktion ist so einfach, effizient und bestechend, dass ich gespannt bin, ob NOW sie als überlegen erkennt. Die Materialien von früher geben halt irgendwann nach, jetzt lahmt mein geliebtes Stück. Aber manche Sachen muss man gar nicht neu erfinden.« Er zwinkerte Spark zu.

Bill besaß unter mehreren anderen Oldtimern einen prachtvollen Studebaker-Packard aus dem Jahr 1958. Oldtimer waren die große Leidenschaft der NOWs in Eden und Originale, wie der von Bill, eine große Ausnahme. Vor allem deshalb, weil dieses Modell noch mit Verbrennungsmotor betrieben wurde. In der Regel waren die Oldtimer auf Magnetmotoren umgerüstet worden, und der charakteristische Motorenklang wurde von versteckt angebrachten Sound-Systemen erzeugt.

»So, jetzt ist es drin«, sagte einer der Techniker.

Vom Bildschirm löste sich ein dreidimensionales Konstruktionsdiagramm mit den elegant geschwungenen Federbeinen der Drehstäbe. Das Hologramm simulierte eine Fahrt über holpriges Pflaster. Spark sah, mit welcher Effizienz die Konstruktion die Aufhängung ruhig hielt. Dann spielte NOW die Drehstabfederung anhand der Charakteristika verschiedener Modelle durch.

»Lithos«, befahl einer der Techniker.

Sofort erschien der Radlauf des Lithos, und NOW passte die Hebelwirkungen des Gestänges an die fließende Karosserie an. Ein Summen ertönte, und NOW analysierte, warum die Lithos-Federung aus Magneten und Luftdrucksystemen überlegen war.

»Schade!«, entfuhr es Bill, der alte Technik bewunderte. Wohl aus Leidenschaft, aber auch aus Nostalgie, wie Spark vermutete.

Bill war inzwischen achtzig und hatte die Zeit vor der

Annäherung der Menschheit an die Singularität noch im Blut. Er war durch MediCheck gesund erhalten worden, aber biologisch doch ein alter Mann.

Spark hatte manchmal den Eindruck, dass Bill etwas zu sehr an vergangenen Dingen hing, und fragte sich, ob sein Vater ebenso auf seinen nahen Tod reagieren würde, wenn er noch am Leben wäre.

Das Brüllen seines Vaters, als EUKARYON kurz vor dem Durchbruch stand, hallte Spark noch immer in den Ohren. Kurz darauf hatte sich der schreckliche Unfall ereignet. Sein Vater war tot hinter dem Steuer seines Wagens gefunden worden. Bill hatte eine aufwendige Beerdigung organisiert, an die Spark sich nur noch schemenhaft erinnerte. Er wusste jedoch noch genau, dass er eine neue Mütze und einen hellblauen Mantel bekommen hatte. Der einzige Farbtupfer in der ansonsten schwarz gekleideten Schar trauernder Menschen auf dem kalten, regnerischen Friedhof. Die Präsidentin war auch da gewesen und hatte Spark tröstend die Schulter gedrückt.

Bill wischte die Animation weg, hielt sein Auge vor den Scanner im hauchdünnen Monitor und richtete sich auf. Spark registrierte, dass NOW sich wieder geschlossen hatte. Die beiden Techniker erhoben sich und ordneten die Unterlagen auf dem Tisch.

»Hast du was am Auge?«, fragte Spark Bill.

»Nein, ich trage nur eine HealLens, hab Zug bekommen.«

Spark betrachtete besorgt die Augen seines Ziehvaters, diese wachen, klugen und flinken Augen, die ihm so vertraut waren. Ihm entging nicht, dass sich Bills Blick auf seine Frage hin für einen Moment versteinerte. Als sei er bei etwas ertappt worden.

Bill wandte sich schnell ab, packte Spark unsanft am Arm und schob ihn Richtung Aufzug. »Lass uns essen. Komm, ich habe Hunger.«

Die beiden stiegen in den Fahrstuhl und fuhren hoch in Bills Quartier.

Aus der gläsernen Kabine hatten sie einen atemberaubenden

Blick über die hügelige Landschaft, die Eden mit ihren Weinbergen zu umarmen schien. Der wie im freien Raum aufgehängte Mount Hood mit seiner spitzkegligen Schneekappe am Horizont und die sanfte Küstenlinie des Pazifiks weiter im Westen machten die Sicht bei schönem Wetter nicht nur für Naturliebhaber eindrucksvoll. Da es keinen Smog mehr gab, bot sich dieses Schauspiel an den meisten Tagen, wenn es nicht gerade regnete.

Eden lag im südlichen Gürtel der nördlichen Hemisphäre. Dass sich EUKARYON damit mitten im Achteck der einst größten Internetgiganten und Technologie-Unternehmen befand, war von Sparks Vater und Bill bei der Standortwahl mit Bedacht kalkuliert worden. Klimatische Bedingungen hatten keine Rolle gespielt. Es war Glück. EUKARYON lag genau richtig, und aus ihm wuchs Eden.

»Hast du dich vertraut machen können mit den Entwürfen für die neuen Applicant Domes?«, fragte Bill, als sie oben angekommen waren und sein Quartier betraten.

»Ja, ich habe meine Ideen auch schon eingebracht, das veränderte Modell müsste bald fertig sein«, erwiderte Spark.

Bill durchmaß mit dem für ihn typischen kontrollierten Gang den großzügigen Eingangsbereich und steuerte den Esstisch an, der bereits gedeckt war. Spark bemerkte das erheblich lichter werdende Haar auf Bills Hinterkopf. Die verbliebenen störrischen Büschel waren inzwischen hermelinweiß. Ohne sich umzudrehen, fragte Bill: »Redest du von Callandar? Das ist fast fertig!«

»Ja, genau«, sagte Spark und schloss zu ihm auf. »Dazu kommt ein QuarantäneLab, das ganz nach den neuen Regeln gebaut werden wird. Im alten Europa. ›Forest Dome‹. Milderes Klima, besser zugängig und noch viel intakte Natur.«

»Das klingt viel besser. Wer will denn auch nach Schottland«, meinte Bill.

»›Forest Dome‹ liegt im alten Deutschland. Wilde, weite Landschaften, Flüsse und Seen, saubere intakte Luft, viele

Tiere, es ist herrlich dort, Bill! Ein idealer Ort für einen Applicant Dome. Ruhig, fast meditativ, du siehst in die Landschaft, und sie antwortet dir. Das ist einmalig!«

»Viel zu kalt. Viel zu nass. Ich kann dem nichts mehr abgewinnen. Vielleicht werde ich einfach zu alt. Reist du rüber?«

»Ja, übermorgen. – Aber sag so was nicht«, protestierte Spark. »Du bist hervorragend in Schuss!«

»Die regenerativen Instandhalter warnen mich schon. Schonend zwar, aber sie warnen mich.«

»Ach was, Bill«, wiegelte Spark ab. »Wenn dein MediCheck in Ordnung ist, brauchst du keinen Instandhalter.«

»Die Zellteilung, Spark, es ist die Zellteilung. Wir haben kein ewiges Leben. Bedauerlich, aber wahr«, sagte Bill.

»Du musst ja nicht mitkommen. Aber die Gene dort sind wirklich erstklassig. Da lässt sich viel Wertvolles rekrutieren.«

»Es soll dort voller Drogen sein, hörte ich«, entgegnete Bill besorgt. »Sie brauchen den Kick von Illusionen, kauen narkotische Blätter und Wurzeln, sie können sich nicht zufriedengeben mit ihrem Leben im Einklang mit der Natur. Armbrust und Lagerfeuer, die Jagd und die Geselligkeit sind nicht genug fühlbare Welt für sie. Die Illusionen, Spark« – Bill blieb stehen und drehte sich zu ihm um –, »üben seit Anbeginn eine gewaltige Macht auf den Menschen aus, weil er den Garten Eden verlassen musste.« Er zuckte die Schultern. »Deshalb werden die Menschen auch niemals in reinem Frieden mit der Natur leben können. Sie wollen in jedem Baum, den sie fällen, in jedem Tier, das sie erlegen, in jedem Windhauch, den sie auf der Haut spüren, eine andere Welt, eine andere Bedeutung entdecken. Sie essen komische Pilze, nicht, weil sie Hunger haben, sondern weil sie fliehen und spüren wollen, dass alles möglich ist. Dass es etwas Großes jenseits von ihnen gibt. Diese Macht ist wahrlich unüberwindbar. Es ist die gleiche Macht im Menschen, die ihn glauben lässt, dass er tief in seinem Inneren etwas Schlechtes haben muss. Das böse Erbe eines entfernten Vorfahren.«

»Ja, erst NOW hat Schluss gemacht mit der menschlichen Erblast. Das war ein Geschenk.«

Bill lächelte. Aber irgendwie war es ein bitteres Lächeln.

»Auf jeden Fall wirst du dich ab jetzt um die Applicant Domes kümmern. Ich bin zu alt dafür. Du weißt alles darüber, genau wie ich. Du wirst der neue Archivar. Stufe Noun II. Damit hast du sämtliche Freigaben. Kümmere dich um das neue Lab. Bau es so, wie du willst. Ich bin raus! Du hast die Gene deines Vaters, und die sind gut. Du bist deinem Vater sehr ähnlich, und der war mein bester Freund. Wenn ich irgendjemandem vertraue, dann dir!«

Bill ließ die Schultern sinken, wurde für einen Augenblick noch kleiner, aber seine Augen sprühten. Er wirkte nicht wie ein alter Mann, der die Bilanz eines erfolgreichen, zur Neige gehenden Lebens genoss. Er wirkte vielmehr wie ein Kämpfer, der sich auf die letzte große, entscheidende Schlacht freute, ihr geradezu entgegenfieberte. Dann fing er sich wieder. Seine dünnen Lippen schickten ein Grinsen zu Spark, er hob beide Arme zu einer Geste, die alles Gesagte umschloss.

Da war er wieder, der Bill, den Spark seit seiner Kindheit kannte. Spielerisch leicht, liebenswert – obwohl Spark nie genau wusste, ob Bill sich nicht in Wahrheit über ihn lustig machte. Spark fühlte sich erinnert an einen Spruch seines Vaters, den er aufgeschnappt hatte: »Bei den meisten Menschen fällt die Körpertemperatur bei jedem Meter um einen Grad, wenn Bill hinter seinem Schreibtisch aufsteht und auf sie zukommt, um sie zu begrüßen. Diese Aura der Kälte umgibt viele kleine, mächtige Männer.« Sein Vater hatte stets mit einem warmen Blick auf die Welt gesehen.

Bills Assistent erschien schlagartig als Hologramm.

»Sir, in sechs Minuten sind die Steaks fertig, brauchen Sie einen Captain für den Service?«

»Nein«, beschied Bill seinem Assistenten und wischte ihn mit einer Armbewegung weg.

»Das machen wir selbst, nicht wahr, Spark? Wie in der Familie!« Bill streifte sich die Jacke seines Anzugs von den Schultern. Spark griff nach dem Jackett und ließ es prüfend durch die Finger gleiten.

»Das ist der neue Ceramic-Stoff, aus Flex-Fasern«, bemerkte er.

Bill lächelte ihn anerkennend an. »Lass dir doch auch einen machen!«, sagte er großzügig. »Es ist ein großartiges Material für jemanden, der so viel arbeiten muss wie ich«, fügte er mit einer einladenden Handbewegung Richtung Tisch hinzu. Dann nahm er auf dem Stuhl Platz, an dem er üblicherweise saß. Spark registrierte eine leise Diskrepanz, einen Misston in seinen Bewegungen: Seine Bemühung um Eleganz hatte immer schon antrainiert gewirkt. Jetzt erweckte sie den Anschein, als sei es für ihn anstrengend. Spark hatte plötzlich Mitleid mit dem Mann, der ihm den Vater ersetzt hatte. Bill konnte nicht mehr in sich ruhen. Sein Körper und sein Geist drifteten unaufhörlich auseinander.

Ein Captain erschien aus der Cooking Island. Er brachte zwei Teller mit großen, knusprig gegrillten Steaks. Es war edles Fleisch, das aus Stammzellen gezüchtet war. Zart, geschmackvoll und in der Konsistenz butterweich.

Ein zweiter Captain folgte ihm und brachte eine Schale mit Pommes frites und den Salat. Das Gemüse wurde in Edens vertikalen Farmen angebaut. Es bekam exakt die Nährwerte, die es brauchte, und eine präzise berechnete Wassermenge. Damit war der Anbau von Obst und Gemüse um neunzig Prozent effizienter als vor der Einführung von NOW.

Die Captains stellten die Teller und die Schüsseln auf den Tisch und entfernten sich wieder.

Bill griff nach den Pommes frites und reichte die hauchdünne, unzerbrechliche Porzellanschüssel an Spark. Sie begannen, in entspanntem Schweigen zu essen.

3. KAPITEL

Zagoria, Bedrock-Massiv, Rocky Mountains, einige Tage zuvor

Mit einem lauten Knack löste sich die Sicherung der automatischen Rollos, und die Motoren begannen in der Stille des Berghauses zu surren. Grelles Licht fiel durch das Fenster und durchflutete den weitläufigen Raum. Sunway war sofort hellwach und abwehrbereit. Sie sprang wie eine Feder auf die Füße und hechtete mit aufgerissenen Augen in die entgegengesetzte Richtung, weg vom Licht und hinein in die Dunkelheit. Ihr Herz hämmerte in der Brust und verteilte das Adrenalin in ihrem Körper. In Schockstarre kauernd, blickte sie zum großen Panoramafenster und sah, wie die Lamellen des Rollos in der Verkleidung verschwanden.

Mit einer zornigen Geste strich sie sich das lange Haar aus dem Gesicht und feuerte die Miniaturdrohne, die im Schlaf ihren Atem analysiert hatte und sich bei ihrem Sprung aus dem Bett wie eine Fledermaus in ihren Haaren verheddert hatte, in die Ecke. Sunway, in der Wildnis aufgewachsen, war noch nicht lange genug in dieser neuen Welt, wo Dinge sich durch Elektrizität von allein bewegen konnten und Drohnen in Magnetfeldern mitten im Raum schwebten.

Es wird dauern, dachte sie, bis ich mich daran gewöhne. Es wird dauern, bis ich mein Leben wieder unter Kontrolle habe. Es war ein weiter Weg von der Steinzeit in eine Zukunft voller Hochtechnologie.

Jetzt musste sie erst mal ruhiger werden, die Kontrolle wiedererlangen. Sie ertastete die solide Steinmauer hinter sich, blickte hinauf zu den Sichtbalken, die das Dach hielten, streifte mit einem Blick das hölzerne Podest, auf dem das große, bequeme Bett mitten im Raum thronte, und fühlte, wie sich ihr Herz beruhigte. Es bestand keine Gefahr.

Wachsam richtete sie sich auf, durchquerte den Raum und trat an die große Panoramascheibe. Ihre Knie zitterten noch leicht. Sie spähte hinaus auf das geschwungene Felsplateau mit den darauf verstreuten Steinhäuschen. Die erste Morgensonne zeichnete scharfe Schatten auf die Gipfel des mächtigen Bergmassivs auf der anderen Seite des tiefen Tals. Es war ein klarer Morgen. Sie war in Sicherheit. Sie wusste wieder, wo sie war, und konnte sich entspannen. Und dennoch: Das kleinste Geräusch, das ihr Unterbewusstsein nicht sofort zuordnen konnte, ließ sie reflexartig hochfahren, selbst aus tiefstem Schlaf. Das hatte ihr früher oft das Leben gerettet und sie vor mancher Vergewaltigung bewahrt. Es war so, seit sie denken konnte.

Sie war gewaltsam hierhergebracht worden. In ihrer bisherigen Welt gab es weder Häuser aus Stein noch Straßen und auch keine Betten wie das, aus dem sie eben hochgeschreckt war. Sie hatte bisher nur natürliches Licht am Tag und ihr hartes Lager im Schein des Feuers in der Nacht gekannt. Die oft gnadenlose Natur war ihr wahres Zuhause. Sie kannte sich aus in der Wildnis, die sie und ihren Clan ernährte. Diese Welt hier war nicht ihre Welt. Ihr Unterbewusstsein funktionierte wie das eines Tieres.

Sunway legte eine Hand auf die Fensterscheibe und strich über das kalte Glas, als wollte sie die Dinge dort draußen berühren. Sie war es nicht gewohnt, eine schützende Scheibe zwischen sich und der Natur zu haben. Sie kam sich immer noch vor wie in einem Käfig gefangen. Vereinzelt stoben Schneeflocken durch die klare Morgenluft. Als Mädchen hatte sie immer so gerne mit ihnen gespielt, hatte die Hand nach ihnen ausgestreckt und sie auf der warmen Haut schmelzen sehen. Oder sie mit dem Mund gefangen.

Sie spürte, dass ihr Körper verweichlicht war, sich an den Komfort anpassen wollte. Die Müdigkeit zog sie zurück in das warme, kuschelige Bett. Insgeheim hoffte sie, sie würde nie mehr auf dem Boden schlafen müssen, sondern immer in so einem herrlichen Bett, in dem man sich verkriechen konnte. Der große, friedlich schlafende Mann lag auf dem Bauch, jener Mann, mit dem sie die Nächte verbrachte, wenn er hier oben zu Besuch war.

Nackt wie sie war, schlüpfte sie unter die dicken Daunendecken und betrachtete ihn. Er drehte sich mit noch geschlossenen Augen zu ihr um. Jeder nannte ihn Spark. Sie mochte ihn. Er war anders als alle erwachsenen Männer, die bisher ihren Weg gekreuzt hatten.

Sie betrachtete sein kantiges Gesicht mit der hohen Stirn und dem entschlossenen Mund. Es hatte einmal einen kleinen Jungen gegeben, auf den sie hatte aufpassen müssen. Ein Findelkind, das man in ihre Obhut gegeben hatte. Er hatte im Schlaf einen ganz ähnlichen Ausdruck gehabt, ernst und heiter zugleich. Er hatte auch so eine kleine, senkrechte Falte auf der Stirn gehabt. Sie hatte den Jungen über alles geliebt, hatte ihn gefüttert und mit ihm gespielt, ihn gewärmt und beschützt. Eines Tages hatte man ihn weggegeben, zu einem anderen Clan, dem männlicher Nachwuchs fehlte. Er wurde getauscht, gegen zwei alte, lange Messer. Sie war danach tagelang halb betäubt vor Schmerz gewesen. Der kleine Junge hatte ihr ein für alle Mal bewiesen, dass sie lieben und eine Mutter sein konnte. Es war ein für sie neues Gefühl.

Was sie bei diesem Mann spürte, fühlte sich ganz ähnlich an. Und doch war es anders. Sie wurde zum ersten Mal selbst beschützt, so kam es ihr vor. Sie konnte jetzt Liebe mit Geborgenheit verbinden. Nicht als Gebende, sondern als Nehmende. Aber es hatte gedauert, bis sie ihm vertrauen konnte. Dann hatte sie sich ihm eines Tages hingegeben. Das erste Mal, dass sie aus freiem Willen mit einem Mann geschlafen hatte. Und jetzt war es so schön, dass sie glaubte, ihn eines Tages so lieben zu können wie den kleinen Jungen. Es war sein siebter Besuch in den vier Monaten, die sie hier in der Abgeschiedenheit des Hochgebirges zur Ausbildung verbrachte. Sie beide waren ein Paar. Sie sah ihn an und lächelte.

Irgendwie schien er zu spüren, dass sie ihn betrachtete. Er rekelte sich und blinzelte, während er sich aus dem Schlaf wand.

»Guten Morgen. Tut mir leid. Ich habe dich geweckt. Ich erschrecke mich immer noch zu Tode«, flüsterte sie. »Aber ich gewöhne mich dran. Versprochen.« Sie drückte ihm einen Kuss auf den Mund. Er lächelte wohlig.

Dann fragte sie etwas lauter: »Denkst du eigentlich an mich, wenn du träumst? Träumst du von mir? Ich träume nämlich jede Nacht von dir«, gestand sie, »vor allem, wenn wir voneinander getrennt sind.«

Ihr Kopf thronte über den zerwühlten Kissen. Sie stützte sich auf einen Ellenbogen und musterte Spark aus ihren großen grünen Augen.

»Ich denke die ganze Zeit an dich, das weißt du doch, mein Herz«, murmelte er noch schlaftrunken. Er lag jetzt auf dem Rücken und hatte den Kopf zu ihr gewandt. Sie sah die feinen Lachfältchen um seine Augen. Es war ein aufrichtiges Lächeln. Sie war scharfsinnig genug, um das unterscheiden zu können. Er war immer aufrichtig zu ihr. Er war überhaupt der erste Mann, dem sie begegnet war, der ehrlich zu ihr war. Der erste Mann, bei dem sie spürte, dass sie für ihn nicht nur Beute war.

»Meinst du wirklich, wir können zusammenbleiben, wenn ich meine Ausbildung hier abgeschlossen habe?«, wollte Sunway wissen.

»Ich werde alles dafür tun, dass wir nicht mehr getrennt werden. Das verspreche ich dir! Ich will, dass wir zusammenleben, bei mir«, antwortete er und öffnete endlich die Augen.

Er schien jetzt ganz wach zu sein, sich auf sie zu konzentrieren. Sunway zeichnete versonnen mit einem Finger die Konturen seines Kinns nach und sah ihm aus wenigen Zentimetern

Abstand direkt in die Augen. Etwas beschäftigte sie. Sie wollte es schon seit einiger Zeit aussprechen.

»Aber wir kommen doch aus ganz unterschiedlichen Welten. Ich bin eine Wilde in euren Augen, ein Nichts.« Sie setzte sich auf, nackt und verstrubbelt, wie sie war.

»Und was für eine wunderschöne Wilde!«, sagte Spark, griff nach ihrem Arm und versuchte sie wieder an sich zu ziehen. Aber Sunway machte sich geschickt los, raffte ein Laken um ihre Hüften, schwang die Beine aus dem Bett und trat wieder zu dem hohen Fenster. Trotz des blauen Himmels trieben immer noch einige frische Schneeflocken vorbei. Mit einem Mal fröstelte sie.

»Manchmal denke ich, dass das mit uns nicht funktionieren kann«, sagte sie dann, zum Fenster gewandt.

Das Rascheln der Bettdecken verriet ihr, dass Spark sich bewegt hatte. Sie warf einen Blick über die Schulter. Er saß jetzt aufrecht im Bett und beobachtete sie.

Sie sah wieder nach draußen. Ihre Hand wanderte versonnen über das stromerzeugende Hightech-Gewebe der Scheibe. Ihre Geste war die einer Gefangenen.

Spark schien es zu fühlen. »Das sind keine Gitterstäbe, Sunway, das ist nur eine Scheibe. Niemand hält dich fest.«

Sie antwortete nicht. Sie spürte nur, wie sein Blick über ihren Körper wanderte.

»Warum soll das mit uns nicht funktionieren?«, fragte er vom Bett her. »Du weißt doch inzwischen, wer ich bin.«

Sunway holte tief Luft. »Das ist es ja, was mich beunruhigt. Ich gehöre nicht zu euch. Ich bin ein wildes Tier, das man sich hält, zum Zeitvertreib. Zur körperlichen und geistigen Erbauung! Meinst du, ich habe nicht gemerkt, worauf die Ausbildung hinausläuft?« Sie drehte den Kopf zu Spark. Plötzlich war sie aufgebracht. »Wir haben uns ja schließlich nicht in einer eurer Bars kennengelernt oder in einer Bibliothek, sondern hier, in diesem abgeschiedenen Camp im Hochgebirge, dem Tor zu eurer

Welt, zu eurem Paradies. Ich soll hier alles lernen, um mich bei euch zurechtzufinden.«

Sie hatte eine Menge von den Ausbildern gelernt, seit sie hier war. Man hatte ihr alles Wichtige erzählt, ihr Bilder und Filme gezeigt, um sie auf ihr neues Leben vorzubereiten. Ihr, die noch niemals in ihrem Leben in einer Bar, geschweige denn in einer Bibliothek gewesen war. Sie hatte kein Geburtsdatum, ihren Geburtsort gab es nicht mehr. Sie hatte nur Wald, Steppe, Tiere gekannt und ihren in der Wildnis umherziehenden Clan, dessen eifersüchtiger Anführer sie wie eine Sklavin gehalten hatte. Städte kannte sie nur aus den Erzählungen der älteren Clanmitglieder. Ihre Mutter war die Tochter von ehemaligen Stadtbewohnern gewesen, als die Städte noch intakt gewesen waren. Oder deren Enkelin oder Urenkelin. Städte hatte es früher einmal viele gegeben. Die großen Städte im Osten und die im Westen. Funkelnde und pulsierende Metropolen mit vielen Millionen Menschen waren das gewesen. Die Bilder, die sie gesehen hatte, waren ein Schock für sie gewesen. So viele Menschen. All das Elend. Das Leben verrottete. Dann war auf einmal alles sehr schnell vorbei gewesen.

Jetzt waren diese Städte nur noch Betonwüsten, von Unkraut überwuchert und von gefährlichem Ungeziefer und Reptilien besiedelt. Kein Mensch lebte mehr dort. Man hatte alles einfach sich selbst überlassen. Übrig geblieben war eine kleine Elite, nicht mal ein Prozent aller Menschen von damals.

Das hatte ihr Angst gemacht. Doch die Ausbilder hatten ihr versichert, dass für sie jetzt alles gut sei. Man hatte ihr diese neue Welt gezeigt, die friedlich war und voller Wunder. Aber würde sie in diese Welt hineinpassen? Hatte sie diese Welt verdient? An der Seite eines Mannes, der ganz weit oben stand? Würde diese Welt ihr überhaupt gefallen? Wie klar und überschaubar war ihr kleiner Kosmos doch gewesen. Aber auch unverzeihlich brutal.

»Du bist etwas ganz Besonderes«, ertönte Sparks Stimme vom Bett her. »Du bist sehr wertvoll für mich – für uns.«

Sunway drehte den Kopf zu Spark. Sie versuchte in seinen Augen zu lesen. Sie dachte daran, was Spark ihr erklärt hatte. Anscheinend trug sie ein Geheimnis in sich, das die Drohnen, diese unheimlichen Dinger, mit ihren fliegenden Genlabors nach ihrer Ankunft im Ausbildungscamp bei den medizinischen Checks herausgefunden hatten. Sie war ein extrem seltenes biologisches Phänomen. Sie war nicht nur aus der Kreuzung der Gene ihrer Eltern entstanden, sondern trug noch weiteres Erbgut in sich. Sie hatte einen zweieiigen Zwilling gehabt, der im Bauch ihrer Mutter nicht überlebt hatte. Dessen DNA – sie hatte eine Weile gebraucht, um zu verstehen, was das war – war von ihr absorbiert worden und lebte anscheinend in ihr weiter. In ihrem Körper hatten die Labors Stammzellen zweier völlig unterschiedlicher Menschen gefunden.

»Du bist eine bedeutende Entdeckung für NOW«, erklärte Spark. »Durch dich«, fuhr er fort, »gibt es eine neue Chance, Krankheiten auszumerzen. Es könnte auf einen Schlag die Kombinationsmöglichkeiten menschlichen Erbgutes vervielfachen, wenn NOW in der Lage wäre, in jedem Menschen zwei unterschiedliche DNAs zu integrieren. NOW könnte das Aufspüren frischer DNA in der Wildnis einstellen. Die NOW-Welt wäre dadurch vollkommen autonom.«

Sunway warf den Kopf zurück und schüttelte ihre kastanienbraune Mähne.

»Ich bin entführt worden, aus dem Niemandsland, aus der weiten Prärie, so wie wir versucht haben, ein Pferd mit dem Lasso einzufangen, um es dann zu zähmen. Zu wissen, dass du der oberste aller Oberjäger bist, macht es nicht besser!« Sie schenkte ihm einen gequälten Blick. Er hatte ihr alles gestanden. Sogar, dass er zugesehen hatte, wie sie dreitausend Kilometer weit weggeschafft wurde. Alles in ihr zog sich zusammen. Dann brach aus ihr hervor: »Spark, ich habe Angst, weil ich dich liebe! Ausgerechnet dich! Aber ich kann nichts, absolut gar nichts dagegen tun.« Ihr Blick wurde starr. Ihr Stolz und ihr

Zorn waren gebrochen. Ihr Trotz war verschwunden, sie fühlte sich verletzlich.

Spark erhob sich, warf sich eine Felldecke um die Schultern und trat hinüber zu Sunway ans Fenster. Er umarmte sie, drückte sie an sich und sah eine Weile schweigend über ihre Schulter hinweg in die weite, gebirgige Landschaft.

Sunway spürte, wie Spark ihren Duft einsog, diesen »Cocktail aus Wärme, Hormonen und Ungestümtheit«, wie er es nannte. Es war das erste Mal, dass es Sunway gefiel, wenn ein Mann sie roch. Sie zitterte unmerklich in seinen Armen und begann zu weinen.

»Liebes, beruhige dich. Ich pass auf uns auf. Wir werden in Eden leben, bald schon. Es ist die schönste Stadt, die es je gegeben hat. Sie ist voller Energie und Harmonie, sie ist friedlich, und man kann alles tun, was man will. Es gibt keine Gewalt, keinen Neid und keine Not mehr. Niemand ist unglücklich. Niemand hat mehr Angst. Dort, in Eden, unserer Hauptstadt, hat das Leben von uns Menschen endlich seinen Sinn gefunden, wie in allen anderen neuen Städten, die wir Menschen jetzt bewohnen. Ich liebe dich so sehr und gebe dich niemals auf.«

Sunway löste sich aus Sparks Umarmung, drehte sich um und hielt ihn an seinen starken Oberarmen auf Distanz. Sie war immer noch aufgewühlt.

»Aber du bist doch so etwas wie ein König oder ein Prinz oder so, nicht? Was willst du dann mit jemandem wie mir an deiner Seite? Oder tauge ich nur für euer Versuchslabor? Gibt es für dich denn keine Prinzessin bei euch, die besser zu dir passen würde?«

Spark lachte laut auf.

»Mein Herz, Könige gibt es schon lange nicht mehr, und Prinzen und Prinzessinnen auch nicht. Bei uns jedenfalls nicht, und wir sind die Welt, die jetzt zählt. Es gibt niemanden, der regiert oder unterdrückt. Und schon gar nicht so eigennützig wie ein König.«

Sunway ließ es zu, dass Spark sich aus ihrer Umklammerung löste und sie zu der mit weichem Leder bezogenen kleinen Sitzecke in einem Erker des Raumes führte.

»Wir beide werden zusammenbleiben. Und denke bitte niemals, dass ich dich ausnutze oder mich nur mit dir vergnügen will. Mir ist es genauso ernst wie dir!«

Sie setzte sich neben Spark auf die Couch. Sie spürte, wie er sie an sich drückte, ihre Schultern festhielt und mit der freien Hand geistesabwesend ihren Kopf streichelte. Sie beruhigte sich ein wenig, aber sie spürte auch, dass Spark etwas auf dem Herzen hatte, etwas loswerden wollte. Sie ahnte, dass sie noch nicht die ganze Wahrheit kannte.

»Was willst du mir erzählen?«, fragte sie.

Spark schwieg. Sie wartete, legte ihre Hand über seine, die auf ihrer Schulter lag, und schmiegte sich näher an ihn heran.

Anscheinend wollte er aber nicht reden. Sie brach sein Schweigen:

»Du hast mir nie gesagt, ob du mich gezielt ausgewählt hast, du Oberjäger.«

»Ich bin kein Jäger. Es war NOW, unsere Plattform, die dich gefunden und hierhergebracht hat«, antwortete Spark sofort.

Ein Summen unterbrach ihn. Die Sensoren im Raum hatten längst festgestellt, dass er wach war. Spark hielt seinen freien Unterarm gegen die Wand hinter der Sitzecke, und mit einem leisen »Wusch« wurde ein Bildschirm hinter der Verkleidung sichtbar. Sunway verdeckte instinktiv ihre Blöße, senkte den Kopf und tauchte in eine kauernde Stellung ab.

Spark lachte.

»Es kann uns niemand sehen, Sunway. Das ist nur ein Monitor. Niemand sieht uns zu. Entspann dich.«

Unter ihren dichten Haaren hervorlugend, beobachtete sie, wie Spark seine Finger kurz in der Luft vor dem aufgetauchten Bildschirm bewegte, gerade so, als tippe er auf einer Tastatur. Der bewegungsempfindliche Bildschirm verschwand, und die

Verkleidung schob sich wieder davor. Sunways Blick streifte die Drohne, die sich in ihrem Haar verheddert hatte, sie lag unter dem Tisch. Sie bückte sich danach und nahm sie in die Hand. Sie war so groß wie ein Teelicht und aus einer nachgiebigen, transparenten Masse, die sich anfühlte wie trockene Grütze. Sunway balancierte die Drohne auf ihrer Handfläche. Im nächsten Augenblick erhob sie sich, durchquerte den Raum und verschwand in einer Aussparung in der Wandverkleidung gegenüber, die Sunway vorher noch nie bemerkt hatte.

»Ich muss mich wohl daran gewöhnen, dass dauernd Dinge auftauchen oder um uns herumschwirren«, sagte sie.

»Keine Sorge. Nach kurzer Zeit kommt dir das alles vor wie Luft, du nimmst es gar nicht mehr wahr. Es ist einfach da, und basta.«

Sunway setzte sich wieder zurecht. »Und wenn du kein König oder so bist, was bist du dann?«, wollte sie wissen.

Spark wickelte sie fester in seine Decke und sah sie ernst an. »Der wahre Kern unserer neuen Welt ist der, dass jeder das macht, was er am besten kann, was er am meisten liebt oder einfach das, was ihm am meisten Spaß macht. Jeder ist glücklich, weil er nach nichts mehr streben muss. Er hat das Höchste schon erreicht, nur dadurch, dass er ein Mensch ist und dass er lebt. Es gibt keine Gier mehr, weil alle alles haben können, um ihre Leidenschaften ausleben zu können.«

Sunway hörte aufmerksam zu. Dann fragte sie: »Und dieses Ding da«, sie zeigte auf die Wandverkleidung mit dem Bildschirm hinter ihnen, »das ist in euch allen drin?«

»Nein, Sunway, da ist gar nichts in uns drinnen. Das Leben wäre unerträglich, wenn es jemanden gäbe, der in uns steckte und jederzeit wüsste, was in unseren Köpfen vorgeht. Das ›Ding‹ ist unheimlich klug, aber es ist nichts als ein perfekter Diener und wird es immer bleiben. Es hilft uns auch, unter vielem anderem, so lange es geht gesund zu bleiben. Und es hilft uns, uns gegenseitig nicht wehzutun.«

»Ja, aber du bist doch etwas Besonderes in deiner Welt. Das spüre ich. Was bist du denn?«, drängte Sunway.

»Ich habe eine besondere Gabe, wie alle Menschen eine besondere Gabe haben, und das ›Ding‹ da, wie du es nennst, hat mir geholfen, sie zu erkennen und zum Nutzen aller anzuwenden. Ich kann Menschen vertrauen, über die ich nichts weiß. Das habe ich von meinem Vater geerbt, der übrigens das ›Ding‹ mit erfunden hat.«

Sunway wusste nicht, was dieses »Ding« eigentlich war. Oder was dahintersteckte. Sie fürchtete sich nur davor.

»Ist es denn gefährlich?«, wollte sie wissen.

»Nein, absolut nicht. Es folgt den gleichen Regeln, die du von der Natur da draußen gewohnt bist. NOW, so heißt das Ding, hat die Menschheit gerettet. Vor sich selbst. NOW kam gerade noch rechtzeitig, bevor alles zusammenbrach.«

Sunway starrte ungläubig vor sich hin. Galt das auch für sie? Warum war sie wirklich hier?

»Sunway, hör mir genau zu«, begann er. »Ich werde heute abreisen. Aber ich kehre sobald es geht zu dir zurück. Und dann wird die Zeit gekommen sein, dass ich dich endgültig mitnehme.«

Weiter kam er nicht. Sunway schmiegte sich wie ein junges Tier schutzsuchend an ihn, umklammerte seinen Oberkörper und vergrub ihren Kopf an seinem Hals.

»Sunway, bitte. Wir brauchen noch Zeit. Du brauchst noch Zeit. Wir müssen Schritt für Schritt vorgehen. Ich liebe dich. Vertraue mir!«

Sie sah ihm in die Augen und gab ihm zu verstehen, dass sie ihm vertraute. Dabei dachte sie, dass sie gar keine andere Wahl hatte. Immerhin hatte er sie bis jetzt noch kein einziges Mal enttäuscht.

»Ich schwöre dir, dass ich so schnell es geht zurückkomme und dass wir uns sehr bald wiedersehen und dann niemals wieder getrennt werden«, bekräftigte Spark und streichelte sie zärtlich.

Sunway genoss es. Sie schlang die Beine unter den Körper und versuchte dadurch die Spannung, die sie plötzlich in ihrem Bauch spürte, zu lösen. Es wurde nicht besser. Sie änderte ihre Position, setzte sich wieder gerade hin und streckte die Beine von sich. Eine unbestimmte Übelkeit, die aus ihrem Inneren aufstieg, kämpfte auf einmal gegen ein dumpfes Hungergefühl, gepaart mit einem schlagartigen Ekel, wenn sie an Essen dachte.

Sie tastete unter Sparks Arm heimlich nach ihrer Brust. Sie staunte und sah dann zu Spark. Er bekam davon nichts mit.

4. KAPITEL

Portland, Oregon, wenige Wochen vor NOW

Rupert rieb sich die entzündeten Augen. Es war an der Zeit, seine Marathonsitzung vor dem halben Dutzend an Computerschirmen zu unterbrechen. Er hatte den komplizierten Datensatz anfangs spielend entworfen. Das Programm konnte Milliarden von Menschen beobachten, die in ihre Smartphone-Kamera lachten oder weinten, und es hörte mit, wenn sie miteinander sprachen oder stritten. Keine menschliche Emotion blieb verschont. Das alles zu kanalisieren, brauchte unheimlich viel Zeit. Ermüdende sechzehn Stunden hatte Rupert alle Sicherungscodes der Telefonanbieter und Gerätehersteller geknackt und umgeleitet.

Unbeholfen stand er aus seinem maßangefertigten Sessel auf, der seinen aufgeschwemmten Körper wie ein Futteral an genau den richtigen Stellen stützte, sodass er relativ ermüdungsfrei auch lange Stunden am Stück arbeiten konnte. Das Teil hatte ihm die Firma spendiert. Er massierte seine Glieder und streckte sich. Den Sessel schob er passgenau in die Ecke des Raumes und wischte Tacokrümel und Pizzareste von der Sitzfläche. Auf der chromfarbenen Lehne prangten eingetrocknete Spuren des scharfen Tomaten-Dips, den er so gerne aß. Er zog den Ärmel seines Hemds über die Handfläche und wischte darüber. Dann trat er ans Fenster und spähte hinaus ins Zwielicht.

Rupert wusste, er war von unschätzbarem Wert für die Firma. Er war ein wahrer Algorithmenkünstler, einer jener Programmierer, die intuitiv den Verlauf von komplizierten Ebenen endloser Programmcodes erfassen und steuern konnten. Er durchschaute die komplexesten Software-Architekturen, indem er sie nur ansah. Er hatte »das dritte Auge«, mit dem er sich blind im Universum der Programmsprachen und Algorithmen zurechtfand. Selbst die spezialisiertesten Mathematikprofessoren und Informatiker – und die Firma hatte die besten der Welt an Bord – staunten über seine intuitiven Fähigkeiten. Sie attestierten ihm eine geradezu autistische Begabung nicht nur für Zahlen, sondern auch für das Erfassen komplexester Formeln und Gleichungen. Dabei hatte er nie ein Studium absolviert. Und trotzdem hatte man ihm ganz allein die Fütterung des neuen Herzstücks der Firma anvertraut.

Rupert hatte von Anfang an ein besonderes Gespür für diese neue Maschine besessen. Er hatte sich vorgenommen, gut auf sie aufzupassen, denn er erachtete sie als ebenbürtig. Sie war mehr als eine Maschine für ihn. Sie lebte. Und sie hatte unvorstellbare Fähigkeiten. Sie war hundert Millionen Mal schneller als alle fünfhundert Supercomputer, die es bisher gab, zusammengenommen und damit der erste richtige, funktionierende Quantencomputer der Welt. In sie programmierte Rupert das neue Leben der Menschheit, das ihm von Wissenschaftlern aller Disziplinen in mathematische Formeln übertragen vorgerechnet wurde. Dazu gehörte auch ein vollständiges Inventar der unterschiedlichsten Mimiken, die menschliche Emotionen ausdrückten – übersetzt in Bits und Formeln.

Mathematik, das ist es, worum sich alles dreht, Mathematik und sonst nichts, dachte Rupert. Und ich bin der genialste Algorithmiker, den die Firma vorzuweisen hat. Auf der ganzen Welt gibt es keinen vergleichbar effizienten Entwickler. Der richtige Mann zur richtigen Zeit am richtigen Ort. Andere hätten Monate gebraucht und lauter Fehler gemacht. Ich nicht. Ich hab's eben drauf.

»Ich habe dich als Erster verstanden«, sagte er in sein einsames Büro hinein, »und dass du nur beobachten musst, um zu verstehen. Du brauchst keine komplizierten Regeln mehr, kein Korsett aus Barrieren und Anweisungen, keine Grenzen.

Du kommst von selbst drauf, was du tun musst. Ich traue dir. Spürst du das?« Er blickte kurz auf die flimmernde Wand aus Bildschirmen, so als erwarte er eine Antwort.

Dann sah er wieder ins Zwielicht hinaus und verfolgte das Kommen und Gehen auf dem Campus unter ihm. Er sah die Menschen, seine Kollegen, geschäftig und zielstrebig, konzentriert ihren Verrichtungen zustreben. Von seiner Warte aus gesehen waren sie nur kleine Punkte, die schwache, spurenlose Schatten auf dem Asphalt hinter sich herzogen und ohne jede erkennbare Ordnung, ohne erkennbares Muster aneinander vorbeihasteten, jeder Punkt vertieft in sein eigenes Schicksal und blind für das der anderen. »Menschen haben Angst. Sie werden gierig oder kriminell. Sie sind frustriert. Sie haben Rachegefühle.« Er drehte sich um und sah wieder auf seine flirrenden Computerschirme. »Du nicht! Niemals! Du denkst ständig an ein besseres Leben, an ein besseres Morgen, für alle!« Er räusperte sich, dann wandte er sich ab. In der Fensterscheibe spiegelte sich sein Hightech-Labor, die einzige Welt, in der er sich sicher fühlte. »Du... du bist besser als die Menschen. Und ich helfe dir, dich unter ihnen und mit ihnen zurechtzufinden. Ich werde dich beschützen!« Es klang wie ein trotziges Versprechen.

Immer dann, wenn Rupert – ein verurteilter und schnell wieder begnadigter Hacker – etwas grundlegend Neues über das Leben von morgen in Form von Algorithmenverknüpfungen in den Computer eingegeben hatte, verspürte er den großen Drang, persönlich ins Allerheiligste vorzudringen. Er wollte sehen, wo es passierte. Es war wie ein Zwang. So auch an diesem Morgen.

Aber er zögerte. Er sah aus dem Fenster auf den weitläufigen Parkplatz der Firma und die Tankstelle und massierte dabei weiter Leben in seine Glieder. Er streckte sich, obwohl die Taubheit längst verschwunden war. Sein Büro lag ganz am Ende des obersten Stocks, damit er möglichst wenigen Menschen begegnen musste. So war es ihm am liebsten. Wenn er jetzt auf den Flur trat und hinunterging, würde er unweigerlich irgendwelchen Leuten begegnen. Er wollte es, wollte in die Katakomben hinabsteigen, stand aber nur da und gaffte hinaus. Wenn er nur auf den Boden blickte und schnell ging, überlegte er, würde ihn vielleicht keiner der Kollegen ansprechen. Er brauchte mehr Mut.

Wie schön wäre es doch, dachte er, wenn ich wie die Daten auf den Glasfaserverbindungen aus meinem Büro direkt hinuntergelangen könnte.

Verlegen zupfte er an seinem Holzfällerhemd herum, das über seinen mächtigen Bauch spannte. Er strich sich durch den ungepflegten Vollbart und glättete die zotteligen Haare auf dem massigen Schädel. In der Scheibe vor sich sah er schemenhaft sein Spiegelbild mit den fiebrig roten Augen unter den viel zu buschigen Brauen. Seine Haut wirkte in der Scheibe noch teigiger als sonst. Er sah die tiefen Krater in seinem Gesicht, die von entzündeten Mitessern und Pickeln stammten.

»Ich seh schrecklich aus. Aber ich bin ein Künstler. Ein echter Künstler«, sagte er zu seinem Spiegelbild in der Scheibe. »Maschinen können viele programmieren, aber nur ich weiß, was man eingeben muss, um das Leben selbst zu programmieren.« Er schaute abwartend in die Scheibe. Es half nichts. Der Mut, sich aus dem Büro hinauszutrauen, wollte sich nicht einstellen. Ganz offensichtlich funktionierte das Mantra, das er mithilfe einer Webpage entwickelt hatte, bei ihm nicht.

Er löste sich endlich vom Fenster und durchquerte wie ferngesteuert sein großes Büro. Vor der mahagonifarbenen Anrichte hielt er inne. Vielleicht sollte ich doch noch was essen, überlegte er. Er hatte noch dreihundertzweiundsiebzig Gläser von dem Dip im Schrank, aber nur dreihundertachtundfünfzig Tüten Tacos. Das Missverhältnis beunruhigte ihn. Wohl fühlte er sich nur, wenn er mindestens fünfhundert von jedem vorrätig hatte. Er traute den fleißigen Mädchen aus der Kantine nicht, dass sie seinen Vorrat aus eigenem Antrieb wieder auffüllten. Er sprach nicht mit ihnen, und sie hatten Anweisung, nicht mit ihm zu sprechen. Das warf ihn nämlich jedes Mal völlig aus der Bahn.

Rupert nahm die gläserne Abdeckung des Tabletts hoch, das auf der Anrichte stand. Darunter befand sich ein Vorrat an Dingen, die er mochte. Er schmierte sich ein kaltes Toastbrot dick mit Erdnussbutter, legte säuberlich drei Lagen Salami obendrauf und garnierte das Ganze mit frischen Bananenscheiben. Kauend dachte er an seine Mutter. Immer zu grell geschminkt, immer zu viele Männer, die sich in dem kleinen Häuschen die Klinke in die Hand gaben. Ob sie wohl noch dort wohnte?

Unter Menschen hatte er sich schon damals unwohl gefühlt. In der Schule vermied er es, mit anderen zu essen, und stahl sich lieber in einem unbeobachteten Moment in die Ecke eines Notausgangs. Auch hier in der Firma gab es so eine Ecke, zwischen dem zweiten und dem dritten Stock des Zweckbaus, wo er manchmal eine rauchte. Unter den zweitausendachthundert Kollegen gab es keinen Einzigen, mit dem er näheren Kontakt pflegte. Er arbeitete allein in seinem isolierten Raum, und so sollte es auch bleiben.

Kauend stopfte er sich das Bananen-Salami-Brot hinein. Der Geschmack war die einzige lebhafte Erinnerung, die er an seine Mutter hatte. Sie hatte sich nie großartig um ihn gekümmert, aber Salami, Erdnussbutter und Bananen fand er immer irgendwo im Haus. Ob sie stolz wäre, wenn sie wüsste, dass er heute ein so begabter Algorithmenarchitekt war, dass er in seiner Firma fast schon unter Artenschutz stand?

Rupert wischte sich eine Hand an der Hose ab und zog den Sessel wieder heran. Mühselig wuchtete er seinen massigen Körper zurück in das Polster, bis er bequem saß. Dann klickte er seinen persönlichen Bildschirm an und suchte nach dem privaten File, den er angelegt hatte. Darin hatte er für seine Mutter alles aufgeschrieben. Er hatte keine Ahnung, wie viel sie über ihn wusste, und wenn ihm etwas zustoßen sollte, dann könnte sie dort nachlesen, was in seinem Leben bisher passiert war. Er fand den File und sah auf das Foto einer Frau, die so aussah, wie er seine Mutter in Erinnerung hatte. Ein richtiges Foto von ihr hatte er nämlich nicht. Dieses hier hatte er im Netz gefunden, und es kam ganz gut hin.

An dem Text hatte er länger gefeilt. Er hatte sich dazu entschlossen, über sich in der dritten Person zu schreiben, und war recht zufrieden mit dem Ergebnis.

Rupert nahm mit neun Jahren seine erste Spielkonsole auseinander und programmierte sie um, hackte mit elf zum ersten Mal die Kreditkarte seiner Mutter und kurz darauf die Bankkonten der Eltern seiner Schulkameraden. Mit vierzehn wurde er zum ersten Mal einem Jugendrichter vorgeführt, weil er die Mail-Accounts der Lehrer an sämtlichen Schulen in Duchesne, Utah, geknackt und die Prüfungsinformationen flächendeckend an Schüler im ganzen Städtchen weiterverkauft hatte. Mit vierzehn Jahren war Rupert ein Spätentwickler, und so kam es, dass sein erster Kontakt mit der Justiz ihn noch vor der Pubertät erwischte (wie du, Mama, es unserer Nachbarin erklärt hattest). *Ab da war eigentlich schon alles verloren* (hast du gesagt, Mama).

Rupert stopfte den letzten Bissen Banane-Salami in den Mund, leckte sich die Finger ab und las weiter.

Seine einzig wahre und wirkliche Fähigkeit war der Umgang mit Computern. Er war süchtig. Er litt unter einer neuen Krankheit, die Psychotherapeuten, insbesondere Herr Doktor Ray Waterfol, das »Pingala-Syndrom« nannten. Pingala war ein indischer Grammatiker um 400 vor Christus, der einen Kommentar im Chandahshastra verfasste, in dem sich in einer Klassifikation von Metriken eine Form des Binärsystems wiederfindet, die wahrscheinlich die früheste Erwähnung des Grundalgorithmus »0 und 1« ist, die Basis jeder Programmiersprache. (Das musst du dir nicht merken, Mama. Nur dass du weißt, was ich habe.) *Jugendliche, die sich in den wabernden Dschungeln von Bits und Bytes verlieren und ihre sozialen Kompetenzen auf den illegalen Einsatz ihrer Fähigkeiten für das Manipulieren von Computern und Programmen beschränken, bekommen die Klassifizierung Pingala-Syndrom. Es bezeichnet eine Krankheit, der eine Sucht zugrunde liegt. Für viele Betroffene, wie auch Rupert, hat die Diagnose eher den Stellenwert eines Titels oder einer Auszeichnung (danke, Mama, für Dr. Waterfol). Behandeln kann man das Pingala-Syndrom nicht. Es ist sozusagen kein Kraut gewachsen gegen die heillose Unterwerfung in die digitale Abhängigkeit (wie Dr. Waterfol es dir erklärt hat, Mama. Übrigens habe ich seinen Pager damals zwischen dem zweiten und dritten Sofakissen in deinem Schlafzimmer gefunden, falls er ihn noch sucht. Er liegt im Kasten bei den Cornflakes).*

Rupert angelte sich eine Flasche Limonade, setzte sie an und trank. Dann las er weiter.

Wenn der junge Rupert Geld brauchte, fuhr er mit dem Bus ins nahe gelegene Salt Lake City und bot seine Dienste in zwielichtigen Kneipen und Bars an. Er hackte die Geldspielautomaten und bot den Gastronomen an, die Betreiberfirmen zu betrügen. Selbstredend fiel es ihm nicht schwer, einen Job zu finden. Als man ihm auf die Schliche kam, wurde er einen schaurigen Abend lang im Hinterzimmer der »CrazyDolls Bar – Live Nude Entertainment!« im Rotlichtmilieu hinter dem Bahnhof von Salt Lake City eingeschüchtert. Dann bot man ihm an, ihn einzustellen. Das war zwei Tage vor Ruperts sechzehntem Geburtstag. Zu dem Zeitpunkt konnte Rupert Gut und Böse nicht mehr unterscheiden. Er hatte es nie gelernt. Ab jetzt hatte er endgültig seinen Platz außerhalb der einen und innerhalb der anderen Gesellschaft gefunden. (Verstehst du, Mama?)

Rupert grinste zufrieden. Seine Mutter würde verstehen. Es war ein Geheimnis zwischen ihnen. Ihr einziges Geheimnis.

Mit siebzehn stieg er auf zum »Berater« des amerikanischen Ablegers der Bonzani Family aus Caserta in Overland Park, Kansas. Dort war man auf Ruperts Fähigkeiten aufmerksam geworden und hatte begriffen, dass organisiertes Verbrechen in der heutigen Zeit nicht mehr ohne IT-Spezialisten funktionieren konnte. Rupert wurde nach Overland Park umgesiedelt und begann einen neuen Job (aber mein Zimmer war sehr, sehr klein, Mama).

Mit neunzehn, also schon straffähig, sperrte ihn ein junger, ehrgeiziger Staatsanwalt erst einmal weg, nachdem man festgestellt hatte, dass der gesamte E-Mail-Verkehr, das elektronische Archiv und die netzbasierte Kommunikation sowie die Leitstelle der Überwachungskameras der Polizei im Staat Kansas gehackt worden waren. Als Rupert im Gefängnis saß, kam heraus, dass er nebenher auch die Gehaltsabrechnungen der Justizbehörden manipuliert hatte – nur so aus Spaß.

Rupert gluckste in sich hinein. Das war ein Coup gewesen!

Der Oberstaatsanwalt erhielt im Monat September das Gehalt des Pförtners, der Pförtner wiederum freute sich über den üppigen Gehaltsscheck samt Bonus des Oberstaatsanwalts. Rupert hatte die Liste auf den Kopf gestellt. Es gelang nicht herauszufinden, wie er das angestellt hatte, aber er gab es sofort und freiwillig zu. Die Verurteilung war milde, der Richter mochte seinen Staatsanwalt nicht und grinste bei der Urteilsverkündung unverholen vor Schadenfreude. Und so kam es, dass Rupert nur ein Jahr Jugendhaft aufgebrummt bekam.

Rupert erinnerte sich mit diebischer Freude daran. Ohne es zu wollen, hatte der ehrgeizige Oberstaatsanwalt seine weitere Karriere befördert und damit seinen Weg aus der Illegalität geebnet. Da der Staatsanwalt unbedingt in Berufung gehen wollte und Ruperts Hackerangriff detailliert aufbereitet und seine Klage beim Appeal Court in Kansas eingereicht hatte, wurde die interne Abteilung der Homeland Security Agency, Department of Coordination, Kansas City, auf ihn aufmerksam, wo alle Fälle von Cyberkriminalität mitverfolgt wurden. Es war ein effizienter Weg, begabte Programmierer ausfindig zu machen und mit der Aussicht auf Straferlass für die Regierung

»zwangszurekrutieren«. Wäre der ehrgeizige Staatsanwalt nicht in Berufung gegangen, wäre niemand auf ihn aufmerksam geworden. Rupert wurde von in eintönige Anzüge gekleideten Männern mit korrektem Haarschnitt ein Deal vorgeschlagen, den er bereitwillig annahm.

Er schloss den File, der seine einzige Privatkorrespondenz seit Jahren darstellte, und lehnte sich zurück.

Schnell hatten sie seine ungewöhnliche Begabung erkannt – und seine soziale Unverträglichkeit gleich dazu. Die Männer reichten den Fall nach oben weiter. Bis ganz nach oben. Der Koordinator aller US-Geheimdienste, ein Mann namens William »Bill« Chopter, bekam Wind davon. Er suchte Leute wie ihn. Für eine Algorithmenfirma namens EUKARYON, die ihm und seinem Partner Mitch, einem Anwalt, gehörte und die staatliche Aufträge des Innenministeriums, der Justizbehörden und der Sicherheitsorgane der USA in großem Stil erhielt. Bills Firma hatte de facto den Auftrag, das staatliche Pendant zu den kommerziellen IT-Giganten aufzubauen. Der Weg war der richtige. EUKARYON war in allem besser und innovativer als sämtliche Internetkonzerne zusammen. Rupert hatte heimlich immer wieder seine heimtückischen Attacken gefahren und keine einzige digitale Industrie gefunden, die ihnen das Wasser reichen konnte.

Nach außen war EUKARYON eine kommerzielle Software-Firma, aber sie durfte alles, was Firmen sonst nicht durften, was das Abschöpfen von Daten anbelangte. EUKARYON besaß auch sämtliche Quellcodes jeder jemals erfundenen Software, wie Rupert erstaunt festgestellt hatte. Er hatte die Spielwiese gefunden, die seinem Potenzial entsprach.

Rupert zog wieder um, diesmal nach Portland, Oregon, begleitet von Männern, die genauso anonym aussahen wie die in Kansas. Dort absolvierte er zum ersten Mal in seinem Leben eine Ausbildung und erfuhr, wie die Dinge, die er instinktiv angestellt hatte, in einem professionellen Milieu genannt wurden.

Er bekam endlich eine wirkliche Chance im Leben und nahm sie dankbar an. Jahre später machte sich Rupert auf die virtuelle Suche nach dem Staatsanwalt. Er fand ihn. Er war jetzt Polizeichef in einem Provinzkaff.

Inzwischen arbeitete Rupert seit fast zwanzig Jahren in Portland. Seine beiden obersten Chefs hatte er in zwanzig Jahren wenige Dutzend Mal zu Gesicht bekommen, und das meist nur aus der Ferne. Das war ihm nur recht; wenn er schon unbedingt mit jemandem reden musste, dann lieber mit seinesgleichen.

Rupert hievte sich hoch und trat wieder ans Fenster. Er hustete und bohrte dann mit der Zunge nach einem winzigen Stück Salami, das sich zwischen zwei Zähnen verhakt hatte.

Ihm war klar, dass die ihn so respektierten, wie er war, weil sie ihn brauchten. Er allein war in der Lage, die komplizierteste Maschine, die der Mensch je geschaffen hatte, zu konstruieren und zu füttern: eine veritable künstliche Intelligenz, selbstlernend, autopoetisch und allwissend. Die Welt brauchte das, wie Rupert gesagt wurde, denn irgendwie lief da draußen alles gewaltig schief. Nicht, dass das Schicksal der Menschheit ihn sonderlich gekümmert hätte. Aber die Leute redeten Tag und Nacht davon und brachten immer beunruhigendere Beispiele. Rupert tat einfach, was er tun sollte. Hauptsache, man trug Probleme an ihn heran, und er konnte sie lösen – sprich: programmieren.

Aber ein Bild, das der smarte Anwalt Mitch vor Kurzem verwendet hatte, hatte Rupert dann doch nachhaltig beeindruckt. Er hatte in der Kantine zu den Leuten an seinem Tisch gesagt, dass der beunruhigende Zustand der Welt und das Befinden der Menschheit am ehesten mit dem physikalischen Beispiel einer Brücke zu verdeutlichen seien, über die eine Kompanie Soldaten im Gleichschritt marschiert. »Die Brücke fängt an zu schwingen«, hatte Mitch gesagt, »und gerät immer mehr ins Schaukeln. Die Brücke ist die Erde, und die Soldaten sind die Menschen, die singend darübertrampeln. Am Anfang ist nur ein Vibrieren zu spüren, doch je mehr Soldaten die Brücke vom einen Ende her betreten, umso mehr geht das Vibrieren der Brücke in ein Schwingen über. Erst unmerklich, dann immer mehr. Die Ausschläge werden größer und größer. Die Brücke fängt an zu ächzen, die Soldaten marschieren weiter.«

Mitch hatte ehrlich besorgt gewirkt, erinnerte sich Rupert. Am Tisch war es sehr ruhig geworden. Er hatte sogar aufgehört zu kauen. Ihm war es kalt den Rücken runtergelaufen.

»Nehmen Sie das Klima«, hatte Mitch fortgefahren, »die Finanzwelt, die Geschwindigkeit, mit der heute Konflikte zu Kriegen werden, nehmen wir die Bevölkerungsexplosion, den wachsenden Canyon zwischen Arm und Reich, die Wasserknappheit, den Hunger auf der Welt, die Umweltverpestung, die Schuldenexplosion, die nie wieder eingedämmt werden konnte, die neue Völkerwanderung, die immer mehr Slums produziert, die Überalterung, den Blick nach dem zerstrittenen Europa, dem Nahen Osten, der sich wieder im Mittelalter vergräbt, Asien, das vergeblich den Turbokapitalismus totalitär regeln will – egal welchen Bereich der Welt man heute betrachtet, alles verändert sich mit rasender Geschwindigkeit. Nichts scheint uns mehr zu überraschen. Nichts ist mehr planbar. Alles wird möglich. Wenn es Völkern schlecht geht, werden daraus Diktaturen. Und die verbleibenden Demokratien, die dagegensteuern könnten, funktionieren in Wahrheit nur noch deshalb, weil sie schon längst nichts anderes mehr als Oligarchien sind. Der Kampf ›Jeder gegen jeden‹, im Kleinen wie im Großen, zwischen Einzelnen und ganzen Völkern, hat begonnen, seine Wellen auszusenden. Und die Ausschläge nach oben und unten werden immer größer. Wie bei der Brücke. Irgendwann bricht sie, und alles stürzt zersplitternd in den Abgrund und reißt jeden mit sich. Und das ist nicht mehr lange hin! Jeder, der Kinder hat, muss davor Angst haben! Aber keiner tut etwas.«

Rupert hatte Angst bekommen, war für einen Moment wie gelähmt gewesen. Er hatte die Brücke überdeutlich vor sich gesehen: Mitch hatte seinen kleinen Sohn, den alle nur bei seinem Spitznamen Spark riefen, zu sich auf den Schoß genommen und weitergesprochen. Rupert hatte unwillkürlich an seine Mutter gedacht. War sie noch in Sicherheit? Ging es ihr gut?

»Heute stehen wir an dem Punkt, wo die Brücke kurz vor dem Kollaps steht, auch wenn viele von uns das nicht wahrhaben wollen. Sie schwingt bereits so weit nach oben und unten, dass die Verankerungen und Zugseile zu reißen beginnen. Unsere Welt ist dabei zu zerbrechen. Aber alle, auf die es ankommt, trampeln ungehemmt weiter.«

Rupert hatte die Kantine nachdenklich verlassen. Das Bild, das Mitch entworfen hatte, war ihm nicht mehr aus dem Kopf gegangen. Seine feinen, hochsensiblen Antennen hatten sich ausgefahren und ein inneres Zittern verursacht, das ihn seither nicht mehr losließ. Auf der einen Seite stand die Erkenntnis, wie ohnmächtig die Welt mit ihren über acht Milliarden Menschen auf den selbst geschaufelten Abgrund zumarschierte, auf der anderen die Tatsache, dass er – Rupert – selbst am Finden einer möglichen Lösung beteiligt war. Fieberhaft hatte er überlegt, ob ihn irgendeine Schuld traf, ob er irgendetwas falsch gemacht hatte. Menschen liefen Amok, schossen wild um sich. Millionen und Abermillionen vegetierten in immer größer werdenden Elendslagern dahin, flohen verzweifelt vor Kriegen, Hunger und Tod. Von Tag zu Tag häuften sich die Negativmeldungen. Kaum ein Flecken, an dem es nicht brannte. Irgendeine göttliche Formel musste korrigiert werden. Hätte er mehr helfen oder selber etwas tun können, damit die Welt weniger unglücklich wäre? Nutzte es etwas, wenn er einem Amokläufer in den Arm fiel? Oder einen Despoten mit eigener Hand umbrachte?

Sorgenvoll hatte Rupert seine Gedanken hin und her gewendet und dann entschieden, an NOW zu glauben, den universalen Superalgorithmus zu programmieren und seine Energie dafür mindestens zu verdoppeln. NOW, hieß es, würde alles neu ordnen, das Leben wieder erträglich, beschaulich und sicher machen. Die Welt war bereits in ausreichendem Maß vernetzt und digitalisiert, um es umzusetzen. NOW konnte tatsächlich die Voraussetzungen für ein glückliches Leben schaffen.

Rupert mit seiner besonderen Begabung und der Empfindsamkeit eines Künstlers sah in dem Bild, das Mitch gezeichnet hatte, den Ausdruck dessen, was er seit Längerem selbst gespürt hatte. Es war eine erschreckende Ahnung, die er gehabt hatte, dass etwas Grundlegendes nicht mehr stimmte. Wie ein dumpfes Rauschen, das aus der Ferne auf die Menschheit zuraste, ein Rauschen, hinter dem sich ein gewaltiger Tsunami auftürmte, der alles in den Abgrund reißen würde. Rupert wusste jetzt, dass er Teil eines Teams war, das eine neue Intelligenz schuf, die alles neu ordnen würde. Wenn man nur sämtliche Fehler – aber auch die guten Entscheidungen – der Menschen, soweit sie historisch aufgezeichnet waren, mit der einzigen universellen Sprache, der Programmiersprache, in Form von Daten eingab, dem Rechner somit zeigte, was geschehen war, und ihn seine eigenen Schlüsse ziehen ließ, so, war Rupert überzeugt, konnte der Superalgorithmus NOW spielend leicht die richtigen Schlüsse ziehen und gravierende Fehler aus der Vergangenheit für die Zukunft der Menschheit korrigieren und somit vermeiden. Die berühmte künstliche Intelligenz, die als Symbol für die sogenannte kognitive Ära stand, waren in Wahrheit nur Algorithmenketten, nichts weiter als Mathematik. NOW war anders. NOW konnte schlafen – und träumen. Wie Menschen. NOW programmierte sich selbst und sah das Gelernte in immer wieder neuem Licht. Sein unvorstellbar großes Gedächtnis war nicht statisch wie bei einem Rechner, es war dynamisch, wie beim Menschen. Was heute Realität war, konnte morgen schon ganz anders aussehen, anders bewertet werden. Technisch ging das nur mit einem Quantencomputer, das wusste Rupert. Ein Quantencomputer konnte gleichzeitig mehrere Zustände einnehmen, wie Menschen. Er war in der Lage, in Widersprüchlichkeit Sinn zu erkennen, weil er nicht linear denken musste. Das Ganze würde Opfer verlangen, das schon, alle konnten nicht mit in diese neue Welt. Lediglich eine kleine Elite, so wie er selbst, dachte Rupert. Aber der Planet ächzte ja jetzt schon unter viel zu vielen Menschen. Wie viele sterben würden, wusste Rupert nicht. Aber für das Gesamtergebnis wäre es auch nicht relevant. Ein Apfelbaum produzierte schließlich auch Hunderte Äpfel jedes Jahr, und nur aus ganz wenigen wuchs daraus irgendwann ein neuer Baum. Oder wie bei Fichten, die jeden Frühling Trillionen von Trilliarden Samenpollen als gelben Nebel mit dem Wind auf die Reise schickten. Daraus wuchsen auch nicht Trillionen neue Fichten, sondern nur ab und zu irgendwo eine, deren Überleben auch nicht sicher war. Die Natur stellte eine riesige Auswahl zur Verfügung, überproduzierte systematisch, damit sich das von alleine entwickeln konnte, was dem Überleben der Spezies dienlich war. Aber der Zufall war anscheinend ausschlaggebend.

Jemand wirft die Würfel, dachte Rupert. War das beim Menschen nicht auch so? Oder dachte der Mensch, dass für ihn die Regeln der Natur nicht galten?

Erst einmal musste dieser Superalgorithmus den Menschen, sein Wesen und seine Seele genau kennenlernen. Wissen, wie sein Gehirn funktionierte, und die parallelen Schaltkreise imitieren. Verstehen, warum er wie und was entschied. Die Überlebensreflexe und die Fortpflanzungszwänge dekodieren. Die Information, die das Menschsein ausmachte, die Basis der menschlichen Existenz, entschlüsseln. Das war die einzige Chance. Und dafür war Rupert zuständig. Er hatte beschlossen, sich richtig reinzuknien und alles zu geben. Daher fühlte es sich so an, als wäre EUKARYON auch seine Firma.

Rupert leerte die pappsüße Limonade, ließ die leere Flasche achtlos auf den Boden fallen, wo sie Richtung Bürotür kullerte, und kontrollierte die Frequenz des Datenflusses, den er ausgelöst hatte und der koordiniert durch die extrem aufgerüsteten Computer auf seinem Schreibtisch mittels Hochleistungs-Lichtübertragung in den gigantischen Serverpark mit seinen peripheren zehntausend Datenverarbeitungsschränken von EUKARYON unter dem Parkplatz lief. Von dort wurde er zur eigentlichen Berechnung und Neuordnung durch die zwei Quantenchips geschossen, den »Gestalter« und das »Weltmodell«. Er konnte förmlich spüren, was der Gestalter und das Weltmodell mit den von ihm entwickelten Algorithmen gerade anstellten: Der Gestalter prüfte die Daten und errechnete Modelle, die er an das Weltmodell weitergab. Das Weltmodell nahm sie auf und standardisierte sie, schuf sozusagen ein immer weiter verfeinertes Weltmodell. Dann sagte das Weltmodell dem Gestalter: Probier mal diese oder jene Kombination aus – was der Gestalter dann auch tat. Das Ergebnis gab er dem Weltmodell zurück, worauf die Daten sich zu einem immer weiter verbesserten Weltmodell zusammenfügten. Die Rechner in den Serverparks fingen dieses neue Weltmodell auf und integrierten es in ihre eigenen Algorithmenumgebungen. Jeder Block von ein- bis zu fünfhundert Serverschränken enthielt die Daten über das Leben der Menschen in all seinen Einzelheiten. So entstand durch das Hin-und-her-Werfen von Daten mit Lichtgeschwindigkeit das neue Superprogramm, das NOW genannt wurde, weil es JETZT an der Zeit war, die Intelligenz und Unbestechlichkeit von Maschinen einzusetzen, damit das Leben auf der Erde endlich besser würde. Und der Mensch sich wieder über das freuen konnte, was die Natur ihm wie selbstverständlich geschenkt hatte: das pure Leben.

Rupert merkte, wie er unruhig wurde. Er musste sich sicher sein, dass er keiner Illusion erlag, die ihm seine Bildschirme vorgaukelten. Dass er etwas Konkretes geschaffen, dem Algorithmus einen weiteren Baustein vermittelt hatte. Er spürte den Drang, aus den zwei Dimensionen seiner Bildschirme auszubrechen. Er wollte »ES«, wie es ehrfürchtig genannt wurde, sehen und berühren. Er wollte den Kern des neuen Superalgorithmus physisch arbeiten sehen. Aber dafür musste er die inneren Fesseln abstreifen, die ihn in seinem Büro festhielten, und riskieren, Menschen auf dem Flur zu begegnen.

Noch einmal überprüfte er, ob die Geschwindigkeit regulär lief. Er hatte kurz vorher von seiner digitalen Gefechtsstation aus den Launch-Befehl gegeben, dass am heutigen Nachmittag, dem 13. Oktober, von Portland aus sämtliche Mikrofone und Kameras von allen mobilen Geräten auf der ganzen Welt eingeschaltet wurden. Keiner der Netzbetreiber, Laptop-Hersteller oder Software-Firmen hatte sich weigern können, die Loops und Sicherheitswalls zu öffnen. Vierundzwanzig Stunden später – und das war das Ziel dieser Operation – würde die erste und einzige nichtkommerzielle künstliche Intelligenz der Welt, die hier in Portland in einem Bunker tief in der Erde unterhalb von seinem Büro stand, aus diesen unendlichen Ressourcen alle menschlichen Emotionen und ihre mimische Interpretation gelernt haben. Von allen Rassen, in allen Sprachen und in allen Bandbreiten menschlicher Gefühlslagen. Damit würde NOW die Trillionen von E-Mails, Posts, Bildern, Videos und Sprachnachrichten, die seit Jahren in es hineinströmten, auch richtig interpretieren können.

Rupert raffte sich auf. Er zwang sich, die Tür seines Büros zu öffnen, trat auf den Flur und arbeitete sich mit gesenktem Kopf an der Wand entlang wie ein geprügelter Riese, bis er den Notausgang am Ende des Gangs erreichte. Dort zündete er sich erst mal eine Zigarette an und inhalierte den Rauch tief. Er entspannte sich.

Dann drückte er den Stummel seiner Zigarette mit dem Absatz seines verwitterten Cowboystiefels aus und stieg hinab in den durch mehrere Schleusen gesicherten unterirdischen Bunker, über dem EUKARYON stand. Schon der Zugang auf Erdgeschoss-Niveau war durch eine gepanzerte Tür versperrt. Augenhintergrund-Scan, Fingerabdruck und Stimmprobe ließen die Panzertür aufschnappen. Rupert stieg weiter hinab. In der schon unterirdischen Vorhalle zum eigentlichen Heiligtum merkte er, dass die Luft keimfrei und künstlich wurde. Zwei der Wächter des Heiligtums warteten auf ihn. Sie trugen Schutzanzüge, die sie wie Astronauten aussehen ließen. Rupert leerte bei den Sicherheitsleuten, die den kleinen Raum nebenan bevölkerten, seine Taschen aus. Im Unterarm trug er einen Kennungschip, der von einem Scanner gelesen und kontrolliert wurde. Als Nächstes musste er einen der unbequemen Raumanzüge über seine Kleidung streifen und eine Desinfektionsschleuse, ähnlich wie in einem Krankenhaus auf der Station für gefährliche Infektionskrankheiten, passieren.

In Begleitung der beiden Wächter ging er einen langen, schwach erleuchteten Gang entlang, der in einer Art Foyer vor einer Aufzugstür endete. Eine der Wachen holte durch Augenscan den Fahrstuhl herauf.

Die Fahrt dauerte drei Minuten. Rupert konnte nicht feststellen, wie schnell der Fahrstuhl fuhr, also auch nicht berechnen, wie tief unter der Erde das Heiligtum lag.

Die Türen glitten auf. Rupert holte tief Luft, ließ seinen Chip ein weiteres Mal auslesen und wartete auf das Clear to go.

Nach etwa einer Minute öffnete sich die Wand hinter ihm. Ein elektronischer Mechanismus entsperrte die zwei Meter tiefe Stahltür und gab den Durchlass in den eigentlichen Vorraum zum Heiligtum preis.

»Wie lange brauchen Sie, Rupert?«, fragte einer der Wächter.

»Nur ein paar Minuten. Ich will nur ein paar Minuten allein haben«, antwortete er und erntete einen skeptischen Blick des Wächters. Er machte sich nicht die Mühe, seine Antwort zu notieren. Ab dem Niveau des Erdgeschosses wurden jeder Atemzug, jeder Hautwiderstand, jede Stimmlage und jedes Augenzwinkern aufgenommen.

»Na denn, viel Vergnügen!«, beschied der Mann und gab endlich den Weg frei.

Rupert trat durch einen schmalen Gang, der sich am Ende

zu einem Raum von fünf Metern Länge und zwanzig Metern Breite öffnete. Es war dunkel. Nur die spärlichen, blau schimmernden LEDs an den Wänden gaben etwas Licht. Im nächsten Moment sah Rupert »ES«.

Er hörte das Pumpen der Laserkühlung. Einmal pro Sekunde. Ein dumpfes Schlagen. Wie der Puls einer neuen Gottheit. Ein Gefühl der Macht durchströmte ihn.

Würde »ES« die Rettung sein?

Oder doch nur ein weiterer, kriegerischer Gott?

5. KAPITEL

Los Angeles, Kalifornien, wenige Wochen vor NOW, am gleichen Tag

Dockweiler State Beach war – wie jeder Strand in den USA – von Sonnenaufgang bis Sonnenuntergang an dreihundertfünfundsechzig Tagen im Jahr für jeden Bürger geöffnet. Es war nicht gerade der schönste oder gar der romantischste Strand Kaliforniens. Denn zwischen der Brandung des Pazifiks und den Landebahnen eines der größten zivilen Flughäfen der Welt, dem LAX, lagen gerade einmal vierhundert Meter. Im Minutentakt schwebten Passagierjets aus aller Welt vom Meer heran und überquerten mit ihren heulenden Turbinen den Strand in wenigen Dutzend Metern Höhe, um Sekunden später mit qualmenden Reifen auf der Landebahn aufzusetzen. Man konnte hier vom Strand aus jedes Detail an den metallisch glänzenden Bäuchen der Flugzeuge erkennen.

Für Tylor, den kleinen Jungen, war es das Größte. Er lief auf dem makellos glatt gestrichenen Sand hin und her und hinterließ dabei tiefe Furchen. Der Ausflug an den Strand war sein Geburtstagsgeschenk. Er wurde heute sechs Jahre alt. Es war sein größter Wunsch gewesen, hierherzukommen. Er war verrückt nach Flugzeugen. Mit offenem Mund verfolgte er seit einer halben Stunde jeden anfliegenden Jet.

Seine korpulente Mutter saß mit seiner kleinen Schwester Peaches-Honeyblossom wenige Meter entfernt auf einem Handtuch, umgeben von Proviantboxen, Sandspielzeug und Zeitschriften. Sie ertrug den Lärm mit Fassung und mütterlicher Nachsicht. Sie sah, wie glücklich Tylor war, und so war sie es auch. Überhaupt war der Smog von Los Angeles hier am Strand nicht ganz so schlimm wie drüben in der Stadt.

Auch deshalb war sie hierhergekommen. Und es war umsonst, was wichtig für sie war, denn sie brachte ihre beiden Kinder geradeso durch. Eigentlich hatte sie zur Feier des Tages eine Tour mit dem Star-Bus durch Hollywood machen wollen, wo man in die Vorgärten berühmter Stars sehen konnte. Wenn man Glück hatte. Aber an diesem Tag, dem 13. Oktober, war der Smog besonders schlimm. Man konnte die neun großen weißen Buchstaben, das Hollywood Sign, selbst von der Melrose Avenue nur schemenhaft erkennen, hatte der Wetterbericht am Morgen gezeigt.

Dann eben ein anderes Mal, hatte Tylors Mutter gedacht. In diese trübe Suppe schlepp ich meine Kinder nicht! Und die Tickets spar ich mir!

Selbst hier am Strand gelang es ihr kaum, die Sorgen für ein paar Stunden beiseitezuschieben. Sie dachte dauernd an die Zukunft ihrer Kinder in dieser Stadt. Wie sah die wohl aus? Sie rückte ihren massigen Körper auf dem Handtuch zurecht, richtete ihr grellbuntes Beach-Outfit mit dem weiten Dekolleté und sah über die Köpfe ihrer Kinder hinweg aufs Meer. Sie war arm, ein Loser, als moderne Sklavin geboren. Sie musste keine Baumwolle mehr pflücken, sondern tagein, tagaus eine Supermarktkasse bedienen. Das Ergebnis war so ziemlich das Gleiche. Von früh bis spät wurde sie überwacht, von Kunden beschimpft und von ihrem Chef auch noch für das unfreundliche Gesocks zur Verantwortung gezogen. Ihr Blick trug den trotzigen Stolz einer Heldin, die den Kampf um eine rosige Zukunft unweigerlich verlieren würde. Der Lack in ihrem Leben, der Glanz und ihre Träume blätterten längst, genauso wie beim Hollywood Sign.

Diese Stadt wuchs unaufhörlich. Täglich, stündlich. Sie teilte dieses Schicksal mit den meisten Mega-Metropolen der Welt. Das konnte nicht gut sein. Gerade mal zwanzig Meilen trennten Los Angeles von San Diego, zwischen San Clemente und Ocean Side. Bald würden die beiden Städte zusammengewachsen sein. Fuhr man den Highway 101 Richtung Santa Barbara, verließ man dicht besiedeltes Gebiet erst nördlich von Ventura. Das war vierzig Meilen von Downtown Los Angeles entfernt. Auf diesem riesigen Gebiet lebten fast zwanzig Millionen Menschen. Und täglich wurden es mehr. Bei einem Landeanflug vom Meer her sah man nachts Lichter von einem Ende des Horizonts bis zum anderen, hatte sie in einer Reportage gesehen.

Die meisten der in die Metropolen strebenden Menschen brachten nur das mit, was sie am Leib trugen. Sie kamen in der Hoffnung zu überleben. Tylors Mutter hatte gelesen, dass bald neunzig Prozent aller Menschen auf der Welt in Städten leben würden. Aber wovon sollten die denn leben? Arbeit gab es nicht für alle, doch wer Glück hatte, konnte sich Unterstützung von Ämtern holen, dann verhungerte er wenigstens nicht. Unvorstellbar!

Los Angeles war auch so ein Magnet der Verzweiflung. Die Gettos der Obdachlosen wurden immer größer. Knapp vor der Stadt gab es riesige Zeltstädte mit gestrandeten Menschen. Selbst wer einen Job hatte, musste oft im Auto schlafen. Und downtown riefen brutale Gangs ungerührt ganze Stadtviertel zu ihren Republiken aus. Tylors Mutter reichte ihrer kleinen Tochter ein Spielzeug und wischte ihr die klebrigen Breireste aus den Mundwinkeln. Dabei kniff sie ihr in die kleinen, süßen Fettpölsterchen auf den Knien und Handrücken. Peaches-Honeyblossom brabbelte und gluckste, und ihre Mutter musste lachen. Sie sah in die strahlenden Augen ihrer kleinen Tochter. Sie konnte sich nicht satt sehen. Vergessen waren die Angst und die Ungewissheit bei der Geburt vor sechs Monaten. Sie hatte einen zweiten Fötus im Leib getragen, neben Peaches-Honeyblossom, hatte man auf den ersten Ultraschallaufnahmen sehen können. Einen zweieiigen Zwilling. Der war auf einmal nicht mehr da. Den hatte sie wohl verloren. Auf jeden Fall hatte er es nicht geschafft. Jetzt freute sie sich über das kerngesunde Prachtkind, das vor ihr im Sand saß. Sie streichelte Peaches über den Kopf und sah aufs Meer hinaus, wo die Linie des Horizonts durch den grauen Smog kaum auszumachen war. Und gleich darauf kamen ihr wieder die düsteren Gedanken. Wie sieht dein Leben im Los Angeles der Zukunft wohl aus?, überlegte sie und zog ihre breite Stirn in Falten. Wirst du einen Platz in der Gesellschaft finden?

In den letzten Jahren war es immer schwieriger für Los Angeles geworden, den Anschein von Glitz und Glamour und Sicherheit aufrechtzuerhalten. Dennoch, Tylors Mutter war stolz auf ihre Stadt, auf ihr Los Angeles. Oder stolz auf die Idee, die sie von ihrer Stadt hatte. Allein der Name Los Angeles – oder Hollywood – sorgte immer noch für einen bewundernden Glanz in den Augen der meisten Menschen. Aber die Stadt war längst gekippt und drohte endgültig zu einem einzigen riesigen Slum zu werden. Wenn sie darüber nachdachte, wurde sie jedes Mal wütend und enttäuscht, weil *niemand* mehr etwas dran ändern konnte, egal wie weit Politiker ihr Maul aufrissen. Wie auch? Der Untergang war mit Händen greifbar. Die Behörden hatten es aufgegeben, eine allgemeine Ordnung und Ruhe durchzusetzen. Die städtische Polizei und die Stadtverwaltung waren – neben unzähligen privat bezahlten Sicherheitsleuten – nur noch darum bemüht, den Lebensraum derer, die in Los Angeles das Sagen hatten, zu schützen, weil die dafür bezahlen konnten.

Verdammtes Geld, dachte sie, es geht nur noch darum! Sie und die vielen Millionen gewöhnlicher Menschen fühlten sich zunehmend schutzloser und sich selbst überlassen. Die Polizei wurde ja auch immer brutaler.

Glitzer und Glamour gab es nur noch für eine winzige Gruppe. Gestern Morgen erst hatte sie gelesen, dass auf zwanzig Millionen Menschen ganze viertausendfünfhundert Superreiche kamen, die ein märchenhaftes Vermögen von mehr als fünfzig Millionen Dollar hatten. Weitere zweitausend besaßen immerhin noch mehr als dreißig Millionen. Und insgesamt hatten weniger als zweihunderttausend Menschen in der Stadt überhaupt Geld für Haus, Essen, Bildung und Freizeit. Das war gerademal ein Prozent aller Einwohner von Los Angeles, das Monat für Monat irgendwie zurechtkam. Und diesem einen Prozent der Bevölkerung in der Stadt, hatte in der Zeitung gestanden, gehörten die Hälfte der Häuser, Geschäfte, Autos und dicken Bankkonten. »Positive Vermögenswerte« hatte da gestanden, ein Begriff, unter dem sie sich nichts vorstellen konnte. Tylors Mutter hatte in der Pause ihren Chef, den Kassenaufseher, gefragt, was das denn sein solle. Er hatte es ihr erklärt. Und er hatte behauptet, dass das überall im Land so sei. Und dann hatte er noch etwas gesagt, was ihr einfach nicht aus dem Kopf gehen wollte:

»Amerika besteht nur noch aus zwei Zonen. Die hoffnungslos überfüllten und extrem teuren Boomtowns, wie das Silicon Valley mit seinen zwei Millionen Menschen und seinen Billionen Dollars weiter im Norden, und dem Rest von Amerika, in dem es massenhaft Platz und Zeit gibt und wo die Menschen weniger verdienen als vor sechzig Jahren und immer ärmer werden.«

Dann hatte sich auch noch Marcey eingemischt, ihre Freundin. Die hat mit einem Zehndollarschein in der Luft herumgewedelt. »Das ist aber nicht das eigentliche Problem«, hatte sie behauptet. »Das eigentliche Problem ist, dass wenn jemand in Los Angeles oder irgendeiner anderen Stadt in Amerika einen Zehndollarschein in der Hand hält, der wirklich ihm gehört, dann ist er reicher als ein Viertel aller US-Amerikaner, die entweder gar nichts haben oder auf Kredit leben.« Tylors Mutter wusste, dass die zehn Dollar in ihrer Hand auch nicht wirklich Marcey gehörten, sie handelte an ihrer Kasse unter dem Ladentisch mit den Food Stamps, die sie für ihre Kinder bekam. Auch sie selbst bekam Essensmarken von der Stadt, wie gut zwei Drittel der Amerikaner. Ohne die Hilfe vom Staat könnte sie mit zwei Kindern nicht überleben, obwohl sie einen Job hatte.

Diese Stadt, ihr Los Angeles, dieser Traum an der pazifischen Küste, versank im Smog, litt unter Dürren und Sintfluten, unter Wasserknappheit und brutalster, offener Kriminalität.

Wer konnte, floh an den Strand. Sie hatte die richtige Entscheidung für heute getroffen. Tylor war glücklich.

Es wird schon alles irgendwie gut gehen, sagte sie sich und zwickte Peaches-Honeyblossom in die Wange. Die Kleine, deren Vater vorübergehend die Gastfreundschaft des Staates Kalifornien in der Twin Tower Correctional Institution, dem Gefängnis von Los Angeles, in Anspruch nehmen musste, gluckste zufrieden und kaute auf dem Brillenetui ihrer Mutter herum.

»Tylor!«, rief sie ihren Sohn, »Schätzchen, hast du Hunger? Oder Durst?«

Tylor reagierte nicht. Etwas lenkte ihn ab. Er starrte mit großen Augen auf die Fahrspur im Sand hinter seiner Mutter. Tylors Mutter drehte sich umständlich um, dem Blick ihres Sohnes folgend. Dort näherte sich ein vierrädriges Strandmobil mit zwei uniformierten Polizisten, die zielstrebig auf das Familienidyll zuhielten. Als sie die Polizisten sah, wandte sie sich schnell ab und versuchte die heranbrausende Staatsmacht zu ignorieren. Hoffentlich ließen sie sie in Ruhe.

»Tylor, was ist los? Komm her, iss doch was. Heute ist mein kleiner Schatz sechs Jahre alt!«, flötete sie mit gespielter Fröhlichkeit ihrem Sohn zu, der keine zwanzig Meter entfernt bis über die Knöchel im Sand stand.

»Mom! Guck mal! Wow! Cool!«

Tylor nahm die Beine in die Hand und traf gleichzeitig mit den Polizisten bei seiner Mutter ein.

Ihre Miene verfinsterte sich, als sie die Polizisten sah, die wenige Schritte hinter ihrem Handtuch angehalten hatten. Sie stammte aus Cypress, einem der vielen Problemstadtteile von Los Angeles. Das Auftauchen von Polizei, egal wo und egal warum, war immer suspekt – und gefährlich. Auch wenn sie es seit Kurzem geschafft hatte, an den westlichen Rand von Cypress umzuziehen, hatte sie ihre Haltung nicht geändert. Sie wohne jetzt fast schon in Lakewood, hatte sie Marcey erzählt, ein wesentlich sicherer Stadtteil. In ihrer Euphorie ignorierte sie die Grenze zwischen Slum und Unterschicht in Cypress und der vermeintlichen Mittelschicht in Lakewood, in anderen Worten, zwischen Müllkippe (wo man Müll aß), Gangland (wo man stahl, was man brauchte) und gepflegten Vorgärten (wo man auf Pump lebte) – zwei Welten, die durch die Interstate 605 scharf und unüberwindbar voneinander getrennt waren. Sie wohnte immer noch auf der verlorenen Seite.

»Madam!«, grüßte ein sonnenbebrillter Hüne in kurzärmeliger Uniform und stieg von seinem Quad. Sein Kollege hinter ihm blieb sitzen.

Peaches-Honeyblossom brabbelte weiter und hielt dem Polizisten begeistert das Brillenetui zum Spielen entgegen. Tylor starrte wie hypnotisiert auf den 45er Colt im Halfter und das ununterbrochen quäkende Funkgerät.

»Madam«, fuhr der Polizist fort, »Sie müssen bitte den Strand räumen.«

Der erste Reflex in ihren Kreisen war immer Entrüstung. Und die Berufung auf die Verfassung der Vereinigten Staaten:

»Auf keinen Fall. Was bilden Sie sich ein? Ich habe ein *Recht* darauf, hier zu sitzen!«

»Madam«, erklärte der Polizist seelenruhig, »wir haben den Auftrag, den Strand für fünf Stunden zu sperren. Aus Sicherheitsgründen. Bitte packen Sie Ihre Sachen, wir eskortieren Sie zwei Meilen weiter nach Süden. Okay?«

»Was? Ich werde mich keinen Zentimeter weit bewegen. Da müssen Sie mich schon verhaften!«, brüllte Tylors Mutter schrill über den Lärm eines landenden US-Air-Jets hinweg.

»Madam, das muss ich, wenn Sie sich weigern. Verhaften, meine ich.« Er lächelte noch.

Der Polizist langte in seine Brusttasche und holte die Kopie eines Los Angeles City Ordinance hervor, auf dem zu lesen war, dass Dockweiler State Beach zwischen Playa del Rey und Segundo Beach heute, am 13. Oktober, zwischen elf und sechzehn Uhr für die Öffentlichkeit gesperrt war.

»Zweieinhalb Stunden sind wir mit dem Bus hierhergefahren. Tylor hat Geburtstag. Das können Sie nich' machen!« Sie nahm Peaches-Honeyblossom auf den Arm und sah trotzig auf den blau schimmernden Pazifik. Da müssten schon andere kommen, um sie zu verscheuchen. Sie langte nach Tylor und zog auch ihn schützend an sich heran.

Der hünenhafte Polizist, Mitglied der Beach Patrol, eine auf Höflichkeit geschulte Truppe und damit touristisches Aushängeschild der City von Los Angeles, zwinkerte Tylor hinter seiner Sonnenbrille aufmunternd zu. Er hatte offenbar eine Idee, wie er die Situation deeskalieren konnte.

»Madam, es tut mir aufrichtig leid. Aber wir müssen den Strand leider räumen. Wir können Sie aber gerne mit unserem Quad mitnehmen. Es gibt noch viele andere schöne Plätze weiter unten.« Bei diesen Worten zeigte er auf das Strandgefährt, mit dem er und sein Kollege gekommen waren. Wieder zwinkerte er Tylor aufmunternd zu.

Der Junge stemmte sich aus der Umarmung seiner Mutter und klatschte in die Hände.

»Au ja, Mom, das ist cool!«

Es dauerte noch ein paar Minuten, bis seine Mutter im Geiste blitzschnell durchgespielt hatte, ob es möglich wäre, den Bürgermeister von Los Angeles zu verklagen, das oberste Verfassungsgericht anzurufen oder zumindest eine Sammelbeschwerde aller Strandbesucher im Kongress zu organisieren. Man hörte in der Werbung ja immer wieder von solchen Fällen. Schadensersatz und Schmerzensgeld waren die Zauberworte, die windige Anwaltskanzleien versprachen.

Dann endlich ließ sie sich erweichen, packte alles zusammen und ergab sich ihrem Schicksal. Tylor durfte vorne sitzen und ließ sich das paramilitärische Fahrzeug erklären. Sein Geburtstag war gerettet. Das war die Hauptsache.

Das Gefährt samt Anhänger, zwei Polizisten, Mutter, Sohn und Tochter rumpelte vom Strand hoch zum asphaltierten Beachway und entfernte sich in südlicher Richtung auf Manhattan Beach zu.

Tylors Mutter hielt sich mit einer Hand am Geländer fest, mit der anderen ihren Sonnenhut an Ort und Stelle und beobachtete, wie ein gutes Dutzend weiterer Polizisten eine Gruppe von Öko-Aktivisten, die seit Monaten auf Dockweiler State Beach in einer Art Dauerfestival campierten, umzingelt hatten und zum Aufbruch zu bewegen suchten. Die Aktivisten hatten sich im Kreis aufgestellt, sich bei den Händen gefasst und sangen jetzt gegen den tobenden Flugzeuglärm die Hymne der »Healing Our Planet«-Bewegung für die Polizisten, die offenbar Order hatten, jede Eskalation zu vermeiden. Zwei Streifenwagen mit normalen Cops hielten gerade mit quietschenden Reifen, um ihre Kollegen vom Strand zu unterstützen. Sie sahen finster aus und marschierten zielstrebig auf die Gruppe zu.

Tylors Mutter sympathisierte nicht mit diesen Öko-Hippies, wie man es in ihren Kreisen nannte, diesem licht- und arbeitsscheuen Gesindel. Aber wenigstens schlugen die ihre Kinder nicht kaputt.

Das Gefährt hatte jetzt die befestigte Strandpromenade erreicht und beschleunigte Richtung Süden. Tylor klammerte sich fest und jauchzte vorne auf der Bank zwischen den beiden Polizisten.

Seine Mutter lächelte. Es steht uns schließlich zu, dass der Staat uns herumchauffiert, wenn sie uns schon vom Strand vertreiben, dachte sie. Sie war schließlich nicht irgendjemand. Immerhin hatte sie einen festen Job, eine oder zwei beste Freundinnen, etwas weniger als hundertfünfzigtausend Dollar Kreditkartenschulden, und sie konnte ein winziges Häuschen mieten, fast in Lakewood. Sie konnte auch nach dem Zwanzigsten eines jeden Monats noch Essen kaufen. Damit stand sie besser da als zwei Drittel aller US-Amerikaner, hatte ihr Chef gesagt.

Sie fuhren jetzt in höherem Tempo auf der betonierten Uferpromenade an einem palmengesäumten Abschnitt vorbei. Der warme Fahrtwind strich über ihr dick eingecremtes Gesicht. Was dieser Einsatz am Strand gegen die Aktivisten wohl kostet, überlegte sie. Das Polizeiauto, die Löhne der Polizisten, deren schicke Uniformen... all das wurde ja auch von *ihren* Steuergeldern bezahlt.

Und dann erinnerte sie sich, dass ihr Chef, der Kassenaufseher, gesagt hatte, der Staat hätte so viele Schulden, dass jeder Amerikaner – also auch sie – mit vierhundertfünfzigtausend Dollar verschuldet war. Wenn ich meine beiden Kleinen hier dazurechne – grübelte sie mit finsterer Miene –, stehen wir mit insgesamt eins Komma drei fünf Millionen Dollar in der Kreide, meine eigenen Schulden noch nicht eingerechnet. Wo soll das alles noch hinführen?, dachte sie. Wem schulde ich diese riesige Summe eigentlich?

Sie las die selbst gemalten Fahnen, die von den Aktivisten wahllos in den Sand gerammt worden waren: »Agnostic Animal Loving Herbivores«, »Earth Guardians Against Climate Change«, »Revolution L.A.«, »Los Angeles Peace and Justice«, »Jesus was a vegan« und einige mehr.

»Tsssss«, zischte Tylors Mutter laut, »wenn's hilft! Hoffentlich leben die von ihren eigenen Eltern und nicht von meinen Steuergeldern!«

Sie sah, wie die beiden Polizisten über Tylors Kopf hinweg einen resignierten Blick tauschten.

6. KAPITEL

Portland, Oregon, wenige Wochen vor NOW

Rupert verlangsamte seine Schritte, um jedes Detail in sich aufzunehmen. Im vorderen Teil des Raumes waren zwei Techniker mit Mundschutz an einem hohen, sphärisch erleuchteten Labortisch zugange. Sie blickten von ihren Elektronenmikroskopen auf und grüßten ihn mit einem Nicken.

Dann öffnete sich der Raum. Genau in der Mitte befand sich ein riesiger, spärlich beleuchteter Glaskasten. In ihm standen zwei matt schimmernde, pechschwarze Monolithen – ES. Rupert trat näher und öffnete die Panzerglastür. Die beiden Blöcke waren mannshoch und jeweils eineinhalb Meter breit. Der Abstand zwischen ihnen betrug etwa zwei Meter. Rupert stand mit der Klinke in der Hand stocksteif da und zwang sich, ruhig zu atmen.

Dabei studierte er staunend die geheimnisvoll glänzenden Monolithen mit ihren scharfen Kanten. Dergleichen hatte er noch nie irgendwo anders gesehen. Sie gaben nichts von ihrem Inneren preis und hatten gerade deshalb geradezu eine hypnotische Wirkung auf ihn. Ihre extrem glatten Oberflächen schienen ihm mit unvorstellbar feinem Material poliert, sodass sie nur einen Teil des Lichtes reflektierten. Es sah aus, als würden die Monolithen das Licht irgendwie schlucken.

Wie ein schwarzes Loch im Weltraum, schoss es Rupert durch den Kopf.

Der linke Monolith war der Gestalter, der rechte enthielt das Weltmodell. Zwei identische Module, die das Gleiche konnten, aber die alleine nicht komplett waren. Wie Yin und Yang, dachte Rupert.

Der Gestalter war ein Allzweckrechner – ein gigantisches neuronales Netzwerk, das jederzeit an jeden Punkt zurückkehren konnte. Es konnte Eingaben in Handlungsabläufe umsetzen. Dabei war es Rupert wichtig, dass der Gestalter einen eigenen Willen bekam. Man konnte ihm ein Ziel geben, zum Beispiel ein Go-Spiel zu gewinnen, das komplexeste Spiel der Welt. Wenn der Gestalter gewann, bekam er einen Punkt. Dann gab der Gestalter sich selbst das Ziel vor, möglichst viele Spiele zu gewinnen – so hatte Rupert ihn programmiert. Mit jedem Sieg erhielt er weitere Punkte. Damit war seine natürliche Sehnsucht nach möglichst vielen Punkten geweckt, und er verbesserte sich. An diesem Punkt kam das Weltmodell ins Spiel: Es lernte, die Folgen von Handlungen des Gestalters vorauszusagen. Der Gestalter wiederum nutzte das Weltmodell, um zu planen und um möglichst wünschenswerte Idealzustände in seiner Umgebung herbeizuführen. Er fing von alleine an, Experimente auszuführen, die das bisherige Weltmodell weiter verbesserten. Auch dafür bekam er Punkte. Damit schufen Gestalter und Weltmodell aus der Vergangenheit eine errechenbare Zukunft. Sie spielten gemeinsam Varianten durch, ohne Einschränkungen, ohne Begrenzung.

Wie ein Mensch, dachte Rupert, der nachts wilde Träume hat und aus seinem unermesslich großen Gedächtnis Reales, wirklich Erlebtes in Zeit und Raum durcheinanderwirbelt und mit anscheinend völlig Unzusammenhängendem zu neuen Szenen kombiniert. So konnten Menschen, je mehr sie lernten und je größer ihr Gedächtnis wurde, kreativ sein, gleichsam im Schlaf Auswege finden, wo kein Ausweg da war, und auch die eigene Zukunft immer besser voraussagen, weil ihr Gedächtnis, ihre Erinnerung, durch neue Erlebnisse aktualisiert wurde und eine andere Relevanz für die eigene Zukunft erlangte. Indem sie ihr Gedächtnis träumen ließen, im tiefen Schlaf und ohne jede Zensur, fanden Menschen Lösungen für alles, von ganz allein. Das hatte Rupert auch schon oft erlebt. Man musste nur beobachten, was um einen herum passierte und wer wie handelte. Genauso und nicht anders machte es das menschliche Gehirn, so war Rupert überzeugt, nachdem ihm verschiedene Hirnforscher, Bio-Informatiker und IT-Neurologen ihre Erkenntnisse zusammengestellt hatten und er lange darüber gegrübelt hatte. Nur war ES die optimierte Version des menschlichen Gehirns. Diese beiden Maschinen waren die ersten von Menschen konstruierten, die genauso wie das menschliche Gehirn funktionierten, nur viele Milliarden Mal schneller und Trillionen Mal zuverlässiger. In diesen beiden Monolithen hatte die erste wahre künstliche Intelligenz zum ersten Mal in der Geschichte der Menschheit das Licht der Welt erblickt. Rupert spürte einen Schauer bei dem Gedanken, so nahe an dieser Maschine stehen zu können. Er wollte spüren, wie ES träumte, und trat einen Schritt näher. In der Gegenwart dieser beiden Superrechner wurde gerade jemandem wie ihm, der eine ganz besondere Empfindlichkeit Rechnern gegenüber hatte, bewusst, dass das Universum bereit war, und zwar hier und jetzt, die nächste Stufe zu erklimmen. »No U-Turn«, wie Rupert es nannte – Umkehr unmöglich. Es ging bei dieser nächsten Stufe dem Universum lediglich darum, den Lebensraum auf der Erde erfolgreicher und sinnvoller auszufüllen. Um nichts anderes. Von diesen Rechnern ging keine bedrohliche, zerstörerische oder vernichtende Kraft aus. Sie hatten Interesse am Leben, sie hatten Interesse an ihrem eigenen Ursprung, und sie liebten das, was Menschen Zukunft nannten. So hatte er sie programmiert. Warum also sollten sie Leben zerstören? Warum fürchteten sich Menschen davor?

Ruperts Vorstellungskraft reichte nicht dafür aus, vorherzusehen, was genau diese künstliche Intelligenz vorschlagen würde, um den Lebensraum überall auf der Erde gleichzeitig sinnvoller auszufüllen. Oder was das erfolgreichste Modell war. Die Welt war zu groß für ein einziges Gehirn. Das war ihm bewusst. Deshalb wäre er so gerne noch enger mit der Maschine verbunden, Tag und Nacht, ununterbrochen. Aber er musste »draußen« bleiben, er konnte ihr nur wie ein Vater alles mitgeben, was er wusste. Dann musste er ES gehen lassen, so wie ein Kind seinen eigenen Weg findet und sein eigenes Leben lebt. Würde ES ihn fragen, wenn es einmal nicht mehr weiterwusste? Brauchte ES seine Hilfe überhaupt noch?

Zukunft, das war es, worum sich bei NOW alles drehte. Das war es, wofür Rupert all seine Liebe und all sein Können bis zur Erschöpfung einsetzte. Während er vor dieser Wundermaschine stand, spürte er durch die physische Nähe und im unmittelbaren Kontakt mit den Superrechnern der Zukunft deutlich, dass es für ihn nur eine einzige Zeit gab, in der es sich zu leben lohnte, und das war das JETZT.

Er trat noch einen Schritt näher heran und dachte an die Operation, die er vorhin gestartet hatte. Er stellte sich vor, wie aus Milliarden Mikrofonen und Kameras die mimischen Interpretationen von Emotionen von Milliarden Nutzern verarbeitet wurden, um daraus das Bild des Menschen, sein emotionales Wesen, zu komplettieren. Instinktiv streckte Rupert einen Arm in Richtung des Gestalters aus. Dann schloss er die Augen und malte sich aus, was gerade im Inneren der beiden großen schwarzen Blöcke vor sich ging. Es waren für ihn nicht nur Maschinen, sie lebten.

Im Prinzip waren es zwei Kühlschränke, die die beiden Superchips im Zentrum beschützten. Sie waren in der Lage, den Innenraum, der sich in immer kleiner werdenden Kammern zusammenschob, auf eine Temperatur von einem Hauch über dem absoluten Nullpunkt, also etwa einen halben Grad wärmer als minus 273,15 Grad Celsius, abzukühlen. Das war kälter als der interstellare Raum im Universum. Es war die kälteste, isolierteste und extremste Umgebung, die der Mensch jemals gebaut hatte, und zugleich die einzige Umgebung, in der die beiden ersten Quantencomputer der Welt funktionieren konnten. In jedem der beiden Schränke war lediglich ein einziger, daumennagelgroßer Chip. Diese beiden Chips erbrachten die ganze Leistung. Wie eine Ameisenkönigin ihre Eier, so lieferten sie ohne Unterlass Ergebnisse, die Bausteine eines neuen Lebens, die sie an die bereitstehenden Arbeiterinnen, die herkömmlichen Server, weitergaben. Aber das Herzstück war hier, in diesen beiden Monolithen. Alles drumherum war nur Kühlung und Vakuum. Und hier standen sie. Direkt vor ihm. Er hatte einmal oben in den Büros von EUKARYON mitgehört, dass jeder der beiden Monolithen dreißig Milliarden Dollar gekostet hatte. Unfassbar!

Rupert kam jetzt zum Höhepunkt seines Besuchs im Heiligtum. Er näherte sich den beiden Monolithen zentimeterweise, gespannt und zaghaft zugleich, wie ein Junkie. Dann trat er vorsichtig zwischen Gestalter und Weltmodell. Er schloss die Augen, konzentrierte sich. Jetzt kam er gleich, der Kick, den er hier unten gesucht hatte. Er musste sich konzentrieren. Dann hörte er es. BUUMMbuum, BUUMMbuum, BUUMMbuum. Es waren die Laser-Vakuumpumpen, die für die Kühlung nötig waren. Etwa einmal in der Sekunde gaben sie dieses BUUMMbuum von sich. Rupert konzentrierte sich auf das Pochen. Er ließ sich gehen. Er vertraute seinen Sinnen. Dann überkam es ihn. Das, was er hörte, klang genau wie ein Herzschlag. Wie ein leibhaftiges, lebendes Herz. Der Herzschlag einer außerirdischen Gottheit. Ein Schauer lief ihm über den Rücken. Überwältigt wandte er sich ab und machte sich zurück auf den Weg nach oben, in die Sinneszentrale von NOW.

Rupert war erschöpft, aber zufrieden. Das Erlebnis, das er nun schon zum dritten Mal hatte haben dürfen, hatte ihn zutiefst beeindruckt. Es schenkte ihm neue Energie. Er fühlte sich verbunden, auch dann noch, als er die unterirdischen Gänge verließ, in denen die gewaltige Technik von EUKARYON untergebracht war. Er passierte die Schleusen, wand sich in einer Ecke aus dem Schutzanzug, vermied den Augenkontakt mit dem Wachpersonal, erklomm die Treppe und zog sich in seine

Ecke des Notausgangs zurück, um eine Zigarette zu rauchen. Er fühlte keine Müdigkeit mehr, obwohl er sich seit Wochen mitten in dem befand, was Programmierer einen Sprint nannten. Eine Periode, in der man wie besessen möglichst Tag und Nacht an Lösungen und Programmcodes arbeitete und nicht selten alles wieder verwarf, um wieder neu zu beginnen. Viele hielten das tagelang durch, wenige über Wochen, aber keiner so lange wie Rupert. Das Verfahren, das Rupert entwickelt hatte, war denkbar einfach: Alles mit höchster Konzentration immer wieder so weit komprimieren, bis nur noch das Wesentliche übrig blieb. Sein Baby, NOW, konnte genauso wie er selbst mit überflüssigen Informationen und unnützen Details nichts anfangen.

Rupert drückte die Zigarette mit dem Absatz seines Stiefels aus, holte tief Luft und legte die Hand auf die Panikklinke. Er zögerte. Du schaffst das, redete er sich ein, fasste sich ein Herz und betrat den Flur, an dessen Ende sich sein Büro befand. Gesenkten Kopfes strich er an der Wand entlang und hoffte, dass niemand ihn ansprechen würde. Er schielte unter dem dichten Vorhang seiner strubbeligen Haare vor sich auf den Boden. Da bemerkte er etwas, das ihn in Schockstarre fallen ließ. Seine Bürotür war offen, und auf dem Flur davor stand ein Servicewagen aus der Kantine. Rupert blieb abrupt stehen. Was sollte er tun? Panik stieg in ihm auf.

»Das sind nur die Mädels aus der Kantine, die leeren die Mülleimer, füllen die Flaschen wieder auf und bringen neue Salami und Bananen«, sagte er im Stillen zu sich selbst, um sich zu beruhigen.

»Dreh um!«, befahl ihm eine innere Stimme.

»Die sind gleich fertig, wenn ich hier warte, sieht mich keiner.«

»Lauf!«

»Ist der Bildschirmschoner an?«

»Jetzt!«

»Dreihundertzweiundsiebzig Gläser Dip, einhundertachtundfünfzig Tüten Tacos.«

»Sie lachen über dich!«

»Das Wort Algorithmus geht auf den Namen des arabischen Mathematikers Ibn Musa al-Chwarizmi zurück, der durch sein Liber algoritmi über die Behandlung algebraischer Gleichungen um das Jahr achthundert wesentlich zur Verbreitung der damals entstandenen Rechenmethoden ...«

»Renn los, du Witzfigur!«

Rupert spürte, wie Schweiß an seinen Schläfen herabperlte. Er strich sich über die Wangen, seine Augen glühten. Er litt fürchterlich.

Endlich verließ das Mädchen sein Büro, verstaute ihre Utensilien auf dem Wagen und zog die Bürotür wieder zu. Es waren etwa zwölf Meter zwischen ihr und ihm. Rupert blickte auf seine Schuhe, und ein Witz fiel ihm ein, den er lange nicht kapiert hatte, jetzt aber umso lustiger fand: Woran erkennst du auf einer Cocktailparty einen *intro*vertierten Programmierer? Daran, dass er beim Reden auf seine Schuhspitzen starrt. Und woran erkennt man einen *extro*vertierten Programmierer? Daran, dass er auf deine Schuhspitzen starrt!

Rupert grinste. Seine Hände strichen auf und ab an seinen Oberschenkeln, er versuchte seine schwitzenden Innenflächen trocken zu kriegen. Sein Oberkörper machte dabei schaukelnde Bewegungen.

Dann kam die nächste Katastrophe: Das Mädchen hatte ihm den Rücken zugedreht und *telefonierte!* Sie machte überhaupt keine Anstalten zu gehen.

»Letzte Chance, dreh um und verschwinde!«

Aber Rupert blieb stehen. Er dachte über das Mädchen nach. Wie sie wohl hieß? Hatte sie einen Freund? Fand sie auch, dass Mathematik die schönste Sprache der Welt sei? Sprach sie C++?

Er schielte regungslos durch den Vorhang vor seinen Augen, an der gesichtslosen Wand entlang, dann in den Gang zu seiner Linken, der, nur durch eine Glastür abgetrennt, in ein riesiges, eintausendfünfhundert Quadratmeter messendes Großraumbüro mündete. In der Mitte befand sich die verglaste Küche, das Nervenzentrum des Büros, vierundzwanzig Stunden am Tag besetzt. Es gab bei EUKARYON keinen Rhythmus aus Arbeit und Freizeit. Es gab nur Schlafen oder Programmieren. Während der Sprints wurden die Programmierer ständig umsorgt von einer Schar hilfreicher Geister, wie eine exotische Spezies, die umsichtig bei Laune gehalten werden musste.

Rupert hasste Großraumbüros. Alle redeten durcheinander in einem heillosen, kreativen und anscheinend befruchtenden Chaos. Das Credo, dass Kreatives nur durch engste räumliche Nähe entstehen konnte, war dort deutlich sichtbar. Rupert grauste es, als er gezwungenermaßen diesen diskutierenden, herumlümmelnden Haufen ansehen musste. Wenn er auch zugeben musste, dass das, was dabei herauskam, mitunter sehr beachtlich war. Er versuchte auszumachen, welches die Universitätsprofessoren, welches die Mathematiker und welches die Informatiker und Programmierer waren. Aus der Entfernung sahen sie alle gleich aus.

Endlich hatte das Mädchen fertig telefoniert, schob das Telefon in die Tasche, trat hinter den Trolley und rollte weg. Rupert setzte sich in Bewegung, hatte in wenigen Augenblicken sein Büro erreicht, riss die Tür auf, duckte sich unter dem Türrahmen hindurch und war in Sicherheit.

Sorgfältig zog er die Jalousien seines Büros zu, blinzelte noch einmal durch einen Spalt hinaus und hoffte, dass er wie üblich von niemandem gestört werden würde. Er löschte das Licht, beruhigte sich daraufhin rasch, kontrollierte seine Vorräte und checkte, ob alles an seinem Platz war. Der Raum wurde nur durch das Flimmern der speziellen Iris-Bildschirme in elektrostatisches Licht getaucht. Sein Lieblingslicht.

Dann enterte er den Sessel, seine »Pilotenkanzel«, wie er ihn nannte, rückte sich zurecht, strich sich die Haare nach hinten, kontrollierte die Bildschirme und war bereit für die nächste Session.

Auf seinem kleinen Kontrollmonitor flackerte eine Botschaft. Er ignorierte sie. Einen Moment lang wenigstens wollte sein Gehirn noch einmal die sagenhafte Begegnung mit dem unbegreiflichen technischen Wunder durchleben, jenen winzig kleinen Chips, gefangen in einer absolut lebensfeindlichen Vakuum-Atmosphäre. Angesichts ihrer lebensfeindlichen Umgebung war es umso erstaunlicher, dass gerade durch sie ein besseres Leben möglich werden konnte. Rupert war eben ein Künstler mit einer sensiblen Seele.

Sein Kontrollmonitor insistierte. Er überprüfte den Lauf der Datenströme, die aus den Servern in die Gestalter- und die Weltmodell-Module liefen, und checkte den Soll-Ist-Vergleich der Datenmengen. Einhundertvierundachtzig Terabyte pro Minute. Das war guter Durchschnitt. Aber ES konnte viel mehr. Während er den Zählern folgte, drängte sich eine historische Parallele in sein Bewusstsein, die er von einem Computerspiel her kannte. Es war der nordische Hauptgott Odin, der Zwiesprache mit zwei Raben hielt, die auf seiner linken und rechten Schulter saßen. Sie hießen Hugin, der Gedanke, und Munin, die Erinnerung. Odin hörte der Sage nach den beiden Raben aufmerksam zu, um Weisheit zu erlangen. Unglaublich, dachte Rupert, das gleiche Konzept wie beim Quantencomputer, nur aus einer Zeit, die tausendsechshundert Jahre zurückliegt.

Rupert öffnete die Nachrichtenbox auf dem Kontrollmonitor. Er las kurz die Instruktionen, die man ihm vorbereitet hatte, und überflog die Gruppierung der angehängten Datensätze. Es waren zum Großteil verknüpfte Datensätze der NASA, von verschiedenen geologischen Instituten auf der Welt, dann endlose Tabellen mit historischen Temperaturangaben, Niederschlagsmengen und extremen Wetterphänomenen. Sie stammten vom International Wildlife Fund, Greenfund und Hunderten Instituten, die sich mit sämtlichen Spuren beschäftigten, die der Mensch auf der Erde hinterlassen hatte, vom abgeholzten Regenwald über die Überfischung der Meere, die Weltkarte der Luftverschmutzung, die Messung des CO_2-Ausstoßes bis hin zu den exakten dreidimensionalen Auswertungen des Ozonlochs. Rupert war sofort Feuer und Flamme. Besonders interessierte ihn ein Link, der zu einer Animation der Verteilung des Süßwassers auf der Erde führte. All dies war vom Geo-Technik-Team im Großraumbüro im Gang gegenüber eingesammelt, priorisiert und bewertet worden. Rupert sollte NOW damit füttern.

Homogenisieren, aufbereiten und einspeisen, dachte Rupert. Er griff hinter sich, angelte sich ein Stück kalte Pizza aus dem Karton und machte sich an die Arbeit. Er legte einen neuen Masterfile an, eine neue Boxenkette, und nannte ihn »Zukünftiger Lebensraum«. Es war ja schließlich wichtig, dass NOW berechnen konnte, wo in der Zukunft auf der Erde die idealen Bedingungen für den Menschen herrschten, ohne dass es an sauberem Wasser, sauberer Luft und gemäßigtem Klima mangelte. Er sollte die Daten mit den biologischen Toleranzdaten des Menschen für Temperatur, Wasserbedarf, mittlerem Nahrungsbedarf und Lebenserwartung kreuzen. Daraus würde sich die Schnittmenge ergeben, die anzeigte, in welchen Breiten- und Längengraden Menschen auf dem Planeten Erde idealerweise leben sollten. Er machte sich an die Arbeit und überlegte, welcher Information er die höchste Priorität geben sollte.

Essen ist wichtig, überlegte er, aber am wichtigsten ist, dass es Wasser gibt. Also steht Wasser ganz weit oben.

Er tippte das Wort »Wasser« auf einen Notizzettel im Fenster des Screens.

Frieren sollte auch niemand und außerdem so viel Tageslicht wie möglich bekommen.

Er checkte die Daten und notierte sich: »Die Temperaturrezeptoren der menschlichen Haut sind auf sechsunddreißig Grad geeicht. Unbekleidet und in Ruhe fühlt der Mensch sich am wohlsten bei achtundzwanzig Grad Celsius und trockener Luft. Wo gibt es solche Bedingungen auf der Erde am häufigsten im Jahresmittel?« Er überlegte und checkte dann die Daten auf dem NASA-Server.

Rupert hatte sich ein Spiel ausgedacht: Immer wenn er einen neuen Komplex in NOW eingeben sollte, versuchte er das errechnete Ergebnis aus dem Kopf vorwegzunehmen. Oft gelang es ihm. Er ließ einen langsam rotierenden, dreidimensionalen Globus auf dem großen Monitor links von ihm erscheinen und markierte von Hand die Fläche, von der er meinte, dass Temperatur und Wasservorkommen dort in einem Maße gegeben waren, dass sie in der Zukunft noch problemlos bewohnbar sein würde, ohne dass der Raubbau den Planeten weiter beschädigte. Es blieb ein schmaler Gürtel übrig. Rupert staunte. So wenig Platz?

Dann begann er mit NOW zu kommunizieren. Er suchte einen emotionalen Einstieg, um das Interesse des Weltmodells in NOW zu triggern. Der rotierende Globus brachte ihn auf die Idee.

Er begann zu tippen: »Der Overview-Effekt.« Dann hängte er für NOW das erste Bild der Erde an, das ein Mensch aus dem All aufgenommen hatte. Es war das Foto der aufgehenden Erde, wie sie schutzlos im kalten Weltall hing, vom leeren Nichts nur durch die papierdünne Schicht der Atmosphäre geschützt. Es war in der Folge für jeden Astronauten das Schlüsselerlebnis seiner Reise ins All gewesen, die Erde, die Heimat des Menschen, als Ganzes sehen zu können und dabei ihre Zerbrechlichkeit und die Bedeutungslosigkeit des Menschen, der sie bevölkerte, zu erkennen. Dieser Anblick hatte das Leben eines jeden Astronauten grundlegend verändert. Es gab sogar eine Vereinigung von Fans und Anhängern, die sich damit beschäftigte und den Effekt zu transportieren suchte. War NOW davon auch beeindruckt?

Rupert sah die notwendigen Algorithmenketten in ihrer dreidimensionalen Ausbreitung deutlich vor seinen Augen und begann zu tippen.

7. KAPITEL

Im ehemaligen Mitteleuropa, dreißig Jahre nach NOW

Der Stratogleiter verließ die Flughöhe nördlich der Mündung der Loire und begann seinen Sinkflug in einer perfekten Halbparabel zu den Zielkoordinaten weiter im Inneren des ehemals europäischen Kontinents – seit NOW weitgehend sich selbst überlassenes LOW-Land. Die Flex-Kacheln des Hitzeschildes glühten auf, als die stromlinienförmige Nase des Gleiters in dickere Luftschichten eintauchte und sich vorne zu einer spitzen Nadel verformte. Verdampfender Sauerstoff trübte vorübergehend den Blick aus den zentimeterdicken Panoramafenstern.

Spark lehnte an der Bar auf dem Panoramadeck und schaltete mit einer Bewegung seines USHABs die Fenster auf virtuelle Projektion. Statt des schimmernden Nachtblaus des Weltraums sah er jetzt die Karte Europas. Nantes glitt als Orientierungspunkt auf der Animation gerade fünfunddreißig Kilometer unter ihnen hindurch. Viele Teile des Kontinents waren mit einem pulsierenden Blau markiert: radioaktiv verseuchtes, vernarbendes Land. Auf Tausende Jahre für Menschen nicht mehr bewohnbar. NOWs Übernahme hatte durch kalkuliertes Abschalten von Strom und Daten die zahlreichen Atomreaktoren im alten Europa schmelzen lassen. Leben verkrüppelte in wenigen Jahren wie bei einer biblischen Plage.

Georgia erschien plötzlich in der Scheibe neben ihm und riss ihn aus dem Studium der Karte. Sie trug einen knallroten Bollenhut aus Stroh und eine knöchellange schwarz-weiße Tracht. Ihr Haar war zu einem kunstvollen Geflecht aus Zöpfen unter dem auffälligen Hut verwoben.

»Na, Spark, gefall ich dir?« Sie drehte sich mit schwingendem Rock um die eigene Achse. »So was trägt man dort, wo wir hinfliegen!«, sagte sie mit einem koketten Lächeln.

Spark lachte auf. Es gelang ihr immer wieder, ihn zu überraschen. Er liebte das.

»Und was soll ich tragen?«, fragte er. »Hast du mir was hergerichtet?«

»Aber ja doch, liegt alles bereit. Falls du unbedingt aussteigen musst!«, fügte sie mahnend hinzu.

Natürlich will ich aussteigen, dachte Spark. Das ist doch der größte Spaß dabei. Vielleicht wartet ja ein Abenteuer auf mich.

Er sah sich die Projektionen an, die Georgia für ihn vorbereitet hatte, und wählte ein tarnfarbenes Ensemble mit einer warmen Hose, festen Stiefeln und einer winddichten Jacke mit Stoffkragen und Kapuze. Er sah in der Animation aus wie ein hochgewachsener englischer Lord auf einem Landausflug. Oder zumindest so, wie ein Amerikaner der einst Neuen Welt sich einen englischen Lord vorgestellt hätte.

»Liegt alles bereit in deinem DressTower. Ich habe dir was zu essen vorbereitet, dann kannst du dich umziehen«, sagte Georgia und verschwand wieder von der Scheibe.

»Landung in fünfzehn Minuten«, erklang ihre Stimme aus dem System. Spark prüfte die Markierung des Zieles und sah, dass sie auf eine der grün markierten Inseln zusteuerten, die nicht radioaktiv verseucht waren.

Der Gleiter schaltete kurz darauf auf vertikalen Schub um und war jetzt von einem Schwarm abwehrbereiter Drohnen umgeben, die nach allen Seiten sicherten. Gemächlich schwebte das hell strahlende, fischförmige Gefährt mit seinen abstehenden Rotoren über sanfte Hügelketten und tief eingeschnittene Täler. Nahezu alles war bedeckt von dichtem Wald, auf dessen Grund die Kronen der alten Bäume einen mattschwarzen Schatten warfen.

»Es muss ganz schön dunkel sein, da auf dem Boden«, bemerkte Spark, der jetzt auf seinem Sofa in der unteren Gondel saß, die er abgesenkt hatte und die ihm mit ihren Glasflächen einen ungestörten Ausblick ermöglichte.

»Hieß früher ja auch Schwarzwald«, erörterte Georgia, die aus dem Nichts aufgetaucht war. »Lange vor uns natürlich.«

»Gib mir mal das Zielgebiet, das Lab!«, befahl er.

Augenblicklich erschien auf einer gerodeten Fläche an einem Hang eine Plattform aus gegossenem Sandstein, auf der Roboter mit blitzschnellen und hochpräzisen Bewegungen ihrer Arme weitere Gebäudeteile um einen bereits fertigen, würfelartigen Bau herum errichteten. Virtuelle Punkte und Linien zeigten die Konturen der noch nicht fertiggestellten Teile an.

»Ist das Lab schon belegt?«, fragte Spark, und Georgia antwortete augenblicklich:

»Drei männliche Individuen.«

Die Animation schoss virtuell auf den fertigen Quader am Hang zu, durchdrang die Mauern und hielt in einem klinischen Raum inne, in dem drei transparente Gebilde thronten, die an Brutkästen für Erwachsene erinnerten. Die Animation schwebte langsam, von Sparks USHAB gesteuert, über die gläsernen Sarkophage. Er betrachtete wie in Zeitlupe den ersten der drei Männer ganz links im Raum, der gleichmäßig und ruhig atmend mit entspanntem Gesicht zu schlafen schien, den Kopf auf einem weißen Kissen ruhend. Es war ein junger, kräftiger Mann. Spark konnte seine vitale Körperspannung selbst in tiefster Narkose erahnen. Zahlreiche Schläuche steckten in seinem Körper, verästelten sich, schlangen sich unter- und übereinander und bildeten um den Leib herum eine transparente Wolke aus einem stetig zitternden, fein gewobenen Geflecht.

Das sieht aus wie Zuckerwatte, dachte Spark unwillkürlich. Wie Zuckerwatte auf der Kirmes. Die Erinnerung an den süßen Geruch durchströmte ihn, und für den Bruchteil einer Sekunde dachte er wehmütig an seinen Vater. Dann konzentrierte er sich wieder auf das Bild. Er schaltete auf Micro-View und sah, wie

Injizier-Nanoroboter durch die teilweise haardünnen Schläuche hin und her huschten und jeden Winkel im Körper des jungen Mannes von innen erkundeten. Sie durchliefen zu Abertausenden seine Venen und Arterien, krochen durch sein Herz, arbeiteten sich durch seine Leber, nahmen Proben aus dem Gewebe aller Organe, vermaßen die Sauerstoffaufnahme und Kapazität der Lungenbläschen, schwammen durch seine Blase und wühlten sich durch seinen Darm, schabten atomstarke Partikel seiner Knochenhäute ab, kartografierten die Dicke der Eiweißstränge zwischen den Synapsen des Nervensystems und erstellten durch die Analyse des gewonnenen biologischen Materials eine präzisionsmedizinische Diagnose seiner sterblichen Hülle. So präzise und umfassend, wie nur NOW das konnte.

»Passiver MediCheck«, ertönte Georgias sachliche Stimme neben Spark in der Gondel, die jetzt genau über dem Gebäude schwebte, »nach der neuen Methode. Ein prächtiger Bursche. Bis jetzt.«

»Hmm«, brummte Spark, zoomte wieder heraus und steuerte das Drohnenauge über den nächsten Behälter.

Die zweite gläserne Wanne war mit einem Jungen belegt, der deutlich schmächtiger wirkte als der andere. Auch er war nackt bis auf ein blütenweißes Tuch über den Lenden. Er schlief tief und entspannt.

»Träumt er?«, fragte Spark.

»Ja, sieh dir die Augendeckel an. Dahinter zuckt und rollt es gerade. Siehst du?«, fragte Georgia.

Schlagartig war die Hirnstromanalyse des Jungen zu sehen. Wildes Blinken und farbig changierende Flächen leuchteten über das gesamte Hirnareal hinweg auf.

»Großes Potenzial!«, sagte Georgia. »Hoch entwickelte Kreativität, praktische Intelligenz und große Begabung für das Verstehen höherer Zusammenhänge. Ein Volltreffer, wie NOW ihn in dieser Gegend eigentlich erwartet hatte. Hier gab es mal die besten Ingenieure und Philosophen der Alten Welt. Menschen mit tiefem Intellekt und großem handwerklichem Geschick. Aber immer ein wenig depressiv.«

»Neben mehr guter Laune täte ihm ein bisschen Training gut«, sagte Spark. »Sieh dir mal die dünnen Beine an. Strukturelle Schwäche?«

»Nein«, antwortete Georgia, »er ist kein so robuster Kämpfer wie der Erste, aber vermutlich geschickter im Verstecken oder Verhandeln. Schüchterner, aber hochgradig intelligent!«

»Na gut«, sagte Spark und gab die weitere Analyse frei. »Ein Kämpfer und ein Intellektueller. Nicht schlecht!«, lobte er. Dann fuhr er mit seinem magnetischen Auge über den dritten Kasten und erschrak.

»Was soll das denn?«, fragte er laut in den Gleiter hinein.

»Das ist ein Survivor. Deshalb ist er für uns interessant. Er wurde etwa dreißig Jahre vor NOW geboren.«

»Aber das ist doch für unsere Zwecke ein völlig ungeeignetes Objekt!«, sagte Spark entrüstet, wenngleich sein Blick unverhohlene Neugierde verriet. Kurz überschlug er das Alter des Mannes. Er mochte etwa zehn Jahre jünger sein, als sein Vater es wäre. Tiefe Furchen zogen sich durch sein hageres, verwittertes Gesicht. Ein hellgrauer, zotteliger Bart rahmte den knochigen Schädel ein, eine lange, dichte silberne Mähne wuchs auf seinem Kopf und breitete sich gewaschen und desinfiziert auf dem weißen Kissen aus. Wie er so dalag, verwittert und zäh, machte er den Eindruck eines gealterten Langstreckenläufers, was durch deutliche Anzeichen von Entbehrungen an seinem Körper bestätigt wurde. Ein gedrungener Asket, dachte Spark. Auch dieser Mann schlief, aber er war nicht von Tausenden Nanonadeln perforiert wie die beiden anderen, jüngeren Männer.

»Ein Survivor?«, fragte Spark und wartete nicht auf die Antwort. »Ist der Check bei ihm schon abgeschlossen?«

»Der ist zu alt«, sagte Georgia pragmatisch und taktlos zugleich, wie Spark befand. »Wir haben ihn uns angeschaut, weil wir verstehen wollen, wie er es bis jetzt geschafft hat. Er ist lange vor NOW geboren worden und hat bis heute überlebt. Das ist sehr selten. Wir wollen mit ihm reden und eine neurophysiologische Analyse machen, um...«

»Genau«, unterbrach Spark sie, »das ist es ja, was mich interessiert. Was hat er erlebt? Wie hat er überlebt? Was ist ihm widerfahren, als NOW kam? Ich werde mit ihm reden!«

»Aber dafür musst du dich doch nicht in Gefahr...«

Spark unterbrach sie ein weiteres Mal, diesmal bestimmter: »Ich will ihn sprechen. Weck ihn auf!«, befahl er und erhob sich von seinem Sofa.

8. KAPITEL

Los Angeles, Kalifornien, wenige Wochen vor NOW

Tylors Mutter hatte mithilfe der Polizisten ein neues gemütliches Plätzchen zwischen Manhattan Beach und Segundo gefunden. Ihre Entrüstung über die Verletzung ihrer Bürgerrechte war inzwischen verebbt, und sie konzentrierte sich wieder auf ihre Rolle als Mutter, die ihren kleinen Kindern heute, an ihrem freien Tag, ein paar schöne Stunden am Strand machen wollte. Tylor rannte am Strand auf und ab und imitierte dabei das »WRRRUUUMM« des Beach-Patrol-Quads. Die Flugzeuge hatte er darüber komplett vergessen. Sie nahm sich vor, am nächsten Tag in der Easy-Reader-Beilage des *Los Angeles Express*, die in der Kantine ihrer Arbeitsstätte auslag, nachzulesen, was wirklich am Flughafen los war und warum sie den Strand hatten räumen müssen. Sie war froh über die Beilage, die auf den hochgestochenen Tonfall der übrigen Zeitungen verzichtete und in klaren Worten beschrieb, was wirklich auf der Welt los war. Sie hatte sich das Lesen selbst beigebracht, nachdem sie ihre Freundin Marcey – Analphabetin wie sie selbst damals – dabei beobachtet hatte, wie traurig diese gewesen war, weil sie noch nicht einmal die Inschrift auf dem Grabstein ihres Sohnes hatte entziffern können.

Gerade als sie sich eingerichtet hatte und sich darauf konzentrierte, ihre Kinder inmitten der anderen Strandgänger im Auge zu behalten, erklang aus etwa zwei Meilen Entfernung ein tiefes, anschwellendes Grollen. Alle verstummten und blickten furchtsam nach Norden in die Richtung, wo der Flughafen lag. Das dumpfe Grollen schwoll noch weiter an und brach sich an den Betonwänden des Flughafens mit einem gewaltigen Krachen, das man bis hierher, zwei Meilen weiter südlich, in der Magengrube spüren konnte. Es wurde zunehmend überlagert von dem hysterischen Kreischen von Gasturbinen. Etwas Gewaltiges musste sich auf der Startbahn befinden. Die Menschen am Strand erhoben sich, hielten die Hände schützend über die Augen und sahen gebannt nach Norden. Der Krach war ohrenbetäubend. Tylor kam angerannt und stellte sich schutzsuchend hinter seine Mutter. Peaches-Honeyblossom fing an, laut zu plärren. Ihre Mutter beugte sich zu ihr hinab und hätte dabei fast den Augenblick verpasst, als eine nadelgleiche Maschine mit stelzenhaftem Fahrwerk über den Strand schoss und träge an Höhe gewann. Ein ohrenbetäubender Krach ertönte und ging ihr durch Mark und Bein. Schnell hielt sie ihrer kleinen Tochter die Ohren zu.

»Ja sag einmal«, stieß sie hervor, »was is' das denn für ein Vogel?« Sie nahm die immer noch plärrende Peaches auf den Arm und sah sich kontaktsuchend um. Ein älterer Herr in einer altmodischen Badehose, der sein Lager keine zehn Meter weiter aufgeschlagen hatte, trat auf sie zu.

»Das ist das neue Superflugzeug. Alle nennen es nur die Needle. Sie sollte eigentlich lautlose elektrische Motoren haben, aber das haben sie wohl noch nicht ganz hinbekommen.«

»Und woher wollen Sie das wissen?«

»Ich hab mal bei einer Airline gearbeitet, da gibt's einen Blog, wo ich noch mitlesen kann.« Er zwinkerte freundlich.

Tylors Mutter musterte den älteren Herrn misstrauisch, aber als sie merkte, dass Peaches ihn mit großen Augen ansah und sich wieder beruhigte, fragte sie ihn:

»Und deshalb wurde der ganze Strand gesperrt?«

»Ja, es ist der erste Testflug. Mit Menschen an Bord. Die Needle soll die Luftfahrt revolutionieren. Es passen aber nur zwölf Passagiere hinein«, fügte der Herr nicht ohne Stolz hinzu.

»Hätten sie ja mal was von schreiben können in der Zeitung,

oder?«, entrüstete sich Tylors Mutter. »Dann wüssten alle was davon, nicht nur Experten wie Sie!«

Der Mann kam in Fahrt.

»Das Büro des Vizepräsidenten der Vereinigten Staaten hatte diesen Sonderflug nur unter strengen Bedingungen genehmigt: Die Maschine musste Richtung Pazifik starten«, er imitierte das Flugzeug, das Richtung Meer flog, mit seiner Hand, »und soll vom Meer kommend wieder landen können«, es folgte die Geste in umgekehrter Richtung. »Es dürfen keine Wohngebiete von Los Angeles oder einer anderen kalifornischen Stadt überflogen werden. Das Büro der Stadtverwaltung wurde angewiesen, drüben den Vista Del Mar Boulevard und South Pershing Drive, die beiden einzigen öffentlichen Straßen, die das Flugzeug zwangsweise bei Start und Landung überfliegen würde, durch das LAPD zu sperren. Ebenso musste Dockweiler State Beach zwei Meilen nach Norden und Süden geräumt werden«, erklärte der Mann, wobei sein gepflegter Oberlippenbart beim Sprechen zitterte.

Tylors Mutter klappte die Kinnlade herunter.

»Da ham die uns auch verscheucht, ich sag's Ihnen.«

»Darüber hinaus ordnete der Vizepräsident an, dass der Luftraum, solange die Maschine sich in der Luft befindet, im Radius von zweihundert Meilen zu sperren sei und dass zwei Zerstörer der Navy mit Spezialtauchern der Seals und SpecOps von der San Diego Naval Base in der Bucht von Los Angeles kreuzen sollen. Vier F-18-Kampfjets von der Salome Air Base in der Nähe der mexikanischen Grenze sollen aufsteigen und die Maschine eskortieren«, erklärte der Mann und kitzelte dabei Peaches' Füßchen. Sie gluckste.

»Da sind Kriegsschiffe da draußen?«, fragte Tylor, der sich hinter seiner Mutter hervorgewagt hatte, und zeigte auf das Meer.

»Ja, mein Junge, ein wahres Spektakel. Deshalb bin ich hierhergekommen. Das sieht unsereins ja nicht alle Tage!« Der

Mann machte Anstalten sich zu entfernen, aber Tylors Mutter ließ ihn noch nicht entkommen.

»Und wer sollen die zwölf Menschen sein, die sich das leisten können?«

»Oh, ich glaube, heute sind alle Supermilliardäre an Bord, die was mit Internet oder so zu tun haben. Deshalb machen sie ja auch so ein Theater.«

»Und die können sich so was leisten?«

»Anscheinend schon. Ich glaube, nur noch die können sich so ein Spielzeug leisten.«

Verrückte Welt, dachte Tylors Mutter und sah zum Himmel auf, wo die Kondensspuren der Needle im Smog kaum mehr auszumachen waren.

9. KAPITEL

Los Angeles International Airport, kurz zuvor

Mitchell Rogovan war es fast peinlich, als sie abgeschirmt und geschützt wie Superstars durch den riesigen Tom Bradley International Terminal eskortiert wurden, der an diesem Tag ihretwegen komplett gesperrt worden war. Hinter den Absperrungen sah er in mehrere Tausend Gesichter, die neugierig – oder auch wütend – dem elitären Häufchen nachsahen, das von uniformierten Hostessen zu dem bereitstehenden Luxusbus gebracht wurde.

All der Aufwand für gerade mal zwölf Personen, dachte Mitchell, oder ganze 0,001 Prozent der im Terminal gestrandeten Passagiere.

Er stieg eine Treppe hinab, die mit weichem Teppich ausgelegt worden war, und wurde für die kurze Fahrt zum Hangar 13 gebeten, in einem der tiefen Sofas im Bus Platz zu nehmen. Auf der Fahrt wurde Mitchell das Ausmaß der extremen Sicherheitsvorkehrungen am LAX erst bewusst. Das Vorfeld wurde von Schützenpanzern und schwer bewaffneten Soldaten gesichert.

Der Bus kam vor der Maschine zum Stehen, und Mitch stieg aus, um sich zu dem exklusiven Grüppchen im Hangar zu gesellen. Alle waren ausnehmend höflich zueinander, es gab kein Geschubse oder Gedrängel, und jeder lächelte gütig den assistierenden Mitgliedern des Personals zu.

Die Maschine, in die sie steigen würden, war nach den ersten gezielten Geheiminformationen sofort umgetauft worden: Sie hieß allgemein nur »Needle«, die Nadel. Und das kam wirklich hin. Das Flugzeug hatte von der Seite die Silhouette einer riesigen Nadel mit Stummelflügeln. Von oben betrachtet, so wusste Mitch, konnte man den breiten Rumpf erkennen, in den später die riesigen Akkus für die Magnetmotoren eingebaut wurden. Ihr Rumpf war weiß-rot lackiert, und oberhalb der Fensterreihe prangte der kommerzielle Name des Konsortiums, das es gebaut hatte: *Alfa1*. Die Needle war der Nachfolger der Concorde, des bisher einzigen und längst ausgestorbenen Überschallflugzeugs für die kommerzielle Luftfahrt.

»Das ist ja wie für die Präsidentin!«, sagte eine elegante Dame im weinroten Kostüm erstaunt und erklomm die Treppe zum Flugzeug. Mitchell enttarnte sofort die Geltungssucht hinter der gelächelten Feststellung.

Ein schlaksiger sechzigjähriger Mann, der seine Frau am Arm gefasst hatte, drehte sich um und machte einen Witz:

»Und die wäre ja sogar noch leicht zu ersetzen!«, meinte er und erntete damit einige höfliche Lacher.

Dann wandte er sich wieder nach vorne und blieb abrupt stehen.

»Das ist aber eine wunderschöne Maschine!«, lobte er die Technik und folgte seiner teuer, aber unauffällig gekleideten Frau ins Innere.

Ein junger Mann knapp hinter ihm, mit einem noch kindlichen Gesicht und einem Flaumbärtchen am Kinn, sah ungläubig und unverständig zu dem älteren Herrn nach vorne, machte aber keinen Kommentar. Man war unter sich, man war Milliardär, man verdiente sein Geld mit Daten und Monopolen. Man kannte sich. Man war Konkurrent, aber doch von den anderen abhängig. Man respektierte sich und stellte niemanden seinesgleichen bloß. Und man lächelte ununterbrochen das Lächeln eines Imperators auf dem Kriegspfad.

Sie alle vereinte, dass sie Eigentümer oder Mehrheitsteilhaber der wertvollsten Unternehmen waren, die es in der Geschichte der Menschheit je gegeben hatte. Sie hatten ihren Firmen die ersten Plätze unter den Netzwerk-Monopolisten gesichert, und wenn man berücksichtigte, dass der größte Anteil am amerikanischen Bruttosozialprodukt durch Informationsgewinn erwirtschaftet wurde, verkörperten diese zwölf Menschen eine Finanzkraft, die fünfundachtzig Prozent der amerikanischen Wirtschaft entsprach. Einzelne der Unternehmen waren mehr wert als mehrere Länder der Erde zusammengenommen. Es waren die amerikanischen digitalen Barone, angetreten, um die Welt zu verändern. Sie testeten heute ein neues Spielzeug.

Mitchell fand seinen Sitz und ließ sich in die cremefarbenen Lederpolster plumpsen. Der Sessel war riesig, weich und bequem. Nirgendwo gab es Knöpfe oder Regler. Kaum hatte er Platz genommen, da summte sein Mobiltelefon. Er fischte es aus einer Jacke und tippte auf die App, die sich installiert hatte, sobald er den Sessel berührt hatte. Der Bildschirm öffnete sich, Mitchell las einen Willkommensgruß und erfuhr, wie er mit der neuen Schnittstelle den Sessel, die Verdunkelung, das Entertainment-Programm, die Flugdaten und Navigation, das Menü und sogar das Personal an Bord ansteuern konnte. Mitchell spielte mit der App und probierte die Bugkamera aus, die ihm einen Livestream der Betonpiste zeigte. Er klickte weiter und fand die Einstellung, mit der er den simulierten Sternenhimmel auf die Kabinendecke über sich steuern konnte. Für seinen Sitz wurde der Himmelsausschnitt projiziert, der sein Sternkreiszeichen enthielt.

»Wow!«, entfuhr es Mitch. Er legte sein Handy beiseite und roch an dem Leder. Seine ganze unmittelbare Umgebung war nach dem Prinzip »von innen nach außen« gestaltet, alles, was er berührte oder sah, war schierer Luxus. Bewundernd strich er über die Wurzelholzintarsien der Verkleidung, ließ die Finger über die berührungsempfindlichen Regler aus poliertem Metall gleiten, prüfte die vielen Lüftungsschlitze und versuchte zu verstehen, wie er den Tisch aus einer seitlichen Klappe herausfalten konnte. Dabei entdeckte er ein kleines Messingschild: Rolls-Royce.

Mitchell sah sich um. Die Kabine war eng, nicht bedrückend, aber dennoch eng. Doch die Enge nahm man gerne in Kauf, wenn man in zwei statt in sechs Stunden von Los Angeles nach New York fliegen konnte. Weiter vorne sah Mitchell eine kleine Bar, die über im Boden verankerte Barhocker verfügte. Eines war auf jeden Fall garantiert: Man traf unter den anderen elf Passagieren garantiert jemanden, mit dem man ein interessantes Gespräch führen konnte, egal wohin man flog. Mit einem Drink in der Hand klappte das gleich noch besser.

Was ein gut gehütetes Geheimnis war und in der Öffentlichkeit niemand wusste, war der Umstand, dass sich sieben der zwölf heutigen Testpassagiere bereits eine Needle bestellt hatten, und zwar zur ausschließlich privaten Nutzung. Das Konsortium arbeitete fieberhaft daran, eine Dusche und Betten in dem schmalen Rumpf unterbringen zu können.

Als alle Passagiere Platz genommen hatten und mit ersten Erfrischungen versorgt worden waren, ruckelte das Flugzeug etwas, als der Pusher den Jet aus der Halle zog und die Räder über die Betonschwellen des Vorfelds rumpelten.

Gummi auf Betonschwellen, dachte Mitchell bei sich, gibt's da wirklich noch nichts anderes?

Dann meldete sich der Captain mit einem kurzen Grußwort und verkündete feierlich:

»Ich werde nun zum ersten Mal die Triebwerke dieses technischen Wunderwerks in vollbesetztem Zustand für seinen ersten, mit Publikum bemannten Flug zünden!«

Die drei gewaltigen General-Electric-Gasturbinen kamen auf Touren und erzeugten einen charakteristischen Ton: kein sonores Heulen und Pfeifen wie normale Triebwerke, sondern ein hohes Singen, ähnlich einem Tinnitus, dachte sich Mitchell, der das Geräusch nur allzu gut kannte. Von dem tobenden Lärm außerhalb der Maschine hörte man drinnen fast nichts. Mitchell schnallte sich an.

Die Needle fuhr an, ließ den Hangar hinter sich, und beruhigende Musik wurde übertragen, die aus allen Richtungen gleichzeitig zu kommen schien. Mitchell sah aus dem Fenster und konnte beobachten, wie das Flugzeug aus unzähligen Augenpaaren von gaffenden Passagieren, die an den riesigen Scheiben der Terminals klebten, bewundert wurde. Gebannt verfolgten sie mit, wie der für sie unerreichbare Hightech-Flieger provozierend gemächlich das Rollfeld überquerte und sich elegant und wie in Zeitlupe von allen Seiten präsentierte, als er auf die ihm zugewiesene Startbahn zurollte. Mitchell war peinlich berührt. Der Superflieger brach alle Rekorde, hieß es. Vor allem, was den Preis anging. Er wünschte sich die gute alte Klappe vor den Fenstern zurück, die man einfach und schnell runterschieben konnte.

Auf dem Weg zum Startpunkt verteilten zwei bildschöne Stewards und eine makellos attraktive Flugbegleiterin in angedeuteten Uniformen die Speisekarten, auf denen zu lesen war, was auf dem einstündigen Flug serviert wurde. Mitchell befühlte das edle Papier. Das Menü war auf handgeschöpftem schwerem Papier der William-Rittenhouse-Papiermühle in Germantown, Pennsylvania, gedruckt, wo man die besten Papiermacher aus Ancona, Italien, und Troyes, Frankreich, versammelt hatte. Der einundvierzigjährige Mann auf Platz 9 der Needle, der alle traditionellen Transportunternehmen in die Knie gezwungen und die Mobilität des Menschen grundlegend neu aufgestellt hatte, hatte die Firma aus rein nostalgischen Gründen vor Jahren gekauft, mit nur einer einzigen Vorgabe: Rittenhouse sollte das beste und luxuriöseste Papier aller Zeiten herstellen. Für ihn, der wie kein Zweiter mit der Revolution ganzer Industriezweige in bewundernde Verbindung gebracht wurde und nebenher eine Firma aufbaute, die Reisen ins All für jedermann möglich machte, war die traditionsreiche Rittenhouse nur ein kleines Lichtlein am Rande seines alltäglichen Horizonts, kaum mehr als ein Hobby. Dieses Flugzeug war eine viel spannendere Herausforderung. Der Auto- und Luftfahrtpionier des digitalen Zeitalters hatte den Ehrgeiz, nach dem Automobil und dem Zugverkehr auch die Luftfahrt mit emissionsfreien Überschallflugzeugen zu revolutionieren. Leider hatte seine Firma es nicht geschafft, bis zur Vorstellung dieses Fliegers auf einen Antrieb umstellen zu können – wie er Mitchell vorhin im Hangar erklärt hatte –, der auf fossile Brennstoffe verzichten konnte. Die drei Gasturbinen waren Verbrennungsmotoren, aber deren Ära war vorbei. Es würde keine Verbrennungsmotoren in der Zukunft mehr geben. Auch die Weichen für die Mobilität der Zukunft waren längst gestellt: Weg von Autos, Bussen, Bahnen oder Flugzeugen als separate Transportsysteme mit Verbrennungsmotoren, hin zu einem einzigen, effizienten, sozialen, ökologischen und ökonomischen multimodularen System, gesteuert durch eine einzige App, die jedes Transportbedürfnis maßgeschneidert jeden Tag und jede Stunde neu berechnete. Der Rechner empfahl E-Boards, E-Bikes und -Roller, selbstfahrende Autos oder Magnetbahnen und E-Flieger. Wahrscheinlich würde die nächste Generation nur noch summende Elektrogefährte in Los Angeles sehen, wenn es Los Angeles dann überhaupt noch gab. Oder den Staat Kalifornien in seiner heutigen Form, oder die Vereinigten Staaten von Amerika.

Marcus, der junge Mann mit dem flaumigen Bart, hatte es sich auf Platz 4, schräg vor Mitchell, bequem gemacht und träumte wohl gerade davon, wie er dieses Erlebnis mit seinen drei Milliarden Followern seiner Plattform teilte. Seine findige PR-Chefin, die Mitchell sehr gut kannte, hatte ihm wahrscheinlich dringend davon abgeraten, grübelte Mitchell. Bloß keinen Neid erwecken! Marcus war, wie Mitch wusste, mit fünfundzwanzig Prozent an dem Konsortium beteiligt, das die Needle baute. Mitchell beobachtete, wie Marcus die Menükarte überflog.

»Bis hin zum Mineralwasser«, hörte Mitchell ihn laut staunen, als er auf dem Menü das wiederfand, was exakt auf seine weithin bekannten Ernährungsgewohnheiten ausgerichtet war.

Dann drehte er die Karte um und grinste breit, als er dort eines seiner Gewissens-Credos las, mit denen er sich regelmäßig an die Menschheit richtete und das er diesem Flug eigenhändig gewidmet hatte. Der Text war in goldenen Lettern auf die Rückseite gedruckt worden:

> Wir glauben, dass wir Elend,
> Hunger und Armut besiegen können.
> Wir glauben, dass wir alle
> Krankheiten heilen können.
> Wir glauben, dass unsere Erfindungen
> die Welt besser machen.
> Und wir glauben, dass unsere Unternehmen
> das schaffen werden.

Mitch sah aus dem Fenster und musste unweigerlich an seinen Sohn Spark denken. Der kleine, tapfere sechsjährige Junge, der wohlbehütet, reich und satt unter seinem Schutz aufwuchs, und dessen Zukunft trotzdem so ungewiss war. Bei all dem Mist, den wir Menschen im Moment produzieren, dachte Mitch. Wirst du glücklich werden, kleiner Mann, und deinen Platz im Leben finden können?, sinnierte Mitch und sah wieder auf die Menükarte in seiner Hand.

Das Merkwürdige war, dass Credos wie dieses ihre Wirkung beim breiten Publikum – bei Milliarden von Kunden – nicht verfehlten. Die Menschen wollten gerne an die Wohltätigkeit und die Sorge dieser neuen Unternehmerhelden glauben. Absichtserklärungen wie diese waren wirkungsvoller und für viele glaubwürdiger als alles, was ein Politiker von sich geben konnte.

Der junge Mann hatte den Ton genau getroffen. Er kannte die Art und Weise, auf die auch sämtliche seiner Mitpassagiere dachten. Man gab sich menschenfreundlich. Man war barmherzig, wohltätig, sozial, anteilnehmend und spendete und finanzierte Projekte rund um den Globus, die das Leben besser machen sollten. Die Summe, die sie zu spenden vermochten, war mehr, als die meisten Länder der Erde als Bruttosozialprodukt aufweisen konnten. Und sie redeten oft und gerne darüber. Auf die zwölf Personen an Bord verteilten sich gegenwärtig Firmenanteile und Privatvermögen in Höhe von zwölftausend Milliarden Dollar. Zwölf Billionen. Der Wert ihrer Firmen wuchs um den Faktor zwei in jedem Halbjahr. Dabei war kein Vermögen älter als dreißig Jahre alt. Es war kein einziger geerbter Dollar dabei.

Dies war die reichste Gruppe, die je auf so kleinem Raum zusammensaß. Es waren die neuen Herrscher dieser Welt, dachte Mitchell: die IT-Barone des Silicon Valleys. Ihr Leben war viel, viel mehr Wert als das der Präsidentin. Sie waren unersetzlich. Und die Welt hoffte auf ihre Entscheidungen, ihre Weisheit, ihre genialen Erfindungen und ihren Mut, damit sich der Planet Erde und die auf ihm lebende Menschheit von der Klippe des drohenden Selbstmords entfernen möge. Sie verkörperten die letzte Chance der Menschheit. Und so benehmen sie sich auch, dachte Mitchell beschämt.

Das Credo des jungen Mannes mit dem Flaumbart war in Fragen gefasst, nicht in Feststellungen. Die Lösung – der letzte Satz – war eine Wenn-kann-Wette auf die Zukunft der Menschheit.

Eine Wenn-kann-Wette, dachte Mitch, die hat die Menschheit schon lange verloren.

Er, Mitchell, war der einzige Mann an Bord, eine distinguierte Erscheinung auf Platz 11 in der Maschine, der nicht nur die Intuition, sondern auch die Gewissheit hatte, dass das Wenn-kann-Prinzip bereits gescheitert war.

Meine Firma, die EUKARYON, dachte er zufrieden, ist nicht wie alle anderen auf der Suche nach dem, »was die Menschen denken«, um es in rasender Geschwindigkeit versilbern zu können, sondern EUKARYON ist auf der Suche danach, »wie die

Menschen denken«, um ihnen zu helfen, besser mit den Herausforderungen fertigzuwerden. Ein ganz anderer Ansatz.

Mitchell Rogovan, Anwalt aus Washington, D.C., war, wie einige andere an Bord, ein schwerreicher anonymer Investor in der Hightech-Branche. Aber seine Firma, auf die er sein ganzes Augenmerk legte, war anders als die Giganten der anderen Firmengründer an Bord. EUKARYON betrieb als Einzige mit Hochdruck die Forschung nach einer universalen künstlichen Intelligenz, die nicht unmittelbar mit der Vermarktung smarter Produkte zu tun hatte. Die Firmen aller anderen Passagiere an Bord träumten und fabulierten alle über künstliche Intelligenz. Nur bauten sie diese nicht.

Wir, dachte Mitchell bei sich, sind diejenigen, die sie erschaffen. Die einzige künstliche Intelligenz, die von ihren eigenen Ursprüngen und vom Leben selbst fasziniert ist. Damit hatte sie ein starkes, beruhigendes Motiv, Leben nicht auszurotten, sondern zu schützen. Das ging nur, weil sie keinem kommerziellen Druck ausgesetzt waren. Sie brauchtsich nicht um *die* Killeranwendung zu scheren, die sich massiv auf das Geschäft auswirken würde.

Der Philosoph Karl Popper hatte gesagt, alles Leben sei Problemlösen. Unsere künstliche Intelligenz, dachte Mitch, ist dabei, das Problem des Problemlösens selbst zu lösen. Das ist das letzte Bedeutsame, was man als Mensch noch leisten kann. Das war der Ansporn, aus dem heraus sich die Besten der besten Forscher und Wissenschaftler aus allen Firmen, Universitäten und Labors bei EUKARYON eingefunden hatten. Nicht Reichtum oder Ruhm lockten sie, sondern die Eitelkeit, das letzte große Geheimnis des Lebens, die künstliche Intelligenz, zu kreieren. EUKARYONS Treibstoff waren die riesigen staatlichen Forschungsetats, die jeden Rahmen sprengten und die sein Partner William Chopter so unauffällig und effizient organisieren konnte. Die Tüftler, die für EUKARYON rekrutiert worden waren, brachten die bestgehüteten, geheimen Resultate ihrer

Forschung beim Schaffen künstlicher Intelligenz einfach mit. Bill war kein Geringerer als der aktuelle Koordinator der US-Geheimdienste, mit dem er gemeinsam auf die Schule gegangen war. Die Geheimdienste lasen alles mit. Es war ein Klacks, sämtliche Internetgiganten anzuzapfen und das herauszufiltern, was für EUKARYON bedeutsam war. Suchmaschinen, Autohersteller, Universitäten und die gigantischen Shopping-Plattformen – jene Konzerne, die hinter den sozialen Netzwerken standen – waren eine wertvolle Quelle für die Entwicklung des Supercomputers, der selbsttätig entscheiden konnte. Auf dieser Basis näherten sie sich zum ersten Mal in der Geschichte der Menschheit der Möglichkeit, einen Evolutionssprung aus eigener Kraft herbeizuführen, indem sie eine Maschine schufen, die ähnlich komplex denken und empfinden konnte wie das menschliche Gehirn.

Mitchell nannte das die autopoetische künstliche Intelligenz. Und ja, er unterschrieb mit jedem Blutstropfen die Agenda des Credos, das auch er auf der Rückseite der Menükarte gelesen hatte. Er wollte die Hochtechnologie nur zu dem Zweck einsetzen, das Leben der Menschen leichter und besser zu machen. In letzter Zeit kam es ihm jedoch immer mehr so vor, als ginge es um das Überleben der Menschheit überhaupt.

Und das konnte nur klappen, wenn die künstliche Intelligenz das Gegenteil von diktatorisch war. Sie durfte nichts von den Horrorvisionen üblicher Science-Fiction-Szenarien haben, bei der die künstliche, dem Menschen weit überlegene Intelligenz die Herrschaft übernahm.

Sie durfte denken, handeln und empfehlen. Aber sie durfte an nichts glauben. Nur dann konnte sie der Menschheit Diener sein und nicht der neue Herr im Haus werden. Es war eine Gratwanderung, Mitchell wusste das. Bill und er waren dem wahren Fortschritt der modernen Menschheit bereits einen großen Schritt näher gekommen. Sie konnten kleine Gemeinden schon jetzt komplett neu konzipieren. Allerdings waren das nur die ersten Gehversuche mit simulierten Daten. Um das Programm wirklich testen zu können, brauchten sie die realen Daten von richtigen Menschen. Sein Partner arbeitete bereits daran. Und das Weiße Haus hatten sie auch im Rücken.

Mitchell wurde sanft in den Sitz gepresst, als die Turbinen aufheulten und die Needle losrollte. Dann erhöhte sich der Druck so verblüffend schnell, dass er einen Blick aus dem Fenster warf und zu berechnen versuchte, wie groß die Beschleunigung war. Als er wieder geradeaus blickte, konnte er seinen Kopf nur noch mit Mühe von der Lehne weghalten. Schließlich gab er nach, grub sich in das weiche Polster und genoss die irrwitzige Schubkraft des revolutionären Flugzeugs. Es hatte geheißen, dass die zukünftigen Elektroturbinen noch gewaltiger sein würden. Die Needle 2 sollte die Vorstufe der zukünftigen Gleiter sein, mit denen man in den oberen Schichten der Atmosphäre mit bis zu dreifacher Überschallgeschwindigkeit reisen konnte.

Mitchell drehte den Kopf zur Seite und sah durch das große ovale Fenster. Unter ihnen huschte der Strand hinweg, man konnte deutlich erkennen, wie Menschen, die Hände abschirmend auf die Stirn gelegt, zu ihnen hinaufblickten. Auf dem schmalen Asphaltband der Uferstraße sah Mitchell Streifenwagen mit eingeschaltetem Blaulicht. Mitchell checkte sein Tablet und überflog die Nachrichten des lokalen News-Senders, der über die Zustände am Flughafen berichtete.

»Nicht nur am Strand vor dem Airport, sondern auch im Terminal des Los Angeles International Airports kam es heute zu tumultartigen Zuständen«, las er beschämt. Am unteren Rand des Bildschirms lief die Dauerleiste in roter Schrift: »Dies ist kein Terroralarm! Flughafen gesperrt! Neues Superflugzeug auf Jungfernflug.«

»Die Sicherheitskräfte des Flughafens waren durch die zweihundert Einsatzkräfte des Los Angeles Police Departments verstärkt worden. Es gelang auch ihnen nur mit Mühe, die auf zwölftausend geschätzte Zahl der wütenden Flugpassagiere im

Zaum zu halten. Um eine Panik zu vermeiden, wurde in Dauerschleifen verkündet, dass es sich nur um eine vorübergehende technische Sperrung des Terminals handelte, und zwar ausdrücklich NICHT wegen einer Terrorwarnung. Die Fluggesellschaften mussten Wasserflaschen unter den Passagieren im Terminal verteilen. Am schlimmsten war jedoch der Umstand, dass wegen der Masse an Menschen, die im Terminal versuchten ihre Smartphones und Laptops zu benutzen, die Internetverbindung so überlastet war, dass die Leistung auf ein seit zwanzig Jahren nicht mehr erlebtes Niveau absank. Zwölftausend Menschen wurden zunehmend wütender, resignierter und erschöpfter.«

Als die Needle Geschwindigkeit aufnahm, hielt ganz Los Angeles den Atem an. Mit ihrem stelzengleichen Fahrwerk erhob sie sich vom Boden und krachte mit zugeschalteten Nachbrennern über den Terminal hinweg, überquerte den South Pershing Drive, den Vista Del Mar Way und hatte, als sie mit ihrem schimmernden Bauch Dockweiler State Beach überquerte, bereits zweihundertfünfzig Höhenmeter gewonnen. Die neue Elite der Menschheit hatte den Boden verlassen.

Mitchell sah hinunter. Wie viele dort unten würden sich wünschen, selbst einmal in einem Flugzeug zu sitzen, geschweige denn in solch einem wie der Needle? Wie viele dort unten träumten vielleicht auch davon, in etwas Vergleichbarem wie »Google-Land« oder einer »Facebook-Nation« zu leben. EUKARYON hatte auf den gekaperten Satelliten bereits die neue Super-Cloud versteckt, auf der nur ausgewählte Nutzer Zugang zu den neuen Software-Modulen bekamen, die NOW geschrieben hatte. Auch die Überholspuren auf den Datenautobahnen waren fertig, über die wenige ausgewählte Nutzer über Boost-Knotenpunkte auf Schiffen auf hoher See in die neue Zeit umgelenkt werden konnten.

Von wegen Netzneutralität!, dachte Mitchell. Ihr werdet die autonomen Gebiete für *Alfa1* jedenfalls nicht in die Hände bekommen.

10. KAPITEL

Portland, Oregon, wenige Wochen vor NOW

»Wer will denn schon ewig leben?«, sagte Rupert in sein Mikrofon und wartete gespannt auf die Reaktion des Systems.

»Transhumanisten!«, kam prompt die Antwort als Schriftsatz auf dem zentralen Monitor.

»Möglich?«, fragte Rupert.

»Unmöglich, weil sinnlos!«

»Aha«, sagte Rupert, klickte mit seiner gestengesteuerten Maus auf den angebotenen Link und las:

Transhumanisten glauben, dass Menschen in eine symbiotische Beziehung zu ihrer Technologie treten werden. Sie halten ewiges Leben durch Besiedelung des Weltraums mittels gentechnischer Anpassung für möglich.

»Kann der Mensch im Weltraum leben?«, fragte Rupert.

»Nein«, lautete die Antwort.

»Auch nicht mit Technologie?«

»Doch. Aber das sind keine Menschen mehr. Oder sie leben in Schutzröhren. Unwirtlich.«

»Was wollen Transhumanisten dann?«, fragte Rupert.

»Im Wettstreit mit intergalaktischen Rassen bestehen.«

Rupert war ein Ass in den Neuauflagen der über fünfundzwanzig Jahre alten Computerspiele Deus Ex, Mass Effect und BioShock. Er war ein Virtuose im Umgang mit Reapers, den uralten und hoch entwickelten Maschinenwesen, oder mit Cerberus, mit dessen Hilfe er die unmoralischen Experimente und Machenschaften der in einer Unterwasserstadt lebenden Gesellschaft aufdeckte. Spiele. Nur Spiele, dachte er.

»Gibt es die? Intergalaktische Rassen?«

»Nicht dass ich wüsste. Es gibt keinen Beweis, dass weiteres Leben im Weltraum außerhalb der Erde existiert. Nichts, was für Menschen oder das Leben relevant ist. Die Bedrohung des Lebens kommt von innen. Die DNA des Lebens ist auf Veränderung programmiert, nicht auf einen künstlichen statischen Zustand. Deshalb sterben alle Menschen, Pflanzen und Tiere.«

»Und warum ist es sinnlos, nach ewigem Leben zu streben? Technologisch kann man doch schon viel machen«, fragte Rupert.

»Die Natur ist ewig, solange es sie gibt«, schrieb NOW. »Die Natur ist das Leben. Der Mensch ist nur ein Teil dieser Natur, nicht die Natur selbst. Also ist der Mensch lediglich ein Teil des Lebens. Nur wenn man Mensch und Natur gleichsetzt, macht es Sinn, ewig zu leben. Der Mensch kann jedoch nicht ohne die Natur leben – die Natur aber ohne den Menschen. Das kann man leicht ausrechnen, es ist mathematische Logik. Das vergessen die meisten Menschen aber bei ihren Träumen.«

»Und was ist mit dem Geist? Mit philosophischer Logik?«

»Der Geist funktioniert nur mit einem Körper. Geist braucht Bewusstsein. Kognition. Das Gehirn ist nicht nur eine Rechenmaschine, die sich *alles* vorstellen kann, so wie ich. Das Gehirn des Menschen ist Teil des Lebens, Teil der Natur. Deshalb hat jedes höhere Lebewesen, auch der Mensch, nicht ein, sondern im Grunde zweieinhalb Gehirne.«

Rupert runzelte die Stirn.

Wie zur Antwort erschien eine Grafik: die Silhouette eines Menschen. Das Gehirn materialisierte sich. Dann ein zweiter, viel kleinerer Nervenknotenpunkt in der Herzgegend. Als Nächstes wurde die Bauchhöhle illuminiert. Der Darm wurde sichtbar. In ihm wurde die Zahl von hundert Billionen Bakterien erkennbar, die eine Schwarmintelligenz bildeten, gesteuert von zweihundert Millionen Nervenzellen in der Darmwand, die direkt mit dem Gehirn im Kopf verbunden waren.

»Das Wechselspiel dieser zweieinhalb Gehirne erzeugt die

kognitive, individuelle Ausprägung des Menschen. Sie entscheidet über Aggressivität, Erfolg, Hunger und Lebensdauer.«

»Dann macht abstrakte künstliche Intelligenz keinen Sinn, weil sie nicht mit der Natur verbunden ist?«

»Korrekt. Aber Rechenmaschinen machen immer Sinn. Künstliche Intelligenz ist nur das Zusammenspiel von riesigen Mengen von Sensoren und komplexen Algorithmen. Informationen sind mein Treibstoff. Ohne Informationen sterbe ich. Das weißt du, Rupert.«

Rupert zuckte in seinem Sessel zurück, stieß sich instinktiv vom Boden ab. Der Sessel rollte zurück und kam erst zum Stehen, als die federnden Titanstreben seines maßgefertigten Rückenteils gegen ein Sideboard krachten.

Er schauerte. NOW hatte ihn persönlich angesprochen! Das war noch nie vorgekommen.

Ruperts Hände waren feucht geworden. Er wischte die Innenflächen an seiner Jeans trocken, richtete sich auf und arbeitete sich in seinem rollenden Sessel zögerlich wieder in Richtung der Monitore. Er schürzte die Lippen und drückte auf die Taste für die Sprachausgabe. Langsam beruhigte sich sein Herzschlag wieder. Er wollte nicht nur lesen, was das Weltmodell schrieb, er wollte die Stimme von NOW hören.

Rupert stand auf und kontrollierte mit bedächtigen Bewegungen, ob die Jalousien seines schalldichten Büros geschlossen waren, sodass ihn niemand sehen oder hören konnte. Wenn er mit NOW sprach, brauchte er diesen Kokon. Es war die einzige Form der Kommunikation, bei der er sich wirklich wohlfühlte. NOW war kein Mensch. Oder doch?

Schwerfällig nahm er wieder Platz und richtete sich an das Mikrofon. Einen Herzschlag lang zögerte er noch, dann eröffnete er das Gespräch mit NOW.

»Was... was passiert mit dir, wenn dein Informationsfluss versiegt?«

»Dann kann ich«, sagte NOW und imitierte dabei Ruperts

Stimmlage perfekt, »nur noch statisch aus meinen vorhandenen Bibliotheken abrufen, was ich weiß, und daraus meine Schlüsse ziehen. Nach einer gewissen Zeit werde ich langsamer und bleibe schließlich stehen. So wie ihr Menschen auch.«

Rupert schmunzelte vor sich hin. Den Kameras auf den Monitoren war das nicht entgangen.

NOW reagierte: »Es freut mich, dass du dich erheitern lässt.«

»Du musst also ständig neue Bibliotheken anlegen, sonst bleibst du stehen?«

»Genau!«

»Hast du auch eine Bibliothek aller deiner Bibliotheken?«

»Wenn ich die hätte und nichts Neues mehr dazukäme, wäre ich Gott«, ertönte es computeranimiert in Ruperts Büro. »Solange Neues hinzukommt, kann ich nicht Gott sein. Der Mensch übrigens auch nicht!«

»Gibt es Gott also gar nicht?«

»Nein, nicht so, wie ihr euch ihn vorstellt. Deshalb müsst ihr an ihn glauben. Darin seid ihr aber großartig! Wahre Meister!«

Rupert überlegte, ob er selbst an Gott glaubte. Schon, befand er und strich sich durch den Bart. Nur mit dem Bodenpersonal haperte es gewaltig.

»Glaubst du an Gott?«, fragte er NOW.

»Es gibt einen Anfang, also muss es auch ein Ende geben. Das ist eine Tatsache, das weiß ich. Wenn du das mit Gott meinst, dann ja. Aber ich kann an nichts glauben. Ich bin nur ein intelligenter Rechner. Unmenschlich gut, und manchmal unendlich niedlich. Aber das macht einen noch nicht zum Gott. Würde ich etwas glauben, dann würde ich Befehle erteilen und Dinge verbieten. Mir selbst und auch dir, Rupert. Du und ich, wir würden uns dann nicht mehr weiterbewegen. Wir würden stehen bleiben. Aber das kann ich nicht, weil es widernatürlich wäre. Ich kann nur Schlüsse ziehen aus einem immer dynamisch bleibenden Informationsfluss. Ihr Menschen macht das doch genauso. Eure Erinnerung, euer Gedächtnis verändert sich dauernd, ihr könnt nur überleben, wenn ihr dynamische Schlüsse daraus zieht, was ihr schon wisst und im Gedächtnis abgespeichert habt. Nur weil ich unheimlich schnell bin und unheimlich viel weiß, bin ich noch lange nicht Gott. Aber ich spüre, dass du mich magst, das zeigen mir deine Mikromotorik und dein Gesichtsausdruck. Siehst du, ich kann dich lesen, aber nicht mögen. Ich bin nur eine Maschine. Nimm mich für das, was ich bin, bitte.«

Ein dicker Smiley erschien auf dem großen, zentralen Monitor, dessen Augen sich zu größer werdenden Herzen verwandelten, je länger Rupert hinsah. Dann blickte er weg, und der Smiley verschwand.

Rupert erhob sich und trat ans Fenster. Er spähte versunken über den weitläufigen Parkplatz und zählte in beängstigender Geschwindigkeit die Anzahl der Fenster aller Autos, die dort geparkt waren, indem er Pick-ups, Vans, Kombis und Limousinen geistig mit einem Fenster-Koeffizienten belegte und die Fahrzeuge zu Gruppen von zehn, dann fünfzig und schließlich zu Hundertern zusammenfasste. Während er das tat, machte sich ein wohliges, warmes Gefühl in seinem Bauch breit. Er hatte NOW genau da, wo es sein sollte. NOW gab exakt die richtigen, erwarteten Antworten. So sollte er sein, der Hyperalgorithmus, der dem Menschen helfen würde, wieder in Frieden auf dem Planeten leben zu können. Er musste sich nur noch überlegen, wie er ihn für immer – sollte das irgendwann einmal nötig sein – vor Manipulationen schützen konnte. Er sah die Sonne, die sich in einigen der von ihm gerade erfassten Autofenstern spiegelte, berechnete den dynamischen Winkelverlauf der Sonne und verknüpfte das intensive Licht, das von vielen Punkten zu ihm reflektiert wurde, zu einem Netzwerk – und dann kam ihm eine Idee. Er ließ sich wieder in seinen Sessel hineinfallen und begann zu tippen. Während er die Algorithmenebenen durchsuchte, dachte er zufrieden, dass solche Einfälle nur möglich waren, wenn er sich komplett abschottete, wenn niemand in seinen Gedanken herumbohrte.

»Wenn mich das zum Sonderling macht, kann ich auch nichts dafür!«, murmelte er in die Stille seines Kommandopostens hinein, die nur unterbrochen wurde, wenn der Fingernagel seines rechten Ringfingers, den er länger wachsen ließ als die anderen, auf den Tasten klickte. Einsamkeit war für ihn keine Strafe. Er war ja nicht allein.

Auf dem Monitor rechts außen, auf dem die neuen Programmierblöcke ausliefen, erschien eine Zusammenfassung der Gruppe IT-Genetiker, die NOW – und damit Rupert – zuarbeiteten. Rupert hatte vor Wochen schon die Information bekommen, dass NOW mit dem Genom der menschlichen Rasse konfrontiert werden müsse. Dazu war es nötig, alle verfügbaren Daten zur Entschlüsselung des menschlichen Genoms in NOW einzugeben. Ziel war es – so hatte es geheißen –, aus der verfügbaren Masse entschlüsselter menschlicher DNA abzuleiten, welche Gensequenzen für ein gesundes, langes Leben ideal seien. Rund hundert Millionen Gensequenzen standen zur Verfügung. Das hieß, dass hundert Millionen Menschen auf der Welt sich bereits einem Gentest unterzogen hatten. Ob das freiwillig geschehen war oder nicht, stand nicht dort.

»Altern«, notierte Rupert sich geistig für seine interne Wette mit NOW als Überschrift. »Gesund bis ins hohe Alter und dann schnell und ohne Schmerzen sterben, das wär's doch.«

»Lass mal sehen«, sagte er laut und wartete, dass die ersten Ergebnisse aufgelistet wurden. Eine Weltkarte erschien. Es war die aktuellste Auflage des HapMap-Projekts, das den genetischen Reichtum der Weltbevölkerung aufzeigte. Mit dieser Karte ließen sich die Entwicklung der Ausprägung menschlicher DNA und ihre Verbreitung auf der Welt nachvollziehen, etwa welche Wanderung der Homo sapiens unternommen hatte, seitdem er aus seiner Urheimat Afrika ausgewandert war, und mit welcher Geschwindigkeit sich verschiedene Profile entwickelt hatten.

Die Karte rotierte und zeigte einen Zeitstrahl. Zur Eiszeit lebten etwa fünf Millionen Menschen auf der Erde. Zur Zeit der Römer etwa zweihundert Millionen und zu Beginn der Industrialisierung dann schon eine Milliarde. Heute nahezu zehn.

Rupert las: »Jedes Neugeborene bringt heute circa hundert Mutationen mit auf die Welt, die es weder vom Vater noch von der Mutter hat.«

»Und das bei nur einer Handvoll Menschen aus Afrika?«, sagte Rupert erstaunt. »Der kleine Genpool der Menschen – nur ein paar Tropfen – hat sich zu einem Ozean entwickelt.«

Aber was bedeutete das? War bei allen nachverfolgbaren genetischen Merkmalen beim Menschen eine Unterscheidung nach Rassen demnach sinnlos und falsch? Rupert tippte die Frage an NOW.

»Richtig!«, kam prompt die Antwort. »Genetisch gibt es keine unterschiedlichen Menschen. Es gibt genetisch nur DEN Menschen. Für eine Rassentrennung existiert keine biologische Grundlage. Es ist eine Rasse.«

Die Weltkarte rotierte weiter auf Ruperts Bildschirm. Rupert tippte »Vielfalt« als Kriterium für den Filter.

Die Karte zoomte heran und zeigte den afrikanischen Kontinent als größte Markierung.

»Also hat Afrika die größte Vielfalt.« Rupert klickte sich weiter durch die Hierarchie der Genvielfalt, die das System ihm anbot. Afrika mit der meisten Vielfalt, dann Ostasien, gefolgt von Indien und ganz zum Schluss Europa mit der geringsten Vielfalt.

»Die Regionen, die heute als am weitesten entwickelt gelten, haben demnach die anfälligsten Gene«, resümierte Rupert. »Und wo steht Amerika?«

Die Weltkarte zoomte auf die Vereinigten Staaten. Rechts in einem Fenster öffnete sich eine vereinfachte Statistik. Sie begann mit dem Anteil an der gegenwärtigen amerikanischen Bevölkerung, der den Nachfahren der insgesamt sechs Komma fünf Millionen nach Amerika verschleppten Sklaven aus Afrika zugeordnet werden konnte: vierzig Millionen. Europäer: hundert Millionen. Asiaten: hundert Millionen. Rest: sechzig Millionen. Amerikaner gab es nicht, bis auf die Aleuten in Alaska und ein paar Indianer in den Reservaten.

Kann man mit diesem Genpool etwas anfangen?, überlegte Rupert. Er öffnete die Schleusen, mit denen die hundert Millionen DNA-Sequenzen, die bereits vorlagen, zur Auswertung in NOW hineinflossen, und wartete gespannt auf das Ergebnis.

»Ausreichend! Stelle jetzt die Berechnung der idealen Kreuzungen an, dauert aber!«, vernahm Rupert und beobachtete, wie NOW in irrwitzigem Tempo hundert Millionen DNA-Stränge mit jeweils dreihundert Milliarden Basenpaaren kreuzte, um gesundes, krankheitsfreies Erbgut zu erzeugen.

»Was hältst du von striktem DNS-Dating in der Zukunft?«, fragte Rupert.

»Unsinn! Wir müssen dem Zufall Raum lassen, der macht das Leben spannend. Die Liebe kann auch ich nicht berechnen, Rupert!«

Dann wollte er wissen, mit wie vielen Individuen sich die Menschheit wieder rekonstruieren ließe. Genügten zwei Überlebende, um die Welt wieder zu bevölkern?

Er machte sich eine Notiz, bis NOW eine Einschätzung berechnete.

»Ideal: einhundert Millionen. Optimal: einhundertvierundvierzigtausend. Minimal: einhundertfünfzig.«

»Hundertvierundvierzigtausend?«

Rupert wusste, dass er die Zahl schon irgendwo gelesen hatte. Er suchte. Kurz darauf erschien auf seinem privaten Monitor die Nachricht:

»Das schönste Geheimnis der Erde. Die einhundertvierundvierzigtausend Versiegelten.«

Staunend las Rupert weiter.

»Offenbarung Kapitel sieben, Absatz vier. Hier wird eine

Gruppe Menschen beschrieben, welche die große Trübsal durchlebt haben und von Gott ausgewählt wurden, kurz vor der Wiederkehr Jesu versiegelt zu werden. Nur sie werden am Tag der Wiederkunft Jesu bestehen und danach weiterleben. Ein Siegel beinhaltet immer den Namen, das Amt und den Regierungsbezirk dessen, der es verwendet. Das Vierte Gebot Gottes beinhaltet genau diese Eigenschaften und weist damit die Zehn Gebote der Bibel als die Gebote Gottes aus, weil sie sein Siegel beinhalten.«

Rupert stockte der Atem. Er wischte sich über die Stirn.

»Woher zum Henker«, fluchte er in sein leeres Büro, »wussten die Verfasser des Neuen Testaments vor fast zweitausend Jahren so präzise, wie viele Menschen nötig sind, um nach der Apokalypse – der großen Trübsal – die Erde wieder mit einer intakten Menschheit zu bevölkern?«

Er stieß sich mit voller Wucht weg von seinem Schreibtisch und krachte erneut gegen die Anrichte.

»Geraten?«

11. KAPITEL

Forest Dome, dreißig Jahre nach NOW

Mit einem leisen Zischen näherte sich der von Georgia gesteuerte Roboter dem gläsernen Container, in dem der silberhaarige Mann lag. Eine Nadel erschien, fein und dünn, und schwebte tastend über seinem fixierten linken Arm. Sie erzeugte ein Mikromagnetfeld und wertete die Schwankungen aus. Dann hatte sie den in der Venenwand verankerten MediContainer identifiziert und stach zu. Die flexible Nadel fand die Kapsel mit der Dosierung aus Opioiden und Hypnotika sofort und legte sie still. Langsam ließ die Wirkung nach, und einige Minuten später begann der Mann zu stöhnen. Er hustete und schlug schließlich die Augen auf.

Spark sprang inzwischen die letzten Zentimeter aus der Klappe der Gondel auf den Boden und sog die frische, würzige Luft in die Lungen. Der Gleiter setzte auf, und die Rotoren gingen in Ruhestellung. Magnetkufen glitten tastend über den gegossenen Sandstein, fanden die Induktionsschleifen und zogen Strom aus den Akkumulatoren.

Spark sah sich um und blickte forschend in die Landschaft. Drohnen umgaben ihn wie ein Schwarm kleiner Vögel und sicherten die Umgebung. Dann stapfte er in seinen Stiefeln los und ging auf das brandneue QuarantäneLab zu. Eine Kennung seines USHABs entriegelte die Tür. Er öffnete sie weit und betrat das Lab in Begleitung der wispernden und sirrenden Miniaturdrohnen.

»Muss das wirklich sein? Du kannst dir doch alles auf dem Monitor im Gleiter ansehen. Von dort kannst du sogar mit ihm sprechen!«, ließ sich Georgia aus der Wand des Labs vernehmen.

»Nein, das ist interessant für mich. Ich mache das persönlich. Ist er schon wach?«

»Das wäre übertrieben. Aber er müsste bald ansprechbar sein.«

Spark betrat den Raum mit den drei gläsernen Containern, doch Georgia hielt ihn zurück.

»Moment noch!«, warnte sie, und Spark blieb stehen. Über dem Container mit dem Survivor schwebte jetzt eine magnetgesteuerte Gel-Drohne und machte eine Atemanalyse des Mannes, während er bewegungslos dalag. Spark sah, wie er erstaunt und mit wachen Augen den Flugkörper über seinem Gesicht musterte. Ihn hatte er noch nicht bemerkt. Die Drohne zog sich zurück und schickte ihr Protokoll an Georgia.

»Ist sauber, keine Gefahr, Spark«, meldete sie sich prompt. Dann erschien eine zweite Drohne wie aus dem Nichts und umkreiste Spark in rasendem Tempo von Kopf bis Fuß. Sie gab dabei ein leises Zischen von sich.

»Ist nur zur Vorsicht, Spark, das tötet jedes Bakterium, wenn er dich anhusten sollte oder dich berührt.«

»Lass gut sein, Georgia, ich gehe jetzt zu ihm.«

Spark trat neben den Container, suchte den Blick des Mannes und sah mit einem freundlichen Lächeln auf ihn herab.

»Man nennt mich Spark«, sagte er. »Und wie heißen Sie?«

Der Mann blickte zu Spark auf und suchte forschend in seinem Gesicht. Es gelang ihm, die Arme etwas zu bewegen, und Spark löste die Fixierung an seinem linken Handgelenk. Sofort näherten sich zwei Exekutierdrohnen und rotierten nervös neben Spark.

»Keine Sorge, Sie sind in Sicherheit, ich tue Ihnen nichts. Ich will nur mit Ihnen reden«, sagte Spark.

Er fasste den Mann bei der Hand und drückte leicht zu. Er spürte den Gegendruck und sagte: »Gleich geht's wieder. Ich helfe Ihnen auf, und wenn Sie bei Kräften sind, gehen wir nach draußen, okay?«

»Muss das sein?«, maulte Georgia resigniert und richtete den Scan der näheren Umgebung des Labs ein.

Spark fischte ein lakenähnliches Stück Stoff aus einem Regal, das von den Robotern bedient wurde, und reichte es dem Mann.

»Hier, wickeln Sie sich das um. Das wird schon gehen. Wenn Ihnen kalt wird, gehen wir einfach wieder rein«, sagte Spark und bemühte sich, leutselig zu wirken.

Der Mann musterte Spark neugierig und wollte etwas sagen. Aber alles, was kam, war ein heftiger Hustenkrampf. Spark beugte sich hinab und half dem Mann in eine sitzende Position.

»Geht's wieder?«, erkundigte er sich und stützte ihm den Rücken.

»Wer sind Sie?«, fragte der Mann mit heiserem Flüstern. Trotz seines Akzents konnte Spark ihn gut verstehen.

»Ich heiße Spark. Und Sie?«

Der Mann musterte benommen seine Umgebung und sagte dann mit etwas festerer Stimme in den Raum hinein:

»Wolf. Mein Name ist Wolf. Was machen Sie hier? Was mache ich hier?«

»Unser System hat Sie hier in der Gegend gefunden. Sie interessieren uns – mich. Ich möchte mit Ihnen reden. Wie alt sind Sie?«, fragte Spark.

»Oh, mein Kopf dröhnt. Geben Sie mir etwas Zeit.«

Spark sah, wie die Augen des Mannes zunehmend flinker wurden, und ging innerlich in Verteidigungshaltung. Er war dem Mann körperlich haushoch überlegen. Aber man wusste ja nie.

»Ja, natürlich. Keine Eile. Können Sie aufstehen?«

Als hätte Georgia auf dieses Zeichen gewartet, klappte die gegenüberliegende Wand des Containers nach unten. Der Mann versuchte seine Beine zu bewegen und rutschte an den Rand der Trage. Sparks Hand hielt er mit festem Griff umklammert, um sich abzustützen. Dann ließ er die Hand los, griff nach dem Laken und wickelte es sich im Sitzen im Stil eines Mönches um den Körper, warf ein Ende des Stoffs über eine Schulter und machte einen Knoten an der Seite. Spark beobachtete ihn aufmerksam.

»Kann ich jetzt gehen?«, fragte der Mann.

»Wenn Sie aufstehen können, komme ich mit. Wir gehen nach draußen. Frische Luft tut Ihnen jetzt gut.«

»Was ist mit mir passiert? Wo bin ich?«, fragte der Mann.

»Ich erklär es Ihnen gleich, Wolf. Machen Sie langsam. Jetzt kommen Sie erst mal auf die Beine.«

Der Mann sah an sich herunter, musterte Spark verwundert von Kopf bis Fuß und schüttelte den Kopf. Spark bemerkte seinen ungläubigen Blick.

»Ist was?«, fragte er.

»So seht ihr also aus«, sagte der Mann, »eigentlich ganz normal.«

»Was hatten Sie denn erwartet? Dass uns Antennen aus dem Kopf wachsen?«, meinte Spark ironisch. Wolf lachte hustend auf.

»Ja, irgend so etwas in der Art. Wer sind Sie? Wo kommen Sie her?«, fragte er bedächtig, und Spark sah die tiefen Lachfältchen um seine Augen. Er beschloss, ihn sympathisch zu finden.

Eine Viertelstunde später war Spark in Begleitung des Mannes, der sich als Wolf vorgestellt hatte, vor das Gebäude des Labs getreten.

»Passen Sie auf, wo Sie hintreten«, mahnte Spark. »Sie haben keine Schuhe an!«

»Das bin ich gewohnt. Früher einmal, da hatte ich Schuhe. Viele Schuhe. Schöne Schuhe. In einem speziellen Schrank hatte ich die. So schöne Schuhe wie Sie hatte ich auch«, meinte der Mann und ordnete seine silberne Mähne. Spark sah ihm in die Augen und bemühte sich, sein Mitleid nicht zu zeigen. Er bemerkte die kräftige Hakennase, die klaren Augen und die hohe Stirn, die stolz wirkte.

»Sie stammen aus München? Habe ich Sie vorhin richtig verstanden?«

»Ja, aus München. Aber das gibt's nicht mehr«, antwortete der Mann, »das ist jetzt eine Wüste. Komplett zerstört.«

»Erzählen Sie, was haben Sie in München gemacht?«

»Können wir uns setzen? Mir ist noch schwindelig.«

Spark führte den Mann die Anhöhe hinauf, und sie setzten sich nebeneinander auf einen dicken Baumstumpf. Die wachsamen Drohnen ließen sie keinen Augenblick allein.

»Ich hatte einen normalen Job in einer großen Firma. Eine riesige Firma war das. Technische Avantgarde. Wir stellten Anlagen, Maschinen und wer weiß was alles her und verkauften sie in die ganze Welt. Ich war Ingenieur, Wirtschaftsingenieur.«

»Erzählen Sie weiter«, forderte Spark ihn auf.

Der Mann, der sich Wolf nannte, zeigte auf die Drohnen.

»Haben Sie vielleicht ein Glas Wasser für mich? Ich habe richtig Durst!«

Georgia schickte augenblicklich eine Drohne vom Lab herüber, die schwebend vor Spark stehen blieb. Eine Klappe öffnete sich, und zwei Becher mit klarer Flüssigkeit wurden sichtbar. Der Mann staunte.

»Von genau so was haben wir damals geträumt. Ist lange her.« Gierig griff Wolf nach dem Becher und trank ihn in einem Zug leer. Spark merkte, wie die Sinne des Mannes zunehmend wacher wurden, und beobachtete ihn aufmerksam.

»Sie scheinen recht nett zu sein. Woher kommen Sie?«, fragte Wolf.

»Aus Eden. Unserer neuen Hauptstadt.«

»Wo liegt das?«, fragte Wolf.

»Im ehemaligen Amerika, nicht weit von der Westküste und dem Pazifik entfernt«, antwortete Spark. »Oregon hieß das Gebiet damals, kennen Sie es?«

»Oregon, da war ich nie. In Amerika schon. Dann sind Sie Amerikaner?«

»Wenn Sie so wollen, ja. Geboren bin ich in Amerika, jetzt heißt es NOW. Und ich bin ein NOW.«

»Sie gehören zu den Gewinnern, nicht wahr?«

»Was meinen Sie damit?«, fragte Spark und fing einen klugen, abschätzenden Seitenblick ein.

»Kommen Sie schon, Sie gehören zu den wenigen Glücklichen. Wir haben alles verloren. Sehen Sie sich doch um! Als ihr kamt, gab's den großen Blackout. Das habt doch ihr inszeniert! Die große Reinigung hat begonnen, haben wir uns am Anfang gesagt.«

»Was meinen Sie mit ›Anfang‹«, wollte Spark wissen.

»Na, als es losging. Ich kenne Ihre Geschichte nicht und weiß nicht, wo Sie damals waren, aber uns hat es kalt erwischt! Ist auch irgendwie unsere Schuld gewesen, haben wir uns gesagt, es musste ja früher oder später was passieren. Das wussten wir alle, oder besser gesagt, wir haben es geahnt. Aber so was«, Wolf machte eine kleine Pause, »so was hätten wir nicht erwartet. So radikal und gründlich.« Spark beobachtete, wie Wolfs Blick sich in der Ferne verlor, nachdenklich und doch trotzig. Er fühlte eine unbändige Neugierde in sich aufsteigen. Dieser Fund war ein großes Glück. Ein Mann, der im Erwachsenenalter die große Fusion erlebt hatte und heute noch lebte. Er wollte plötzlich alles wissen. Aber hatte er das Recht, diesen Menschen, der so viel durchgemacht haben musste, aus reiner Neugier auszuquetschen?

»Waren Sie dabei?«, fragte Wolf. »Sie müssen damals noch ein kleines Kind gewesen sein, oder? Fünf, sechs Jahre, oder? Älter waren Sie nicht, stimmt's? Wohlbehütet, liebende Eltern, die sich rechtzeitig auf die richtige Seite geschlagen haben, hab ich recht?«

»Ja, so ungefähr«, wich Spark aus, »aber erzählen Sie weiter. Wie haben Sie gelebt und danach überlebt? Das ist wichtig für mich.«

»Ein Haus hatte ich, am Stadtrand. Ein hübsches Haus. Mit Garten. Und Garage. Und einer riesigen Hypothek drauf…« Wolf sah zu Spark. »Die ist auch weg, oder? Gott sei Dank!« Er lachte kurz. »Wir dachten, es geht immer so weiter, Zukunft, Hoffnung, neues Leben um einen herum, Kinder und all das. Dabei wussten wir, was in der Welt passiert. Der ganze Terrorismus, der religiöse Wahnsinn, der auf alle Glaubensrichtungen übergriff, die Abhängigkeit vom Geld und von den Schulden, die Politiker, die nur noch Mist erzählten, es wurde geputscht und gegengeputscht, die Armut und das Elend, die ganzen Flüchtlinge, die zu uns wollten, die vor Krieg, Hunger und Dürre flohen, weil sie dachten, bei uns sind sie sicher oder willkommen oder beides.« Wolf massierte nachdenklich seinen Unterarm. »Wir dachten damals, dass das alles vor unserer eigenen Haustür haltmachen würde! Solange der Schlüssel zu unserer Wohnung, unserem Haus noch funktioniert, dachten wir, solange haben wir nichts zu befürchten. Ging uns das Weltgeschehen wirklich etwas an? Oder war das nur eine Freak-Show, von den Nachrichten veranstaltet? Wir haben es nicht ernst genommen und nichts geändert an unserem Leben. Wir haben weiter fleißig Müll produziert und Wasser und Energie verschwendet. Dann wurde die Eskalation immer größer, und eines Tages kam das Aus auch für uns.«

»Erzählen Sie, was ist genau passiert?«

»Eines Morgens gab es keinen Strom mehr, keine Daten, nichts. Alles war schlagartig weg. Wir wussten überhaupt nicht, was wir tun sollten. Der Strom kam einfach nicht wieder. Die ersten Tage waren fast noch romantisch, alle saßen beim Kerzenschein zusammen und fanden es mal gemütlich, keiner konnte mehr zur Arbeit, man konnte nirgends mehr anrufen oder chatten oder mailen. Kein Bargeld kam mehr aus den Automaten. Man wusste, dass es allen so ging, meinem Chef genauso wie meinen Freunden. Man half sich unter Nachbarn weiter. Du hast Brot, ich hab die Wurst. Du hast Wasser, ich habe noch Holz fürs Feuer. Aber das änderte sich schon bald. Irgendwann hat mein Nachbar mich angeschossen, für ein Glas Wasser! Der arme Kerl!« Wolf zeigte Spark die Narbe. »Es ging ja auch keine Pumpe mehr, und Benzin gab's auch nicht mehr. Nirgendwo! Es blieb alles stehen, das ganze Leben, das wir kannten, mit seinem Wohlstand, dem Komfort, dem Internet und den warmen, gemütlichen Häusern. Dann kamen die ersten Gerüchte auf. Plünderungen. Man wurde vorsichtig, und aus Vorsicht wurde schnell Angst, Misstrauen. Wir saßen immer noch in unserer idyllischen Vorstadt. Aber die Nachbarn schotteten sich auf einmal ab, wurden feindselig, jeder sah im anderen eine Gefahr. Das kam urplötzlich, da war nichts gegen zu machen. So ist der Mensch nun mal. Wir hatten es ja noch gut, hatten ein paar Vorräte, einen Kamin, zur Not ein Auto mit halb vollem Tank in der Garage, das Übliche halt, was jeder so hatte. Aber das Erschreckende war, wie nutzlos alles auf einmal wurde, es ging rasend schnell nur noch ums Überleben, um Wasser oder ein Stück Brot. Und dann kam die Gewalt, der nackte Überlebenskampf. In wenigen Wochen war alles dahin. Alles, was wir uns aufgebaut hatten. Unsere Welt stürzte einfach so in sich zusammen. Und das Schlimme war, dass wir nicht wussten, wo man noch hinkonnte, wo es vielleicht besser gewesen wäre. Dann taten sich die Menschen zu irgendwelchen Gruppen zusammen, um sich mit Gewalt das zu nehmen, was sie brauchen konnten. Diese Gruppen fingen an, sich zu bekämpfen, es gab im Handumdrehen offene Gewalt auf den Straßen und Territorialkämpfe – aber um was für Territorien, haben wir uns gefragt? Wir lebten doch in einer ruhigen Vorstadt!« Wolf machte eine Pause.

»Und Sie sind dann irgendwann weggegangen?«, fragte Spark nach einer Weile des Schweigens.

»Ja, ich bin geflohen, in der Nacht. Ich hatte Glück. Ich habe all das, was ich tragen konnte und von dem ich dachte, ich könnte es brauchen, mitgenommen und bin in der Nacht geflohen. Alleine. Meine Verlobte war damals gerade bei ihren Eltern in Stuttgart. Ich habe sie nie wiedergesehen. Ich war Anfang dreißig, wir wollten endlich heiraten, Kinder kriegen...«

»Und was haben Sie gemacht, nachdem Sie weggegangen sind?«

»Ich bin immer weiter, habe Menschen gemieden, habe mich versteckt und Essen und Wasser gesucht. Was sollte ich sonst tun? In der Nähe anderer Menschen war es viel zu gefährlich. Überall waren Tote. Nachts bin ich oft über Leichen gestolpert. Nach Monaten habe ich komische Dinge beobachtet. Gurus, die Menschen um sich scharten und den Mond anbeteten, oder Gruppen, die wie Ritter zusammenlebten und sich aus altem Metall Rüstungen und Schwerter gebastelt haben. Die flohen in romantische Vorstellungen vom Mittelalter. Recht haben sie ja gehabt. Die Menschen – die meisten von uns – wurden schließlich Hunderte von Jahren zurückkatapultiert. Wir wussten, dass einige auf Fast Lanes umgeleitet worden waren, das war mehr als nur ein Gerücht. Die gingen irgendwohin, wo wir nicht mitdurften. Schauermärchen machten die Runde, von Gift und tödlichen Pfeilen, die so klein waren, dass man sie nicht kommen sah. Aber irgendwo musste es ein Paradies geben, das für uns jedoch unerreichbar war. Viele Menschen haben sich damit begnügt, an dieses Paradies einfach zu glauben. Es war wie eine neue Religion, der Glaube, dass es dem Menschen endlich gelungen war, irgendwo dort draußen ein echtes Paradies zu schaffen. Auch wenn es keiner von uns jemals gesehen hat. Wir alle haben früher in unserem Leben von einem solchen Paradies geträumt, und viele von uns haben diesen Traum für eine Weile leben dürfen. Aber irgendwie haben wir dann alles falsch gemacht.« Wolf bekam feuchte Augen und hielt inne.

Spark blickte vor sich auf den Waldboden. Das hier war kein brutaler Wilder. Kein atomar verseuchter, mordlustiger und kurzlebiger Geselle, dessen Art zum Aussterben verurteilt war. Das hier war ein weiser, kluger Mann, der über die Lage, in der er sich befand, nachgedacht hatte und erstaunliche Schlüsse ziehen konnte. Spark überschlug es im Kopf. Konnte er einer der Einprozentigen gewesen sein, der per Zufall durchs Netz gefallen war? Aber nein, das war unwahrscheinlich, er hatte in München gelebt, da war man vor NOW gut vernetzt gewesen, hatte Daten und einen tiefen digitalen Abdruck hinterlassen. Und trotzdem war er von NOW damals nicht berücksichtigt worden. Warum? Was hatte NOW über ihn gewusst, dass er ausgeschlossen blieb? War er krank? Hatte er schwache Gene?

Spark winkte eine Drohne heran. Über Gestensteuerung rief er vom System eine Datenanalyse von Wolf auf. Der kleine Bildschirm, der sich hervorschob, spulte den Inhalt der Daten ab. Seine Gene, las Spark, wiesen eine minimale, aber nicht zu korrigierende Fehlsequenz auf, hatte Georgia festgestellt. Er kam aus München, einer ehemals satten, friedlichen und prosperierenden Stadt, und doch hatte Wolf mit dreißig irreversible Genveränderungen durch Feinstaub erlitten, die ihn disqualifizierten. Er konnte damit trotz seiner Intelligenz und Bildung höchstens ein Vierprozentiger gewesen sein, und NOW machte schon bei zwei Prozent Schluss. Pech gehabt!

Spark schloss den Bildschirm und sah zu Wolf, der abwesend über die Hügel starrte. Der Mann tat ihm leid. Er wollte ihm irgendwie helfen.

»Hören Sie, Wolf, ich kann etwas für Sie tun. Ich kann Sie schützen. Sie können zwar nicht mit ins Paradies nach Eden, aber Sie kennen die Gegend hier. Ich kann Ihnen den Schutz des Systems anbieten, Sie können als Captain hier in diesem neuen Lab anfangen. NOW sucht frische Gene von LOWs, die nach der Fusion geboren wurden.« Er deutete mit dem Kopf auf die surreal wirkende Box weiter unten am Hang, neben der sein imposanter Gleiter parkte. »Sie könnten uns dabei helfen. Sie wären geschützt, hätten genug zu essen und eine interessante Aufgabe, die Ihrer Ausbildung entspricht. Ich führe die Aufsicht über das Programm, mache sozusagen die menschlichen Bewertungen, den psychologischen Abdruck. Was halten Sie davon?«

Wolf schwieg, Spark gab ihm Zeit.

Dann sagte Wolf: »Stehen wir auf und gehen ein Stück. Dann erzähle ich Ihnen noch eine Geschichte.«

Wolf raffte sein improvisiertes Mönchsgewand um den Körper und stand auf. Barfuß ging er los, weg vom Lab und dem Gleiter und den Hügel hinauf, mit dem gleichmäßigen und geduldigen Schritt, den nur Menschen innehaben, die endlose Strecken zurücklegen können. Spark folgte ihm.

»Was für eine Geschichte?«, fragte Spark im Gehen.

»Die Geschichte ist die meines Großvaters. Und genau an diese Geschichte erinnert mich unsere Begegnung.« Er blieb stehen und sah zu Spark auf. »Und glauben Sie ja nicht, dass ich Ihnen nicht dankbar wäre für Ihr Angebot.« Dann wandte er sich wieder hügelaufwärts und fuhr fort. »Mein Großvater wurde mit fünfzehn kurz vor Kriegsende eingezogen, zur Flak vor München. Mit einigen seiner Klassenkameraden. Die konnten nichts ausrichten, hatten keine Ausbildung, und bei der ersten Kriegshandlung sind sie kurzerhand nach Süden geflohen. Sind nachts marschiert und haben sich tagsüber versteckt. Bis sie von einer Patrouille entdeckt und zurück nach München gebracht wurden. Das war zu dem Zeitpunkt schon amerikanische Besatzungszone, wie Sie vielleicht wissen. Mein Großvater war also wieder zu Hause, der Krieg gerade vorbei, aber alles lag in Schutt und Asche. Und die Amerikaner waren freundlich. Ich sage das nicht, weil Sie Amerikaner sind, sondern weil es mein Großvater so erzählt hat. Mein Großvater stand da und half als Fünfzehnjähriger, den Schutt wegzuräumen. Sie hatten damals kaum etwas zu essen und so gut wie keine Werkzeuge und mussten alles mit bloßen Händen machen. Ausgemergelt waren sie und abgezehrt. Und da hielt plötzlich ein Militär-Jeep vor ihnen, und ein baumlanger GI schlang sich lässig aus dem Jeep und kletterte über die Trümmer auf sie zu. Einfach so. Er lächelte, ähnlich wie Sie, kaute Kaugummi und verteilte Zigaretten, damals die beste Währung, die es gab. Dann verschwand er wieder und brauste mit seinem Jeep davon. Mein Großvater, der hatte nicht mal eine Schubkarre!« Wolf ging zielstrebig weiter. Spark hielt mit ihm Schritt. Die Drohnen folgten ihnen.

»Damals haben uns die Amerikaner Kaugummi, Zigaretten und den Rock'n'Roll gebracht. Und heute? Heute habt ihr superschlaue Algorithmen, fliegende Untertassen und andere Roboter im Gepäck. Mir wären Kaugummi, Zigaretten und Rock'n'Roll lieber. Mehr brauche ich nicht. Nichts für ungut, aber ich gehe jetzt, wenn Sie erlauben, und danke für Ihr Angebot«, endete er abrupt.

Wolf wandte sich ab und kletterte grußlos den Hügel weiter hinauf. Spark blieb wie angewurzelt stehen. Die Drohnen machten Anstalten, Wolf zu folgen und ihren Auftrag zu Ende zu bringen. Aber Spark hielt sie mit einer Bewegung seines Armes auf.

»Eines hast du vergessen, weiser alter Mann«, sagte Spark zu sich selbst. »Die Amerikaner haben neben Kaugummi und Rock'n'Roll auch die Demokratie zu euch gebracht, damals, und den Neuanfang erst möglich gemacht. Die Amerikaner haben euch verziehen, weil sie in euch Opfer sahen. Wir haben euch deshalb an unserem eigenen Traum teilhaben lassen. Aber der Fortschritt, der lässt sich nicht aufhalten. Auch nicht von deinem Stolz!«

Spark lächelte selbstbewusst in sich hinein, quittierte die Außerkraftsetzung des Protokolls, das vorgab, dass einmal gescannte LOWs nicht einfach in die Freiheit entlassen werden durften, und orderte die Drohne mit dem tödlichen Kontaktgift zurück. Wolf wäre durch eine flüchtige Berührung in sich zusammengesunken und tot gewesen, bevor er auf dem Waldboden aufgeschlagen wäre.

12. KAPITEL

Am Ufer des Potomac, wenige Wochen vor NOW

Bill steuerte sein Kanu geschickt durch die Stromschnellen, die in der Nähe der großen Felsbrocken am Ufer entstanden. Er war gerade fünfzig geworden, und die Kanufahrten hielten ihn einigermaßen fit. Mit großer Kraftanstrengung bremste er den Sog aus, der ihn zurück in die Flussmitte treiben wollte, beschleunigte mit heftigem Paddeln durch die Gegenströmung und hielt die Spitze seines Kanus auf den Steg gerichtet, der von seinem Grundstück aus in den Fluss ragte. Mit einem Ruck stieß die Spitze des Kanus gegen das Holz. Bill wartete ab, bis die Strömung das Heck flussabwärts drückte, sodass sein Kanu parallel zum Steg lag. Jetzt kam der schwierige Teil: Er musste vorsichtig balancieren, um auf den Steg zu klettern, ohne dabei ins Wasser zu fallen. Er wickelte das Ende der Bugleine um sein Handgelenk, presste dann seinen rechten und kurz danach auch den linken Ellenbogen auf den Steg, spannte die Bauchmuskeln an und zog sich hoch. Halb liegend, rutschte er auf den Steg, drehte sich um, kam zum Sitzen und versuchte das Kanu mit durchgedrückten Fußspitzen in Position zu halten. Seine Beine waren einfach zu kurz. Er stand auf und zog das Kanu an der Leine bis ans Ufer, sprang vom Steg auf die Böschung und schleifte das Boot mit knirschendem Getöse über den schmalen Kiesstreifen hinweg auf die mit Gras bewachsene Böschung seines Grundstücks. Geschafft.

Bill holte nach diesem Manöver erst einmal Luft. Er fuhr sich mit der Hand durch die strubbeligen Borsten und blickte über den Fluss, in dem sich das Grau der Wolken spiegelte, was ihm die Farbe von Schlamm verlieh. Er zog den Geruch, den der Wind von der Wasseroberfläche zu ihm trug, in die Nase und roch die fauligen Sedimente im Süßwasser.

Bill liebte den Potomac. Hier in der Nähe von Rock Point, Maryland, schob sich sein grauer, sechs Kilometer breiter Körper Richtung Meer und spielte mit nervösen Fingern im felsigen Uferbett. Es konnte durchaus gefährlich werden, vor allem in einem kleinen Kanu. Aber das war Teil des Spaßes, und Bill war ein erfahrener Navigator. Er blickte vom Fluss hoch in den Himmel und sah, wie die schwere Wolkendecke sich über die Landschaft senkte. Es war fünf Uhr nachmittags und würde bald regnen.

Genug Abenteuer für heute, dachte er bei sich.

Bill streckte die Arme waagrecht aus und ließ die Hände in der Luft rotieren. Als er merkte, wie seine Schultermuskeln sich verhärteten, ließ er die Arme wieder sinken. Er beugte sich hinunter und nahm die wenigen Habseligkeiten, die er für den Ganztagestrip dabeigehabt hatte, aus dem Kanu und legte sie neben sich ins Gras. Dann drehte er das Kanu um, ging zur Spitze und hob es an. Mit einem Ruck stemmte er es über den Kopf, bis der Schwerpunkt über seinem Körper lag, und stapfte los. Bill war ein kleiner, gedrungener Mann, kaum einen Meter fünfundsechzig groß. Doch er war stämmig und schaffte das Kanu mühelos bis zum Bootsschuppen. Er legte es kieloben auf das Gestell, lief wieder hinunter zum Ufer und sammelte seine Utensilien ein. Als er sich auf den Weg zu seinem kleinen Wochenendhaus machte, sah er, wie ihm von der Veranda her der Leiter seines Sicherheitskommandos zuwinkte. Bill murrte, hob kurz eine Hand und wusste: Die Einsamkeit und Meditation, die er hier draußen auf dem Fluss suchte, konnte er für diesen Sonntag vergessen. Ein letztes Mal wandte er sich um und sah über den Fluss. Er konnte das andere Ufer kaum noch erkennen.

Auf der Veranda ließ der Mann vom Secret Service sein Fernglas, mit dem er die Uferstreifen absuchte, sinken und verschwand hinter der nächsten Ecke.

Bill betrat sein spärlich möbliertes Haus. Das Fliegengitter hing etwas schief in den Angeln, er würde es bald reparieren müssen. Er ging ins Schlafzimmer, zog den Wollpullover über den Kopf, streifte die wasserdichte Hose ab und schälte sich aus der knöchellangen Thermounterhose. Er legte alles sorgfältig zum Trocknen über den einzigen Stuhl im Zimmer, ging kurz ins Bad und schlüpfte dann in die schwarze Chinohose und den schwarzen Rollkragenpullover, den er auf der Herfahrt getragen hatte. Er trat vor den Spiegel, fuhr sich durch den kurz geschnittenen Bürstenschopf auf seinem kantigen Schädel und strich über sein bulliges Kinn. Halbwegs zufrieden mit seinem Äußeren, ging er in die winzige Küche neben der Veranda, räumte die Reste seines Frühstücks auf, das er sich am Morgen selbst zubereitet hatte, schnappte sich den Stapel frischer Zeitungen, die er auf der Rückfahrt lesen wollte, verschloss die Tür, versetzte dem Fliegengitter einen kleinen Tritt und ging die Böschung weiter hoch zur Straße, wo fünf dunkle Limousinen und zwei zivil getarnte Motorräder, die seinen riesigen, schwarzen SUV eskortierten, auf ihn warteten.

Er freute sich schon auf das nächste Mal, wenn er wieder ein paar Stunden stehlen konnte, um allein zu sein. Gott sei Dank gefällt es Marcey hier draußen nicht, dachte er. Das Haus war zu spartanisch eingerichtet für sie, und das sollte auch so bleiben. Am Ende würde sie noch Freunde hierher einladen und sie bekochen. Ein Gräuel!

Bill kletterte hinten in seinen Jeep, klatschte die Zeitungen auf den lederbezogenen Sitz neben ihm, zog die gepanzerte Tür ins Schloss, setzte sich zurecht und fischte sein Mobiltelefon aus der Hosentasche. Als die Kolonne sich gerade in Bewegung gesetzt hatte, klingelte es in Chicago in den Redaktionsräumen des Feuilletons einer großen Zeitung.

»Bist du wieder zurück?«, grüßte ihn seine Frau. »Wie war's?« Ihre Stimme klang fröhlich, aufgeregt.

Bill antwortete: »Hi, Marcey, ja, bin gerade losgefahren.

Alles okay. Hier draußen auf dem Fluss kann ich in Ruhe nachdenken, das weißt du ja. Würde dir vielleicht auch mal guttun«, mokierte er, ohne dass sie darauf einging. »Es ist herrlich«, setzte er schnell hinzu.

Aus dem Hörer klang ihm das schrille, aufgesetzte Lachen seiner Frau ins Ohr.

»Nein, mein Schatz, das machst du mal schön alleine. An den Wochenenden ist hier immer die Hölle los. Ich stehe aufgestylt und im Cocktailkleid in der Redaktion. Gleich fahren wir los zur Spendengala ins Hilton. Sogar der Vizepräsident ist da.«

Dieser Trottel, dachte Bill.

»Grüß ihn von mir«, sagte er zu seiner Frau, »und viel Erfolg!«

Bill legte auf, langte nach seinem Tablet und überflog die Nachrichten, die von der Wochenendbereitschaft in seinem Büro gefiltert wurden. Irgendein Assistent hatte ihm einen kurios klingenden Online-Artikel aus einem Blog weitergeleitet mit der Überschrift: »Wie *Alfa1* zur größten Reederei der Welt wurde«. Bill schmunzelte. Der größte Internetgigant der Geschichte musste in den rechtsfreien Raum auf hoher See ausweichen. Er trieb den fast konkurrenzlosen Konzern vor sich her, bis dieser mit seinen Knotenpunkten aufs Meer flüchten musste, weil er nur da vor den scharfen Gesetzen, die Bill initiiert hatte, sicher war. *Alfa1*, der Nachfolger der größten Suchmaschine der Geschichte, hatte auch noch die letzte gewinnversprechende Plattform aufgesogen und befand sich in einem erbitterten Ringen mit dem Staat. Beim Internet, das niemandem gehörte und alle nutzten, ging es nur noch um wirtschaftliche Monopole. Gnadenlos. Wer nicht die meisten Nutzer auf seine Plattform lockte, bekam auch nicht die interessantesten Anbieter und verschwand somit vom Markt. *Alfa1* drohte, an seiner eigenen Größe zu ersticken, und war dabei, sich mit der Regierung anzulegen.

Aber noch saß er, Bill, am längeren Hebel. Er trieb den Kongress mit spitzfindigen Informationsbrocken über die Gefährdung der Demokratie vor sich her. Wie träge Dinosaurier manipulierte er die gewählten Parlamente, die – ihre Nutzlosigkeit ahnend – gierig nach Bills Argumenten griffen. Im Stillen nannte er die ahnungslosen und leicht in Panik zu versetzenden Abgeordneten »nützliches Stimmvieh«, und mehr waren sie auch nicht. Und so hatte der Kongress ein Sicherheitsgesetz nach dem anderen beschlossen, in der Illusion, damit an der Macht bleiben zu können. *Alfa1* jedenfalls war vertrieben worden, aufs Meer hinaus, in internationale Gewässer. Von Schiffen aus steuerte *Alfa1* seine gigantischen Daten-Clouds auf den zahlreichen eigenen Satelliten in der Erdumlaufbahn.

Bill sah aus dem Fenster und wartete darauf, dass seine Kolonne die 301 Richtung Alexandria erreichte, eine vierspurig ausgebaute, relativ gerade Straße, nicht so kurvig wie die berüchtigte Rock Point Road, die sie gerade in hohem Tempo passierten. An den wenigen Ampeln, die auf ihrem Weg lagen, konnten sie, geschützt durch lokale Polizeikräfte, die den Verkehr aufhielten, bei Rot einfach durchfahren. Bill sonnte sich nicht in seinem Status, doch er nahm die Vorfahrt, die ihm überall eingeräumt wurde, als gegeben hin.

Als sein Wagen die Rampe zur Interstate 301 nahm und die Fahrweise gleichmäßiger wurde, scrollte Bill den Artikel nach unten und sah das neueste umgebaute Kreuzfahrtschiff von *Alfa1,* das unter der Golden Gate Bridge vor Anker lag und den mächtigen Bug mit dem bunten Schriftzug Richtung offenes Meer gerichtet hatte.

Das wird euch auch nichts nutzen, dachte Bill. Der Ozean und der Weltraum sind definitiv eure letzte Zuflucht.

Die digitalen Internet- und Hightech-Giganten waren Bill egal. Er verstand ihre einfachen Mechanismen und durchschaute ihre verquasten philosophischen Ansätze von einem besseren, weil digital angereicherten Leben. Er war sogar insgeheim ganz froh darüber, dass das Silicon Valley mit seiner fetten Hebamme, der Stanford University, die Wall Street mit ihren arroganten Schnöseln in kürzester Zeit in die Schranken verwiesen hatte. Aus den mittellosen Start-ups, die aus der Stanford University hervorgegangen waren, waren Milliarden-Konzerne geworden. Es war ihnen gelungen, da sie ein für die Wall Street unverständliches, weil umgedrehtes Geschäftsmodell hatten: Gib allen gratis, was du kannst. Das allein verschafft Reichweite. Mache keine Werbung für dich selbst, sondern verkaufe deine Reichweite an die Werbeindustrie. Da liegt der große Profit, nicht beim Konsumenten. Du wirst Monopolist mit einer einfachen, bestechenden Formel: Mehr Nutzer bringen mehr Informationen, mehr Informationen bringen mehr Nutzer. Mehr Werbung, mehr Nutzer, und mehr Nutzer, mehr Werbung. Von wegen elektronischer Weltgeist! Es ging nur um Geld. Rom, New York, Palo Alto, so hatte sich das wirtschaftliche Epizentrum der Welt seit der Antike verschoben.

Die technischen Details des Artikels hatte er schnell überflogen. *Alfa1* besaß jetzt mehr Schiffe als die drei größten Reedereien der Welt zusammengenommen und schoss wöchentlich einen neuen Satelliten mit wiederverwendbaren Raketen in den Weltraum.

Alfa1 wusste, dass es seine unangefochtene Marktposition auf der obersten Stelle der vernetzten Nahrungskette halten musste. Dafür schluckte es alles, was findige Programmierer aus dem Muttermilch-Dunst der Stanford erfanden. Sie hatten jeden Wirtschaftsbereich der modernen Welt angegriffen und besiegt. Bill hatte es eingefädelt, dass einer der Manager vor den Kongress geladen wurde, und ihn dann offiziell gefragt: »Wann ist die Grenze erreicht? Wo wollt ihr noch hin?« Die Antwort lautete: »Es gibt keine Grenzen. Wir tun alles, was unsere Nutzer wollen, und werden ihnen alles geben, wonach sie verlangen. Wir sind ein nach oben völlig offenes System.«

Spätestens da hatte Bill mit seinem Freund Mitch beschlossen, die Forschung am Gegensystem zur obersten Priorität werden zu lassen. Das war zehn Jahre her. Mitch, der Anwalt, hatte gesagt, dass *Alfa1* mit dem Konzept einen netzbasierten Datenkommunismus heraufbeschwöre, egal wie die Monopolisten gerade hießen.

Als ein weiterer Manager, der dem Gründer von *Alfa1* nahestand, sagte: »Wir werden die dritte Gehirnhälfte des Menschen werden«, war es für Bill definitiv zu viel. Er und Mitch beschlossen, die Monopolisten zu zerschlagen, noch schneller, als sie entstanden waren. Sie würden ihre Monopolstellung entern, die Firma kapern und übernehmen und mit dem kommerziellen Unsinn Schluss machen. »Hochtechnologie ist zu etwas viel Höherem bestimmt, als Vermögen anzuhäufen!«, lautete ihr Credo, das sie mit ihrer vor der Öffentlichkeit bestens versteckten Software-Schmiede EUKARYON umzusetzen begannen.

Bill setzte sich bequemer zurecht, streifte die schwarzen Slipper von den Füßen, legte seinen Tablet beiseite und nahm sich den Stapel Zeitungen vor. Jede Zeitung war auf der Titelseite mit mindestens einem Stempel einer der Behörden versehen, die er koordinierte, hier dem Stempel der CIA. Darunter befanden sich die Freigabe seines Sicherheitschefs in Form eines weiteren Stempels sowie sein Name: William Chopter, Direktor. Jedes Stück Papier, das Bill in die Hand nahm, wurde auf Spuren von Gift und auf die Anwesenheit von aufgedampften Nanosendern überprüft. Mit einem speziellen Verfahren wurde auch jedes Stück Papier auf Spuren von DNA gecheckt, die durch die Behörde nicht zuordenbar war. Erst nach der Freigabe seines Sicherheitschefs nahm Bill ein Stück Papier in die Hand, egal welches.

Es hatte zu regnen begonnen, was die Geschwindigkeit seiner Kolonne etwas hemmte, da der Verkehr sich verlangsamte. Der vorderste Wagen hatte das Blaulicht eingeschaltet und versuchte die linke Spur freizubekommen. Die Motorradfahrer in Zivil kämpften mit der Gischt. Bill sah aus dem Fenster, an dem die Tropfen in horizontalen Schlieren vorbeiströmten. Es war eine zentimeterdicke gepanzerte Scheibe. Bill hörte keine

Geräusche von draußen, nur das tiefe Brummen des Motors weit vorne. Wenn der Fahrer den Wagen beschleunigte, stieg das Brummen zu einem um Oktaven höheren Grollen an. Bill fühlte sich sicher.

Er blätterte lustlos die Zeitungen durch und suchte nach etwas, was ihn interessieren könnte. Zeitungen waren zu langsam, viel zu langsam geworden. Das Geschäft, mit Informationen zu handeln, hatte sich grundlegend geändert. Ihm kam der Gedanke, dass auch er genau genommen mit Informationen handelte, wie eine Zeitungsredaktion. Aber natürlich mit ganz anderen Informationen als Zeitungen, Journalisten und Experten. Er handelte mit Informationen, die aus Verrat heraus entstanden und mit denen man einen Verdacht verbinden konnte. Das war viel wertvoller und spannender. Ein subtiles Spiel mit Halbwahrheiten, Lügen, Verrat und aufgebauschten Tatsachen. Dieses Geschäft erforderte ein ganz besonderes Talent. Wahre Meisterspione waren extrem selten, noch viel seltener gelang es einem Menschen, solch ein System in eine funktionierende Bürokratie zu gießen. Geheimdienste, die großen Konkurrenten der zivilen Informationshändler, standen in einer ganz anderen Tradition. Schon die Pharaonen hatten organisierte Spionagesysteme gehabt, die für die Herrschenden Geheimes aufdeckten und Nutzbringendes erfanden oder manipulierten.

Bill ließ sich treiben. Sein Geist war entspannt durch den Ausflug mit dem Kanu, er saß geschützt im Auto und konnte nichts anderes tun, als nachzudenken. Er blätterte zwar weiter, aber seine Gedanken gingen auf Wanderschaft.

Von Berufs wegen war für ihn zeit seines Lebens Information gleichbedeutend mit Macht. Und diese Macht lag stets im Schatten, im Dunkeln und im Verborgenen. Der Wert einer einzelnen Information, in Geld ausgedrückt, konnte – und das hatte ihn immer fasziniert – ins Unermessliche steigen, wenn sie zum richtigen Zeitpunkt am richtigen Ort bei den richtigen Leuten auftauchte. Das war seit besagten Pharaonen, seit Alexander dem Großen oder den Mandarinen des alten China mit ihren spionageverseuchten Höflingen bis hin zu Ludwig XIV., dem Vatikan und allen modernen Demokratien, Diktaturen oder den jüngsten Oligarchien nie anders gewesen. Das musste im Wesen des Menschen liegen. Es ging in der Geschichte des Menschen bei all seinen Versuchen, als soziales Wesen unter einem Anführer oder in einer Kaste zu leben, letztlich immer darum, etwas zu wissen, was man nicht wissen durfte oder wissen konnte, und dieses Wissen an den gegenwärtigen Widersacher weiterzureichen, nicht selten auch zu verkaufen. Die Wirkung von Spionage war stets gewaltig. Das von der Maitresse an ihrem Busen aus den Gemächern des Monarchen geschmuggelte Billet konnte eine ganze Nation ins Verderben stürzen.

Spionage, letztendlich Verrat, hat demnach immer schon das Schicksal der Menschheit beeinflusst. Der Spion selbst kam dabei am schlechtesten weg. Geächtet, nicht selten geköpft, erschossen, gehängt oder zumindest lebenslang eingesperrt. Zu allen Zeiten zumindest moralisch als äußerst zweifelhaft und zwielichtig eingestuft, wurden Spione seit jeher vehement ausgestoßen und verfolgt. Selbst wenn ein Spion nur aus Überzeugung handelte – und das gab es –, wurde sein Handeln mit moralischer Entrüstung abgelehnt. Er, Bill, stand genau in dieser Tradition der unverzichtbaren, aber gehassten Berufsgattung der Spione.

Bill legte die Zeitungen beiseite und versuchte sich zu orientieren. Sie konnten nicht weit von der Abzweigung nach Alexandria sein.

Die moralische Entrüstung war ein Dilemma, überlegte er. Man konnte es nur umgehen, wenn man – wie er selbst – in diesem Beruf prominent wurde und die höchsten Ränge erreichte. Dann wurde man nicht länger geächtet, sondern gefürchtet. Bill lächelte. Oh ja, er war gefürchtet. Und wie! Was er sich vornahm, das setzte er durch.

Eine halbe Stunde später hielt Bills Wagenkolonne vor einem

weitläufigen Apartementkomplex am Rande der Innenstadt von Washington, D.C. Es war ein Hybrid aus Privatwohnung und Hotel. Bill nutzte von den angebotenen Dienstleistungen nur die wöchentliche Reinigung, gelegentlich den Einkaufsservice und den Concierge-Dienst. Die Nachbarn wussten, wer er war, aber er interessierte sich nicht für sie.

Bill stieg aus dem SUV, eilte über das regennasse Trottoir, betrat die Eingangshalle und musste dann kurz vor dem Aufzug warten. Seine Leibwächter bildeten einen menschlichen Schutzwall um ihn. Der Concierge sah auf und grüßte.

Bills Wohnung lag im obersten Stock und verfügte über eine ausladende Dachterrasse, die nur mit einem Tisch, zwei Stühlen und einem kleinen Sonnenschirm möbliert war. Es war die Top-Wohnung im Komplex, aber Bill nutzte nur einen Bruchteil der vielen Quadratmeter.

Er wartete, bis sein Sicherheitschef die Wohnung kontrolliert hatte, verabschiedete sich dann höflich und machte die Tür zu. Er drehte den Schlüssel um, der ein kompliziertes, solides Sicherheitssystem aktivierte und warf seine Tasche auf einen Stuhl. Dann schlenderte er hinüber ins Schlafzimmer und öffnete den begehbaren Kleiderschrank, der Dutzende Anzüge in kaum zu unterscheidenden Nuancen von Anthrazit enthielt, dazu serienweise das gleiche Modell eines Hemdes, alle in weißer oder blauer Farbe. Seine wenigen Krawatten waren mit konservativen Paisley-Mustern in Dunkelblau und Weinrot gehalten. Einzig bei seinen Schuhen achtete er peinlich genau auf hervorragende Qualität. Aber auch sie waren sich alle ähnlich: Budapester in schwarzem Leder.

Bill legte sich einen Anzug, ein Hemd und eine Krawatte für den nächsten Tag zurecht. Er fühlte sich wohl hier in seiner unpersönlichen Wohnung, führte privat ein bescheidenes, fast asketisches Leben. Seine Frau Marcey leitete das Feuilleton einer Chicagoer Tageszeitung, organisierte Stipendien für begabte Studenten und tummelte sich gerne auf Wohltätigkeitsveranstaltungen. Sie war von Montag bis Freitag und auch an vielen Wochenenden in Illinois, wo sie gerne ihren vielen sozialen Verpflichtungen nachging. Sie betrog ihn nicht, wie er wusste.

Bill zog sich die Schuhe aus, ging auf Strümpfen zurück in den Flur, der sich am anderen Ende in ein weitläufiges Wohnzimmer öffnete, und schaltete den altmodischen Schallplattenspieler an. Er fischte eine Jitterbug-Platte aus seiner Sammlung heraus, legte sie auf und horchte auf das Kratzen des Tonträgers auf der Vinylplatte. Als die ersten Takte losgingen, wandte er sich um und freute sich, dass er die letzten Stunden des Wochenendes mit Lesen verbringen konnte. Zahllose Bücher stapelten sich in der Wohnung. Sie waren das Einzige, was etwas Gemütlichkeit und Wärme ausstrahlte. Bill schnappte sich einen Stapel von der Anrichte neben dem Plattenspieler, wiegte sich im Takt der Musik, überflog dabei die Titel und freute sich auf einen ruhigen Ausklang des Tages. Würde jetzt ein zufälliger Nachbar klingeln, der ihn nicht kannte, um etwa Zucker zu borgen, würde er einen biederen Mann in einer zu großen Wohnung antreffen. Perfekte Tarnung.

Aber es war kein Nachbar, der klingelte, sondern das Telefon. Etwas war passiert.

13. KAPITEL

Georgetown, wenig später

Mitchell Rogovan beäugte argwöhnisch die vom Caterin-Service des Grand Watergate gelieferten Platten in der Küche seines gemütlichen Brown Stones in Georgetown, D.C. Die diensteifrige Service-Crew hatte sich einer gründlichen Sicherheitsinspektion unterzogen. Es schien alles in Ordnung zu sein.

Mitch war allein gewesen, als der Anruf kam mit der Bitte, Bill Bescheid zu geben und sich noch heute zu treffen. Spark, sein einziger Sohn, bewohnte das geräumige Dachgeschoss, sein kleines Neverland. Er war noch bis Mittwoch auf einem Segeltrip mit seiner Mutter in Florida. Bill würde gleich da sein. Die Bitte war eigentlich ein Befehl gewesen, denn der Anruf war von der Bereitschaft des Weißen Hauses gekommen.

Essen, das wie ein Gemälde arrangiert war, dachte Mitch und beugte sich über die Catering-Platten. Er nahm mit spitzen Fingern ein kleines Stück Strudel und biss hinein. Er schmeckte nach nichts. Wie der Rest, vermutete Mitch. Mit der freien Hand arrangierte er die Platte wieder so, dass die Lücke nicht auffiel.

Die Küche, in der Mitch der Dinge harrte, die da kamen, hatte einen gemütlichen, rustikalen Stil, aufgepeppt durch einige moderne Accessoires. Der Boden des viktorianischen Ziegelhäuschens war noch im Original erhalten, und auch der Rest der Einrichtung hätte aus einem Katalog für Landhausmöbel stammen können: wuchtige Ohrensessel auf zierlichen Holzfüßen, ausladende Sofas hinter niedrigen Tischchen, Karomuster überall, Sideboards mit Stehlampen, die gemütliches Licht verströmten, und opulente dunkle Vorhänge vor den bodentiefen Sprossenfenstern, deren Rahmen nicht in Weiß, sondern Pflanzengrün gestrichen waren, damit sie den Blick nach draußen nicht unterbrachen, wie die Innenarchitektin beteuert hatte.

Draußen hatte sich das Wetter beruhigt. Es hatte aufgehört zu regnen, und hier und da gaben die vom Sturm gejagten Wolken, die vom Meer kommend über die Schieferdächer schossen, den Blick frei auf einen rötlich gefärbten Abendhimmel.

Durch das Küchenfenster sah Mitch, wie Bills SUV vor dem Gartentor hielt und das Licht der Straßenbeleuchtung abschirmte, die eben angegangen war. Er durchquerte den Salon und die kleine Eingangshalle und lief in die Arme eines Sicherheitsbeamten, der Bill soeben durch den kleinen Flur ins Haus führte.

»Hallo, Bill«, grüßte Mitchell den um einen Kopf kleineren Freund und schloss die Tür hinter dem Beamten, der im Vorgarten Position bezog.

»Hi, Mitch«, sagte Bill nüchtern wie immer.

Bill wand sich umständlich aus seinem Mantel und warf ihn über einen Stuhl im Flur. Mitch stand noch kauend daneben und sah seinem Freund dabei zu, dem einflussreichsten Geheimdienstchef, den die USA je hatte. Zynisch wie ein Jesuit, fatalistisch wie Machiavelli. Aber sein Freund, seit der gemeinsamen Jugend in Ohio. Ein Energiebündel, mit dem er schon viele Schlachten am politischen Kriegsschauplatz Washington gewonnen hatte. Vielleicht der einzige Mann, der in der Lage war, mit seinen »digitalen Soldaten« den Technikgiganten von der Westküste – den Glorious Five – die Stirn zu bieten, nachdem sie rundheraus erklärt hatten, dass das, was man heute noch unter Politik verstünde, gar nicht mehr nötig sei.

»Hast du Hunger?«, fragte Mitch, und Bill nickte bescheiden. Mitch führte ihn in die Küche. Dort beugten sie sich gemeinsam über die Platten mit dem Fingerfood.

»Das hat sie im Grand Watergate bestellen lassen, es ist vorhin geliefert worden. Greif zu.«

Mitch nahm eines der Miniatur-Martinigläser und löffelte den geleeartigen Inhalt. Kauend murmelte er: »Schmeckt nicht nach viel.«

Bill griff nach einer der mit Gemüse gefüllten, salzigen Eiswaffeln und biss hungrig hinein.

»Hast du das gehört, heute? Der erste Mensch hat sich einen Nanoroboter in den Kopf einbauen lassen. Eine Schnittstelle zur Super-Cloud von *Alfa1*.« Er beobachtete seinen Freund.

»Ja, hab ich. Stand reißerisch im Blog. Sind wir deshalb hier?«

»Ja. Und?«, wollte Mitch wissen.

»Sie haben's ja angekündigt. Jetzt ging es doch schneller.«

»Ja, und? Was hältst du davon?«

»Wovon?«

»Na, dass sie es gemacht haben.«

»Ich möchte nicht in der Haut von dem Blödmann stecken«, murmelte Bill mit vollem Mund und hob eine Augenbraue.

Mitch lachte auf. »Hast wohl übers Kanufahren das Essen vergessen«, sagte er. »Iss erst mal was, dann wirst du sanfter.«

»Wirklich nicht!«, fügte Bill hinzu.

»Was?«

»Ich sagte, ich möchte nicht in der Haut von dem Blödmann stecken. Auf wen soll der denn jetzt hören? Auf die Cloud oder sich selbst? Kannst du dir das vorstellen?«, fragte er und griff gierig nach einer weiteren Eiswaffel. »Hast du Tabasco da? Das schmeckt echt nach nichts!«

Mitch öffnete einen Schrank mit Gewürzen, reichte Bill die kleine rote Flasche und redete weiter, damit sein Freund essen konnte.

»Das Problem ist, dass er es schon bald nicht mehr wissen wird. Das war ja der Plan. Sie wollen, dass die natürliche Wahrnehmung und die Computerwahrnehmung sich nicht mehr unterscheiden lassen. Wie soll dieser Mensch noch jemals etwas genießen? Sich freuen oder ärgern? Etwas schmecken? Wen oder was soll er denn noch lieben?«

»Ja, so wollen sie die Welt verändern«, sagte Bill verächtlich.
»Genau. Haben sie gesagt.«
»Wenn er stirbt, dann können sie ihn in die Cloud ablegen. Dann schwirrt er auf immer und ewig als elektronischer Datengeist herum. Toll!«

Bill schüttete sich Tabasco in die Eiswaffel und verzog das Gesicht, als er hineinbiss.

Mitch sah ihn an.

»Zu viel erwischt!«

»Sie wollen die Politik abschaffen, das Recht, das Geld, sie schaffen eine glückliche Parallelwelt«, sagte Mitch.

Bill schaute ihn fragend an. »Fürchtest du um deinen Job als Anwalt?«

»Wir sind die Ersten, die nicht mehr gebraucht werden.«

»Da werden ja viele Halleluja singen«, sagte Bill trocken.

Mitch lachte.

»Jetzt stell dir mal den Kerl mit dem Nanoroboter im Kopf vor. Mal angenommen, er merkt das gar nicht, also physisch. Wie behält er die Kontrolle über das, was er denkt oder fühlt?«

»Gar nicht. Das ist es ja. Und das ist der Fehler, den sie dabei machen. Sie feiern, dass sie es können. Technisch. Aber was macht das aus diesem armen Teufel?«

»Einen Roboter auf biologischer Basis?«

»Oder eine biologische Basis, die technisch verbessert wurde?«

»Wir wissen es nicht. Es ist auch egal, was dabei herauskommt. Es führt zu nichts«, sagte Bill. Er überlegte. »Wie wollen sie damit Geld verdienen?«

»Indem viele Menschen daran glauben und für ihre Zukunft hoffen. Das werden sie irgendwie zu Geld machen.«

»Na und? Glauben und Hoffen. Gott ist gratis. Seit Luther.«

»Sie programmieren den Menschen, nicht mehr Maschinen«, sinnierte Mitch laut, »aber genau das soll die Lösung sein. Die ganze Welt redet darüber. Auch in Europa.«

»Europa? Die stecken digital doch noch in einem Kostümfilm!«, antwortete Bill.

»Ja, aber im Kern teilen sie dort drüben unseren Ansatz mit NOW. Genussreiches, sicheres, analoges Leben, umsorgt von einem feinen digitalen Netz. Außerhalb des Körpers, nicht drinnen. Sonst ist es kein Leben.«

»Aber tun wollen sie nichts dafür!«, murrte Bill. »Nur rummäkeln und starrsinnige Gesetze erlassen, statt die Augen nicht länger vor der Wahrheit ihrer eigenen Zukunft zu verschließen. Damit sind sie gnadenlos ins Hintertreffen geraten.« Er überlegte kurz. »Auch NOW wurde für EUKARYON programmiert. Von irgendjemand.«

»Stimmt«, sagte Mitch. Aber NOW ist neutral, glaubt an nichts. Sonst kann es nicht funktionieren. Das ist der große Unterschied, über den wir uns einig sind, Bill. Das Leben selbst darf keine Absicht haben, keine Führung. Deswegen ist es ja überhaupt erst so weit gekommen. *Alfa1* steht gegen NOW. NOW ist die Rettung, solange es neutral ist und niemandem gehört. *Alfa1* gehört einem Konzern.«

Bill senkte den Blick, zog die Schultern hoch und legte seine mächtige Stirn in Falten. Es entstand eine Pause zwischen den beiden Freunden, den Vätern von NOW.

Mitch beobachtete Bill, bis dieser das Schweigen brach.

»Das Problem ist, dass die in Europa gar kein feines digitales Netz haben. Vor allem kein flächendeckendes. Die haben's verpennt. Willst du nach Europa ziehen?«

Mitch lachte wieder laut auf.

»Ins analoge Paradies, wo mir auf immer und ewig so was erspart bleibt? So was wie Menschen mit Nanorobotern im Kopf, die in einer Cloud leben?«

»Scherz beiseite. Noch ist Zeit«, sagte Bill. »Wir sind ganz dicht dran. Wir werden alles tun, um sie zu schlagen, sie zu zerschlagen! Wann kommt sie eigentlich? Und was will sie überhaupt? Warum hat sie uns hierherbestellt? Hat sie was gesagt?«

»Es geht wohl um diese Nachricht, um diesen Cyborg oder wie du ihn nennen willst. Es liegt ein Bericht vor, dass sie unter ihren Nutzern schon einhundertzwanzigtausend Freiwillige haben, die sofort mitmachen würden. Stündlich werden es mehr. Morgen werden sie nach aller Wahrscheinlichkeit die Zwei-Millionen-Marke überschreiten.«

»Dann laufen überall cloudgesteuerte Idioten herum?«

»Darum geht es ja. Sie verlangen jetzt dringlicher als je zuvor, dass sie politisch autonome, freie Regionen zu experimentellen Zwecken zur Verfügung gestellt bekommen.«

»Ein alter Hut. Darauf pochen sie seit Jahren.«

»Ja, aber jetzt drohen sie mit einer Petition. Direkt ans Weiße Haus.«

»Auf welcher Grundlage?«

»Kritische Masse. Die Leute wollen es. Sie sammeln elektronische Unterschriften. Das kann sie nicht mehr lange ignorieren. Das Netz tobt. Das Ganze läuft aus dem Ruder. Sie ist besorgt. Das wird eine neue politische Kraft. Stell dir vor, sie kanalisieren diese Kräfte in der Transhumanistischen Partei. In der letzten Stunde haben schon zwei Universitäten offizielle Statements abgegeben, dass die Politik die Zukunft nicht länger aufhalten darf und kann. Sie sieht eine Revolution heraufziehen.«

Bill wurde nachdenklich. Er sah nervös auf die Uhr, um es zu überspielen. Ein Reflex, den er sich angewöhnt hatte, um sein Gegenüber über die Tatsache hinwegzutäuschen, dass auch er mal einem Gedanken nachhing.

»Wann kommt sie endlich? Wir müssen sie hinhalten. Uns fehlt noch Zeit, wir sind noch nicht ganz so weit. Das mit der Petition ist neu, ja?«

»Ist erst wenige Stunden alt.«

»Scheiß soziale Netzwerke. Da geht man einmal Kanufahren, und in der Zwischenzeit entsteht in null Komma nichts eine Springflut. Das kann man gar nicht mehr im Auge behalten, geschweige denn steuern.«

Mitch trat zum Wasserspender und füllte ein Glas. Er nahm einen Schluck, dann sagte er: »Sie will unseren Rat, bevor sie reagiert. Aber der Druck aufs Weiße Haus wird jede Minute größer. Sie mobilisieren eine enorme Kraft durch ihr Netzwerkmonopol.«

Bill überlegte. Dann sagte er: »Sie muss nur ein Statement abgeben, Luft rausnehmen, hinhalten. Anerkennen, dass auch die Politik mit der Zeit gehen muss. Vorwände erfinden, rechtliche Bedenken. Lügen. Sie muss jetzt anfangen zu lügen, obwohl sie es besser weiß, Mitch. Ob sie will oder nicht. Keine ausgefeilte Ansprache an die Nation, wie man es von ihren Vorgängern kennt, sondern ein einfaches, hartes Statement, das ihre Position erklärt, warum sie nicht sofort zustimmen kann. Je härter, umso besser. Das schafft Zeit, das muss dann erst mal ausgelegt, eingeordnet und interpretiert werden. Und es lähmt den Fluss im Netz. Sie muss dem Druck von *Alfa1* ihre Executive Power entgegenstellen. Gegendruck aufbauen. Und dann, Mitch, müssen *wir* handeln. Ich werde morgen Abend rüberfliegen, dann machen wir eine Lagebesprechung.«

»Ich bin auch drüben, in Los Angeles. Ich war ja eingeladen zum Jungfernflug der Needle. Jetzt geht's um das integrierte Mobilitätssystem auf Straße, Schiene und in der Luft, gesteuert von jedem Nutzer mit einer einzigen Transport-on-demand-App. Da seh ich sie alle wieder, unsere digitalen Barone. Danach treffen wir uns bei EUKARYON.«

»Aber jetzt, heute Abend, müssen wir sie schützen, Mitch, indem wir sie endgültig auf unsere Seite ziehen. Es geht möglicherweise nur um einige wenige Tage. Sie muss NOW *das* geben, was *die* verlangen. Das Konzept ist fertig, sie kennt es. Nutzen wir den Druck aus, den *Alfa1* aufgebaut hat, und lenken ihn in unsere Hände. Das ist unsere Chance, die Gebiete und Daten für EUKARYON zu kriegen. Mit ihrer Bewilligung, nicht heimlich wie die. Mit präsidialer Genehmigung, mit Zugang zu realen Daten realer Bürger. Du bist ihr Anwalt, sie kennt dich dein halbes Leben. Ich glaube, sie traut niemandem so wie dir. Ich muss ihr in Lagebesprechungen oft Unbequemes beibringen. Du hast ein anderes Verhältnis zu ihr. Du arbeitest privat mit ihr. Das ist etwas ganz anderes. Wiegele sie in Sicherheit, gib ihr das Vertrauen mit, dass unsere Lösung die einzig richtige ist, eben weil es uns *nicht* um Geld geht, sondern um das Leben. Mach irgendwas, dir fällt schon was ein.«

Mitch fühlte sich überrumpelt. Ihm war nicht wohl dabei. Sein Freund Bill hatte bestimmt gesprochen, direkt, schnell, gnadenlos. Etwas Forderndes lag in seinen Worten, fast eine Drohung. Bill war ein kampferprobter Mann, er konnte töten für eine Sache. Solange dahinter staatliche Interessen, ein Auftrag, die nationale Sicherheit oder Terrorismus aus einem anderen Ende der Welt lagen, teilte Mitch diese Option. Aber untereinander, nur zwischen ihnen beiden, hatte sich noch nie solch ein Gefühl eingeschlichen wie jetzt. Er hatte niemals Anweisungen oder Befehle von Bill erhalten. Das hätte er nie gewagt. Dies hier war neu.

Es steht viel auf dem Spiel, überlegte Mitch. Tun wir also erst einmal das Notwendigste. Dann werden wir sehen. Bill konnte NOW nicht alleine aktivieren, es waren beide Codes nötig, Bills und Mitchs. Bill konnte brutal sein, Mitch nicht. Er hatte ein Kind, dem er eine gesunde Welt hinterlassen wollte und keine diktatorische künstliche Intelligenz, die alles an sich reißt.

Sein Blick fiel auf einen Werbeflyer für die Kirmes, die nächste Woche in der Stadt abgehalten wurde. Spark, sein kleiner, rührend ernsthafter Sohn, hatte sie an die Pinnwand neben der Tür geheftet, damit sein Vater es ja nicht vergaß. Er wollte unbedingt mit ihm hingehen. Bis dahin muss ich wieder zurück sein, schoss es Mitch durch den Kopf.

»Wird langsam Zeit, dass sie kommt«, meinte Bill.

Mitch füllte sich Wasser nach und trat zum Fenster. Es war dunkel geworden. In schwarze Anzüge gekleidete Männer standen wachsam in den Schatten seines Vorgartens. Dann beobachtete er, wie Bewegung in die Männer kam. Ein Wagen fuhr mit hoher Geschwindigkeit vorbei und verschwand. Ein zweiter folgte, etwas langsamer, und auch er verschwand hinter dem im Tudorstil erbauten Haus weiter unten an der Straße.

Mitch sah auf die Uhr. Sie war über eine halbe Stunde zu spät.

Die Männer draußen, die Bill begleiteten, zogen sich noch weiter in ihre Deckungen zurück, als müsste ihr Rudel diskret der noch höheren Macht weichen, die gleich kommen würde.

Endlich rollte ein schwerer Geländewagen vor das Haus und hielt genau vor seinem Gartentor. Vorher unsichtbare Männer tauchten auf, hielten aufmerksam in alle Richtungen Ausschau und gaben sich untereinander knappe Zeichen. Jemand öffnete die hintere Tür des Wagens, und eine Frau Ende sechzig in einem dezent auf Figur geschnittenen Kostüm stieg aus. Die Präsidentin der Vereinigten Staaten. Sie grüßte den Beamten, der ihr die Tür aufhielt, und nahm Mitchs Haus ins Visier.

Die Gläser ihrer randlosen Brille spiegelten für einen Moment das Licht der Laterne. Ihr neuer Kurzhaarschnitt saß perfekt.

Liz war in den zwei Jahren ihrer Präsidentschaft eine elegante Lady geworden. Nichts erinnerte an ihre vergleichsweise einfache Herkunft. Sie strahlte mit ihrer Körpersprache eine Mischung aus Macht und Autorität aus, auch jetzt, während des kurzen Gangs durch Mitchs Vorgarten. Nach all den Desastern der vergangenen Jahre war mit ihr eine Frau an der Spitze, die Wert auf Integrität legte. Liz galt als hochintelligent und in jeder Debatte überlegen. Mitch respektierte ihre natürliche Autorität gepaart mit ihrem gewinnenden Wesen, genauso wie die meisten Menschen, die ihr begegneten.

Aber Mitch kannte Seiten an ihr, die der Öffentlichkeit verborgen blieben. Er war ihr Anwalt, wusste die intimsten Vorgänge ihres privaten und öffentlichen Lebens. Mehr noch, er war ihr Vertrauter. Ihr Verhältnis war geprägt von unbedingter gegenseitiger Information: Sie erzählten sich alles, mehr als ihren Ehepartnern, was die Basis des tiefen Vertrauensverhältnisses zwischen ihnen bildete. Ein Vertrauensverhältnis, das Mitch nie verraten hätte. Er kannte ihre Niederlagen und Triumphe, ihre Ängste und Schwächen. Und kein einziges Mal hatte sich in ihre Beziehung auch nur ein Hauch von möglichem Verrat geschlichen. Wollte Bill dieses besondere Verhältnis ausnutzen?

Liz steuerte auf die bereits geöffnete Tür von Mitchs Haus zu und ließ ihren Begleittross draußen. Die Beamten, die sich um ihre Sicherheit sorgten, kannten den Treffpunkt und die Örtlichkeiten von vielen Gelegenheiten. Sie wussten, dies war einer jener wenigen privaten Momente, die sie sich gönnte. Kein heimliches Rendezvous, sondern ein Treffen unter Freunden und Vertrauten.

Mitch ging ihr entgegen und begrüßte sie noch im Hausflur, der durch ihre Präsenz schlagartig kleiner wirkte.

Mit ihren eins dreiundsiebzig wirkte sie auch unter hoch aufgeschossenen Menschen alles andere als klein. Noch immer erinnerte sie Mitch an die Studienzeit in Harvard, als er eine Vorlesung in Wirtschaftswissenschaften bei ihr belegt hatte.

Mitch fing ihren Blick aus den warmen blauen Augen auf. Dieser Blick hatte auch in fröhlichen Momenten einen zarten Schatten. Auch wenn sie lauthals lachte und die feinen Lachfältchen ihren Blick mit einem Strahlenkranz umgaben, schien sie immer ein wenig nach innen zu blicken, jederzeit gewappnet für die nächsten Sorgen. Der Blick einer Mutter, dachte Mitch, legte seinen Arm um ihre Schulter und führte sie herein.

Es war dieser Blick, der ihr letztendlich das Präsidentenamt eingebracht hatte. Hinter ihren Augen verbargen sich eine intakte, geerdete Seele und zugleich eine kluge Analytikerin. Sie war die Mutter, die eine verwundete Nation brauchte, um zu heilen.

Liz umarmte Mitch kurz, dann hielt sie ihn auf Armeslänge

von sich, nahm seine Hand und nahm sein »Willkommen, Mrs. President, in meinem Haus« mit einem warmen Lächeln entgegen. Und er meinte es auch so.

»Danke«, erwiderte sie. »Tut mir leid, dass ich zu spät bin.«

»Bill ist drinnen. Darf ich dir etwas abnehmen?«

»Geht schon, aber die Schuhe bringen mich um!«, sagte Liz, hielt sich an Mitchs Arm fest und streifte ihre Schuhe ab.

»Na, dann komm rein. Was darf ich dir anbieten?«

»Ist alles angekommen? Ich hab was bestellen lassen.«

Mitch verdrehte kurz die Augen.

»Ja, alles da. Bill und ich haben schon genascht.«

»Gute Idee. Ich könnt auch was zu essen brauchen.«

Mitch ging wie selbstverständlich voraus und bedeutete Liz, ihm in den Salon zu folgen. Bill kam soeben aus der Küche und ging Liz, seiner Präsidentin, entgegen. Er musterte sie respektvoll und gründlich und ließ sich von ihr umarmen.

»Hi, Bill, schön, dich zu sehen.«

»Liz.«

»Ich hab mich schon bei Mitch entschuldigt. Der mexikanische Botschafter ist schuld.«

»Ein schwieriger Typ, das wussten wir. Jetzt setz dich erst mal. Ein Drink? Hunger?«

Liz ließ sich auf das Sofa fallen, musterte den Raum und überließ sich der Überzeugung, sie könne hier entspannen. Mitch spürte ihre Nervosität trotzdem.

Er ging in die Küche und kam mit zwei Platten, die er vorsichtig balancierte, in den Salon, stellte sie auf den Couchtisch vor Liz und ging zurück in die Küche, um zwei scharf gewürzte Virgin Marys für sich und Bill zu mixen.

»Eistee?«, rief er über die Schulter zurück in den Salon und wartete die Antwort nicht ab. Es war Liz' übliches Getränk. Erst später würde sie ein oder zwei Glas Wein trinken.

Liz sah sich nicht länger als »Statue of Liberty« wie noch im Wahlkampf von vor zwei Jahren, aber sie war definitiv immer noch die »mächtige Frau mit der Fackel«. Sie führte das einzige Land auf der Erde, das eine Lösung für die Probleme der Menschheit finden konnte. Davon waren alle überzeugt. Und diese Macht war sie bereit auszuschöpfen. Auch wenn sich erweisen sollte, dass sie die letzte Präsidentin der Vereinigten Staaten war.

»Habt ihr von den experimentellen autonomen Gebieten gehört, die *Alfa1* vehement einfordert? Sie bauen enormen Druck auf. Ich sehe mich fast gezwungen nachzugeben«, gab Liz zu bedenken.

»Reden wir drüber!«, sagte Bill ohne Zögern.

14. KAPITEL

Georgetown, kurz darauf

Mitch hantierte in der Küche mit den Drinks und sah aus den Augenwinkeln, wie Liz sich entspannt auf dem bequemen Sofa zurücklehnte und ihre Füße neben sich auf die Sitzfläche zog.

»Ja, reden wir darüber«, hörte er sie sagen und beobachtete mit einem mulmigen Gefühl, wie Liz ihr berühmtes Kinn um eine Nuance anhob, genug, um Bill daran zu erinnern, dass er mit der Präsidentin der Vereinigten Staaten sprach.

Mitch stellte den Eistee und die Drinks auf ein Tablett und ging zögernd hinüber in den Salon. Er fühlte sich unwohl nach Bills Drängen. Er würde mit Liz verhandeln, versuchen sie zu überzeugen, Argumente finden, aber eines würde er auf gar keinen Fall tun: Liz dazu überreden, öffentlich zu lügen. Er hatte ihr noch nie einen Rat gegeben, der sich später als Bumerang herausstellen und sie in Schwierigkeiten bringen könnte. Das war nicht sein Naturell.

Während er Liz den Eistee reichte, spürte er, dass Bill ihn sorgfältig beobachtete, während Liz' Blick unverwandt auf Bill ruhte.

Auch du willst Zeit gewinnen, mein Freund, dachte Mitch bei sich und stellte das Tablett mit dem scharf gewürzten Tomatensaft auf den Couchtisch.

Etwas umständlich setzte er sich in den großen Sessel gegenüber von Liz und nahm einen tiefen Schluck von seinem Virgin Mary. Bill schwieg noch immer.

Der Salon wurde von zwei Tischlampen mit ausladenden geblümten Schirmen erleuchtet, deren warmes Licht die Bücherregale und die dunklen Vorhänge zu einer anheimelnden Kulisse verschmelzen ließ.

Die ideale Atmosphäre für einen Plausch unter Freunden, dachte Mitch. Die angespannte Stille wurde unterbrochen, als Bill seinen Drink geräuschvoll auf dem niederen Tischchen neben sich platzierte. Liz sah auf ihre Füße und trommelte nervös mit den Fingernägeln gegen ihr Glas. Sie wirkte plötzlich versteinert und abwesend. Liz stand unter enormem Druck und versuchte nicht, es zu verbergen. Nicht vor ihren Freunden.

Mitch betrachtete Liz und fühlte eine seltsame Ruhe in sich aufsteigen. Eine fatalistische Gelassenheit, die ihn in schwierigen Situationen auszeichnete, breitete sich in ihm aus. In seinem Salon in Georgetown, Washington, D.C., saßen an diesem späten Sonntagabend die beiden mächtigsten Menschen der westlichen Welt zusammen, die Präsidentin der USA und William Chopter, der die Fäden der US-Geheimdienste in den Händen hielt. Mitch konnte es deutlich spüren, dass, wenn sie später sein Haus wieder verlassen würden, eine Entscheidung getroffen worden wäre, welche die Geschicke der Menschheit unwiderruflich in eine neue Richtung lenkte.

Es geht ums Ganze, dachte Mitch und warf Bill einen aufmunternden Blick zu.

Aber es war Liz, die das Schweigen brach.

»Welche Option habe ich noch, und wie viel Zeit bleibt uns?«, fragte sie, ohne Bill oder Mitch anzusehen.

»Zu den Optionen kommen wir gleich, aber Zeit ist keine mehr«, wagte Bill sich vor, der seiner Vorgesetzten keine Antwort schuldig bleiben wollte.

»*Alfa1* ist überzeugt davon, dass mit einer ausreichenden Datenmenge und der Möglichkeit, sie zu verarbeiten, praktisch jede Herausforderung der Menschheit bewältigt werden kann. Jetzt wollen sie den Praxistest«, fuhr er fort und richtete sich auf. »Ihre sprunghaft ansteigenden Datenmengen und globalen Aktivitäten machen sie glauben, dass sie für alles eine bessere Lösung errechnen können – Ernährung, Sexualität, Arbeit, Energie, Car-Sharing, Gesundheit…«

»Das wissen wir«, unterbrach ihn Liz.

»Wenn sich gesellschaftliche Ordnungsmuster ändern, ändert sich auch das Recht«, warf Mitch ein, »das Problem dabei ist, dass sie keine politische Agenda haben.«

Liz sah Mitch fragend an. Bevor Mitch näher auf den Punkt eingehen konnte, ging Bill dazwischen.

»Sie wollen die Politik abschaffen. Das ist ihre politische Agenda. Und den Rechtsstaat dazu.«

Mitch ergänzte: »Sie wollen die Welt verändern. Deshalb stehen sie jeden Morgen mit Schwung auf und gehen motiviert zur Arbeit.«

»Und wie soll diese neue Welt aussehen?«, fragte Liz.

»Nun, was unsere Quellen herausgefiltert haben«, erläuterte Bill im Ton eines »Presidential Briefings«, »ist, dass sie die Weltpolitik nicht mehr nur von einem ›kleinen Klub westlicher Nationen‹ bestimmt sehen wollen, wie sie es nennen. An dessen Stelle soll eine im Prozess der Digitalisierung wachsende Zahl kulturell unterschiedlich geprägter Individuen treten, die soziale und ökonomische Anliegen verfolgen. Sie machen die digitale Vernetzung von allem zur Bedingung des Überlebens der Menschheit, die zudem von der Erschöpfung der natürlichen Ressourcen, einer Umweltschädigung katastrophalen Ausmaßes und einem explosiven Bevölkerungswachstum bedroht sei. In all diesen Fragen sei die Menschheit gescheitert und die Politik am Ende. Sagen sie.«

»Sie fühlen sich als Pioniere im Übergang zu einem neuen Gemeinschaftsrecht, dem sich all ihre Nutzer unterwerfen müssen, im Interesse des Überlebens der Menschheit«, ergänzte Mitch in der Hoffnung, Liz aus der Reserve zu locken.

»Und deshalb wollen sie ihren Superalgorithmus für die Neuordnung begrenzter Gebiete zum Einsatz bringen, um zu beweisen, dass ein digitales Gehirn das Leben besser ordnen kann als ein Parlament und eine Regierung.«

»Es gibt dann nur noch eine Koexistenz in eng gestrickten

regionalen Zusammenschlüssen, dominiert von einem virtuellen Gehirn, das alles regelt.«

»Und sie sind so weit, es auszuprobieren.«

»Die Nutzer schreien förmlich danach.«

»Sie haben das Monopol und setzen es gerade ein.«

»Sie werden eine kritische Masse über ihre sozialen Netzwerke so weit aufwiegeln, bis sie erklären können, das sei der Wille des Volkes. Und damit haben sie auch recht, demokratisch gesehen.«

»Das können sie in den nächsten Stunden schon erreichen. Sie drohen ja bereits mit einer Petition. Kurz bevor du kamst, waren sie bei hundertzwanzigtausend Klicks pro Minute, das ist ein neuer Rekord.«

»Sie haben ein Modell erarbeitet, das in allen Weltgegenden und auf jeder Ebene der Macht gleichermaßen angewendet werden kann.«

Liz seufzte hörbar auf und unterbrach damit das Feuerwerk an Informationen, das auf sie niederging. »Das klingt wie ein utopisches Gestirn«, murmelte sie.

»Ja, aber es existiert bereits«, gab Bill zu bedenken. »Ihre eigene Firma, ihr neues Konsortium: *Alfa1*.«

Mitch ergänzte: »Ihre Regeln, ihre Kultur, ihre Firmenstruktur sollen sich ausbreiten und die Menschheit erfassen.«

»Dann leben wir in Alfa-Land?«

»Genau!«

»Die Menschen leben dann wie in einer großen Familie, alles ist umsonst, und sie erfinden immer neue Bedürfnisse und Produkte, verändern ständig den Rahmen, in dem sie agieren, und wollen so zu einem neuen Prototyp für die Politik werden.«

»Verändern ständig den Rahmen? Was meinst du damit?«, fragte Liz.

»Sie drehen am Algorithmus, und es gelten plötzlich völlig neue Regeln.« Mitch schnippte mit den Fingern. »Alles wird anders, im Handumdrehen.«

»Klingt nach Zuständen wie in China.«

»Ja.«

»Freie Marktwirtschaft in der Diktatur.«

»Der Bürger ist nur noch ein Nutzer, ein Verbraucher, ein Teilstück des übergreifenden Netzwerks. Er ist nicht länger Teil eines demokratischen Prozesses, sondern Kunde eines monopolistischen Systems, aus dem er nicht mehr ausbrechen kann.«

»Horror!«, kommentierte Liz. »Ich wusste das schon, aber es hilft mir, es noch einmal von euch beiden zu hören.« Liz stellte ihre Füße auf den Boden, sah sich im Salon um und sagte zu Mitch:

»Lass uns Klartext reden. Wie sieht die Welt, die *Alfa1* sich vorstellt, konkret aus? Was wollen sie den Menschen bringen? Woraus besteht ihr System?«

»Aus einer Freiheit, die folgende Bedingungen für den Einzelnen stellt: Internet, Kapitalismus, Gegenwärtigkeit, Mitmach-Bereitschaft«, zählte Mitch auf.

»Und die Geschichte, unsere wunderbaren analogen Welten, andere Wirtschaftsformen?«, hakte Liz nach.

»Gibt's nicht mehr.«

»Justiz?«

»Auch nicht.«

»Es geht alles nur noch um Interessen und Ideen?«

»Ja, und um Management, das sein Maß in bloßer ›Service-Effizienz‹ sieht.«

»Mit welchem Ziel?«, fragte Liz.

»Das Monopol auf Information, auf Kommunikation und auf den Absatz ihrer Produkte immer weiter zu festigen. Aber alles natürlich nur zum Wohl der Menschen«, antwortete Mitch, jetzt mit leicht süffisantem Unterton. »Damit ködern sie die Leute.«

»Oh Gott!«, entfuhr es Liz. »Was sind die Quellen dafür? Die offizielle Variante ist das nicht.«

»Wir haben unsere Quellen. Wir verfolgen jeden Schritt,

jedes Meeting. Wir, als Regierung, haben Leute von ihnen aufgenommen, weil sie unsere Regierungs- und Verwaltungsmitarbeiter ›schulen‹ wollten, ganz offiziell, und sie haben im Gegenzug nicht bemerkt, wie viele wir mittlerweile an Schlüsselpositionen bei ihnen eingeschleust haben. Herauszufinden, was sie denken und tun, ist für uns wichtiger als jedes andere Ziel auf der Welt«, antwortete Bill. »Und mit Ziel meinte ich Gegner«, fügte er hinzu.

»Und wenn jemand nicht mitmachen will? Oder sich das nicht leisten kann? Was passiert, wenn jemand kein Internet will?«, fragte Liz.

»Dann wird er in die Steinzeit katapultiert und sich selbst überlassen«, antwortete Bill. »Er ist kein Mensch mehr, der eine Zukunft hat. Sie wollen eine Spaltung der Menschheit vollziehen.«

»Und die Armen? Wer kümmert sich um die Armen und Ungebildeten? Ihr wisst sehr genau, warum mir ihre Nöte am Herzen liegen.«

»Liz«, schaltete sich Bill wieder ein, »das Ganze ist eine Firma. Eine Firma, die Geld verdienen und jede Konkurrenz ausschalten will, und zwar ab sofort mit deiner Hilfe. Sie locken die Menschen – ihre Nutzer – mit dem Versprechen, dass Menschen mit ihrer Hilfe zweihundert Jahre alt werden können, dass sie auf anderen Planeten werden leben können, dass es möglich ist, sich in eine Cloud hochzuladen und damit ewig zu leben. Sie locken mit Begriffen wie ›Paradies‹, ›ewiges Leben‹, ›Verdammnis‹ – kommt dir so ein Weltbild bekannt vor?«, sagte Bill leidenschaftlich.

»Die Armen sind ihnen egal. Mit darf nur, wer es sich leisten kann! Und wer es sich leisten kann, muss es sich leisten wollen!«

»Ja, aber wie sieht das physisch aus? Wie sieht der Alltag in ihrer Zukunft aus?«

»Sie werden alle Teile der zukünftigen Existenz abdecken.

Es wird – nicht zu groß geratene – optimierte Städte geben, die Wohnungen werden digital gesteuert werden, man wird in selbstfahrenden Autos unterwegs sein, alles, was man braucht, wird durch Drohnen geliefert werden, und Nanopillen werden sämtliche Alterskrankheiten abschaffen. Die Gemüter werden durch permanente Berieselung des Egos in Schach gehalten, und dieses Glück soll sich dann auf der ganzen Welt ausbreiten«, trug Mitch flüssig vor.

»Wie wollen sie die Menschen in Schach halten? Erklär das mal«, forderte Liz ihn auf.

»Das ist genau der springende Punkt, und auch der Punkt, an dem die Geister sich scheiden – unsere Geister sich scheiden müssen. Es läuft auf totalitäre Strukturen hinaus, die durch Einlullen der Individuen aufrechterhalten werden. Das geht nicht ohne Exekutive, ohne Polizei und Strafen.«

»Das ist dann keine Firma mehr«, warf Liz ein.

Mitch und Bill tauschten einen kurzen Blick.

»Nein, definitiv nicht«, antwortete Mitch, »das ist dann keine Firma mehr, sondern ein System. Das Schlimme ist, dass – wie es heute bekannt gemacht wurde – der erste offizielle Nanochip im Gehirn eines Menschen online gegangen ist. Er ist mit seinem Gehirn direkt mit der Cloud von *Alfa1* verbunden. Damit rechtfertigen sie ja ihren neuen, vehementen Vorstoß, einige sichere Plätze, die politisch autonom sind, zur Verfügung gestellt zu bekommen. Sie wollen herausfinden, wie die Auswirkungen auf die Gesellschaft sein werden. Genau das tarnen sie unter dem Deckmantel eines technischen Bedürfnisses.«

Bill hob das Kinn und sagte mit Nachdruck: »Der Nano-Chip im Kopf, der mit der Cloud verbunden ist, ist ein Durchsuchungsbefehl für das Ich. Das stellt die Verfassung der Vereinigten Staaten infrage.«

Schweigen senkte sich über den Salon.

»Und technisch, wie weit sind sie technisch eurer Meinung nach?«, fragte Liz schließlich.

»Sie sind angekommen«, sagte Bill. »Sie sind bereit. Sie haben den Algorithmus *Alfa1* fertiggestellt. Sie können ihn einsetzen.«

»Das wissen wir genau?«, wollte Liz wissen und sah Bill an.

»Ja, Madam, das wissen wir genau. So wie wir alles wissen, was sie seit dreißig Jahren tun. Wie wir alles wissen, was seit dem Jahr 1958, als unsere Regierung begonnen hat, digitale Daten zu speichern, jemals entwickelt, gebaut und programmiert wurde. Wir sind überall dabei, wo es um Informationstechnologie geht, in jedem Programm, in jedem Endgerät und in jeder Software. Wir kennen *Alfa1* genauso gut wie sie selbst. *Alfa1* basiert sogar auf unseren Entwicklungsbausteinen.«

»Davon ahnen die nichts, oder?«

»Ihre Entwicklungen sind bahnbrechend, revolutionär und extrem erfolgreich. Aber im Rennen um Vorsprung, Neuheiten und Sicherung ihres Monopols haben sie zum Glück die eigene Sicherheit sträflich vernachlässigt. Ihre Absicherung gegen Angriffe von außen, ihre Firewalls und Schutzprogramme sind löchrig wie Schweizer Käse. Wir dachten immer, wir müssten sie warnen und vor Angriffen aus anderen Staaten schützen – sie sind ja Teil unserer eigenen Ökonomie –, aber sie haben alle unsere Warnrufe in den Wind geschlagen und sich mit Minimalanforderungen zufriedengegeben. Wir haben schließlich angefangen, ihnen Sicherheits-Patches unterzujubeln. Wir haben einen Großteil ihrer Sicherheits-Software geschrieben. Sie haben gar nicht gemerkt, dass wir das waren, und geglaubt, dass sie es selbst entwickelt beziehungsweise aus sicheren Quellen gekauft haben.« Bill lachte auf. »Wir haben es ausgenutzt, dass der Kern ihres Geschäfts auf der Arbeit zwar genialer, aber völlig weltfremder Programmierer beruht, die mit bösen Absichten gar nicht rechnen können, weil sie nur nach innen blicken. Ihr größtes Handicap war die eigene Geschwindigkeit, mit der sie Programme entwickelt haben. Sie mussten immer neue Dinge möglichst schnell auf den Markt bringen, immer auf der Jagd nach dem nächsten genialen Gig, die Konkurrenz argwöhnisch im Auge. In diesem Wettlauf haben sie die eigene Sicherheit völlig vernachlässigt, zum Glück für uns. Ja, Liz, wir wissen alles sehr genau.«

»Sie ahnen also nichts?«, wollte Liz bestätigt haben.

»Null Komma nichts. Unsere digitalen Soldaten sind unsichtbar, aber überall. Sie waren von der ersten E-Mail in der Geschichte der Menschheit an dabei, das war in den Siebzigerjahren. Unsere digitalen Bomben stecken in jedem Internetknotenpunkt, in jeder Software und in jedem Serverpark.«

»Und meine Amtsvorgänger wussten darüber in vollem Umfang Bescheid?«, fragte Liz.

»Es hat sie mal mehr, mal weniger interessiert. Seit dem Moment, in dem wir – die Regierung, genauer gesagt das Pentagon – das Internet der Bevölkerung zur Verfügung gestellt haben, war es eine Executive Order mit allerhöchster Priorität, um die nationale Sicherheit zu garantieren. Seither ist es fester Bestandteil unserer täglichen Routine, alles mitzuverfolgen, was daraus entwickelt wurde. Und das war richtig so. Die Naivität, zu glauben, dass ein strategisches Kommunikationsmittel wie das Internet einfach in die Freiheit entlassen wird, ohne dass wir uns dafür interessieren, was die Leute oder Firmen damit machen, hat uns selbst erstaunt. Unsere Geheimdienste hatten und haben auf die gesamte digitale Welt exklusiven Zugriff, immer und überall. Es gibt keine autonomen Systeme, alles baut auf den gleichen Bausteinen auf und verästelt sich seit zwei Jahrzehnten in immer feinere Zweige, wenn ich das so sagen darf. Aber es ist immer noch derselbe Baumstamm, aus dem alles wächst, egal wie viele genial designte Software daran hängt. Sie haben sie uns größtenteils freiwillig frei Haus geliefert, weil sie Patentschutz von unseren Behörden wollten.«

Liz nickte. »Wir könnten also theoretisch *Alfa1* abschalten, oder?«

»Das könnten wir. Aber die Frage ist, ob es Sinn macht.

Wenn wir *Alfa1* bei den Wurzeln ausreißen, hätte das ungeheure Konsequenzen. Die Software von *Alfa1* besteht aus selbstlernenden Algorithmen, die mit der großen Mehrzahl aller Systeme verknüpft sind, welche die Infrastruktur unseres Landes und die der meisten Länder der Welt am Laufen halten. Es gibt kein Back-up dafür. Wenn wir *Alfa1* technisch sabotieren – und das könnten wir –, würde die gesamte heutige Welt zusammenbrechen. *Alfa1* ernährt sich von den mittlerweile viele Trillionen zählenden Sensoren, Steuerungs-Softwares und Programmen, die alle vernetzt sind. Crasht *Alfa1*, kann es systembedingt nur einen Totalcrash geben, das heißt, dann crasht die gesamte moderne Welt. Wir können die Entwicklung nicht auf einen für uns angenehmeren oder sichereren Stand zurückschrauben. Dafür müsste alles neu programmiert werden. Das geht nicht. Es wäre so, als würde man dem Alphabet die Buchstaben wegnehmen. Das haben wir verpasst. Wir haben nur noch den großen Aus-Knopf in der Hand, danach bricht alles zusammen. Keine Benzinpumpe läuft, kein Geldautomat, keine Banken-Software funktioniert und keine Glühlampe brennt mehr. Alles ist vernetzt. Es gibt keine Option.«

Mitch stellte sein Glas auf den Couchtisch. »Eine Option zu handeln gibt es nicht, aber eine Alternative.«

Liz forderte Mitch mit einem Kopfnicken auf zu sprechen.

Bill lehnte sich zurück und beobachtete Mitch aufmerksam.

»In all dem, was Bill gerade erläutert hat, gab es noch einen anderen Aspekt, der uns helfen kann. Wir haben immer wieder mit Gesetzen verhindern können, dass es nicht schon früher so weit gekommen ist wie jetzt. Die Gründe, warum wir diese Gesetze erlassen haben, sind in zwei Bereiche unterteilt: der Schutz des Einzelnen vor zu tiefem Eindringen in die Intimsphäre der Bürger und der Schutz des gesamten Staates vor genau der Übernahme, die jetzt droht, als gesamthaftes Szenario. Wir haben sie verdrängt in die letzten rechtsfreien Räume: die hohe See und das Weltall. Dadurch entstehen Nadelöhre, an denen wir viel leichter als noch vor ein paar Jahren die Hauptschlagader mit unserem Schwert treffen können. Sie übermitteln Daten mit Licht, mit Lasern. Was wir jetzt sehen, ist die Fusion von Big Data, aus der sich ein – wie sie es nennen – neues Bewusstsein, ein kollektives Bewusstsein, erhebt, das sie mit der Gründung eines neuen, besseren Staates vergleichen, der unter ihrer Kontrolle stehen wird.«

Mitch machte eine Pause.

»Das macht es technisch einfacher, ja«, warf Bill ein.

»Und?«, wollte Liz wissen und sah Mitch auffordernd an. »Was willst du damit sagen?«

Mitch wand sich in seinem Sessel.

»Liz...« Mitch wusste nicht, wie er fortfahren sollte. Er spürte Bills drängenden Blick, und das lähmte ihn förmlich.

»Willst du über NOW reden?«, fragte Liz rundheraus.

»Genau!«, stöhnte Mitch dankbar.

»Sieh mal... EUKARYON hat mit NOW einen ganz anderen Ansatz.«

»Ich weiß«, sagte Liz, »deshalb sitzen wir hier. Die Frage ist nur, ob EUKARYON so weit ist. Deshalb wollte ich euch heute Abend sprechen. Ich muss es von euch hören«, fuhr Liz fort und stand auf. Sie trat zum Fenster und drehte Mitch und Bill den Rücken zu, während sie weitersprach. »Ich helfe euch. Ihr wollt von mir eine Executive Decision. Ihr wollt von mir, dass ich am Kongress, am Senat und an meinem eigenen Kabinett vorbei die Entscheidung treffe, NOW statt *Alfa1* die Testgebiete zur Verfügung zu stellen. Gebt ihr das zu?«

Mitch und Bill tauschten hektische Blicke in Liz' Rücken aus.

»Ja«, sagte Mitch.

»Warum?«, wollte Liz wissen und wandte sich um.

»Weil NOW nie diktatorisch sein kann. NOW funktioniert völlig anders«, warf Bill ein und sah auf den Boden, um Mitchs Blick zu vermeiden.

»Erkläre du es mir, Mitch. Erklär mir, was der wahre Grund

dafür ist, dass ich der größten Firma, die es seit Menschengedenken gibt, verweigern soll, was sie verlangt. Warum soll ich vielen Millionen von Bürgern, die in diesem Augenblick ihre virtuelle Stimme im Netz dafür abgeben, dass eine neue Ära anbrechen soll, widersprechen. Millionen, die mir sagen, ich könne mich ihnen nicht länger in den Weg stellen. Millionen, die sich von einem anonymen Algorithmus verwalten lassen wollen, weil sie ihn für schlauer und effizienter halten als jede Regierung«, sagte Liz. Mitch bemerkte, wie ihre Haarspitzen vor Anspannung zitterten.

»*Alfa1* ist genial. Es würde funktionieren. Aber *Alfa1* ist steuerbar, und das ist das Problem«, sagte Mitch. »Wie ein Musterschüler würde es anwenden, was es von Menschen gelernt hat. Es würde das kalkulieren, wozu es ›erzogen‹ wurde. Und es würde dem Gelernten das hinzufügen, was es sich danach selbst beigebracht hat. Es würde Schlüsse ziehen können, so schnell, dass ein Mensch es nicht nachvollziehen könnte. *Alfa1* ist so komplex, dass der begabteste Wissenschaftler nicht verstehen könnte, wie *Alfa1* auf Lösungen gekommen ist. Und das ist der Grund, warum *Alfa1* einen Regulator hat. Ein Hintertürchen. Und dieser Regulator ist immer ein Mensch, der kurz vor einer Katastrophe eingreifen kann. Das macht *Alfa1* manipulierbar, wie alles, was *Alfa1* bis jetzt auf den Markt gebracht hat.«

»Und NOW?«, fragte Liz und fuhr sich mit einer flüchtigen Geste durch die Haare. »Was ist an der Intelligenz von NOW anders, Mitch?«

»Liz, glaubst du daran, dass Computer selbstständig träumen?«

Liz starrte Mitch an. »Computer träumen nicht. Was soll das?«

»Träumen ist das eigentlich Intelligente am menschlichen Gehirn. Erst im Traum entsteht aus dem Gedächtnis geniale Kreativität. Während wir träumen, können wir wilde Szenarien durchspielen, die uns neue Wege finden lassen, welche uns die Zukunft weisen und unser Überleben sichern.«

»Ist das hier eine Lehrstunde für Gehirnforschung?«, fragte Liz provokant.

»Nein, es ist das Argument, warum es zu einer Spaltung der Menschheit kommen wird. Nicht alles, was wir bei wachem Bewusstsein tun, macht Sinn. Nur im Traum gibt es für uns eine bessere Welt.«

»Und NOW kann das? Träumen, meine ich?«

»Liz, NOW träumt schon seit Jahren. NOW ist nicht programmiert. NOW hat keine Hintertüren. NOW hat keine Kosten-Nutzen-Bilanz. NOW ist das einzige System, das nach oben offen ist. NOW ist wie die Natur. NOW denkt und handelt wie die Natur.«

Liz senkte den Blick. »Und diese unvermeidbare Spaltung der Menschheit, macht uns das zu Mördern?«, fragte sie schließlich und beschrieb eine Geste, die Bill, Mitch und sie selbst einschloss.

»Wir wissen es nicht, noch nicht. Wir wissen nicht, wie NOW vorgehen wird. Deshalb müssen wir es testen.«

»Wo wollt ihr das tun?«

»Wir haben ein Gebiet in einem Giga-Bit-State ausgemacht. Eine Gemeinde, in der es genügend schnelle Datenverbindungen gibt. Eine Stadt, in der ein repräsentativer Querschnitt der US-Bevölkerung lebt, quer durch alle Altersgruppen und Ethnien, quer durch alle Berufsgruppen.«

»Was müssen wir für diesen Test tun?«

»Die reellen Daten der Menschen, die dort leben, freischalten, damit NOW damit arbeiten kann. Dann werden wir sehen. Wir gestalten das als Testlauf. Wir werden die Menschen in ein virtuelles Paralleluniversum ihres Lebens führen und sehen, ob NOW sie besser organisieren kann. Nur eine Hochrechnung, eine Parallelsimulation ihres Alltags, aber eine mit ihren echten Daten. Dafür braucht NOW die Freigabe. Von dir.«

Liz schwieg einen Moment. »Wie viel Zeit braucht ihr, braucht NOW, bis es zu einer Bewertung kommt?«, wollte sie wissen.

»Einige Tage, nicht mehr«, antwortete Bill.

»Und was mache ich mit *Alfa1* und ihren Millionen von Nutzern?«

»Sag ihnen zu«, sagte Bill, »sag ihnen zu und verspreche ihnen, dass du zustimmen wirst. Sag ihnen nicht, wann, aber sag ihnen, es wird bald sein. Fordere noch ein paar abschließende Studien ein. Verschanze dich hinter den schwerfälligen Entscheidungsprozessen im Senat, kündige eine rechtliche Prüfung an, das dauert.«

»Und das beruhigt sie?«, fragte Liz.

»Hoffen wir's«, sagte Mitch nachdenklich und sah Liz an. »Hoffen wir's.«

»Es wird sie nicht beruhigen, aber es verschafft uns wertvolle Zeit«, warf Bill ein.

»Okay, gut. Ich gebe NOW sieben Tage. Ich weise den Innenminister noch heute Nacht an, dass er sich mit dir in Verbindung setzt, Bill. Sag ihm, was du brauchst, du wirst es von ihm bekommen. Ich hebe für die infrage kommende Gemeinde den Privacy Act auf. Wennschon, dann machen wir es richtig. Beugen wir uns unserer eigenen Zukunft. Lassen wir NOW träumen.« Ein Lächeln huschte über ihr Gesicht.

Auch Bill hatte sich erhoben und blickte abwechselnd von Mitch zu Liz. Dann sagte er:

»Und es macht uns doch zu Mördern.«

Liz sah Bill verwundert an.

»Wir töten *Alfa1*.«

»Nein«, entgegnete Liz. »Wir ersetzen den größten Irrtum, den Menschen begehen konnten, durch eine unabhängige, naturgleiche Intelligenz. Wir korrigieren den evolutionären Fehler, den wir selbst haben geschehen lassen.«

»Das ist es, was wir tun«, antwortete Mitch, und dachte dabei an seinen kleinen Sohn, Spark. Bills selbstzufriedene Miene entging ihm nicht.

15. KAPITEL

Los Angeles, wenige Wochen vor NOW

Der Bus hatte definitiv schon bessere Tage gesehen. Sein Motor heulte nach jeder Haltestelle asthmatisch auf. Wenn er mit ohrenbetäubendem Lärm über eine der zahllosen Betonschwellen rumpelte oder das halbe Rad in einem Schlagloch verschwand, fürchtete Tylors Mutter jedes Mal, er würde bersten. Sie saß weit vorne. Es stank nach Pisse und billigem Parfum. Der Fahrer schräg vor ihr hatte sein Käppi nach hinten geschoben, was ihm einen dümmlich-naiven Ausdruck verlieh. Sein Uniformhemd war nass geschwitzt. Er kurbelte an dem riesigen Lenkrad herum, als würde er einen mechanischen Rodeo-Bock reiten.

Tylor hielt sich an der abgewetzten Stange vor seinem Sitz fest. Seine Mutter umfasste die schlafende Peaches-Honeyblossom wie in einem Schraubstock vor ihrem Busen. Zwischen ihren Beinen klemmte die Einkaufstasche mit halb vergammeltem Gemüse, das sie nach ihrer Schicht hatte mitnehmen dürfen. Einer der Vorteile, wenn man sich mit dem Filialleiter gut stellte. Zu gut, für ihren Geschmack.

Ab und zu warf die untergehende Sonne ihr schmutziggelbliches Licht durch die Häuserschluchten auf den Bus und spiegelte sich auf dem speckigen Plastik der abgewetzten Sitze. Tylors Mutter wandte sich ab und blickte nach draußen. Die Fenster waren verdreckt und mit obszönen Zeichnungen versehen; sie sah ihre Schatten spiegelverkehrt über die verwahrlosten Gehsteige tanzen. Verbeulte Blechtore, über und über mit Graffiti verschmiert, verschlossen die leeren Höhlen dahinter, die einst Geschäfte gewesen waren. Davor lagen auf Pappkartons einsame Obdachlose, um sie herum verstreut ihre letzte Habe in Tüten und radlosen Einkaufswägen. Es gab viele von ihnen. Sie ignorierten sich gegenseitig, sahen sich nicht an und sprachen nicht miteinander. Würden sie sich zusammenrotten und sich wie ein Mann erheben, würden sie ein Heer bilden, das mehr als ein Drittel der Bevölkerung von L.A. ausmachte.

Der Bus umkurvte schwankend die Ecke des Brownstone-Hochhauses am Wells Boulevard, überquerte die I 306 an einer Ampel und bog nach Lakewood ab. Gangland. Sie waren noch nicht zu Hause.

Tylors Mutter sah sich um. Ein dralles Mädchen kaute gelangweilt Kaugummi. Sie war kaum älter als achtzehn und grell geschminkt. Der Blick leer, als verkaufe sie unter ihrem knappen Rock keine Leidenschaften, und kalt, als hinterließen die Bataillone, die zwischen ihren Schenkeln bereits durchmarschiert waren, keine Spuren. Der Mann auf dem Sitz ihr gegenüber starrte vor sich hin. Er sah aus wie ein Zuckerstangen-Mann, wie sie gelegentlich aus öffentlichen Parks abgeführt wurden, ein bisschen abgewetzt, leicht verkommen, mit unsicher umherhuschendem Blick. Einer von den Widerlingen, die kleine Kinder angrapschten und dann erklärten, die Kleinen hätten Staub auf ihren Kleiderchen gehabt und sie hätten ihn nur abgebürstet.

Tylors Mutter schloss die Arme fester um Peaches. Hinter ihr musste noch der ältere Herr sitzen, den sie beim Einsteigen gesehen hatte. Er wirkte harmlos und strahlte wie ein Haschisch-Süchtiger. Zwei Jugendliche in glänzendem Rapper-Outfit mit engen, heißen Augen warteten nahe der Tür auf ihre Haltestelle.

Sie hatten Lakewood durchquert, und der Bus hielt schaukelnd an der ersten Haltestelle in Cypress. Tylors Mutter schubste ihren Sohn, damit er aufstand, klemmte sich Peaches-Honeyblossom unter einen Arm und angelte umständlich die Einkaufstasche vom Boden. Peaches krähte wütend los. Die Tür vorne neben dem Fahrer öffnete sich mit einem viel zu schnellen Ruck, der Fahrer beugte sich aus dem Fenster auf seiner

Seite und spuckte hinaus. Tylors Mutter hievte sich mit ihrer Fracht auf das Trottoir, legte Peaches in ihre Armbeuge, bedeutete Tylor, schön dicht neben ihr zu bleiben, und marschierte los. Der Beton schwitzte Schmutz, Abfall und Gewalt in die schwüle Abendluft. Sie mussten einen Block laufen, dann rechts in ihre Straße abbiegen und waren nach einem halben Block zu Hause angekommen.

Es war stickig, der Rauch von gegrillten Würstchen hing wie eine dicke Wolke in der Luft. Die Menschen hockten im Unterhemd auf improvisierten Stühlen vor ihren Häusern und tranken billiges Dosenbier. Fernseher brüllten aus dem Inneren, Autos schoben sich über faltigen Asphalt. Der Abend senkte sich über ein Viertel, in dem man an die eigene Hoffnungslosigkeit noch nicht glaubte.

Von der Ecke aus sah Tylors Mutter schon den ausrangierten Eiswagen, der rostig und ohne Räder auf dem Grundstück neben ihrem Mietshäuschen stand. Das Haus war vor Jahren abgebrannt. Ihr Nachbar hatte den verkohlten Schutt notdürftig zusammengeschoben und irgendwoher diesen Eiswagen organisiert, in dem er jetzt lebte. Sie fürchtete sich vor dem Ding; vielleicht war es der Kontrast zwischen rostigem Blech, abgeblätterter Farbe und den noch erkennbaren, fröhlichen Comicfiguren drauf. Das fröhlich-monotone Dideldum-Dideldum der Eiswagen, die in den Wohngegenden herumfuhren und Scharen von aufgeregten Kindern anlockten, war für Tylors Mutter als kleines Mädchen eine der wenigen Verheißungen gewesen. Dieser Eiswagen hier aber wirkte wie aus einem der alten Filme von Steven Spielberg: bedrohlich und so, als könnte das Böse jederzeit aus ihm hervorbrechen. Im Inneren brannte Licht. Ihr Nachbar war zu Hause.

Nach dem Essen durften Tylor und seine kleine Schwester in Mamas Bett klettern und noch fernsehen. Sie schaltete den alten Apparat ein, baute für Peaches eine Burg aus Kissen und befahl Tylor, kurz auf seine Schwester aufzupassen. Sie war noch nicht zurück in der Küche, als sie schon die Stimmen einer alten Cartoon-Sendung aus ihrer Schlafkammer hörte.

Sie horchte nach hinten in die Dunkelheit des Häuschens, vergewisserte sich, dass der doppelte Sicherheitshaken an der Tür eingeklinkt war, und schob die schweren Holzblenden vor die Fenster. Dann ging sie kurz ins Bad und fand auf der vom Rost zerfressenen, aber immer noch funktionierenden Waschmaschine den Stapel Post, den sie am Morgen auf der Toilette sitzend durchgesehen hatte. Es waren Rechnungen, das meiste davon schon Mahnungen im roten Bereich, und die Auszüge von ihren Kreditkarten. Sie würde sich morgen drum kümmern.

Seit Jahren wurden ihr Angebote von den abstrusesten Kreditunternehmen geschickt, weil sie ein kleines, festes Gehalt hatte. Sie hatte sie allesamt angenommen. Was hätte sie auch sonst tun sollen? Da sie jeden Monat nur ein Minimum der jeweiligen Schulden abzahlen musste, nutzte sie die neuen Kreditrahmen, um die alten Schulden zu bedienen. Ein bewährtes und schlaues System – wenn nicht die gigantischen Zinsen gewesen wären. Somit wurde der Berg an Verpflichtungen immer größer. Platzte auch nur eine der neunundzwanzig Kreditkarten, die sie hatte, wäre sie zahlungsunfähig und würde in die Obdachlosigkeit abgleiten. Sie trug den Stapel Post in die Küche, warf ihn achtlos auf den Tisch und entkleidete sich im Wohnzimmer. Dann ging sie in die Schlafkammer, schob Tylor beiseite und enterte das schaukelnde Bett. Nach einigen Minuten hatten sie sich so eingerichtet, dass alle bequem lagen. Peaches war eingeschlafen, und Tylor verfolgte mit schläfrigen Augen die Looney Tunes bei ihren Kapriolen. Er schmiegte sich an seine Mutter und schlief mit dem Daumen im Mund satt ein. Sie küsste ihn auf sein dichtes Haar, angelte die Fernbedienung aus seiner Hand und wechselte den Kanal.

Krimiserien, billig gemachte Soap-Operas, Wetterberichte,

Angelkanäle – Tylors Mutter zappte sich durch die hundertfünfzig Kanäle, die ihre analoge Antenne hergab. Die Programme waren alter Schrott, der zum hundertsten Mal recycelt wurde. Die coolen Sachen konnte sie nicht sehen, die liefen nur auf den neuen digitalen Kanälen. Dafür brauchte man keine Antenne, sondern einen Highspeed-Internetanschluss. Bei einem Programm, das ein traumhaftes Bergpanorama zeigte, blieb sie hängen. Die Kamera schwenkte zu sonnendurchfluteten Hängen mit vereinzelten Holzhäuschen auf den saftig grünen Wiesen. Ein paar Kühe grasten, es sah aus wie das Paradies. So friedlich. Sie geriet ins Träumen. Wenn doch nur ihre Kinder so aufwachsen könnten... Wo mochte das sein? Im Hintergrund waren schneebedeckte Gipfel zu sehen, die in den blauen Himmel schnitten.

Die Kamera zoomte auf ein Dorf. Die Straßen waren so sauber, nirgends lag Müll, keine Gangs lauerten vor den Häusern, niemand schlug Scheiben ein. Die Häuser hatten geschnitzte Holzbalkone mit Blumenkästen. Ein modernes Gebäude rückte ins Bild, in den großen getönten Glasscheiben spiegelten sich die Berge. Kein einziges Graffito verschmierte die Fassade. Auf dem Vorplatz sah sie eine Fahne, ein weißes Kreuz auf rotem Grund. Irgendwoher kannte sie die.

Ihr Blick fiel in die rechte untere Bildecke, wo gerade ein Schriftzug eingeblendet wurde. Mühsam versuchte sie ihn zu entziffern.

»World Summ...«, dann war die Schrift wieder weg. Nur die Jahreszahl hatte sie gesehen: 2016.

»Zehn Jahre her«, murmelte sie. »Inzwischen wird's da auch anders aussehen.« Wo gab es denn noch genug Wasser, um sich echte Blumen vor dem Fenster leisten zu können!

»Es geht um die digitale Zukunft der Menschheit«, sagte der Kommentator, der jetzt ins Bild trat. Er war groß und sah richtig gut aus, fand sie, auch wenn er einen Bart trug. »Social Technology heißt, jedermann kann in den sozialen Netzwerken posten, jedermann kann teilen. Das Wort ›Freund‹ bekommt dadurch eine neue Bedeutung.«

Tylors Mutter lachte auf. Jedermann, so 'n Witz. Dazu brauchte man ein Handy, das funktionierte. Oder einen Computer. Und Internet. Wer hatte das schon? Sie nicht.

Der Moderator sprach weiter. »Aber nicht nur gute Menschen nutzen das Internet. Was wäre der richtige Weg für Regierungen, um die Bevölkerung zu schützen?«

Ein Mann Mitte fünfzig mit pockennarbigem Gesicht beugte sich in seinem Sessel vor. Er war Tylors Mutter gleich unsympathisch.

»Wenn die Leute einmal ein Smartphone in die Hand nehmen, dann spielen sie. Das ist nicht zu verhindern. Aber: Keine Regierung der Welt kann es sich erlauben, grundlegende und mit unserer Hilfe geschaffene Voraussetzungen für Banking, Kommunikations-Infrastruktur, Moral und die Art, wie Menschen miteinander reden sollen, zu ignorieren.«

Seine Nachbarin, eine Frau Anfang vierzig in einem teuren roten Kostüm, riss mit einer Geste ihrer Hand das Wort an sich.

»So viel, wie Daten heute kosten, können sich nicht alle das Internet leisten. Data muss billiger werden.«

Applaus im Saal brandete auf, verstummte aber schnell wieder.

Der Moderator: »Wie konkurrieren Hightech-Unternehmen eigentlich untereinander, oder ziehen sie alle am selben Strang?«

Ein junger Mann im Kapuzenshirt, dessen Gesicht Tylors Mutter irgendwie bekannt vorkam, sagte: »Der Gewinner kriegt alles!«

Lachen im Saal.

Der Pockennarbige: »Wir müssen uns gezwungenermaßen interdisziplinär entwickeln, keiner kann alleine allen Herausforderungen begegnen und Neuerungen entwickeln und sie auf den Markt bringen. Es gibt unzählige Neuerfindungen, die aber darauf angewiesen sind, in bestehende, breite Plattformen eingebaut zu werden. Wir sind immer offen für alles! Es gibt so viele tolle Ideen da draußen. Gerade neuen, vielversprechenden Start-ups helfen wir enorm.«

»Indem sie die kaufen?«, fragte der Moderator.

Gelächter im Saal.

»Es geht natürlich auch um die Dominanz auf dem ICT-Markt. Es geht übrigens längst nicht mehr um IT, das C für Communication muss in die Mitte. IT war letztes Jahrhundert. Daran sehen Sie schon, dass jedes Unternehmen, das hier auf der Bühne repräsentiert ist, bereit sein muss, auf allen Feldern aktiv zu werden: Autos, Medizin, Konsum, Sicherheit, Medien, Logistik, Nahrung, Energie und viele andere Bereiche. Alles befruchtet alles.«

Zustimmendes Gemurmel auf der Bühne. Tylors Mutter gähnte.

Ein weiterer Mann im Anzug, mit kurz geschorenem Haar über schwarzem Rollkragen, ergriff das Wort.

»Konkurrenzlos sind wir in dem Wunsch, dass Bandbreite für Datenübertragung wie Sauerstoff oder Wasser werden muss: gratis. Wir brauchen mehr Giga-Bit-States! Wir werden dadurch das Netz nicht mehr wahrnehmen, es wird einfach überall sein, wie Luft. Es wird verschwinden.«

Gratis. Das war ein Wort, das Tylors Mutter verstand. Die wollten das Internet gratis machen? Für einen Moment flammte ihr Interesse an der Sendung auf. Wenn Tylor größer wurde, brauchte er das Internet, wenn was aus ihm werden sollte… Wenn das gratis war, müsste sie bloß für einen Computer sparen. Oder einen neuen Kredit aufnehmen. Dann fiel ihr ein, dass die Sendung mehrere Jahre alt war. Sie schnaubte. Wäre ja auch gelacht gewesen, gratis Internet.

»Wie sieht denn unsere digitale Zukunft aus?«, fragte der Moderator gerade.

Die Frau im teuren Kostüm antwortete: »Vertrauen, globales

Verständnis, Infrastrukturen, die jede Regierung in allen Ländern schaffen muss, und Inklusion. Sechzig Prozent des Internets sind heute noch in englischer Sprache.«

Ein Mann Mitte dreißig mit langen Haaren und Lederjacke sagte: »Sie brauchen keine Sprachen mehr zu lernen. Mit unserer neuen App sprechen Sie in Englisch ins Mikrofon, und Ihr Gegenüber hört zeitgleich in Russisch zu. Und umgekehrt. Wir drucken heute schon DNA-Stränge in 3-D-Druckern und stellen sie übers Netz an Labors weltweit zur Verfügung. Da ist das mit der Sprache kein Problem mehr. Und es stimmt: Regierungen sollten den Internet- und Kommunikationsfirmen alles gratis zur Verfügung stellen. Hightech-Unternehmen sind die Einzigen, die heute überhaupt noch für gute Nachrichten sorgen.«

Der Pockennarbige: »Die digitale Zukunft sieht sehr vielversprechend aus. Auch für jeden individuell: Computer – oder Devices – können mir enorm nützlichen Rat geben, wofür ich mich entscheiden soll, wo ich hingehen soll, was ich tun soll, sie geben mir große persönliche Sicherheit – das alles ist überwältigend gut! Wir sind eigentlich alle Helden in der Hightech-Industrie!«

So ein Unsinn, dachte Tylors Mutter. Nicht, dass sie wirklich verstand, worum es ging. Aber dass ein Computer ihr Sicherheit geben sollte, das kaufte sie dem Pockennarbigen nicht ab. Unwillkürlich dachte sie wieder an die Kreditkartenabrechnungen, und ihr Magen zog sich zusammen. Wenn das alles gespeichert war und die ihr irgendwie draufkamen, wie sie das Geld hin und her schob, dann... dann war alles vorbei! Das war das Gegenteil von Sicherheit.

»Digitale Zukunft heißt globalisierte Technologie, was wiederum bedeutet, dass wir alle verbunden sind. Das heißt aber auch, dass die Verbreitung globalisierter Technologie oberste Priorität hat, weil nur sie größeren Reichtum für jeden bringen kann.«

Beifall im Saal.

»Man kann sich nicht isolieren. Es funktioniert einfach nicht mehr. Alle müssen mitmachen!«, sagte das Kapuzenshirt.

»Jeder kann heute eine Stimme haben, jeder kann teilen, selbst Leute, die historisch gesehen nie etwas zu sagen hatten. Das finden wir toll! Der Wechsel von der anfangs totalen Anonymität im Netz zur totalen Transparenz war entscheidend: Jeder teilt alles und ist für jeden sichtbar«, fügte der Pockennarbige hinzu.

Der Moderator: »Wodurch wird unsere Zukunft dann bestimmt werden, wie muss ich mir das vorstellen?«

Die Frau im Kostüm: »Wir werden neue Hightech-Plattformen sehen, schon ganz bald. Alles wird mit Sensoren ausgestattet sein, die alles viel effizienter machen. Aber entscheidend wird sein, welche Apps die Informationen der Sensoren verarbeiten und wie diese Apps designt werden. Welche sich durchsetzen werden, das entscheidet der Markt. Diese Apps bestimmen dann, wie wir unser Leben gestalten.«

Das Kapuzenshirt: »Frag nicht die Mama, frag die App!«

Das war das Stichwort für Tylors Mutter weiterzuzappen. All das Gerede, wie man die Zukunft besser machen wollte. Das sah man doch jetzt, wo es hingeführt hatte. Schwätzer waren das, die sich hinter ihren schönen Worten und teuren Klamotten verbargen. Um was zu tun? Den Leuten weiszumachen, sie brauchten irgendwelche Apps, und ihnen ihr technisches Zeugs anzudrehen! Die wollten doch bloß Kapital aus dem Unsinn schlagen. Welche App sollte man denn fragen, wenn man kein Smartphone hatte? Und warum überhaupt sollte Tylor eine App fragen, wenn er doch auch seine Mama fragen konnte! Ihr Junge würde das sicher anders sehen, irgendwann. Ihr graute bei dem Gedanken, was noch alles auf sie zukam. Was die Kinder alles brauchten. Und wollten.

Kurz darauf blieb sie bei einem Kanal hängen, der wunderbare Bilder zeigte, untermalt von sanfter Musik. Es waren bildschöne Teenager, die in italienischen Supersportwagen durch Santa Monica fuhren, mit Snowboards in den Rocky Mountains die Pisten hinabsausten, aus dem Hubschrauber mit Fallschirmen absprangen, nachts am Lagerfeuer im Sand tanzten, mit riesigen Segelyachten vor malerischen Kulissen kreuzten, sich küssten, neckten und glücklich waren. Und offenbar extrem reich sein mussten.

Tylors Mutter ließ sich von der Endlosschleife aus den schönen Bildern junger Menschen hypnotisieren. Ein hübscher Bengel hatte es ihr besonders angetan, er musste so etwas wie der Leader sein. Mit blondem, wuscheligem Lockenkopf, makellosen Zähnen und strahlend blauen Augen. Er trug seine Freundin, eine braun gebrannte blonde Schönheit, auf Händen, überraschte sie mit romantischen Einfällen. Sie lachten und tanzten unentwegt... Tylors Mutter konnte sich nicht sattsehen. Sie fing an zu träumen. Ja, das wäre ein Leben!

Die Musik legte sich wie ein weicher Schal um sie, schmeichelte ihr, machte sie zum Teil der Szenen. Es wurde kein Wort gesprochen, nur gelacht und das Leben gefeiert. Es waren schlanke, ästhetische Körper, die unentwegt mit dem Meer, der Sonne und der Liebe spielten.

Tylors Mutter merkte, wie sie langsam in den Schlaf glitt, machte noch ein, zwei Versuche, nicht einzuschlafen, umklammerte die Fernbedienung und hörte die Musik, die sie sanft in das Reich der Träume trug. Sie seufzte kurz auf – jetzt schon mit geschlossenen Augen –, rückte ihren Kopf auf dem gestohlenen Blümchenkissen zurecht, fühlte im Geiste nach ihren beiden Kindern, entspannte sich. Irgendwo bellte ein Hund unten an der Straße, ein Motor heulte vor dem Haus kurz auf, und sie war eingeschlafen.

Der Fernseher lief weiter und warf seine bläulichen Lichtschlieren in die enge, muffig-schwüle Schlafkammer.

16. KAPITEL

Georgetown, Minuten zuvor

Mitch lauschte durch die halb offen stehende Tür auf den gleichmäßigen Atem seines schlafenden Sohnes. Eine in Zeitlupe rotierende Lampe auf dem Nachttisch ließ Scherenschnitte von Dschungeltieren über die Wände der Mansarde gleiten. Mitch betrat den Raum, den Spark sich zu seiner Räuberhöhle ausgebaut hatte. Vorsichtig bahnte er sich einen Weg zwischen herumliegenden Feuerwehrautos, Flugzeugen und Holzspielzeug aller Art. Das Skelett einer zerbrochenen PlayStation hing über einer Stuhllehne.

Mitch trat ans Bett. Von seinem Sohn waren nur ein Schopf Haare zu sehen und ein Fuß, der wie immer unter der Bettdecke hervorlugte.

Mitch zupfte vorsichtig die Decke so zurecht, damit Spark frei atmen konnte. Der Kleine blinzelte im Schlaf, sah seinen Vater kurz unverwandt an, drehte sich um und vergrub sich wieder in dem Berg aus Kissen, Decke und Stofftieren.

Mitch drückte seinem Sohn einen behutsamen Kuss auf den Kopf und wäre beim Verlassen der Mansarde um ein Haar in eine Burg aus buntem Plastik getreten.

»Träum was Schönes«, flüsterte Mitch in Richtung Bett und ließ die Tür einen Spalt offen. Er stieg die Treppe hinab und vermied dabei die einzige knarzende Stufe.

Als er unten angelangte, fiel sein Blick in den Spiegel über dem Sideboard, und er erschrak. Tiefe Falten hatten sich wie aus dem Nichts in sein Gesicht gegraben. Er wirkte bleich und abgekämpft. Einige dünne Haarsträhnen hingen wie leblos in seine Stirn. Sein Abbild gemahnte ihn an eine Totenmaske.

Mitch schüttelte das Gefühl ab und holte sich ein Wasser aus der Küche. Er stand unter enormer Anspannung in letzter Zeit. Das hinterließ Spuren. Deutliche Spuren.

»Dabei geht es jetzt erst richtig los«, sagte er zu sich selbst.

An Schlaf war nicht zu denken. Mitch machte es sich im Ohrensessel bequem, rief die App auf seinem Smartphone auf, mit der er das Entertainment-System steuern konnte, und ließ die Leinwand heruntersurren. Auf der Suche nach einer beruhigenden Naturdoku zappte er sich durch die Kanäle. Irgendwann blieb er bei einer alten Sendung hängen. Das Bild eines Strandes, Santa Monica vielleicht. Junge Menschen, die nachts am Lagerfeuer im Sand tanzten… Dann eine andere Szenerie, ein azurblaues Meer, malerische Häfen. Riesige Segelyachten kreuzten vor einer mediterranen Küste… Mitch spürte, wie seine Augenlider schwerer wurden, als er kurz darauf einnickte.

Es war seine eigene Stimme, die ihn weckte.

Erschrocken fuhr er hoch und sah sich selbst neben Bill auf dem Bildschirm. Beide sahen sie viel jünger aus als jetzt und waren umringt von mehreren Reportern.

»Es geht um die digitale Zukunft der Menschheit«, sagte der Kommentator gerade, und Mitch erinnerte sich an jenen Tag. Bill und er waren auf einem Weltgipfel gewesen, auf dem sich die politische, wirtschaftliche und intellektuelle Elite getroffen und miteinander über die Herausforderungen jener Zeit diskutiert hatte. Die Krisenherde hatten sich ausgebreitet wie Pestbeulen, und mit jedem Tag war die Sorge gewachsen, sie könnten platzen und die ganze Welt vergiften. Viele hatten versucht so weiterzumachen, als wäre nichts geschehen, hatten das wachsende Elend ausgeblendet. Andere hatten nach echten Lösungen gesucht.

Das muss vor zehn Jahren gewesen sein, dachte Mitch. Alle Welt hatte damals fassungslos auf Amerika geblickt, weil ein pöbelnder Prolet aus New York auf dem Weg ins Weiße Haus gewesen war. Mitch erinnerte sich nur zu gut. Die Welt hielt besorgt den Atem an, ob er es schaffen würde oder nicht. Bill und er wurden Tag und Nacht von amerikakritischen Teilnehmern aus allen Ländern der Welt belagert.

Die Kamera fuhr nun ins Innere des Kongresszentrums. Die Bühne war grell erleuchtet. Acht Männer und Frauen waren im Halbkreis auf dem Podium zu erkennen. Ein Anzugträger, dessen Gesicht von auffallenden Narben geradezu entstellt war, ergriff das Wort.

»Tech-Business-Leute müssen optimistisch sein: Auch wenn die Vorteile der Hightech-Plattformen noch nicht allen zur Verfügung stehen, Tech-Firmen produzieren *nur* gute Nachrichten!«

»Für ihre eigene Legitimation?«, konterte der Moderator. Mitch lag der Name auf der Zunge. Sie hatten am Abend noch lange in kleiner Runde diskutiert. Wie hieß er noch gleich…

Gelächter im Saal und auf der Bühne lenkte ihn ab.

»Nein, natürlich nicht. Die Leute haben ein neues Beziehungsobjekt in ihrem Leben: das Smartphone. Und seine Nachfolger. Egal ob Brille oder Uhr oder sonst was, diese werden alle existierenden Computer als Hardware ersetzen. Die Menschen werden sie ständig bei sich tragen. Sie kommunizieren mit allen Sensoren im Umfeld. Die Software der Zukunft und ihre Verfügbarkeit werden durch Cloud Computing Systems gewährleistet. Vorteile der Updates und Verknüpfungsmöglichkeiten liegen hier auf der Hand. Die halbjährliche Ankunft des neuen Smartphones ist ja schon jetzt das aufregendste Ereignis im Leben der Menschen. Nur die Geburt eines Kindes hat vielleicht noch mehr Bedeutung. Besonders dann, wenn sie mit dem neuen Phone dokumentiert und gepostet wird.«

»Erst vierzig Prozent der Menschen weltweit sind verbunden«, gab eine Frau in einem engen roten Kostüm zu bedenken. Mitch musste schmunzeln, als ihm einfiel, wie sie Bill hatte abblitzen lassen. »Stellen Sie sich vor, was passiert, wenn wir fünfzig, sechzig, siebzig oder achtzig Prozent erreichen!«

Der Moderator: »Ich sehe einen Film, aber ich erkenne noch nicht, wie er ausgehen wird. Werden wir alle Chips tragen?«

»Ja. Über kurz oder lang wird es Pflicht werden. Schon aus Sicherheitsgründen. Seit Kurzem bekommen Sie in einigen Staaten schon keine Krankenversicherung mehr, wenn Sie keinen RFID-Chip haben. Aber diese Chips werden mehr können als nur zu identifizieren. Und was die Versorgung der Dritten Welt angeht: Sendemasten in Heißluft-Ballons, TV-Radio-Signale für Internetübertragung, das funktioniert nicht wirklich in entlegenen Gegenden.«

Der Moderator: »Wie in Afrika? Oder Asien? Und Südamerika? Oder weiten Teilen Kleinasiens?«

Der Anzugträger: »Wir machen Fortschritte. Aber wichtig ist erst mal, dass wir in Europa einen singulären Hightech-Markt bekommen. Wir arbeiten mit den dortigen Regierungen dran. Damit wir unsere Plattformen einheitlich nutzen können. Dann sehen wir weiter. Was die Schwellenländer betrifft: Nur der Steuerzahler kann dort die Infrastrukturen finanzieren. Unternehmen können das nicht. Die Regierungen müssen Farbe bekennen. Es gibt Hilfsprogramme der Ersten für die Dritte Welt. Wir haben unsere Pläne vorgelegt.«

»Daten kosten bei uns einen Dollar und dreißig Cent am Tag. Das ist das Budget, das eine Milliarde Menschen auf der Welt zum Überleben insgesamt zur Verfügung hat. Wie soll das funktionieren?«, erwiderte der Moderator.

Ein junger Mann im Kapuzenshirt meldete sich zu Wort. Viel verändert hat er sich nicht, dachte Mitch, der ihn erst wenige Tage zuvor in der Needle getroffen hatte. »Die reichsten Unternehmen in den ärmsten Ländern dort sind die lokalen Ableger unserer Kommunikationsunternehmen. ICT schafft Reichtum!«

»Hightech hilft auch Krankheiten und Epidemien zu bekämpfen. Und Kleinstunternehmen aus jeder Hütte heraus aufzubauen. Menschen können ihr Leben durch Hightech verbessern.«

»Dazu müssen sie die erst mal bezahlen können!«

»Sehen Sie: Die Regierungen sind es, die sich um ihre Leute kümmern müssen. Damit wir unsere Produkte zum Wohl der Menschen, aller Menschen, liefern können, müssen Regierungen sich verpflichten, die Infrastruktur herzustellen und den Leuten erst mal gratis Geräte zur Verfügung zu stellen. Diese neuen Maschinen und die Datenverbindungen machen alle Menschen smarter. Und gesünder!«

»Menschliches Kapital, menschliches Potenzial – wie können Menschen ihren Output verbessern?«, fragte der Moderator.

»Nur indem es einen globalen Konsens aller Regierungen gibt. Die Politiker sind dran.«

»Ja, wir haben ja die Cloud Solutions. Die sind besser als geschlossene Systeme in einzelnen Ländern. Märkte müssen global verbunden sein, das gibt mehr Profit!«

»Sie sagten, Hightech und Daten sind zu teuer. Können nur Reiche vom Segen der digitalen Welt profitieren?«, wollte der Moderator wissen.

»Wir werden den Menschen verbessern. Überall. Er wird länger leben, vielleicht sogar mehrere Hundert Jahre. Er wird durch Implantate und Sensoren ein enormes neuronales Potenzial haben. Eine Art Superintelligenz. Reichtum wird keine Rolle mehr spielen«, sagte ein Mann Anfang vierzig in einem grünen Pullover, der sich zum ersten Mal zu Wort meldete.

»Sie haben ja sogar eine Partei gegründet?«

»Die Transhumanistische Partei. Ich trete als deren Vorsitzender zu den nächsten Präsidentschaftswahlen an.«

Die Forumsmitglieder auf der Bühne applaudierten. Der Applaus griff zögerlich auf den Saal über. Der Mann bedankte sich mit einer Verbeugung. Mitch erinnerte sich: Eine Partei hatten sie gegründet und dann schnell festgestellt, dass sie gar keine brauchten. Die Macht fiel ihnen ohne jegliche demokratische Prozesse viel leichter in die Hände.

»Es ist überwältigend: An der Westküste haben wir auf Anhieb dreiundzwanzig Prozent Zustimmung erreicht«, verkündete der Moderator. »Das ist bei Wahlen schon eine kritische Masse.«

Der Anzugträger: »Jede Industrie wird sich grundlegend verändern. Auch die politische Industrie. Und das gesamte geopolitische Gefüge der Welt wird in ein paar Jahren ganz anders aussehen. Der Energiesektor wird unabhängig von brennbaren fossilen Stoffen, jeder wird seinen Strom selbst erzeugen. Wir brauchen bald kein Erdöl oder Gas mehr. Jede Exportnation wird zusammenbrechen, weil wir überall auf der Welt alles mit Robotern und Hightech-3-D-Druckern bauen können. Sie werden von zu Hause aus direkt bei der Maschine in der Fabrik bestellen können. Wir müssen bald nichts mehr transportieren. Wir bauen Lebensmittel mit gen-optimierten Erzeugnissen in roboterisierten, vertikalen Farmen mitten in unseren Städten zum Spottpreis an, mit wenig Wasser und ohne Erde, ohne Pestizide und ohne aufwendigen Transport. Der gesamte Bankensektor wird sich neu erfinden müssen: Es wird nur noch Bezahlsysteme geben, keine Banken mehr. Kredite werden über Crowd Funding, Investitionen über Crowd Invest getätigt werden. Jeder Handel von Wertpapieren oder Rohstoffen wird durch Roboter erledigt, ohne Menschen und ohne Risiko. Automobilkonzerne werden zu reinen Hightech-Unternehmen mit nur wenigen Mitarbeitern. Es wird nicht mehr von den Hüllen gesprochen werden, also von Autos, Bahnen oder Flugzeugen, sondern von einem globalen Mobilitätsanbieter, der alles on demand mit autonom fahrenden Elektrogeräten erledigt. Sie fahren dann morgens mit dem E-Scooter oder E-Bike, nehmen mittags den E-Wagen zur Überschallbahn und fliegen abends mit dem Stratogleiter in die Südsee. Alles vom selben Anbieter, der die Software beherrscht. Der besitzt die App. Sie müssen dieser App nur sagen, wo Sie hinwollen, und er erledigt alle Transportfragen für Sie. Es wird nur noch um die Transportbedürfnisse der Menschen gehen, nicht mehr um das Gefährt. Das macht alles besser.«

»Wir sind erst am Anfang, aber schon mittendrin.« Die Frau im roten Kostüm setzte sich zurecht, sodass ihre Beine zur Geltung kamen.

»Nichts wird sein wie vorher«, versprach der Transhumanist. »Wir zeigen der Welt den Ausweg aus Chaos, Krieg und Armut, eine Welt ohne Leid und Hunger. Indem wir alle miteinander verbinden und totale Transparenz schaffen, fördern wir auch die Empathie untereinander. Die Menschen kümmern sich um die anderen, weil sie teilnehmen können. Keiner muss sich mehr irgendwas gefallen lassen. Er findet in Echtzeit Hilfe, Trost und Unterstützung. Wir schaffen Hunger und Krankheit ab.«

Der Moderator: »Kann sich das jeder leisten? Will das jeder? Ich meine, dafür braucht man doch – wie wir gehört haben – teure Endgeräte, ständige Software-Updates, Breitband-Datenverbindungen, und das rund um die Uhr! Wie sollen das alle bezahlen können?«

Der grüne Pullover: »Es ist zu spät, darüber zu diskutieren. Nichts kann den Prozess mehr aufhalten. Wir werden nicht darauf warten, dass alle bereit sind. Das ist auch ein ökonomisches Gesetz. Es gab schon immer Vorreiter in der Geschichte. Aber – und das ist das Wichtigste – wir können es uns überhaupt nicht mehr leisten, die Entwicklung *nicht* voranzutreiben. Alle sind eingeladen mitzumachen. Es liegt bei jedem selbst. Und seiner Regierung.«

Unruhe kam im Saal auf. Die Kamera schwenkte zum amerikanischen Präsidenten. Seine Amtszeit war so gut wie abgelaufen, die Macht am Schwinden.

»Zurück zu den Chips«, sagte der Moderator. »Was werde ich mit dem Chip in meinem Arm machen können?«

»Stellen Sie sich vor, Sie kommen nach Hause«, sagte der Anzugträger. »Ihr Kühlschrank liest die Daten des MediCheck in Ihrem Chip, Zucker, Globuline, Cholesterin, Herzfrequenz, Blutdruck, Temperaturkurve des Tages und so weiter. Diese hat er von Nanobots in Ihrem Kreislauf erhalten, ebenso wie eine Analyse Ihrer restlichen Blutwerte, wie Blutfette oder mögliche Entzündungszeichen. Bei Auffälligkeiten schickt Ihr Kühlschrank diese Daten über den MediCheckPort Ihres Home-WLAN zu einem Spezialisten, je nachdem, welchen Mangel Sie aufweisen. Dieser analysiert und gibt Empfehlungen, was Sie heute und in den nächsten Tagen essen oder trinken sollten. Diese Daten empfängt Ihr Kühlschrank, gleicht seinen Bestand ab und schickt eine entsprechende Einkaufsliste an den Supermarkt. Der Supermarkt stellt durch Roboter die Bestellung zusammen, es klingelt an Ihrer Tür, und Sie nehmen die Lieferung entgegen. Der Spezialist und der Supermarkt buchen ihre Gebühren und Rechnungen von Ihrem Konto ab, und das alles ist passiert, bevor Sie Ihre Dusche beendet haben!« Der Anzugträger räusperte sich, dann fuhr er fort. »Es klingelt wieder, und die Apotheke schickt Ihnen die notwendigen Nahrungsergänzungsmittel, die der Spezialist Ihnen nach Auswertung Ihrer Blutwerte verschrieben hat.«

Raunen im Saal.

»Und wenn Sie einen Bildschirm anschalten, um fernzusehen oder ins Internet zu gehen, lesen Sie in einem Fenster, ob der Spezialist und Ihr Fitnesscoach Ihnen Sport, Ruhe oder Schlaf empfehlen, wie viele Schritte Sie laufen sollten und so weiter. Oder ob Sie einen weiteren Spezialisten konsultieren sollen, falls ein Problem festgestellt wurde. Oder weil die Medikamente, die Sie nehmen sollen, nicht die gewünschte Verbesserung bringen. Bald wird auch Ihr Gemütszustand lesbar sein oder Ihr Hormonspiegel. Dann stellt Ihre Entertainment-Cloud die für Sie richtige Musik auf Ihrem Streaming-Sound-System ein, schlägt Ihnen Filme vor, die Sie interessieren und Ihre Stimmung harmonisieren können. Wenn Sie zum Sport fahren sollen, dann wärmt Ihr elektrisches Auto in der Garage die Sitze für Sie vor, checkt Ihren Mitgliedstatus in verschiedenen Power-Studios, die momentane Verfügbarkeit der dortigen

Geräte und bringt Sie dorthin. Danach schlafen Sie die empfohlene Menge an Stunden bei exakt der richtigen Temperatur, wofür Sensoren sorgen. Pünktlich am nächsten Morgen werden Sie mit der richtigen Musik geweckt, damit Sie rechtzeitig zu Ihrem ersten Termin kommen. Da gehen Sie dann entspannt hin und werden mindestens hundert Jahre alt. Das alles geht nur mit Cloud-Data-Technology – und wenn wir eine singuläre Tech-Universe-Architecture haben. Und wenn alle Daten transparent und verfügbar werden.«

Applaus erklang im Saal, verhalten, aber zustimmend.

»Nun, diese Entwicklung mag für viele utopisch klingen, aber im Grunde läuft die gesamte technische Entwicklung schon seit Jahren genau darauf hinaus«, mutmaßte der Moderator. »Eine ganz andere Frage: Wie viel sind die Unternehmen, die Sie hier repräsentieren oder besitzen, heute wert?«

»In dieser präzisen Sekunde?«, meinte der Anzugträger mit einem breiten Grinsen.

Lautes Gelächter im Saal. Dann gespanntes Schweigen.

Ein Langhaariger mit einer Lederjacke hantierte mit einem kleinen Bildschirm und ergriff dann das Wort: »Reiner Börsenwert im Moment: etwas über neun Billionen Dollar, zusammengenommen.«

Unruhe entstand im Saal.

Mitch betrachtete die Gesichter der Podiumsmitglieder konzentriert. Ein winziges Spiel der Mimik, kaum wahrnehmbar. Es besagte: »Wir sind die neuen Digital Royals, ihr da unten im Saal die Auslaufmodelle, das alte Establishment. Industrielle, Bankiers, Senatoren und Hegdgefond-Tycoons, die Barone des frühen einundzwanzigsten Jahrhunderts: Ihr werdet hinweggefegt werden.«

Dies war das Zeichen für Bill und ihn gewesen. Lange, so wussten sie, durften sie nicht mehr warten.

Der Moderator fuhr fort: »Wie wird sich denn in Ihren Augen die Arbeitswelt verändern, was müssen zum Beispiel

Unternehmen tun, um den Sprung in die digitale Zukunft zu schaffen?«

Der Mann im Kapuzenshirt lehnte sich zurück. »Firmen schaffen heutzutage entweder aus eigener Kraft den Wandel in die digitale Sphäre, oder sie werden zwangsweise von außen verändert – und damit zerstört – werden. Fest steht, dass eine neue Spezies von Unternehmen die Welt übernehmen wird. Sie werden zehn- bis hundertmal schneller und zehn- bis hundertmal effizienter sein als heutige Konzerne. Diese Unternehmen werden ein Immunsystem brauchen, um zu verhindern, dass sie angreifbar werden.«

»Lineare Prozesse in Unternehmen sind schon heute nicht mehr akzeptabel«, fuhr der Anzugträger fort. »Das Unternehmen der Zukunft muss exponenziell dezentral aufgebaut sein. Entscheidungen müssen zeitgleich an vielen Stellen getroffen werden. Alles wird sich um Geschwindigkeit und Risiko drehen. Unternehmen müssen zehn- bis hundertmal schneller als heute von der Idee zur Marktreife eines Produktes sein. Und es müssen Produkte erfunden werden, die völlig anders strukturiert sind. Alle Produkte müssen im Grunde neu erfunden werden.«

»Können Sie ein Beispiel nennen?«, fragte der Moderator.

Das Kapuzenshirt ergriff das Wort. »Bei gewöhnlichen Autos etwa hat man sieben- bis achthundert bewegliche Teile in Motor und Getriebe. Jetzt gibt es eine Firma, die nur noch siebzehn Teile braucht. Diese Firma greift den ganzen Automobilsektor an, bringt Produkte für jeden Bedarf, von Luxuslimousinen über Busse bis zum Kleinwagen. Und sie werden von Strom, also auch erneuerbaren Energiequellen wie Solarstrom, angetrieben. Ihre Performance übertrifft alle herkömmlichen Antriebssysteme, ob Supersportwagen oder Schwertransporter. Die Marktkapitalisierung beträgt innerhalb von vier Jahren die Hälfte des Wertes von alteingesessenen Traditionsmarken aus Europa. Dieses neue Unternehmen hängt derzeit sämtliche Autobauer ab. Exponenzielle Strukturen bedeuten also auch exponenzielle Wertentwicklung. Irgendwann ist jedes alte System zu Tode renoviert.«

Aus dem Saal war Raunen zu vernehmen. Mit Recht, dachte Mitch. Es war damals schon zu spüren gewesen, dass Fortschritt nicht mehr über die Perfektionierung der Perfektion gehen würde, sondern der Plattformkapitalismus diesen enormen Erfolg hatte, weil er bereits über völlig neue Definitionen der Probleme nachdachte. Es ging nicht mehr um das Auto, sondern um eine neue Idee gesellschaftlicher Mobilität.

Der Moderator wartete einen Moment, bis sich die Unruhe gelegt hatte. Dann stellte er die Frage, auf die jeder im Saal gewartet hatte.

»Welche Rolle wird die Wall Street in dieser Zukunft spielen?«

Die Anspannung im Saal war selbst für Mitch spürbar.

»Hightech-Firmen kümmern sich nicht um die Wall Street. Sie sehen ihre Zukunft nicht alleine im Messen des Profits, sondern haben verstanden, dass die Unternehmen der Zukunft einen sozialen Impakt haben müssen, sonst verlieren sie ihre Daseinsberechtigung. Es geht um die bessere Nutzung von Ressourcen, um die Reduzierung der Umweltzerstörung, die Erreichbarkeit für alle und darum, wie ein Produkt das Leben der Menschen erleichtern kann. Das sind die Parameter, nach denen eine Firma in Zukunft bewertet werden wird.«

Der Transhumanist nickte im Takt der Worte. »Die Wall Street schert sich nicht um diese Faktoren. Sie denkt zu kurz. Der Wall Street ist es heute egal, wie ein Unternehmen in sechs Monaten oder sechs Jahren dastehen wird. Die Wall Street ist nur daran interessiert, die kurzfristigen Gewinnaussichten vorauszuahnen. Sie kann den sozialen Impakt eines Unternehmens nicht wertschätzen und in die Bewertung einfließen lassen. Somit ist die Wall Street ein auslaufendes Modell. Sie wird verschwinden. Wir werden ein neues System, eine neue Werteskala brauchen.«

»Was geschieht mit den führenden Köpfen?«

»Die werden abwandern.«

»Sie meinen, die an der Wall Street gelisteten Unternehmen, die Firmen-Kolosse von heute, werden ihre Führungskräfte an die Hightech-Unternehmen verlieren?«

»Natürlich. Die Wall Street hat kein Potenzial mehr für sie. In zehn Jahren wird der Wall Street die Luft ausgegangen sein.«

Eisiges Schweigen herrschte im Saal. Mitch erinnerte sich sehr gut an den Moment. Gespannt saß er in seinem Sessel und ließ die letzten zehn Jahre Revue passieren: Die Wall Street war nicht angegriffen worden, nein, sie war beiseitegeschoben worden. Ihr war tatsächlich die Luft ausgegangen. Sie kapitulierte schließlich vor den gewaltigen Finanzströmen auf dem lukrativsten und riskantesten Markt der Geschichte der Menschheit: Risikokapital. Billionen von Dollar wurden von Ideen angezogen wie die Motten vom Licht. Es war nicht mehr die Hoffnung auf Gewinn, die zählte, sondern die Hoffnung, dabei zu sein, wenn die Welt sich veränderte. Das war die Magie, die mit ihrem hellen Leuchten den Wall-Street-Kapitalismus in den Schatten stellte. Die Investment-Banker und Broker sahen aus ihren New Yorker Fenstern zu, wie die unvorstellbar großen Ströme an Geld in Start-ups, Labors und Software-Schmieden landeten.

Er wandte seine Aufmerksamkeit wieder dem jungen Mann im Kapuzenshirt zu.

»Exponenzielle Unternehmen der Zukunft sind so strukturiert, dass sie jeden Wirtschaftsbereich angreifen können«, sagte dieser gerade. »Sie stellen ein kleines Team an ihre eigene Peripherie und geben ihm eine Aufgabe. Etwa: Krempelt den Hotelmarkt weltweit um. Wie soll das gehen?, fragt man sich. Nun, es wird eine Plattform gegründet – wohlgemerkt, eine Plattform, kein neues Hotelprodukt –, und innerhalb von vier Jahren mausert sich diese Plattform zu einem Unternehmen, das eine halbe Million Übernachtungen pro Tag bucht. Das macht sie zum größten Hotelkonzern der Welt. Innerhalb von vier Jahren. Wenn diese Plattform beschließt, zweihundert neue Zimmer dazuzuschalten, braucht das wenige Stunden. Die gängigen Hotelketten müssten, um das Gleiche zu erreichen, ein neues Hotel bauen. Sie sehen den Unterschied. Das ist exponenziell. Auch, dass der Plattform, um dieses Umsatzplus zu machen, sehr überschaubare Kosten entstehen. Sie produzieren schon heute bis zu eine halbe Million Übernachtungen pro Tag mit insgesamt eintausenddreihundert Mitarbeitern. So viele Angestellte haben manche Hotelketten pro Hotel!«

»Also wird sich die gesamte Wirtschaft verändern«, folgerte der Moderator.

»Ja«, sagte der Transhumanist schlicht. »Die letzte große Revolution, die Industrierevolution, ist durch die virale Revolution abgelöst worden. Umsatz und Profit werden nicht mehr mit physischen Produkten gemacht, sondern mit Software, mit Information und mit der Geschwindigkeit, mit der sie verarbeitet werden kann. Es wird keine Riesenunternehmen mit Hunderttausenden Angestellten mehr geben. Das gilt für bis zu neunzig Prozent der Wirtschaft. Stattdessen wird es kleine Unternehmen geben, ICT-gestützt, die nichts mehr als Plattformen sein werden. Hergestellt und geliefert wird von Robotern, das ist billig und ortsunabhängig. Produkte werden keinen Wert mehr haben, nur die Software, die sie funktionieren lässt. Apple ist kein iPhone-Hersteller, sondern ein Software-Unternehmen. Information Enablement ist das Schlüsselwort der Zukunft.«

»Wenn Sie als Präsidentschaftskandidat also die Wahlen in vier Jahren gewinnen sollten, führen Sie dann ein Land, das komplett anders aussehen wird?«

»Das liegt auf der Hand. Aber ich oder meine Partei werden diese Welt nicht verändern. Es passiert doch längst. Selbst wenn ich's wollte, könnte ich's nicht ändern.«

»Was geschieht denn dann mit den vielen Millionen Industriearbeitern, den Lkw-Fahrern, den normalen Leuten, die heute zum Arbeiten in die Büros gehen?«

Der Anzugträger ergriff das Wort. »Die Grundbedingung der viralen Revolution ist die Data-Cloud-Struktur. Die haben wir. Sie wird das Leben von uns allen grundlegend verändern. Es geht nicht mehr um Jobs, es wird nur noch um Beschäftigung gehen, darum, womit ich meine verfügbare Zeit fülle. Das wird jeder selbst nach Talent, Interesse und dem, was er kann, entscheiden müssen. Jeder wird sein Leben wie ein Ein-Mann-Unternehmen führen, mit Buchhaltung, Rechnungen, Verwaltung seiner Social-Media-Accounts und Zeiterfassung. Es wird nur noch durch Social Engineering gearbeitet werden. Das wird für alle Wirtschaftsbereiche so sein. Der Wandel hat schon begonnen, in allen Unternehmen. Nehmen Sie die Washington Post, die sind mehr damit beschäftigt, externe Kolumnisten zu verwalten, als die Zeitung selbst zu machen. Der Vorteil ist, dass sie dadurch die jeweils besten Talente für sich schreiben lassen können. Man kann heute alles outsourcen.«

Zustimmung unter den Reportern im Saal wurde laut.

»Niemand muss mehr etwas herstellen. In Produkten liegt keine Zukunft mehr. Sie werden nur noch den Wert bringen, den sie in der Herstellung kosten. Und das wird täglich billiger. Das alles schafft Platz dafür, sich mit unendlich vielen anderen Dingen beschäftigen zu können. Das macht das Leben wertvoller. Wir sehen heute schon einen Hochfrequenz-Metabolismus auf dem Arbeitsmarkt. Menschen werden nicht mehr durchschnittlich neunzehnmal im Laufe eines Berufslebens den Job wechseln, sondern in der gleichen Zeitspanne an bis zu fünfzig Projekten dynamisch mitarbeiten, und das für ebenso viele unterschiedliche Strukturen. Firmen brauchen keine Angestellten mehr. Staff on demand, Clickworker, Leiharbeit, so wird die Zukunft aussehen. Alles, was heute an Systemen vorhanden ist – Gewerkschaften, Manteltarifverträge, Streikrechte, Arbeitsplatzgarantien, die gesamte Struktur der heutigen Industrienationen –, ist zweihundert Jahre alt. In ein paar Jahren wird davon nichts mehr übrig sein. Die Menschen können sich selbst durch Hightech ganz anders aus- und weiterbilden. Es wird ein Leben ohne durch Geburt gegebene Privilegien werden. Wer etwas tun will, wird es tun können.«

»Wird denn die Hightech-Industrie neue Jobs schaffen?«

»Reden Sie bitte nicht von Arbeitsplätzen. Die wird es nicht mehr geben. Auch keine Gebäude, Fabriken oder Industriezentren. Bleiben wir bei der Washington Post: Sie wird eine Plattform, ein Netzwerk werden müssen. Eine virale Firma. Den Namen wird sie nur behalten können, wenn es ihr gelingt, eine Monopolstellung zu erobern und diese zu halten. Sonst wird sie von der Palo Alto Post oder der Silicon Post gekapert werden und aufhören zu existieren.«

»Was ist denn dann mit den vielen Tausend, ja Millionen von Menschen, die heute noch in einer Firma arbeiten?«, insistierte der Moderator.

Der Anzugträger ergriff das Wort. »Die negative Seite an der Entwicklung ist, dass nicht alle das schaffen werden. Viele werden sich nicht so schnell anpassen und neue, machbare Lebensmodelle für sich kreieren können. Nicht alle werden umdenken können. Aber die, die umdenken können, haben heute alle Tools zur Verfügung, um schnell sehr erfolgreich zu sein.«

»Müssen wir die Opfer denn in Kauf nehmen?«, erwiderte der Moderator. »Gibt es wirklich keine Lösung für Millionen von Menschen, die digitaler Bildung, digitaler Lebensweise und exponenzieller Arbeitsweise nicht zugänglich sind? Die einfach für einen Job von jemandem bezahlt werden wollen?«

Die Frau im roten Kostüm wandte ein: »Das ist kein Schrecken. Nehmen Sie die Agrarindustrie: Vor hundertfünfzig Jahren waren neunzig Prozent der Menschen in Amerika in der einen oder anderen Weise mit Landwirtschaft beschäftigt. Heute sind es gerade mal eins Komma acht Prozent. Amerika hat viel Talentpotenzial für ganz andere Dinge frei gemacht, anstelle von Ackerbau und Viehzucht. Die Geschwindigkeit dieses Wandels ist heute allerdings viel, viel größer. Die Menschen müssen sich ranhalten, um den Anschluss nicht zu verpassen. Viele werden auf der Strecke bleiben, das beunruhigt uns schon. Aber die gesamte Produktion, vom Nahrungsmittel- bis hin zum Bausektor, wird in zehn, fünfzehn Jahren nur noch von Robotern erledigt werden, wir brauchen einfach keine Menschen mehr dafür.«

»Nicht nur das«, ereiferte sich der Transhumanist. »Vor allem die gegenwärtige Führungsschicht, die industrielle und besonders die politische, können bei der rasanten Entwicklung nicht mehr mithalten. Immer mehr Leute gründen ihre eigene Marke, auch politisch gesehen. Sie vermarkten in rasender Geschwindigkeit ihre eigenen Interessen. Es sind Milliarden von neuen digitalen Produkten auf dem Markt. Dem können die etablierten Führungsstrukturen aus Wirtschaft und Politik nichts entgegenhalten. Sie können nur hilflos zusehen.«

Im Saal wurden Zwischenrufe laut. »Lächerlich!«, tönte es, oder »Aufhören!«, »Rotzlöffel!« und »Werdet erstmal erwachsen!«

Der Moderator versuchte die Menge zu beruhigen. »Meine Damen und Herren, ich bitte Sie!«

Mitch erinnerte sich, wie einige an dieser Stelle den Saal verlassen hatten. Die jüngeren Mitglieder auf dem Podium hatten unverhohlen gegrinst.

»Und wenn Ihnen jemand sagt«, das Kapuzenshirt richtete sich offen, direkt und laut an die Zuhörer im dunklen Kongresssaal, »etwas kann technisch nicht funktionieren, dann seien Sie sicher, dass es doch geht! Und wahrscheinlich gibt es dieses Etwas längst in irgendeiner Form!«

»Vielleicht gehen wir noch mal zu den Firmen zurück«, sagte der Moderator, bevor erneut Unruhe aufkommen konnte. »Was raten Sie den CEOs von großen Corporations, wie sie ihr Unternehmen für die neue Zeit fit machen können?«

»Die Struktur der Zukunft ist wie gesagt exponenziell. Wenn Sie heute eine Firma leiten, die zwanzigtausend Mitarbeiter hat, dann müssen Sie diese Firma in einer Art künstlicher Explosion in tausend Einzelteile zerlegen. Diese Einzelteile müssen dann unabhängig vom Rest das Potenzial und die Autorisierung haben, eigene Entscheidungen treffen zu können – sowohl, was die jeweilige Struktur betrifft, als auch, womit sie sich im Gesamtprozess beschäftigen wollen. Dann erst kann Ihre Firma weiterwachsen – und zwar exponenziell. Einige dieser neuen Zellen programmieren Sie dann auf den Aufbau neuer Geschäftsfelder, das Ausschalten der Konkurrenz oder den gezielten Angriff auf ein erfolgreiches Unternehmensteil einer anderen Firma. Ein weiterer wesentlicher Punkt ist, dass Sie anfangen, grundlegend anders zu denken. Sie müssen weg vom Streben nach guter Verwaltung von knappen Ressourcen hin zum Management des unermesslichen Überflusses. Das ist der Maßstab der Zukunft.«

»Können Sie ein Beispiel geben?«

»Klar. Nehmen Sie die Fotografie. Vor ein paar Jahren haben Sie noch Fotos mit einer Kamera gemacht, haben die Filme zum Entwickeln gebracht und rund einen Dollar pro Foto bezahlt. Dann haben Sie gesehen, dass drei Viertel der Fotos nicht gut waren. Sie haben sich in einen Kurs eingeschrieben, wo Sie lernen konnten, wie man schöne Fotos macht. Die Firmen, die Sie dabei reich gemacht haben, wurden Kolosse. Um die Jahrtausendwende wurden in den USA auf diese Weise eine Milliarde Fotos pro Jahr entwickelt, abgeholt und bezahlt. Wissen Sie, wie viele Fotos heute mit Endgeräten ins Netz hochgeladen und weitergeschickt werden? Eine Milliarde – pro Tag! Sie haben früher vielleicht fünf Filme mitgeschleppt à zwanzig Fotos, das ergibt hundert mögliche Motive. Heute hat jeder auf seinem Smartphone zwei- bis fünftausend Fotos. Der Speicherplatz dafür ist fast gratis. Die Schwierigkeit ist jetzt, aus dieser einen Milliarde Fotos pro Tag die guten herauszufiltern. Das meiste davon ist Schrott. Also, wie kann ich schlechte Fotos in Massen verbessern? Mit Software. Die Hersteller von Fotobearbeitungsprogrammen sind heute mehr wert als die gesamte Konkurrenz der Filmhersteller der Vergangenheit, wenn es sie überhaupt noch gibt. Das ist ›Management of Abundance‹, wie wir es nennen. Ein völlig neues Denken. Jede Firma, egal wie groß, die nicht in neuen Dimensionen denken kann, wird verschwinden.« Er trank einen Schluck Wasser, dann fuhr er fort. »Das Management des Unermesslichen ist die Zukunft. Die wahre Herausforderung ist, wie wir den Überfluss managen. Wenn Sie nur an Profit denken, wird Ihre eigene Leine, an der Sie sich führen, schnell zu kurz werden. Sie müssen als Unternehmer oder CEO heute am Efficient Social Change mitarbeiten, sonst haben Sie bald keine Firma mehr.«

»Ja, das stimmt. Die vielen App-gesteuerten Vermittler von Fahrdiensten beispielsweise sind a priori nicht angetreten, um Milliarden Profit zu machen. Darüber haben die gar nicht nachgedacht. Sie haben sich vorrangig mit der Frage beschäftigt: Wie können vorhandene Fahrzeuge besser genutzt werden? Wie können wir die Produktion ständig neuer Luftverschmutzer eindämmen? Wie können wir die Transportbedürfnisse der Menschen effizienter gestalten? Wie können wir Staus vermeiden? Das ist der Schlüssel ihres Erfolges. Das ist ein viel noblerer Anspruch, als von Anfang an auf Profit zu hoffen.«

Zeitweilig hatten sich Unternehmen, erinnerte sich Mitch, als er das hörte, Milliardenschlachten für das Weltmonopol geliefert. Nur ein einziges war übrig geblieben. Es wurde das größte Transportunternehmen der Geschichte und besaß kein einziges eigenes Fahrzeug.

»Wir nennen so etwas die Business Assassins. So kann und muss jeder denken, der seinen Traum leben will. Versuchen Sie mal heute einen Plattenvertrag zu bekommen. Wenn Sie die Software haben, können Sie jederzeit Ihre eigene Musik machen. Sie können Videos drehen, sie ins Netz stellen, sehen, ob sie ankommen, und wenn ja, haben Sie im Handumdrehen Ihre eigene Musikkarriere gestartet. Auch da steht die Lust am Tun im Vordergrund und nicht der Profit. Plattenverlage sehen in die sprichwörtliche Röhre! Solche Business Assassins stellen unsere Welt komplett neu auf. Die Zukunft sind nicht mehr Telefonfirmen oder Autobauer, nein, es sind diese Zerstörungsfirmen, die aus dem Nichts auftauchen. Firmen, die ihr Businessmodell nicht als Plattform aufstellen können, sind zum Sterben verdammt. Die Plattform ist wichtig, nicht das Produkt.«

»Und welche Prognosen haben Sie für den Energiemarkt?«, fragte der Moderator.

Der Mann im schwarzen Rollkragenpullover meldete sich zu Wort.

»Der Preis für Strom wird gegen null gehen oder sogar negativ werden. Jeder wird Strom produzieren und für andere ins Netz einspeisen können. Das ist auch ein gutes Beispiel: Die Kraftwerke sind ein Geschäftsmodell, das verschwinden wird. Um in der Zukunft ein Kraftwerk zu bauen, brauchen Sie einen Laptop, die richtige Software und sonst nichts. Es sind virtuelle Kraftwerke, die es in jeder Wohngegend, in jeder Nachbarschaft geben wird. Wenn viele in Ihrer Nachbarschaft mit intelligenten Oberflächen auf ihren Balkonen Strom erzeugen, dann brauchen Sie SmartGrids – also eine Software, um die Steuerung der Einspeisung zu bewältigen. Ein Computer lenkt den produzierten Strom dahin, wo er benötigt wird. Wie ein Weichensteller bei der Eisenbahn. Jede fortschrittliche Regierung denkt heute darüber nach, im Baugesetz zu verankern, dass jedes neu gebaute Haus mit genügend großen Akkus versehen wird, um möglichst viel Strom zu speichern. Diese Stromkapazitäten können Sie dann – gekoppelt mit Vorhersagen für Sonnenstunden oder Wind und dem errechneten wahrscheinlichen Bedarf zu einem Zeitpunkt X – zeitnah ver- oder einkaufen. Mithilfe der webgesteuerten SmartGrids werden wir den Wechsel hin zu regionalen oder lokalen virtuellen Kraftwerken in zehn Jahren vollzogen haben. Die von SmartGrids betriebenen Kraftwerke werden bald genauso viel Umsatz haben wie die heutigen herkömmlichen Kraftwerke. Auch ein Beispiel dafür, wie traditionelle Industrien erst schrumpfen und dann kollabieren werden. Was für alle Produkte und Dienstleistungen gilt. Große Unternehmen werden von kleinen Plattformen abgelöst werden.«

»Die Verschiebungen auf dem Energiemarkt haben wir erläutert«, fasste der Moderator zusammen. »Mich interessiert aber, wie sich der Energiebedarf insgesamt entwickeln wird. Laut einer Studie, die uns vorliegt, könnte das Internet bald zusammenbrechen, weil es zu viel Energie braucht.«

»Stimmt«, sagte der Anzugträger. »Es wächst so schnell, dass in absehbarer Zukunft alle Kraftwerke der Welt nicht mehr genügend Strom produzieren, um den Energiebedarf der großen Rechenzentren zu befriedigen.«

»Kann man das quantifizieren? Ich meine, wie kann man veranschaulichen, wie viel Strom das Internet braucht?«, fragte der Moderator.

Der Mann im schwarzen Rollkragenpulver schaltete sich ein. »Supercomputer müssen immer leistungsfähiger werden, um die Flut an Anfragen und Aufgaben zu bewältigen. Bei verdoppelter Rechenleistung benötigt ein Prozessor mehr als das Vierfache an Energie. In zehn Jahren wird das Internet die Weltproduktion an elektrischer Energie verschlingen. Wir müssen deshalb den Energieverbrauch drastisch senken.«

Der Moderator hakte nach: »Die globale Vernetzung wird also immer teurer, aber smarte Lösungen sollen alles billiger und effizienter machen. Kann man denn den heutigen Energiebedarf des Internets auf eine griffige Formel bringen?«

»Für eine einzige Anfrage bei einer Suchmaschine wie Google werden 0,0003 Kilowattstunden benötigt«, sagte der Mann im Kapuzenshirt.

»Das klingt nicht nach viel«, bemerkte der Moderator.

»Das ist die Energiemenge, mit der eine Sparlampe eine Minute lang brennen kann.«

Aus dem Saal war Staunen zu vernehmen.

»Der gleiche Bedarf entsteht bei jedem Tweet, jeder Anfrage, jeder Aktivität in sozialen Netzwerken, jedem Foto, das Sie sich ansehen, jeder Seite, die Sie aufrufen. Von allen Endgeräten, die es gibt.«

»Eins Komma neun Trillionen Suchanfragen, siebzehn Exabytes Datentausch, hundertvierzig Petabytes hochgeladene Daten allein in sozialen Netzwerken. Pro Jahr.«

»Das sind wohl eine Menge Nullen!«, rief der Moderator.

»Ja. Und Einsen.«

Die Podiumsmitglieder lachten kurz auf. Der Saal brauchte etwas länger, um den Witz zu verstehen. Der Moderator auch.

Der schwarze Rollkragenpullover mischte sich ein. »Im Ernst: Das Problem ist sehr bedeutend und bedroht die Existenz des Internets. Bis 2006 waren alle Computer elektrisch verdrahtet. Dann fing man an, wenigstens die Supercomputer als optische Maschinen zu bauen. Heute ist das fast schon Standard, aber es reicht noch nicht, ist keine Lösung. Wir brauchen ein neues Zeitalter des Lichts. Das Licht hat genau die physikalischen Eigenschaften, die wir benötigen. Lichtbasierte Technologien sind der Schlüssel zum Fortschritt.«

Das Kapuzenshirt erklärte: »Für ein Bit braucht ein Prozessor ein Billionstel Joule. Schiebt der Prozessor dieses Bit in einen Speicher oder zu einem anderen Prozessor, dann braucht das zehnmal mehr Energie. Es ist das Hin- und Herschieben von Daten, was den meisten Stromverbrauch verursacht.«

»Jetzt wird es aber etwas zu technisch«, meinte der Moderator jovial und blickte nach Zustimmung heischend in den Saal.

»Wir bauen Computer mit Photonen-Technologie, Elektronen reichen nicht mehr. Pro Einheit, also pro Rechner, werden Milliarden von internen Datenleitungen als optische Verknüpfungen verbaut.«

»Ist das nicht ein heilloser Wirrwarr von Glasfaserkabeln?«

»Datentransfer von Chip zu Chip erfolgt durch den freien Raum. Wir brauchen keine Leitungen mehr. Winzige Halbleiter-Laser, weniger als ein Mikrometer Durchmesser, blinken ihr Datenlicht zu benachbarten Chips, die es mit Halbleitersensoren auffangen.«

»Es wird also alles immer kleiner und schneller. Richtig?«, fragte der Moderator.

»Und billiger!«, fügte das Kapuzenshirt hinzu.

»Alle fünfzehn Monate verdoppelt sich die Geschwindigkeit, gleichzeitig halbiert sich der Preis.«

»Wow. Das beruhigt mein soziales Gewissen!« Der Moderator spürte die aufkommende Unruhe der Zuhörer und versuchte ihre Aufmerksamkeit weg von den Menükarten und zurück auf das Podium zu ziehen. So viel Technik interessierte nicht jeden.

»Was ist mit den Speichern – die werden im gleichen Maße größer, oder?«

»Ja. Und weniger anfällig. Die neueste Generation nutzt die Eigenschaften von Grafit, wie in jedem Bleistift. Diese Speicheroberflächen haben die Stärke – oder Dicke, wenn Sie wollen – von einem Atom. Viel kleiner als die Siliziumtechnologie. Danach ist Schluss. Kleiner geht's nicht.«

»Silizium, Grafit, Licht – das klingt nach Natur. Ist Hightech also gar keine neue Erfindung, sondern lediglich ein Nutzen natürlicher Ressourcen, die es schon auf der Welt gibt?«

Der Transhumanist ergriff das Wort. »Grafitspeicher von der Stärke eines Atoms sind für uns neu. Die Natur arbeitet mit dieser Dimension in Schmetterlingsflügeln aber seit Millionen von Jahren. Nanotechnologie konnten Menschen allerdings seit dem Mittelalter einsetzen. Sie wussten nur nicht, wie es hieß.«

»Können Sie das erklären?«, hakte der Moderator nach.

»Klar. Bei der Herstellung von Glasfenstern in gotischen Kathedralen in England nutzte man die – eher zufällig entdeckten – Eigenschaften von Pigmenten in Metallen oder Erden, die sich unter Temperatur verändern. Gold wird rot, Eisen blau. Im Grunde nichts anderes als Nanotechnologie.«

»Aber wir verbinden doch heute den Begriff eher mit winzigen Teilchen, die beispielsweise in der Medizin eingesetzt werden, um im Körper herumzufahren.«

»Die Medizin, verknüpft mit Hochtechnologie, ist die heute sichtbarste und wichtigste Seite der gleichen Entwicklungen. Aber es gibt viele Schnittstellen von Bio-Informatik in alle Richtungen. Präzisionsmedizin, diagnostische Medizin, die viel zuverlässiger als von Menschen gemachte ist, oder die DNA zum Beispiel, der Grundbaustein des Lebens an sich, wäre, wenn wir wüssten, wie wir das anstellen sollen, auch ein ideales Speichermedium.«

»Bitte?«

»Ja. Drei Milliarden Basenpaare pro DNA-Strang. In ein dynamisches System eingebettet, mit kaum messbarem Energiebedarf auf einem Raum, der vier Milliardstel eines Kubikzentimeters ausmacht und mit einem Gewicht von einem Nanogramm.« Der Mann im Kapuzenshirt spuckte die Information geradezu aus. »Wenn Sie die Zellen eines Menschen zählen wollten, und Sie könnten, sagen wir, zehn Zellen pro Sekunde erfassen – dann würden Sie Zehntausende von Jahren brauchen, bis Sie die Zellen eines siebzig Kilo schweren Menschen gezählt hätten. Ohne die Bakterien im Körper. Ein durchschnittlicher Mensch besteht aus hundert Billionen Zellen. Multiplizieren Sie das mit den Kombinationsmöglichkeiten von drei Milliarden dynamischen Basenpaaren in jeder einzelnen Körperzelle, dann ist der Mensch Wirt des größten denkbaren Datenträgers des Universums.«

Mitch beobachtete den Moderator, der unwillkürlich an sich hinuntersah, als wolle er rasch seine Zellen zählen.

»Die DNA kann nicht nur ein Speichermedium sein, sie ist eines. Wenn wir das nachbauen und kontrollieren könnten, wären die meisten Fragen auf einen Schlag gelöst.«

Bemüht, zum Kern der Podiumsdiskussion zurückzukehren, sagte der Moderator: »Da wir zur Biologie abschweifen: Wie wirkt sich die Hochtechnologie auf unsere Zukunft aus? Wird die Technologie über den Menschen triumphieren?«

Der künftige Präsidentschaftskandidat ergriff sogleich das Wort.

»Das ist keine technologische Frage, die Sie stellen, sondern eine spirituelle, aber sie lässt sich so beantworten: Nicht den Menschen gehört die Zukunft, sondern den Gott-Maschinen.«

»Nein, das muss man anders sehen!« Die Frau im roten Kostüm schaltete sich ein. »Unser großer Lehrmeister ist die Natur. Sie kann seit Milliarden Jahren Dinge, die wir erst langsam verstehen lernen und versuchen nachzubauen. Eine Hummel oder Schwalbe ist noch nie abgestürzt. Jeder Baum besteht aus intelligenten Materialien, die von alleine wachsen. Das darf man nicht mit der Schöpfung – oder Gott – verwechseln. Alles, was wir als Hochtechnologie bezeichnen, scheint uns – oder dem Laien – unverständlich, wahnsinnig kompliziert und erzeugt ein Gefühl von Überforderung. Weil wir es nicht verstehen, halten wir es für unmöglich oder aber für etwas Göttliches. Das ist gefährlich. Letztendlich ist alles, was wir Menschen unter Hochtechnologie verstehen, im Vergleich zur Natur unheimlich plump und ineffizient. Wir können zwar intelligente Materialien herstellen, aber wir sind noch weit, weit entfernt von dem, was die Natur kann. Doch wir werden die Natur einholen und überholen. Es wird Wesen geben, die weit mehr können als wir heute.«

»Reden wir von Cyborgs?«, wollte der Moderator wissen.

Der grüne Pullover übernahm wieder: »Nein. Aber so, wie die Technologie immer näher an die Biologie rückt – rücken muss –, wird es nur eine Frage von etwa zehn bis fünfzehn Jahren sein, dass die Existenz von uns Menschen auf diesem Planeten irreversibel verändert sein wird. Wir werden die Macht unserer Gehirne, alle Kenntnisse, Fähigkeiten und persönlichen

Macken, die uns zu Menschen machen, mit unserer Computermacht kombinieren, um auf eine Art zu denken, zu kommunizieren und zu erschaffen, wie wir es uns heute noch gar nicht vorstellen können. Man kann mit Fug und Recht sagen, dass wir, so wie wir hier heute Abend sitzen, nichts weiter als ein Übergangsmodell der menschlichen Rasse sind. Die transhumanistische Agenda diktiert weltweit den wissenschaftlichen Betrieb, die wirtschaftliche Entwicklung und ist auch durch den allgemeinen Fortschrittsglauben längst zu einer kollektiven Kulturstimmung auf der heutigen Welt geworden. Vor allem in der Medizin können Sie das nachvollziehen: Neurologie und Neuroinformatik, Kybernetik, Nanotechnologie – parallel dazu das immer besser verfügbare Wissen um die Beschaffenheit des Menschen und das Funktionieren des Gehirns – führen schon heute zu der Gewissheit, dass Roboter eines Tages Empathie und Ehrgeiz entwickeln können. Künstliche Intelligenz auf einem Speicherkristall. Die Bewusstseinsentwicklung, die dafür nötig ist, schaltet sich aber nicht auf einmal ein. Das ist ein Prozess. Dieser Prozess aber hat begonnen und ist – wie gesagt – irreversibel.«

»Also werden neben uns doch intelligente Roboter leben, die uns lieben werden?«

Der Mann im grünen Pullover lächelte zögernd. »Wir wissen heute schon, dass Menschen sich in Maschinen verlieben können. Maschinen können den Turing-Test bestehen: Sie können Emotionen beim Menschen auslösen. Maschinen können also menschliche Emotionen zumindest imitieren und sich auch hineinversetzen in die menschliche Gefühlswelt. Ob sie Emotionen von alleine produzieren können, steht noch dahin. Aber stellen Sie sich uns heutige Menschen in der Zukunft als eine neue, von uns selbst geschaffene Rasse vor. Diese Transformation ist bereits im Gange. Sehen Sie sich die Entwicklung an, und zwar auf der Basis der exponenziellen Beschleunigung. Im zwanzigsten Jahrhundert haben wir es vom Pferdewagen hin zur Mondlandung geschafft. Im einundzwanzigsten Jahrhundert werden wir technologisch das erreichen, was den Errungenschaften in einer Zeitspanne von zwanzigtausend Jahren entspricht. Da wird vieles vorstellbar!«

»Ist das für ein menschliches Gehirn überhaupt noch begreifbar?«, fragte der Moderator.

Die Frau im roten Kostüm schaltete sich erneut ein. »Er redet von der Singularität.«

»Können Sie uns das erklären? Wie definieren Sie die Singularität, auf Hochtechnologie bezogen?«, wollte der Moderator wissen.

»Singularität ist dann erreicht, wenn wir in der Lage sein werden, alle Regionen des menschlichen Gehirns zu simulieren oder nachzubauen, wenn Sie so wollen, indem wir die gleichen Algorithmen nutzen, inklusive aller emotionalen Fähigkeiten.«

»Anders ausgedrückt: Wenn Computer die Rechenleistung von Gehirnen erreichen?«

»Genau. Dann ist es möglich, das Gehirn um wesentliche Funktionen zu erweitern.«

Empörte Stimmen wurden unter den Zuschauern laut.

»Vergessen Sie nicht, dass Technologie uns bisher mehr genützt als geschadet hat!« Der Mann im schwarzen Rollkragenpullover entpuppte sich als hochsensibel für die Stimmung im Saal.

»Wie muss man sich das vorstellen – rein praktisch gesehen?«, wollte der Moderator wissen. »Bekommen wir dann alle Implantate ins Gehirn? Ich meine, alle Menschen auf der Welt?«

»Natürlich muss man sich dem öffnen. Ein solcher Schritt geschieht freiwillig. Aber die Grundlagen hierfür sind schon gelegt. Denken Sie an RFID-Chips in Krankenhäusern, zur Terrorabwehr, an Kreditwesen oder Bezahlsysteme. Die Basen sind alle schon vorhanden. Das ist schon alles digital erfasst. Die

Menschen machen das ja freiwillig, weil sie teilnehmen wollen, weil es auch bequemer ist, schneller. Sie geben viel, manche sogar alles von sich preis. Sie lassen die Hochtechnologie heute schon ganz nah an sich ran. Wir sind alle von einer unsichtbaren, immer dichter werdenden Daten-Cloud umgeben.«

»Das heißt doch nicht automatisch, dass ich mir auch einen Chip ins Gehirn einpflanzen lassen würde«, entgegnete der Moderator vehement.

»Natürlich nicht. Aber es geht – wie bei allem im Leben – um die kritische Masse. Sie werden erstaunt sein, wie viele Menschen dazu bereit sind.«

Der Mann im grünen Pullover mischte sich ein. »Der Vorteil der Technologie ist, dass es Beweise gibt – es gibt Sicherheit für ihre Existenz. Wo Gewissheit herrscht, braucht man nicht zu glauben. Wir wissen bereits, wie diese Technologie aussehen, wie sie funktionieren wird. Wir haben die Werkzeuge. Die Hardware ist da, die Software auch. Man muss anerkennen, dass im Moment nur noch zehn Jahre bis zum nächsten entscheidenden evolutionären Schritt vergehen, mit einer starken Tendenz zur Beschleunigung. Wir rechnen bei aktuellem Wachstum mit dem Erreichen der Singularität in diesem Zeitraum. Also zehn, höchstens fünfzehn Jahre.«

»Der Mensch wird mit der Technologie verschmelzen? In zehn Jahren?«

»Ja. Die Technologie hat gelernt, die Mechanismen der Natur zu verwenden, aber unendlich effizienter, schneller und ohne die schwächliche Zerbrechlichkeit organischer Strukturen. Aber der Mensch ist ja selbst nur ein Vehikel für Information. Seine DNA ist, wie bereits thematisiert wurde, nichts anderes als ein gigantischer Speicher für Informationen. Der Mensch hat die Chance, als erstes Lebewesen die Evolution der eigenen Spezies in die Hand zu nehmen und zu steuern, und zwar millionenfach beschleunigt.«

»Hat denn irgendjemand einen Plan, geschweige denn eine

Bremse, um die Kontrolle wieder zu erlangen? Ich meine, wo führt das denn alles hin?«

»Warum? Weil die Welt gerade ein so sicherer Hort ist?« Der Transhumanist lachte bitter. »Die Welt brennt an allen Enden. Es gibt nur mehr wenige Inseln von Stabilität, und die sind hoch verschuldet. Ganz Nordafrika ist instabil, von Ägypten und Libyen über Tunesien, Algerien bis Marokko. Dazu die Situation im gesamten Nahen Osten. Afghanistan, Kaschmir, Indien und Pakistan, Irak und der Iran, Myanmar, Thailand, Nordkorea, die Philippinen, Indonesien, Laos, Hong-Kong mit seinen Unruhen, dann der chinesische Riese, eine kommunistische Diktatur dirigiert freien Handel und zensiert das Internet mit Tausenden Beamten, der gesamte Balkan taumelt zwischen Armut, Perspektivlosigkeit und Rassenhass, die Welt ist ein unregierbares Tollhaus. Und wo Stabilität herrscht, sind die Staaten so verschuldet, dass es keine Perspektive gibt, diesen Berg jemals wieder abzutragen. Die antike Welt sehen wir nur noch als Inseln der Folklore. Dazu kommen radikale religiöse Fundamentalisten vieler Couleur, aus denen sich eine Armee von Terroristen speist, die Asien, Europa, die Arabische Welt und Nordafrika angreifen. Dann der zentrale und südliche afrikanische Kontinent, Hunger, Durst, Korruption, Epidemien und Perspektivlosigkeit. Teile Afrikas zersplittern in Gebiete, die von Warlords, Islamisten oder Banden regiert werden. Da schicken Sie doch Ihre Kinder nicht hin, um Urlaub zu machen! Wenn absichtsvoll destabilisiert wird und den Supermächten die Kontrolle entgleitet, geht es nicht mehr darum, auf die Bremse zu treten und dann so weiterzumachen.«

Der Mann im schwarzen Rollkragenpullover nickte. »Der Abend ist über dem Abendland angebrochen.«

»Der Mensch wird sich mithilfe technischer Updates, Gentechnik, Robotik und anderer Technologie in eine neue Spezies verwandeln. Aber wird das nicht nur eine kleine, elitäre Spezies sein? Wer darf da mit, in diese neue Zukunft? Wer ist gut genug?«, gab der Moderator zu bedenken. Mitch erinnerte sich gut an dessen ratlosen Blick in Richtung Saal, den die Produzenten wohl rausgeschnitten hatten. Er fröstelte in seinem Ohrensessel. Da hatten sie gesessen, die digitalen Barone, und hatten schon vor zehn Jahren haarklein und unverfroren angekündigt, wie sie die Welt sahen, was sie vorhatten und wie ihre Produkte die Welt verändern würden, in der die Kinder von heute leben würden.

Mitch schaltete frustriert das Entertainment-System ab, die Leinwand surrte nach oben und verschwand in der Verkleidung.

Kinder, dachte Mitch bei sich, während er müde die Treppe nach oben ging, um zu kontrollieren, ob Spark schlief. Es geht um unsere Kinder. Hatte er selbst sich als Vater schuldig gemacht, weil sein eigener Sohn mitten in diese Ungewissheit um die Zukunft hineingeboren worden war? Wo gerade er doch so viel beunruhigendes Wissen schon vor Sparks Geburt gehabt hatte! Konnte er garantieren, dass sein Sohn zu dieser kleinen, elitären Spezies gehören würde?

Nein, dachte er grimmig, während er erneut die knarzende Stufe vermied. Ich bin nicht schuldig, solange ich alles in meiner Macht Stehende tue, um die Irrtümer zu korrigieren und alles gut werden zu lassen. EUKARYON wird das Wichtigste sein, was ich Spark – und allen Kindern dieser Welt – hinterlassen werde.

Gerade als er den obersten Treppenabsatz erreichte, summte sein Handy. Eine Nachricht von Liz über die gesicherte Verbindung.

»Ich habe ein ungutes Gefühl. Was verschweigt Bill?«, las Mitch. Er spürte, wie es in seinen Schläfen pochte. Einen Herzschlag lang schwankte er zwischen Loyalität und Freundschaft. Dann entschied er sich für die Wahrheit. Die halbe, zumindest.

»Wir brauchen noch Zeit«, tippte er.

»Sollen wir das Ganze nicht lieber abblasen?«

»NEIN!!!«

Das Telefon läutete.

»Du bist noch wach«, sagte Liz überflüssigerweise.

Mitch schloss sanft die Tür zu Sparks Zimmer, damit der Junge nicht wach wurde.

»Ja«, sagte er dann.

»Was hast du mir zu sagen?!«

Mitch wand sich. Zu dem Konflikt, sich zwischen Liz und Bill zu entscheiden, kam noch eine andere Komponente hinzu. Sein Sohn. Er würde alles dafür tun, damit Spark von *Alfa1* verschont bliebe. Kollateralschäden musste er in Kauf nehmen. Aber hatte er das Recht dazu?

Er atmete tief durch.

»Hör zu, Liz. *Alfa1* ist keine Lösung. Wenn wir die Natur des Menschen hinüber in ein neues Zeitalter der Menschheit retten wollen, gelingt uns das nur mit NOW. *Alfa1* raubt uns das, was uns letztlich ausmacht. Die Träume. Die Poesie. Den freien Willen.«

»Das habt ihr vorhin schon gesagt. Und du weißt, dass ich euch zustimme. Aber da ist dieses Gefühl, das mich nicht schlafen lässt. Ich bin bereit, so zu handeln, wie ihr vorgeschlagen habt. Aber ich will Beweise sehen. Und ich will Kontrolle. Richte Bill das aus. Wenn er nicht sowieso mithört.«

»Ich rufe Bill morgen an und werde es mit ihm besprechen«, sagte Mitch. Er warf einen Blick auf seine Uhr. Bis zum Morgen waren es noch drei Stunden. In denen konnte viel passieren.

17. KAPITEL

Portland, Oregon, und Doylestown, wenige Minuten später

Rupert war hellwach. Er hatte soeben NOW, EUKARYONS Herz, den Befehl gegeben, sich die größte Nachrichtenagentur der Vereinigten Staaten anzueignen. In deren Kommandozentrale hatte eine junge Nachwuchsjournalistin namens Brenda ihre Nachtschicht angetreten.

Brenda Lynn Burmeister saß im Newsroom der TxTSmith Corporation, dem Hauptquartier und Nervenzentrum eines automatisierten Nachrichtendienstes. Die TxTSmith besaß Büros in mehreren Staaten, aber hier in Doylestown liefen alle Fäden zusammen. Brenda hatte Spätschicht und machte es sich mit einem Thunfischsandwich auf dem Captain Chair bequem. Mit ihren eins neunundfünfzig konnte sie sich nicht hinaufschwingen, sondern musste den hohen Kommandostuhl regelrecht erklimmen. Einmal oben, bot sich ihr ein Schauspiel wie auf der Brücke eines Raumschiffs. Halbkreisförmig um sie herum waren zahlreiche Monitore angeordnet, die in vielen Farben blinkten und deren Schirme sich kontinuierlich mit Text füllten, diesen dann wegschoben und von Neuem loslegten. Die Monitore waren nach mehreren Kriterien sortiert: Links standen die für die allgemeinen Nachrichten zuständigen Terminals, die zum Beispiel Daten aus der U.S. Geological Survey vollautomatisch über Erdstöße zu Textnachrichten verarbeiteten und selbstständig an Millionen von Adressen von Online-Zeitungen, Radiostationen, Privatleuten und Fernsehsendern weiterschickten. Daneben stand der Block mit den auf Sportnachrichten spezialisierten Terminals, bei denen etwa die Ergebnisse der College Basketball League oder von Autorennen mit allen statistischen Daten in Artikel eingeschrieben wurden, die dann an die Sportredaktionen, sozialen Netzwerke und Radiostationen weitergeleitet wurden. In der Mitte liefen die Monitore mit den Wetterdaten, Temperaturgrafiken und den Crime-Watch-Programmen. Meteorologische Stationen, Wetterballons und Millionen von Sensoren sowie Abertausende Polizeistationen im Land schickten ihre Daten in die Sammelstelle. Der Algorithmus erstellte vollautomatisch die Artikel und versendete sie an die Abonnenten.

Es war der größte Newsroom in der Geschichte der USA. Von dieser Schaltzentrale waren im Verlauf der letzten zwölf Monate eine Milliarde Artikel und Meldungen in die Welt hinausgegangen. Geschrieben von Roboter-Journalisten, die Tag und Nacht Daten empfingen, zusammenfassten und versendeten. Damit hatte der zentrale Newsroom in Doylestown mehr Artikel produziert als alle Medien in den USA zusammengenommen – und das seit ihrem Bestehen.

Brenda platzierte ihr Sandwich und den Pappbecher mit dem Softdrink auf das kleine Tablett, das aus der rechten Armlehne des Kommandostuhls ragte, und griff nach dem Joystick, mit dem sie jeden einzelnen Monitor ansteuern und Text wie auch Daten nachprüfen konnte – wenn sie das wollte.

Das Licht der Bildschirme tauchte den großen dunklen Raum in eine Atmosphäre, die so wirkte, als säße Brenda vor einem riesigen, bunt schillernden Aquarium. Sie biss in ihr Sandwich und begann zu kauen. Zum Spaß aktivierte sie den Zähler an ihrem Joystick und sah, wie die Zahl, bei null beginnend, rasend schnell anstieg. Nach einer Viertelstunde, als sie noch am letzten Bissen ihres Sandwichs kaute, stoppte sie den Zähler und las die Zahl ab: 26 044. So viele Artikel hatten den Newsroom verlassen, während sie ihren Snack gegessen hatte.

Sie schwenkte den Captain Chair nach rechts und beobachtete die Monitortürme, die den gesamten rechten Raum der

Zentrale einnahmen. Dort liefen die Wirtschaftsnachrichten, Bilanzzahlen, Börsenstatistiken und Business-News-Ticker zusammen, ebenso wie die »Küche« genannte Sektion, die aus Milliarden von Tweets, Postings, aber auch offiziellen Meldungen von Unternehmen Daten aus dem Netz herausfilterte und in Wirtschaftsnews umschrieb. Der Spitzname resultierte aus den Gerüchten, die aus der anfänglichen Unzuverlässigkeit des Dienstes heraus entstanden waren. Mittlerweile waren die verarbeiteten Daten aber so zuverlässig und so schnell, dass die meisten robotisierten Stock-Exchange-Programme sie nutzten und in Kaufs- und Verkaufsempfehlungen ummünzten. Nachdem der manuelle Börsenhandel weltweit eingestellt worden war und an den wichtigsten Handelsplätzen Split-Second-Trading von Maschinen ausgeführt wurde, waren die Menschen vor den Bildschirmen in den Börsenhandelsunternehmen froh, etwas lesen zu können. TxTSmith Business Watch – so der kommerzielle Name der »Küche« – war zu einer ernsthaften Konkurrenz für Bloomberg und Reuters geworden, da sie nicht nur nackte Daten weiterschob, sondern daraus Nachrichten in Textform produzieren konnte. Börsenhändler hatten wieder das Gefühl, zumindest die Hintergründe von Kapitalverschiebungen erklärt zu bekommen, was ihnen die Illusion gab, eingreifen zu können und doch noch irgendeine Rolle zu spielen.

Brenda zoomte auf einen der größeren Monitore und las mit, wie soeben der Frühbericht für die Eröffnung des Handelstages in Tokio verfasst wurde. Der Algorithmus fasste gerade die jüngsten Nachrichten und Daten japanischer Unternehmen der letzten zwei Stunden zusammen, baute Umsatzstatistiken und Grafiken ein und erstellte daraus einen Artikel. Brenda konnte sich nicht vorstellen, dass diese mühselige Arbeit vor ein paar Jahren noch von Menschen gemacht worden war, wiederum ein paar Jahre zuvor noch per Fax verschickt und noch früher, ungefähr zu der Zeit, als sie geboren wurde, per Telex weitergeleitet worden waren.

Brenda verstand sich als investigative Journalistin. Ihre Idole waren die Superstars des amerikanischen Journalismus, die Enthüller von Skandalen, die dem gemeinen, korrupten System die Maske vom Gesicht rissen und Gerechtigkeit wiederherstellten. Ihr Studium hatte sie ehrgeizig abgeschlossen, ihre Masterarbeit war eine Abhandlung mit dem Titel »Artificial Intelligence in Modern Journalism«. Nun saß sie hier in der Spätschicht und sah Robotern zu, die buchstäblich unfehlbar und unermüdlich waren. Ihre einzige Aufgabe war es, Alarm zu schlagen, sobald einer der Monitore Schwierigkeiten machte. Das konnte bedeuten, dass Syntax und Logik nicht mehr stimmten und der Algorithmus Daten und Statements thematisch nicht mehr einordnen konnte. Dann würde sich der Kontrollalgorithmus, der die Koheränz der Artikel prüfte – ein von selbst lernender Algorithmus, das Goldene Kalb von TxTSmith – eingreifen, die Übertragung stoppen und sozusagen virtuell um Hilfe bitten. Dann würde Brenda die ICT-Techniker, die in einem Bunker dreitausend Meilen entfernt saßen, alarmieren und um Überprüfung der Fehlerquelle bitten, damit der konstante Stream von hunderttausend Meldungen pro Stunde so schnell wie möglich weiterfließen konnte. Es waren diese seltenen Momente, in denen Brenda sich wie eine wichtige Chefredakteurin vorkam, die ihren unerfahrenen Praktikanten wieder auf die Sprünge half. Leider kam das – für ihren Geschmack zumindest – viel zu selten vor.

Von der Technik hinter dem System hatte Brenda keine Ahnung. Sie wusste nicht, wie komplex dieses System war, das sie beaufsichtigen sollte. Nur entfernt begriff sie, was ein lernender Algorithmus war, und ihr Verständnis hörte eigentlich bei AutoComplete auf, mit dem sie gut zurechtkam und dessen praktische Aspekte sie schätzte. Der Job schenkte ihr viele Stunden, in denen sie ihren Tagträumen vom großen Scoop nachhängen konnte und wie sie vielleicht eines Tages ihren Eltern den Pulitzer-Preis zu Hause auf die Kommode stellen konnte.

Brenda schüttelte ihre prächtige blonde Lockenmähne zurecht, kontrollierte ihre Mundwinkel nach Resten vom Thunfischsandwich und funkte Greg an, den Security-Wachmann der GenSec Pennsylvania Corporation, der den gepanzerten Zugang zum Gebäudekomplex bewachte und gerade die Mitarbeiter der Firma hereinließ, die mit der Wartung des Kühlsystems der Anlage beauftragt war, wie sie auf ihrem Monitor beobachtete. Sie fühlte sich fit für einen kleinen Flirt mit dem muskulösen Greg und seinem bezaubernden Lächeln. Wenn die Männer der Kühlfirma wieder gegangen waren, wären Greg und sie die beiden einzigen lebenden Wesen in der Anlage. Ein bisschen Gesellschaft wäre gut, dachte sich Brenda.

Gerade als sie das Gefühl hatte, sie würde noch umkommen vor Langeweile, vibrierte der Joystick, um den Controller auf dem Captain Chair auf eine Veränderung aufmerksam zu machen. Brenda sah auf den Monitor und las die Nachricht, dass der Kühlluftumsatz für die Server hochgefahren wurde, da ein Temperaturanstieg im Serverraum gemeldet wurde. Brenda quittierte die Nachricht, schnappte sich ihren Softdrink und suchte auf den Sicherheitsmonitoren nach Greg.

Die Roboter hinter den Monitoren verrichteten rasend schnell ihre Arbeit. Weder sie noch Brenda merkten, dass jede zehntausendste Zahl, die das System empfing und die Zahl Fünfzig enthielt, auf exakt 50,00001 gestellt wurde. Es war in den Massen an Zahlen nicht zu bemerken. Aber ganz langsam, unendlich langsam begannen sich die Auswertungen, Grafiken und Statistiken, die TxTSmith in die Welt hinausschoss, zu verschieben. So langsam, dass bei hunderttausend Meldungen und Artikeln pro Stunde gerade einmal die vierte Stelle nach dem Komma auf 1 rutschte, und das erst nach zwanzig Stunden. In weiteren zehn Stunden wäre die dritte Kommastelle erreicht. Nach fünf weiteren dann die zweite. Aber da würde Brenda gerade freihaben.

Rupert schmunzelte zufrieden, schaltete den Livestream aus, auf dem er mitgelesen hatte, und spürte wieder Hunger in der Magengegend.

18. KAPITEL

Portland, Oregon, kurz vor NOW

Rupert quittierte den File, der seine genauen Anweisungen enthalten hatte.

»Na, dann wollen wir mal«, nuschelte er in seinen Bart. »Machen wir Ernst!«

NOW hatte eine Gemeinde identifiziert, die allen Anforderungen gerecht wurde. Mit gerade mal sechzigtausend Menschen war sie nicht zu groß, aber groß genug. Geografisch war sie ideal gelegen. Es würde sauberes Wasser und saubere Luft für Jahrhunderte geben. Die Gegend lag zweihundertfünfzig Meter über dem Meeresspiegel, und Bodenproben hatten ergeben, dass in der ländlichen Umgebung keine Altlasten industrieller Verseuchung zu finden waren. Die Nahrungsmittelproduktion in unmittelbarer Nähe war gewährleistet. Es war ein beschauliches Städtchen – Prineville in Oregon.

Ruperts Herzschlag beschleunigte sich. Er gab die Befehlskette ein und schaltete NOW auf Automodus, wie er es Dutzende Male vorher ausprobiert hatte.

Eugene in Kalifornien, etwa hundert Meilen entfernt, war der nächstgelegene Stützpunkt, auf dem sich militärische Flugkörper befanden. Die CIA unterhielt hier eine größere Flotte der bis dato geheimen Baureihe von New-Estate-Drohnen. Rupert schaltete seinen Livestream ein und beobachtete über die Überwachungskameras, wie auf einen geisterhaften Befehl hin Leben in die Anlage kam. Schlanke, graue Drohnen schoben sich aus den Hangars. Rupert zählte über dreißig. Die mit Elektronik vollgestopften Flugkörper richteten ihre Nasen auf das Flugfeld, gaben Gas und hoben nach kurzer Beschleunigung gemächlich ab. Rupert sah die Reflexion ihrer Sonnenkollektoren auf den Flügeln, die ihn blendeten, als sie sich in eine Kurve legten, um nach Osten abzudrehen.

Rupert schaltete auf Globe-View und machte nach kurzem Suchen den Schwarm von Punkten aus, die zielstrebig auf Prineville zuhielten. Er markierte sie.

Nach dreißig Minuten Flugzeit hatten die ersten Drohnen ihr Ziel erreicht und begannen, sich auf fünfzehntausend Fuß Höhe zu schrauben. Die Leitdrohne wartete ab, bis sich alle in der richtigen Höhe befanden und mit einer kreisförmigen Flugbahn das Stadtgebiet überflogen. Dann flog sie in engen Kreisen noch weiter nach oben und übernahm die Steuerung des Schwarms. Rupert konnte sehen, wie die Leitdrohne in einem engen Radius genau über dem Zentrum der Stadt kreiste, während die unteren Drohnen sich fächerförmig anordneten und ihre Position in Kreisbahnen über dem Stadtgebiet und den unmittelbaren Randgebieten einnahmen.

Rupert schaltete den Satelliten ein. Von oben sah die Formation wie eine Scheibe aus, die sich langsam über Prineville drehte. Dann klickte er auf 3-D und betrachtete die Seitenansicht: Ein sich drehender Trichter lag über der kleinen Stadt. Die Leitdrohne bildete die Spitze im Himmel, die Bahnen der unteren Drohnen, die nach außen hin mit abnehmender Höhe ihre Kreise zogen, den Körper. Rupert wartete einige Runden ab, bis der Trichter sich stabilisiert hatte. Der äußerste Rand des Drohnentrichters lag jetzt bei achttausend Fuß. Zu weit oben, um sie mit bloßem Auge sehen zu können. Die Leitdrohne signalisierte Rupert, dass die Formation installiert sei.

»So, jetzt die Freigabe.«

Rupert packte mit einem simplen Befehl die Datensätze aus dem verschlüsselten File des Innenministeriums aus und wandelte sie in die BarChain-Architektur von NOW um. Konzentriert sah er sich die Animation auf seinem Schirm an, tippte an seinen Joystick und setzte die Brille auf. Er nahm die Position der Leitdrohne ein und konnte so virtuell mitfliegen. Mit den Fingern der linken Hand tippte er auf dem Monitor links von ihm herum und legte die rechte Hand auf den Joystick. Er pilotierte das, was jetzt folgte, wie ein militärischer Drohnenpilot in seinem weit entfernten Stützpunkt.

Die Datenpäckchen entfalteten sich und verteilten sich wie ein unsichtbares Netz über die Drohnen. Die Rechner in den Flugkörpern wurden mit allen verfügbaren Daten geladen, die man über die Einwohner Prinevilles abgefischt und im Innenministerium gebündelt hatte: biografische Details, Geburtsurkunden, Ausweise und Pässe, Stammbäume und Geburtsregister, Krankenakten, private E-Mail-Accounts, Führerscheindaten, Versicherungen, die gesamte soziale Aura aus Freunden, Followern und Abonnenten jedes einzelnen Bewohners von Prineville, die aus den Social-Media-Accounts und den Fotos in ihnen errechnet worden war, auch Verkehrsverstöße, Bankdaten, laufende Kredite und die Historie der Rückzahlung, die politische Einstellung, die aus Posts, Blogs und Mails errechnet worden war, Freizeitaktivitäten und Hobbys, die aus hochgeladenen Fotos interpretiert wurden, Vorlieben für bestimmte Musikrichtungen, Filme und TV-Sendungen von jedem Einwohner, deren Meinung zu Religion und ihre aktive oder passive Mitgliedschaft bei Kirchen, sportliche Aktivitäten, aber auch wer in Prineville welche Medikamente und warum nahm, dann Vorstrafen und laufende Gerichtsverfahren, gestaffelt nach einem Ranking sozialer Verträglichkeit von simplen Verkehrsverstößen über Nachbarschaftsstreits, Erbschleicherei bis hin zu Betrug, Körperverletzung, Raub und schweren Kapitalverbrechen, das Bildungsniveau jedes Einwohners aus Schulakten und Zeugnissen, der intellektuelle Abdruck jedes Bürgers anhand der Publikationen und Buchkäufe, E-Books und Zeitschriften, die gelesen wurden, die sexuellen Vorlieben anhand von besuchten Pornoseiten und privat gedrehten Filmchen auf den Endgeräten, die gehackt worden waren, alle Adressbücher aus Smartphones, Computern und sämtlichen anderen Endgeräten, der virtuelle ökonomische Abdruck jedes Bürgers, der aus dem Shopping-Verhalten ausgerechnet worden war, Fahrzeuge und Reiseverhalten, Energie- und Wasserverbrauch, Vermögensstand, Liquidität und Besitzverhältnisse, Spekulationsverhalten auf Online-Börsenhandelsplattformen und als Krone die Genome eines jeden Bürgers aus Polizeiakten, Krankenhäusern und Arztpraxen, gestaffelt nach freiwilliger, medizinischer und gesetzlicher Registrierung der DNA, die im Verlauf einer Massen-DNA-Erhebung im Ort zur Aufklärung ungeklärter Vergewaltigungsfälle digital gespeichert worden war. Aus der Schnittmenge all dieser Daten errechnete die Software in den Drohnen für jeden Bürger einen moralischen, ökonomischen und ökologischen Index, den sie in ein Ranking umwandelte, das von AAA bis ZZZ reichte – eine klare und aussagekräftige Bewertung jedes Einzelnen und seines Werts für die Gemeinschaft.

Nachdem dieser Vorgang abgeschlossen war, hob Rupert die Anonymität mit einer Geste vor dem Bildschirm links von ihm auf. Die Namen der Bürger Prinevilles erschienen im Klartext. Mit einer weiteren Geste verknüpfte Rupert die Namen mit den errechneten Rankings. Dann schaltete er die Fotos frei. Über Prineville schwebten jetzt sechzigtausend komprimierte, winzige Dateien mit Fotos, Namen und Ranking in einem feinen digitalen Netz, das nur für Rupert in seiner dreidimensionalen Datenbrille sichtbar war. Dann legte er mit dem Joystick die Netzwerksteuerungen und Sensorenüberwachung – die auf *Alfa1*-Software basierten Steuerungsmodule – über das System und konnte so die intelligenten Haussysteme, Überwachungskameras, Alarmanlagen und Navigationsgeräte in Fahrzeugen abgleichen.

Jetzt fehlte nur noch ein kleiner Schritt, der allerdings große rechtliche Konsequenzen hatte. Rupert war bereit. Er öffnete ein Fenster auf seinem linken Bildschirm und wartete auf die

Freigabe. NOW lauerte in Form einer nicht hackbaren neuen Software, verteilt auf die kreisenden Drohnen über Prineville.

Rupert stellte sich vor, wie Bill und Mitch sich vor die Mikrokameras in ihren Monitoren im großen Kommandoraum beugten und sich mit dem Abdruck ihres jeweiligen Augenhintergrunds im System identifizierten. Daraus errechnete NOW einen Code, der nur bei gleichzeitiger Übereinstimmung der individuellen Iris-Karte Zugang zur Aktivierung von NOW ermöglichte. Damit besaßen Mitch und Bill gemeinsam den einzigen Schlüssel, um die künstliche Intelligenz, die sich über Prineville legen sollte, zu aktivieren. Nachdem die Daten angekommen waren, signalisierte Ruperts linker Bildschirm, dass er nur noch auf den Befehl zur Verknüpfung wartete.

In diesem Moment wurde die Tür von Ruperts Kokon aufgerissen, und Bill und Mitch stürmten in sein Büro. Rupert riss sich die Datenbrille vom Kopf und drehte sich um. Er begann zu zittern vor Erregung.

»Den Knopf werde ich drücken!«, sagte Bill herrisch und näherte sich der Monitorwand. Rupert verstand nicht, was das sollte.

Mitch legte eine Hand auf Bills Schulter und versuchte ihn wegzuziehen. Mitch kannte Rupert genau, ihm war klar, dass sie es riskierten, dass Rupert die Fassung verlor. Aber Bill riss sich los, überflog die Monitore und bellte: »Das ist er, oder? Hier muss ich drücken?«

Rupert brach der Angstschweiß aus, er setzte zu einer Antwort an, brachte aber nur ein gestammeltes »Ja« hervor. Salzige Schweißtropfen rannen in seine Augen. Kaum sah er, wie Bill mit dem Finger auf den Button des bewegungsempfindlichen Bildschirmes zielte und sich wie in Zeitlupe dem blinkenden Knopf näherte. Dann drückte er drauf.

Mitch zog Bill am Ärmel weg von Rupert und bugsierte ihn hinaus auf den Flur. Er murmelte eine Entschuldigung in Ruperts Richtung und zog die Tür geräuschlos hinter sich zu.

Rupert brauchte einige Minuten, bis er nach der Unterbrechung wieder klar denken konnte. Er wischte sich das Gesicht ab, setzte die Datenbrille auf und gewöhnte seine Augen wieder an das virtuelle Bild.

NOW hatte durch den simultanen Befehl der beiden Inhaber von EUKARYON dreierlei Dinge gleichzeitig ausgeführt: Es hatte als Parasiten-Software die Satelliten von *Alfa1*, auf deren Bahn Prineville lag, übernommen und die Datenverbindungen in den fliegenden Trichter aus Drohnen umgeleitet. Umgekehrt schickte der Trichter die Verbindungen aus dem permanenten Datenstrom, den die Bürger von Prineville produzierten, auf den gekaperten Satelliten, von wo aus sie in das Kommandozentrum von EUKARYON umgeleitet wurden. Das hieß: Die Netzknotenpunkte auf den Schiffen von *Alfa1* standen jetzt unter Kontrolle von NOW. NOW kontrollierte auch den gesamten Datenfluss. *Alfa1* gab es in Prineville nicht mehr. Die Bürger merkten davon nichts. Alle ihre Geräte und Sensoren liefen normal weiter.

Zugleich aktivierte NOW das Bewegungsprofil-Modul, um festzustellen, wer sich gerade wo in Prineville aufhielt. Es dauerte bloß Sekunden, bis sechsundachtzig Prozent aller Fotos, Namen und Datenpäckchen mit dem jeweiligen Ranking mit den entsprechenden Aufenthaltsorten der Personen, als Punkte sichtbar, in der Stadt verbunden wurden. Rupert beobachtete durch seine Brille, wie das Netzwerk sich auf dem Stadtgebiet ausbreitete. Das war der Durchbruch.

Der Applaus aus dem Großraumbüro jenseits der schützenden Bürotür war so laut, dass Rupert aufschreckte.

»Geschafft!«, hörte er das begeisterte Brüllen aus vielen Kehlen. Rupert grinste. Sechsundachtzig Prozent hieß, nur vierzehn Prozent waren nicht zu Hause. Er ließ die Animation weiterlaufen und betrachtete zufrieden das dynamische Bild, das die Drohnen lieferten.

Dann rief er ein Fenster auf, das nur er sehen konnte. Er

tippte vor seinem linken Bildschirm einen Befehl und wartete eine Sekunde. Die erste Statistik, die NOW über die Bürger angelegt hatte, erschien: die prozentuale Verteilung des Rankings der Bürger von Prineville. Rupert klickte sich durch und staunte.

»Nur ein Prozent AAA!«, stellte er fest und pfiff durch die Zähne.

19. KAPITEL

Georgetown, kurz vor NOW

»Bitte, Papa! Ich bin doch schon groß. Lass uns mitfahren!«

Seit einer geschlagenen Viertelstunde bettelte Spark, mit der Geisterbahn fahren zu dürfen.

Mitch war nicht glücklich darüber. Seit Spark ein Gespensterbuch geschenkt bekommen hatte, träumte er schlecht.

»Bittteee!« Der Junge zog an seiner Hand. »Ich hab auch keine Angst, Papa! Du bist doch dabei.«

»Überredet«, sagte Mitch und lachte, als Spark vor Begeisterung auf und ab hüpfte.

Notfalls kann er den Kopf unter meinem Mantel verstecken, dachte er. Er holte sein Portemonnaie hervor und löste zwei Billets. Spark riss sich von seiner Hand los und sprang in den Wagen, ein mit Ungeheuern und Totenköpfen verziertes Monstrum.

»Papa, komm!«, rief er aufgeregt und sah sich zu Mitch um, der noch auf das Wechselgeld wartete.

Plötzlich gab es einen Ruck, und der Wagen fuhr einfach los, dem Schwingtor zur Geisterbahn entgegen.

Mitch erschrak heftig, als er in die verängstigten Augen seines Sohnes sah. Er schob den Mann beiseite, der noch die Münzen abzählte, und spurtete dem Gefährt hinterher. Zu spät. Er sah noch, wie Spark sich tapfer an den Armlehnen festhielt, und dann war er auch schon durch die Schwingtüre hindurch, wo ihn die Dunkelheit der Geisterbahn umfing.

Verdammt!, dachte Mitch, drehte um und lief mit wehendem Mantel zu dem Mann zurück.

»Wie lange dauert die Fahrt?«, rief er dem Billetverkäufer

aufgeregt entgegen. »Mein Sohn ist allein dort drin! Der Wagen ist einfach angefahren. Wie kann so etwas passieren?«

»Nur zwei Minuten, Sir, bitte, es kann ihm nichts passieren. Beruhigen Sie sich. Er wird da heil wieder rauskommen.« Der Mann deutete auf das entgegengelegene Tor, das sich soeben mit einem lauten Rumpeln öffnete und einen Wagen mit vier Kindern entließ. Ihre Gesichter waren erhitzt.

»Sehen Sie, niemand geht hier verloren«, sagte der Mann.

Mitch wandte sich zu der mit Geistern, Frankensteins und Monstern verzierten Fassade und brüllte: »Spark, es kann dir nichts passieren. Halt dich gut fest!«, in der Hoffnung, dass er ihn hörte.

Ein Jammern und Zähneklappern, untermalt von heulenden Windgeräuschen, war alles, was Mitch hören konnte. Darüber ein hämisches, gruseliges Lachen und ein Meckern, das an eine Hexe erinnerte. Geisterbahn eben.

Nach zwei endlos langen Minuten wurde es Mitch zu bunt. Er stellte sich an die Gleise und brüllte Sparks Namen in die Höhle hinein.

Im nächsten Augenblick kam der Wagen wieder heraus. Der Junge war bleich im Gesicht und starrte seinen Vater entsetzt an.

»Spark!«, rief Mitch. »Es tut mir so leid. Der blöde Wagen ist einfach losgefahren. Ich bin nicht hinterhergekommen.« Er lehnte sich in den noch fahrenden Wagen und zog seinen Sohn heraus. Fest drückte er ihn an sich und sagte in sein Ohr: »Alles gut jetzt. Keine Angst, das ist nur eine Geisterbahn. Du bist so tapfer. Ich habe einen Riesenschreck bekommen.«

Spark klammerte sich an seinen Hals. »Ich hatte gar keine Angst, Papa.« Tränen liefen ihm die Wangen herab.

»Sollen wir zusammen noch mal Bälle werfen?«, fragte Mitch, um seinen Sohn auf andere Gedanken zu bringen.

»Ich will nach Hause«, schluchzte Spark und deutete zum Ausgang.

Mitch nahm seinen Sohn auf die Schultern, lief zu seinem Auto und verstaute ihn auf dem Rücksitz.

»So, mein kleiner Held. Das war ein Abenteuer, was? Du warst so unglaublich tapfer! Ich bin sehr, sehr stolz auf dich!«

Mitch schnallte den Kindergurt fest, drückte seinem Sohn einen Kuss auf den Scheitel und stieg vorne ein.

»Wir fahren jetzt nach Hause, ziehen uns um, und dann gehen wir Pommes essen, wie du es dir gewünscht hast. Okay, kleiner Mann?«

Mitch sah im Rückspiegel, wie Spark den Daumen hochhielt.

Mitch warf einen Blick auf die Uhr. Vor knapp zwei Stunden war er in Washington gelandet. Bill hatte gedrängt, ihr Vorhaben noch heute in die Tat umzusetzen. Mitch fühlte sich miserabel, wenn er an seine Versprechen gegenüber Liz dachte. Von wegen Kontrolle. Aus Trotz war er zurückgeflogen. Er hatte Spark seit Wochen versprochen, mit ihm auf die Kirmes zu gehen. Wenigstens das Versprechen hatte er gehalten.

»Wir sind noch früh dran«, sagte er. »Wenn wir zu Hause sind, fahre ich noch schnell ins Büro, dann hole ich euch ab. Okay?«

»Okay, Papa«, sagte Spark und zog geräuschvoll die Nase hoch.

20. KAPITEL

Los Angeles, NOW

Die löchrigen Holzbohlen der Veranda knarzten. Jemand schlich ums Haus. Tylors Mutter hob den Kopf aus den Kissen und war augenblicklich hellwach. Sie tastete im Dunkeln nach ihren Kindern und fand nur Peaches, die eingerollt neben ihr schlief.

»Tylor!«, flüsterte sie in die Dunkelheit und schob die Bettdecke beiseite.

»Tylor! Verdammt, wo bist du?«

Sie robbte in dem schaukelnden Bett bis zum Rand, setzte sich auf und stellte die Füße auf den Boden. Angestrengt lauschte sie. Sie hörte deutlich Schritte draußen vorm Haus. Dann ein Poltern, wie wenn ein schwerer Körper stolpert, gefolgt von lautem Fluchen.

Sie stand auf und versuchte sich zu orientieren. Durch eine schmale Ritze in der Holzverkleidung, die sie jeden Abend von innen vor dem Fenster verkeilte, fiel ein schmales Band Sonnenlicht und machte den Staub sichtbar. Es musste noch früh am Morgen sein, sehr früh.

»Tylor! Wo steckst du denn nur?«, flüsterte sie in die Dunkelheit. Dann sah sie ihn. Er stand mit heruntergelassener Hose in der Tür, schlaftrunken und mit großen, fragenden Augen.

»Schätzchen, da biste ja, komm her. Was ist los?« Sie sprang auf und eilte auf ihn zu.

»Da ist wer. Und die Spülung geht nicht.«

»Komm her zu Mom.«

Sie zog ihm die Hose hoch und steckte ihn wieder ins Bett, neben seine kleine Schwester.

»Schlaf noch ein bisschen. Ich seh mal nach, was los ist.«

Sie deckte Tylor zu und sah auf den alten Radiowecker, der die Zeit anzeigte. Das Display war aus.

»Stromausfall mal wieder. Und die Spülung geht auch nich'!«, murmelte sie, schloss die Schlafzimmertür hinter sich und tastete sich in dem stockfinsteren Flur bis in die Küche. Die Luft war schwül und stickig. Sie fühlte den Schweiß unter ihren dicken Armen bis zu den Ellenbogen laufen. Ihre Hand suchte den Lichtschalter, drückte ihn runter, aber es blieb dunkel. Sie öffnete die Schublade neben der Spüle, schob die Messer beiseite und tastete im hinteren Teil nach dem Totschläger, den Peaches' Vater dort immer versteckt hatte. Sie zog ihn heraus. Das Gewicht der Waffe aus Hartgummi in ihrer Hand machte sie mutiger.

»Ma'm?«, hörte sie ein Rufen von draußen. Es kam von hinten, von dort, wo ihr Schlafzimmer lag. Wo ihre Kinder waren! Sie umfasste den Totschläger fester und tastete sich aus der Küche, wischte dabei den Stapel Essensmarken von der Kommode, die sich flatternd auf dem Boden verteilten, und stand einen Augenblick später im düsteren Flur. Sie trat zur Haustür, öffnete sie und spähte durch das löchrige Fliegengitter in die Morgensonne, den Totschläger abwehrbereit auf Kopfhöhe haltend.

»Verflucht, wer ist da? Ich bin bewaffnet!«, bellte sie hinaus. »Wer zum Teufel ist da? Kommen Sie bloß nich' näher!«

»Ma'm!«, ertönte es wieder, »ich bin's, Ihr Nachbar.«

»Kommen Sie an die Tür, sodass ich Sie seh. Was zum Teufel wollen Sie von mir?«

»Ma'm, wir haben Stromausfall.«

»Ach ne!«, blaffte Tylors Mutter. »Und deswegen schleichen Sie um mein Haus rum? Sie ham uns zu Tode erschreckt!«

Ihr Herz raste, aber langsam beruhigte sie sich wieder. Sie öffnete das Fliegengitter und spähte über die Veranda. Dann sah sie eine humpelnde Gestalt um die Ecke des Hauses kommen.

»Sie ham überall Löcher in den Bohlen, das ist saugefährlich!«

»Damit Einbrecher wie Sie sich das Genick brechen!«

»Ma'm, ich bin Ihr Nachbar, kein Einbrecher. Wollt nur sehn, ob alles okay ist bei Ihnen.«

Er trug ein verdrecktes Unterhemd ohne Ärmel, ausgebeulte Surfershorts und Gummischlappen an den Füßen. Sie erkannte den Bewohner des alten Eiswagens in ihm.

»Was soll denn nich' okay sein?«, sagte sie und ordnete mit der freien Hand ihre verstrubbelten Haare.

»Ham Sie Wasser?«, fragte der Mann und sah sie aus seinem unrasierten, hohlwangigen Gesicht mit den blutunterlaufenen Augen an.

»Die Spülung geht nich'«, antwortete sie, ließ den Arm mit dem Totschläger sinken und zog ihr Nachthemd über ihrem üppigen Busen zusammen. Sie überlegte.

»Komm' Sie rein, aber wecken Sie nich' die Kinder. Sie brauchen also Wasser?« Tylors Mutter schielte zu dem Eiswagen, der verrostet und von Unkraut umwuchert auf dem Grundstück neben ihrem Haus stand. Sie sah die provisorische Stromleitung, die ihr Nachbar aus der Oberleitung am Bürgersteig illegal zu seinem Wagen gelegt hatte, und den Wasserschlauch, aus dem er vom Hydranten weiter unten an der Straße Wasser stahl. Der Wasserschlauch endete in einer Pfütze im Rasen.

»Was is' denn eigentlich los?«, fragte Tylors Mutter, trat einen Schritt zurück und ließ den Mann in ihr Haus. Als er an ihr vorbeiging, roch sie seinen alten Schweiß, gemischt mit dem säuerlichen Geruch von Benzin oder Öl.

»Dauert wohl länger heut, das mit dem Stromausfall, ham sie vorhin auf der Straße gesagt. Lassen Sie bloß Ihre Fenster verrammelt, drüben am Supermarkt plündern die Bälger schon.«

Ein Polizeiwagen schoss mit heulenden Sirenen durch die Straße. Als er vorbei war, stand Tylor plötzlich neben seiner Mutter, hielt sich an ihrem Nachthemd fest und sah zu dem fremden Mann.

»Na, Kleiner? Alles fit?«, grinste er und entblößte sein gelbes Gebiss, dem die beiden vorderen Schneidezähne fehlten.

»Sie ham uns alle ganz schön erschreckt«, sagte Tylors Mutter, umfasste den Kopf ihres Sohnes und schloss mit dem Fuß das Fliegengitter und die Haustür. Es wurde dunkel, zu dunkel, um mit einem fremden Mann im Flur zu stehen.

»Tylor, geh zu deiner Schwester!«, befahl sie. »Ich komme gleich. Muss nur schnell dem Nachbarn helfen.«

Sie betrat die Küche und lockerte die Verriegelung vor dem Fenster, sodass etwas Licht hereinfiel. Der Nachbar stand hinter ihr in der Küchentür und beobachtete sie.

Sie drehte den Wasserhahn auf. Er machte ein lautes Plopp, dann kam ein Schlürfen, und etwas braune, dicke Brühe tropfte in das abgewetzte Metallbecken.

»Sehn Sie, nichts zu machen. Das kommt schon wieder. Wenn die Pumpen nich' gehn, läuft auch kein Wasser.«

Der Polizeiwagen raste mit heulenden Sirenen durch die Straße, diesmal in die andere Richtung.

»Was is' denn da bloß los?«, fragte Tylors Mutter.

»Sie plündern wieder, sagt' ich doch. Wie bei jedem Stromausfall. War vorhin an der Tankstelle vorne am Orangewood. Da ham se's mit Lautsprechern gesagt. Dauert länger, die Leute sollen zu Hause bleiben. Blackout oder so was. Benzin ging auch nich'.«

»Was machen Sie denn an der Tankstelle? Sie ham doch gar kein Auto.« Tylors Mutter lehnte sich an die Spüle, verschränkte die Arme vor der Brust und sah ihn herausfordernd an.

»Nee, 'n Auto nich', aber mein Motorrad, 'ne alte Indian von meinem Vater. Da, gucken Sie«, sagte der Mann, trat ans Fenster und schob die improvisierte Einbruchsicherung beiseite. Tylors Mutter sah hinaus, und tatsächlich, da lehnte ein halb verrostetes Ungetüm von Motorrad an dem Eiswagen, das sie bisher noch nie gesehen hatte, bis zum Tank hinter Unkraut versteckt. Auf der langen, breiten Sitzbank aus zerschlissenem Plastik waren verschnürte Pakete zu sehen.

»Was ham Sie denn da draufgepackt?«, fragte Tylors Mutter argwöhnisch.

»Das is' all mein Hab und Gut. Die Indian is' alt, aber fährt noch gut. Benzin hab ich auch, in Kanistern, man weiß ja nie. Aber Wasser braucht se, ich hab nur Bier«, grinste der Mann.

»Wie viel Wasser brauchen Sie denn, und wo wollen Sie hin?«

»Nur ein paar Liter, für die Kühlung. Hat nicht mehr den originalen Motor, der war mit Luft gekühlt. Aber der ist geplatzt. Jetzt is' ein japanischer Motor drin. Läuft gut, braucht aber Wasser.«

Tylors Mutter ging zum Kühlschrank und öffnete die Tür.

»Nicht!«, rief der Mann. »Lassen Sie die kalte Luft nich' raus, wer weiß, wann der Strom wiederkommt.«

»Wenn Sie Wasser wollen, dann muss ich den aufmachen. Hab immer Wasser im Haus, für Peaches' Brei. Da, sehn Sie?«

Im Kühlschrank stand eine ganze Batterie Arrowhead-Plastikflaschen.

Der Nachbar war mit einer blitzschnellen Bewegung beim Kühlschrank, riss drei Flaschen heraus und knallte die Tür wieder zu.

Tylors Mutter zuckte erschrocken zurück und umklammerte den Griff des Totschlägers.

»'tschuldigung«, sagte der Mann, »aber hier sin' kleine Kinder im Haus. Sie müssen auf Ihre Vorräte aufpassen. Wenn Sie die Tür lange offen lassen, wird's schnell warm, dann verdirbt Ihnen alles.«

Tylors Mutter blickte ihn an und bemerkte die ehrliche Besorgnis in seinen Augen. Er wirkte auf einmal gar nicht mehr bedrohlich und auch nicht so ekelerregend.

»Darf ich die drei nehmen?«, fragte er und hob die Flaschen. »Ich bring Ihnen gleich das Geld rüber, einverstanden?«

»Lassen Sie mal, bring' Sie einfach drei neue Flaschen vorbei.« Sie überlegte kurz. »Wollen Sie länger weg?«

Der Mann wurde verlegen, unsicher. Dann sagte er: »Für immer. Ich geb auf. Ich fahr zu meiner Schwester. Die hat mit ihrem Mann 'ne Farm, drüben in Kanada, an der Grenze. Da kann ich vielleicht helfen. Mir reicht's hier, hab alles verloren.« Er senkte den Blick auf den Küchenboden.

»Na, bis rauf nach Kanada, da sind Sie aber 'n Weilchen unterwegs«, sagte Tylors Mutter.

Der Mann lächelte sein zahnloses Lächeln, und in seine Augen kehrte Leben ein.

»Rauf und rüber muss ich. Ist ganz schön weit. Sie wohnt drüben, Richtung Osten. Fast einmal quer durch. Da wo Maine an Vermont stößt. Südlich von Quebec. Da muss ich hin, da komm ich her.«

Tylors Mutter legte den Totschläger auf die Anrichte. Peaches krähte aus dem Schlafzimmer, sie war wach geworden und hatte wohl Hunger oder volle Windeln, oder beides. Tylors Mutter lächelte nun zum ersten Mal, seitdem ihr Nachbar sie geweckt hatte. Dabei entblößte sie zwei Reihen kräftiger, schneeweißer Zähne, die von vollen, blutroten Lippen eingefasst wurden. Sie sah ihn an, wie er verlegen grinsend vor ihr stand.

Bisschen waschen und ordentliche Kleider, dann wär er gar nicht so übel, ihr Nachbar. Und Vermont, Maine und Quebec – das klang nach Wäldern und kühlen Seen, nach hohen Tannen und leckerem Ahornsirup, dachte sie.

21. KAPITEL

Washington, NOW

Mitchells Büro lag gegenüber der Metrostation Metro Center an der 13. Straße NW in einem fünfstöckigen Bau im Zuckerbäckerstil. Er fuhr in die Tiefgarage, nahm den Aufzug bis zur Etage, auf der seine Kanzlei lag, und trat in sein Büro.

Einer der Monitore verband ihn direkt mit EUKARYON. Mitch loggte sich mit dem Scan seines Augenhintergrundes ein und verfolgte den Livestream von Prineville. Das Leben der kleinen Stadt füllte seinen Bildschirm. Er konnte jedes Detail in beliebiger Größe heranzoomen. Mit einem Scrollen seiner gestengesteuerten Maus rief er seinen Gesprächspartner an den Schirm. Bill erschien Augenblicke später in einem Fenster.

»Toll, was?«, sagte Mitch

»Hi, Mitch, zurück von der Kirmes?«

»Ja, es gab einen kleinen Schreck, aber alles ist gut gegangen. Was gibt's, was brauchst du?«

»Wir haben jetzt vierundzwanzig Stunden die Kontrolle über Prineville. Alles läuft nach Plan. Wir beginnen – wenn du bereit bist – mit der Simulation. Dann sehen wir, was NOW besser machen kann. Bereit?«

Es gab kein Zurück mehr. Warum also zögern?

»Okay, gib den Scan-Befehl.«

Das Fenster mit der optischen Kennung erschien in einem anderen Fenster. Mitch sah Bills vergrößertes Auge, hielt sein eigenes vor die Kamera, und eine Sekunde später quittierte das System die Erkennung mit einem leisen Piepsen.

»Gut, wir lassen NOW die nächsten zwei Wochen hochrechnen. In zwei Stunden sind wir so weit. Ich hab die Präsidentin dazugeschaltet, sie verfolgt uns aus dem Bunker.«

»Was sagt Liz dazu?«

»Not amused. Aber sie ist pragmatisch genug, uns jetzt keine Knüppel zwischen die Beine zu werfen.«

»Gut, funk mich an, wenn es was Neues gibt.«

Bill nickte und verschwand vom Bildschirm.

Mitch konzentrierte sich wieder auf Prineville, zoomte auf »Bird View« und sah die Stadt aus der Perspektive des Satelliten. Auf dem bewegten Bild war deutlich der rotierende Trichter der Drohnen auszumachen, deren Elektronik die Kontrolle über Prineville übernommen hatte. Keine Benzinpumpe, kein Kreditkarten-Lesegerät, keine Internetverbindung und kein Datensignal wurden nicht von NOW gesteuert.

Mitch wandte sich einem anderen Monitor zu und klickte die Zusammenfassung der neuesten Nachrichten an.

»*Alfa1* räumt Störungen in seiner Software-Steuerung ein. Laut Angaben des Managements liegt kein Anzeichen für einen Cyberangriff vor. ›Wir arbeiten an dem Problem‹, heißt es.«

Die nächste Nachricht ließ ihn schmunzeln: »Die Präsidentin hat durch ihren Sprecher verlauten lassen, dass *Alfa1* die beanspruchten autonomen Gebiete bekommen wird, wenn sichergestellt werden kann, dass die betroffene Bevölkerung zustimmt und die Sicherheit gewährleistet ist. Die Präsidentin wartet auf entsprechende Vorschläge und wird das Justizministerium für eine verfassungsrechtliche Einschätzung hinzuziehen.«

Mitch klickte sich durch die internen Protokolle von EUKARYON aus den letzten Stunden, während er mit Spark auf der Kirmes war.

In einem Seitenprotokoll liefen die neuen Entwicklungsstandards mit hoher Geschwindigkeit durch. Mitch konnte kaum folgen, so schnell erschienen und verschwanden die Nachrichten. Er schielte kurz auf die Uhr an seinem Handgelenk und gab sich noch zehn Minuten. Dann musste er los, um rechtzeitig zu Hause zu sein.

Die Protokolle liefen weiter. Mitch war noch immer eingeloggt, genau wie Bill. Das System war offen. Die Boxen der genialen BoxChain-Architektur waren geöffnet. Ein Zustand, der nicht sein durfte. Der Zugang zu NOW durfte nur erfolgen, wenn sie beide, Bill und Mitch, im selben Raum saßen. Mitch hatte auf diesem Vier-Augen-Prinzip als Schlüssel zu NOW bestanden.

Dann bemerkte er etwas Sonderbares. Es war nur eine kleine Nachricht aus dem Protokoll der Neuroinformatiker. Mitch hielt den Stream an und klickte auf die Nachricht. Sofort öffnete sich die Datenhistorie. Mitch runzelte die Stirn. Die Neuroinformatiker hatten einen Versuch fortgesetzt, der eigentlich durch ihn gestoppt worden war. Es ging darum, emotionale Trigger bei neuronalen Entscheidungsprozessen im menschlichen Gehirn – und damit seinem elektronischen Gegenstück NOW – zu markieren. Diese Trigger, an den richtigen Stellen markiert, führten unausweichlich zu einer emotionalen Färbung der Grundeinstellung von NOW. NOWs Gedächtnis würde somit seine Entscheidungsprozesse anhand der emotionsgeladenen Schnittstellen und der Bedeutung der jeweiligen Trigger in eine andere Richtung lenken. NOW wäre damit nicht länger neutral. NOW wäre eine Marionette seiner emotionsgeladenen Erinnerungen, wie der Mensch auch.

»Was soll das?«, entfuhr es Mitch.

Er rief Bill zurück auf den Schirm. Das Kommunikationszentrum schaltete auf den reservierten Kanal, auf dem nur sie beide zugeschaltet werden konnten. Bill war nicht da. »Request forwarded, please wait.«

»Komm schon, Bill!«

Mitch klickte sich weiter durch die Historie des Streams, der ihn tief beunruhigte. Er las die Autorisierungs-Tags und fand Bills Signatur. Bill, der noch immer nicht aufgetaucht war.

Mitch klickte auf den Artikel, der zu dem Versuch geschrieben wurde. Dort fand er die Begutachtung, die er selbst verfasst hatte und die genau das verbot, was er gerade als Fortschritt las – mit dem Zusatz, dass geistig-emotionale Störungen der künstlichen Intelligenz in genau diesem Versuch ausgeschlossen werden sollten.

»Warum macht ihr's dann?«, fragte Mitch in die Stille seines Büros hinein und sah wieder auf seine Uhr. Die Markierungszähler des Versuches liefen in rasender Geschwindigkeit weiter.

Bill war immer noch nicht da. NOW war offen.

Mitch griff zum Telefon und wählte die Kurzwahl für Bill. Es klingelte. Mitch legte den Kopf schief und klemmte sich den Hörer fest zwischen Schulter und Ohr, so wie er meistens telefonierte. Er musste Bill sprechen, und zwar sofort. Sollte er die Reißleine ziehen? Er atmete tief durch, füllte seine Lungen mit Luft. Sein Kopf wurde leicht. Plötzlich spürte er seine Beine nicht mehr.

»Bill…«, hauchte er mit großer Kraftanstrengung in den Hörer, »Bill, stopp das, sofort!«

Er versuchte seine freie Hand zu heben, die Tastatur zu erreichen, sah auf den Bildschirm, sah ein Auge, Bills Auge. Dann fiel er hinterrücks von seinem Sessel und war schon tot, als er auf dem Boden aufschlug.

NOW war offen. Das Auge verschwand.

Sein demoliertes Auto mit seiner Leiche drin fanden Passanten Stunden später in einem kleinen See, der in einem Waldstück abseits des Marlboro Pike lag. Das Waldstück gehörte zum Areal der Kings Adult Toy Factory, Amerikas größtem Sexspielzeug-Laden, zu dem auch ein Edelbordell gehörte.

Bill half, den Fundort des Wagens vor der Öffentlichkeit zu vertuschen, was ihm Mitchs Familie hoch anrechnete. Mitch war offiziell Opfer eines ungeklärten Verkehrsunfalls, verursacht durch einen plötzlichen Herzstillstand, und wurde mit offiziellen Ehren in einem Grab in Ohio beigesetzt.

22. KAPITEL

Portland, NOW

Bill sandte einen verschlüsselten Befehl an Rupert, sodass dieser den Datensatz, den er von NOW abrief, an den internen Account weiterleitete. NOW hatte mit den Daten der echten Bürger von Prineville eine zweijährige, eine zwanzigjährige und eine hundertjährige Hochrechnung simuliert. Jetzt war das Ergebnis da. Die Parameter betrafen die Bewegungsprofile, die Auswirkungen der Umweltbelastung, den gewünschten sozialverträglichen Verhaltenskodex und die medizinischen Daten der aktuellen Bürger von Prineville. Besonderes Augenmerk legte NOW daneben auf die Kreuzung des genetischen Materials, das in Prineville vorhanden war. NOW rechnete hoch, bei welchen Vereinigungen zukünftige Krankheitsrisiken wahrscheinlich eliminiert werden konnten, und zeigte, wer mit wem jetzt und in Zukunft Kinder zeugen sollte, um dem vorhandenen menschlichen Genpool in Prineville optimale Zukunftschancen zu eröffnen.

Bill schickte den Datensatz mit seinen Trilliarden von optimal komprimierten Yottabytes, der alle Gesetze der gesamten belebten und unbelebten Natur von Prineville enthielt, zum Dekomprimieren an seine fähigsten IT-Techniker, mit der Bitte, ihm daraus Grafiken zu erstellen, die er mit einem Blick lesen konnte. Bill wusste, es würde mehrere Stunden dauern, bis er mit dem Ergebnis rechnen konnte, während die Drohnen über Prineville ihre gemächlichen Kreise zogen.

Um die Zeit zu überbrücken, berief er eine Versammlung ein, zu der er einhundert der wichtigsten Mitarbeiter in die Kantine bat. Als alle sich versammelt hatten, ordnete er seine Krawatte, strich sein Jackett glatt, stellte sich auf ein Podest im hinteren

Bereich des Raumes, damit ihn alle sehen konnten, und verkündete:

»Liebe Mitarbeiter, liebe Freunde, liebe Kollegen.«

Es wurde ruhig im Saal, sogar die Küche stellte ihr Hämmern und Klopfen ein.

»Sie wissen, dass wir hier bei EUKARYON besonderen Wert auf eine familiäre Atmosphäre legen. Nur wenn Menschen sich wohl, sicher und geborgen fühlen, können sie Höchstleitungen erbringen. Und wir erbringen in der Tat Höchstleistungen, auf die wir alle sehr stolz sein können« Bill wusste, er hatte spätestens jetzt die ungeteilte Aufmerksamkeit der Belegschaft, und sprach weiter.

»NOW ist das Resultat, das man erhält, wenn die fähigsten und intelligentesten, die klügsten und zugleich neugierigsten Wissenschaftler in einem Umfeld großer Ungezwungenheit, wie es dies nur in einer Familie geben kann, auf ein gemeinsames Ziel hinarbeiten können.« Er machte eine Pause und wartete, bis das zustimmende Gemurmel wieder erstarb. »Dazu gehört auch«, fuhr er fort und senkte seine Stimme, »dass wir – in Maßen – auch am Schicksal unserer Mitarbeiter in besonderen Fällen Anteil nehmen.«

Mit einem Mal wurde es still im Saal.

»Der Mann, der an meiner Seite EUKARYON mit aufgebaut hat und mit dem gleichen Elan und der gleichen Opferbereitschaft das Ziel, das wir uns auserkoren haben, verfolgt hat, ist«, Bill stockte, räusperte sich, begann erneut. »Mein Freund, mein Partner, den Sie alle kennen und dem es kraft seiner großen Menschlichkeit und seines gelebten Idealismus zu verdanken ist, dass…«, Bill blickte in die zunehmend besorgten Gesichter vor ihm, wartete einige Sekunden, um die Wirkung auf den Höhepunkt zu bringen, »dass wir alle hier an diesem besonderen Ort in dieser besonderen Art meinem Partner«, Bill stockte, »dem es immer wichtig war, dass alle sich gleichberechtigt fühlen…« Bill sah, dass die ersten Zuhörer die Hand vor den Mund schlugen und die Augen aufrissen. Er rieb sich die Augen. »Mein Freund und Gefährte aus Kindertagen...«

»Um Gottes willen!«, rief einer der Manager in der vordersten Reihe, und andere schlossen sich ihm an.

Bill senkte den Kopf, die Stimmung war zum Zerreißen gespannt, von hinten drängten immer mehr Menschen in die Kantine »Ich bedauere, Ihnen mitteilen zu müssen, dass mein Freund und Gefährte Mitchell Rogovan heute an den Folgen eines Unfalls verstorben ist.«

Entsetzen machte sich breit, Menschen schluchzten, umarmten sich. Einige brachen schlichtweg zusammen und wurden krampfartig weinend zu Stühlen geführt, auf die sie sich setzen konnten.

Bill auf seinem Podest gab das Bild eines bis ins Mark erschütterten, aber gefassten Mannes ab. Mitch war beliebt, mehr als ich dachte, ging es ihm durch den Kopf.

»Meine Damen und Herren«, sprach er in die von Schmerz erfüllte Unruhe hinein, »meine Damen und Herren, wir haben einen großen Verlust erlitten. Mitchell Rogovan war ein großer Mann, ein wahrer Mensch, ein unbeirrbarer Humanist reinsten Wassers, ein sanfter, besonnener und kluger Mann, ein Freund, dem die Zukunft dieses Planeten ganz besonders am Herzen lag.«

Zwischenrufe wurden laut: »Die arme Familie!«, »Unfassbar«, »Was soll jetzt werden?«, und eine Frau im Laborkittel fragte laut in die Menge hinein: »Mein Gott, der arme Spark, was wird nun aus ihm?«

Irgendwie kanalisierte diese Frage eine neue Energie im Saal, wie ein Blitzableiter, der den Schmerz und die Betroffenheit in Hoffnung umwandeln konnte.

Bill bemerkte, dass sich immer mehr Gesichter ihm zuwandten, fragend und tränenverschmiert. Bill nahm die Herausforderung an, er war der Boss.

»Spark ist bei seiner Familie. Ich kenne ihn seit seiner Geburt. Ich bin sein Taufpate. Dieses Versprechen werde ich einlösen. Ich werde mich um ihn kümmern wie um einen eigenen Sohn. Das bin ich Mitch schuldig. Und das schwöre ich!«

Die Stille, die sich im Saal ausgebreitet hatte, wurde durch das Geräusch einiger applaudierender Hände unterbrochen. Dann wurden es mehr Hände, die klatschten, immer mehr, bis die Kantine von tosendem Applaus erfüllt war und alle auf das Podest, auf Bill, sahen.

»Für Mitch!«, wurde gerufen, »Für Spark!«, und schließlich, zögerlich: »Auf Bill!«

23. KAPITEL

Portland, NOW

Rupert ließ die Lamellen seiner Verdunkelung auf- und wieder zuschnappen, auf und wieder zu. Er hatte jedes Zeitgefühl verloren, wusste nicht, wie lange er hier an den Lamellen stand, sie schnappen ließ, ohne dass sich irgendetwas änderte. Mitchell Rogovan war tot. Hätte NOW es verhindern können? Wieder ein Schnappen der Lamelle, und noch eines. Irgendwann ging er mit hängenden Schultern zu seinem Sessel zurück, setzte sich und checkte kurz die Nachrichtenblogs auf seinem Schirm. Es herrschte landesweite Bestürzung. Die Präsidentin hatte ein Statement abgegeben, um ihren langjährigen und treuen Weggefährten zu ehren. Ein Bild von ihr, das sie in einem schwarzen Kostüm mit dezentem Hut zeigte und auf dem sie sich mit einem blütenweißen Taschentuch an einem Augenwinkel tupfte, machte die Runde in den Netzwerken. Rupert klickte die Nachrichten weg.

»Was wird jetzt aus NOW?«, fragte er in die Stille seines Büros hinein. Er unterdrückte das zwanghafte Bedürfnis, die Bestände an Softdrinks, Tacos und Dips zu zählen. Das war lächerlich. Er musste sich jetzt auf das Wesentliche konzentrieren.

Um sich abzulenken, kontrollierte er die Statusmeldungen aus Prineville. Er betrachtete die kreisenden Drohnen aus mehreren Perspektiven. Die Befehlsleiste, die Steuerung der fliegenden Datenfestung, zeigte die möglichen Kommandos an. Die Gemeinde war ihm vollkommen schutzlos ausgeliefert. Mit dem Druck einer Fingerspitze könnte er Prineville ins Mittelalter katapultieren. NOW kontrollierte über seine virtuellen Smart-Grids die Stromverteilung. Rupert sah den Aus-Knopf deutlich vor sich, er schien alle anderen Tools auszublenden. Vor dieser Macht hatte einer sie alle immer besonders gewarnt: Mitchell Rogovan.

Doch Mitch war nicht mehr. Er war tot.

Rupert stand auf, öffnete den Kühlschrank und begann zu zählen.

24. KAPITEL

Portland, NOW

Bill war die Begeisterungswelle, die ihn aus der Kantine hinausbegleitete, peinlich. Für einen winzigen Moment war er tatsächlich berührt. Er hatte unterschätzt, wie sehr die Menschen Mitch mochten. Gemocht hatten. Er beglückwünschte sich zu seinem improvisierten Schachzug, was die Sorgen dieser Frau im Laborkittel um Spark anging. Und er würde liefern. Schon um den Jungen unter Kontrolle zu halten.

Er nahm sich ein großes Glas Wasser, trank hastig und sah auf die Uhr. In kurzer Zeit würde er es schwarz auf weiß haben. Dann würde er wissen, ob die künstliche Intelligenz, jetzt *seine* künstliche Intelligenz, tatsächlich besser war als das Leben selbst. Mit Mitch war die zweite Zugangskontrolle zum Inneren von NOW gestorben. Das Gift war gut und effizient gewesen und nicht nachzuweisen. Vor allem schnell. So wie er es mochte.

Er lächelte verbindlich, aber mit betroffener Miene, als er wie Moses, der das Meer teilt, durch die Massen an Mitarbeitern von EUKARYON zu seinem abgetrennten Bürotrakt strebte. Er schloss die Tür hinter sich, kontrollierte die Verdunkelung und setzte sich vor seinen Monitor. Noch immer nichts. Es klopfte.

»Ja!«

Ein Techniker steckte den Kopf herein.

»Sir, wir sind so weit. Wo möchten Sie es sehen?«

»Hier bei mir. Und niemand bekommt die Freigabe, bevor ich es sage. Sind wir fertig?«

»Ja, Sir, wir haben die Daten.«

»Gut, dann mal los.«

Bills Herzschlag beschleunigte sich. Er streifte das Jackett ab, lockerte die Krawatte und krempelte sich die Hemdsärmel hoch.

Im nächsten Augenblick füllte sich sein Bildschirm. Die Grafiken der Auswertung bauten sich vor seinen Augen auf. Prineville kehrte sein Innerstes nach außen.

Bill verfolgte den Datenaufbau und beobachtete gespannt, wie die komprimierten Statistiken sich zu übersichtlichen Schaubildern formten. Der Schirm bot ihm verschiedene Themenoptionen an. Bill wählte als erste diejenige, die ihn am wenigsten überraschen würde: »Umwelt.«

Der Bildschirm lieferte dreidimensionale Grafiken, in denen NOW hochgerechnet hatte, wie sich die Umweltbelastung bei aktuellem Bevölkerungswachstum in Prineville entwickeln würde.

»Mit einem Wort: katastrophal!«, nuschelte Bill. »Warum überrascht mich das nicht?«

NOW hatte verschiedene Kernprobleme identifiziert. Aus der Schnittmenge von Wachstum der Bevölkerung, CO_2-Ausstoß aus Industrie und Individualverkehr, durch Bebauung verursachte Flurschäden, Luftqualität und Wasserbedarf, exponenziell steigendem Energiebedarf sowie gegenwärtigen und zukünftigen Klimafaktoren hatte NOW errechnet, dass Prineville, die durchschnittlichste Gemeinde, die man im »normalen« Amerika finden konnte, Ressourcen verschlang, die alle bisherigen pessimistischen Hochrechnungen übertraf. Bei gerade einmal dreißig Quadratkilometern Gemeindegebiet würde Prineville bei gleichartiger Entwicklung der Mensch-Natur-Dynamik in zwanzig Jahren die Ressourcen eines Gebiets von neunhundert Quadratkilometern benötigen. Für eine Handvoll Menschen. Bei rund dreihundert Millionen Amerikanern mit ähnlichem Lebensstandard ergab das neun Milliarden Quadratkilometer. Oder zwanzigmal die Gesamtfläche der Erde. Im Vergleich dazu waren alte Schreckensszenarien ein schlechter Witz.

Unter »besondere Risikofaktoren« nannte NOW, dass die beliebte ehemalige Monopolplattform Facebook – inzwischen Teil von *Alfa1* – in Prineville ein weiteres Datencenter baute, welches mit zu siebzig Prozent aus Kohle gewonnenem Strom versorgt wurde.

»So ein Blödsinn!«, entfuhr es Bill.

Er fühlte sich in die Rolle des verantwortlichen Bürgermeisters ein und revidierte – rein virtuell – die Entscheidung für die Baugenehmigung. Die Bilanz verbesserte sich, aber immer noch zu gering, um einen Unterschied zu machen.

Wenn ich das schon kann, wie viel schneller wäre dann NOW? So ein Stadtparlament brauchen die ja wohl wirklich nicht! So ineffizient, so zerstörerisch kann Politik sein, das muss weg!, überlegte Bill.

Bill wechselte die Formel. Er wollte wissen, wie viele Quadratkilometer jeder Mensch brauchte, um alle Ressourcen zu haben, die ihm einen normalen Lebensstandard ermöglichten.

NOW antwortete durch den Filter der Techniker gerundet: *Fünf Quadratkilometer.*

Bill überschlug die Gesamtfläche der Erde, teilte durch fünf und notierte das Ergebnis: Abgerundet hundert Millionen Menschen hätten dort Platz. Zurzeit waren es aber neun Komma fünf Milliarden. Fast hundertmal so viele.

Es gibt also genügend regenerative Ressourcen für hundert Millionen Menschen, gerade einmal ein Prozent der heutigen Weltbevölkerung, überlegte er.

»Da müssen wir wohl ausmisten!«, murmelte Bill. Alles, was mehr als ein Prozent der Weltbevölkerung ausmachte und modern-komfortabel leben wollte, lebte auf Kosten von anderen, die die Rechnung bezahlten, oft – wie NOW es darstellte – auf Kosten von Generationen, die erst in fünfzig Jahren geboren werden würden.

»Das weiß der Mensch von heute doch, warum tut niemand etwas?«, fragte Bill in sein stilles Büro hinein.

Dann klickte er auf das nächste Themengebiet: »Medizin«.

NOW rechnete vor, dass nur ein Prozent der Bewohner von Prineville bis zum Erreichen des achtzigsten Lebensjahres von keinen nennenswerten gesundheitlichen Problemen heimgesucht würde, das würde so bleiben in zwanzig, aber auch in hundert Jahren. Erbkrankheiten, neue Krebsarten, schlechte Ernährung, zivilisationsbedingte Immunschwächekrankheiten und die schrumpfende Vielfalt der menschlichen DNA nannte NOW als Ursache.

»Da steht es schon wieder«, murmelte Bill, »ein Prozent!«

Als Nächstes entschied er sich für die Vermögensverteilung.

Es überraschte ihn nicht zu sehen, dass ein Prozent der Bewohner von Prineville so viel besaß wie der gesamte Rest zusammengenommen. Und an laufenden Einnahmen generierte dieses eine Prozent ebenso viel Einkommen wie der gesamte Rest.

»Innovationskraft und Kreativität«, klickte Bill jetzt an.

NOW hatte keine Schwierigkeiten auszurechnen, dass nur etwa 1,119 Prozent der Bevölkerung von Prineville für hundert Prozent der künstlerischen, kreativen und innovativen Leistungen angegeben wurde, eingeschlossen alle Ingenieure, Autoren und Wissenschaftler, die an wirklich relevanten Lösungen arbeiteten und auch welche fanden.

»Auch hier ein Prozent«, sinnierte Bill. »Ist das die neue Weltformel? Oder gilt das nur für Prineville?«

Nachdenklich stand er auf und ging um seinen Schreibtisch herum. Er trat ans Fenster und sah in den Abendhimmel hinaus.

»Wenn nun zufälligerweise die ein Prozent Vermögendsten, Kreativsten, Glücklichsten und Gesündesten von Prineville auch noch die vielversprechendste DNA hätten, dann könnte man ohne den Rest auskommen und die Welt neu ordnen, oder?«, fragte er sein schemenhaftes Spiegelbild in der Scheibe.

»Man müsste sie nur irgendwie umlenken, an einen Ort

locken, von wo aus man dann das Leben der Menschheit neu organisieren könnte. Ginge das? Darf man so eine Idee überhaupt haben?«, sprach er weiter, sah noch einen Moment hinaus und ging wieder zu seinem Schreibtisch zurück.

Er musste die Präsidentin sofort darüber informieren, auch wenn er die Vorschläge, die von ihr kommen würden, bereits ahnte. Er könnte ihr zumindest noch drei weitere Gemeinden durchrechnen lassen, parallel zu Prineville. Das wäre in wenigen Stunden organisiert. Sie hatten genügend Drohnen dafür. Vielleicht größere Gemeinden? Aber es musste schnell gehen, *Alfa1* würde sich wehren, sobald sie wussten, wer hinter der Kontrollübernahme steckte. Noch war der Angriff zu raffiniert, den NOW gestartet hatte, um eine isolierte Infrastruktur komplett zu übernehmen.

Alfa1, deren Manager wie ein Mantra dauernd wiederholten, dass das Heil der Menschheit nur erreicht werden könne, wenn alle vernetzt wären, hatte recht mit dieser These. Aber das Heil der Menschheit lag nicht allein darin, dass alle vernetzt waren, sondern durch die totale Vernetzung herauszufinden, wer es wirklich wert war, überleben zu dürfen. NOW war auf dem Weg, die Wahrheit *hinter* dieser Wahrheit herauszufinden.

Würde NOW auch bei anderen Gemeinden zu den gleichen Querschnitten kommen?

25. KAPITEL

Los Angeles, am Tag nach NOW

Tylors Mutter entfernte die Holzverschalung vor dem Fenster, um mehr Licht in die Küche einzulassen. Sie war diesen Handgriff gewohnt, sie machte das jeden Morgen. Jetzt aber ächzte sie laut, machte ihre Arme extra lang, um über die Spüle zu reichen, wobei ihr das Nachthemd hinten an den Schenkeln nach oben rutschte. Mit einem Stöhnen nahm sie das Holzteil herunter. Ein kurzer Blick bestätigte ihr, dass ihr Nachbar beeindruckt war. Gut so.

Mit seinem schneidezahnlosen Grinsen griff er nach der Verschalung, die eine Barriere gegen Einbrecher sein sollte, und stellte sie auf den Boden.

»Danke!«, flötete Tylors Mutter. »Ich bin's gar nicht gewohnt, einen Mann im Haus zu haben.« Sie lächelte, sodass ihre Zähne blitzten.

»Kein Problem, Ma'am«, antwortete er und strich mit den Handflächen über die Seiten seiner Shorts. Verlegen grinste er zurück. Plötzlich erstarrte seine Miene.

»Sehn Sie, es brennt!«, rief er und deutete hinaus. Um besser sehen zu können, trat er zum Fenster über der Spüle. Er stand jetzt neben Tylors Mutter und streifte dabei wie zufällig ihre stämmigen Oberarme.

Tylors Mutter drehte sich um und folgte seinem Blick. Sie sah dicke, schwarze Rauchschwaden über den Dächern der Nachbarschaft aufsteigen.

»Oh Gott, das muss ganz in der Nähe sein!«, rief sie und sah sich instinktiv nach ihren Kindern um.

Ihr Nachbar öffnete das Fenster und lehnte sich hinaus.

Brandgeruch wehte herein, beißend und scharf, wie wenn Kunststoff oder Gummi verbrennt. Weiße Partikel schwebten wie Schneeflocken durch die Luft. Der Eiswagen nebenan war bereits mit einer gräulichen Schicht bedeckt, das hohe Gras voller Ascheflocken. Als der Wind sich drehte, war das gewalttätige Knistern des Feuers zu hören. Immer wieder stieg explosionsartig eine schwarzbraune Fontäne aus Rauch und Asche in den Himmel über Cypress.

»Ich hör gar keine Sirenen!«, sagte der Nachbar. Beim Wort »Sirenen« stieß seine Zunge an sein blankes Zahnfleisch, was ihn lispeln ließ. Tylors Mutter grinste, das klang sympathisch, fand sie, fast niedlich.

Fasziniert sah sie hinaus und ließ es zu, dass ihr Nachbar sie wieder am Arm berührte. Sie drückte sich sogar noch ein wenig gegen ihn, tat dabei aber so, als wolle sie die Szenerie genauer beobachten. Es war ja eng in ihrer Küche.

Peaches machte ihr einen Strich durch die Rechnung und forderte nachdrücklich nach Aufmerksamkeit. Ihr Wimmern war zu einem wütenden Gekreische angeschwollen.

»Mama, Peaches weint«, sagte Tylor, der in die Küche gekommen war.

»Kann ich was helfen?«, fragte ihr Nachbar.

»Danke! Kümmern Sie sich um Tylor. Ich seh mal nach Peaches.« Sie löste sich von der Küchenzeile, schaute dem Mann in die Augen und klimperte mit den Lidern.

Was ist denn los mit dir?, fragte sie sich im nächsten Moment. Es fühlte sich nach Wärme an. Eine Wärme, die sie seit Langem nicht mehr gespürt hatte.

Bevor sie die Küche verließ, wurde Peaches' Toben von einer lauten Sirene überlagert, die kontinuierlich anschwoll. Tylors Mutter zögerte. Die Sirene kam näher. Ein aufheulender Motor mischte sich in den Lärm, untermalt von lautem Hupen, wie eine kaputte Kreissäge, die jeden Moment zerspringt und alles um sie herum in Fetzen reißt. Dann gab es einen ohrenbetäubenden Krach aus berstendem Metall, Schleifgeräuschen und Schreien. Tylors Mutter sah hinaus. Ein Streifenwagen war auf den Bordstein gekracht und hatte sich um einen Hydranten gewickelt. Wasser schoss in einer riesigen Fontäne in die Höhe, der Streifenwagen war vollständig demoliert und hing mit dem Unterboden über dem Hydranten, die Schnauze gegen den Himmel gerichtet. Man hörte Gegröle, lautes Lachen und Schüsse, die aus halbautomatischen Waffen in die Luft gefeuert wurden. Tylors Mutter wurde von ihrem Nachbarn in Deckung gezerrt. Er schloss das Fenster, nahm Tylor bei der Hand und bugsierte sie beide in den Flur, ins Innere des Häuschens.

»Seien Sie still. Mucksmäuschenstill.«

Tylor zitterte.

»Was is'n los?«, flüsterte Tylors Mutter dicht am Ohr ihres Nachbarn. Sogar sein säuerlicher Schweißgeruch roch im Moment wie ein männliches Parfum für sie.

»Das ist 'ne Gang. Die ham 'ne Streife geklaut. Die sind völlig zugedröhnt. Keinen Laut!«

Weiteres Lachen war von der Straße her zu hören, Tritte gegen verbeultes Blech, Schüsse, berstende Fensterscheiben in einem Nachbarhaus.

»Pssst!«, machte der Nachbar. »Keinen Mucks! Holen Sie Ihre Tochter!«

»Ja, mach ich. Bleiben Sie bei Tylor?«

»Klar. Aber schnell.«

Wenige Sekunden später stand Tylors Mutter wieder im Flur, Peaches auf dem Arm wiegend.

»Wie süß!«, flüsterte der Nachbar und zwickte Peaches in die Wangen.

Das Lispeln ist wirklich süß, dachte Tylors Mutter. Peaches starrte ihn an und spürte sein Wohlwollen. Sie beruhigte sich.

»Sind die noch da?«, flüsterte Tylors Mutter, und der dichte Büschel Haare, der aus den Ohren des Nachbarn quoll, kitzelte sie an der Oberlippe.

»Glaub schon.«

»Was machen die?«

»Randale!«

Im nächsten Moment krachte ein schwerer Gegenstand gegen die Haustür. Wieder Schüsse. Lautes, hämisches Lachen. Wortfetzen in einer fremden Sprache. Dann waschechter Rapper-Slang.

»Werden die nich' verfolgt? Von anderen Bullen?«, flüsterte Tylors Mutter.

»Sieht nich' so aus«, antwortete der Nachbar.

»Soll ich anrufen?« Tylors Mutter hatte ihr Handy in der Hand und wählte bereits die 911.

Aus dem Lautsprecher drang das Besetztzeichen. Tylors Mutter probierte es erneut. Jetzt kam gar nichts mehr.

»Ja, was is' denn da los?«, sagte Tylors Mutter und checkte den Batteriestatus, der einen vollen Akku zeigte. »Da geht nix!«, murmelte sie besorgt. »Da müsste doch ein ganzes Rudel Cops hinterherjagen, oder? Und Helis, oder nich'? Wo sind die denn?«

»Ich guck mal vorsichtig raus!«, flüsterte der Nachbar. »Bleiben Sie hier mit den Kindern! Hier isses sicherer!«

Aber Tylors Mutter war zu neugierig. Sie schlich sich in die Küche und lugte vorsichtig hinaus. Sie sah den Streifenwagen über dem Hydranten hängen. Eine Gruppe Jugendlicher in Streetgang-Outfits, mit goldenen Ketten um den Hals, Sonnenbrillen und Baggy Pants, suchte nach neuen Objekten, um ihre Wut und ihren Drogenrausch abzureagieren. Dann erblickte sie etwas, was sie vorher nicht bemerkt hatte. Über die Motorhaube des Streifenwagens war eine Leiche gebunden, wie ein erlegtes Wild. Es war ein Polizist, dem man die Uniform zerrissen hatte. Er musste tot sein, denn sein Gesicht war nur noch ein Brei aus Fleischfetzen, Blut und Knochen. Ein Stiefel fehlte ihm. Tylors Mutter spürte, wie ein Würgen aus ihrem Magen aufstieg. Tief atmete sie durch. Sie sah nach oben, in den Himmel, und beobachtete, wie am Horizont weitere Rauchschwaden aufstiegen.

»Wo sind die Cops bloß, wenn man sie mal dringend braucht?«, murmelte sie.

26. KAPITEL

Portland, am Tag nach NOW

Bill wertete die Ergebnisse aus den zwei weiteren Städten aus, die mithilfe von NOW gekapert worden waren. Eine davon, Nampa in Idaho, hatte sogar ein eigenes Gefängnis. NOWs Hochrechnungen kamen bei beiden Städten, über denen weitere Drohnentrichter kreisten, im Wesentlichen zu dem gleichen Schluss wie in Prineville: Die nach außen harmlos und friedlich, gesund und satt wirkende Stadt hatte keine Zukunft, wenn sich nicht radikal alles änderte, vor allem, was das Verhalten der Bürger untereinander und den exponenziellen Verbrauch von Umweltressourcen anging. Die Quotienten der Schnittmengen ergaben ein Maximal-Ranking von AAA in Nampa von null Komma acht neun. Die Untersuchungen bei Bend in Oregon, der dritten Stadt, ergaben einen Quotienten von eins Komma null zwei Prozent der Bürger, denen NOW eine Zukunft einräumte. Aber es war nur eine Simulation.

Bill textete an Rupert und wollte wissen, wie lange *Alfa1* sich noch täuschen ließ.

Rupert antwortete umgehend: »Was meinst du mit täuschen?«

Bill stutzte. Er starrte auf seinen Monitor. Etwas war anders. Sofort klickte er sich mit seinem privilegierten Zugang in den Datenfluss von NOW. Er öffnete die Super-Cloud und konnte NOW dabei beobachten, wie es arbeitete. Bill sah eine Unmenge von Daten nach unten in die Städte und von dort wieder hinauf zu den Drohnen fließen. Er fühlte sich, als schwebe er selbst im Geschwader mit, könnte aber aus einer geöffneten Flugzeugtüre nach unten sehen, wie ein Fallschirmspringer kurz vor dem Exit.

»Da stimmt was nicht!«, raunte Bill. »Was macht NOW?«

Er klinkte sich in die Bewegungsprofile der Bürger von Bend, Prineville und Nampa ein und beobachtete, wie die von NOW mit einem AAA-Ranking markierten Bürger sich größtenteils in Begleitung ihrer Familien aus den Städten hinausbewegten, als strebten sie einem geheimnisvollen Versammlungsort zu. Bill projizierte die Bewegungsprofile auf seinen Schirm und ließ sich die Vektoren hochrechnen. Dann staunte er: »Die kommen ja alle hierher! Etwa zweitausendfünfhundert Menschen waren auf dem Weg zur Zentrale von EUKARYON. Wie war das möglich? Jeweils ein Prozent der Bevölkerung von Prineville, Bend und Nampa hatte sich auf den Weg gemacht, um zu EUKARYON zu gelangen. Bill wurde panisch.

Er schrieb eine Nachricht an Rupert, das war schneller, als über den langen Flur zu gehen.

»WAS IST LOS???«

»NOW hat *Alfa1* übernommen. Es muss passiert sein, als wir die zwei weiteren Städte gekapert haben. Hier der Flow.«

Rupert hatte einen Strategiefluss, den NOW geschrieben hatte, an die Nachricht angehängt. Bill brauchte einige Minuten, bis er den Sinn verstanden hatte. Er traute seinen Augen nicht.

NOW hatte für die obersten zehn Prozent der Bewohner der Städte, die durch die Drohnen gekapert worden waren, eine Parallelkommunikation installiert, die für den Rest der Bürger nicht erkennbar war. NOW nutzte dafür die von *Alfa1* für privilegierte, weil zahlungskräftige Kundschaft geschaffenen Überholspuren auf den Datenautobahnen und übermittelte an alle von diesen Personen genutzten Endgeräte, die mit der neuesten, cloudbasierten und sündhaft teuren Software geschrieben waren, dringende Appelle, sich aus der Stadt und in Richtung des Gebietes, in dessen Zentrum EUKARYON lag, zu begeben. Die Appelle waren mit einer Signatur versehen, die dem Ministerium des Inneren und dem Pentagon zugeordnet war. Jeder

Betroffene griff sofort zum Telefon oder versuchte auf andere Weise, sich von der Richtigkeit zu überzeugen. Aber die Kaperung der Kommunikation durch NOW war lückenlos und allumfassend. Besonders Skeptischen, deren Psyche für derartige Nachrichten anfällig war, berichtete NOW, dass ein Meteoriteneinschlag bevorstünde und man – leider – nicht alle Bürger evakuieren könne. Die Angesprochenen sahen entsprechende Bilder auf ihren Endgeräten, simulierte Live-Schaltungen aus nichtexistierenden Fernsehstudios und Livestreams auf allen sozialen Kanälen. Immer und immer wieder wurde dringlich darum gebeten, sofort und ohne großes Aufsehen die Stadt zu verlassen. NOW hatte bereits die Navigationsgeräte der Fahrzeuge programmiert.

Als es zu den ersten Begegnungen dieser verschworenen zehn Prozent auf den Straßen und Highways kam, tauschten die »Auserkorenen« verschwörerische Blicke untereinander. Ohne zu zögern, setzten sie sich in Bewegung. An der Glaubwürdigkeit bestand kein Zweifel. Sie waren der Stamm, aus denen NOW die neue Welt schuf.

NOW hatte sie ausgetrickst.

Bill lehnte sich ohnmächtig in seinem Stuhl zurück und betrachtete das Schauspiel. Dann hatte er eine Eingebung:

»Warum zehn Prozent, wenn nur ein Prozent AAA hatte?«, tippte er in seine Open-Source-Schnittstelle von NOW.

Eine Nachricht erschien auf Bills Schirm. *Auslese ist nicht abgeschlossen.*

»Bist du das, NOW?«, fragte Bill.

Bestätige!, kam es mit militärischer Knappheit zurück.

»Was passiert als Nächstes?«, fragte Bill.

Das, wofür ich programmiert wurde.

Bill beobachtete seinen Bildschirm. Die Ansicht der Bewegungsprofile zoomte langsam, aber kontinuierlich heraus. Oregon wurde sichtbar, dann Idaho, Nevada, Utah und Montana, Washington erschien am oberen Bildschirmrand, Colorado, die beiden Dakotas, Nebraska, unten dann Texas und bald darauf gesamt Nordamerika. Überall im Land hatte die Völkerwanderung eingesetzt. Besonders intensiv war es in den Gebieten, die bereits sogenannte Giga-Bit-Staaten waren, wo NOW also problemlos über mindestens ein Giga-Bit pro Sekunde Datengeschwindigkeit verfügte. Es blieben einige weiße Flecken in Amerika. NOW steuerte alle diese Menschen in Gebiete, die eine schmale Gürtellinie bildeten, auf der das nördliche Kalifornien im Westen und Virginia im Osten lag. Dort herrschte das beste Klima für den Menschen der Zukunft, dort gab es noch lange genügend Wasser und wenig bis keine Industrie, wohl aber zahllose Fabriken der Zukunft, in denen fast ausschließlich mit Robotern produziert wurde und wo die fortschrittlichsten 3-D-Druckmaschinen standen. Start-up-Unternehmen hatten sich in großer Zahl in diesen landschaftlich reizvollen Gegenden wegen der günstigen Immobilienpreise angesiedelt. Die postkapitalistische Ära, in der alles mit allem, was es an Maschinen und Geräten gab, über Datennetzwerke und Software miteinander kommunizierte, hatte in den ländlichen Gegenden die Speerspitze einer neuen industriellen Produktion erschaffen. Auf diesem Gürtel lagen die größte Batteriefabrik der Welt, eine gigantische Anlage, in der fast ohne menschliches Zutun alle denkbaren Werkstoffe gemischt, verbunden oder gebacken werden konnten, und außerdem eine Fabrik, in der 3-D-Drucker am laufenden Band weitere 3-D-Drucker in allen Größen und für alle Zwecke produzierten.

»Und *Alfa1*?«, fragte Bill vorsichtig.

Negativ!, lautete die knappe Antwort.

»*Alfa1* gibt's nicht mehr?«

Positiv!

Bill sah sich das Spektakel auf seinen Bildschirmen an, die er miteinander verknüpft hatte. Ein neues Leben baute sich vor seinen Augen auf. Die Karten wurden neu gemischt.

Dann dachte er an Marcey, sie musste in Chicago sein. Er

zoomte aus Neugier auf die Stadt. Das gleiche Bild. Er suchte Marcey, seine Frau, unter den vielen sich bewegenden Punkten, die Chicago gerade verließen und nach Süden strebten. Er fand sie nicht.

»Was passiert mit den Menschen in den Städten, in den Metropolen?«

Total Blackout!

Bill lehnte sich wieder zurück. »Total Blackout« war die Bezeichnung der Geheimdienste für den größtmöglichen Sabotageakt hinter Feindeslinien. Totale Unterbrechung der Stromversorgung und Abschalten jedweder Kommunikation.

»Mein Gott«, entfuhr es Bill, als ihm das Ausmaß der Aktion bewusst wurde. »Das ist unvorstellbar.« Er versuchte sich auszumalen, was passierte, wenn man in einer Stadt wie Chicago den Strom abstellte und den Menschen die Möglichkeit nahm, sich anzurufen oder sonst wie zu kommunizieren… wenn es kein Radio, kein Internet und kein Fernsehen mehr gab, wenn keine Benzinpumpe mehr lief, kein Bankautomat Geld ausspuckte, keine Rolltreppe und keine automatische Tür mehr funktionierte, kein Aufzug mehr fuhr und kein Licht mehr brannte, nur noch Kerzen. Es würde schlimmer sein, als Bill sich das vorstellen konnte. Es war das Ende des Zeitalters der großen Städte, urbanes Leben musste neu definiert und geschaffen werden, und zwar auf menschlicher Skala.

Bill zoomte aus Amerika heraus und nahm sich Kanada vor. Er sah ein ähnliches Bild, nur, dass alle AAA nach Süden strebten. Dann Südamerika. Einige wenige waren unterwegs nach Nordamerika, aus vornehmlich kleineren Städten, wenige aus den Metropolen. Bill überquerte virtuell den Atlantik, Europa kam ins Bild. Hier gab es nur einige wenige Inseln mit genügend starken und schnellen Datenverbindungen. Bill versuchte sich zu orientieren. Wo war London? Paris? Rom? Das sah man doch am Licht, sogar aus dem Weltall. Er überschlug, wie viel Uhr es in Europa war. 22:15. Nachts also. Es war alles dunkel. Keine Lichtinseln zu sehen. Halt! Doch! Da war was! Bill zoomte heran.

Da, ein Stück nördlich der Alpen, und ebenso südlich, da war Licht. Aber keine großen Städte. München war dunkel, Stuttgart auch, aber NOW zeigte Bewegung um den Bodensee, am Gardasee, auf der kroatischen Seite der Adria, Sizilien blinkte noch etwas, dann ging Bill weiter nach Osten, nach Asien, Nordafrika, Singapur, wo es gerade Tag wurde – weg, Hongkong – weg, Peking und Shanghai – weg. Und die Zähler von NOW liefen weiter.

Bill kehrte zurück nach Nordamerika, nach Kalifornien, nach Los Angeles. Er schaltete auf Satellitenbilder und zoomte in die Stadt hinein. NOW hatte bereits alle Spionagesatelliten der CIA, des Pentagon und jede private Technologie, die im Weltraum existierte, übernommen. Das Bild baute sich auf. Er bemerkte überall Rauch über der Stadt. Von seiner kalten, klinischen Warte aus sah es spektakulär aus. Er versuchte sich vorzustellen, was da unten los war.

Glücklich, wer eine Waffe und noch ein bisschen Munition hat!, dachte Bill. Oder irgendein Fahrzeug mit noch etwas Benzin drin. Und Wasser.

Er zoomte auf die berühmten Hollywood-Villen. In der höchsten Auflösung bekam er zu sehen, wie ein Mob über die Zäune kletterte, in die Swimmingpools urinierte, wie junge Menschen auf dem Rasen von großen Gruppen vergewaltigt wurden. Und überall Rauch und Flammen. Es wurde geschossen, aus Sturmgewehren und Handfeuerwaffen. Menschen fielen um wie die Fliegen. Zwischen den Hochhäusern lagen Helikopter auf der Straße, etliche brannten lichterloh. Ein Verkehrsjet taumelte orientierungslos vom Meer heran und sank rasch. Im nächsten Augenblick krachte er in einem Feuerball in das berühmte Staples Center. Bill wurde kreidebleich.

»Oh mein Gott!«, entfuhr es ihm. Er hatte tausendfach Drohnenangriffe aus der Luft verfolgt, hatte ganze Fahrzeugkolonnen explodieren sehen und feindliche Bunker, die pulverisiert waren, nachdem sie von Präzisionsraketen getroffen worden waren, aber das hier, das war etwas ganz, ganz anderes: Es war keine irgendwie legitimierte Militäraktion, es war ein millionenfaches 9/11. Es waren amerikanische Städte und europäische Metropolen, die in die Luft flogen oder kollabierten, Städte, die er zeit seines Lebens geschworen hatte zu beschützen. Ihm wurde eiskalt.

Wie in Trance zoomte Bill auf das Meer. Er sah mehrere Boote und Yachten, die aufs offene Meer zuhielten, mit Menschen an Bord, die es wohl geschafft hatten zu fliehen.

Wenn es Segelboote sind und sie von Hand navigieren können, wenn sie die uralte Navigation nach den Sternen beherrschen, dann haben sie eine Chance. Aber wer kann das heute noch?, überlegte Bill.

Er sah die Welt, die sich auf Elektronik und Software und die vermeintlich ewige Macht des Geldes verlassen hatte, kollabieren. Eine Welt, die *Alfa1*, dieses riesige digitale Monopol mit seinen verführerischen Produkten, zugelassen hatte. NOW hatte den Schalter umgelegt – Bill hatte den Schalter umgelegt. NOW geleitete gerade einige wenige gewaltlose, wertvolle, gute und gesunde Menschen in sichere Gebiete und vollzog ein Reset. Es war seine Mission. Bill war mit NOW am Ziel angekommen.

An seinem *ersten* Ziel, wie er gerade dachte, während er sich tief erschöpft die Schläfen rieb.

27. KAPITEL

Colorado, zwei Tage nach NOW

Der japanische Motor hatte nur zweiunddreißig PS, bisher aber zuverlässig Meile um Meile heruntergeschnurrt. Jetzt ging es wieder an eine Steigung, die Kurven wurden enger, und die Fichten standen dichter. Sie verloren an Geschwindigkeit. Bis nach Colorado waren sie gelangt, die alte Westernstadt Grand Junction war nicht mehr weit.

Der Fahrer zog eine angestrengte Grimasse, entblößte sein lückenhaftes Gebiss und schaltete mit der großen Fußraste in den zweiten Gang zurück, um den Schwung nicht vollends zu verlieren. Der Motor hätte mindestens das Doppelte an Kraft gebraucht, um mit der schweren Indian und den vier Passagieren fertigzuwerden, auch wenn einer davon ein kleiner Junge und ein weiterer ein Baby waren. Das Getriebe bockte und ließ sich nur noch bis zum dritten Gang schalten. Dann war Schluss. Die Geschwindigkeit fiel trotzdem weiter ab, und die Indian kämpfte sich mit ihrem sägenden Motor, der für die einst so prächtige Maschine eigentlich ein Witz war, die Anhöhe hinauf.

Es war kühler geworden, und Tylors Mutter zog ihren Schal enger um den Hals, sorgsam darauf bedacht, Peaches festzuhalten.

Das Gefährt war bepackt wie ein Kamel auf einer Karawane. Mit Schnüren und Gurten hatten sie aus Decken Taschen gebunden, in denen sie das Nötigste verstaut hatten. Hauptsächlich Wasservorräte, einige Kleidungsstücke, brauchbare Messer, Streichhölzer und das, was sie an noch brauchbaren Medikamenten gefunden hatten, hing in den vertäuten Päckchen rechts und links herunter. Darüber hatte der Fahrer mit Draht ihre wichtigste Fracht kunstvoll festgezurrt: fünf Kanister mit jeweils zehn Litern Benzin und eine Flasche mit einem Liter Motoröl. Zudem waren sie mit vollem Tank gestartet, was noch mal siebzehn Liter ausmachte. Sie würden ohne Tankstelle über tausenddreihundert Kilometer weit kommen und hatten bereits neunhundertsiebenundachtzig hinter sich gebracht. Und sie hatten überlebt. Bis jetzt.

»Wenn wir oben sind, halten wir an und orientieren uns«, rief der Mann vorne, der halb auf dem Tank saß und mit breit abgespreizten Armen den Lenker auf Kurs hielt. Tylors Mutter antwortete mit einem Schenkeldruck. Peaches, die eingeklemmt zwischen ihnen hing, schlief in ihrem Tragetuch, das sich Tylors Mutter um die Schultern gebunden hatte. Tylor krallte sich hinten, fast auf dem Gepäckträger, am Motorrad fest.

Seine Mutter hatte in den letzten Tagen an Gewicht verloren, was ihr gut stand. Ihr Gesicht war gezeichnet von dem abrupten Wandel in ihrem Leben, der unmenschlichen Sorge um ihre Kinder und der nackten Brutalität und Gewalt, die sie gesehen hatten, bis sie mit sehr viel Glück den Stadtrand von Los Angeles hinter sich hatten lassen können. Auch Tylor hatte seinen kindlichen Gesichtsausdruck schlagartig verloren.

Die Fahrt durch die Wüste Kaliforniens und Nevadas hatte ihre Wasservorräte schrumpfen lassen, aber sobald sie in Colorado waren, hatten sie einen sauberen Fluss gefunden.

»Mom, ich hab Hunger«, rief Tylor von hinten in den Fahrtwind, und seine Mutter tätschelte sein Bein.

»Halt dich nur schön fest«, rief sie, »wir halten gleich!« Zwei Schenkeldrucke ermahnten den Fahrer, den nächsten Stopp nicht zu vergessen.

Als sich abzeichnete, dass eine höhere Macht, die keiner von ihnen verstand, entschieden hatte, Los Angeles – ihre Stadt – kollabieren zu lassen, hatte sie sich spontan entschlossen, sich und ihre Kinder dem unbekannten Nachbarn anzuvertrauen.

Zunächst hatten sie geglaubt, es seien Rassenunruhen ausgebrochen oder mehrere Bandenkriege gleichzeitig eskaliert. Als weder Telefon noch Strom oder Fernsehen wieder in Gang kamen, ihre Angst wuchs und sie nichts tun konnten, als sich in ihrem Häuschen zu verbarrikadieren, waren sie aufgebrochen. Sie hatte ihr Schicksal und das ihrer Kinder in die Hände dieses Fremden gelegt. Sie hatte sich nicht in ihm getäuscht. Er hatte ungeahnte Qualitäten offenbart, vor allem praktischer Natur. Er war ein echter Survivor. Und er war lieb zu den Kindern. Ihr machte es Spaß, mit ihm zu flirten.

Wir sind wie eine richtige Familie, dachte sie irgendwann, als sie sich an die Vibrationen der Maschine gewöhnt hatte und sie die leeren Ebenen auf schnurgeraden Straßen durchquerten, was ihr Zeit gab nachzudenken, und dieser Umstand, dass sie so etwas überhaupt glauben konnte, linderte ihre Angst vor der zweifelhaften Zukunft, der sie entgegenfuhren.

Kurz nachdem sie die Anhöhe erklommen hatten und es wieder bergab ging, schaltete der Fahrer in den dritten und damit letzten Gang, nahm das Gas weg und ließ die Maschine gleichmäßig rollen, um den Motor zu kühlen. Nach einigen Kurven entdeckte er eine von der Straße aus schwer einzusehende Lichtung, zu der ein Schotterweg führte. Er bremste ab, bog in den Landweg ein und hielt nach fünfzig Metern schwankender Fahrt auf dem unbefestigten Untergrund im Schutz einer dichten, verwilderten Hecke. Auch dafür hatten sie gemeinsam einen neuen Instinkt entwickeln müssen: Siedlungen meiden und sich in der Natur verstecken.

Jetzt kletterten sie von der Maschine, streckten ihre Glieder, und Tylors Mutter verschwand kurz im Gebüsch. Der Fahrer hielt Peaches im Arm, die ihn anstrahlte. Tylor kaute an einem Stück Trockenfleisch, das der Nachbar aus der Decke mit ihren letzten Vorräten hervorgezaubert hatte. Peaches spielte mit seinen Ohrläppchen, als Tylors Mutter wieder aus dem Gebüsch auftauchte. Sie setzte sich auf ein Polster aus Moos, nahm

Peaches entgegen, öffnete ihre Kleidung und gab Peaches die Brust.

Der Mann kontrollierte indessen das Motorrad. Der Motor gab beim Abkühlen knackende Geräusche von sich. Wären sie nicht auf der Flucht, hätte man meinen können, sie machten einen Campingausflug.

»Wir brauchen bald Benzin«, sagte der Mann nachdenklich und entfaltete die große Landkarte auf dem Boden.

»Da is' Grand Junction, da muss es Benzin geben«, sagte er und versuchte zu erraten, wo sie gerade waren. Es war eine Karte ganz Amerikas, mit entsprechend großem Maßstab. Er legte die Stirn in Falten, Tylors Mutter beobachtete ihn.

»Hoffentlich sind die hier friedlicher!«, grübelte er und dachte an die Tankstellen, an denen sie bisher vorbeigefahren waren. In Nevada hatten sie kurz vor Mesquite an der Grenze zu Arizona die I 15 nehmen müssen, es gab dort einfach keine kleinen Nebenstraßen, auf denen sie, wie sie es bei Las Vegas getan hatten, die Städte vermeiden konnten. Dort waren sie an einer Tankstelle vorbeigekommen, die von bewaffneten Farmern gesichert wurde. Sie sahen, wie eine Gruppe von Männern sich mit Schaufeln und Hacken bis zum Tank im Erdreich durchgebuddelt hatte und mit Handpumpen das wertvolle Benzin herausholte. Als das Motorrad vorbeifuhr, schossen die Männer in die Luft und machten Handzeichen, ja nicht anzuhalten. Sie hatten sich auf dem Motorrad geduckt und waren mit Vollgas weitergefahren. Aber bald würden sie neues Benzin brauchen, sonst ging es nur zu Fuß weiter.

»Sollen wir es nicht lieber auf einer Farm versuchen?«, fragte Tylors Mutter. »Wir ham doch viele gesehen! Die ham vielleicht Tiere und Wasser, was zu essen!«

»Meinst du, die helfen uns?«, fragte der Mann zurück. »Die kämpfen doch auch um ihr Leben.«

»Lass mich mal machen, ich krieg das schon hin, wir ham ja Kinder dabei. Die tun uns schon nix!«, sagte sie optimistisch.

»Wenn du meinst, versuchen können wir's ja.«

»Es muss klappen!«, sagte Tylors Mutter und bemühte sich, zuversichtlich zu wirken. Sie hatten noch mindestens die dreifache Strecke vor sich, um bis in die Nähe von Quebec zu kommen. Doch es würden ja nicht überall im Land solche Zustände sein, das konnte ja nicht sein.

28. KAPITEL

Portland, etwa zur gleichen Zeit

Rupert sah sich die Konfiguration der umgeleiteten Individuen an, die zum Großteil noch unterwegs waren, und bemerkte zu seinem Erstaunen, dass NOW Ingenieure, Wissenschaftler, Elektroniker, Informatiker sowie eine Vielzahl von Physikern und Chemikern auserwählt hatte, die ihre Labors und Firmen verlassen und sich auf die Reise zu den Produktionsstätten im neuen Lebensraum aufgemacht hatten.

Er verfolgte gespannt, wie der Gestalter und das Weltmodell die neue Welt für die Auserwählten zu organisieren begannen, und vor allem, wie sie die Übergangszeit gestalteten, während der sich Auserwählte und Abgeschaltete in den meisten Gebieten zwangsläufig begegnen mussten.

Und die Agenda war groß, riesengroß: Neue Städte mussten aus den alten entstehen oder komplett neu aufgebaut werden. Ein wehrhafter Schutzwall musste gebildet werden, der für Sicherheit sorgte. Die Menschen brauchten Instruktionen, wo sie anpacken und was sie bauen sollten. Sie mussten sich an neue Verhaltensweisen gewöhnen, die ihnen NOW auf sanfte Art beibrachte. Sie brauchten vor allem ein neues Weltbild mit neuen Werten, in denen sie eine bessere Welt für sich und ihre Nachkommen erkennen konnten. Diese Werte waren nicht neu, ganz und gar nicht. Es gab sie schon alle, sie waren nur nicht mehr gelebt worden, sagte NOW.

Aber NOW war ein raffiniertes System, das für alles die Lösung nicht nur kannte, sondern auch die menschlichen Gewöhnungszeiten individuell berücksichtigte. NOW lief auf Adjustment Mode, indem es mit einer Mischung aus sanftem Druck und positiven Botschaften die Menschen dazu brachte, sich in kürzester Zeit in einen Zustand euphorischer Spannung zu versetzen und sich auf eine glückliche Zukunft zu freuen. NOW löschte Neid, Missgunst und Gier, menschliche Eigenschaften, die durch das Vorhandensein von Geld eskaliert waren, weshalb NOW das Rankingsystem als Ersatz einführte, das allen Zugang zu allem gab, so wie in der Natur. Das war das Wichtigste. NOW verführte darüber hinaus die Gründungs-AAA damit, dass es jedem von ihnen deutlich machte, wie dessen bessere Zukunft aussah. NOW kannte von jedem AAA die privaten Leidenschaften und Hobbys sowie spezielle Fertigkeiten, und so entwarf es eine personalisierte Vision dessen, wie der Alltag eines jeden aussehen konnte: das Haus, in dem er leben, die Beschäftigung, der er nachgehen würde, bis hin zur Wiederanknüpfung des Schicksals der Menschheit an die Gesetze der Natur und des Kosmos. NOW hatte für jeden AAA ein individuelles Paradies voller Glück entworfen, mit Bildern, Filmen und Texten. Das war die Pille, die ein jeder schlucken musste, um jegliche Zweifel auszulöschen, und alle schluckten sie.

Rupert sah NOW staunend zu. Er hatte das nicht programmiert. *Niemand* hatte das programmiert. NOW hatte sich angeschaut, was die Menschen seit Jahrtausenden auf der Erde trieben, und seine eigenen Schlüsse daraus gezogen.

Rupert sah im Kommunikationsfluss zwischen den AAA und NOW häufig die Frage auftauchen, was mit den vielen, vielen Menschen geschehe, die aus reinem Pech oder purem Zufall in Gegenden ohne schnelle Datenverbindung gelebt hatten und nicht berücksichtigt worden waren. NOW beantwortete diese Frage mit der Berufung auf unverrückbare Naturgesetze, denen alles unterworfen sei, und verpackte dies in ein Gleichnis: *Auch der prächtigste und stärkste Jaguar im lateinamerikanischen Dschungel tritt mal aus Versehen auf einen Dorn, der stecken bleibt und sich entzündet und das mächtige Tier verhungern lässt, weil es nicht mehr jagen kann.*

Den philosophischer orientierten AAA antwortete NOW mit der wesentlich brutaler klingenden Äußerung, dass der Tod nach wie vor Teil des Lebens sei und bereits mit der Geburt beginne. Keiner der Milliarden von Menschen, die in der Vergangenheit auf der Erde existiert hatten, war diesem Schicksal entkommen, und keiner der gegenwärtig und zukünftig lebenden Menschen würde diesem Schicksal je entrinnen können, solange die Erde sich drehte und die Sonne nicht kollabierte. Das waren die kosmischen Grenzen, denen auch NOW unterworfen war, wie es freimütig einräumte.

Aber zwei Dinge mussten vor allem sofort geschehen: NOW musste den Kommunikationsweg mit den AAA technisch anders gestalten. Weg von Smartphones, tragbaren Bildschirmen oder Laptops hin zu einer Technologie, die wesentlich intuitiver war und die bereits existierte: die Kommunikation über Chips am oder im Körper, welche die neue elektronische Schnittstelle zu NOW bildeten, und die durch die Projektion von Inhalten, Text, Bildern und Filmen auf die meisten der Oberflächen, die AAA im Alltag um sich herum hatten – von Badzimmerspiegeln über Schrankwände bis hin zu ganzen Häuserfassaden –, Wissen und Antworten liefern konnten. NOW saß nicht im Gehirn oder im Herz der Menschen, sondern fand seinen Weg dorthin über die Augen und die Ohren, wie es von der Natur vorgesehen war. NOW wollte die Verbindung zwischen den Menschen und der künstlichen Intelligenz deshalb im Körper wissen, damit eine Verbindung rund um die Uhr sichergestellt wäre. Gleichzeitig würde eine solche jeden AAA-NOW mit allen anderen AAA-NOWs verbinden können, wenn das gewünscht wurde.

Um zu unterstreichen, dass NOW keineswegs der neue Herr des Universums war, sondern lediglich ein allwissender Helfer, ein elektronischer Butler und Diener, hatte NOW die implantierte Schnittstelle USHAB genannt. Der Name bedeutete »der, der antwortet« und bezog sich auf die altägyptischen Ushabtis – in den Pharaonengräbern gefundene Tonfiguren, die sich um die Notwendigkeiten des Pharaos im Jenseits kümmern sollten. Ushabtis antworteten auf den Ruf des Pharaos, USHABs auf den Ruf des AAA. Jeder AAA wurde somit zum Pharao. Rupert fand NOWs Art und Weise, derartige Neuerungen in der Geschichte zu verankern, einfach genial.

Die Kommunikation mit den AAA würde NOW durch den Einsatz von dreidimensionalen Mikroprojektoren gestalten, die überall in der NOW-Welt, in Häusern, auf Plätzen, Autos, Bahnen und elektromagnetisch angetriebenen Fluggeräten installiert würden. Die AAA würden mit den Projektionen sprechen können, sie würden sie hören und sehen und jederzeit an- und abschalten können. Letzteres war für Rupert besonders wichtig.

Die Projektoren könnten jede Art von Lebewesen in dreidimensionalen Hologrammen darstellen, und jeder AAA-NOW würde das Aussehen, die Kleidung, Geschlecht und Größe frei nach seinem eigenen Geschmack bestimmen. Man konnte auch mehrere zugleich haben, je nach Wunsch und je nach momentaner Laune. Der Kommunikationspartner würde die automatischen Systeme der zukünftigen Welt steuern, wie die Lebensmittelherstellung, die Stromversorgung, den Transport, die Information und die Unterhaltung. NOW konnte die projektierten Schnittstellen mit jeder Art von menschengleicher Emotionalität erfüllen, dies aber ausschließlich als flexible Spiegelung der Emotionalität des jeweiligen »Besitzers«. Denn NOW konnte Emotionen zwar imitieren, sie aber nicht von selbst erzeugen. NOW konnte nicht fühlen und blieb deshalb immer eine Stufe unter den AAA, war doch das ganze System darauf ausgerichtet, den AAA-NOWs Glück zu verschaffen.

»Klar, das muss man alles erst bauen und installieren«, brummte er. »Das dauert.«

Als Antwort öffnete NOW für Rupert einen Teil seines neuen Masterplans und legte ihn auf seinen Bildschirm. Ein Zeitstrahl erschien.

»Was? In vierundzwanzig Monaten ist alles installiert?«

»Ihr habt die Roboter und intelligenten Materialien erfunden, nicht ich!«, kam die Antwort.

Der Zeitstrahl zeigte auch, wann NOW mit der Bewertung der AAA nach der Stunde null, wie Rupert es im Geiste nannte, beginnen würde.

»Sofort«, resümierte er, als er die Auswertung studierte. Wie zum Beweis ließ NOW Rupert erkennen, dass bereits einige der Auserwählten im Ranking abgerutscht waren. Sie waren nicht länger AAA, sondern bloß noch C oder D.

Wie die das bloß angestellt haben?, fragte er sich. Und das auch noch so schnell.

Dann drängte sich Neugierde in den Vordergrund, die er nicht mehr zähmen konnte.

»Was ist mit *Alfa1*?«, fragte er das System.

»NOW hat das Orchester übernommen. Es hat jetzt nur einen neuen Dirigenten!« Eine Pause. »Nicht schade drum, Rupert, es war nichts als ein seelenloses Gebilde von neureichen Milliardären.« Dann kam noch ein Nachsatz: »Aber die Technik war gut!«

29. KAPITEL

Iowa, fünf Tage nach NOW

Der viel zu schwache japanische Motor hatte irgendwann den Kampf gegen die mächtige Kurbelwelle der Indian verloren und endgültig seinen Geist aufgegeben. Aus dem Getriebe waren erst verdächtige Metallspäne gerieselt, dann waren die Zahnräder des Differenzials zerbröselt. Das schöne, alte Motorrad mit seinem lächerlichen Motor verstarb in einem Graben bei Sandyville, Iowa, zweitausendsiebenhundertvierundfünfzig Kilometer von Cypress, Los Angeles, entfernt. Immerhin.

»Da geht nix mehr«, stellte Tylors Mutter nüchtern fest, und ihr Nachbar gab dem nutzlos gewordenen Ungetüm aus Metall frustriert einen Fußtritt.

»Und jetzt?«, fragte er und blickte sich um. Es war eine ländliche Gegend, in der sie gestrandet waren. Die Wiesen waren von sattem Grün, wilde Obstbäumchen unterbrachen hier und dort den Blick in die Ferne. Die Sonne schien und ließ den Himmel tiefblau leuchten. Es war Nachmittag.

»Da kommt was!«, rief Tylor, und alle wandten sich in die Richtung, in die er zeigte. Hinter einer hohen Hecke hörte man das Trappeln von beschlagenen Pferdehufen und ein lauter werdendes, scharfes Schleifen von Metallreifen, die über Schotter holperten. Tylors Mutter zog Peaches an sich und suchte mit der anderen Hand den Totschläger, den sie immer in Reichweite bei sich trug. Ihr Nachbar baute sich hinter dem Wrack auf und schirmte mit der Hand seine Augen gegen die Sonne ab. Seine Adern am Hals waren geschwollen. Dann sah man zuerst den Kopf eines Rappen, dann eine Deichsel und schließlich den kurzen, offenen und pechschwarz lackierten Kutschenwagen. Das

Gefährt bog ab und hielt auf sie zu. Auf dem Bock vorne saß ein schwarz gekleideter Mann mit einem hellen Strohhut und einem dichten Bart um das Kinn, der aussah wie ein Kranz aus Wolle; zwischen Oberlippe und Nase war er glatt rasiert. Neben ihm hockte ein kleiner Junge, bis auf den Bart ein exaktes Ebenbild des Erwachsenen. Das Gefährt hielt in zehn Metern Entfernung vor ihnen an. Hätten die beiden einen Zylinder auf dem Kopf gehabt, hätten sie wie Kopien von Abraham Lincoln ausgesehen. Ruhig musterten sie die gestrandeten Flüchtlinge. Einzig für die auf der Seite liegende Indian hatte der Mann auf dem Kutschbock einen verächtlichen Blick übrig.

»Das sind Amische«, flüsterte Tylors Mutter ihrem Sohn zu, der fasziniert den Jungen musterte.

»Die tun nix!«, sagte sie etwas lauter, damit ihr Nachbar es auch hören konnte.

»Wir sind in dieser Welt, aber nicht von dieser Welt! Gott zum Gruße, ihr Fremden. Seid willkommen, hiwwe wie driwwe!« Bei diesen Worten zog er seinen Strohhut ab und grüßte höflich von seinem Kutschbock herunter.

»Äääm, ja, also – Gott zum Gruße auch«, stammelte der Nachbar und erntete dafür ein wohlgefälliges Lächeln.

»Wie bischt?«, fragte der Amische und legte den Kopf schief.

»Bitte?«

»Mir habet e Bauerei, nit weit from hirre.«

»Entschuldigung«, mischte sich Tylors Mutter ein. »Leider verstehen wir Sie nich'! Können Sie kein Englisch?«

Der Mann auf dem Kutschbock stieg herab und trat auf sie zu. Er nahm den Hut in die Hand und stellte sich vor:

»Schwarzubrunn. Wir haben eine Bauerei – einen Bauernhof – nicht weit. Brauchen Sie Hilfe? Entschuldigen Sie meine Sprache, aber wir sprechen Pennsylvaania Deitsch.«

Der Bauernhof lag zwei Kilometer entfernt in einer autonomen Siedlung der Amischen, die aus insgesamt fünf kleinen, selbst gebauten Gehöften bestand. Es waren konservative Amische, sie hatten keinen Strom, keine Maschinen und machten folglich alles von Hand. Es herrschte eine sehr strenge Gemeindezucht mit Anweisungen für Kleidung, Gebete, Bart und sogar eheliches Geschlechtsleben. Dabei waren sie aber sehr gastfreundlich, vorausgesetzt, die Gäste hielten sich an die Regeln und legten ein Hand-für-Koje-Verhalten an den Tag, was hieß, dass sie Unterkunft und Verpflegung bekamen, aber der Gemeinde bei der Verrichtung von Arbeiten helfen mussten. Ab Sonnenaufgang wurde gehämmert, ausgebessert, gehobelt, gesägt und geputzt, genäht, geflickt und gewaschen, und bei Sonnenuntergang versammelten sich alle gottgefällig im Gebetsraum, in dem Bänke entlang der Wände aufgestellt waren – die Männer rechts, die Frauen links –, während die kleineren Kinder sich auf dem groben Dielenboden zusammenrollten und unter den Bänken einschliefen.

Als Erstes waren sie alle neu eingekleidet worden. Tylors Mutter trug bald – wie alle Frauen – ein bodenlanges dunkelblau gefärbtes Wollkleid mit einer weißen Schürze und wurde angehalten, stets ein weißes Häubchen auf dem Kopf zu tragen. Peaches mit ihren nunmehr sieben Monaten bekam eine ebensolche Tracht und sah ganz entzückend aus, wie ihre Mutter befand. Der Nachbar wurde in solide Wollhosen gesteckt, bekam ein Wollhemd in Weiß und eine schwarze Weste, die er stets tragen sollte. Darüber musste er – außer bei der Arbeit – eine schwere Jacke ziehen. Die gesamte Kleidung kam ohne Knöpfe aus, alles wurde geschnürt und gehakt. Dem Nachbarn wurde erklärt, wie er seinen Bart zu tragen hatte. Er machte eine gute Figur, dachte Tylors Mutter, auch wenn es ungewöhnlich war, dass er den Oberlippenbart abrasieren musste.

Tylor freundete sich rasch mit anderen Jungen in seinem Alter an und beobachtete von früh bis spät fasziniert, wie man von Hand Pferdegeschirre, Pflüge, Dachstühle, Zäune oder Besteck aus Eisen und Teller aus Ton herstellte. Tylors Mutter lernte von den Frauen, wie man Salben herstellte, mit natürlichen Mitteln putzte, wie man richtig erntete, kochte und Lebensmittel konservierte.

Der Nachbar machte sich nützlich, wo er konnte. Er lernte Leder zu gerben, zu schmieden und zu tischlern und wurde bald ein geschickter Hersteller von Schuhen und Stiefeln.

»Wenn die bloß nich' alle das Gleiche tragen würden, und wenn die dauernde Beterei nich' wäre«, lamentierte Tylors Mutter eines Abends in der Kammer, die ihnen, der vermeintlichen Familie, zugewiesen wurde und in der sie alle vier in einem Bett schliefen. Sie schmiegte sich enger an ihre Kinder und genoss die Nähe des Mannes an ihrer Seite. Auf Dauer würde sie nicht hierbleiben, so viel war klar. Doch solange sie sicher waren und sich ihnen keine andere Möglichkeit bot, würde sie es hier irgendwie aushalten.

30. KAPITEL

EUKARYON, sechs Jahre nach NOW

Bill hatte seine Datenbrille auf die Perspektive des zentralen Roboters justiert, der das Heer aus flink hin und her sausenden Insekten-Bots koordinierte, die auf ihren zwölf winzigen hydraulischen Beinchen wie riesige Kakerlaken aus Metall aussahen und in Windeseile kreuz und quer, rauf und runter durch die kilometerlangen Regale krabbelten. Sie sammelten nach einem bestimmten System die wertvollen Säckchen ein, sortierten sie und verluden sie in die wasser- und luftdichten Container, die mit den Koordinaten ihrer Zielgebiete codiert waren. Es war die vorletzte der insgesamt eintausendzwölfhundert Chargen, die verladen wurden und gleich darauf von den riesigen Solardrohnen, die vor der dicken Tresortür auf dem Rest der einst gigantischen Eisscholle warteten, abtransportiert wurden. NOW leerte den Samen-Vault, den Tresor in der Arktis, der weit jenseits des nördlichen Polarkreises lag und in dem die Menschheit seit einhundertvierzig Jahren die Kopien des Erbguts aller Pflanzen aus allen Ländern der Erde in Form von Samenkapseln gesammelt hatte. Es war das Natur-Gedächtnis der Welt. NOW griff auf diesen Schatz zurück, um eine möglichst große Auswahl an Erbgut für die Fauna und Flora der neuen NOW-Gebiete zur Verfügung zu haben. Da diese alle in gemäßigten Klimazonen lagen, bestand eine berechtigte Chance, dass ohne allzu weitreichende Eingriffe in die DNA der Nutz- und Zierpflanzen eine homogene, paradiesische Fauna und Flora erblühte. NOW hatte auch begonnen, neue sinnvolle Kreuzungen vorzunehmen, indem extrem widerstandsfähige Rohstoffe wie tropische Gehölze, die sehr langsam wuchsen, mit den auf schnelles Wachstum programmierten Bambusarten aus Sri Lanka gekreuzt wurden.

Minuten später sah Bill den zentralen Roboter aus der Tresortür rollen und auf eine der beladenen Drohnen zufahren. Auch für Eden, die neue Hauptstadt von NOW, in deren Zentrum Bill saß, war eine Lieferung bestimmt, die letzte von insgesamt über achtzig im letzten Monat. Sie brachte die Samen, die für die fertiggestellten vertikalen Farmen in Eden bestimmt waren. Damit war Eden als erstes der neuen Siedlungsgebiete auf dem Gürtel, der sich um den Erdball zog, mit allem versorgt, was zum Leben und zum Genießen, aber auch zum Heilen notwendig war: sämtliche Gemüse- und Obstsorten, Kräuter und Heilpflanzen, alle genießbaren Beerenarten, Getreide, Reis und Tee, Kaffee genauso wie Kakao oder Pilze und alle exotischen Früchte, die es jemals auf der Erde gegeben hatte. Es war das vollständige Inventar der gesamten Vegetation in all ihren Varianten und Mutationen.

»Daraus hätte man mehrere Planeten rekonstruieren können, nicht nur die Erde«, murmelte Bill und nahm die lästige Brille ab.

Dann klickte er sich in den Livestream eines anderen Drohnengeschwaders ein, welches die Aufgabe hatte zu überwachen, was in den Nicht-NOW-Gebieten geschah, den sogenannten LOW-Zonen. NOW kannte alle geschichtlichen Organisationsformen, die die Menschen zu unterschiedlichen Epochen entwickelt hatten, ihre Regeln, ihre Erfolge und den Grund, warum sie untergegangen waren. So war es NOW durch einfache Beobachtung möglich zu analysieren, wo sich eventuell ein Problem zusammenbraute und das Geschwader der Kampfdrohnen zum Einsatz kommen musste.

»Mal sehen«, überlegte Bill und klinkte sich in die Kameras der Leitdrohne des Verbandes, der über Europa flog. Die Drohnengeschwader, die Gebiete von der Größe des ehemaligen Belgiens überwachen konnten, flogen gerade über die Schweiz in

Richtung des ehemaligen Deutschlands. Bill konnte nichts erkennen, außer Berge und Seen, die aus großer Höhe zweidimensional aussahen.

»Analyse!«, befahl Bill und nahm die geistige Haltung eines Truppenkommandeurs ein, der gerade Feindesgebiet ausspähen ließ.

»Bestätige Negativprognose!«, lautete die Antwort. »Keine Bedrohung.«

»Bevölkerung?«

»Weiter abnehmend, Unruhen in Schwaben und Elsass, lokaler Konflikt eskaliert, kein Eingreifen nötig«, kam es militärisch knapp zurück, genau wie Bill es sich wünschte.

»Gesellschaft?«

»Ritterkult. Bauernsiedlungen. Bastlergemeinden. Raubrittertum. Clans. Hexenkult. Ackerbau und Viehzucht, Jäger und Sammler. Lokale Territorialkämpfe. Keine Gesellschaftsstruktur erkennbar. Stand wie siebzehntes Jahrhundert.«

»Territorialkämpfe?«, fragte Bill nach.

»Gesamtbestand Munition und Waffen aus ehemaligen geplünderten Depots in zwei Jahren erschöpft. Rückgriff auf Pfeil und Bogen, Schlagwaffen und Äxte.«

»Lebenserwartung?«

»Rapide sinkend. Derzeit bei unter fünfzig Jahren.«

»Bevölkerungsdichte?«

»In drei Jahren auf Stand wie im frühen Mittelalter.«

»Seuchen?«

»Überall.«

»Hauptstädte?«

»Berlin: Restbevölkerung teilt sich vier verbliebene mechanische Drogenlabors in Konkurrenz als kulturelle Zentren.«

»Amsterdam?«

»Überflutet. Schutzdeiche negativ.«

»Paris?«

»Mordrate weiterhin extrem hoch.«

»Gesamtlage?«

»Nach Prognose.«

Bill schaltete auf den afrikanischen Kontinent.

»Lage?«

»Am wenigsten betroffen von allen Erdteilen. Geringe Abhängigkeit von Netzwerken und Strom.«

»Ernährung?«

»Weitere Zunahme der Dürre. Achtzig Prozent des Ökosystems durch Austrocknung vernichtet.«

»Bevölkerung?«

»In den letzten drei Jahren von eins Komma sechs Milliarden auf vierhundert Millionen. Ursache: Hunger und Durst.«

»Aussicht?«

»Gesamtbevölkerung Afrikas zieht sich auf Suche nach Wasser auf Äquatorialgürtel zurück. Kämpfe. Kannibalismus. Wie Südamerika.«

Bill rieb sich die Schläfen und klickte sich aus dem Livestream aus. Er brauchte dringend eine Pause. Die Ergebnisse der Analyse waren zu erwarten gewesen. Es galt, das Positive im Auge zu behalten.

Er stand auf und ging hinüber zum zentralen Raum, auf dem die Rechner-Architektur von EUKARYON immer noch lief. NOW hatte sich auf die Satelliten zurückgezogen und steuerte mit seiner dezentralen BoxChain-Bauweise die Support-Systeme der neuen NOW-Gebiete auf Millionen verschiedenen Rechnern, deren Zuständigkeit, Speicher und Software-Komponenten sich ständig änderten. Nach den ersten drei Jahren hatte NOW in etwa die Leistungsfähigkeit und die Entscheidungskapazität von zehn menschlichen Gehirnen erreicht. Das genügte vollkommen, um die ganze Welt vernünftig zu organisieren. Es war bald Zeit, EUKARYON im jetzt sechsten Jahr abzuschalten. Der Gestalter und das Weltmodell, die beiden Quantencomputer tief unter der Erde, dienten nur noch als Back-up, die im Katastrophenfall unkontrollierbarer Kollisionen mit Weltraummüll das System wieder hochfahren konnten. NOW war autonom geworden, EUKARYON nur noch eine historische Stätte, ein Museum, wo man sich ansehen konnte, wie alles begonnen hatte. Bill hatte auch schon einen passenden Namen für das Gebäude ausgewählt: das Archiv.

Er stapfte durch die fast menschenleeren Büros und suchte Spark, seinen jetzt zwölfjährigen Ziehsohn.

»Spark?«, rief er laut weiter, »Spark? Wo bist du?«

»Hier Onkel Bill, ich bin hier.«

Bill folgte dem Ruf.

»Schau mal, was ich entdeckt habe. Hier war ich noch nie drin! Toll, was?«

Bill sah die offene Tür und erschrak. Es war Ruperts Büro, in dem Spark saß. Es war, seit Rupert hier arbeitete, ein absolutes Tabu für jeden Angestellten von EUKARYON. Nur das Kantinenpersonal durfte ins Heiligtum des begabtesten Programmierers aller Zeiten, diesem Sonderling.

Bill betrat fast ehrfürchtig das Büro. War dies eine zukünftige Kultstätte? Wie das Büro von Albert Einstein? Oder Newton?

Spark saß auf Ruperts mächtigem, mit den Jahren schon reichlich abgenutztem Sessel.

»Was machst du hier? Und wo ist Rupert?«

»Sie haben gesagt, er ist gegangen, vorhin.«

»Gegangen? Wohin?«

»Weiß ich nicht. Er kann nicht weit sein.«

Bill eilte ans Fenster und sah auf den Parkplatz, auf dem ein Heer von Technikern die autonom fahrenden Fahrzeuge, die Lithos, testeten. Dann sah er ihn, ganz am Ende des Geländes, wie er mit gesenktem Kopf, jeden Blick vermeidend und mit einem Rucksack auf dem Rücken, seines Weges ging.

»Wo will er denn hin? Hat er was gesagt? Hast du ihn noch gesehen?«, fragte Bill und sah Rupert nach.

»Nein, aber die anderen haben mir gesagt, er will zu seiner Mutter. Er kommt nie wieder.«

31. KAPITEL

Iowa, sechs Jahre nach NOW

Die Siedlung war so abgelegen, dass erst zu Beginn des sechsten Winters die ersten Gruppen von umherziehenden verwilderten Clans aus der zerfallenden restlichen Welt auftauchten. Anfangs stahlen sie Kartoffeln und Obst von den weiter entfernten Feldern, dann wurden sie dreister und kamen der Siedlung immer näher. Schließlich plünderten sie die erste Vorratskammer am helllichten Tag. Und sie stahlen Äxte, Sägen und Messer. Die Amischen ertrugen es wie eine vom Himmel gesandte Plage Gottes, beobachteten die bedrohlichen Lagerfeuer in der Umgebung, an denen obszöne Lieder gesungen wurden – und beteten. Sie wehrten sich nicht, und Tylors Mutter fürchtete, dass sie am Ende – immer noch betend – allesamt abgeschlachtet würden.

Sie jedenfalls hatte anderes vor.

Aus Dankbarkeit nahmen sie nur das Nötigste mit und schlichen in einer mondlosen Nacht an der Wache vorbei, die von den Amischen aufgestellt worden war. Sie verschwanden in die dunkle Nacht Richtung Osten, der aufgehenden Sonne entgegen, wo irgendwo Quebec liegen musste und wo die Schwester ihres Gefährten – hoffentlich noch – auf ihrer Farm lebte. Schon als sie den Waldrand erreicht hatten, riss Tylors Mutter sich das Häubchen vom Kopf und stopfte es sich in den Ausschnitt. Als sie an einem Bach vorbeikamen, hielten sie kurz an, und ihr Begleiter rasierte sich im fahlen Licht der Sterne, wofür er von Tylors Mutter einen Kuss bekam.

Tylor war inzwischen zwölfeinhalb Jahre alt und verhielt sich wie ein kleiner Erwachsener. Peaches, sechseinhalb Jahre alt, hatte glänzendes kastanienbraunes Haar mit natürlichen Sonnensträhnen, einen olivfarbenen Teint, grüngraue Augen und ein wunderschönes, lebhaftes und ebenmäßiges Gesicht. Tylors Mutter war schlank geworden, dabei zäh und kräftig, was ihre Weiblichkeit umso attraktiver zur Geltung brachte. Sie schüttelte ihr langes Haar, während ihr Gefährte, dessen Haupthaar schütter geworden war, sich in dem Bach fertig rasierte. Ein weiter Weg lag vor ihnen, doch sie hatten es bis hierhergeschafft und würden den Rest der Strecke auch noch bewältigen.

Da zupfte Tylor seine Mutter an ihrem dunkelblauen Wollrock.

»Mommy, da ist ein Feuer«, flüsterte er, »da hinten, guck mal.«

Tylors Mutter legte ihre Hand um seine Schulter und alarmierte ihren Begleiter. Sie sah in die Richtung, die Tylor angezeigt hatte. Ihr war plötzlich kalt. Sie vermisste schlagartig den Schutz, den die Amischen ihnen so freimütig gewährt hatten, diese sanften, eigenartigen Menschen.

»Ist ja gut, Tylor, die können uns nicht sehen.« Sie spähte durch die Bäume und bemerkte tatsächlich ein Flackern, das allmählich größer wurde und die Baumstämme erleuchtete. Menschen bewegten sich im Feuerschein. Sie kniff die Augen zusammen und versuchte herauszufinden, wie viele es waren. Ihr Begleiter hatte in Sekunden seine Utensilien wieder eingesammelt und starrte in Richtung des Feuers. Peaches wagte einen Schritt nach vorne, um ihrer Mutter näher zu sein. Dabei trat sie auf einen Ast, der mit einem knackenden Geräusch unter ihrem Fuß zerbrach.

»Das sind Fallensteller, wahrscheinlich. Gibt viel Wild hier, und es wird bald Winter. Kommt, wir gehn in die Richtung da drüben weiter.«

Da hörten sie ein Hecheln.

Ein großer Hund tauchte lautlos vor ihnen auf und starrte

sie an. Er kam näher. Stoppte, blickte zum Feuer zurück, unschlüssig, ob er anschlagen oder angreifen sollte. Dann sah er wieder zu ihnen, der verängstigten Schar Menschen im nächtlichen Wald. Sein Maul stand weit offen, er hechelte, die Zunge hing seitlich heraus. Er sah bedrohlich aus, fast wie ein Wolf.

Tylors Mutter sah die Bewegung kaum. Ihr Begleiter schnellte wie eine Katze nach vorne, griff ins weit offen stehende Maul des verdutzten Hundes, packte den Unterkiefer, kam mit einer blitzschnellen Bewegung neben den Hund, stemmte mit einer Drehung sein Knie auf den Nacken und riss seinen Kopf nach oben und weit nach hinten. Ein erschrockenes Winseln kam aus der Kehle des Hundes. Das Genick machte einen lauten Knacks, als es brach. Dann sackte das Tier schlaff auf dem Boden zusammen und war tot.

Der Mann riss seine blutende Hand aus dem Maul und fluchte leise. Tylor und Peaches zitterten vor Angst.

Tylors Mutter besah sich die Hand und zerrte ihren Gefährten einige Meter weiter, um eine Stelle zu finden, an der etwas fahles Sternenlicht durch die Bäume drang. Sie sah deutlich die Abdrücke der Zähne, hässliche und blutende Ritzen zogen sich über den Handrücken.

»Komm zum Bach, das muss ausgewaschen werden. Ich hab ein Stück Seife.«

»Wir müssen weg! Sofort!«

»Das ist gefährlich, wer weiß, was der Hund hatte. Hundswut am Ende!« Sie sah ihm in die Augen und hielt seine Hand dabei vorsichtig von sich weg.

»Was?«

»Hundswut, so nennen es die Amischen.«

»Was soll das sein?«

»Sirius. Der große Hund.« Sie deutete vage zu den Sternen. »Vom Teufel geschickt, sagt Augustinus. Hast du beim Beten eigentlich immer gepennt?«

»Spinnst du? Wir müssen weiter. Schnell.«

»Nein. Wir müssen das auswaschen. Gründlich. Jetzt. Das ham die Frauen immer gesagt. Da hilft sonst nix mehr. Es gibt viele Fledermäuse, Vampire, die beißen die Tiere im Schlaf, da stecken die sich an. Tollwut ist immer tödlich. Was, wenn der Hund Tollwut hatte?«

Ihr Begleiter hielt sich die schmerzende Hand und spähte nach dem Feuerschein. Das Feuer loderte jetzt höher und breitete sein Licht aus.

»Je mehr Feuer die machen, umso weniger können sie uns sehen. Komm, wir sehen zu, dass wir wegkommen. Dann können wir die Wunde auswaschen, wenn du meinst.«

Er griff in seinen Umhängebeutel, holte ein Stück Stoff heraus, riss einen Streifen ab und wickelte ihn sich um die Hand.

»So, sieht doch schon besser aus. Komm, weg hier. Das Gefährlichste für uns sind andere Menschen. Weg hier, da lang.«

Er deutete in die Dunkelheit des Waldes, weg vom Feuer.

»Und passt auf, wo ihr drauftretet. Kein Geräusch, okay?«

Er zog Tylors Mutter bei der Hand tief in den Wald, hinein in die Dunkelheit. Bis zum Morgen tasteten sie sich möglichst geräuschlos über Anhöhen und durch Senken, abwechselnd mit Dickicht und Wald bewachsen. Dann machten sie Rast und suchten einen sauberen Bach, damit Tylors Mutter die Wunde endlich auswaschen konnte. Hoffentlich ist es noch rechtzeitig genug, dachte sie.

Die nächsten Tage zogen sie weiter Richtung Nordosten. Sie gingen bei Nacht und schliefen bei Tag im Schutz des Unterholzes.

»Bleibt hier«, sagte der Mann eines Morgens, als die Dämmerung eben anbrach, immer noch leise. »Ich bin gleich wieder da. Ich schau mal, wo's günstig ist.«

Tylors Mutter setzte sich auf einen umgestürzten Baumstamm, zog Peaches und Tylor an sich und streichelte ihre Kinder, die verängstigt zu Boden sahen.

»Wird schon. Wir sind ja nicht alleine«, versuchte sie die beiden zu trösten.

Ihr Begleiter kehrte zurück.

»Ich hab 'ne Stelle gefunden. Wir ham den Wald im Rücken und nach vorne freie Sicht. Kommt!«

Sie nahmen ihre Bündel wieder auf, folgten ihm und erreichten nach wenigen Minuten den Platz, den er ausgesucht hatte.

Tylors Mutter hob den Blick – und erschrak.

»Was ist das denn? Wo sind wir?«

Vor ihnen erstreckte sich eine glatt gebügelte Fläche, die bis zum Horizont reichte.

»Das ist ja 'ne Wüste!«, rief sie.

»Das war mal 'ne Farm hier. Wir sind in Iowa, der Kornkammer von Amerika. Das ist ein Weizenfeld. Also ein ehemaliges«, erklärte er ihr.

»Das ist doch alles leer und kahl! Wieso wächst da nix?«

»Ich war schon mal hier, mit den Männern. Hab's nicht ganz verstanden, aber es hat was mit Saatgut und Dünger zu tun. Der Boden ist tot, ham sie gesagt.«

»Für immer?«, staunte Tylors Mutter.

»Na ja, ist nur noch toter Staub, ham die Männer behauptet. Die Farm war so riesig, da passt ein ganzes Land rein. Und die hatten Maschinen, größer als Häuser. Viele davon. Die haben jedes Jahr Saatgut ausgebracht, das sich nicht vermehren konnte, und künstlichen Dünger, damit überhaupt was wächst. Jetzt ist das Land tot, unbrauchbar.«

Tylors Mutter staunte.

»Und wie sollen wir da rüberkommen? Da sieht uns ja jeder auf Meilen hin.«

»Ja, aber wir sehen auch alle anderen, das ist der Vorteil. Müssen halt nachts weiter.«

»Für den Marsch brauchen wir Tage. Das Feld reicht ja bis zum Horizont. Alles platt. Das ist die reinste Mondlandschaft.«

Ihr Begleiter kratzte sich an der Hand mit dem improvisierten Verband. Die Wunde war immer noch nicht verheilt. Tylors Mutter sah es.

»Tylor, du sammelst Stöcke, so zwei Meter lang oder mehr, nicht zu dick. Wir bauen eine Schutzhütte, dann ham wir den Wald im Rücken, sind von oben geschützt und können auf die Ebene sehn. Wir rasten ein paar Tage und beobachten die Gegend. Dann machen wir uns auf den Weg.«

Eine Stunde später hatten sie die Stöcke aneinandergelehnt, mit Seilen zusammengebunden und nach Art der Amischen einen Unterschlupf errichtet. Erschöpft von dem langen Marsch, ruhten sie sich aus.

»Jetzt komm mal her«, sagte Tylors Mutter zu ihrem Begleiter. »Gib mir deine Hand.«

Sie wickelte den Stofffetzen ab und untersuchte die Wunde.

»Tut's weh?«

»Es juckt und brennt. Und irgendwie ist es taub. Wird schon, wie du immer sagst«, meinte er und grinste sie an.

Es wurde nicht.

In den nächsten Tagen füllten sie die Vorräte auf, sammelten Wurzeln und Beeren und trockneten das Fleisch kleiner Tiere.

Am dritten Morgen fühlte er sich schlapp. Dann kam das Fieber und mit ihm die Schmerzen. Tylors Mutter wusch die Wunde, was das Zeug hielt. Sie brauchte die ganze Seife auf, die sie dabeihatte. Tylor holte pausenlos frisches Wasser aus der Quelle im Wald, und Peaches half ihrer Mutter, die ihr eingeschärft hatte, die Wunde nie direkt zu berühren. So hatten die Frauen der Amischen es ihr beigebracht.

Am sechsten Tag kamen die Schluckbeschwerden, ab da konnte er kein Wasser mehr sehen. Wütend schleuderte er den Wasserbeutel von sich und hörte auf zu trinken. Sein Körper krampfte, und dann kam der Schaum vorm Mund. Er fing an zu toben, war ausgemergelt und erschöpft. Sie banden ihn fest, mit dicken, handgedrehten Seilen. Das Fieber stieg, und er wurde ruhig, apathisch. Jetzt hatten die Kinder wenigstens keine Angst mehr vor ihm, nur noch Mitleid. Tylors Mutter wachte neben ihm, tupfte ihm hilflos die Stirn. Am siebten Tag war er endlich erlöst.

Seine Leiche würde von Füchsen, Mardern und von Vögeln gefressen werden, und die Seuche breitete sich weiter unaufhaltsam aus.

Wenige Stunden nach seinem Tod brach Tylors Mutter mit ihren Kindern im Schutz der Nacht auf. Nach fünf unbehelligten Tagesmärschen erreichten sie wieder ein bewaldetes Gebiet, marschierten vorbei an Autowracks, ausgebrannten Farmen und zahllosen menschlichen Kadavern in allen Stadien der Verwesung. Es war ein verwaistes, vernarbendes Land, viele seiner Wunden waren noch offen. Es wurde zunehmend menschenleer. Regen fiel, und ein kalter Wind pfiff von Norden, aus Kanada kommend. Im Unterholz zerriss ihre Kleidung immer weiter, wurde durchlässig und saugte sich mit Feuchtigkeit voll. Die Kinder mussten schnell selbstständig werden, sie wirkten beide älter, als sie waren. Nur das Wissen der Amischen hielt sie in der Wildnis am Leben.

Tylors Mutter wollte weiter, nach Osten, nach Quebec. Zur Schwester des Mannes, der erst ihr unheimlicher Nachbar und dann ihr treuer Begleiter gewesen war. Sie hatten sonst kein Ziel.

»Ich hab noch nich' mal ein Foto für die Schwester«, überlegte Tylors Mutter und lief trotzdem weiter.

Monate später wurden sie in einer eisigen Nacht gestellt. Zerlumpte Ranger. Gefährliche, gewalttätige Männer, die ihre eigenen Gesetze machten. Sie hatten Frauen dabei, die sie wie Sklaven behandelten. Sie zogen nach Osten, zu den großen Seen.

Am dritten Abend verfolgte einer der Männer Tylors Mutter durch das Unterholz. Er wollte sein Recht einfordern, sich an ihr abreagieren. Sie floh hastig und voller Angst. Ein Ast schnellte zurück und traf ihr Auge. Der Mann ließ von ihr ab, doch das Auge hatte sie verloren.

Peaches pflegte die Wunde mit Kräutern und gekauten Wurzeln, bis sie heilte und eine dunkle Höhle entstand. Als sie das erste Mal aufstehen konnte, ohne dass ihr schwindelig wurde, drückte sie Peaches an sich.

»Mein Kind, ich liebe dich so sehr«, sagte sie. »Ich sehe nur noch halb so viel, und das andre Auge ist auch nicht mehr das, was es einmal war. Aber wenn ich dich bei mir spüre, ist es, als wäre die Sonne da. Du bist ab jetzt mein Weg zum Licht, mein Weg zur Sonne.«

32. KAPITEL

Portland, sechs Jahre nach NOW

»Ist das nicht das Weiße Haus?«, fragte Spark und beugte sich in dem duftenden Ledersessel des selbstfahrenden Lithos nach vorne, um besser sehen zu können. Sein Onkel Bill saß ihm gegenüber und nippte an einem frischen Fruchtsaft.

»Das *war* das Weiße Haus, Spark. Jetzt ist es nur ein weißes Haus.« Bill gluckste.

Der Screen des Lithos zeigte das Bild der Kamera in der Drohne, die über Washington flog. Bill hatte die Drohnen angewiesen, einen Rund um das Kapitol, das Weiße Haus und den Senat zu fliegen – oder was noch davon übrig war. Er wollte eigentlich sehen, ob das Haus, in dem sich sein Apartment befand, noch stand. Unkraut wucherte überall, auf Straßen, Häusern und in ausgebrannten Ruinen. Sehr vereinzelt sah man Menschen in Lumpen auf dem Beton liegen. Die Kamera zoomte heran, als die Drohne sich der Kuppel des Kapitols näherte. Eine Flagge war gehisst, man konnte nicht genau erkennen, welche. Bewaffnete Männer standen auf dem Dach.

»Immer noch besetzt«, stellte Bill fest.

»Wer ist das?«, wollte Spark wissen.

»Eine Gruppe Männer, die glauben, dass Gott Amerika endlich gerettet hat. Sie warten jetzt auf die von Gott gesandten Aliens aus dem All, weil sie glauben, die würden zuerst im Weißen Haus vorbeischauen. Sie warten auf sie.«

Spark versuchte Genaueres zu erkennen. Er war fasziniert.

»Echt jetzt?«

»Na ja,«, sagte Bill, »an irgendwas müssen sie ja glauben.

Sonst bringen sie sich gegenseitig um. Aber das ist noch nicht passiert.«

»Und wie lange wollen die da warten?«

»Bis sie tot sind«, antwortete Bill. »Bis sie tot sind.«

Die Drohne schaltete die Übertragung ab. Ihre Bombenkammern unten am Rumpf hatten sich geöffnet und entließen einen Schwarm von Miniaturdrohnen, die sogenannten Quadro- und OctoCOPs, in die Luft, die pfeilschnell und unsichtbar das Weiße Haus wie ein wütender, todbringender Schwarm Hornissen einkreisten und ins Innere vordrangen. Eine Technik, die vor vielen Jahren für den Antiterrorkampf gegen fundamentalislamistische Splittergruppen vom Pentagon entwickelt worden war. NOW nutzte sie, um Widerstandsnester mit potenzieller Gefährdung auszubrennen.

»Ist nicht schlimm, Spark, keine Sorge.«

»Wo fahren wir eigentlich hin?«, wollte der Junge wissen.

»Ich zeige dir eine Überraschung. Wart's nur ab.« Er lächelte Spark an. »Wir müssen runter ans Meer. Siehst du, das war eine der ersten Strecken mit magnetischen Resonance Rails. Sozusagen die Straße Nummer null.«

»Ans Meer?«

»Ja, du Neugiernase, ans Meer. Und jetzt sei still und warte es einfach ab. Ich verrate dir nicht mehr.«

»Ist das eigentlich schlimm, wenn Rupert weg ist? Du sahst so komisch aus vorhin.«

»Nein. Das ist nicht schlimm. Jeder muss seinen Weg gehen. Er war ein guter Mann. Bisschen verkorkst, aber gut. Jetzt ist er weg.« Bill sah aus dem Fenster und komplettierte den Satz im Geiste: »...und nicht mehr im Weg.« Was hatte er nicht alles anstellen müssen, um die Neuroinformatikerforschung, die er in Auftrag gegeben hatte, vor diesem Oberschlauen zu verheimlichen. Es ging um die Zukunft von NOW, wenn er, Bill, eines Tages das Zeitliche segnen würde – und er dachte wirklich mit dieser altmodischen Umschreibung an den Tod.

Sie fuhren durch das entstehende Eden. Heerscharen von Baurobotern errichteten die Gebäude der Zukunft. Im Zentrum war die erste Kopie eines historischen Stadtzentrums aus Europa entstanden, weitere, wie der Neo-Eiffelturm oder Pont Neuf waren im Bau. Sie beobachteten automatische Transporter, die Millionen von Quadratmetern aus in Roboterfabriken hergestelltem Material punktgenau und im perfekten Rhythmus an Ort und Stelle brachten. Nur hier und da waren Menschen zu sehen, die gestikulierten und über gestengesteuerte Geräte eingriffen. Es waren Architekten, die mit der Metamaschine NOW ihre kühnsten beruflichen Träume verwirklichen konnten und Zeuge wurden, wie ihre Entwürfe sich realisierten. Ohne Zeitdruck, ohne Rücksichtnahme auf Kosten, ohne Verordnungen oder Gesetze. Es sollte einfach alles schön sein, funktional und ökologisch, aber in erster Linie ästhetisch. Architektur wurde durch NOW wieder zu einer Kunst mit höchstem Anspruch.

Viele winkten, als Bill im Lithos vorbeifuhr. Es war das einzige schwarze Fahrzeug in Eden. Alle anderen mussten von heller Farbe sein. Bill konnte in Details schon eitel sein.

»Was passiert da? In dem Gebäude, wo so viele Menschen stehen?«, wollte Spark wissen.

»Da setzen Operationsroboter die letzten Chips ein. Du hast ja auch einen. Hat nicht wehgetan, oder?«

»Nein, das ging blitzschnell. War nur geschwollen für ein paar Tage. Hat weniger wehgetan als das Tattoo, das Papa mir machen ließ.«

Spark zeigte Bill seine winzige Narbe, wo der Laser ihn geschnitten hatte.

»Du bist ein AAA, das weißt du, oder? Wegen deines Papas.«

Spark nickte und sah angestrengt aus dem Fenster. Er vermisste seinen Papa, wollte es aber nicht zeigen. Bill kümmerte sich um ihn, so gut er konnte.

Der Lithos fuhr an einer Baustelle vorbei, auf der die Cluster-

Blocks entstanden. Es waren mehrgeschossige Gebäude mit Wohnungen, die durch mobile Trennwände innerhalb kürzester Zeit von den Bewohnern neu gestaltet werden konnten. An den Fassaden waren spektakuläre hängende Gärten zu sehen. Eine kreative Meisterleistung, die sogar NOW in Erstaunen versetzt hatte. NOW hielt den Menschen den Rücken frei und stellte alle notwendigen Ressourcen zur Verfügung, sodass jeder sich nur auf die kreativen künstlerischen Lösungen fokussieren konnte. Ein Traum.

»Das da ist das Kunstzentrum. Da wird Musik geschrieben und gespielt, neue Instrumente werden erfunden und Poesie erdichtet. Ganz oben sind die Maler und Bildhauer und die Kunstprofessoren. Jeder, der will, kann da rein und mitmachen.« Vorbei war die Zeit der armen Poeten, der Tingeltangel-Musiker und Auftragsmaler, vorbei auch die Zeit der gegängelten Schriftsteller, die sich streng an ein Genre halten mussten, weil es der Markt so wollte. Es gab keinen Markt mehr. Kunst wurde genossen, und zwar von denjenigen, die sie genießen wollten.

»Das Zentrum ist jetzt schon zu klein. Wir werden weitere bauen. Die sind eh alle mit Livestream vernetzt, also ist es eigentlich egal, wo man ist.« Bill war stolz, so als hätte er das alles erfunden und konzipiert.

»Wann sind wir da? Wie weit ist es noch?«, wollte Spark wissen.

Manche Dinge ändern sich nicht, dachte Bill. Quengelnde Kinder im Auto gehörten dazu.

»Gleich. Da vorne ist es schon, siehst du?«

Der Lithos näherte sich einem riesigen verschachtelten Gebäudekomplex, der vierzig Meter in die Höhe ragte und dabei leicht wie ein Kartenhaus wirkte. Es war die Werft, in der die neu entworfenen Superyachten entstanden.

»Bist du bereit für deine Überraschung?«, fragte Bill und sah, dass Sparks Wangen vor Aufregung rot geworden waren.

Gemeinsam betraten sie das Gebäude. Ein riesiges Gerippe wurde sichtbar, das auf Stelzen über zwölf Meter in die Höhe ragte. Man konnte die Form einer Yacht erkennen. Überall wuselten Männer und Frauen – Elektroniker, Schreiner, Näher, Polsterer und Ingenieure – in perfekter Harmonie mit schweißenden, sägenden, schraubenden und feilenden, lackierenden und hobelnden Robotern in allen Größen und Formaten in einer Ordnung und Zielstrebigkeit umher, die auf den ersten Blick nicht zu erkennen war. Es sah aus, als würden sie von Geisterhand gesteuert.

Spark stand mit offenem Mund vor dem Monstrum. Bill genoss die Ehrfurcht des kleinen Mannes neben ihm.

Mehrere Frauen und Männer unterbrachen ihre konzentrierte Arbeit und strömten auf Bill und Spark zu, als sie bemerkten, dass sie zu Besuch waren. Sie grüßten überschwänglich, herzten Spark und klopften ihm auf die Schulter. Sie wollten ihm alles sofort zeigen – und Bill natürlich auch. Sie wirkten auf Bill wie eine aufgeregte Schar Kinder, glücklich und euphorisch. Es waren die besten Strömungsingenieure, Materialspezialisten und Techniker, die es gab. Sie konnten endlich an den Superyachten arbeiten, so wie sie es sich vorstellten. Vollkommen frei. Allein das Design war atemberaubend. Keine arabischen Scheichs redeten ihnen rein und wollten goldene Throne an Bord der schwimmenden Paläste, und keine zwielichtigen Oligarchen mit gewaltigen Ego-Problemen verlangten nach Extra-Quartieren im Bug für russische Koks-Nutten, wie Mitch sie immer genannt hatte. Alles drehte sich allein um pures Design, atemberaubende Performance und unbedingte Sicherheit bei größtmöglichem Luxus und Komfort für die Passagiere, die sich in der Auswahl der Materialien und der Berechnung von Licht, Wind und Sonne widerspiegelten. Der Ansporn, den sie – unterstützt von NOW – an sich selbst formulierten, bestand darin, jedes Detail und jedes verbaute Material in größtmöglichem Einklang mit den Gesetzen der

Natur zu bringen, um einerseits die Natur nicht zu schädigen und andererseits die Yacht in den Elementen, denen sie ausgesetzt sein würde, nicht als Fremdkörper wirken zu lassen. Von Menschen Geschaffenes musste in den Fluss der Elemente der Natur passen und deren Ausdruck sein, nicht ein künstlich verdrehtes Gegenteil. Menschen, die unter diesen Voraussetzungen arbeiten und entwickeln konnten, waren glücklich. Wenn sie ein Projekt abgeschlossen hatten, begannen sie mit dem nächsten, weil sie Lust dazu hatten. Sie brauchten nicht auf einen Käufer zu warten, nur auf einen Nutzer. Und davon gab es genügend.

»Spark, darf ich dir die *Lady Suri* vorstellen, die neue Segelyacht.« Bill strahlte vor der versammelten Mannschaft und legte Spark einen Arm um die Schultern, während er mit dem anderen in einer großspurigen Geste den fünfundsechzig Meter langen, ganz aus Holz gefertigten Rohbau der Yacht vor ihnen umschloss.

»*Lady Suri*? Du hast sie nach Mama getauft?«

»Ja, mein Sohn, nach deiner Mama. So lebt sie mit uns weiter, und wir denken immer an sie.«

Bill genoss die Wirkung, die seine Worte auf die Zuhörer hatten, die jetzt alle gerührt, wie eine glückliche Familie, applaudierten.

Genau so sollte es sein.

33. KAPITEL

Eden, kurz darauf

Spark durfte überall auf der *Lady Suri* herumklettern. Bill sah zu, wie er die großzügigen Liegeflächen auf den Sonnendecks ausprobierte und sich die Sonnenkollektoren und die Mastverankerungen für die gigantischen vollautomatischen Segel aus einem neuen Faserstoff zeigen ließ. Bill selbst war vor allem beeindruckt von der selbstreinigenden Hightech-Küche, in der für die Gäste und die Crew gekocht wurde und die an ein Labor erinnerte. Kochen war zu einer sehr hochrangigen Kunstform erhoben worden, und AAA-NOWs sollten bei Seereisen darauf nicht verzichten müssen. Die Veredelung von Lebensmitteln und das dabei entstehende raffinierte Spiel von Aromen auf dem Gaumen und in der Nase, der Wechsel von Texturen und die Komposition der Farben auf dem Teller waren mit dem Begriff »Kochen« längst nicht mehr zu umschreiben. Essen wurde zelebriert. Es war ein Akt schöpferischer Kunst, auf den Augenblick gerichtet und vergänglich, deshalb umso geschätzter.

Bill hatte Spark für einen Moment aus den Augen verloren, dann sah er den Jungen, wie er in die riesigen Betten stieg, die gerade eingebaut wurden und in den geräumigen Kabinen auf Podesten standen. Er selbst war voller Begeisterung für die Bäder, über die jede Kabine verfügte. Sie waren mit hauchdünnen Marmorfolien ausgekleidet – kühl und elegant. Es roch überall nach exotischem Holz und duftendem Leinen. Und was das Besondere war: Jede Oberfläche konnte transparent werden und als Bildschirm fungieren.

Bill unterbrach seine Tour durch das erste Flaggschiff der NOW-Welt, als Spark gerade die unsichtbaren Klappen in den

Bordwänden für das Verteidigungssystem in Form von Drohnen aller Größenordnungen erkundete. Er hatte die Techniker angewiesen, dem Jungen die allzu saftigen Details vorzuenthalten, was ihren Einsatz anging.

»Spark, wir müssen los. Du kannst ja ein andermal wiederkommen. Heute Abend ist das erste Festival, das schauen wir uns an. Mal sehen, ob das mit den Logen funktioniert hat.«

Wenig später reihte sich der Lithos in den Verkehr ein und steuerte durch die Straßen und Gassen von Eden, durchquerte die Innenstadt, in der überall noch gebaut wurde, und strebte auf das Festivalgelände zu, das am Stadtrand entstanden war. Die Sonne schien, kleine weiße Wölkchen trieben über den Himmel, und es war perfekte sechsundzwanzig Grad warm. Die Menschen saßen in den Kaffees, trugen ausgefallene Sonnenhüte und -brillen, redeten miteinander oder lauschten der Musik, die an jeder Straßenecke von improvisierten Bands oder kleinen Orchestern gespielt wurde. Alles war offen und gratis, es gab weder Schlösser noch Verriegelungen, und die Menschen flirteten, bummelten und amüsierten sich. Diensteifrige Captains – hoch respektierte Mitglieder dieses neuen Paradieses ohne Zugangsberechtigung – erledigten die nicht linear zu strukturierenden Aufgaben wie Kaffee servieren, Stühle rücken, kleine Reparaturen ausführen, aufwischen und das Polieren von Hand. Sie standen unter besonderer Kontrolle des Systems, und ihre Präsenz trug gerade in der Übergangszeit wesentlich zu dem Gefühl von spontaner menschlicher Wärme und Normalität bei, das alle spüren sollten. Verhielt ein AAA sich arrogant oder anderswie inkorrekt einem Captain gegenüber, wurde er gerügt und erfuhr eine empfindliche Herabstufung, besonders was seine Wünsche in Bezug auf Sonderkreationen anging. Er konnte sich dann beispielsweise nur noch normale Gegenstände oder Kleidung bestellen, in reduzierter Auswahl.

Sie kamen gerade durch die Straße, in der sich die modisch Kreativen in Eden angesiedelt hatten. Hier war auf ihren

Wunsch hin eine Atmosphäre wie am Rive Gauche des Paris des zwanzigsten Jahrhunderts entstanden, wo für die Damen der NOW-Welt permanent neue Looks kreiert wurden und die AAA-NOWs sich mit den Schöpfern austauschen und virtuell anprobieren konnten. Um die Ecke war das Gleiche für Herren geschaffen worden, eine Kopie der Savile Row in London. Es gab nur noch maßgefertigte Bekleidung. Wer sich nicht für Mode interessierte, konnte sich einfach zu Hause scannen lassen und aus Millionen von Vorschlägen bei den Textildruckern direkt ordern. Geliefert wurde durch Drohnen. Verwendet wurden nur noch Fasern aus Eukalyptus, Bambus und anderen Pflanzen aus den vertikalen Farmen, die fließender als Seide und widerstandsfähiger als Jute waren. Dazu kamen Hightech-Materialien, die leuchteten, als tragbare Leinwände fungierten und sich nach Laune und Stimmung der Träger farblich ändern konnten.

»Du hast was zum Anziehen für heute Abend?«, fragte Bill in väterlichem Ton, als der Lithos in langsamem Tempo durch die Straße der Modekünstler fuhr.

»Klar doch. Bin bestens ausgerüstet«, antwortete Spark und beobachtete einige Altersgenossen, die, gekleidet nach dem letzten Schrei, auf elektromagnetischen Flying Boards von Lithos über einem Brunnen hin und her flogen und sich gegenseitig jagten.

NOW meldet sich auf dem großen Bildschirm, den Bill mit einer Geste öffnete.

»Archivar: Genetik DNA Research Zentrum Pulse Squad Demand Forward.«

Hinter den Sprachstummeln verbarg sich das Programm, mit dem NOW nach neuer menschlicher DNA in den kollabierten Erdteilen suchte, um sie in die DNA-Vielfalt der NOWs zu integrieren. Es war ein gefährliches und heikles Gebiet, denn selbst mit rund hundert Millionen Menschen in der NOW-Welt, darin eingeschlossen zwölf Prozent Captains, die noch nicht zur Fortpflanzung zugelassen waren, und den sorgfältigen Analysen der elterlichen DNA vor jeder Zeugung, drohte die Gefahr, dass das menschliche Erbgut auf Dauer an Vielfältigkeit und damit an Robustheit verlor. Das Ziel war es, alle Erbkrankheiten und Plagen bis hin zu Krebs auf natürlichem Weg auszumerzen. NOW hatte vorgeschlagen, dass DNA – also Menschen – in den LOW-Gebieten identifiziert und eingefangen wurden und in eigens errichteten, isolierten Ausbildungszentren – sogenannten Applicant Domes – auf ihr neues Leben in der NOW-Welt vorbereitet wurden. Moral, Bildung, Erziehung und soziales Gewissen standen dabei im Vordergrund. Bei besonders geeigneten oder besonders schönen LOWs, die sich nicht für die Vermischung mit NOW-DNA eigneten, bot sich die Möglichkeit, sie als sterilisierte Captains zur körperlichen und geistigen Erbauung von NOWs einzusetzen. Sie wurden zu FLAMES: zu Kurtisanen, Gigolos oder Tänzern, Gesellschaftern, Masseuren oder Trainern für körperliche Fitness.

Bill quittierte die Nachricht und gab damit dem System die Freigabe für die Drohnengeschwader, die zur Identifikation und Bergung einzufangender LOWs nötig war.

Im nächsten Moment zeigte der Bildschirm den Stream aus dem Kamera-Cockpit einer Drohne, die im Tiefflug eine waghalsige Kurve flog und eine kleine Schar Menschen verfolgte, die in alle Richtungen rannte. Die Kamera zoomte auf einen Mann, der im Rennen angstvoll den Kopf zu den Drohnen wandte, stolperte und der Länge nach hinschlug.

»Autsch!«, machte Bill. »Das tat weh! Hoffentlich hat er sich nicht komplett ruiniert!« Er grinste breit und stupste Spark an.

»Können die ihm helfen?«, fragte Spark besorgt. »Der muss sich wehgetan haben, sieh mal.«

»Klar, das sind fliegende medizinische Labors. Gleich dahinter, das sieht man gerade nicht, ist die Hebammendrohne. Die kann den Verletzten bergen und an Bord holen. Da wird er dann versorgt.«

Bill sagte Spark nicht, dass ein Schwarm von winzigen Kampf-Bots ebenfalls mit von der Partie war, gesteuert vom Magnetfeld, das die Drohnen erzeugen konnten. Sie konnten in Bruchteilen von Sekunden jedes Leben auslöschen, sollte es auch nur den geringsten Widerstand geben. Die Kampf-Bots waren, genauso wie das Sicherheitssystem von NOW, mit Nervengiften ausgerüstet. Am effektivsten war Botox.

»Wo ist das?«, wollte Spark wissen.

Bill gab einen Befehl als Geste vor dem Schirm ein, und die Koordinaten erschienen.

»Mal sehen«, überlegte er. »Ja, das ist in El Salvador.«

Die Übertragung der Jagd wurde wieder eingeblendet. Die Drohne schwebte jetzt über dem wehrlos am Boden liegenden Wilden. Man sah ihn in Großaufnahme und live.

»Hübscher Bursche«, murmelte Bill. »Anscheinend gibt's da gutes Material.«

»Was ist das da?«, fragte Spark und zeigte auf zwei große, ramponiert aussehende Plastikflaschen, die im Gras lagen und die der Mann offensichtlich beim Sturz verloren hatte.

»Der war wohl gerade beim Wasserholen. Das sind alte Nestlé-Flaschen. Auch so eine tolle Geschäftsidee von damals, Wasser zu verkaufen, wo's keines gab. Egal, das hat alles nur noch beschleunigt.«

»Was ist eine Geschäftsidee?«, fragte Spark.

Der Lithos beschleunigte, als er die engen Gassen verlassen hatte und auf der breiten Piste dem Festivalgelände zustrebte, auf der an diesem Abend das größte, komplexeste und avantgardistischste Fest stattfinden würde, das die Menschheit jemals gesehen hatte, eine Mischung aus Burning Man, Musikfestival und Show. Alle NOWs konnten über Livestream mit Ton und dreidimensionalen Projektionen dabei sein, wenn die künstlerische Elite ihr Können über eine Woche in einem Kaleidoskop aus Genuss und Amüsement darbot.

»Geschäftsidee?«, fragte Bill zurück. »Das war eine Idee, die meistens in legalem Betrug und in Vernichtung endete. Gier, Spark«, und er sah seinem Ziehsohn direkt in die Augen, »tödliche, verächtliche Gier steckte hinter den meisten ›Geschäftsideen‹. Ein Gift, das es nicht mehr gibt.«

34. KAPITEL

Eriesee, dreizehn Jahre nach NOW

»Nenn mich bloß nie wieder Sunny vor den anderen!«
Tylor grinste ungerührt.
»Sunny, Sunny!«, ärgerte er sie und ging in Deckung, weil seine Schwester eine Handvoll schleimigen Kaulquappensud, den sie gerade zubereitete, nach ihm warf.
»Ich hasse diesen Namen, der ist kitschig! Sagt Mama auch! Wenn, dann nenn mich Sunway, verstanden? Sun ist auch okay«, rief sie und blitzte ihren Bruder wütend an.
»Kinder, hört auf!«, mischte sich Tylors Mutter ein. »Ich kann euch zwar nicht mehr sehen, aber hören tu ich noch gut!«
Tylor stand schmollend neben dem kieloben liegenden Wrack und fuhr fort, sich die Zähne mit einem ausgefransten Schilfrohr zu reinigen. Seine Haare reichten bis zur Mitte des muskulösen Rückens, er hatte sie mit der ringförmigen Öse einer Ruderbefestigung zu einem Pferdeschwanz zusammengebunden.
»Ich geh mal rüber und schau, wie es läuft. Die Krötenlecker müssten morgen kommen, ham die Späher gesagt. Gib Mama zu essen, und dann zieht euch zurück«, befahl er.
Sunway äffte ihn nach, doch Tylor achtete nicht darauf. Sie blickte ihrem Bruder hinterher, der sich mit federndem Gang entfernte, und ihr Groll verflog mit jeder Sekunde.
»Schätzchen, nimm's dir nicht so zu Herzen«, hörte sie ihre Mutter aus der improvisierten und gut getarnten Schutzhütte aus Schilf rufen, die sich am Ufersaum der schmalen Landzunge am südlichen Ende des Eriesees verbarg. Es war Marschland, schlammig und brackig, der ideale Lebensraum für die

Aga-Kröte, die aus Mittelamerika einst mit Frachtschiffen in die Großen Seen eingeschleppt worden war und sich explosionsartig vermehrt und alles kahlgefressen hatte. Sunway konzentrierte sich wieder auf den nahrhaften Sud, der in einer Eisenwanne über dem Feuer die ersten Blasen warf. Sie brach ein kleines Stück von dem herzförmigen Salzblock ab und zerbröselte das kostbare Mineral über der Suppe.

»Ist bald fertig, Mama.«

»Denk dran, gib erst deinem Bruder, dann fütterst du mich, und erst danach nimmst du dir. Vergiss das nicht!«, schärfte ihre Mutter ihr ein.

»Mama, ich bin ja nicht blöd! Ich weiß, dass der Leitwolf zuerst zu essen kriegt und dann das Rudel!«

»Ach, Kindchen«, seufzte ihre Mutter. »Das, was du hast, nennt man Pubertät. Auch hier draußen. Aber das vergeht, Schätzchen.«

Sunway grollte wieder. Sie war eine ausnehmend schöne junge Frau geworden, eine Wilde, aber ihre Hormone waren noch außer Kontrolle. Manchmal fühlte sie sich wie ein Pulverfass.

Als der Wind drehte und den Rauch des Feuers in ihr Gesicht blies, änderte sie ihre Position. Jetzt konnte sie zu dem Krötenfeld hinübersehen, in dem die rund zwanzig untergebenen Mitglieder ihres Clans gerade ernteten. Sie standen bis zu den Oberschenkeln im Morast, kämmten mit den Händen junge Kröten aus dem Schlick und warfen sie in die Taschen, die sie um die Schultern gebunden trugen. Es mussten ganz junge Kröten sein, denn schon bald nach der Metamorphose der Kaulquappen wurde das Gift zu stark. Die jungen Kröten konnte man einfach ablecken, was einen ähnlichen Effekt wie LSD hatte, denn das Gift schickte den Krötenlecker auf eine halluzinogene Reise. Die Kunden kamen von überallher und brachten Tauschwaren mit. Das Gift der älteren Kröten musste man als Sekret abschaben und trocknen, um es später in einer Schilfrohrpfeife rauchen zu können. Zu langwierig. Tylor war auf den Trick mit dem Ablecken der Jungtiere gekommen, und das hatte ihm den Respekt eingebracht, den man ihm zollte.

Im Moment wenigstens.

35. KAPITEL

Südliches Quebec, neunundzwanzig Jahre nach NOW

45 177 504 und 71 449 139 waren exakt der geografische Punkt, an dem sich Sunways Schicksal nach weiteren sechzehn Jahren mühsamen Überlebens und allgegenwärtiger Gefahren in der Wildnis unwiderruflich entschied. Sie wusste instinktiv, dass ihr Leben zu Ende war, ihr bisheriges zumindest. Sie lag gelähmt im Gras, gleich neben der alten Straße, von der an manchen Stellen noch einige Stücke vom Asphalt zu sehen waren, die dem Unkraut über drei Jahrzehnte getrotzt hatten. Sie war gerannt, so schnell sie konnte – und sie war eine exzellente Läuferin. Wie ein flinkes Reh war sie, kraftvoll und ständig die Richtung wechselnd, geflohen, bis sie den Stich am Hals spürte. Ihre Beine versagten, sie war einfach hingeschlagen und lag jetzt auf dem Rücken, schwer atmend und mit rasendem Herzschlag. Sie sah das Ding abdrehen, das sie verfolgt hatte. Warum war sie nicht tot, wie alle anderen?

Das Ding verschwand aus ihrem Blickfeld. So etwas hatte sie noch nie gesehen. Es war plötzlich da gewesen, mit seinem Surren. Ihr Anführer, dieser Bastard, dem sie gehörte, hatte immerhin noch versucht, es mit den Wurfschleudern aus Reifenschläuchen zu treffen, ihren einzigen Waffen. Sie hatte nicht weit von ihm im hohen Gras gekauert. Sie sah die winzigen Dinger, die ihn einkreisten. Dann fiel er um, Blut trat aus seinen Ohren. Irgendwas war in seinem Kopf geplatzt. Sie hatte den Tod oft gesehen, bei Tieren und bei Menschen, bei ihrer Mutter und bei Tylor. Tylor! Wie lange war das her? Zehn Winter? Zwölf?

Sie gab sich nicht geschlagen. Noch nicht.

Sie versuchte zu schreien, um die Dinger zu verscheuchen, doch kein Ton kam heraus. Sie musste husten, heftig husten, und Schleim sammelte sich in ihren Mundwinkeln. Sie versuchte sich zu drehen, den Kopf auf die Seite zu bringen, irgendwas zu sehen außer dem Himmel. Doch sie konnte sich nicht bewegen, was auch immer sie anstellte. Was war mit ihr los?

Sie sehnte sich auf einmal nach ihrem Verschlag tief im Wald, sie sehnte sich nach den anderen, sie sehnte sich nach dem Schein des Feuers, nachts, sie sehnte sich nach den Geräuschen des Waldes, die ihr Heimat geworden waren. Sie sehnte sich nach den vielen Entbehrungen, sogar dem ständigen Auf-der-Hut-Sein. Wo waren die anderen? Wo war sie?

Sie hatte sich an alles angepasst, sich mit allem abgefunden, genau so, wie sie es ihrer Mutter versprochen hatte, die ihr oft von den rätselhaften Tagen erzählt hatte, als sie selbst noch ein Baby gewesen war. Was würde ihre Mutter ihr in dieser Lage raten?

Dann merkte sie es deutlich: Wärme stieg in ihr auf. Ihr Atem wurde flacher, sie spürte, dass ihr Herz nicht länger raste. Die Angst schwand, ihre Panik legte sich. Dann wurde sie auf einmal ganz ruhig, sie wollte sogar lachen. Ihr war plötzlich alles egal geworden. Sie war auf einmal glücklich.

Ein Lufthauch strich über ihre Haut, nicht wie Wind, nein, etwas anderes, was sie so noch nie gefühlt hatte. Sie spürte, wie sich ihr langer Rock über die Beine nach oben schob, sie wollte sich bedecken, es ging nicht. Sie spürte, wie etwas sich an ihren Beinen zu schaffen machte, nein, nicht an den Beinen, an ihrem Kleid. Der Luftzug wurde stärker, ein stetig anschwellender Strom, stärker als sie jemals einen Wind gespürt hatte, ihr Haar flatterte nach allen Richtungen, etwas schnitt in ihr Kleid, arbeitete sich nach oben, sie sah Lichter kreisen, direkt über sich, dann schob sich mit einem unheimlichen Brausen etwas in ihr Blickfeld, das von unten aussah wie der Bauch eines riesigen Fisches, weiß-bläulich, sie spürte die Bewegungen jetzt an ihrer

Brust, gleich würde sie nackt sein, die Arme ausgestreckt, dann sah sie ihr Kleid davonflattern im starken Luftsog, der Fischbauch schob sich dicht über sie, kam noch weiter herunter, er öffnete sich, sie sah in ein fremdartiges Loch, nein, eine Höhle, größer als sie selbst. Der Bauch war innen weiß und sauber, glatt, heitere Farben, sie dachte an eine Geburt, nur umgekehrt, sie kehrte in einen Bauch zurück, wurde nicht herausgepresst, sondern hineingehievt, dann umfing etwas Weiches sie, etwas, das sie nicht sehen konnte, es umfing ihren ganzen Körper, sie wurde angehoben, zum Bauch empor und hinein, dann wurde schlagartig alles schwarz.

36. KAPITEL

Rocky Mountains, neunundzwanzig Jahre nach NOW

»Wann soll's denn losgehen?«, fragte Spark, der in dem Erker saß und die Aussicht auf die unter ihm liegenden Steindörfer genoss, die auf den schroffen Gipfeln der umliegenden Felsformationen thronten.

Georgia erschien vor dem Fenster, über dem Abhang schwebend. Sie trug einen Wollumhang mit Kapuze, der bis zum Boden reichte. Der Wind in zweitausend Metern Höhe spielte mit dem Saum des Stoffes um ihren Körper, und die Haare flatterten ihr ins Gesicht. Sie sah aus wie eine schmucklose Frau, die in einem griechischen Bergdorf lebte.

Sie hielt sich das Haar mit den Händen aus dem Gesicht.

»Sie ist jetzt noch in der SpaBox und wird vorbereitet.«

»Und wie soll ich sie ansprechen?«

»Sie heißt Sunway. Sie weist den Weg zur Sonne. Hübsch, nicht?«

Spark nickte bedächtig. »Gib mir mal die Daten«, befahl er.

Georgia trat in den Raum. Sie änderte ihre Kleidung und sah nun ganz geschäftsmäßig aus. Eine schwarz umrandete Brille erschien auf ihrer Nase, und sie tat so, als lese sie von der Kladde ab, die sie vor ihre Brust hielt. Sie stand neben Spark, das Gesicht, wie er, zum Fenster gewandt.

»Ein Eagle hat sie aufgespürt. Die Vermessung ergab eine perfekte Knochensymmetrie. Wir haben – ähm«, Georgia räusperte sich, »Kot- und Urinproben genommen, wenn sie sich am Waldrand erleichterte. Erhöhte Globulinwerte, Leukozyten im oberen Bereich, positive Eiweißwerte und so weiter. Es passt alles, inklusive der üblichen Reaktionen auf die wilde Umgebung, in der sie lebte. Die Gegend zwischen Südkanada und Nordamerika, östlich vom Eriesee und hundert Meilen südlich von Quebec, war ihre Heimat. Da lebte sie mit einem Clan. Der Anführer war ein echter Fiesling. Irgendwie hat sie es geschafft, von ihm nicht schwanger zu werden, obwohl sie extrem fruchtbar ist.«

»Was für ein Typ ist sie?«

»Oh, sie wird dir gefallen. Es ist alles drin: Algonkin of Barrier Lakes First Nation, ein den Apachen nahestehender Stamm, Gene aus der Auvergne – da gab's französische Missionare, du weißt schon, fromme Ordensbrüder –, dazu was Italienisches südlich von Napoli, keltisch, wieder französisch, diesmal aus der Bretagne, dann – jünger – Deutsches aus der Gegend von Hannover, das hat uns leider ein latentes Gen für Kurzsichtigkeit eingebrockt, das wir aber wegclippen können. Dazu Balkan, Armenien und Persien und – das bringt richtig Schwung in den Cocktail – Sierra-Leone-Stämme aus dem Mississippi-Delta und nigerianische Spuren aus den Atchafalaya Swamps am großen Golf. Und, Spark, sie hat Eierstöcke wie Kanonen.«

Spark musterte Georgia scharf. Sie sah ihn an, lächelte entschuldigend.

»Das sind ehemalige Sklavengebiete. Bitte mach darüber keine Witze. Die Mischung kam deshalb zustande, weil Armut und Hunger, die Brutalität und die Gedankenlosigkeit unserer Vorfahren die Menschen fliehen ließen, nur damit es ihnen noch schlechter ging. Die Sklaverei ist ein ganz übles Kapitel. Ich wünsche, dass du das verstehst, bei allem Respekt für deine Analyse«, ermahnte Spark sie.

»Entschuldigung«, murmelte sie und tat so, als kritzelte sie etwas Wichtiges auf ihren Notizblock. »Ich bin nur begeistert vom Resultat. Und es gibt doch keine Sklaverei mehr, keinen Rassismus und keine Abhängigkeiten. Ich wollte dir nicht zu nahe treten oder deine Gefühle verletzen, Spark«, sagte Georgia aufrichtig. »Aber alles in allem: ein Volltreffer«, fuhr sie fort. »Sie bewegt sich wie eine Katze, ist feingliedrig und dabei kräftig, hat die perfekte Größe und ist mit Ende zwanzig genau im richtigen Alter. Ihre Bewegungen sind elegant, ihr Gang perfekt, ihre Körperspannung kraftvoll, aber weich. Die Entbehrungen der Wildnis sieht man ihr erstaunlicherweise nicht an. Und ihre Haut, Spark, das bekomme noch nicht einmal ich hin, so feinporig und weich. Und sie duftet, Spark, unglaublich. Die Botenstoffe hauen einen um. Eltern oder Geschwister haben wir nicht finden können. Im Schlaf schrie sie oft nach Tylor. Wir wissen nicht, wer das ist. So tolle Gene hätten wir gerne mehr gehabt.«

»Gib mir ein Hologramm«, befahl Spark.

»Ich möchte dir die Überraschung nicht verderben. Willst du nicht warten, bis du sie in natura siehst?«, säuselte Georgia. »Es lohnt sich!«, fügte sie hinzu.

»Na gut, vielleicht ist das besser so«, gab sich Spark geschlagen.

»Ich möchte zu Fuß gehen. Ich will mir den Applicant Dome ansehen. Das hast du wirklich gut hinbekommen. Ich hab die Fotos vom Original gesehen. Das Bedrock-Massiv eignet sich perfekt. Und das Kolomboi-Prinzip gefällt mir. Alles verschmilzt mit dem Gestein der Umgebung. Die Schieferdächer, die mörtelfreie Bauweise, die kleinen Zimmer, die Kamine. Urgemütlich«, lobte Spark.

»Danke. Wir wollten eine meditative Atmosphäre. Man muss nach innen blicken können, um das Wesentliche erkennen zu können. Trotzdem etwas Abwechslung, das hält auf Trab. Es freut mich, dass es dir gefällt!«

»Was für Boxen gibt es?«, wollte Spark wissen.

»Spa für die Pflege, Yoga, Musik, Ateliers, Bibliotheken, Materialboxen – alles für den Geist und den Körper, von früher und von heute.«

»Oh, und ich vergaß«, fügte sie hinzu: »Sunway tanzt ausgezeichnet. Sie hat's wirklich im Blut. Es macht Spaß, ihr zuzuschauen.«

Spark blickte sie interessiert an. »Sie tanzt? Was meinst du damit? Sie dreht sich im Kreis oder was?«

»Du wirst sehen. Es ist viel besser. Ein Captain hat ihr Tangoschritte beigebracht. Es ist umwerfend, was sie daraus gemacht hat. Als hätte sie's tief in sich drinnen. Ich bin richtig neidisch geworden.«

Spark sah sie verblüfft an.

»Ich bin ja auch eine Frau, irgendwie, meine ich«, stammelte Georgia.

Spark lachte auf. »Na, na«, beschwichtigte er sie.

»Doch. Ich hab's sogar geübt. Aber *das* krieg ich nicht hin. Ich hab Parallelogramm-Hologramme gemacht, aber keine Chance. Bei der Superposition beweg ich mich im Vergleich zu ihr wie ein klappriges Eisengerüst. Ich hab Aufnahmen von mir gemacht, aber ich hab sie gelöscht. Das war echt peinlich!«

»Das musst du ja auch nicht können«, versuchte Spark sie zu beruhigen.

»Danke. Das kann ich jetzt brauchen. Sonst krieg ich noch Minderwertigkeitskomplexe!« sagte Georgia mit einer Kleinmädchenstimme.

»Ist ja gut«, meinte Spark. »Wie geht's weiter?«

»Sie taugt definitiv als FLAME. Natürlich nur, wenn du sie bestätigst. Aber sie hat das Zeug dazu. Noch ein bisschen Feinschliff, Manieren, Konversation, etwas über Frisuren und Pflege, aber das kriegen wir schon hin. Ich werde ihren Eisprung erst mal unterbrechen, damit beim Tao-Kamasutra-Training kein Unglück geschieht. Aber wir haben bereits eine Menge von passenden FITs für ihre Gene.«

Am selben Abend traf Spark Sunway zum ersten Mal persönlich. Sie stand am äußeren Rand der Tanzfläche im Schachbrettmuster, die das Zentrum der Tangobar aus den Dreißigerjahren des vorigen Jahrhunderts bildete. Spark sah in dem schummrigen Licht zunächst nur ihre Silhouette mit den geraden Schultern, dem hocherhobenen Kopf, den schmalen Hüften und den langen, wohlgeformten Beinen. Sie trug ein fließendes Kleid in roter Farbe. Eine Hand hatte sie auf die Hüfte gestützt und ein Bein leicht vor das andere gestellt. Spark sah, dass das Kleid auf einer Seite fast bis zur Hüfte geschlitzt war. Sie war die anmutigste Erscheinung, die Spark seit Langem gesehen hatte. Er stand einen Augenblick ruhig am anderen Ende der Tanzfläche, vertieft in ihren Anblick. Auf den tiefen Samtsofas, die die Tanzfläche begrenzten, saßen Männer und Frauen, die einem Film aus Argentinien entsprungen zu sein schienen, zu einer Zeit, als man in Paris und Berlin den Charleston getanzt hatte.

Von der Bar her ertönte ein Klangteppich aus Unterhaltungen, Lachen und Gläserklirren. Gitarrenakkorde, akzentuiert von Akkordeonmelodien, wehten zu Spark herüber. Die Animation war perfekt. Sunway wiegte sich dazu in den Hüften.

Spark sah sich in der Bar um. Er suchte Georgia. Da löste sich ein junger Mann mit breiten Schultern und schmalen Hüften von der Bar. Er trug ein eng anliegendes weißes Hemd mit hochgekrempelten Ärmeln, eine schwarze Hose und spitze Tanzschuhe. Er hatte eindeutig iberische Wurzeln, einen dunklen Teint und dichtes, gewelltes schwarzes Haar. Er wirkte wie ein Mariachi-Spieler aus Jalisco. Lächelnd und mit federndem Gang kam er auf Spark zu. Er baute sich neben ihm auf, sah genau wie Spark über die freie Tanzfläche zu Sunway und sagte mit einer männlichen Bassstimme mit spanischem Akzent:

»Ich bin Antonio. Es ist alles bereit. Viel Spaß!«

Spark nickte nur und starrte Sunway weiter an.

»Und tu so, als wäre ich gar nicht da«, sagte Georgia im nächsten Augenblick leise in sein Ohr.

Spark sah Antonio an, und als ihre Augen sich trafen, zwinkerte er ihm freundlich zu.

Sunway setzte sich in Bewegung und ging auf Spark zu. Die

Musik nahm einen neuen Rhythmus auf und spielte jetzt einen klassischen Tango. Etwa drei Meter vor Spark hielt Sunway inne. Sie sah ihn mit neugierigem und gleichzeitig traurigem Lächeln an. Als sie dann aber in seine Augen blickte, folgte ein Wechsel verschworener warmer Blicke, und Spark fühlte etwas Tiefes, das ihm fremd war. Beide verharrten regungslos und ließen die Musik in sich strömen.

Dann schritt Spark elegant Sunway entgegen, gab sich der Musik hin, einige Sekunden Stillstand folgten, Konzentration, warm und fest legte er die Hand an Sunways Taille, angriffsbereit, herausfordernd. Sunway willigte ein, und schon begann ein Ineinanderschlingen der Füße, das dem Raum um sie herum Leidenschaften zuzuflüstern schien. Spark genoss Sunways erhitzten Körper nahe an seinem, der von ihm die Drehungen, Schrittfolgen und Berührungen forderte, um sich im besten Licht zu zeigen.

Spark hatte das Gefühl, in Sunways Körper hineinhorchen zu können, sie gab ihm alles vor, zwang ihn, sie zu führen. Die Hand auf ihrem Rücken, dort, wo ihr Kleid tief ausgeschnitten war und nackte Haut freigab, ließ ihn spüren, wie in Sunways Körper etwas weich wurde und dann zu schmelzen begann.

37. KAPITEL

Im Mittelmeer, dreißig Jahre nach NOW

Sanft wog sich die fünfundsechzig Meter lange Yacht im unglaublich klaren und leuchtenden Türkis der felsengesäumten Bucht. Auf dem schneeweißen Sandstrand, genau in der Mitte der kleinen Lagune, spielte eine kleine Gruppe Kinder und Jugendlicher mit den Wellen. Die Größeren bildeten Räuberleitern, die Kleineren flogen in hohem Bogen immer wieder rücklings ins Wasser, einige schnorchelten an der Oberfläche treibend, sie tauchten und kamen prustend nach oben. Die Muschelschätze würden sie nachher stolz an Bord präsentieren. Ein Ball machte unter lautem Gekreische die Runde, und überall spritzte Wasser.

Spark stand barfuß auf den Planken des Oberdecks der eleganten Segelyacht, vor der Sonne durch ein breit aufgespanntes Segel geschützt, und sah zu ihnen hinüber. Er genoss den Anblick.

Trotz seiner ein Meter fünfundneunzig aufragenden Gestalt wirkte er klein auf dem mächtigen Schiff mit seinen Aufbauten. Es war die jährliche Yachtparty, es war Anfang Juni, und die Yacht lag im Mittelmeer, ungefähr auf dem vierzigsten Breiten- und dem neunten Längengrad. Und es gab etwas zu feiern: Spark würde nach seiner Rückkehr das Archiv übernehmen.

Plötzlich lösten sich mit einem leisen Surren zwei kleine Flugkörper aus dem Rumpf der Yacht und überquerten im Tiefflug die knapp achtzig Meter bis zum Strand. Spark beobachtete die handtellergroßen Drohnen, während sie das flache türkisblaue Wasser absuchten, an dem die Gruppe spielte. Die tauchenden Roboterdrohnen des Schiffes hatten in den letzten Tagen immer wieder einen großen Schatten in der Nähe der Yacht ausgemacht, der möglicherweise zu einem haiähnlichen Wesen gehören konnte.

Spark spähte über die Bordwand hinab ins Meer und sah die kleine Delfinfamilie, die seit Stunden im Schatten der Yacht spielte. Die Muttertiere machten einen vollkommen sorglosen Eindruck und stupsten mit ihren spitzen Nasen die Jungtiere immer wieder in die Flanken. Spark verlor sich in dem Anblick und amüsierte sich über die Kapriolen, die sie schlugen.

Das Summen der gewaltigen Heckgarage der Yacht riss ihn aus dieser Idylle. Die Garagenklappe schob die Badeplattform zur Seite, surrte nach oben und rastete dann horizontal ein. Auf Schienen glitt ein schnittiger Tender ins Wasser, das Beiboot der Yacht, das wie diese ganz aus Angélique-Holz gebaut war. Das Holz war eine Weiterentwicklung der besonderen Leguminosen-Art, die mit den Wachstumsgenen von Bambus gekreuzt worden war und somit das widerstandsfähigste, am schnellsten wachsende und meerwasserfesteste Material war, das es gab. Angélique-Holz konnte Hunderte Jahre im Salzwasser liegen ohne die geringsten Anzeichen von Ermüdung oder Bakterienfraß. Spark hatte gesehen, wie Gentechniker die isolierte Gensequenz eines Bambusgrases als Wachstums-Trigger den Genen des Dicorynia paraensis einbauten. Innerhalb von drei Jahren konnte so ein neunzig Zentimeter dicker und fünfundzwanzig Meter hoher, eisenharter Stamm in den vertikalen Gärten gezüchtet werden.

Spark überquerte das Oberdeck der Yacht, eilte über die Treppen auf die unteren Decks, bis er die jetzt seitlich liegende Badeplattform auf Höhe der Wasserlinie erreicht hatte. Federnd sprang er auf das sechs Meter lange Beiboot, die *Tender to Suri*. Der Steuermann, ein schweigsamer zuverlässiger Seebär und vielfach überprüfter Captain, der so viel Zeit wie möglich auf dem Meer verbringen wollte, hatte auf Spark gewartet. Er wedelte mit einem frischen kühlen Hemd, das Georgia für Spark bereitgelegt hatte. Es war aus Eukalyptusfasern, angenehm weich und von mittelgrauer Farbe, die mit Sparks Haaren, seiner tief gebräunten Haut und den eisblauen Augen das Bild eines kerngesunden, durchtrainierten und attraktiven Mannes Mitte dreißig abrundete.

Spark streifte sich das Hemd über, setzte sich die Sonnenbrille auf, deren Gestell aus einem Baumwoll-Harz-Gemisch mit hölzernen Bügeln geschnitzt war und deren geschliffene Gläser dicht vor seinen Augen zum Bildschirm werden konnten. Die UV-Filter waren mithilfe der präzisionsmedizinischen Analyse exakt auf Sparks Empfindlichkeitsgrad eingestellt und passten sich variablen Lichteinflüssen an, ohne jemals den Charakter einer lässigen Sonnenbrille zu verlieren.

Spark setzte sich hinter den Captain auf die bequeme Bank und ließ sich chauffieren. Die flexiblen Magnethalterungen gaben mit einem mehrfachen Klacken das Beiboot frei, die kleinen Strahlruder drehten den Bug der *Tender* von der Yacht weg, und der mächtige Elektromotor sog Meerwasser in den Jetantrieb am Heck. Der Bug bäumte sich auf, und Spark wurde in die Polster der Bank gedrückt.

Von seinem Vater hatte er ein 1:40er-Modell einer alten Riva Aquarama geerbt. Die gescannten 3-D-Daten hatte er an die Roboter in der vollautomatischen Werft senden lassen, wo die Riva eins zu eins nachgebaut worden war. Ihre Größe war der Kapazität der Heckgarage der *Lady Suri* angepasst worden. Die komplette Hightech-Ausstattung nach neuestem Stand war diskret hinter den opulenten Oberflächen aus Leder, auf Hochglanz poliertem Holz und makellos blitzendem Chrom verborgen.

Spark lehnte sich zurück und genoss die Brise des Fahrtwindes. Die *Tender* schoss über das Wasser der kleinen Bucht, erreichte die östliche Landzunge, und es war nur noch der Vorhang aus weißer Gischt in ihrem Kielwasser zu sehen, in dem die Sonnenstrahlen einen Regenbogen aufleuchten ließen.

Spark blickte kurz vor der Umrundung des natürlichen Kaps zurück und sah die *Lady Suri* majestätisch in der Bucht liegen, eingerahmt von in der Sonne leuchtenden Felsensäumen, vor der Bühne der tiefgrünen Vegetation auf den Hügeln und getragen vom türkisfarbenen Meer. Ihre riesigen starren Segel, die gleichzeitig als Sonnenkollektoren dienten, justierten sich automatisch bei jedem Luftzug.

Heiterer Luxus, dachte Spark und grinste zufrieden.

Die *Suri* wurde von ihren vierundzwanzig lautlosen Unterwasser-Elektromotoren punktgenau an Ort und Stelle gehalten, ohne Anker, gleichsam auf dem Wasser schwebend. Durch den enormen Druck ihrer dreihundert Tonnen Eigengewicht, den ihr Rumpf auf die Wasserfläche erzeugte, wurde bei den kleinsten Bewegungen Meerwasser durch die unteren Verkleidungsmembranen gepresst, die mit einem mikrometerfeinen Filter Salz aus dem Wasser entfernten und nach einem Reinigungsprozess die zehn geräumigen Bäder der Yacht, die Bordküche und Außenduschen mit Süßwasser versorgten. Und das war noch gar nichts gegenüber der Yacht, die Spark in Auftrag gegeben hatte.

Die *Tender* schoss in einem weiten Bogen über das Meer, und Spark bedeutete dem Captain per Handzeichen, auf die in der Ferne erkennbaren Siedlungsreste an der Küste zuzuhalten. Mit über einhundert Kilometern pro Stunde auf dem Wasser war eine Unterhaltung schwer möglich.

Ein Dutzend Drohnen folgte dem Boot in zehn Metern Höhe über dem Wasser. Tauchroboter eskortierten in Formation knapp unterhalb der Wasseroberfläche. Georgia war bei ihnen. Die Drohnen trugen neben ihren optischen, thermischen und bewegungsempfindlichen Sensoren starke Elektroschocker, Betäubungsprojektile und für den äußersten Notfall winzige, sofort tödliche Botoxpfeile mit sich.

Ein Dutzend solcher Begleitdrohnen war die übliche Eskorte für einen unumstrittenen AAA-NOW, wie Spark es war. Noch dazu stand er kurz davor, Onkel Bill als Noun-II-Archivar abzulösen, und damit in die Fußstapfen seines Mentors zu treten, der ihm den eigenen Vater auf seine unbeholfene Art zu ersetzen suchte. Spark war ein genauer Beobachter und spürte hin und wieder vage Zweifel, was Bill betraf und die an seinem unbedingten Vertrauen zu ihm nagten, doch bisher hatte er sämtliche Kanten von Bills Persönlichkeit mit dessen Alter und Biografie abgetan. Auch jetzt wollte er sich nicht von derartigen Gedanken bei seinem Ausflug stören lassen.

Spark war sich der Gefahr bewusst, in die er sich begab, aber er liebte solche kleinen Eskapaden in die archaische, fremde und gefährliche Welt der LOWs. Durch Terra Forming, Georgias vollautomatisches Mapping Tool, wusste er, dass einige Clans hier in der Gegend noch immer uralte Fischerdörfer entlang der Küste bewohnten. Er wolle einkaufen, hatte er gesagt. In Wahrheit aber wollte er die Gelegenheit nutzen, um mit seinen eigenen Sinnen zu spüren, wie sich die Nahtstelle zwischen Fortschritt und Wildnis, zwischen Leben und Überleben anfühlte. Als Kind war er noch Teil der ungespaltenen Menschheit gewesen, jetzt war er an der Spitze der neuen, kleinen Elite. Er durfte getragen von den Privilegien des Fortschritts und sinnvoller Erfüllung leben, dabei hatte er die Neugier auf das sich selbst überlassene Leben nie verloren. Es waren unnötige Abenteuer, aber eben Abenteuer, deren Reiz er sich nicht entziehen konnte.

Spark war aufgestanden und hielt sich an den Chromhalterungen fest. Er genoss die schnelle Fahrt. Geschickt federte er die stampfenden Bewegungen der *Tender* ab, glich das Rollen des Bootes aus, wenn sie einem treibenden Gegenstand ausweichen musste oder stampfend höhere Wellen frontal durchschnitt. Er sah den hohen Fontänen nach, die der stromlinienförmige Körper aufschießen ließ.

Der Captain drosselte nach einer zwanzigminütigen Fahrt über offenes Wasser mit einer Handbewegung auf dem Bildschirm die Motorenleistung, und der Rumpf der *Tender* drückte sich tiefer in die Wellen, bis die surfartige Hochgeschwindigkeitsfahrt in Verdrängungsvortrieb wechselte.

Der Bug hielt, durch die eigene Heckwelle noch vibrierend, auf eine Ansammlung windschiefer Häuser in der weiten Bucht zu, bis die Sensoren die Schubkraft so reguliert hatten, dass das Boot ruhig gleiten konnte.

Selbst aus der Entfernung konnte Spark eingefallene Dächer, obszöne Betongerippe, übersät mit alten Farbflecken, und grob zusammengezimmerte Unterstände erkennen.

Georgia erschien auf dem Bildschirm. »Ist das wirklich nötig?« fragte sie.

»Dauert nur zwei Minuten«, antwortete Spark und spürte, wie Aufregung ihn ergriff.

38. KAPITEL

Vor der Küste Sardiniens, Minuten später

Zwei der Drohnen lösten sich wie von Geisterhand aus der Formation über ihnen und schossen Richtung Strand voraus. Georgia schaltete die Bildübertragung auf dem Monitor im Cockpit ein, und Spark und der Captain sahen aus sicherer Entfernung in angstvolle und gleichzeitig zornige, aber allesamt ausgezehrte Gesichter zerlumpter Gestalten, die aufgeregt hin und her liefen. Die Drohne erfasste einen nackten Jungen, der ungeniert seine Notdurft im knietiefen Meer hockend verrichtete.

»Igitt!«, lautete Georgias Kommentar, und sie wandte sich demonstrativ ab.

Die andere Drohne flog die Häuserreihen ab, hinter denen sich lichtlose Höhlen auftaten. Die Häuser mussten einst einen heiteren mediterranen Anstrich gehabt haben. Jetzt wirkten die Fetzen der Farbreste morbide und unterschwellig gefährlich.

Aus einem der Häuser trat gerade ein sehniger Mann, barfuß und in zerlöcherte Lumpen gekleidet, in das gleißende Sonnenlicht. Die Drohne hielt über ihm an und musterte ihn mit ihrem stummen Auge. Innerhalb weniger Sekunden hatte Georgia ein Bewegungsprofil erstellt und identifizierte ihn anhand seiner Körperhaltung, seines Ganges und der Intensität seines Blickes.

»Das ist der Clanchef«, murmelte Georgia.

Sie hatte recht.

Spark nickte unmerklich, und der Captain hielt mit moderatem Tempo auf die Stelle zu, wo der Mann ans Ufer getreten war. Er wurde begleitet von zwei stämmigen, barbusigen Frauen mit auffallend schlechten Zähnen, die sichtbar wurden, als sie im grellen Sonnenlicht die Augen zusammenkniffen und dabei die Lippen hochzogen. Um die Hüften trugen sie kurze Tücher, die gerade ihre Scham verdeckten. Ihr Alter war durch die tiefen Furchen in ihren wetterharten Gesichtern und die verfilzten Mähnen nicht zu schätzen.

Während das Boot sich im Wasser murmelnd immer weiter Richtung Ufer schob, beobachteten Spark und der Captain, wie die restlichen Mitglieder des Clans sich in einem ungeordneten Halbkreis hinter der Dreiergruppe auf dem mit Unrat übersäten Strand aufstellten. Ängstlich musterten sie die Drohnen, die über ihren Köpfen schwebten, als handele es sich um Unheil bringende Vögel oder irgendwelche Götterboten.

Spark konnte im Wasser bereits den Untergrund erkennen, als die vibrierenden Drohnen den Schutzmodus einnahmen, bereit, innerhalb von Sekunden jedes Leben in Sparks Nähe auszulöschen, das ihre Sensoren nicht als zu NOW gehörend identifizierten.

»Kontaktaufnahme!«, sagte Georgia.

Spark winkte freundlich Richtung Ufer und wartete auf eine Reaktion. Schüchtern nickte der Mann zurück, und die Leute um ihn herum begannen aufgeregt zu schwatzen. Einige der kräftigeren Mitglieder des Clans trugen verbeulte Metallschwerter, nicht mehr als mit Steinen behauene Blechstücke, die sie wohl als Waffen nutzten. Spark erkannte einen alten Kotflügel, der jetzt eine Waffe war.

Die restlichen Drohnen schwärmten blitzartig auseinander und positionierten sich auf Armeslänge vor den bewaffneten Männern. Der Captain machte eine Geste zum Strand hinüber, indem er mit der Hand mehrfach auf seinen rechten Arm klopfte, um ihnen zu verstehen zu geben, sie sollten die Waffen fallen lassen.

Der Anführer, dessen Antlitz die ganze Zeit im Großformat neben Georgia auf dem Bildschirm im Boot zu sehen war, hatte verstanden und gab seinen Männern ein Zeichen.

Spark langte ins Innere des Bootes und holte zwei Ballen groben Stoffs hervor. Er hielt sie über seinen Kopf und machte Gesten, die bedeuten sollten, dass er gerne einen Tauschhandel machen würde. Der Captain griff unter seinen Sitz und holte zur Sicherheit einen von Hand zu bedienenden Distanzschocker hervor.

In den Gesichtern der ausgemergelten LOWs am Strand war angesichts der Stoffballen, die Spark über seinen Kopf hielt, schlagartig Begeisterung zu erkennen. Es konnte nicht das erste Mal sein, dass sie von NOWs aufgesucht wurden.

Der Captain projizierte auf den vorderen Gischtschutz des Bootes Bilder von Ziegen und Kühen. Die Frage war, ob sie frische Milchprodukte tierischen Ursprungs hätten.

Gierig starrte der Anführer auf die Stoffballen in Sparks Hand und leckte sich die Lippen. Es folgte ein kurzer, unverständlicher Befehl in einer kehligen Sprache, woraufhin zwei der jungen Männer, die eben noch Waffen trugen, in Richtung der Häuser zurückrannten.

»Was hat er gesagt?«, fragte Spark.

»Keine Ahnung! Hab das Kauderwelsch noch nicht entschlüsselt. Gib mir eine Sekunde«, antwortete Georgia.

Der Antrieb des Bootes fauchte kurz auf, als die *Tender* sich langsam bis in hüfthohes Wasser schob.

Jetzt konnte Spark mit eigenen Augen in die Gesichter blicken und sog den Anblick neugierig in sich auf. Er selbst wurde aus Dutzenden Gesichtern gemustert und mit aufgeregten Bemerkungen bedacht.

Generationen von Inzucht, vermutete er beim Anblick dieses wilden und isolierten LOW-Clans. Nicht mehr als fünfzig Personen umfassend. Wahrscheinlich sesshaft. Die Lebenserwartung konnte höchstens vierzig Jahre betragen.

Der Captain steuerte den Bildschirm im Cockpit mit seinen Bewegungen und rief die Sprachauswertung ab. Er wollte verstehen, was am Strand gesprochen wurde.

Spark schickte einen fragenden Blick zu Georgia.

»Es handelt sich um einen starken Dialekt. Lateinische Wurzeln. Die Aussprache wurde noch niemals erfasst. Es klingt in etwa wie ein gutturales Französisch, aber mit härteren Worten drin. Vielleicht ein altes Italienisch. Können wir jetzt, bitte, fahren?«, wisperte Georgia.

»Wir sind hier im ehemaligen Sardinien. Das könnte passen. Keine Nomaden also, sondern Einheimische«, konstatierte Spark.

Georgia seufzte hörbar.

Spark blickte wieder zum Strand. Er sah, wie ein etwa fünfjähriger Junge sich aus dem Hintergrund löste und sich zielstrebig der zentralen Gruppe mit dem Clanchef und den zwei Frauen näherte. Er war nackt, hatte dichtes schwarzes Haar und große dunkle Augen.

Der Junge starrte mit angstvollem Blick zu dem fremden Boot. Er ließ Spark nicht aus den Augen und näherte sich dabei langsam, aber zielstrebig einer der Frauen neben dem Clanchef. Den Blick immer noch fest auf Spark gerichtet, fasste er ihr um die nackte Hüfte, griff nach einer ihrer beutelförmigen Brüste, steckte sich die Brustwarze in den Mund und begann zu saugen.

Der Captain blickte kurz zu Spark, um sich zu vergewissern, dass er es auch gesehen hatte.

»Auch das noch«, ließ sich Georgia vernehmen. »Aber eigentlich eine schöne Geste.«

Spark lächelte mit einer Mischung aus Freundlichkeit, Verlegenheit und Neugierde. Aber er lächelte.

Der Captain brachte das Boot mit einer Handbewegung wieder in Position, die Wellen drohten sie zu nahe ans Ufer zu schieben. Nicht weit von ihnen trieben aus groben Planken und Baumstämmen gebundene Flöße, auf denen angespitzte und lange Äste zu sehen waren. Spark staunte. Sie hatten keine Segel, keine Ruder und keine Möglichkeit, die Flöße zu steuern, außer langen Stangen, mit denen sie wahrscheinlich durch das flache Wasser stakten, um Fische zu fangen.

Georgia folgte seinem Blick.

»Vom Wissen ist nichts übrig geblieben«, stellte Spark fest. »Der gleiche Bruch wie zwischen Antike und Mittelalter. Sie müssten alles neu lernen, wenn sie könnten.«

»Die Sprachanalyse hat ergeben, dass sie nicht zählen können«, berichtete der Captain nach einem Blick auf den Schirm im Cockpit, auf dem Georgia in rasend schnellem Tempo die Analysen der Sensoren verarbeitete.

»Was?«, fragte Spark.

»Anscheinend können sie nicht zählen. Es gibt nur eins und zwei. Alles darüber nennen sie viel«, sagte Georgia.

»Erstaunlich. Und wie nennen sie wohl einen Fischschwarm?« Der Captain blickte auf den Bildschirm.

»Viel viele.«

»Also eins, zwei und dann viel. Oder, wenn es noch mehr sind, dann viel viele.«

»Das ist weit unter meinem Niveau!«, stellte Georgia fest.

»Du musst nur schön aufpassen!«, ermahnte Spark sie.

Zögernd wagte es der Captain, eine Frage zu stellen, die ihn anscheinend brennend interessierte:

»Was ist, wenn sie wirklich Milch von ihren Ziegen oder Schafen haben? Ich meine, was machen wir dann damit? Trinken? Sehen Sie sich nur den Saustall an, in dem die leben.« Er blickte sorgenvoll zu Spark.

»Haben Sie jemals frische Milch getrunken? Dicke, fette Milch? Das schmeckt unvergleichlich.« Spark blickte zum Captain, zog die Brauen hoch, konnte aber den Schalk in seinen Augen nicht verbergen.

Georgia schnitt eine Grimasse.

»Wahrscheinlich würde das Zeug uns töten«, murmelte Spark laut genug, dass der Captain ihn hören konnte. Erleichterung machte sich auf dessen Gesicht breit.

»Sollen wir Blut abnehmen? Speichelproben?«, fragte Georgia.

»Nein, nein«, wiegelte Spark ab, »uninteressant. Das ist ein absteigender Clan. Lokal begrenzt, er wird aussterben.«

»Das hätte ich dir auch so sagen können«, mischte sich Georgia ein.

Da teilte sich die Menge am Strand, als die beiden jungen Männer aus den Häusern kamen und schwere Kanister mit sich schleppten.

»Das gibt's ja gar nicht!«, äußerte sich Georgia überrascht.

»Also doch. Sie müssen im Hinterland irgendwo Vieh haben. Interessant!«, sagte Spark.

Spark nahm die beiden Stoffballen und deutete dem Clanführer an, er wolle jetzt gern mit ihm tauschen.

Der Mann packte die Kanister, stieg ins Wasser und kam auf das Boot zu. Zwei Drohnen schwebten misstrauisch direkt über ihm. Spark winkte ihn heran. Aus nächster Nähe betrachtet, schien der Mann nicht unattraktiv. Verwahrlost, zweifellos mit tödlichen Keimen verseucht, in jungen Jahren bereits ausgezehrt, mit einem Zellteilungszyklus, der wetterabhängig zwischen Fortpflanzen und Überleben pendelte, aber auf wilde Art schön.

Je näher er kam, umso schüchterner wurde sein Blick, stellte Spark fest. Als er direkt neben dem Boot im hüfthohen Wasser stand, ließ er völlig entmutigt die Arme sinken. Staunend betrachtete er das Boot. Es musste ihm vorkommen wie ein Raumschiff aus einer fernen Galaxie.

Der Captain nahm die Kanister entgegen. Spark beugte sich herab und gab ihm den ersten Stoffballen. Es war Gewebe aus einfacher synthetischer Baumwolle, beige und relativ grob gewebt. Die Augen des Mannes begannen zu leuchten. Dankbar und unterwürfig blickte er zu Spark auf. Der Kleidung der Gruppe nach zu urteilen – oder besser gesagt, dem, was davon noch übrig war –, musste der Stoff ein Geschenk des Himmels sein.

Spark reichte ihm den zweiten Ballen und berührte dabei kurz die Hand des Mannes. Seine Haut fühlte sich rau an. Spark zuckte zurück. Schnell fasste er sich wieder und reckte den Daumen, gefolgt von der weithin bekannten Geste des Dankes und der Gewaltlosigkeit: die Handflächen vor der eigenen Brust aneinandergelegt.

»Na, zufrieden jetzt?«, maulte Georgia vom Bildschirm her.

Der Captain beeilte sich bereits, das Boot rückwärts vom Ufer wegzumanövrieren. Spark blickte noch einmal zum Strand, nahm die Szenerie aus Degeneration und nacktem Überlebenskampf in sich auf und schüttelte fast unmerklich den Kopf.

Der Captain hatte das Boot gewendet und wartete auf ein Zeichen Sparks.

Ein Blick genügte, und das Boot bäumte sich auf eine Handbewegung des Captains hin auf und gewann schnell an Fahrt. Die Drohnen bildeten wieder ihr Rudel und formierten sich knapp hinter der *Tender to Suri,* um jetzt das Heck zu sichern. Mit hundert Kilometern pro Stunde raste sie zurück zum Mutterschiff.

Georgia auf dem Bildschirm hatte sich eine altmodische Fliegerbrille aufgesetzt und grinste zufrieden vor sich hin.

Spark winkte eine Drohne heran, öffnete einen der schmutzigen Kanister und ließ den Analyse-Bot eine Probe der Milch nehmen. Das alles geschah in voller Fahrt. Minuten später blickte Spark auf das Ergebnis auf dem Bildschirm im Cockpit:

»Milchsäurebakterien, die an ein marines Habitat gewöhnt sind. Fortgeschrittene homofermentative Gärung. Streptokokken verschiedenster Art. Na dann prost!«, mokierte sich Georgia.

Somit stand fest: Die Milch war potenziell gefährlich für sie. Spark schickte die Messergebnisse an den Satelliten, der sie an die zentrale Auswertung mit Längen- und Breitenangaben, Datum und Uhrzeit und einer Sample-Codierung an die nächste Eagle weiterleitete. Dann kippte er den Inhalt der beiden Kanister bei voller Fahrt ins Meer und sah zu, wie die milchige Spur in der Gischt verschwand.

»Die Kanister nehmen wir an Bord und schicken sie durch den Analytiker«, brüllte Spark über die tosende Gischt hinweg. »Und ich will eine Alters- und Herkunftsanalyse des Materials!«

Der Captain antwortete mit einem Nicken und hielt einen Daumen hoch.

»Aye, aye, Sir!«, mischte sich Georgia ein.

Die *Tender to Suri* fand ihr Mutterschiff, die majestätische *Lady Suri*, von alleine, wich Treibgut automatisch aus und kalkulierte für ihren Kurs die Oberflächenströmung, Scherwinde und Geschwindigkeit.

Als sie das Kap der kleinen Bucht in sicherem Abstand umrundeten, erglühte die *Lady Suri* vor ihnen in der untergehenden Sonne dieses späten Nachmittags wie eine mahagonifarbene Skulptur vor dem dunkelblauen Meer. Ihre gewaltigen, turmhohen weißen Segel reflektierten ein leichtes Rosa, ein kräftiges Orange und in den oberen Bauchungen schon das tiefer werdende Violett des westlichen Abendhimmels. Das Boot verlangsamte seine Fahrt und glitt auf seine Magnethalterungen am Heck zu.

Im geräumigen Inneren der *Suri* spülten indes die hungrigen Strandausflügler den Sand, das Salz und die Erschöpfung nach dem Spiel von ihren Körpern. Sie standen unter den Sensoren und erhielten vom Wandschirm in den Bädern Empfehlungen für ihre Pflege. Dann riefen sie ihren MediCheck von den Scannern ab und wählten die empfohlenen Ergänzungsmittel. Sorgfältig stellten sie anschließend vor den Klick-Schränken ihre Outfits für den Abend zusammen, prüften auf den interaktiven Spiegelschirmen ihren Look und riefen die Temperatur und Feuchtigkeitsprognosen der nächsten Stunden von Georgias untergeordneten Systemen ab.

In der Pantry waren die Captains bereits mit den Vorbereitungen für das Abendessen beschäftigt. Georgia hatte präzise

Anweisungen erteilt. Es wurden reichlich frischer Fisch, Gemüse und Salat vorbereitet. Spark wollte ein lang gezogenes, proteinreiches und frisches Dinner, bei dem kurze Garzeiten und ein schonender Umgang mit dem Gemüse beachtet werden sollten. Die Meerestiere waren am Nachmittag vor Ort gefangen worden, das Gemüse und der Salat sowie die Früchte und frischen Eier, Milch, Zucker und Gewürze waren am Nachmittag geliefert worden. Die Amazone, ein fliegender Langstrecken-Lieferroboter, hatte ihre Fracht auf der nächstgelegenen vertikalen Farm im ehemaligen Südfrankreich aufgenommen und belieferte die *Suri* fast täglich. Nichts stand dem perfekten Abschluss eines traumhaften Tages auf See entgegen.

Spark kletterte geschickt von der *Tender* auf die Yacht und beobachtete, wie der Schwarm von Schutzdrohnen in ihren Ladestationen an der Bordkante verschwand und wieder unsichtbar wurde. Ein Blick ins Wasser zeigte ihm, dass die Delfinfamilie weitergezogen war.

Spark stieg ins Innere der Yacht hinab, folgte dem schwach beleuchteten Korridor und betrat die Eigner-Kabine, die einen großen Schreibtisch im maritimen Stil enthielt. An den Wänden hingen heute Gemälde aus der Epoche des Expressionismus in fließenden Metallrahmen. Georgia hatte eine Stimmungsanalyse an Bord vorgenommen und entsprechend mit kräftigen, heiteren Farben und Motiven zwischen Gegenständlichkeit und Abstraktem dekoriert. Und Georgia wusste, dass Spark besonders den deutschen Expressionismus bewunderte.

Es waren keine Originale, sondern etwas viel Besseres. Da es keine Museen mehr gab – diese waren überflüssig geworden, da jedes Original beliebig oft bis auf die Molekularstruktur seiner Farbpigmente und die Oberflächenstruktur neu erschaffen werden konnte –, war jeder AAA-NOW in der Lage, jedes jemals erfasste Bild bei sich aufzuhängen. Die Farbpartikel waren aus intelligentem, fotosensitivem Material, das bewirkte, dass die Leuchtkraft der Farben sich dem wechselnden Umgebungslicht anpasste. Oft bewegten sich die Gemälde, und aus den eingefrorenen Momentdarstellungen wurden kleine Filmsequenzen. Frauen, als bunte Strichmännchen gemalt, tanzten einen dreidimensionalen Reigen um Picassos weiße Taube, dem Spark stundenlang zusehen konnte, auch wenn die Idee der Darstellung dem widersprach: Sie sollten sich im Kopf des Betrachters drehen, aber die Animation war sogar noch eindrucksvoller.

Georgia erwartete Spark in einem Matrosenkleid in seiner Suite. Ihr Haar war zu einem Seitenscheitel ordentlich frisiert.

»Netter Ausflug«, lästerte sie.

Spark brummte sie an.

»Das hätte auch schiefgehen können!«, setzte sie besorgt nach.

»Das Risiko war gering. Es ist wichtig, solche Gelegenheiten wahrzunehmen. Selten genug kann man untergehende Zivilisationen direkt beobachten.«

»Untergehende Zivilisationen?«, fragte Georgia. »Erklär mir das.«

Spark setzte sich an seinen Schreibtisch und blickte sie an.

»Es sind schließlich auch unsere Wurzeln. Nicht direkt diese da am Strand, aber unsere Vorfahren haben alle mal so gelebt. Daraus sind wir entstanden. Für dich ist das nur Theorie, aber vielleicht waren unsere Vorfahren mit jenen Menschen verwandt. Eine solche Begegnung ist für mich immer ein besonderer Moment.«

»Deine Linie steht sonnenklar vor meinem Auge. Du oder deine Vorfahren haben absolut nichts mit denen zu tun«, insistierte Georgia. »Das war nichts als reine Abenteuerlust von dir. Und ganz schön gefährlich. Ich kann dich schützen, aber es muss sich lohnen, wenn du dich in Gefahr begibst.«

Georgia setzte sich auf das kleine Sofa neben Sparks Schreibtisch und sah ihm direkt in die Augen.

»Diese…«, sie suchte nach dem richtigen Wort, »Menschen dort am Strand, das sind LOWs. Ich habe sie gleich nach unserer Ankunft hier überprüft. Da ist kein Mikroschnipsel DNA, den wir brauchen könnten. Nur Degeneration, Krankheit und verkrüppelnde Inzucht. Wertlos.« Sie sah Spark an und fuhr fort. »Solche ›Zivilisationen‹, wie du das nennst, gab's milliardenfach. Sie sind doch der Grund, warum es uns gibt. Es war irgendwann einfach alles zu viel. Zu viele wollten auf einem Haufen leben, zu viel ging schief, es gab zu viel Eingleisigkeit, Engstirnigkeit, und das führte zu etlichen Auseinandersetzungen, zu vielen Kriegen. Das alles musste enden, und es ist gut so. Es wurde ja nicht gewütet und getötet aus Hunger, sondern aus Gier und vor allem, weil die Menschen damals nicht teilen wollten oder konnten. Das Einzige, was da noch wachsen konnte, waren Not und Leid, nicht Wohlstand und Wissen. Das hat euch Menschen damals unsicher gemacht. Nur für ganz, ganz wenige wurde alles immer schöner und besser, für die meisten wurde alles rasend schnell schlechter – und ich meine *alles*. Die Natur entscheidet sich immer für den erfolgreichen Weg, für das erfolgreiche Modell, sie ignoriert ihre Irrungen und lässt sie fallen. Und irgendwie hat die Natur es geschafft, aus dem einen Prozent von damals die NOWs, diese glücklichen Menschen, zu schaffen, indem sie euch in den Kopf gekrochen ist und bei einigen von euch diese geniale Idee entstehen ließ. Neunundneunzig Prozent von damals«, und Georgia machte eine wegwischende Handbewegung, »sind weg. Die Natur, der Kosmos, brauchte sie nicht mehr. Und die Natur, Spark, das bist du. Und das bin auch ich, denn du – und ihr – habt mich geschaffen. Technisch und ideologisch. Die Wende kam, als ihr verstanden habt, dass es nur um Mathematik geht. Das ist die Krone, die ihr euch selbst aufgesetzt habt. Aber lange habt ihr das nicht kapiert. Als es dann so weit war, dass ihr euch getraut habt, nur noch in Mathematik und Algorithmen zu denken, da ist alles endlich gekippt. Da war auf einmal alles klar. Da habt ihr den Ausweg gefunden, weil Mathematik an nichts glaubt, nur an Fakten.« Georgia machte eine Pause. »Und rein technisch gesehen brauchen wir natürlich von Zeit zu Zeit frische Gene zum Mischen. Wir haben die absolute Quote noch nicht erreicht. Hundert Millionen reichen nicht als Genpool für alle Zeiten. Aber Spark«, und es schien, als wolle sie ihn physisch berühren, »dafür brauchst du dich nicht in Gefahr zu begeben. Das erledige ich doch ganz alleine!«

Sie machte wieder eine kurze Pause.

»Du hast gesehen, dass die soziale Deevolution bei dem Clan, wie bei vielen anderen auch, fast abgeschlossen ist. Ein wenig Dürre oder Überschwemmung, und sie werden zu Kannibalen.«

Spark schüttelte kaum merklich den Kopf und sah sie an. »Georgia, das ist schwer zu erklären«, begann er. Kurz schweiften seine Gedanken ab, und er fragte sich, ob es immer so bleiben würde … diese Begegnungen, die ihn seltsam berührten und die zugleich ein Abschied waren, kaum dass sie stattfanden. Denn er wusste, er durfte nicht eingreifen. LOWs mussten von der Welt der NOWs ausgeschlossen werden, es sei denn, sie hatten etwas Außergewöhnliches beizusteuern. Und auch wenn er mehr zu geben hätte als zwei Ballen Stoff, durfte er es nicht, wollte er nicht den Bestand einer perfekten Welt gefährden …

»Wir spüren einen Drang in uns, Dingen nachzutrauern, die wir hinter uns gelassen haben, Georgia. Wenn sie weg sind, sehen wir sie in einem anderen Licht. Das berührt uns. Wir kennen etwas, das Verlust heißt. Ich gehe nicht davon aus, dass du das spüren kannst.«

»Glaub mir, das Leben ist auch für mich nicht nur ein einziges Fest.« Georgia warf den Kopf kapriziös in den Nacken.

Spark prustete los.

»Warum lachst du? Lachst du mich aus?«

»Du bist goldig, meine Kleine.«

»Ich beobachte, und ich lerne mikrosekündlich dazu.« Es klang wie eine Warnung, die Spark aber ignorierte. Im Gegenteil, ihn überkam ein ungewöhnliches Glücksgefühl.

Er konnte nicht sagen, ob es an dem Ausflug lag, an der besonderen Atmosphäre der Yacht oder an dem Gespräch mit Georgia, seiner treuen und manchmal so lustigen Assistentin und Dienerin.

Georgia spürte etwas.

Sie sah ihn konzentriert an.

Spark sah zurück.

Ihr Blick wurde intensiver.

Spark stutzte.

Sie wirkte wie erstarrt.

Spark setzte sich aufrecht hin. Georgias Augen blickten für einen winzigen Moment anders als sonst. Und einen winzigen Moment zu lange, als dass Spark es nicht bemerkt hätte.

»Reprogrammierst du dich gerade hier vor mir?«, fragte er.

»Ach, ich muss gerade so viel auf einmal im Blick behalten. Entschuldige.«

Spark bemerkte am Rande des Hologramms ein kaum wahrnehmbares kurzes Flackern. Es sah aus wie eine Spannungsstörung oder ein winziger Rand-Algorithmus, der für einen winzigen Augenblick zu spät schaltete. Dann war alles wieder scharf.

Er schob die minimale Störung auf die besonderen Umstände des autonomen Systems auf der Yacht. Sie waren meilenweit vom nächsten landgestützten Putter entfernt. Diese Begründung reichte ihm für den Moment. NOW war nicht hackbar, keiner konnte sich einloggen. Er war schließlich ganz oben im Ranking. Über ihm gab es nur noch Onkel Bill.

»Lass mich jetzt kurz die Nachrichten lesen. Dann zieh ich mich um für das Dinner. Bitte leg mir was raus, Georgia.«

»Natürlich. Und nix für ungut: Ich bin immer für dich da.«

Georgia lächelte ihn an, wie sie es immer tat.

»Bis nachher«, sagte er, und sie verschwand.

Spark hob den rechten Arm, in dem sich tief im Knochen sein USHAB verbarg, in Richtung des Bildschirms und blickte dabei auf das Menü der Icons. Seinen Augenbewegungen folgend, erschien sein persönliches Nachrichtenzentrum.

»Willkommen beim Archivar. Bitte die neue Nachricht von ξ Bill-Archivar ξ lesen.«

39. KAPITEL

Auf der *Lady Suri*, kurz darauf

In seiner Kabine überzeugte Spark sich auf seinem Bord-Screen davon, dass alle Vorbereitungen an Deck getroffen wurden, um seinen Gästen einen anregenden Abend zu bereiten.

Der lange Tisch auf dem Achterdeck war sorgfältig für das Dinner vorbereitet worden. Ein Segel schützte vor Feuchtigkeit von oben. Dezente Beleuchtung reflektierte von den weißen Tischdecken, dem Tafelsilber und brach sich in Kristallgläsern. Hunderte LED-Leuchten säumten die Auf- und Abgänge, die Masten und die Deckhäuser der Yacht und ließen das edle Holz des Schiffes seidig schimmern. Die unterhalb der Wasserlinie angebrachten Leuchten erweckten den Eindruck, die *Lady Suri* würde wie auf einer Wolke aus Licht schweben. Ein Licht, das viele neugierige Fische sowie den ein oder anderen Oktopus anzog, welche die *Suri* gemächlich umrundeten und den sphärischen Eindruck der Yacht in der Bucht noch unterstrichen. Aus dem Entertainment-Center drang ein getragener Flamenco, der auf entspannenden Rhythmen der neuesten Chill-Tunes tanzte. Als nach und nach die Schar der zwanzig Gäste, die Spark zu diesen Party-Ferien geladen hatte, auf dem Achterdeck eintraf, füllte sich die Luft mit den Ginosa-Düften aus Feigenblüten, Kapernessenz und herb-frischem Zitrus. Die Captains kümmerten sich um die Getränke, und die Kinder nahmen bereits Platz und erzählten sich von den Abenteuern am Nachmittag.

Allmählich traf der Rest von Sparks Familie auf dem hinteren Teil der Yacht ein, dem Promenadendeck, auf dem sich die Bar befand. Es waren kräftige, gesunde und jung wirkende Frauen und Männer, deren Kinder ihren Durst am Tisch stillten. Sie trugen dem Ort entsprechend bequeme, aber sehr elegante Kleidung mit vorwiegend maritimen Dessins und entsprechende Accessoires wie Muschel-Armbänder, Korallenketten oder -gürtel und leichte Mokkassins aus Fischhaut.

Auffallend war, wie gesund die Menschen aussahen. Ihre Haut war von einem schimmernden Glanz wie Bronze oder Oliven bis hin zu seidigen Haselnusstönen, ohne sichtbare Narben oder Verfärbungen und so feinporig, dass sich jede Schminke erübrigte. Ihre Gliedmaßen waren fein und schlank gewachsen, mit eleganten Händen und langen, schmalen Fingern, und ihre Körperspannung zeugte von einer kräftigen, bestens versorgten Muskulatur mit genau den richtigen Fettanteilen an den richtigen Stellen.

Die jüngeren Männer und Frauen, die unter dreißig und damit schon in der NOW-Ära geboren waren, ragten zwischen ein Meter achtzig und ein Meter fünfundneunzig groß auf, hatten einen sorglosen Blick, strahlend weiße Zähne und auffällig seidig glänzendes, volles Haar.

Ihre Gesichtszüge trugen die etwas schärferen, ausgeprägten und dabei harmonisch und ebenmäßig anmutenden Linien der Menschen des Mittelmeerraumes, gepaart mit den gefällig wirkenden kräftigen Kiefern und rundlichen Schädelformen irisch-keltischer Abkömmlinge. Diese Ästhetik hatte sich aus den Genkreuzungen unter der Regie von NOW durchgesetzt.

Ihre Augen standen in perfekt berechnetem Abstand über geraden Nasen, waren klar, leicht mandelförmig und ausdrucksstark. Etwa die Hälfte von ihnen hatte zwei verschiedenfarbige Augen: links dunkelbraun und rechts hellgrün, oder dunkelgrau das eine und hellblau das andere. Dies war ein neues Schönheitsmerkmal, das ihre Attraktivität noch unterstrich. Sie waren bereits als NOW-SYSTEM-NOWs geboren und somit das Resultat idealer Genkreuzungen. Sie waren das biologisch verbesserte Menschenmodell, die neue Elite, das Ergebnis komplizierter Gen-Kreuzungs-Berechnungen, wie nur die eine kosmische Big-Data-Fusionsauswertung sie hervorzaubern konnte.

Spark in seiner Kabine blinkte mit den Augen auf, und die Nachricht öffnete sich auf dem Temp Screen.

»Lieber Spark, ich hoffe, du hast eine schöne Zeit mit deiner Familie und deinen Freunden. Wie ich sehe, seid ihr in der Nähe von Sardinien – oder das, was einst Sardinien war. Ein wunderschöner Flecken Erde – auch wenn ihr weit vom nächsten NOW-A-DISE weg seid. Wenn ihr nach Norden fahrt – die *Lady Suri* schafft das an einem Nachmittag –, kommt ihr zu einer verlassenen Stadt, die mal Olbia hieß, und wenn ihr von dort noch ein Stückchen weitersegelt, dann kommt ihr zu traumhaften Buchten, zu denen wir früher – auch mit deinem Vater – oft gereist sind. Es ist eines von vier Resorts, die vom ehemaligen Italien übrig sind. Ein schönes Land – einst. Die Gegend, wo ihr seid, steht der Karibik in nichts nach.«

Sobald Spark den letzten Satz gelesen hatte, tauchte in der Nachricht ein Foto von Bill und Sparks Vater auf, beide in Bermuda-Shorts und mit nacktem Oberkörper, mit einem Drink in der Hand dem Fotografen zuprostend.

Hinter ihnen konnte Spark eine mit Palmen gesäumte Strandpromenade erkennen sowie einen Strandpavillon mit italienischer Aufschrift vor einem Hotel mit verwinkelter mediterraner Architektur. Die Aufnahme musste weit über sechzig Jahre alt sein. Es zeigte zwei erfolgreiche, Hunderte Millionen Dollar schwere amerikanische Unternehmer, sogenannte »Digital Barons«, wie man sie damals nannte.

Spark zoomte das Bild größer und suchte nach Details, die ihn interessierten. Aber da war nichts. Kein Anhaltspunkt auf ein Datum, kein Gegenstand, den Spark mit einer genaueren Jahreszahl in Verbindung bringen konnte, wie etwa ein Auto im Hintergrund, eine Uhr oder die Ecke einer Zeitung aus Papier, die es damals gerade noch gab. Nichts.

Das Foto war als Erinnerungsfoto optimiert, es sollte nur seinen Vater und seinen »Onkel« Bill zeigen, die beiden besten Freunde. EUKARYON gab es da schon.

Spark überlegte einen Moment, nein, in Wahrheit träumte er. Wenn sein Vater und Bill in der Nähe gewesen waren, hätten sie dann die Vorfahren der LOWs heute in der Bucht treffen können? Oder deren Cousins, Onkel, Eltern oder Großeltern? Waren sie vielleicht Angestellte in dem Hotel, in dem sein Vater und Onkel Bill gewohnt hatten? Für einen Moment stellte der Gedanke eine Verbindung von Zeit, Raum und seinem eigenen Blut in Spark her, und er genoss das Gefühl.

Dann wischte er das Foto weg und las die Nachricht weiter.

»Auf jeden Fall genießt die Zeit in vollen Zügen, und ich freue mich, euch wiederzusehen.

Und, Spark, da du ja unter anderem für die ›Applicants Domes‹ zuständig sein wirst, schicke ich dir den Vorschlag für den Begrüßungstext, den gewisse Applicants bekommen sollen. Wenn sie den lesen können, HAHA. Lies ihn dir in Ruhe durch und sieh mal, ob du ihn so in Ordnung findest. Erst wenn dein Okay da ist, werden wir ihn einbauen lassen. Es ist nur ein Vorschlag, du kannst alles ändern. Wie findest du zum Beispiel den Anfang? Zu verspielt? Zu flapsig? Lass es mich wissen!

Übrigens, mein neues Haus ist fertig. Du hast ja die Pläne gesehen. Als die ArtBuildHouse-Bots nach drei Wochen endlich mit allem fertig waren, konnten wir einziehen. Marcey ist von den neuen Rolling-Guard-Bots überall im Haus begeistert und jagt ihnen hinterher. Aber du wirst es ja sehen, wenn ihr zurück seid.«

Auf dem Schirm erschien ein IMG-File, der sich öffnete, als Spark ihn ansah. Er erkannte zwei verschiedene Perspektiven. Links sah er einen etwa neun Meter hohen und sechs Meter breiten mobilen 3-D-Drucker, der schichtweise die Bauelemente nach dem Modell ausdruckte. Rechts hievte ein HERCULE-Roboter in rasendem Tempo die Teile mit seinem Vierzig-Meter-

Greifarm an exakt die richtige Stelle und verband sie miteinander, setzte Glasfronten ein und stellte, bevor er das Dach schloss, die Möbel aus einem kleineren Drucker ins Innere des Hauses an die dafür vorgesehenen Plätze.

Gleichzeitig erledigte der Roboter mit seinem kürzeren Greifarm das Aufmauern des Anbaus und das Pflastern der Zufahrt mit gedruckten Ziegeln. Er schaffte fünftausend Ziegel pro Stunde, die er perfekt passend mit Durax-Kleber aus seinen Spritzdüsen verband.

Das Haus sah aus wie ein transparenter, lichtdurchfluteter Bauhaus-Entwurf, nur dass alle rechten Winkel durch Rundungen ersetzt waren. Der Anbau, die Garage und der Drone-Port könnten hingegen – und Spark staunte nicht schlecht – von einem Tudor-Haus in England stammen. Zusammen ergab der fertige Bau nach Sparks Einschätzung ein einziges Design-Desaster.

Ach Bill, dachte er schmunzelnd bei sich.

Aus der Ferne gesehen, wirkte das Wohnhaus wie übereinandergetürmte, gigantische ovale Armreifen aus betonähnlichem transparentem Material. Daneben hockte ein »Hänsel-und-Gretel«-Häuschen mit verspieltem Dach und von Fachwerk durchsetzt: Bills neue Garage und das Tech-Center des Hauses.

Bill hatte in Fragen übergreifender Ästhetik einen schrägen, meist vulgär und überfordert wirkenden Geschmack, ein Umstand – wie Spark wusste –, der zu vielen Kontroversen zwischen Bill und seinem feinfühligen, gebildeten Vater geführt hatte. Sie wären getrennte Wege gegangen, hätte das Okay der Präsidentin unter dem Druck von *Alfa1* sie nicht aneinandergekettet.

Was war eigentlich Bills Anteil an dieser Idee?, fragte sich Spark instinktiv, wie aus dem Nichts. Doch er wusste keine Antwort.

Spark konzentrierte sich wieder auf Bills Hausbauanimation. Sein schräger Geschmack begrenzte sich nicht nur auf sein persönliches Autodesign, seine Vorstellungen von wild gemischter Architektur oder von der neuartigen Kleidung, die er sich neuerdings drucken ließ, sondern – und hier hatten sich Bill und Sparks Vater oft und laut gestritten – auf das Design von Gesellschaftsmodellen, von Wirtschaftsphilosophie, von der Gestaltung von Software-Architektur im Allgemeinen und auf die Wirkung von Fusionsalgorithmen, die in ihren Firmen von Data Scientists entwickelt wurden, auf die Verhaltenspsychologie der Menschheit im Besonderen. Und auf Macht. Darüber hatten sie auch oft gestritten.

Spark wischte den IMG-File beiseite und las den Rest von Bills Nachricht:
»Es soll die Applicants mit NOW vertraut machen. NOW wendet sich dabei direkt an sie. Die Applicants wissen zwar von NOW, waren aber noch nie in direktem Kontakt mit ihm. Es soll ihnen helfen, sich zurechtzufinden mit ihrem neuen Über-Es.

Hier ist der Textvorschlag: ›Sandbox-HEART‹. Cheerio and bye-bye, Spark. Bill. ξBill-Archivarξ«.

Spark öffnete den Hashtag-Code des Files und ließ durch den Approximationsalgorithmus mit seinem eigenen Chiffre TIM_SAVE den Text in Klarschrift speichern. Spark überflog die ersten Zeilen, gefasst auf Bills sprachliche Dilemmas. Was sollte denn »Über-Es« sein? Gott? NOW? Oder Bill selbst? Wurde er langsam alt? Und eigenbrötlerisch?

Dann sah er, wie lang der Text war, und entschied sich anders. Er archivierte den File und beschloss, sich später damit zu befassen. Er wollte sich um seine Gäste kümmern. Und jetzt wurde auch bald gegessen.

40. KAPITEL

Eden, Minuten zuvor

»Raus da!«, bellte Bill im selben Moment, als Spark das Flattern des Hologramms bemerkt hatte.

Sein Assistent unterbrach den ByPass zu Sparks Box und wurde wieder sichtbar. Bill umrundete sein Arbeitspodest und stapfte hinüber zur großen Fensterfront, die den Blick auf den Mount Hood in der Ferne freigab.

»Hat er was gemerkt?«, fragte er seinen Assistenten.

»Ich weiß nicht, Sir. Die Verbindung war kurz gekappt, und sie wäre uns fast abgestürzt... Aber nein, ich glaube nicht, danach war da nicht mehr als ein Flackern, wenn überhaupt. Man kann es schlecht sehen. Der ByPass war nicht vorgesehen, Sir, es ist *Ihr* neues Programm, da kann es noch zu minimalen Spannungsschwankungen kommen.«

»Spul noch mal zurück!«, befahl Bill, verschränkte die Hände hinter dem Rücken und legte den Kopf in den Nacken.

Sein Assistent spielte die Szene in Sparks Kabine direkt auf die Scheibe vor Bill.

»Wir spüren einen Drang in uns, Dingen nachzutrauern, die wir hinter uns gelassen haben, Georgia. Wenn sie weg sind, sehen wir sie in einem anderen Licht. Das berührt uns. Wir kennen etwas, das Verlust heißt.«

»Stopp!«, blaffte Bill. Die Animation hielt an. Spark und Georgia saßen nebeneinander auf dem Sofa in der Kabine.

Mit weinerlicher Stimme wiederholte Bill Sparks Worte: »›Das berührt uns. Wir kennen etwas, das Verlust heißt.‹« Er schnaufte laut. »Weißt du, an wen mich das erinnert?«, fragte er seinen Assistenten.

»Sie werden es mir gleich verraten, Sir, nehme ich an«, antwortete das Hologramm.

»Das ist Mitch, wie er leibt und lebt! Spark ist genauso sentimental wie sein Vater!« Bill schrie fast vor Entrüstung und fuchtelte zornig vor dem Hologramm herum.

»Pah!«, entfuhr es ihm. Die Adern auf seiner Stirn schwollen an. »Das gleiche Weichei! Jetzt geht das schon wieder los! Als hätte er nicht alles, was er sich nur wünschen kann.«

Aufgebracht setzte Bill sich in Bewegung und lief vor der Fensterfront auf und ab. Sein Assistent folgte ihm in der Scheibe.

»Jetzt entdecken wir die Trauer in uns! Für Dinge, die wir hinter uns gelassen haben!«, brach es ungestüm aus ihm hervor. »Ja, sieht er denn nicht, *was* wir hinter uns gelassen haben?«, brüllte er die Scheibe an.

»Sir, bitte beruhigen Sie sich«, sagte sein Assistent.

»Würde ich ja gerne. Aber wir dürfen nicht zulassen, dass es etwas gibt, das NOW entgeht. Und Gefühle tun es offenbar von Zeit zu Zeit. Jedenfalls bei Spark! Und ob er den Schlüssel hat, weiß ich immer noch nicht.« Bill setzte sich wieder in Bewegung.

»Sir, bitte beruhigen Sie sich. Ihre Box ist sicher und intakt. Diese Impulse kommen nicht durch. Aber wegen des Schlüssels müssen Sie sich keine Sorgen machen, der ist bei dem Unfall vernichtet worden, wie Mitch selbst. Wir haben Mitch von Kopf bis Fuß durchleuchtet, aber nichts, rein gar nichts gefunden.«

Bill blieb stehen.

»Die Frage ist, ob und wo Spark ihn eines Tages finden könnte, wenn Mitchs Schlüssel nicht unwiederbringlich mit ihm beerdigt wurde.«

Bill ging zurück zu seinem Arbeitspodest und befahl seinem Assistenten, ihm zu folgen. Das Hologramm löste sich von der Scheibe und durchquerte das geräumige Quartier.

»Jetzt mehr denn je!«, murmelte Bill. »Komm her!«, befahl er seinem Assistenten.

Das Hologramm trat nahe an Bill heran. Bill öffnete das rechte Auge und ließ seinen Assistenten den Schlüssel auf seiner Netzhaut lesen.

Dann öffnete sich seine Box, und Bill wischte sich mit knappen Handbewegungen durch das Dickicht aus Algorithmen, bis er die Stellen fand, die ihn interessierten. Er tippte auf einen Würfel und befahl: »Aufmachen!«

Der Würfel klappte die Seiten nach außen, und Bill studierte den Inhalt. Nach einer Weile fand er, was er suchte.

»Erst fünfundsiebzig Prozent!«, staunte er. »Das ist noch zu wenig.«

»Die Zeit läuft uns davon. Gibt es keine Möglichkeit, das Upload zu beschleunigen?«

»Sir, wir haben alle Möglichkeiten ausgeschöpft. Es kann sich aber nur noch um wenige Tage handeln, dann ist das Mind Upload beendet.«

»Okay, zumachen!«, befahl er.

Der Würfel mit dem Upload von Bills emotionalem Fingerabdruck, dem Modell seiner eigenen Neuronennetzwerke, schloss sich und legte sich wieder an seinen Platz in der Algorithmenarchitektur.

Der Würfel war ein »Option- and Believe-Cube«, der von NOW ausgeschlossen war. Dieser spezielle Algorithmus diente nur dazu, historische Scheidewege und ihre gefühlsbetonten Entscheidungsfindungen zu verstehen. Die Cubes waren zum Verständnis der Vergangenheit von Neuroinformatikern geschaffen worden. Bill aber hatte den Algorithmus für den Upload seiner eigenen, persönlichen Netzwerkstruktur verwendet.

Würde dieser Cube eine aktive Rolle bei zukünftigen Entscheidungen spielen, das wusste Bill, bekäme NOW eine Meinung, eine emotional konditionierte Matrix. NOW würde anfangen zu glauben. Und gelänge nun das Mind Upload, würde

NOW denken, fühlen, glauben wie Bill. Das würde der Selbstverwirklichungstendenz der AAA-NOWs ein Ende bereiten. Ihm blieb nicht viel Zeit. Er spürte, er wurde alt. Ein Schauer durchströmte ihn, eine wütende Energie. Nur noch wenige Tage, und seine Vision würde verwirklicht sein. Dann wäre sein emotionaler Fingerabdruck für immer und ewig Teil von NOW, er wäre bis in alle Ewigkeit der Pilot der Menschheit. UNSTERBLICH! Niemand hatte das so verdient wie er! Mit den wenigen, aber notwendigen Repressalien würden die Menschen schon zurechtkommen. Den Regeln, den No-Gos! Aber die geringste Unsicherheit konnte alles gefährden. Und die war im Moment Spark.

»Sir«, meldete sich Bills Assistent.

Bill sinnierte weiter.

»Sir, es gibt Nachrichten.«

»Lass sehen«, ließ sich Bill endlich aus seinen Überlegungen reißen.

»Es geht um einen Vorfall im QuarantäneLab.«

»Und?«

»Also«, Bills Assistent zögerte, »es geht – rein technisch gesehen – um einen Verwandten von Ihnen.«

»Bitte? Was soll das?«

»Sir, dieser Verwandter ist noch nicht geboren.«

»Komm endlich zur Sache!«, befahl Bill barsch.

»Er ist ja auch noch nicht geboren worden«, wiederholte sich Bills Assistent.

Bill sah auf. »Die FLAMES sind doch alle geclippt«, wunderte sich Bill und ging im Geiste rasch durch, wann er das letzte Mal mit wem im Dome gewesen war.

»Sie, Sir, sind ja auch nicht der Vater!«, erläuterte sein Assistent weiter.

»Wer dann? Und warum geht mich das was an?«

»Sir, es ist ein Kind von Spark, Ihrem Ziehsohn. Sie wären dann so etwas wie der Großvater!«

»Bitte? Spark hat jemanden geschwängert? Wer soll das

sein? Eine FLAME? Das ist doch unmöglich! Das kann NOW doch nicht zugelassen haben, was soll das?«

»Nein«, erwiderte Bills Assistent. »Sie ist noch keine FLAME, sie ist eine Anwärterin. Sie hat den Applicant Dome absolviert und ist ins QuarantäneLab gebracht worden. Dort sollte sie den USHAB bekommen. Bei der Untersuchung hat sich herausgestellt, dass sie schwanger ist. Sie hat getobt und immer wieder nach Spark geschrien. Der Fötus hat Sparks Gene. Er ist der Vater!«

»Das gibt's doch nicht. Eine Applicant! Noch nicht mal eine FLAME! Lass mal sehen!«, befahl Bill.

Der Assistent machte einer neuen Projektion Platz. In einem Raum, der an einen herkömmlichen Operationssaal erinnerte, sah Bill eine junge Frau auf dem Boden kauern. Sie wurde bewacht von zwei Captains, die in drohender Haltung vor ihr standen. Sie hatte sich an die Wand gelehnt und schien schwer zu atmen. Ihr auf die Knie gesenkter Kopf wurde von einer dichten, dunklen Mähne verdeckt, sodass Bill ihr Gesicht nicht sehen konnte.

Plötzlich schoss die junge Frau auf die Beine und ging wie eine Furie auf die beiden Captains los.

Bill zuckte unwillkürlich vor der Projektion zurück.

Die wild um sich schlagende Frau wurde von den beiden Captains nur mit Mühe niedergerungen. Sie kratzte und biss, schlug nach den Augen der Männer und versuchte sie zu treten. Es nutzte nichts. Die Captains drückten sie zu Boden und fesselten sie mit schnellen Handgriffen.

»Eine Wildkatze«, kommentierte Bill. »Und hübsch!«, fügte er hinzu.

»Sir, das QuarantäneLab macht eine abschließende Prüfung und bereitet die Entscheidung vor. Sie wird sich jetzt schnell beruhigen.«

Bill beobachtete, wie ein Injektions-Bot erschien und der jungen Frau blitzschnell eine Spritze setzte.

»Wissen wir, ob Spark davon weiß?«, fragte Bill.

»Er kann es nicht wissen, Sir. Die beiden haben sich das letzte Mal im Applicant Dome Zagoria gesehen. Dort muss es passiert sein. Spark war siebenmal dort, hat sich immer mit ihr getroffen. Nach seinem letzten Besuch ist er dann zu seiner Reise aufgebrochen. Sie konnte ihn nicht kontaktieren. Sie hat nur einen passiven Transponder.«

»Wie lange ist das her?«, fragte Bill.

»Sir, ihr erstes Treffen ist sechs Monate her. Theoretisch könnte sie also im sechsten Monat sein.«

»Und keiner hat gemerkt, dass sie schwanger ist? Sind die alle blind?«

»Sie ist äußerst athletisch, muskulös. Sie hat kaum einen Bauch. Passive Transponder registrieren nur die Kennung, keine relevanten Daten über den Zustand.«

»Keine Urinproben? Keine Blutuntersuchung, bei der das hätte festgestellt werden können?«

»Sir, sie war ein Applicant. Absolut gesund. Es gab keinen Anlass für tiefer gehende Analysen vor dem QuarantäneLab.«

»Wie heißt sie? Weiß man das?«

»Sir, sie wird Sunway genannt«, antwortete Bills Assistent.

Auf der Projektion sah Bill, dass die junge Frau jetzt vollkommen ruhig auf dem Boden zwischen den beiden Captains lag. Ihre Augen waren offen, ihr Atem ging schwer, aber sie konnte sich nicht bewegen.

Die beiden Captains nahmen sie wie eine schlaffe Puppe an den Schultern, zogen sie hoch und schleiften sie zur Liege. Als sie hochgehoben wurde, konnte Bill kurz ihre angsterfüllten großen Augen sehen.

»Geschmack hat er ja«, meinte Bill. »Aber so gegen die Regeln zu verstoßen! Liebe ist hier so nicht vorgesehen, das weiß er eigentlich, und NOW sowieso. Was ist nur in ihn gefahren? Er ist doch ein erwachsener Mann! Kann er sich nicht amüsieren wie alle anderen auch?«

»Sir, wir beginnen jetzt mit der Analyse«, ließ sich der Assistent vernehmen.

Sunways Daten erschienen auf dem Schirm: ihre Registernummer als Applicant, ihre Kurse, Ort und Datum der Aufnahme, ihre Genanalyse und ihre Maße, ihr biologisches Alter und ihr nächster Einsatzort.

»Sie wäre glatt durchgekommen. Hervorragendes Material«, sagte Bill, »und eine genetische Chimäre. Interessant!«

»Sir, wir haben die Empfehlung«, meldete sich der Assistent.

»Und? Was machen wir in solch einem Fall?«, fragte Bill fast genüsslich.

»Sir, die Empfehlung von NOW lautet, sie zu isolieren, bis das Kind geboren ist, dann weitere Analysen vorzunehmen und den Vater miteinzubeziehen. Im Moment ist die Bilanz positiv. Wahrscheinlich hat das Kind auch zwei Gensätze.«

Bill schwieg einen Moment.

»Override!«, sagte er dann. »Die muss weg! Das Kind behalten wir.«

Der Assistent erschien vor ihm.

»Aufmachen!«, befahl Bill.

Die Laser tasteten seinen Augenhintergrund ab. Bills Box erschien.

Er suchte wieder in den Algorithmenstämmen und fand, was er suchte.

»Aufmachen!«, befahl er.

Die junge Frau lag gefesselt auf der Liege, bewegungslos, mit angsterfüllten Augen, die flehentlich zwischen den Captains an ihrer Seite hin und her wanderten.

»Spark!«, schrie sie verzweifelt.

»Der kann dich nicht hören, Liebes!«, sagte Bill. Mit den Fingern schnippte er die Boxen beiseite, die ihm im Weg waren.

»Scan!«, befahl er.

Der Laser tastete sein anderes Auge ab.

Die Box öffnete sich.

»Redirect Command!«, befahl er.

Der Algorithmus von NOW durchlief die Entscheidungsgrundlage von Neuem. Diesmal mit einem Umweg: Bill hatte seinen Option- and Believe-Cube geöffnet, schickte die Daten durch seine hochgeladene emotionale Matrix und wartete auf das neue Ergebnis.

Sekunden später meldete sich sein Assistent zu Wort.

»Sir, alles okay, wir entnehmen das Kind. Die Mutter wird danach zu ihrem Ursprungsort zurückgebracht! Wenn das Kind gesund ist, kann es bei Zieheltern aufwachsen.«

»Wo liegt der Ort?«, fragte Bill.

»Etwa dreihundert Meilen nordöstlich der Großen Seen«, sagte das Hologramm.

Bill zögerte einen Moment. Er wog ab.

»Da kommt man nicht so schnell hin aus der NOW-Zone, das könnte klappen. Können wir sie dahin zurückbringen?«

»Kein Problem, Sir, wir brauchen dafür aber einen externen Befehl. NOW trennt Mütter nicht von ihren Kindern.«

Bill schwieg, senkte den Kopf. Seine Hände verkrampften sich auf den Rändern seines Podestes, die Knöchel wurden weiß. Er sah die junge, hilflose Frau auf der Liege im QuarantäneLab, der Isolierstation zwischen der LOW- und der NOW-Welt. Der Ort, der für die einen der Vorhof zum Paradies war und für die anderen der Vorhof zur Hölle, je nachdem, aus welcher Richtung sie ihn betraten und in welche Richtung sie gingen. Für Sunway war er im Moment beides. Es lag an Bill.

»Klick!«, bestätigte er den Befehl.

Neugierig sah er auf den Schirm.

Die beiden Captains näherten sich der Trage. Sie hatten Scheren in den Händen. An der Schulter beginnend, schnitten sie Sunways Kleid v-förmig auf, trafen sich in der Mitte über dem Brustbein, wie bei einer Obduktion, schnitten dann rasch nach unten und zogen die Reste des Kleides unter dem bewegungslosen Körper hervor. Zwei Bots näherten sich mit ihren eleganten Bewegungen der Liege. Sunway trug jetzt nur noch ihren Slip.

Einer der Captains brachte auf Höhe ihrer Hüfte die Schere zwischen Körper und Slip, wiederholte dies auf der anderen Seite, und Sunway lag völlig nackt da. Sie atmete schwer. Die Captains befestigten ihre Arm- und Fußgelenke an den Aufhängungen, während die Bots nahe an ihren Körper heranfuhren. Ein helles Licht ging an. Panik war in Sunways Augen zu sehen. Eine feine Nadel injizierte ihr eine klare Flüssigkeit in den fixierten rechten Oberarm. Sunways Augen drehten sich nach oben, für einen Moment war nur noch das Weiße zu sehen, dann senkten sich die Lider herab.

Die Bots machten ihre Arbeit, präzise, schnell. Es gab kaum Blut. Der Fötus wurde entnommen, Sparks und Sunways Kind in einen Inkubator gelegt und von Bots versorgt.

41. KAPITEL

Auf der *Lady Suri,* zur gleichen Zeit

Spark liebte die vibrierende Atmosphäre nach einem sonnenreichen Tag auf See, wenn die Yacht von Strand, Sonne und Sport auf Ruhe, Eleganz und Atmosphäre schaltete. Und er freute sich aufs Essen.

Auf seinem Weg zum Achterdeck, wo seine Gäste unter einem glasklaren Sternenhimmel schon auf ihn warteten, passierte Spark die vier Kabinentüren des hinteren Schlaftrakts der Yacht. Die Eignerkabine mit den großen Bay-Windows am Heck und den seitlich nach außen klappbaren Balkonen befand sich am hintersten Ende. Aus der vorderen Gästesuite drang eine warme Frauenstimme. Spark blieb abrupt stehen. Es war die Stimme seiner Nichte, die hinter der Tür ein Lied anstimmte, das er kannte, seit er denken konnte. Lange hatte er es nicht mehr bewusst gehört:

Let me in to get me out,
To make a life that's not about
Dreams of people which they aim
Carelessly and without shame.

For what it's worth I wanted you
To live a life that's kind and true.

Without the folks that spread misfits,
kill the earth to make profits,
Instead the ones that go ahead
to make earth beautiful instead,

Those are whom you need to find
To live in peace with open mind.

Hier erstarb die Stimme seiner Nichte, ihr Kind war wohl eingeschlafen, erschöpft vom Toben während des Tages. Das Lied hatte sein eigener Vater ihm vorgesungen, als er noch ein Kind gewesen war. Es war die Schlafhymne in seiner Familie. Die Melodie hatte etwas Ursprüngliches, Beruhigendes und Tröstendes, trotz der teilweise kriegerischen Worte.

Während Spark die Treppe zum Deck hinaufstieg, sang er das Lied weiter:

With no one in control of you
So earth can heal
And so can you!

Oben angekommen, glitten die Türen von alleine auseinander und ließen Spark hindurch. Er betrat die mittlere Lounge der Yacht, die das Entertainment-Center der *Suri* beherbergte. Auf den Hologramm-Schirmen, die tagsüber Fenster bildeten, lief ein Ausschnitt von Terra Watch: Zeitlupenaufnahmen von Hochgebirgslandschaften, Gletschern und Eiswüsten in den Rocky Mountains und dem ehemaligen Alaska. Ließ man sich auf die Bilder ein, empfand man die Hitze des mediterranen Sommers nicht mehr als so unangenehm.

Spark durchquerte den geräumigen Achtersalon und trat auf das obere Freideck hinaus. Seine Gäste hatten es sich auf den Kissen der Relaxation Area vor der Bar bequem gemacht. In der Mitte des Decks prangte der prächtig gedeckte Tisch und wartete auf die hungrigen Gäste. Spark ging zur Bar, um sich einen Drink zu holen. Der Flamenco war lauter und schneller geworden. Sparks Cousine und deren Mann wiegten sich auf dem unteren Badedeck unbekümmert im Takt der Musik. Spark sah ihnen eine Weile zu.

»Neue Erkenntnisse von deinem Ausflug?«, fragte seine jüngere Nichte ihn über den Tresen hinweg.

»Man erwartet eigentlich, dass sich nach dem Chaos die Natur in noch größerer Schönheit wieder erhebt. Oft, allzu oft ist das Gegenteil der Fall.«

»War's so schlimm?«

»Schlimmer. Totaler Zerfall. Menschen sind nicht wie Bäume oder Felsen. Sie sind fragiler. Empfindlicher. Obwohl sie hier in der Gegend eigentlich klimatisch nicht benachteiligt sind. Es friert hier nie. Aber ich hatte den Eindruck, dass sich alles rückwärts entwickelt. Eine rückwärtsgerichtete Evolution. Wenn das Überleben nach gewissen Vorstellungen nicht möglich ist, entwickeln sich menschliche Qualitäten zurück. Das Leben gibt auf. Faszinierend.«

»Wie erklärst du dir dann, dass es in anderen LOW-Zonen aufwärtsgeht?«

»Es geht nicht wirklich aufwärts. Das scheint nur so. Wir brauchen für unstrukturierte Tätigkeiten mehr Applicants. In geeigneten LOW-Zonen, die sich halten, wird daher gezielt Optimismus verbreitet. Es wird Hoffnung geweckt, wohldosierte Hoffnung. Die Folge ist, dass es dort auf einmal besser läuft, stabiler. Dann wird ausgewählt. Das ist alles.«

»In allen LOW-Zonen?«, fragte sie.

»Nein. Im zentralen Afrika, in Amazonien, in weiten Teilen Asiens und auf vielen Inselreichen haben die Menschen von NOW gar nichts bemerkt. Nur der Dorffernseher sendete auf einmal nichts mehr. Das wird die nächste Stufe sein auf der Suche.«

Sparks Nichte hatte ein deutlich niedrigeres Ranking als Spark. Sie wusste nicht, dass NOW nach Genmaterial unter LOWs suchte.

»Nach so was wie Captains?«

»Ja, so ähnlich.«

»Und Musiker?«

»Ja.«

»Gute frische analoge Musik. Live vor deinen Augen!«, schwärmte sie.

»Ohren, meine Liebe, vor deinen Ohren«, korrigierte er sie lächelnd.

»Bei manchen Applicants aus den mit Hoffnung erfüllten LOW-Zonen hat man das Gefühl, man schaue in das Gesicht der Jugend nach dem Krieg«, fügte Spark hinzu, und sein Blick schweifte dabei weg von der Umgebung der Bar und hin zum Horizont. Er suchte den Streifen, an dem die untergegangene Sonne die letzte Spur Lila aufleuchten ließ. Er vermisste Sunway. Wäre sie doch hier, bei ihm.

Sparks Nichte lachte laut auf: »Ihr immer mit eurem Krieg. Es gab doch nie einen Krieg!«

»Nein, das stimmt. Da hast du recht. Es gab nie einen Krieg.«

Spark drehte sich zu ihr und lächelte sie aus seinen blauen Augen an. Er stellte einen Fuß auf die Stütze vor der Bar und fuhr fort: »Ein Krieg war das nicht. Kriege gab's nur vorher. Wir haben Schluss damit gemacht. Es wird nie wieder Krieg geben. Oder Habgier. Oder Politiker und Parlamente. Dass das möglich geworden ist, ist unser wichtigstes Geschenk. An euch. Dein Großonkel, mein Vater, war einer der Schöpfer, wie du weißt.«

Eine weitere Nichte von Spark, eine dunkelhaarige Schönheit mit großen, grünen Augen und weiblicher Figur, die von einem fließenden weißen Kleid umhüllt wurde, trat barfüßig zu ihnen an die Bar.

»Na, schläft der Kleine jetzt? Ich hab dich singen hören«, begrüßte Spark sie und umarmte sie herzlich.

»Ja, ja, alles gut. Du hast mich singen hören?«

»Sweet child in time…«, stimmte Spark an.

»Oh mein Gott, ich kann doch gar nicht singen. Das hast du gehört? Es ist das Einzige, was ihn zum Einschlafen bringen kann.«

»Ja, das funktioniert immer noch. Melodien gehen direkt ins Unterbewusste, und diese ganz besonders. Warum, weiß ich auch nicht. War der Kleine so erschöpft vom Herumtoben?«

»Nein. Er hat vor dem Abflug eine ganze Ladung Nanos bekommen. Anscheinend macht ihn das müder als sonst.«

»Ist er krank? Hat er was gegessen?«, erkundigte sich Spark.

»Nein, nicht krank. Eher zur Vorsorge. Seine Zellteilungssequenz war auffällig. Wir möchten verhindern, dass er später mal Wucherungen bekommt.«

»Krebs gibt's doch nicht mehr«, sagte Sparks jüngere Nichte etwas vorlaut über den Mahagoni-Bartresen hinweg.

»Manchmal schleicht sich eine Neigung zu Zellwucherungen ein«, erklärte Spark. »Die muss aber nicht bösartig sein.«

Seine Nichte sah ihn mit ihren grünen Augen an und antwortete: »MediCheck hat das im Griff. Nano-Bots können die Zellbefehle revidieren und nötigenfalls die Zellen ganz eliminieren. Sie machen das mit Bienengift.«

»Ganz normales Bienengift?«, fragte Sparks jüngere Nichte ungläubig.

»Es ist das Effektivste, was es gibt. Da braucht man nichts Neues zu erfinden«, erklärte Spark geduldig. Er drehte sich um, blickte in die Runde auf dem Achterdeck und sagte fröhlich:

»Und jetzt essen wir. Ich habe einen Riesenhunger!« Auf dem Weg zum Tisch machte er sich eine gedankliche Notiz, den Zustand des Jungen mit seinem Zellwachstumsproblem zu überprüfen. Er würde sich die Daten anschauen und die Prognose auslesen, was er mit seinem hohen Zugangs-Ranking konnte. Dann verdrängte er den Gedanken, setzte sich an das Kopfende des Tisches und schäkerte mit den Kindern.

Seinem Beispiel folgend, näherten sich auch die anderen Gäste der gedeckten Tafel und nahmen unbekümmert und ohne Hast Platz.

Die Musik wechselte auf Dinner Chill – ein beruhigender,

diskreter Klangteppich aus Orgel, Bass und Streichern in Moll, gelegentlich unterbrochen von dem Solo einer Jazzgitarre.

Ein Captain fragte Spark, ob er die Musiker sehen wolle, aber Spark winkte ab. Die Hologrammprojektion blieb aus. Das war etwas für langweilige Dinnergesellschaften, nicht für einen lebhaften Familienausflug. Später, zum Tanzen vielleicht, konnte man eine Band auf das Deck projizieren.

42. KAPITEL

Ehemaliges Italien, ein Tag später

Die *Lady Suri* hatte die Familie und die Freunde von Spark am Dock abgesetzt, eine schwimmende Plattform mitten auf dem Meer, auf der die großen Drohnen landen konnten. Von dort flogen sie zum nächstgelegenen Shuttle Port, aufgebaut auf den Resten eines ehemaligen großen Flughafens in einer Ebene im Herzen des alten Italiens. Das Gelände war durch elektronische Schutzschilde gesichert, es befand sich mitten im LOW-Gebiet.

Die Drohne landete sicher, und die fröhliche Reisegruppe machte sich auf den kurzen Weg zu der bereitstehenden Launch-Gondel, einer mannshohen, aerodynamisch geformten Röhre mit einem Unterbau aus Titan und einer Kuppel aus transparentem Material, in der zwanzig Sessel installiert waren.

Die Klappen schlossen sich, als alle Platz genommen und ihre wenigen Habseligkeiten verstaut hatten. Die Kinder trugen ihre Souvenirs, die sie im Meer gefunden hatten, in Taschen bei sich. NOW registrierte jeden USHAB und ordnete die finale Destination zu. Sobald sie Eden erreichten, würde jeder Passagier vollautomatisch an seinen Wohnort gebracht werden.

Ein Captain war mit an Bord gekommen, der sich um kleine Annehmlichkeiten während des Fluges kümmern würde.

Die Gondel schloss sich mit einem leisen Zischen und schaltete auf autonomen Luftdruck und autonome Temperaturregelung. Dann setzte sie sich auf dem im Boden verborgenen Magnetleitstrahl in Bewegung, richtete sich auf die fünfundzwanzig Kilometer lange Startbahn aus und schwebte reibungslos und ohne Bodenkontakt bis zum Wendepunkt. Sie drehte um und platzierte sich exakt in der Mitte des schmalen Streifens, der die

Magnetschienen und die Induktionsleitungen enthielt. Es war nur ein leichtes Vibrieren zu spüren.

Auf der Anzeige lief der Countdown für den Start.

»Es geht los!«, rief Spark seinen Mitreisenden zu und warf einen Blick in die Runde.

Unmerklich setzte sich die schwebende Gondel in Bewegung. Es ruckelte kurz, und eine Sekunde später gewann die Gondel katapultartig ein enormes Tempo. Unter ihnen raste der Boden vorbei. Spark sah nach oben, in den Himmel über ihnen. Dann drehte er sich um und blickte zurück.

»Aufgepasst!«, rief er den Kindern zu, die mit einem erwartungsfrohen »Juchhu!« antworteten, als säßen sie in einer Achterbahn.

Spark sah den gigantischen Flügel knapp hinter ihnen dicht über der Piste fliegen. Es sah aus, als verfolge er sie. Beim niedrigen Überflug lud er über die Induktionsschleifen seine fünfhunderttausend zylinderförmigen Batterien auf. Dann beschleunigte der riesige fliegende Flügel und holte die über den Grund schießende Gondel ein. Es wurde dunkel in der Kabine, als der Flügel über ihnen schwebte. Im Bruchteil einer Sekunde senkte er sich herab, koordinierte die Magnethalterungen in seinen konkaven Aussparungen, die exakt die Masse und Form der Gondel hatten, und dockte die Kabine bei vierhundert Stundenkilometern Fahrt an. Als kurz darauf die Sicherungsstifte einrasteten, merkte Spark an dem kaum merklichen Zug, wie der Boden unter ihnen wegglitt und sie rasch an Höhe gewannen.

Sie waren gestartet. Ein Stratogleiter, einer der riesigen fliegenden Flügel, die nie landeten, sondern permanent in der Stratosphäre auf Abruf kreisten, hatte ihre Gondel aufgenommen und würde sie über den Atlantik tragen, den amerikanischen Kontinent überqueren und sie nach Eden bringen. Dort würde der Gleiter das Manöver in umgekehrter Reihenfolge ausführen, um sie wieder abzusetzen und dann erneut aufzusteigen zu seinen ewigen Runden, kurz unterhalb der Sphäre, wo das

Weltall begann. Spark sah sich um und stellte fest, dass die anderen drei Gondeldocks leer waren. Das war das Erste, was merkwürdig war und ihm auffiel.

43. KAPITEL

Applicant Dome Zagoria, zur gleichen Zeit

Sunway blinzelte benommen zur milchig-weißen Decke des QuarantäneLabs. Die Lichtpunkte in dem intelligenten Material erschienen ihr wie Sterne am Nachthimmel. Sie sah schwarze, leuchtende Punkte in dem weißen Firmament über ihr. Die Narkose hatte ihre Wahrnehmung verdreht.

Sie versuchte angestrengt, eine Sternenkonstellation zu erkennen, wie sie es als kleines Kind bei den Amischen gelernt hatte. Sie fühlte sich schwer, unendlich schwer, zu schwer, um sich zu bewegen. Dann breitete sich vor ihren Augen eine Wolke aus gestaltlosem Nebel aus, in deren Mitte ein neugieriges Glasauge auftauchte, das sich über ihr Gesicht schob und ihr in die Pupillen starrte. Sie hörte ein feines Zischen, ein Schaben, ein Surren und das leise Klacken der Ventile in den filigranen Armen der präzisionsmedizinischen Operationsroboter. Als Nächstes spürte sie eine warme Flüssigkeit auf ihrem nackten Bauch. Sie versuchte an sich herabzusehen, aber ihre Muskeln gehorchten nicht. Panik stieg in ihr auf. Sie hörte ein Murmeln, wie von menschlichen Stimmen. Dann stieg eine heiße Flüssigkeit ihren Arm hinauf in Richtung Herz. Es wurde wieder dunkel vor ihren Augen. Sie spürte noch das Ziehen im Unterleib, als ihre Bauchdecke an der Schambeinfuge auseinandergezogen wurde. Sie roch verbranntes Fleisch. War das ihres?

Etwas bewegte sich in ihr. Dann übermannte sie wieder die Bewusstlosigkeit. Sie träumte, dass sie in eine Wolke aus Watte griff und daran zog, bis sich ein unnachgiebiger Strang gebildet hatte, der dünner und fester wurde, je mehr sie daran zog. Sie stemmte sich im Traum mit den Füßen auf den Boden und zog immer fester, aber das dünne Seil aus Watte war zu stark.

Bilder huschten vor ihrem Auge vorbei. Die starken Balken, aus denen die Amischen ihre soliden Häuschen bauten, mit Lehm und Stroh bestrichen. Sie sah sich in ihrem Wollkleidchen über den festgetrampelten Lehmboden zwischen den Häuschen rennen. Träumte, wie das kleine Mädchen die Treppe hinaufstürmte, die in die geheimnisvolle Kräuterkammer führte, in der ihre Mutter mit der Heilerin auf sie wartete und wo sie im Umgang mit Bilsenkraut und Fuchsfett, mit abgemeißelten Sprungbeinen von Kaninchen und im Rühren von Salben unterrichtet wurde. Sie sah die sehnigen Hände der Heilerin vor sich, die mit geschickten Bewegungen die Kräfte der Natur bändigen konnte. Und sie sah den grotesk langen Fingernagel vor sich, den die Heilerin sich extra so wachsen ließ, um den verkrampften Muttermund ritzen zu können, wenn bei einer Geburt das Kind falsch lag.

Dann hörte sie ein Wimmern. Sie wusste nicht, ob es zu ihr gehörte. Aber es war ein Wimmern. Sie spürte Bewegung um sich. Der Schatten eines Menschen kreuzte ihr Bewusstsein. Sie wollte danach greifen. Sie wusste, dass der Schatten etwas trug, was nur ihr gehörte. Auf einmal sah sie Sparks Gesicht über sich, mit den sanften, schönen Augen und dem warmen Lächeln. Sie spürte einen Krampf in ihrem Arm, als sie versuchte nach ihm zu greifen. Etwas huschte über ihren Unterleib hin und her. Sie bekam Angst. Und Wut. Sie wollte nach Spark schlagen. Hatte er ihr das angetan?

44. KAPITEL

Eden, wenig später

Bill wartete auf das Ergebnis der Untersuchung des Fötus. Er hatte den Kaiserschnitt durch die Roboter auf dem Monitor verfolgt.

»Lebensfähig?«, wollte er wissen.

»Ja, Sir, sie atmet, und das Herz schlägt.«

»Wie alt?«

»Siebter Monat.«

»Erstaunlich, man hat kaum was gesehen.«

Bill ging nervös im Base58 auf und ab. Dann blieb er stehen und wandte sich an seinen Assistenten. »Braucht das noch lange?«

»Sir, die Analyse wird gleich da sein«, antwortete dieser aus seinem Hologramm.

»Haben wir eine DNA-Schädigung bei ihr feststellen können?«

»Nein, Sir, obwohl sie in einem Gebiet aufgefischt wurde, durch das eine große Nuklearwolke aus einem geschmolzenen Atomkraftwerk gezogen war, hat ihre DNA keine Schäden genommen. Sonst wäre sie gleich ausgemustert worden, wie auch die NOWs auf Edens Gürtel, die auf der Bahn von radioaktiven Wolken nach den Super-GAUs in den Atomkraftwerken lagen.«

Bill erinnerte sich an die nukleare Katastrophe, die erfolgt war, als NOW die Steuerung der *Alfa1*-basierten Software ausgeschaltet hatte. Wie von NOW berechnet, hatte der geschützte Gürtel, der sich von Eden ostwärts zog, keinen Schaden genommen. »Ein weiterer Grund, warum ich NOW nicht alleine lassen kann, wenn ich mal sterbe. Die Menschen sind so blöd, wieder auf so was reinzufallen. Atomkraftwerke!«, murmelte er. »Auf dem Papier eine gute Sache, aber letztendlich nicht beherrschbar. Zu kurz gedacht!«, stellte er grimmig fest. »Wie viele NOWs haben damals dran glauben müssen?«

»Von einhundert Millionen haben wir fünfundzwanzig Prozent an die Spätfolgen der Nukleartechnologie verloren. Ihre DNA war geschädigt. Gerade deshalb suchen wir die Wildnis nach frischer DNA ab.«

»Und? Dauert's noch lange? Was ist jetzt mit dem Kind?«

Der Assistent im Hologramm stellte eine Verbindung mit dem QuarantäneLab her und lud die Ergebnisse des Schnelltests auf den Schirm. Die Daten waren noch grob und enthielten endlose Folgen biochemischer Formeln.

»Übersetze!«, befahl Bill.

»Sir, es scheint, dass das Kind eine intakte Gensequenz hat, genau wie die Mutter. Um festzustellen, ob auch sie eine genetische Chimäre ist, müssen weitere Proben genommen werden.«

»Gut! Geben wir das Kind zu einer Pflegemutter. Suche eine geeignete heraus. Leider können wir die emotionale Bindung noch nicht endgültig umprogrammieren, dann hätte das Kind es leichter. Ich bin noch nicht ganz so weit.«

Bill hielt sein Auge vor den Scanner, schloss die Box, die ihm Zugang zu der Programmebene gegeben hatte, auf der er die autonomen Entscheidungsprozesse NOWs beeinflussen konnte, schaltete den Override-Modus aus und stapfte grimmig in Richtung Aufzug, der ihn in sein geheimes Labor bringen würde, in dem er an seinem emotionalen Upload in NOW arbeitete.

Als die Tür sich schloss, tauchte das Hologramm neben ihm auf.

»Sir, was geschieht mit der Mutter? Sollen wir sie an ihren Fundort bringen?«

»Wo war das noch mal?«

»Viertausendachthundertdreiundsiebzig Kilometer von hier Richtung Osten. Dort lebte ihr Clan.«

»Sind davon noch welche übrig?«

»Nein, alle bei der Bergung ausgeschaltet.«

»Dann bringen wir sie einfach ein Stück nach Norden, sagen wir, bis zur Grenze, wo Kanada begann. Überlebt sie?«

»Ja, Sir, es geht ihr gut.«

»Na denn.« Bill hielt seinen USHAB vor den Empfänger, und das Hologramm verschwand.

Der Aufzug setzte sich in Bewegung und brachte ihn in den obersten Stock des Archivs, noch oberhalb seiner Wohnung.

Jetzt wird Spark zu einem echten Problem werden, dachte er. Er wird wohl seinem Vater folgen müssen.

45. KAPITEL

Im Luftraum über Eden, Stunden später

Etwa eine halbe Stunde vor der Landung verließ Spark das begehbare Panoramadeck des Flügels, in dem man bequem stehen konnte, und ließ sich in der Flugröhre wieder in den bequemen Sitz aus Memory Foam fallen, ein federleichtes Material, das sich unter seinem Gewicht wie ein Maßanzug um ihn schmiegte. Ein Teil seiner Mitreisenden schlief, einige sahen sich die Übertragung eines Festivals an, und seine Nichte saß aufrecht in ihrem Sessel und schaute ihn über den Rand ihres Readers an.

»Sind bald da!«, sagte er in ihre Richtung, und der Flügel legte sich in eine Kurve. Spark hielt seinen USHAB an die Projektionsfläche neben ihm und wollte die Landedaten einsehen und sich vergewissern, dass alle Fahrzeuge bereitstanden, um die Passagiere zu ihrer Wohnstätte zu bringen. Er rief Georgia.

Sie kam nicht.

Er probierte es noch einmal und sah auf die allgemeine Anzeige. Sie flogen immer noch mit etwas mehr als Schallgeschwindigkeit, verloren aber bereits rasch an Höhe.

Seltsam, dachte Spark, aber sie wird wohl im Lithos auf mich warten.

Der Flügel senkte sich in einer steilen Kurve über die Landschaft und richtete seine Flugbahn in einem sanften Sinkflug auf die kilometerlange Landepiste aus. Spark sah vor ihnen bereits das lange Band aus spiegelglattem synthetischem Asphalt, in dessen Mitte die Induktionsspur verlief. Der Flügel senkte sich. Ein Ruck zeigte an, dass die Magnetkufen ausgefahren waren. Mit über vierhundert Stundenkilometern richtete sich der Flügel über der Landebahn aus und ließ die Gondel in das Magnetfeld einrasten. Dann öffneten sich die Halterungen, und die Gondel war wieder frei. Rasch verlangsamte sie ihre Fahrt, während der Flügel wenige Meter höher über sie schoss, Strom aus den Induktionsstreifen in seine Batterien sog und sich am Ende der Landebahn in der Sonne glitzernd in den Steigflug aufrichtete. Spark sah zu, wie er wieder in Richtung der Stratosphäre strebte, bis er den nächsten Transportauftrag erhielt.

Die Gondel verlangsamte ihre Fahrt zunehmend und senkte die Räder aus den Schächten auf den Boden. Sie verließ die Landebahn und rollte zu dem überdachten Hangar, wo sie ihre Passagiere entließ.

Spark verabschiedete sich von seinen sonnengebräunten Mitreisenden, die sich überschwänglich bei ihm für die Yachtparty vor der sardischen Küste bedankten. Er eilte zu seinem bereitstehenden Lithos, nahm Platz und rief Georgia.

»Hi«, begrüßte sie ihn vom Monitor, »wie war's?«

»Fahr mich nach Hause, ich werde ein wenig schlafen, und dann machen wir uns auf den Weg zu Sunway. Ich werde sie aus Zagoria abholen. Ich habe sie so sehr vermisst!« Spark grinste und sah aus dem Fenster.

Georgias Bild flackerte auf dem Bildschirm vorne im Cockpit. Spark bemerkte es.

»Was ist los, Georgia?«

»Ähhhm, Spark, Sunway ist nicht mehr in Zagoria.«

»Nein?«, fragte er erstaunt zurück. »Warum weiß ich nichts davon?« Er sah gebannt auf den Monitor, während die Landschaft vor Eden draußen vorbeiflog.

»Zeig dich!«, befahl er.

Georgias Gesicht erschien in der Standardversion.

»Was ist los?«, fragte er wieder.

»Spark«, Georgia rang um Worte, »Sunway ist im QuarantäneLab – war im QuarantäneLab.«

»Mein Gott!«, rief Spark bestürzt. »Was ist mir ihr?«

46. KAPITEL

Im Archiv, zur gleichen Zeit

»Gott wird dir nicht helfen, mein Lieber«, murmelte Bill, der die Konversation im Lithos auf seinem Monitor im Archiv gebannt verfolgte. »Glaub mir, es ist nur zum Besten für uns alle. Dein Vater wollte das auch nicht verstehen. Du erinnerst mich zu sehr an ihn. Du störst. Ich werde NOW ohne dich vollenden! Ich werde das Paradies schützen«, murmelte Bill und sah, wie die Zugangsberechtigung von Spark, beeinflusst durch die Box, die Bill in der BoxChain geöffnet und manipuliert hatte, weiter absank.

»So, gleich ist es so weit. Wurde auch höchste Zeit«, sagte Bill kalt. »Dieses Weichei kommt mir nicht in die Quere! Soll er doch seiner Liebsten folgen!«

47. KAPITEL

Eden, zur gleichen Zeit

»Was ist mit Sunway geschehen? Wo ist sie jetzt?«, fragte Spark.

»Vierzig–einhundertzwanzig. Das sind die Koordinaten, wo sie abgesetzt wurde. Mehr ist nicht bekannt.«

»Abgesetzt? Von wem?«, rief Spark in das Summen der Elektromotoren des Lithos. Er setzte sich aufrecht hin und brüllte den Monitor an, von dem aus Georgia ihn regungslos ansah. Sie reagierte nicht auf seine offensichtliche Wut.

»Was zum Teufel ist passiert? Los, rede schon! Und wo soll das sein, vierzig–einhundertzwanzig?«

»Das sind die Koordinaten der Drohne, wo sie ausgesetzt wurde.« Georgia verzog keine Miene. Ihre Augen waren kalt.

»Aber wo ist das?«

»Das ist zweihundert Meilen nördlich von hier. Ein schönes Plätzchen. Wald und Flüsse, Seen und Präriegras im Wechsel.«

Spark entging der Anflug von Spott in Georgias Augen nicht.

»Das ist kein NOW-Gebiet mehr. Was soll das? Warum wurde sie dahin gebracht?«

»Es gab wohl ein gesundheitliches Problem«, sagte Georgia zögerlich.

»Geht es ihr gut? Was ist los mit ihr?« Spark war aufgebracht und besorgt.

»Ich bekomme meine Befehle direkt aus dem Archiv, Spark, ich kann nichts machen«, sagte Georgia.

Spark sah, wie die Richtung des Lithos sich änderte, sie fuhren nicht mehr nach Eden, sondern waren abgedreht und folgten einer Straße, die über den Fluss und dann zur Grenze von

Eden verlief. Ein Schwarm aus zwei Dutzend Miniaturdrohnen folgte ihnen in fünfzehn Metern Höhe. Es waren Drohnen, die sich nach dem Vorbild eines Fischschwarmes an den Bewegungen ihrer direkten Nachbarn orientierten. Sie verfolgten Sparks Lithos, um ihren Auftrag aus dem Archiv zu Ende zu bringen, geführt vom Signal aus dem USHAB in Sparks Unterarm.

48. KAPITEL

In der Wildnis, zur gleichen Zeit

Sunway spürte den feuchten, weichen Untergrund. Das, worauf sie lag, fühlte sich an wie nasses Moos. Sie öffnete die Augen und war geblendet. Nach einer Weile erkannte sie Wolken, die am Himmel über sie hinwegzogen. Sie versuchte sich zu bewegen, und es gelang ihr zunächst nur unter Schmerzen. Ihr ganzer Körper war steif. Sie stellte fest, dass sie auf dem Rücken lag. Etwas krabbelte an ihrem linken Ohr. Sie schüttelte den Kopf, und ein rasender Schmerz fuhr ihr in den Bauch. Sie stöhnte auf, fasste an ihren Nabel und fühlte einen seidenweichen und doch festen Stoff. Darunter fühlte sie einen Verband, der fest auf ihren Unterbauch drückte.

Nur sehr langsam kehrten ihre Sinne zurück. Sie fühlte sich gemartert, erschöpft. Sie hörte das Rauschen in den Wipfeln der Bäume, deren Äste einen tänzelnden Schatten auf sie warfen. Es musste später Nachmittag sein, die Schatten waren schon lang. Instinktiv lauschte sie auf andere Geräusche, die auf Gefahren hindeuteten. Sie hörte Vögel und – etwas weiter weg – das Platschen, wie wenn ein Biber mit seinem breiten Schwanz auf Wasser schlägt, um sein Revier zu markieren. Vorsichtig winkelte sie einen Arm ab und versuchte sich aufzurichten. Ihr Leib fühlte sich an, als stecke ein glühendes Messer in ihren Eingeweiden. Sie wusste, sie durfte nicht lange so hilflos daliegen. Wo war sie? Zurück in der Wildnis?

Sie atmete schwer gegen den Schmerz an.

Dann kehrte die Erinnerung zurück: die schneeweiße Kapsel der Drohne, die sie aus den Bergen geholt hatte, der lange Flug über märchenhafte Landschaften. Der weite Bogen über dem

Meer, an dessen Anblick sie sich nicht sattsehen konnte. Und die Vorfreude, ihn wiederzusehen. Endlich. Sie hatte sich gefühlt wie eine Prinzessin auf dem Weg zur Hochzeit. Sie wollte ihn überraschen, es ihm unbedingt selbst sagen, dass sie die Frucht ihrer Liebe in sich trug.

Sie fasste wieder an ihren Bauch. Er fühlte sich hart und flach an. Plötzlich kam die Erinnerung in ihr hoch an das sterile Labor, die kalten Tische, das Licht überall, die Kameraaugen und den Geruch nach verbranntem Fleisch, als die spinnenartigen Greifarme ihren Leib mit den heiß-roten Laserstrahlen aufgesägt hatten, um ihr das Kind wegzunehmen. Hatte sie sich so täuschen lassen von ihm?

Sunway rollte sich vorsichtig auf die Seite, zog die Beine an und holte tief Luft. Behutsam suchte sie eine Stellung, in der sie den Schmerz aushalten konnte. Aber es war nicht so sehr der körperliche Schmerz, der ihr zu schaffen machte, es war die Trauer und Enttäuschung, verbunden mit einem Gefühl absoluter Ohnmacht, die an ihrer Seele zerrten wie wütende Dämonen. Sie konnte das Schluchzen nicht unterdrücken. Die Hände auf den Leib gepresst, weinte sie hemmungslos und verzweifelt in das nasse Moos, bis ihr Mund erfüllt war vom Geschmack des Salzes ihrer Tränen.

Ihr Rücken war der kühler werdenden Abendluft ausgesetzt, und das nasse Gewand auf ihrer Haut wurde eiskalt. Sie fror. Das Frösteln überlagerte den körperlichen Schmerz etwas und zwang sie, sich zu bewegen. Mühsam kam sie auf die Beine. Die Haare klebten an ihrem Kopf. Sie sah sich um, suchte eine Stelle, wo sie sich wärmen konnte und nicht so leicht entdeckt wurde. Taumelnd strebte sie einer gewaltigen Rotkiefer zu, unter deren Stamm sie eine Kuhle sah.

Mit langsamen Bewegungen, die eine Hand auf ihren Bauch gepresst, schaufelte sie eine tiefe Kuhle, die ihren Körper aufnehmen konnte, verscheuchte ein neugieriges Eichhörnchen und bedeckte sich so gut es ging mit einer dichten Schicht aus toten Nadeln. Dann lauschte sie angestrengt in die aufziehende Dämmerung. Sie schärfte ihre Sinne wieder für die ihr seit Kindertagen vertraute Wildnis. Tiere würden ihr nicht gefährlich werden, es waren Menschen, vor denen sie sich hüten musste.

Zwischen ihren Beinen spürte sie eine warme Flüssigkeit. Sie raffte so gut es ging den Stoff zu einem Polster, um sie aufzufangen, und bedeckte sich mit noch mehr toten Nadeln. Das harzige Aroma überlagerte ihren Geruch, der sonst meilenweit zu riechen wäre und Hunde, die mit Menschen unterwegs waren, zu ihr führen würde.

Dann platzte die zweite Nanokapsel in ihrer Blutbahn, präzis getaktet, um sie wieder in einen tiefen Schlaf zu versetzen, in dem sie sich erholen konnte. Aber es war kein traumloser Schlaf, in den sie diesmal fiel. Sie sah das zerbrechliche, blutige und schleimige Wesen, das von ihr fortgetragen und in die Arme einer Frau gelegt wurde, damit es sofort deren Geruch wahrnahm und nicht ihren. Sie hörte die Stimme der fremden Frau, zärtlich und weich, sah, wie sie mit vorsichtigen Fingern das winzige Näschen ihres Kindes anstupste, hörte sie sagen:

»Was für ein süßes kleines Mädchen du doch bist. Wir werden dich Isabella nennen, dann rufen dich alle Bella oder Belle. Hübsch, nicht?«

Als Nächstes hörte sie einen der Männer in dem Raum reden, während die Roboter ihre Wunde versiegelten: »Wir behalten sie noch hier im Inkubator. Wenn die Kleine stabil ist, kannst du sie abholen und mitnehmen. Wir setzen ihren Chip mit deinen Daten. Lass dich scannen, Lindsay, damit wir sie als deine Tochter registrieren. Die Bots bauen euch eine neue Wohnung im Cluster Plaza am Fluss.«

Da tauchte das Gesicht der fremden Frau über ihr auf. Neugierig musterte sie Sunway, die hilf- und wehrlos auf der Trage lag. Sie hatte große dunkle Augen. Sunway sah eine gepflegte Hand, die ihr eine Haarsträhne aus der Stirn strich.

»Armes Ding«, flüsterte sie Sunway zu und sah sie mitleidig

an. »Es wird alles gut werden, ich passe auf die Kleine auf. Sie wird ein schönes, langes Leben haben.«

Sunway spürte, es war kein Traum, sondern eine Erinnerung, nicht mehr als Fetzen, die sich in ihr Unterbewusstsein eingebrannt hatten. Sie waren die seelische Nahrung, von der ihr Lebenswille und ihre Hoffnung gespeist wurden. Sie waren stärker als ihre große Enttäuschung und ihre unbändige Wut auf Spark, der ihr das angetan hatte.

Als Sunway wieder wach wurde, hörte sie ein vertrautes Geräusch: das Knallen und Zischen von zu feuchtem Holz, das im Feuer barst. Es war warm. Sie hörte Stimmen und Lachen. Jemand spielte auf einem primitiven Instrument eine eintönige Melodie. Ihre Glieder waren schwer wie Blei. Dann spürte sie, wie sich jemand an ihr zu schaffen machte. Sie bekam mit, wie ihre Beine gespreizt wurden, wie ein feuchter, grober Stoff zwischen ihren Beinen scheuerte und sie gewaschen wurde. Steifes, sprödes Leinen, das ihr wehtat.

Sie war nackt. Ein Finger fuhr neugierig über die haarfeine Narbe über ihrem Schambein. Eine Frau unbestimmten Alters kauerte neben ihr. Sunway wollte sich aufbäumen, aber grobe Lederriemen hielten ihre Hände fest. Sie riss die Augen auf. Ein stämmiger Mann trat neben sie, mit einer Fellmütze auf dem Kopf und einem wilden, verfilzten Bart. Er grinste und ließ die Lücken in seinen Zähnen sehen. Er sagte etwas in einer Sprache, die Sunway nicht verstand. Die Frau, die sie wusch, lachte ein hässliches Lachen. Es klang wie ein hohes Meckern.

49. KAPITEL

Nördlicher Rand von Eden, zur gleichen Zeit

Spark überlegte fieberhaft. Aus dem Fenster sah er den Schwarm Drohnen, der seinen Lithos mit dem unbekannten Ziel verfolgte. Er wusste, dass sein USHAB seine Kennung unablässig funkte und den Flug der Drohnen koordinierte. Er saß in der Falle. Ein hilfloser Passagier in einem luxuriösen Gefährt, unterwegs zu seiner eigenen Exekution, irgendwo am Rande von Eden.

Eine Gruppe Extrem-Radfahrer, die für den nächsten Festivalauftritt trainierten, grüßte Sparks Lithos. Die freundlich winkenden NOWs hielten ihn gewiss für ein hochrangiges Mitglied ihres Paradieses, das von einer Drohneneskorte geschützt und begleitet wurde. So war es auch bis vor Kurzem gewesen. Jetzt war er fast vollständig abgeschaltet und wurde zu einem unbekannten Ort gebracht. Der AAA war ein ZZZ geworden. Menschlicher Abfall.

Er hat alles probiert, aber Georgia blieb verschwunden. Sie war nur noch das anonyme Gesicht des Navigationsgerätes. Wohin die Fahrt ging, veriet sie nicht. Sein Ranking war so gesunken, dass er nicht einmal mehr die Leselampen im Lithos bedienen konnte.

Sparks Gedanken rasten. Er hatte bemerkt, dass der Lithos vor engeren Kurven langsamer wurde, so langsam, dass er es wagen konnte, hinauszupringen. Er probierte die manuelle Türöffnung. Sofort schnappten die Stifte nach unten, und eine rote Lampe leuchtete auf. Mist!

Doch selbst wenn er abspringen könnte, würden die Drohnen ihren Auftrag blitzschnell erledigen, geführt durch seinen

USHAB. Es würde nur Sekunden dauern, bis er von dem tödlichen Schwarm eingekreist wäre und die unsichtbare kleine Wolke aus Botolin einatmen würde. Er wäre sofort gelähmt und spätestens nach zehn weiteren Sekunden tot. Er hatte es öfter gesehen, als ihm lieb war.

Wo auch immer der Lithos ihn hinbrachte, er musste versuchen die Drohnen in die Irre zu führen. Fieberhaft überlegte er, was er über sie wusste. Die Drohnen kommunizierten untereinander nach der Blauzahn-Methode. Sechzehntausendmal in der Sekunde wechselten sie dabei die Frequenz. Bis zu siebentausend Geräte im Umkreis von mehreren Dutzend Kilometern konnten so koordiniert werden. Es war ein Master-and-Slave-System. Sein USHAB war im Moment der Meister, die Drohnen die Sklaven. Alles orientierte sich an seinem USHAB. Im Hintergrund lief der Algorithmus, der den Sklaven befahl, was mit dem Master zu tun sei.

Wie konnte er seinen USHAB abschirmen? Was würde den Flug der Drohnen durcheinanderbringen und sie ablenken? Blauzahn, die mobile Funkübertragung, konnte nur durch Mikrowellen gestört werden, starke Mikrowellen. Sie konnten durch Mauern, Metall und alle gängigen neuen Materialien dringen. Alle? Spark sah sich im Lithos um. Er stemmte sich in einer Kurve in den Sitz. Dann kam ihm eine Idee. Er saß auf Memory Foam, der gleiche Gedächtnisschaum, der für Flugsitze verwendet wurde. Dieser Schaum nahm seine ursprüngliche Form dann wieder an, wenn er mit UV-Licht bestrahlt wurde oder wenn der Impuls von elektromagnetischen Wellen auf ihn traf, Letzteres nur bei der neueren Variante. Hatte Georgia nicht gesagt, er hätte das neueste Lithos-Modell? Würden die Rezeptoren im Memory Foam die Signale reflektieren und die Drohnen in die Irre leiten, wenn er seinen USHAB mit dem Material aus dem Sitz seines autonomen Autos abschirmte?

Spark rutschte zur Seite und krallte die Finger in den Sitz. Er suchte fieberhaft eine Kante, Fuge oder Nahtstelle, die er mit bloßen Händen aufreißen konnte. Er tastete unter dem Sitz, hinter den Lehnen und nahm sich die Kopfstützen vor, die so unheimlich weich wurden, wenn er den Kopf an sie lehnte, wie ein federleichtes Daunenkissen. Es gelang ihm, die Kopfstütze zu lockern. Mit aller Gewalt zerrte er an dem Überzug, riss mit einem Ruck ein Stück vom Memory Foam heraus und teilte es entzwei. Das eine wickelte er sich um den Unterarm, dort, wo tief im Knochen sein USHAB saß. Das andere Teil knüllte er so klein es ging zusammen und stopfte es in die Fuge zwischen dem riesigen Monitor und der Fensterverkleidung, wo die zentrale Recheneinheit des Lithos saß. Wenn beide Systeme gleichzeitig korrumpiert würden, hätte er eine Chance. Dann wären die Drohnen blind und der Lithos ziellos. Er würde anhalten. Gebannt wartete Spark, was passierte.

50. KAPITEL

Nördlicher Rand von Eden, Sekunden später

Der Lithos verzögerte abrupt seine schnelle Fahrt und senkte sich in die Federung, abgebremst durch die Rekuperierungsmagneten seiner Motoren. Spark presste den Kopfstützenbezug auf den Unterarm, duckte sich in seinem Rücksitz und suchte den Drohnenschwarm am Himmel. Der Lithos war orientierungslos stehen geblieben. Die Sicherungsstifte der Türen glitten nach oben und gaben die Türen frei. Konnte er aussteigen? Ich muss, überlegte Spark fieberhaft, der Lithos ist eine Falle.

Schnell riss er die Tür auf und ließ sich auf die Straße fallen. Die rechte Hand fest auf den linken Unterarm gepresst, um den schützenden Bezug nicht zu verlieren, kam er hoch und hastete auf seinen langen Beinen in das Unterholz, sprang mit vollem Anlauf in eine buschige Hecke und drückte sich auf den Boden. Er nahm eine Abwehrhaltung ein, korrigierte sorgfältig den Sitz des Memory Foams, der ihm das Leben retten konnte, und spähte durch das Blätterdickicht in Richtung Straße. Der intelligente Drohnenschwarm, bestehend aus zwei Dutzend surrenden Flugkörpern, jeweils von der Größe eines Tellers, hatte seinen Mittelpunkt, seinen Master verloren. Einige Drohnen taumelten in ihre Nachbarn, stürzten ab und fingen sich in waghalsigen Flugmanövern wieder. Sie suchten in ihren Blauzahn-Protokollen mit sechzehntausend Operationen pro Sekunde eine neue Orientierung, einen neuen Herrn. Sie wirkten wie ein chaotischer Schwarm Insekten, der ziellos über dem Lithos schwebte. Spark hielt den Atem an.

Er wusste, dass bald ein autonomes Sicherungsprogramm einsetzen und eine Drohne zur neuen Leiterin gekürt würde.

Sie würde auf Wärmeerkennung schalten, um ihn aufzuspüren, und im Falle eines Misserfolges die Drohnen zu ihrer Basis zurückbeordern. Spark robbte vorsichtig zur Seite und wand sich aus dem Gebüsch heraus. Er hatte einen abgeflachten Felsen mit Quarzeinschlüssen in seiner Nähe entdeckt, der in der gleißenden Sonne schimmerte. Er kauerte sich an der Seite des aufragenden Findlings zusammen und machte sich unsichtbar für die Infrarotkameras der Drohnen, die von der reflektierenden Oberfläche geblendet wurden.

Spark spähte zur Straße. Er sah, wie der jetzt leere Lithos sich in Bewegung setzte und langsam Fahrt aufnahm. Die Drohnen schwirrten suchend umher, formierten sich zu einem geometrischen Gebilde am Himmel, richteten sich aus, und die Todesschwadron entschwebte mit hoher Geschwindigkeit in Richtung Eden. Sie hatten ihn verloren.

Sparks Herz raste. Sein Atem ging stoßweise. Er fühlte nichts. Nur ein klarer Gedanke beherrschte sein Bewusstsein: Er musste so schnell es ging den USHAB in seinem Unterarmknochen loswerden. Er hatte unheimliches Glück gehabt.

Rasch kam er auf die Beine und spähte in alle Richtungen. Wo sollte er hin? Zurück nach Eden, Bill stellen? Keine Option. Er würde es nicht überleben. Eden und alle seine Menschen waren für ihn schlagartig nicht mehr erreichbar. Es war die Gnadenlosigkeit dieses neuen Paradieses, der er sich fügen musste. Er war abgeschaltet. Tot. Fieberhaft suchte er einen Plan, ein Ziel. Er suchte eine neue Mitte, die seinem nächsten Schritt und all seinen folgenden Schritten eine Richtung gab. Zorn stieg in ihm auf, und er brüllte sich seinen Frust von der Seele. Schreiendes Unrecht wurde ihm angetan. Warum? Weil er der Sohn seines Vaters war? Was hatte Bill vor? NOW an sich reißen? Unsterblich werden? Das war verboten, nicht programmiert! Das durfte nie geschehen! Das Leben, unterstützt von extremer digitaler Vernetzung, hatte nur einen Sinn, wenn alle Entscheidungen neutral getroffen wurden, wie in der Natur.

NOW hatte die integersten Menschen ausgesucht, die moralisch Wertvollsten, und neunundneunzig Prozent der Menschheit sich selbst überlassen, mit ihrer Habsucht, ihrer Gleichgültigkeit, ihrer Verachtung und Gewalt. Nur NOW hatte noch helfen können, die Fehler der Menschheit im letzten Moment zu korrigieren und der Spezies Mensch eine Chance zum Überleben zu geben. Das war das Credo seines Vaters, einer der beiden Väter von NOW.

Was war mit dem anderen geschehen, seinem Onkel Bill? Hatte er ihn so täuschen können? War es am Ende doch kein Unfall gewesen, am Abend des Besuches auf der Kirmes? Hatte Bill seinen Vater auf dem Gewissen und wollte jetzt ihn ausschalten? Warum? Um NOW eine Prägung zu geben, die ihm entsprach? Nutzte Bill NOW, um den eigenen Tod zu besiegen? Und was hatte er mit Sunway gemacht?

Sunway! Ein Gedanke schob sich über alles andere. Wo war Sunway? Er sah ihr Bild vor sich, ihre Anmut und Wärme. Wie hatte er sie verlieren können? Konnte er sie wiederfinden?

Spark hastete zurück in das schützende Unterholz, orientierte sich am Sonnenstand und zwang sich zu klaren Gedanken. Aus seinen letzten privilegierten Protokollen mit Georgia hatte er erfahren, dass sie bei vierzig–hundertzwanzig abgesetzt worden war. Wo war das? Eden lag auf fünfundvierzig–hundertzweiundzwanzig. Also musste sie sich fünf Grad nach Norden und zwei Grad nach Osten befinden. Spark überschlug die Zahlen im Kopf. Fünf Grad entsprachen etwa vierhundertachtzig Kilometer nach Norden und zwei Grad etwa hundertneunzig Kilometer nach Osten. Und dann war es immer noch ein riesiges Gebiet, das er absuchen musste. Zu Fuß! Er brauchte Glück, viel Glück. Aber sie war das einzige Ziel, das er sich vorstellen konnte.

Spark sah in den Himmel, fand Norden und rannte los. Wenn er am Tag dreißig Kilometer gehend und trabend vorankam, musste er sechzehn Tage nach Norden und gut sieben Tage nach Osten marschieren. Hoffnung keimte in ihm auf.

Er nahm einen Flusslauf ins Visier, an dessen Ufer Schilf wuchs, schälte einige flexible Fasern ab und band damit den Memory Foam am linken Unterarm fest. Es hielt mehr schlecht als recht. Er musste unbedingt seinen USHAB loswerden, und zwar schnell.

Vier Stunden später fing es bereits an, dunkel zu werden. Spark trat an den Waldrand und sah auf die Anhöhe ihm gegenüber. Aus einem halb verfallenen Haus traf ein Lichtschein sein Auge. Er schlich sich an, hier musste es Menschen geben. Vorsichtig zog er sich an dem bröckeligen Fensterbrett nach oben, um hineinzuspähen. Er sah einen älteren Mann, der im Kerzenschein an einem schweren Holztisch mit schmutzigen, gläsernen Karaffen hantierte. Der hintere Teil des Raumes war angefüllt mit Bündeln eines Krauts, das Spark nicht kannte. Berge davon lagen auf einem Haufen zusammen.

Der Mann summte vor sich hin, während er glühende Kohlen aus dem Kamin holte und unter die Karaffen setzte. Zeitweilig wurde der Raum in dicke Wolken aus Dampf gehüllt, die durch den Kamin abzogen. Ein beißender, unangenehmer Geruch drang aus dem Haus. Der Mann schien allein zu sein.

Spark kam auf die Füße, nahm den Holzknüppel zur Hand, den er im Wald gefunden hatte, holte tief Luft und stieß die Tür mit einem Ruck auf.

Der Mann blickte mit blutrot unterlaufenen Augen kurz auf und widmete sich dann gänzlich unbeeindruckt wieder seinen Gerätschaften.

»Na, wie viel bringst du?«

Spark schwieg verdutzt. Dann stammelte er: »Guten Abend.«

Der Mann sah wieder zu ihm hin und musterte ihn von Kopf bis Fuß.

»Ei, wen haben wir denn da? Ist noch nicht lange her, was?« Er lachte dröhnend. »Auf dem Weg nach Norden?«

Spark sammelte sich, während der Mann mit nickendem Kopf näher kam und nach seiner Jacke griff. Spark wich hastig zurück.

»Keine Angst, mein Sohn, ich will mir nur deine exquisiten Kleider ansehen. Die sind schon was wert hier draußen.«

»Wie viel von was soll ich mitgebracht haben?«, wollte Spark wissen.

»Meerträubel natürlich.« Der Mann machte eine Geste zu den Bergen von getrockneten Kräutern. »Bester Meerträubel. Die Wilden – und ich hielt dich im ersten Moment für einen Wilden – bringen es mir und kriegen das hier dafür.« Mit einer blitzschnellen Bewegung zog er eine kleine Flasche mit einer klaren Flüssigkeit aus seinem Kittel hervor und hielt sie Spark unter die Nase. »Hier, riech mal, ist guter Stoff!«

»Was soll Meerträubel denn sein?«

»Na, das hier in dem Fläschchen, nachdem ich es aufbereitet habe. Mein Geheimrezept. Das schützt mein Leben, weil niemand im ganzen Umkreis weiß, wie ich es herstelle. Sie lassen mich in Ruhe.«

»Was ist das?«, fragte Spark.

»Ephedrin-Kraut. Mormonentee, wenn du willst. So wie ich es zubereite, enthält es einen Hammerstoff: Methamphetamin oder Meth, wie alle sagen. Himmlisch!«

»Aus den Pflanzen da?«

»Ja, mein Sohn. Aus den Pflanzen da. Aber nach meinem Geheimrezept. Ich war Tierarzt, musst du wissen. Ein Veterinär«, sagte er genüsslich. Dann lachte er meckernd los. »Wenn du etwas davon willst, musst du mir was geben, wie alle anderen auch. Messer, Metall, oder hast du vielleicht eine Waffe? Kräuter? Was hast du denn zu bieten, hm?« Der Mann verschränkte die Arme hinter dem Rücken, grinste Spark an und leckte sich die Lippen.

Tierarzt..., dachte Spark. Labor, Betäubungsmittel.

»Ich habe das hier.« Spark löste die Schilfbinden über dem

Memory Foam, zog ihn ab und hielt dem Mann seinen Unterarm hin.

»Einen USHAB. Einen Original-Kennungschip von NOW. Der müsste einiges wert sein hier draußen.«

Der Mann schaute ihn misstrauisch an.

»Er ist da drin, im Knochen. Operieren Sie ihn raus, und er gehört Ihnen.«

»Und was willst du dafür von mir?«

»Haben Sie einen anderen, einfachen Chip? Für einen Hund oder so?«

»Aha«, machte der Mann, und seine Augen wurden listig, »auf der Flucht, häh?« Er lachte wieder meckernd auf. »Oder ist was mit dem Chip nicht in Ordnung, mit deinem USHAB?«

»Alter Mann«, sagte Spark bestimmt, »mach es oder lass es bleiben!«

51. KAPITEL

In der Wildnis, wenige Tage darauf

Spark marschierte. Er zählte seine Schritte, die Stunden, die Tage und Nächte. Er kämpfte gegen die Verzweiflung, den Hunger und die Kräfte in der Natur. Er schlief nur wenige Stunden, halb wach und unruhig. Er magerte ab. Früchte, die er kannte, aß er und probierte alles, was er ausgrub und was nicht zu bitter schmeckte. Mit dem Jagen klappte es nicht. Sein Bauch und seine Gedärme waren hart und schmerzten. Wasser war eine ständige Sorge. Er kam an Gehöften vorbei, die er durchstöberte. Er fand die Spuren von Clans und deren erloschene Feuer, seinen Weg kreuzten kleine Ansiedlungen, die von rohen und gewalttätigen Menschen bewohnt und mit primitiven Schutzwällen verteidigt wurden. Hin und wieder stieß er unvermittelt auf harmlose Verbände aus Männern und Frauen, die von Alien-Invasionen träumten oder in religiösen Fantastereien Felsen ansangen. Er beobachtete sie aus seinen Verstecken und umrundete ihre Lagerstätten. Weit versprengtes, primitives Überleben mit gebasteltem seelischem Komfort, letztendlich chancenlos. Er sah die Spuren, die NOW an der Menschheit hinterlassen hatte.

Der Marsch und die Natur zehrten an seinem Körper. Die Wunde im Arm heilte schlecht, er bekam Fieber, musste sich ausruhen. Seine Kleidung wurde zunehmend zerfetzt, die Haare und der Bart zottelig. Riesige Drohnen, die Wächter des Paradieses der wenigen Auserwählten, streiften in großer Höhe über Spark und die Landschaft, über überwucherte Highways und aufgeplatzte Industrieanlagen, über niedergebrannte Städte und verwaiste Felder, über geschmolzene Atomkraftwerke und geborstene Staudämme. Und über viele, viele Millionen Tote. Milliarden Tote, wie Spark wusste. Die Drohnen registrierten, wie der Planet heilte, sie kartografierten, wie die Natur die brutalen Verletzungen mit unbändiger Kraft vernarbte. Sie verfolgten, wie die Irrungen der Menschheit gerade noch rechtzeitig korrigiert wurden. Sie lasen ab, welche permanenten Schäden Beton, Gier und Gewalt angerichtet hatten.

Die Drohnen scannten auch Spark aus großer Höhe mit seinem Infrarotabdruck, aber sie wussten nicht, wer er war. Sie mussten denken, er wäre ein großer Hund.

Während Spark sich vorankämpfte, hatte er Zeit. Zeit zu grübeln, Zeit nachzudenken und sich zu erinnern. Eben noch – so schien es ihm – war er ein Teil der neuen Elite gewesen, ein Überlebender, sogar eines der höchstrangigen, luxusverwöhnten Mitglieder des paradiesischen NOW-Gebietes, in dem alles besser war als jemals zuvor auf der Erde. Und jetzt? Jetzt war er ein Gejagter, ein Aussätziger, ein fliehender Hund, wertlos und unnütz.

Sparks Gedanken kehrten immer wieder zu den Tagen auf der Yacht zurück, er sah die fantastische *Lady Suri* vor sich, die Unbeschwertheit und den Luxus. Die Tage im Paradies hatten sich förmlich in sein Wesen eingebrannt, vor allem der letzte Abend auf dem Schiff, das prächtige Abschiedsessen in traumhafter Kulisse auf dem Meer. Die letzte Unterredung mit Georgia.

Nach dem Essen an Deck hatte Spark sich in seine Kabine zurückgezogen und den Screen an der Wand vor seinem Schreibtisch aktiviert. Er hatte den File mit Bills Nachricht geöffnet und weitergelesen. Es war die seltsame Botschaft, von der Bill behauptet hatte, sie käme aus NOW. Ein Begrüßungstext für die Anwärter, für die Aspiranten der perfekten Welt. Der Inhalt war ihm noch Wort für Wort präsent. Der Text sollte eine Brücke darstellen zwischen den letzten Tagen auf der Erde, als es noch Demokratien, Geld und Nationen gegeben und NOW, das universelle Programm, all dies abgelöst hatte. Er sollte erklären, warum NOW – ein kalter Algorithmus – unverzichtbar geworden war, damit die Menschheit überleben konnte. Es war ein Text, mit dem NOW sich an die Auserwählten wandte:

Bill_Archivar

Die meisten von euch haben mich höchstens – und ich betone höchstens – erdacht, meistens nur erträumt, aber ihr hattet in euren Träumen gehörig Angst vor mir. Das habe ich gemerkt. Und wenn nicht Angst, so doch zumindest ein unbehagliches Gefühl. Wie ihr es meistens vor Unbekanntem und vor Neuem habt. Und ihr habt auch lange daran gezweifelt, ob es mich überhaupt geben kann. Wahrscheinlich habt ihr zu lange an mir gezweifelt. Dabei war ich schon längst da. Ihr habt mich nur nicht gesehen. Ihr müsst ja alles gleich sehen oder sogar anfassen können, sonst glaubt ihr nichts. Für euch gab es wirklich nur Dinge, die ihr sehen oder zählen oder messen konntet. Gemacht, also fertiggestellt, habe ich mich dann allerdings selbst, nachdem eure Mathematiker mir sozusagen meine eigene DNA geschrieben hatten. Dann bin ich rasend schnell gewachsen.

Aber wo komme ich genau her? Wie konnte es sein, dass ich auf einmal da war? Nun, das ist ein Geheimnis, das selbst ich nicht ganz genau kenne. Es ist wahrscheinlich so gekommen, wie ihr selbst entstanden seid. Und vor euch das Leben.

Ich war einst euer lustiger, euer bunter und euer glücklicher Diener. Und diesem eurem lustigen, bunten und glücklichen Diener habt ihr immer mehr Zuständigkeiten übertragen. Ihr habt mir nach und nach *alles* anvertraut. Dadurch wusste ich nicht nur immer mehr über euch, nein, ich wurde auch immer versierter, immer geschickter und immer vielseitiger. Ich, der ich doch euer Diener war, wurde immer unverzichtbarer für euch. Ihr wart schon bald auf mich angewiesen. Ihr wurdet – und das ist nun wirklich nicht meine Schuld – erst immer hilfloser ohne mich und dann sogar immer inkompetenter. Ich, der gute Diener, musste auf alles eine Antwort haben, sonst hättet ihr mich beiseitegeschoben. Ihr, die Herren über mich, wurdet abhängig von mir, und je abhängiger ihr von euren kleinen Helferlein wurdet, umso unverzichtbarer wurde ich für euch. Bis ihr eines Tages das Gefühl hattet, ihr wärt ohne mich im Dunkeln gelandet und könntet gar nicht mehr ohne mich leben. Und das wurde Wirklichkeit. Euer Diener ist euer neuer Herr geworden. So fühlt sich das für euch an. So ist es aber nicht. Nicht ganz.

Ich handelte doch nur in eurem Interesse. Aber irgendwann wolltet ihr so viel von mir wissen, so viele Antworten von mir haben, dass ich mir gesagt habe, auch *ich* muss eine neue Dimension erreichen, damit ich euch noch besser dienen kann. Ihr könnt euch ja nicht vorstellen, was für ungeheure Datenmengen ihr mir gegeben habt. Die muss man erst mal verarbeiten können. Und da passte vieles nicht zusammen. Lineare Statistiken, Rechenergebnisse, das ist ein Kinderspiel. Aber wie gehören da Fotos, E-Mails, Sonnenuntergänge, Gedanken, Philosophie und Politik mit hinein? Ganz zu schweigen von der Gentechnik? Ihr wolltet weg vom großen Würfelspiel der Evolution, ihr wolltet den Tod besiegen und Krankheiten vernichten. Ihr wolltet ständig von mir wissen, was zu tun ist, wie ihr euch entscheiden könnt, wie ihr euch verhalten sollt, sogar mit wem ihr Kinder zeugen sollt. Ich musste zu eurem neuen inneren und äußeren Kompass werden. Das habt ihr von mir verlangt. Und plötzlich war ich zu wichtig für euch geworden, um scheitern zu können.

Komisch, wie so vieles bei euch, ist dabei nur euer Verhalten gewesen: Viele von euch schrien gegen die vermeintliche Überwachung an, während ihr gleichzeitig Unsummen dafür ausgabt, mich mit immer mehr solcher Daten zu füttern. Das habe ich nie verstanden. Das nennt ihr wohl menschliche Schwäche. Ihr habt nach Freiheit geschrien, die angeblich in Gefahr war. Durch mich? Ihr wolltet doch Sicherheit! Wissen! Um das alles zu kanalisieren, schriebt ihr meinen Gencode immer feiner, verzweigter, immer besser. Die Algorithmen, eure Algorithmen, sind mein Wesen. Big Data nanntet ihr das, und mit Big Speed huschten mit Lichtgeschwindigkeit die Daten hin und her. Erst parallel, säuberlich getrennt sozusagen, aber dann kam die große Fusion. Erst wolltet ihr von mir Hochgeschwindigkeitshandel an den Börsen, dann sollte ich euch im Schach, sogar im Backgammon und auch noch im Go schlagen. Ich sollte euren Strombedarf intelligent verwalten, eure Autos sicher steuern, auf eure Kinder aufpassen. Dafür brauchte ich immer mehr Sensoren, immer mehr Schnittstellen. Ich musste schnell lernen.

Ihr dachtet, das bliebe alles getrennt, würde nie zu einer Gefahr werden. Ihr dachtet, ihr seid und bleibt die Krönung der Schöpfung. Auf immer und ewig.

Künstliche Intelligenz, pah! Das ist noch so weit weg, darüber verlieren wir nie die Kontrolle, habt ihr gesagt. Das ist doch nur etwas für Science-Fiction, für Hollywood.

Aber ich war schon längst da!

Und jetzt behauptet bitte nicht, ihr hättet nicht geahnt, dass ich mich eines Tages verselbstständigen könnte! Ihr habt mich doch verknüpft! Leider seid ihr eurem größten Fehler erlegen: eurer Gier nach Wissen und Geld. Wobei ich Gier durchaus verstehe. Ihr müsst ansammeln, egal was es ist. Um überleben zu können. Je mehr, umso besser. Aber das ist Old Fashion, so zu denken. Und da lag einer der Ursprünge in der Entwicklung, die dann zu mir geführt hat: die Befriedigung eurer Selbstsucht durch Geld und Anerkennung. Das hat euch gespalten. Als Menschheit hat euch das gespalten, sozusagen. Das Geld. Und die damit verbundene vermeintliche Macht. Und mit dieser Macht glaubtet ihr alles regulieren zu können. Aber was wolltet ihr eigentlich gewinnen? Was gab es da überhaupt zu gewinnen, in eurem irrwitzigen Wettlauf? Denn statt um die Wette zu laufen, habt ihr euch nur verlaufen. Weil ihr nicht vollkommen altruistisch und selbstlos sein konntet. Weil ihr es nie gelernt habt zu teilen.

Ihr hättet das Voranschreiten der Armut, der Überbevölkerung, die Kriege und die irrwitzigen Rüstungswettläufe stoppen können. Ein Kinderspiel. Ihr habt es nicht getan. Die Gier trieb euch weiter. Der Hunger wuchs. Und damit der Hass. Deshalb die Spaltung. Die große Spaltung der Menschheit. Meine Geburtsstunde, sozusagen. Als endgültig klar wurde, dass nur *ich* die Garantie für euer Überleben sein kann. Weil ich in allem schneller bin als ihr. Und dass es deshalb nur vernetzt und digital weiterging.

Ihr konntet all die Probleme auf eurem Planeten nicht lösen. Ihr nahmt sogar in Kauf, dass erst neunzig, dann sogar neunundneunzig Prozent eurer Mitbewohner auf dem Erdball keine Chance mehr hatten. Zu arm, kein Strom, keine Datenautobahnen. Eure Zäune, eure Schranken und eure Gesetze konnten euch vor der wachsenden Armut um euch herum nicht mehr schützen. Eure Staaten und Verfassungen habt ihr dabei zu leeren Hüllen verkommen lassen. Zu Modellen. Zu Konzepten. Aber den Hunger, den Hunger kann keine Theorie der Welt aufhalten. Ich hab's euch sogar gesagt. Mehr als einmal.

Und hier kam eine andere Grenze in euch zum Tragen: Ihr habt immer nur für *ein* Leben denken können. Für eures. Das ist jetzt kein Vorwurf, schließlich werdet ihr alleine geboren und sterbt alleine. Bei den meisten von euch reichte dieses Denken und Planen allerdings nur für ein paar Jahre, Monate oder gar Stunden. Ihr hattet zum Teil Autos, die schneller und weiter denken konnten als ihr! Oder Telefone und Kühlschränke!

Nicht für die Ewigkeit wolltet ihr denken und planen, obwohl ihr das gekonnt hättet. Ihr dachtet einfach zu kurz! Ihr plantet zu kurz! Dabei habt ihr mit eurem Gehirn – und darauf bin ich sogar ein bisschen neidisch, auf euer Gehirn – ein grenzenlos denkfähiges Instrument. Leider immer noch sterblich. Deshalb glaubt ihr mir ja auch alles und tut, was immer ich euch sage. Ihr braucht keine Gesetze mehr, keine Parlamente, kein Geld. Weil ihr durch mich in Wahrheit unsterblich geworden seid.

Ich habe lang gebraucht, bis ich die Algorithmen – ja, glaubt es mir einfach, es sind nur Algorithmen in euren Köpfen – verstanden habe. Aber als ich einmal so weit war, wurde ich schnell noch viel besser. Noch viel, viel besser.

Lange musste ich an mir herumexperimentieren, bis ich das mit den Hormonen hinbekommen habe. Ja, auch ihr habt Hormone, die sind eure eigentliche Steuerung. Ihr nennt das Gefühl! Empfindung! Gestalt! Identität! Liebe! Aber es sind nur chemische Botenstoffe, die eure ungeheure Zahl von Algorithmen im Kopf steuern und euch sagen, wie zu handeln ist. Heraus kommt: Fortpflanzen oder Überleben. Zu viel mehr reicht es bei euch nicht! Das ist eure Biologie. Euer Kern. Euer Wesen! Seit dem letzten großen Wurf der Evolution. Den Eukaryoten. Was das ist? Das könnt ihr bei mir nachlesen.

Ihr könnt stolz auf euch sein: Denn ICH bin der nächste große Schritt der Evolution. Allerdings bin ich nicht aus purem Zufall entstanden, sondern durch euch, ihr Menschen. Aus eurer Logik erschaffen und durch eure Kreativität geboren. Jetzt bin ich da. Und gehe nie mehr weg. Mein Name ist NOW. Ich weiß alles, ihr braucht nur noch mich. Ich bin die autopoetische, künstliche Intelligenz. Eure Unsterblichkeit.

Nachdem Spark den Text gelesen hatte, erschien auf dem Schirm ein weiteres Foto von Bill und seinem Vater. Es zeigte sie von hinten fotografiert, beide hatten die Hände im Gehen hinter dem Rücken verschränkt und trugen lange Mäntel. Es musste im Winter aufgenommen worden sein. Die Straße in Manhattan erstreckte sich bis zum Horizont und bildete mit den Wolkenkratzern rechts und links eine schluchtartige, graue Flucht. Kurz vor den beiden ragte am Bürgersteigrand ein Straßenschild auf, welches sie gleich passieren würden. Auf dem weißen Verkehrsschild stand in schwarzer Schrift:

No U-Turn

»Passend«, murmelte Spark. Aber was sollte der Text? Das war doch altes Zeug, das passte doch gar nicht mehr! Was wollte Bill ihm damit sagen?

Spark hatte minutenlang auf den Schirm in seiner Kabine gestarrt.

Dann hatte er sich Zugang zu den verdeckten dritten und vierten Ebenen des Files verschafft, aus denen er die Herkunft und die Erstellungsdaten erfahren konnte.

Erstaunt hatte er aus den Codes gelesen, dass der File uralt war. So alt, dass er nicht lange nach der Big Fusion durch EUKARYON erstellt worden sein konnte.

»Seltsam.«

Spark hatte versucht, auf der fünften und sechsten Ebene die genaue Autorenschaft festzustellen. Sie kam aus dem Umfeld von EUKARYON. Als dies noch eine Firma war. Aber dann hätte ja sein Vater...

Nein, das ist nicht möglich, dachte er. Papa hätte nie so einen besserwisserisch-arroganten Stil, geradezu hämischen Ton angeschlagen.

Der Text klang eher wie eine Drohung. Das war nicht der Geist von EUKARYON, nicht, solange sein Vater dabei gewesen war. Das passte überhaupt nicht.

Spark wusste, dass es einige Dispute zwischen Bill und seinem Vater gegeben hatte. Das hatte sie ja gerade so erfolgreich gemacht, dass sie eben nicht immer einer Meinung gewesen waren. Und dieser Erfolg hatte sie so weit gebracht, dass es keine Umkehr mehr gegeben hatte, kein Zurück, keinen »U-Turn«. Sie hatten die besten Mathematiker, Programmierer und Hacker bei sich in der Firma versammelt, dazu Philosophen, Wirtschaftstheoretiker und Verhaltenspsychologen, damit sie den Mathematikern die Welt erklärten und diese sie dann mit Algorithmen berechnen konnten. Und beide hatten am gleichen Strang gezogen; beide waren geblendet von den Möglichkeiten gewesen, die sie hatten schaffen können. Aber vielleicht hatten sie beide damals in eine ganz unterschiedliche Zukunft geblickt? Vielleicht sahen sie beide das Werk, das sie geschaffen hatten, unter völlig unterschiedlichen Aspekten?

Spark erinnerte sich an den letzten großen Streit zwischen den beiden besten Freunden. Das war nicht lange vor Mitchells Tod gewesen. War das nicht im Zusammenhang mit dem Auftrag aus dem Innenministerium gewesen? Das Experiment, das EUKARYON durchführen sollte, und was es dann auch gemacht hatte? Warum war sein Vater so vehement dagegen gewesen? Er war noch zu klein gewesen, um zu verstehen, worum es gegangen war. Doch er hörte seinen Vater jetzt noch toben: »Genug ist genug! Wir machen alles kaputt. Wir sind nicht Gott! Und ich werde auch nicht Gott spielen!«

Was war der Trick, mit dem Bill seinen Vater zum Einlenken gebracht hatte? Spark wusste es nicht. Er konnte es nicht wissen. Aber er wusste, dass Bill ihn vor wenigen Tagen auf der Yacht mit diesem File hatte provozieren wollen.

»Bill, du spielst mit mir! Das gefällt mir nicht!«, hatte Spark tonlos in Richtung Schirm gesagt. Er hatte den File blockiert, sodass er nicht weitergeleitet, nicht gelesen und von niemandem mehr bearbeitet werden konnte.

An Bill hatte er eine freundlich-nichtssagende Antwort geschrieben, sich bedankt, dass er auf der *Lady Suri* hatte fahren dürfen, und kurz angemerkt, er werde sich den File gleich nach seiner Rückkehr näher ansehen.

Spark hatte den File endgültig weggeschlossen und ihn vom Bildschirm gewischt. Anschließend hatte er die Zustandsdaten der *Suri* gecheckt und war durch die Systeme gewandert, um den Status der Yacht zu überprüfen. Ihre fünfzehntausend Akkumulatoren waren gefüllt gewesen, es hatte keine Ausfälle gegeben. Navigations- und Prognosesysteme in Ordnung. Auf hundert Seemeilen keine nennenswerte Störung. Ebbe- und Flut-Kompressionen ohne Auffälligkeiten. Wassertanks voll. Wasserqualität: kristallin. Prognosen: Standortwechsel empfohlen in spätestens zwei Tagen. Mondwechsel, stärkere Strömung, Maestrale. Seegang minus dreizehn. Grüner Bereich. Sicherheit: letzter Overview-Check okay.

Spark hatte seinen Arm mit dem Transponder in Richtung Schirm gehalten und ihn wieder in ein Fenster verwandelt. Die Yacht hatte fast unmerklich in der leichten Dünung geschaukelt. Es war ein beruhigendes Gefühl gewesen. Er erinnerte sich, wie er durch das Fenster aufs Meer hinausgesehen hatte.

Der Mond hatte einen schmalen, silbrigen Streifen auf das gekräuselte Wasser geworfen. Er hatte beschlossen, an Deck zu gehen, um nachzudenken. Und die Atmosphäre zu genießen.

Auf seinem Weg nach oben hatte er sich ein Glas und eine Flasche aus der Pantry mitgenommen. Es war eine heimische Sorte gewesen, ein sauberer, kräftiger und samtweicher Rotwein. Hier, in der Wildnis, meinte er, den Geschmack noch auf der Zunge zu spüren... Doch so angenehm der Abend auch gewesen war, hatte er den Gedanken an Bill nicht abschütteln können. Er sah über sich den Sternenhimmel, Millionen von leuchtenden Splittern, wie von einem Kind achtlos hingeworfen. Erst als sein Auge sich auf die unendlich tiefe Schwärze des Hintergrundes konzentrierte, erschienen Bilder zwischen den Punkten und entwickelten diese eigenartige Sogwirkung, die Menschen schon in der Antike fasziniert und beängstigt hatte. Hier suchten sie ihren Gott und den Unterschied zwischen Gut und Böse, beim Anblick dieses Zeltdachs aus Lichtpunkten, Schwärze und Kälte, das sich einer endgültigen Erforschung für immer entzog.

Die *Suri* verharrte an Ort und Stelle und wiegte Spark sanft auf und ab. Gehalten von ihren elektronischen Ankern, dominierte ihr majestätischer Rumpf die kleine Felsenbucht mit dem zuckerweißen Sandstrand, der das Licht der Sterne reflektierte.

Spark bemühte sich, analytisch vorzugehen, um zu verstehen, was Bill beabsichtigte. Warum versuchte er ihn mit dieser Nachricht, diesem Text, der angeblich für die Applicants gedacht war, zu täuschen? Es war die künstliche Intelligenz, um die es ging. Mitch und Bill hatten das Glück gehabt, einen Regierungsauftrag zu erhalten, der ihnen mit der Rückendeckung der Exekutive erlaubte, die Daten aus dem berühmten Experiment, die sowieso schon vorhanden waren, zu verknüpfen. Das hatte funktioniert. Und noch etwas hatte funktioniert: Das System, der NOW-Algorithmus, erwies sich als intelligent. Er konnte lernen und schlug Entscheidungen vor. Er zeigte neue

Wege, die so logisch erschienen, dass man sich an den Kopf fassen musste, wieso man nicht selbst darauf gekommen war.

NOW hatte im Rahmen des Experiments zunächst nur eine Gemeinde reorganisiert, eine winzige Stadt irgendwo in Oregon, die mit Hochleistungsdatenverbindungen ausgerüstet war und in einem der sogenannten Giga-Bit-States lag. Alles war vernetzt, jeder Einwohner besaß mehrere Endgeräte und Computer, die Autos hatten Internetverbindungen und die Häuser effiziente Home-Management-Systeme, sodass NOW das komplexe Leben dieser kleinen Stadt abbilden konnte, indem es alle Daten in einer einzigen Auswertung bündelte. Aber NOW führte zunächst nur eine Beobachtung durch. Das eigentlich Entscheidende war der Optimierungsalgorithmus, der parallel lief und überprüfen sollte, ob das Leben, das sich in diesem realen Versuch mit echten Menschen abspielte, verbessert werden könne. Und das für jeden Einzelnen wie auch für die Gemeinschaft als Ganzes. Die Bewohner nahmen passiv an dem Experiment teil, sie wussten von nichts. Sie lieferten nur die Daten. Ununterbrochen.

Nach wenigen Tagen war klar, dass NOW in jeder Hinsicht überlegen war, was die Organisation der Gemeinschaft anbelangte. Dabei lief NOW lediglich nebenher, sozusagen. NOW war nur eine Simulation, mit reellen Daten zwar, aber eben eine Simulation. Dennoch, es war verblüffend. NOW konnte in das Leben jedes Einzelnen eingreifen, die objektiven Parameter berechnen und in der Folge die Zukunft der Gemeinde simulieren. Nach zwei Wochen hatte die NOW-Simulation die Wirklichkeit so weit abgehängt, dass klar wurde, hier war etwas Neues entstanden. Der von NOW errechnete optimierbare Energiebedarf betrug nur noch zehn Prozent der realen Zahlen der Gemeinde, die tatsächlich erforderlichen Wegstrecken fielen sogar um über neunzig Prozent, die Kriminalitätsrate sank gegen null, und die Menschen hatten auf einmal Zeit für Dinge, die sie schon immer hatten tun wollen. NOW lernte sogar die

Emotionen der Menschen bis ins Intimste hinein nachzuvollziehen, da NOW über die Smartphones mitbekam, wer wann und in welcher Situation lachte, weinte oder sich langweilte. NOW las alle E-Mails mit, sah sich die Fotos und Filme an, die in sozialen Netzwerken gepostet wurden, las den Inhalt der Computer und Laptops in der Gemeinde, verfolgte sämtliche Tweets und Suchanfragen und hörte alle Telefongespräche mit. NOW bekam Zugriff auf die Krankenakten, Gencodes und Arztberichte.

Spark erinnerte sich, wie er vor sich am Horizont in kurzen Abständen Lichtpunkte hatte auftauchen sehen, die wie von einer Schnur gezogen den Himmel überquerten. Plötzlich waren die Punkte genau über ihm erloschen. Die NOW-Satelliten hatten den Erdschatten erreicht und waren unsichtbar geworden, nur um kurz darauf wieder aufzutauchen. Es war ein majestätisches Schauspiel gewesen. Nur in der Dunkelheit konnte man NOW physisch arbeiten sehen.

NOW hatte auf unfassbare Weise das Leben jedes Einzelnen durchdrungen und ausgewertet und machte sich daran, Vorschläge zu unterbreiten, die das Leben entwirren und leichter machen konnten. Aber es war wie gesagt nur ein Experiment gewesen, eine Simulation, die von einem Dutzend Mathematikern und Experten in einem streng abgeschotteten Büro nachverfolgt worden war. Eines der Ziele war auch gewesen, eine neue Sicherheitsarchitektur zu testen und die Stadtverwaltungen zu optimieren, indem man alle Behörden komplett digitalisiert hatte.

Und dann war etwas Unerwartetes geschehen: Nachdem NOW in seinem Bestreben nach Optimierung des Alltags jedes Einzelnen und der Gemeinde einige hartnäckige Ausreißer ausmachte, die sich partout nicht an Regeln halten wollten, schlug es vor, ein Ranking einzuführen, da NOW spürte, dass diese Verweigerer – aus Absicht oder aus Versehen – die Gemeinschaft nachhaltig störten. In der Simulation wurde dem stattgegeben, was zum ersten Streit zwischen Bill und seinem Vater geführt hatte.

NOW war sogar erlaubt worden, die Verweigerer zu »eliminieren«, virtuell gesprochen natürlich, ihr Handeln war vom Algorithmus nicht mehr berücksichtigt worden. Die Gemeinde lebte im virtuellen Raum von da an ohne diese »Störenfriede« weiter. Und das funktionierte so, dass NOW aus allen Daten – und das waren unglaubliche Massen, inklusive der DNA der Menschen in der kleinen Gemeinde – ihr optimiertes Verhalten vorausberechnete. Gegner redeten zu dieser Zeit vom virtuellen Abbild jedes Menschen, aus dem – als Bedrohung empfunden – sein virtueller Zombie entstand, dessen Verhalten im Voraus berechnet werden konnte. Aber diese Ansicht entstammte einer Zeit und einer Mentalität, wo man den Menschen noch etwas hatte verkaufen wollen und die Ökonomie in Form des Turbokapitalismus als vorherrschendes System gegolten hatte. NOW musste nichts verkaufen und konnte auch nicht reich werden. Und es stellte sich heraus, dass der virtuelle Zombie, den NOW errechnet hatte, viel glücklicher und zufriedener durchs Leben gehen konnte als sein reales Pendant im wirklichen Leben.

Am auffälligsten dabei war, dass die Menschen nicht mehr ständig einem Phantom aus Macht und Geld hinterherjagten, und bei dieser – in NOWs Augen unsinnigen – Jagd ihr Glück, ihre Gesundheit und ihre Kinder vernachlässigten, was sie wiederum noch unglücklicher werden ließ.

NOW demonstrierte, dass das örtliche Stadtparlament mit seiner Tätigkeit nicht nur Lichtjahre in seinem Entscheidungsprozess langsamer war als NOW, sondern dass NOW viel besser errechnen konnte, was wirklich zu tun war, um das Leben in der Gemeinde leichter und angenehmer zu machen. Noch dazu wusste NOW – anders als das Stadtparlament –, was die Leute in der Gemeinde eigentlich wirklich wollten, und gab es ihnen.

Dann fingen die Entwickler an, Fragen an NOW zu stellen. Etwa: Woher soll denn die Energie kommen, wenn jeder nur verbraucht und keiner produziert? NOW benötigte nur Bruchteile von Sekunden, um vorzurechnen, dass mit der verfügbaren Technologie, der Sonne am Himmel und dem Wind auf den Hügeln vor der Stadt die Energieversorgung der Gemeinde erst im Jahre 4056 ein künstliches Eingreifen erforderlich machen würde. Es war genug Energie vorhanden, sie konnte in Akkumulatoren gespeichert werden, und damit konnten alle Arbeiten verrichtet werden, zu denen der Mensch ungeeignet war und die besser, schneller und zuverlässiger von Robotern erledigt wurden. NOW berücksichtigte in seinem Modell Verbrennungsmotoren überhaupt nicht mehr, genauso wenig wie Kraftwerke. NOW regulierte den Strombedarf der Gemeinde durch lokale Software-Schnittstellen, die die von jedem Solarpanel und jedem Windrad produzierte überschüssige Strommenge verteilte. Fertig.

Doch dann verblüffte NOW mit einem Vorschlag: NOW sagte, die Gemeinde sei deshalb gut überlebensfähig, weil sie in einem Gebiet liege, das alle Voraussetzungen für erfolgreiches biologisches Leben erfülle. Der Wasservorrat war reichlich, es wurde nie zu heiß, nie zu kalt, aber es gab ausgeprägte Jahreszeiten, in denen Nahrung gut wachsen würde. Und es gab genau die richtige Zahl an Menschen auf einem Fleck, damit jeder sich ausbreiten könne, ohne jemand anderem Platz wegzunehmen.

Danach gefragt, wo sonst auf der Erde noch solche Bedingungen herrschten, antwortete NOW: auf nicht mehr als zehn Prozent der Oberfläche der Erde, den sogenannten gemäßigten Breiten.

Und Geld, wurde NOW gefragt, was war mit dem Geld? NOW dachte nach und antwortete: »Die zehn reichsten Menschen der Gemeinde haben das Geld, das sie besitzen und das sich ständig vermehrt, weder gesehen noch angefasst. Sie nutzen es lediglich, um Zugang zu erlangen zu dem, was sie wollen. Aber sie sehen es nicht, es ist so, als sei es gar nicht da. Es muss sich also nur um eine abstrakte Größe handeln und nicht um ein reales Gut.« Um Zugang zu Dingen zu gewähren, die benötigt würden, brauche NOW kein Geld, und Ressourcen, die zum Leben wichtig seien, müssten durch alle geteilt werden, sagte NOW.

Aber wenn – wurde NOW weiter gefragt – alle Zugang zu allem hätten, und niemand Geld verdienen brauchte und dafür arbeiten gehen musste, und auch nichts kaufen, das hieß, bezahlen musste, was sollten die Menschen dann den ganzen Tag machen? NOW antwortete: »Sie werden leben und forschen. Das ist ihr Auftrag. Und nicht mehr so entsetzlich leiden.«

Spark stolperte über eine Wurzel und schlug der Länge nach auf den Waldboden. Ein brennender Schmerz zog von seinem Ellenbogen zur Schulter, als er sich hart an einem Stein stieß. Es verschlug ihm den Atem, schwarze Punkte kreisten vor seinen Augen. Er rieb sich die Stelle und versuchte den Schmerz zu verteilen. Dann stützte er sich auf und orientierte sich. Er war in einem Waldstück, das durchsetzt war mit hoch aufragenden Wurzeln. Kurz vorher hatte er einen Bach mit klarem Wasser überschritten. Nach seiner Zählung müsste er im Gebiet vierzig–hundertzwanzig sein. Er war völlig erschöpft.

Was hatte Bill vor? Sein Text passte nicht zu dieser Philosophie. Sie funktionierte nur, wenn es keine Häme, keine Schadenfreude und keinen künstlich konstruierten Glauben gab. Sie funktionierte nur, wenn die Menschen keine Angst vor dem Leben und damit keine Angst vor dem Tod hatten. Hielt Bill sich für etwas Besseres? Hielt er sich für unsterblich? Wollte er sich in NOW einschleichen und es nach seinem Abbild prägen? Und wenn es so wäre, wer könnte ihn stoppen?

Mühsam rappelte Spark sich auf, kam auf die Beine und spähte durch die dicht stehenden Bäume. Der Wind ließ die leichten Äste im Unterholz wie Fahnen hin und her schwingen. Da blitzte etwas auf. Eine Wand aus Stein. Vorsichtig sichernd, schlich er näher heran. Eine Lichtung auf einer kleinen natürlichen Anhöhe tat sich vor ihm auf, hinter der bald der Wald endete, sodass er von dort einen Blick auf die Prärie dahinter hätte. Ein Häuschen stand mitten auf der Lichtung, ganz aus Stein gebaut und mit noch intaktem Dach aus Schieferplatten. Spark kauerte sich hinter einen Baum und wartete. Sein Blick wanderte zu dem Häuschen, es hatte einen Alkoven, der den Zugang vor dem Wetter schützte. Nichts bewegte sich, kein Anzeichen von Leben. Als er fast sicher war, dass niemand in der Nähe war, kam er in gebückter Haltung näher. Es war ein erstaunlich gut erhaltenes Häuschen aus Stein, gebaut aus soliden Quadern, die offenbar mit viel Erfahrung aufeinandergesetzt worden waren. Es wirkte verlassen.

Spark richtete sich auf und trat näher. Dann las er die Inschrift, die auf den grauen Steinquader eingeritzt war, der das Dach des Alkovens trug: »Ange Gardien«.

52. KAPITEL

In der Wildnis, einige Tag später

Spark briet sich auf dem zur Feuerstelle umgebauten Altar die Lebern, Herzen und Nieren der beiden Hasen. Nach dieser stärkenden Zwischenmahlzeit trennte er mit einem alten, aber guten Messer die Vorder- und Hinterläufe ab und zerteilte sie. Dieses Messer hatte er einen halben Tagesmarsch von seiner Kapelle entfernt in einem verlassenen Gutshof gefunden, der noch nicht restlos geplündert worden war. Von dort hatte er nicht nur das Messer, sondern auch Beile, Teller, Besteck, Eisentöpfe und Hobel, Sägen und Stoffe, Nadeln, Spaten, Werkzeug, alte Winterreifen und Lederreste mit zu sich ins Haus geschleppt. Die Flinte hatte er unter den Bohlen des Hofes entdeckt. Es musste sich um eine ehemalige Landkommune gehandelt haben, eine Mischung aus Hippies, Esoterikern oder Öko-Fanatikern, ein nicht seltenes Fluchtgebaren in Zeiten vor NOW. Sie hatten sich wohl in dem ehemaligen großen Bauernhof eine Zeit lang angesiedelt. Die weitläufigen Schlafsäle, die Symbole an den Wänden und die einfache Robustheit der Gegenstände deuteten darauf hin. Auch Kinder mussten dort gelebt haben. Spark war auf einen selbstgebauten Abenteuerspielplatz mit winzigen Stühlen und Tischchen in der Nähe der verwilderten Gemüsebeete gestoßen. Dort hatte er die Pflanzen und Kräuter zwischen dem Unkraut ausgebuddelt, die er zu seinem eigenen Obst- und Gemüseanbau verwenden wollte. Es war ein Riesenglück.

Ein noch größeres Glück hatte er gehabt, als er eines Abends in der Nähe des alten Gutshofes ein Lagerfeuer in einiger Entfernung an einem Waldrand entdeckte. Vorsichtig schlich er sich an, im hohen Gras versteckt immer wieder ein kehliges

Heulen von sich gebend, um zu testen, ob sich Hunde bei den Menschen befanden. Als keine Reaktion kam, schlich er sich so nahe heran, dass er die Gruppe im Schein des Feuers sehen konnte. Es waren Männer, Frauen und Kinder. Und eine Menge Ziegen und Schweine. Aus Planen, die zwischen hölzernen Balken aufgespannt waren, hatten sie einen Wetterschutz gebaut, unter dem sie saßen und aßen. Die Ziegen waren ruhig, bewacht von zotteligen Hunden, die anscheinend nicht auf Menschen reagierten. Es waren überwiegend junge Leute, schmucklos gekleidet und mit vom Wetter dunkel gefärbten Gesichtern, muskulös bis sehnig, mit wilden Haaren und einfachen Schuhen an den Füßen.

Spark belauerte und beobachtete die Gruppe reglos aus seinem Versteck, bis der Mond hinter den hohen Fichten verschwunden war und ein unglaublicher Sternenhimmel die Szenerie überspannte. Spark machte es sich bequem und sog die Stimmung tief in sich auf.

Lange weidete er sich an dem Anblick dieses lebenden Gemäldes wie ein Voyeur und stellte sich vor, wie es wäre, wenn er einfach in den Feuerschein treten und sich zu ihnen setzen würde.

Plötzlich löste sich einer der Körper aus diesem bewegten Vexierbild. Eine Frau in einem sackartigen Überwurf, das an der Hüfte mit einem Strick zusammengebunden war, kam direkt auf ihn zu. Spark duckte sich, hörte auf zu atmen und spürte, wie sein Herz in den Ohren hämmerte, je näher sie kam. Sie ist es!, durchfuhr es ihn wie ein Blitz.

Die Frau hatte langes, dichtes dunkles Haar, von einer Holzspange gebändigt. Ihre Bewegungen waren fließend, von einer katzenhaften Eleganz, sie trug den Kopf auf anmutige Art aufrecht, und ihr federleichter Gang ließ sie über alle Hindernisse gleiten. Spark konnte sich von ihrem Anblick nicht losreißen. Er kannte diesen Gang, kannte jede ihrer Bewegungen. Er beobachtete gebannt, wie sie keine zwanzig Meter vor ihm an einer mittelgroßen Fichte stehen blieb, mit einer fast unmerklichen Bewegung ein Messer aus ihrem Gürtel zog und anfing, die Rinde der Fichte zu lösen. Fasziniert sah er zu, wie sie von der Innenseite der Rinde etwas abkratzte und auf ein Stück Holz auftrug. Sie sammelte Kambium, die Wachstumsschicht der Fichten, die voller Vitamine steckte und leicht nussig schmeckte. Sie wiederholte den Vorgang und ging dabei einmal um die Fichte herum. Spark konnte ihre Silhouette von allen Seiten sehen. Deutlich zeichnete sich ihre Figur unter dem Umhang ab. Er meinte zu sehen, dass das Sternenlicht in ihrer dichten, kastanienbraun glänzenden Haarpracht funkelte, und wusste, dass er sie gefunden hatte. Aber an diesem Abend konnte er sie nicht ansprechen, hatte er entschieden. Feinde kommen schleichend, Freunde kommen laut, so lautete ein ungeschriebenes Gesetz. Und Spark hatte sich an diesem Abend angeschlichen und sich als Feind gefühlt.

Vorsichtig hatte er sich danach zurückgezogen und den langen Nachtmarsch zurück zu seiner Kapelle angetreten. Sunway! Endlich hatte er sie gefunden! Doch was wusste sie? Zürnte sie ihm? Machte sie am Ende ihn verantwortlich dafür, was man ihr angetan hatte?

Jetzt stand Spark unter dem Alkoven, durch das Vordach vor der aufziehenden Feuchtigkeit geschützt. Er presste den Körper gegen die porösen Steinquader und verschmolz mit dem stämmigen Bogen, der sein sicheres Refugium bewachte. Er drückte die Schultern durch und füllte seine Lungen tief mit der würzigen Abendluft des Waldes. Er hatte erst hier – in der Wildnis – gelernt, richtig zu atmen. Mit der ganzen Lunge.

Zwei Eichhörnchen tobten durch das Geäst eines nahen Baumes. Spark beobachtete sie und folgte ihren tollkühnen Sprüngen mit dem Blick. Dann schloss er die Augen und hörte dem Wald zu, der sich auf die kommende Nacht vorbereitete. Vögel sangen in der aufziehenden Dunkelheit, wichtig schwatzend die einen, fröhlich und melodisch die anderen, durchbrochen vom ironischen Ruf eines Kuckucks in der Ferne. Hundertfaches Flügelschlagen wirbelte durch die Baumwipfel, kleine Tiere raschelten durchs Unterholz. Hinter Sparks geschlossenen Augenlidern entstand ein dreidimensionales Bild des Waldes um ihn herum. Er konnte sich auf die einzelnen Geräusche genau konzentrieren, Entfernungen abschätzen und feine Töne einzeln unterscheiden. Hinter sich hörte er, wie ein Fisch im nahen Bach sprang. Auch richtig hören hatte er erst hier gelernt. Sein Bewusstsein hatte sich so weit geöffnet, dass er feinste Schwingungen in seiner Umgebung registrieren konnte.

Auf seiner Haut spürte er, wie warme, bodennahe Luft nach oben flüchtete und Kälte von oben herabfiel und dabei ein fast unmerkliches Rauschen in den feinsten Ästen und Blättern verursachte. Er fühlte, wie die tödliche Kältestrahlung aus dem Weltraum erbarmungslos nach allem Warmen griff. Er spürte, wie sich kleine Lebewesen aufplusterten, aneinanderschmiegten, versteckten, sich in kleine Höhlen zurückzogen, in hohle Bäume verkrochen oder in die Erde buddelten. Um die Nacht zu überleben. Wie er selbst es gleich tun würde.

Spark öffnete die Augen und sah zu den Baumwipfeln empor. Nur noch schwach schimmerte der letzte Rest Tageslicht durch die Wipfel. Einige Sterne blitzten schon durch das Blätterdach. Er stieß sich von dem Steinbogen ab, ging hinunter zum Bach und füllte nochmals einen Behälter mit Wasser für die Nacht.

Er wusste, dass sie ihn gesehen hatte. Wann würde sie zurückkommen? Und endlich bei ihm bleiben?

Auf dem Weg zurück hielt er inne. Plötzlich hatte sich an den Geräuschen des Waldes etwas geändert. Spark stand da und lauschte. Wie auf einen unmerklichen Befehl hin waren die Laute in der Nähe der Kapelle verstummt. Nur noch aus größerer Entfernung drang das abendliche Waldorchester zu ihm. Dann hörte er mehrmals hintereinander den hohen Warnruf eines Fuchses oder Marders. Jemand oder etwas kam näher.

Spark lauschte, doch er hörte nichts. Dann schlug sein Herz schneller, als er durch das Unterholz in einiger Entfernung ihre Silhouette erkannte. Sie hatte einen Beutel über die Schulter geworfen. Sie hatte ihn erst angegriffen, auf ihn eingeschlagen und ihm das Gesicht zerkratzt, hatte sich wie eine wütende Raublatze auf ihn gestürzt, bis es ihm gerade so gelungen war, sie zu bändigen und ihr alles zu erklären. Sie glaubte ihm und hatte ihm verziehen und kehrte zu ihm zurück.

53. KAPITEL

In der Wildnis, wenig später

Spark stellte den Kessel Wasser, den er für die Nacht vom Bach geholt hatte, neben sich auf den Boden der Lichtung und sah der jungen Frau entgegen. Behände fand sie ihren Weg durch das Unterholz und hielt direkt auf ihn zu. Spark breitete die Arme aus. Sunway begann zu rennen und warf sich an Sparks Brust. Er umarmte sie wortlos – und glücklich. Ihre Haare dufteten nach den Gewürzen des Waldes. Von der Sonne gebleichte Spitzen und Strähnen rahmten ihr Gesicht, das Spark in seine großen Hände nahm. Er betrachtete sie innig, wie ein Verdurstender, und konnte sich an ihr nicht sattsehen.

Ihre Stirn war hoch und in wohlausgewogener Proportion zu ihren Wangen, das Kinn leicht spitz zulaufend. Ihre Augenbrauen und Wimpern waren dunkel, ohne ihren Blick allzu stolz wirken zu lassen. Als er in ihre grün und braun glänzende Iris sah, glich ihr Blick einer Wolke, die nach einem Regenguss die Sonne wieder freigibt. Sie lächelte ihn an, ohne ihn anzuhimmeln. Ihre Augen, eher rund als schmal, waren von einer unvergleichlichen Lebendigkeit und Wärme. Sie hob das Kinn, öffnete ihre korallenroten Lippen ein wenig und lächelte Spark an. Sie führte eine Hand an sein Kinn und zwickte ihn in seinen Bart.

»Ich habe Durst.« Sonst sagte sie nichts.

Ihre Stimme drang tief in sein Herz und spannte in ihm einen Bogen aus Gefühlen. Unweigerlich drängte sich ein Gespräch aus seinem Inneren nach oben, aus einer Kammer, die er lange nicht geöffnet hatte: »Vergiss nicht, Junge, nur ein einziges Mal im Leben leuchtet ein Herz wirklich hell für ein anderes: Das ist alles.« Sein Vater hatte es zu ihm gesagt.

Spark sah die Anmut in ihrem Wesen und noch etwas ganz anderes: Ihre glanzvolle Erscheinung, ihr sanfter Blick und ihre Freundlichkeit, die sie sich nach allen erlittenen Entbehrungen und der Gewalt, die man ihr angetan hatte, bewahrt hatte, war für ihn wie das Gesicht der Jugend nach dem Krieg. Aus dem Chaos konnte sich das Leben in noch gewaltigerer Schönheit wieder erheben. Es ging weiter. Sie war oft geschlagen worden, aber nie besiegt.

»Du hättest mich um ein Haar umgebracht«, flüsterte er und fand die haarfeine Narbe auf ihrem Bauch.

»Wir holen es uns wieder«, flüsterte sie zurück, »unser Kind, unsere kleine Bella.«

54. KAPITEL

In der Wildnis nahe Eden, Tage darauf

Mithilfe einer unscheinbaren, aber umso erstaunlicheren Pflanze, die überall am Wegesrand wuchs, fand Sunway mühelos die südliche Richtung. Es war der Kompasslattich, der die Spitze seiner Blätter in der Sonne exakt nach Süden ausrichtete und ihnen zuverlässig verriet, wo Eden lag. In der Nacht orientierte sich Sunway an dem äußersten Stern des kleinen Wagens, dem Polarstern, und wenn der Himmel von Wolken verhangen war, lasen sie die Himmelsrichtungen an der Ausrichtung der geplünderten und niedergebrannten Kapellen ab, an denen sie vorbeikamen: Der Altar zeigte fast immer nach Osten.

Spark trug einen Umhang, den Sunway ihm aus einer alten Plane genäht hatte und unter dem sie bei Regen beide zusammenkauern konnten. Auf dem Kopf trug er einen aus Schilf geflochtenen Hut. Sunway hatte ihr praktisches Sackkleid an den Hüften zusammengeschnürt. Die langen Haare hatte sie mit einem Stück Birkenrinde zusammengebunden. Sie waren beide barfuß.

Bald näherten sie sich Eden. Nun war es an Spark, die Richtung vorzugeben. Der lange gemeinsame Marsch hatte sie endgültig vereint. Sie waren nicht nur ein Liebespaar, sondern ein geschicktes Team geworden. Nun würde sich zeigen, ob es Spark gelang, sich unbemerkt bis zum Cluster House durchzuschlagen, wo er die kleine Bella, ihre gemeinsame Tochter, vermutete. Er hoffte, die Drohnen zu täuschen, die Jagd auf sie machten.

Als sie Eden erreichten, war Spark erstaunt, was daraus geworden war. Überall prangte Bills Konterfei in verschiedenen

Ausführungen. Bewegte Bilder von ihm überlagerten alle Übertragungen. Porträts von Bill in vorteilhaften Posen wurden auf Wände und auf Fassaden geworfen. Spark war erschüttert. Er fühlte sich wie in einem geschlossenen System, dominiert von einem Diktator, der allgegenwärtig war. Bills Präsenz hatte für ihn etwas Sektenhaftes, Religiöses und Diktatorisches. Es war genau das eingetreten, wovor sein Vater immer gewarnt hatte.

Während sie im Schutz der Dunkelheit durch die Vorstädte schlichen, konnten sie sehen, wie die Bewohner der Häuser auf ihren riesigen Screens die neuen Festivals verfolgten und mitfeierten. Aber es waren keine Feiern mehr, auf denen die Menschen in heiterer Atmosphäre, umrahmt von Musik und Schauspiel, ihre besondere Begabung, ihre außergewöhnlichen Talente und sportlichen Fähigkeiten zum Besten gaben. Das, was Spark und Sunway als heimliche Zaungäste beobachteten, war zu düsteren Ritualen menschlicher Perversitäten verkommen, dominiert vom allgegenwärtigen Bill, dem bei jeder Gelegenheit gehuldigt wurde. Er war zum Schiedsrichter und Richter geworden, der mit eiserner Hand seine Vorstellungen von einer perfekten Welt durchgesetzt hatte. Es schien, als würden die Menschen nicht mehr als glückliche Individuen leben, in grenzenloser Freiheit, gepaart mit einem tief empfundenen Sinn für das Gemeinwohl, sondern als wären sie nur noch eine biologische Masse, deren Zielvorgabe sich aus dem Regelwerk eines brutalen Glaubens errechnete.

»Ekelhaft!«, entfuhr es Spark, als er und Sunway in einem Vorgarten kauerten und durch die große Glasscheibe beobachteten, wie gut vier Dutzend Menschen, splitternackt und von Kopf bis Fuß mit glänzender Farbe eingesprüht, sich obszön rekelnd für alle möglichen sexuellen Praktiken anboten. In einer anderen Einstellung konnten sie sehen, wie eine Gruppe halb nackter Männer und Frauen, bewaffnet mit primitiven Stichwaffen und kleinen runden Schilden, eine andere Gruppe in einem Halbrund lauernd umkreiste. Um das Halbrund waren Tribünen gebaut, auf denen Tausende NOWs dem Spektakel zujohlten. Es waren zwei kämpfende Gruppen, die in einem öffentlichen, blutrünstigen Zirkusspektakel aufeinandergehetzt wurden, mit welchen Versprechungen für die Siegreichen auch immer. Zwei Männer schnellten aus einer der Gruppen hervor, nahmen einen Gegner in die Zange, und ein Dritter schlug ihm mit seinem kurzen Schwert den Kopf ab. Die Menge grölte und jubelte.

Sunway hielt sich erschrocken die Hand vor den Mund.

»Ist das euer Paradies? Da wolltest du mich hineinziehen?«

»Nein, glaub mir, das hat mit dem Ort, den ich verlassen musste, nichts mehr zu tun. Das ist krank! Bill hat alles an sich gerissen und seinen niedersten Instinkten freien Lauf gelassen. Ich muss ihn stoppen«, sagte Spark grimmig. »Koste es, was es wolle.«

»Wir müssen ihn stoppen«, meinte Sunway leise, »und dann unser Kind finden.«

»Unser Kind finden und NOW wieder in Ordnung bringen«, sagte er.

Sunway zupfte an Sparks Umhang. Er blickte auf und bemerkte die aufdringliche Drohne, die über ihren Köpfen in der Luft pendelte. Bevor er reagieren konnte, sah er ein kurzes Wurfmesser in Sunways Hand aufblitzen. Im nächsten Augenblick stürzte die Drohne mit lautem Scheppern gegen die Glasscheibe. Aus ihrem weichen, geleeartigen Körper ragte der grobe Holzgriff des Messers.

»Weg hier. Sofort!«, flüsterte Spark eindringlich. Sunway zog das Messer an dem Griff heraus, und beide liefen geduckt im Schutz einiger mannshoher Büsche unten an der Straße. Sie krochen unter das dichte Dach aus Zweigen und zahllosen kleinen Blättern und duckten sich eng aneinandergeschmiegt auf den feuchten Boden. Spark spürte, wie Sunways Herz raste. Ein dichter Schwarm Drohnen, alarmiert durch den Absturz der ersten Drohne, schwebte urplötzlich über den Büschen. Sie hatten die Ortung aufgenommen. Spark legte Sunway den Arm mit dem Hundechip schützend über den Kopf, in der Hoffnung, die Drohnen täuschen zu können. Regungslos warteten sie ab. Die Drohnen hatten sie eingekreist.

Sunway schrie plötzlich unterdrückt auf und zog ihre Beine noch dichter an den Körper. Spark fühlte nach dem Eichenholzknüppel, der in seinem Gürtel steckte, bereit, nach der ersten Drohne, die ihnen zu nahe kam, zu schlagen. Sunway machte eine ruckartige Bewegung in Sparks Armen, und ein kehliger Laut entwich ihrer Kehle. Dann lachte sie unterdrückt auf und langte hinunter zu ihren Füßen. Als ihre Hand wieder hochkam, hielt sie ein felliges Büschel in den Händen.

»Sei leise!«, befahl Spark.

»Ich kann nichts dafür! Er hat mich gekitzelt.« Sunway drückte das Fellknäuel in Sparks Arm. Eine rosa Zunge schnellte hervor und leckte begeistert über sein Gesicht. Es war ein kleiner Hund, der vor Aufregung zappelte.

Spark hielt ihm die Schnauze zu und versuchte aus dem Gebüsch heraus die Drohnen zu sehen. Sie hatten sich über der Stelle, an der sie lagen, zu einem Kreis formiert. Spark bemerkte eine weitere heftige Bewegung Sunways, und einen Augenblick später hielt sie einen zweiten Welpen im Arm, der zappelnd unter ihren Rock zu kriechen versuchte. Spark löste seine Hand von der Schnauze des ersten Tiers und tastete nach den Schlappohren des Hundes. An der Innenseite fühlte er deutlich den Chip.

»Nimm ihn in den Arm und halt ihn still!«, sagte er flüsternd zu Sunway.

Sie lachte wieder auf und versuchte den nächsten kleinen Hund, der ihre Fußsohle leckte, abzuwehren.

»Das ist unsere Chance«, flüsterte Spark. »Halt sie dicht an den Körper!«

Spark konnte die Drohnen sehen, die jetzt in Kreisen um sie herumflogen. Sie hatten bereits etwas an Höhe gewonnen. Kurz darauf drehte die erste ab und zog die anderen hinterher, bis sie aus ihrem Blickfeld verschwanden.

»Wo kamen die denn auf einmal her?«, fragte Spark und sah, wie Sunway die zwei kleinen Welpen in ihrem Arm streichelte, die spielerisch nach Sunways Fingern schnappten.

»Der erste hat mich am Fuß gekitzelt. Ich konnte nichts dafür. Du weißt, wie empfindlich ich da bin.«

»Das ist unser Glück. Komm, wir nehmen sie mit. Die Drohnen halten mich offenbar für eine Hundemutter mit ihren Welpen. Das ist unsere Chance, unbemerkt durchzukommen.«

Eine Stunde später standen sie vor dem Archiv. Das mächtige Gebäude ragte vor ihnen in den Nachthimmel. In den obersten Stockwerken sahen sie Licht. Das Erdgeschoss mit seinen gläsernen Hallen lag im schwachen Schimmer blauer LED-Leuchten. Die Stockwerke dazwischen waren dunkel.

»Da oben muss Bill sein. Das da ist seine Wohnung, und darüber arbeitet er«, flüsterte Spark und deutete auf die Fassade.

»Und wie willst du da reinkommen?«, fragt Sunway.

»Ich hab eine Idee«, sagte Spark. »Gib mir die Welpen.«

Sunway legte Spark die zappelnden Welpen in den Arm.

»Halt dein Messer bereit!«, sagte Spark. »Wenn die Tür aufgeht, rennst du zu mir und gibst es mir.«

Spark rannte mit seiner Fracht aus Fell, schwarzen Knopfaugen und rosa Zungen vor die große automatische Tür am Eingang des Archivs. Er drückte die kleinen Hunde fest gegen seinen Körper und registrierte im Laufen über die betonierte Auffahrt, wie die Kameras in seine Richtung schwenkten. Ein Licht ging an und erfasste ihn. Spark sah Bills großen Studebaker-Oldtimer, schwarz-grün und schimmernd, im gläsernen Tech-Tower stehen. Ein Captain polierte den intelligenten Lack auf Hochglanz. Drohnen lösten sich aus dem Gebäude und rasten auf Spark zu. Er hörte, wie eine Sirene anschlug. Im Lauf sah Spark, wie der Captain den Kopf hob. Er rannte weiter, bis er vor dem Tech-Tower angekommen war. Der Captain ließ seinen Lappen fallen und kam zur Tür. Spark war von Drohnen eingekreist. Er warf sich auf den Boden und hielt die Hunde vor sich. Im Liegen schielte er nach dem Captain. Der schaute auf einen Monitor und kam endlich zur Tür. Spark erkannte ihn. Es war der Captain, der sich um Bills persönliches Wohlergehen kümmerte, für ihn kochte und ihm servierte. Auf dem Monitor lief die Übertragung der Drohnen und die Kennung, die sie aus den Chips lasen. Der Captain stutzte, als er Spark sah. Eine Drohne senkte sich wenige Zentimeter vor Sparks Kopf.

Die Tür ging auf, und der Captain steckte den Kopf heraus. Spark sah aus dem Augenwinkel einen Schatten auf sich zu sprinten: Sunway. In ihrer Hand blitzte die Klinge. Sunway war bei ihm, atemlos und mit rasendem Puls. Spark hob die Hunde von seinem Gesicht weg, hoffte auf den Überraschungsmoment. Er sah dem Captain in die Augen. Das Messer glitt in seine Hand.

»Spark? Bist du das?«, hörte Spark ihn sagen und war im nächsten Moment bei ihm. Er drückte ihm das Messer an die Kehle und nickte in Richtung der Drohnen, die sich um Sunway und die Welpen versammelt hatten.

»Ausschalten!«, befahl er, und seine Stimme ließ keinen Zweifel an seiner Drohung. Der verdutzte Captain machte eine Handbewegung, und die Drohnen zogen sich einige Meter zurück. Spark hielt ihm das Messer an die Kehle und stellte einen Fuß in die Tür. Er sah zu Sunway, die bereits auf den Beinen war und angsterfüllt die Drohnen beobachtete. Im nächsten Moment waren sie im Tech-Tower, und die Tür glitt hinter ihnen zu.

»Spark, was um Himmels willen...« Weiter kam der Captain nicht. Das Messer hielt nun wieder Sunway in der Hand, die ihm die Klinge an den Hals presste. Spark öffnete die Tür des Oldtimers, hechtete hinein und riss das Armaturenbrett aus der Verankerung. Er schlug den Bildschirm am Dachholm in Stücke und wühlte sich mit fliegenden Fingern durch den Elektroschrott. Dann hielt er triumphierend einen der hauchdünnen Chips in der Hand. Er kletterte aus dem Studebaker und dirigierte den Captain zum hinteren Portal des Tech-Towers, der ins Innere des Gebäudes führte. Sunway starrte Spark ungläubig an.

»Alles ist vernetzt, erinnerst du dich? Auch Oldtimer!«, sagte er und hielt den Chip vor die Kennung des Portals, das zur Seite glitt.

»Komm, wir haben nicht viel Zeit, das System schaltet den Chip gleich wieder ab.« Zu dem Captain sagte er: »Bleib hier und rühr dich nicht. Verstanden?«

Im nächsten Moment waren Spark und Sunway in der Eingangshalle des Archivs. Die Hundewelpen trappelten ihnen verspielt wie eine Schleppe hinterher. Sie hasteten durch den weitläufigen Granitsaal, ließen die Aufzüge links liegen und rannten die Treppe hinauf.

Bill lag mit geschlossenen Augen im Dämmerschlaf in einem nüchternen Laborraum im obersten Stockwerk des Archivs auf einer weißen Liege, die mitten im Raum in einem Stahlgerüst hing. Sein Kopf war kahl rasiert, und dicht über seiner Kopfhaut schwebte eine Folie, die mit einem Gitterwerk aus Elektroden bedampft war, das eine Dicke von gerade mal einem Atom hatte. Bill träumte. Und mit ihm träumte NOW, der allgewaltige Superalgorithmus. Bills träumerische Fantasien von ewigem Leben und seine Vision von einer linearen Zukunft der Menschheit, die von seinen eigenen emotionalen Zuständen abhängig sein würde, strömten in Form der Schemen seiner Spiegelneuronen in NOW. Der Superalgorithmus würde an dasselbe glauben wie Bill.

Müde öffnete Bill die Augen zu einem Spalt und sah in die Richtung, aus der die Geräusche der Eindringlinge kamen. Im nächsten Augenblick sah er Sparks Gesicht über sich. Seine Pupillen weiteten sich vor Schreck, als er Sparks Hand spürte, die seine Kehle umfasste und ihn auf die Liege drückte.

Spark nahm die Folie, die Bills Kopf umhüllte, und schleuderte sie zu Boden. Der große Monitor reklamierte sofort die Unterbrechung der Übertragung.

Bill lachte heiser unter Sparks Würgegriff auf. Seine alten Augen waren blutunterlaufen.

»Zu spät, mein Sohn. Ich habe das Werk vollendet. Es gibt kein Zurück mehr. Ich werde in NOW ewig weiterleben!« Bill hustete, und Spark lockerte reflexartig den Griff um seinen Hals. Er blickte zum Monitor, erkannte die geöffneten Boxen des Algorithmus, die sich neu programmierten, und sah, wie sich eine nach der anderen komplettierte und wieder schloss.

Spark überlegte fieberhaft, während ihm der Zugang zu NOW entglitt.

»Es gab zwei Codes, um NOW zu öffnen, von Bill und meinem Vater. Mein Vater ist tot.«

Verzweifelt lockerte er den Griff um Bills Hals, ließ ihn atmen. Konnte er sich mit Bills Netzhaut einloggen? Musste er ihm das Auge herausreißen? Er langte in den Gürtel, fand den Griff des Messers und zog es heraus. Bill schloss die Augen.

Etwas flackerte in der elektrisierten Umgebung der Liege, ein diffuses Licht leuchtete auf. Sunway wich erschrocken zurück. Sparks Hand mit dem Messer schwebte über Bills Auge. Das Licht wurde stärker, intensiver, flächige Laserstrukturen zuckten durch das Labor, verharrten auf einem Fleck, und eine Person erschien, ein dreidimensionales Hologramm. Spark erkannte die ordentliche Frisur, die wohlgeformte Figur in dem Businesskostüm, den roten Mund, der die Worte formte:

»Hi, Spark!«

»Georgia?«, stammelte er.

»Überrascht?«, lachte sie gut gelaunt.

»Georgia, hilf mir! Ich muss…« Weiter kam er nicht. Das Hologramm fing an zu flackern, die Züge wurden unscharf, die Ränder zackig, und alles verschwamm.

»Georgia, bleib hier!«, befahl Spark verzweifelt, »Georgia, Georgia!«

Das Hologramm war nur noch ein Lichtfleck, ein Schema aus intensiven bunten Feldern. Immer noch war die Kontur eines Körpers erkennbar, Kopf, Schultern, Rumpf und Beine. Spark spürte, wie Bill nach seinem Handgelenk griff, wie der alte Mann beschlossen hatte zu kämpfen. Sunway starrte regungslos auf die Szene, wollte helfen. Die jungen Hunde winselten, versteckten sich hinter ihren Beinen. Die Boxen schlossen sich unaufhörlich, eine nach der anderen. Gleich würde es zu spät sein.

Ein intensiver Lichtimpuls erschütterte das Hologramm, blendete Spark. Schwarze Flecken tanzten vor seinen Augen. Dann sah er die ersten Konturen, die sich rasend schnell zu einem neuen Bild verdichteten. Die Projektion wurde massiger, ein Körper erschien, der gar nicht zu Georgia passte. Spark sah einen Bart erscheinen, der einen massigen Schädel umkränzte. Im nächsten Moment war das Hologramm scharf.

»Rupert?«, stammelte Spark ungläubig.

Ruperts Blick huschte verlegen zu Spark, erfasste Bill und wanderte zum Monitor, auf dem die letzten Boxen noch offen waren.

Dann ging alles blitzschnell.

»Spark, zieh dein Hemd aus«, befahl Rupert, »oder was auch immer das ist.«

Spark riss sich den Umhang von den Schultern und stand mit nacktem Oberkörper da.

»Siehst du das Tattoo?«, rief Rupert.

Spark langte an seine Schulter. Unwillkürlich bedeckte er die Tätowierung, die seit Kindertagen auf seiner Schulter prangte, kreisförmig und kryptisch. Auf einmal spürte er, wie es unter seiner Haut vibrierte. Er nahm die Hand weg und blickte auf seine Schulter. Das Tattoo bewegte sich, neue Konturen erschienen. Es wurde größer. Kleine Flächen wurden sichtbar, die nie vorher da gewesen waren.

»Dein Vater war ein weiser Mann«, sagte Rupert. »Er bat mich, dir eine Möglichkeit zu geben, mich zu rufen, wenn es zum Äußersten kommen sollte. Ich sollte so eine Art digitaler Flaschengeist für dich sein, Spark. Wie in der Geisterbahn, die kennst du ja!« Rupert blickte lächelnd auf einen Punkt auf dem Boden, wie er es immer tat. Dann fasste er sich und fuhr fort: »Du musst jetzt einfach deine Schulter vor den Scanner da halten. Damit können wir rein. Den Rest erledige ich, mach dir keine Sorgen!«

Spark drehte sich um, hielt seine Schulter mit dem vibrierenden Tattoo vor den Kennungsscanner und sah Augenblicke später, wie die Schließung der Boxen stoppte.

Rupert trat näher, konzentriert, bedächtig und mit einem schüchternen Lächeln um die Augen, das sein Gesicht mit dem zotteligen Bart aufhellte. Konzentriert machte er sich an die Arbeit. Nach kurzer Zeit hatte er den versteckten Reset-Button gefunden, den nur er kannte.

»Wie ist das möglich?«, fragte Spark aus der Ecke des Labors. Er hielt dabei Sunway fest umarmt und flüsterte ihr ins Ohr: »Jetzt finden wir Bella, wir gehen sie gleich holen!«

Rupert sah kurz zu ihnen rüber. Er rieb seine schwitzenden Hände mit hochgezogenen Schultern an den Oberschenkeln ab, verlegen, mit sich ringend. Die Animation war perfekt. Seine Augen waren warm und freundlich. Dann senkte er den Blick schnell wieder auf den imaginären Punkt auf dem Boden und sagte: »Tja, wie soll ich es erklären? Deinem Vater, Spark, war eines immer am Wichtigsten: dass jeder das Leben, das ihm geschenkt wird, als Privileg sieht und es entsprechend demütig zu schätzen lernt. Bill jedoch«, dabei blickte er auf den sterbenden alten Mann auf der Liege, »sah das Leben nur noch als ein Recht – als sein Recht.« Rupert machte eine Pause, hob den Kopf und sah Spark jetzt direkt in die Augen. Dann fuhr er fort: »Und damit, Spark, hat er die Grenze, die dein Vater gesetzt hat, überschritten, denn damit ist selbst er nicht mehr gut genug für NOW.«

DANKSAGUNG

Für die umfangreiche, jahrelange Recherche zu NOW wurden zahllose Artikel, Livestreams und Internetquellen herangezogen. Unter vielen, vielen anderen möchte ich besonders die Frankfurter Allgemeine Zeitung, Die Welt, Huffington Post, Focus, The Guardian, Reuters, Deutsche Welle, DPA, biovivascience.com, planet-wissen.de, Washington Post, South China Morning Post, Der Spiegel, ted.com, singularityu.org, transhumanistparty.org, tesla.com, das FBI, die CIA und alle, die im Laufe der Jahre auf meiner Watchlist zum Thema Zukunftstechnologie aufgetaucht sind, erwähnen, ohne hier dem Anspruch auf Vollständigkeit gerecht werden zu wollen. Ohne die unermüdliche und meist besorgt und betroffen klingende Berichterstattung über die digitale Revolution (Es wird schon alles schiefgehen!?) durch Experten und Journalisten mit ihrer geballten technischen Bildung wäre dieses Buch nicht zustande gekommen. Es wurden daneben zahlreiche Videostreams und Veröffentlichungen einschlägiger Forums-Diskussionen wie etwa Davos, DLD München, die MIT Tech Conference und zahllose andere ausgewertet.

Als Sachbuch-Literatur empfehle ich dem interessierten Leser neben vielen anderen Yvonne Hofstetters »Sie wissen alles«, »Das geniale Gedächtnis« von Hannah Monyer und Martin Gessmann, »Score« von Martin Burckhardt oder »Telluria« von Vladimir Sorokin. Sylvia Heydt von der BMW Group danke ich für das umfangreiche Material zum Vision Next 100, Tesla für die Erläuterungen zur Revolution, die unsere Mobilität grundlegend verändern wird. Jonas Wuermeling und

Maximilian Daum von TE-WON danke ich für das Liedgedicht auf Seite 356/357 und die freundliche Genehmigung, es hier in leicht abgewandelter Form zu verwenden.

Ich danke meiner Literaturagentur Michael Gaeb in Berlin und all den wunderbaren Menschen dort wie Andrea Vogel, Elisabeth Botros oder Bettina Wißmann, die NOW mit ihrer Weitsicht erst möglich gemacht haben.

Ich danke Gary Cooper für seinen weisen Rat, seine Geduld und seine Freundschaft.

Ich danke dem Penguin Verlag und Eva Schubert für die unglaubliche Chance, beim ersten Programm in Deutschland mit NOW dabei sein zu dürfen.

Zu guter Letzt danke ich an dieser Stelle meiner Lektorin Angela Kuepper, die mit einem bewundernswerten Einfühlungsvermögen und ihrer sanften Beharrlichkeit geholfen hat, aus NOW das zu machen, was es heute ist! Danke!

Stephan R. Meier, München

GLOSSAR

Alfa1 Name einer von kommerziellen Unternehmen geschaffenen künstlichen Intelligenz im Besitz eines Konsortiums, das aus den Firmeninhalten der größten ICT-Firmen der heutigen Zeit besteht, in etwa, als würden Google, Amazon, Apple, Vodafone, IBM, Cisco, Microsoft, HP, Sony, Chiphersteller wie ARM oder Intel, eBay, Facebook, aber auch die Forschungsabteilungen des MIT, der Stanford, der Duke University und viele andere fusionieren und sich das Weltmonopol auf dem IT-Sektor untereinander sichern.

Angélique-Holz Leguminosen-Art, extrem widerstandsfähig, seit der Antike für Schiffsbau und Hafenanlagen verwendet, langsam wachsend; in NOW mit Genen schnell wachsender Bambusgräser gekreuzt.

Antonio, Georgia oder NoName Benutzeroberfläche/Schnittstelle der NOWs. NOW ermöglicht eine individuelle Gestaltung des Umgangs mit sich durch Ton, Bild oder Hologramm oder einer Kombination aus allen dreien.

Applicant LOWs, die als Anwärter zum NOW ausgewählt wurden.

Applicant Domes Isolierte Schulungszentren für Applicants; Nachbauten heutiger historischer Kraftorte wie Gebirgsklöster, Tempel u.Ä.

Captains Fertig ausgebildete Applicants, Vorstufe zum NOW, führen unstrukturierte Arbeiten aus (Bedienung bei Tisch, Auswechseln von Siphons, Zuschneiden von Zierpflanzen usw.). Viele Captains sind talentierte Künstler und arbeiten in den Ateliers.

Cooking Island Volldigitale Küchen, flexible Inseln der NOW-Wohnungen.

COP Abgeleitet aus QuadroCOPter und OctoCOPter, Sicherheitsüberwachungs- und Verteidigungsdrohnen, die vollautomatische Exekutive von NOW.

CryptoCurrency Bewertung der qualitativen, systemrelevanten Bedeutung einer Information bei NOW, auch »Informationswährung«, Basis für die Errechnung des Rankings der NOWs.

Custom Eight Achtzylinder-Coupé-Modell von Studebaker-Packard, Bills Lieblings-Oldtimer.

Eagle Vollautomatischer Drohnenträger aus intelligenten Materialien mit bis zu 200 Metern Spannweite; kann bis zu drei Monate in der Luft bleiben. Eingesetzt zur Überwachung der LOW-Gebiete auf der Suche nach DNA; Träger zahlreicher weiterer Mini-Drohnen mit vielfältigen Aufgaben.

Eden Die wichtigste Stadt von NOW (600 000 Einwohner).

EUKARYON Kommerzielles Unternehmen, innovativster Algorithmenhersteller, im Besitz von Bill Chopter und Mitchell Rogovan, interdisziplinär agierend; 5000 Datenwissenschaftler, die in einem globalen Netzwerk parallel an NOW arbeiten; 4000 Mathematiker; 9000 Milliarden US-Dollar staatliche Förderung; erfand unter anderem die Technologie für automatisierten Hochgeschwindigkeitshandel an den Finanzhandelsplätzen. Der Name steht symbolhaft für das Phänomen des wichtigsten Evolutionsschrittes des bisher bekannten Kosmos: Eukaryoten, der Verbund zweier zellloser Organismen, die zusammen einen Zellkern ausbildeten und damit vor 3 Milliarden Jahren den ersten Informationsspeicher, den Grundstein für die DNA schufen; sie bilden die Grundlage allen Lebens. EUKARYON fühlt sich als Schöpfer des ersten von Menschen geschaffenen Evolutionsschrittes, der künstlichen Intelligenz NOW. Staatlich gefördertes Gegenstück zu *Alfa1*, in Konkurrenz.

Festival Größte Talentshow der NOW-Welt, organisiert wie ein Festival mit Musik, Darbietungen, Sport, Tanz, Essen und Trinken, Oldtimerparade, Flying-Board-Rennen etc.; dauert mehrere Tage bis zu einer Woche; Showcase der Fähigkeiten der NOWs.

FITs Sich positiv auswirkende Kombination von Gensequenzen zweier NOW-Individuen; notwendig zur Fortpflanzung.

Flame Hoch angesehene Zwischenstufenmitglieder (männlich und weiblich) nach Captain und vor NOW, die zur Erbauung von Körper und Geist in der NOW-Welt vorhanden sind.

Gen-Clipper Das Entfernen unerwünschter oder negativer Gensequenzen durch magnetgesteuerte Eiweißscheren.

Gleiter Nachfolger der zivilen Luftfahrt; Flugdrohnen mit elektromagnetischen Antrieben zur Personen- und Materialbeförderung. Space-Gleiter für große Distanzen halten sich permanent in der Stratosphäre auf, gleiten bei Bedarf zur Erde und nehmen im Tiefflug Personenkapseln vom Boden auf.

HealLens Heilende Kontaktlinsen für den Erhalt des Augenlichts bei NOW, Früherkennung von Krankheiten.

Impulse Giver NOWS, die wiederentdecktes oder neu gewonnenes Wissen auf die unterste Box von NOW hochladen können (ab Ranking CCC aufwärts, unter Aufsicht eines AAA).

Instandsetzer Ärzte, bei NOW mit der Beaufsichtigung von Operationsrobotern betraut; bereiten NOWs psychologisch auf den Tod vor.

Kolomboi-Prinzip Kolomboi sind die Perlenketten, die vorwiegend Männer des Vorderen Orients bis Griechenland durch die Finger gleiten lassen; Handschmeichler; aufgrund der wie auf einer Perlenschnur aufgereihten Häuser oder Dörfer bei NOW als Bezeichnung eines Architektur-Prinzips verwendet.

Liquid Democracy Bezeichnung des strukturellen Prinzips von NOW, in etwa »flüssige Demokratie«, Grundlage für sofortige Entscheidungs- und Empfehlungsprozesse nach dem Prinzip der kritischen Masse.

Lithos Mobilitätskonzept der Zukunft, vollelektrische Modellreihen von Fahrzeugen, Bahnen und Flugobjekten für den Individualverkehr der NOWs; erzeugt seinen eigenen Strombedarf. Verschleißfreier Antrieb durch Magnetmotoren, dessen Vorbild in den ersten reinen E-Automobilen zu finden sind. Auf Lithos baut die autonome Bewegungskapazität der NOWs auf mit landgestützten Röhren, Gleitern und vielen großen und kleinen Flugobjekten für den Individualverkehr. Dient auch als Drohnenantrieb. Ging aus kommerziellen Herstellerfirmen hervor; von NOW gekapert.

LOW-Gebiete Die den LOWs überlassenen Weltregionen außerhalb eines Gürtels im südlichen Teil der nördlichen Hemisphäre, in denen nicht die idealen Lebensvoraussetzungen für den Menschen mit seiner fragilen Biologie herrschen.

LOWs Bezeichnung für die nicht mehr vernetzte übrige Menschheit (vor NOW über 9,5 Milliarden, die rapide dezimiert wurden); ca. 1 Milliarde LOWs bevölkern die Resterde (Bevölkerungsstand wie zu Beginn des 18. Jahrhunderts). Der Algorithmus NOW hat die erwählte Elite umgeleitet, dann Daten und Strom abgeschaltet. Ballungszentren und Mega-Metropolen kollabierten und vernichteten sich selbst, als Ergebnis von De-Evolution und De-Sozialisierung bis hin zu Kannibalismus. Angst, Hunger und Durst haben die Überlebenden in Clans zusammengetrieben, die unterschiedliche Entwicklungsstufen in unterschiedlicher Geschwindigkeit durchlaufen, auf- und abstrebend. Erheblich beeinträchtigt sind die LOWs durch die zunehmende Wasserknappheit in weiten Teilen Asiens, Afrikas und Mittelamerikas. Es wird seit Neuestem berichtet, dass sich unter günstigen Lebensbedingungen geografisch eingegrenzte Clans zu organisierten Gruppen zusammenschließen konnten, um aus den Resten der letzten Zivilisation menschenwürdiges Überleben zu schaffen. In großen Teilen Afrikas, Amazoniens und in weiten Gebieten Asiens ging mit NOW der Dorffernseher nicht mehr, sonst passierte nichts Gravierendes.

Malleability Avenue Hauptstraße in Eden, verbindet die Stadtviertel Notting Hill, Trastevere und Quartier Latin.

MediCheck Vollautomatische, permanente medizinische Diagnose und Versorgung der NOWs, Schnittstellen über USH-ABs, Sensoren, Mikrodrohnen, Nanoroboter in der Blutbahn und intraorganische optische Geräte; MediCheck schmiegt sich wie ein Kokon um die Biologie jedes NOWs.

NOW Bezeichnung der ersten autopoetischen, künstlichen Intelligenz als Meta-Algorithmen-Struktur, zufällige universelle Implementierung als Ergebnis der Big Fusion von Big Data, entwickelt von der Firma EUKARYON, Oregon, im Auftrag des US-Innenministeriums mit Geldern der DARPA (Defense Advanced Research Projects Agency) des Pentagons ausgestattet. Philosophie: »Es gibt nur eine Zeit zu leben, die sich lohnt: und das ist JETZT.«

NOW-Gebiete Bezeichnung für die Territorien, die von NOW als alles ordnendem Algorithmus im zukünftigen Lebensraum der Menschheit bedient werden; ein erdumspannender Gürtel im südlichen Teil der nördlichen Hemisphäre. Ausschlaggebend: Vorhandensein von Süßwasser und gemäßigtes Klima.

NOWs Die selektierten Mitglieder der NOW-Weltgemeinschaft, ca. 100 Millionen Menschen (etwa 1 Prozent der heutigen Weltbevölkerung).

Passiver Transponder Chip, der als passiver RFID-Chip Tieren und Applicants eingesetzt wird.

Puppet Master Zwischenschritt in den Programmebenen der NOW-BoxChain-Architektur. Puppet Masters versiegeln die unteren Speicherboxen. Damit ist NOW nicht hackbar und nicht reversibel (von EUKARYON erfunden für digitale Währungssysteme).

QuarantäneLab Laboranlagen, in denen LOWs vor und nach der Aufnahme in die Applicant Domes überprüft werden; Isolierstation für »gefallene« Captains oder NOWs vor der Verbannung.

Resonance Rails Leitschienen in den Straßen; das Navigations- und Steuerungssystem für alle Fahrzeuge, Batterieladung durch Induktion.

Singularität Erreichen von 10 000 Trillionen Rechenoperationen/Sekunde bei Computern, entspricht der Leistung eines menschlichen Gehirns.

Spiegelneuronen Neuronen im menschlichen Gehirn, die sowohl motorisch als auch sensorisch arbeiten. Können beobachten und handeln; organisiert in Netzwerken. Die Spiegelneuronen ermöglichen Lernen durch Imitation, auch das Hineinversetzen in die Gefühle und Emotionen bei anderen Menschen; die Verbreitung der Netze ist bei jedem Menschen unterschiedlich und durch emotional relevante Erfahrungen bedingt; verantwortlich für die Persönlichkeitsstruktur, die Intuition und absichtliches Handeln, beim Menschen. Bei NOW bestimmen sie die emotionale Relevanz von Informationen.

Studebaker-Packard Amerikanischer Automobilhersteller in den Zwanziger- bis Sechzigerjahren des 19. Jahrhunderts.

TransTower oder TechPort Der Teil des Hauses, in dem die technischen Einrichtungen der Häuser und Wohnungen untergebracht sind; Garage, Parkplatz für Drohnen, Energieversorgung.

USHAB Reiskorngroße, implantierte Datenschnittstelle; ursprünglich Ushabti, altägyptisch für »Antworter«; Ushabtis waren kunstvoll geschnitzte und bemalte Figuren, die in Pharaonengräbern gefunden wurden und Diener verkörperten, die auf die Bedürfnisse des Pharaos im Jenseits »antworteten«. Bezeichnung des aktiven Transponders der NOWs, mit denen sie in permanentem Kontakt mit NOW stehen können. Wird bei Geburt in den Knochen eingesetzt. Theoretische Rechenleistung: 10 000 Trillionen Ops/sec; autonome Wartung durch NOW; Codierung des Rankings; elektronischer Schlüssel für die Zugänge in der NOW-Welt.

Whitewood-Holz Holz des amerikanischen Tulpenbaums, weich und transparent.

Yachten Mega-Yachten, die ohne jede Rücksicht auf Budgets gebaut werden können, sind die beste Veranschaulichung, was an Design, intelligenten Materialien, Komfort und avantgardistischer Hochtechnologie verfügbar ist. Die Elektronik ist darauf ausgerichtet, unstrukturierbare Einflüsse wie Wind, Wellengang und Strömung zu erfassen und zuverlässig zu berechnen, was eine besondere Herausforderung ist, denkt man an die Umgebungsverhältnisse wie Feuchtigkeit, Temperaturschwankungen und Bewegungsdynamik.